Von Rexanne Becnel ist
als Heyne-Taschenbuch erschienen:

Der Falke und die Taube · Band 04/165

REXANNE BECNEL

LADY ROSALYNDE

Roman

Deutsche Erstausgabe

WILHELM HEYNE VERLAG
MÜNCHEN

HEYNE ROMANE FÜR »SIE«
Nr. 04/172

Titel der Originalausgabe
THE ROSE OF BLACKSWORD
Aus dem Amerikanischen
von Christa von Hadeln

2. Auflage

Printed in France 1996
Umschlagillustration: Pino Daeni / Agentur Schlück
Umschlaggestaltung: Atelier Ingrid Schütz, München
Satz : Fotosatz Prechtl, Passau
Druck und Bindung : Brodard & Taupin

ISBN 3-453-10882-5

In tiefer Zuneigung widme ich dieses Buch all jenen, die so viel zu meiner Karriere als Schriftstellerin beigetragen haben:

SALLY LIVERETT, die meine ersten Schreibversuche mit so viel Anteilnahme und Begeisterung gelesen hat;

PAMELA GRAY AHEARN, mein Agent Extraordinaire, die an mein Talent glaubte, als ich es nicht mehr tat;

TERRY MCGEE, alias Emilia Richards, die mich dazu angehalten hat, Mitglied ihrer Schriftstellerinnen-Gruppe zu werden;

RUTH GOODMAN, auch bekannt unter dem Namen Meagan McKinney, die unsere erste Kritikerrunde ins Leben rief;

BEVERLY WALSDORF, die mir den Job verschaffte, den ich brauchte, um mir das Schreiben leisten zu können;

MARK GROTHE, für den zu arbeiten so wunderbar war, weil er mich immer unterstützte und immer für alles Verständnis hatte;

DEBORAH GONZALES, auch bekannt unter den Namen Deborah Martin und Debora Nicholas, die so viel mehr für mich ist als nur eine konstruktive Kritikerin meiner Bücher;

und schließlich der historischen Abteilung des SOUTHERN LOUISIANA RWA Ortsvereins.

Ich glaube, wenn nur einer von Euch nicht für mich da gewesen wäre, hätte ich das Schreiben schon vor langer Zeit aufgegeben.

»IHR WOLLT NUR DAS EINE VON MIR!« IHRE STIMME ZITTERTE BEI DIESER BESCHULDIGUNG.

»Und das wäre?« Seine Augenbrauen hoben sich bei der spöttischen Frage.

»Meine ... meine ... oh, Ihr wißt es! Ich soll Euch zu willen sein, Ungeheuer, das Ihr seid!«

»Mir zu willen?« Er lachte und drückte sie an sich, daß ihr der Atem stockte und ihre Sinne tobten. Er wühlte in ihrem Haar, fand mit seinem Mund ihr Ohr. »Wir wissen beide, daß Ihr mir zu willen sein müßt, wann immer ich es wünsche«, flüsterte er begierig.

»Oh!« Rosalynde versuchte sich zu befreien. »Laßt mich los, widerlicher Hundesohn!« befahl sie und wollte ihn wegschieben.

»Eure wundervollen Lippen sprechen von Haß. Aber Euer Körper, Rose, erzählt etwas anderes.« Rosalynde wollte den abscheulichen Worten widersprechen, aber sie wußte, daß er die Wahrheit sprach. Ein Schauder durchfuhr sie, als sein Blick sie traf. Dann schloß sie die Augen, unfähig, sich gegen die Wahrheit noch länger zu wehren.

»Meine süße Rose«, flüsterte er und küßte sanft ihre Augenbrauen, ihre Stirn, ihre Wange. »Sagt mir noch einmal, wie sehr Ihr mich haßt ...«

PROLOG

1992

Wenn der Wind aus einer ganz bestimmten Richtung weht und die Blüten voll aufgegangen sind, zieht der Duft der Rosen bis hinauf zu den Zinnen von Stanwood Castle. Das widerstandsfähige, harte Gestein der Burgmauern scheint nicht recht zu der romantischen Atmosphäre zu passen, aber gerade in diesem abweisenden, trutzigen Rund der alten Steinquader gedeihen solch Blüten am prächtigsten.

Die Burg ist ein beliebtes Ausflugsziel und für ihre Gärten berühmt, von denen man sagt, daß sie seit der Zeit Heinrichs II. ununterbrochen gepflegt werden. Im Kräutergarten, einst von einem Kastellan angelegt, gedeihen noch heute Schafgarbe, Verbenen, Lungenkraut und Frauenmantel. Die zierlichen Birnbäume, die von fachkundiger Hand kunstvoll am Spalier gezogen wurden, sollen von einer Pflanzung aus der Zeit König Stephans abstammen.

Aber der wahre Ruhm der Burg ist auf die Rosen zurückzuführen. In regelmäßigen Reihen sind einst langstielige Sorten gezogen worden, die sich besonders gut verschneiden und pflegen lassen. Die Stanwoodrosen blühen wild und üppig, klettern an Wänden empor, winden sich unter Gesimsen entlang, kriechen über Freitreppen. Sie wurzeln in schmalen Spalten und blühen an den unwahrscheinlichsten Orten. Sogar im Winter wird man hie und da eine zähe kleine Pflanze entdecken, die ihre Blüten unbeirrbar an einer geschützten Südecke hervorbringt.

Ein Plätzchen im Geviert dieser lieblichen Umgebung jedoch lockt den aufmerksamen Betrachter besonders. Im hinteren Teil des Burghofes umrahmt eine dichte Hecke der *Rosa Gallica* ein einladendes Rasenstück. Hier wirft ein mächtiger Walnußbaum seinen Schatten auf zwei behauene Steinbänke, während auf der anderen Seite eine alte bronzene Sonnenuhr auf einer schlichten schmalen Säule steht, umgeben von einem dicken Teppich aus Thymian.

Die Jahre haben der Bronze eine dunkle Patina verliehen, hineingebrannt von der Sonne und dem jahrhundertelangem englischen Nieselregen. Die Buchstaben auf der Sonnenuhr aber glänzen wie eh und je, als wären sie gestern erst gegossen worden. Vieler Menschen Hände haben sie nachgezeichnet. Sie erzählen eine Legende, so alt, daß keiner mehr ihren Ursprung kennt und versprechen all den Jungvermählten, die die Worte entziffern, ein langes und glückliches Leben.

Eine Rose — süß durch die Dornen,
Ein Schwert —, scharf durch des Schmiedes Feuer,
Eine Liebe — heilig durch des Eides Macht.

1

England, Anno Domini 1156

Der dürre Rosenstrauch bestand mehr aus Dornen denn aus Blättern. Nicht eine einzige Knospe trug er und wirkte unendlich verloren in der kahlen Erde. Vielleicht war es wirklich ein abgestorbener Stock, die Mühe nicht wert, die auf ihn verwandt wurde. Aber für Lady Rosalynde war dieser armselige Strauch alles, was sie ihrem kleinen Bruder noch geben konnte.

Bleich und leer war ihr Gesicht, als sie auf dem Erdreich niederkniete. Sie achtete nicht auf den Schmutz, der ihren hellblauen Umhang verunzierte, als sie sich bemühte, ein ausreichend großes und tiefes Loch in die schwere schwarze Erde zu graben, um dann eine reichliche Gabe gut vermoderten Stallmists hineinzufüllen.

Sie fuhr sich mit dem Handrücken über das Gesicht. Er hinterließ einen schwarzen Streifen auf der tränenüberströmten Wange, aber das störte sie nicht. Ein Schluchzer entrang sich ihrer Brust und ein zweiter, als sie den Strauch einsetzte. Sie weinte laut auf, als sie schließlich das Loch wieder mit Erde füllte. Mit erdverkrusteten Händen und schwarzen, eingerissenen Fingernägeln preßte sie das Erdreich um die Wurzeln fest. Dann erst kauerte sie sich nieder und starrte gedankenverloren auf das einsame, kleine Grab mit dem dornigen Rosenbusch und dem frischen Grabstein.

Hinter ihr stand ein junger Page, Cleve. Barhäuptig drehte er verlegen seine Kappe in den Händen und beobachtete seine Herrin. Zögernd wagte er sich schließlich mit einem Eimer voll Wasser, das er vom nahen Brunnen geholt hatte, näher.

»Soll ich ihn jetzt begießen, Milady?« fragte er leise. Rosalynde blickte zu ihm auf. Trotz ihrer tiefen Trauer sah sie doch, daß auch er vom Tod des jungen Giles erschüttert war. Aber er wehrte sich tapfer gegen die Tränen, als sie ihn traurig anlächelte. »Ich möchte es gern selbst tun.«

Er reichte ihr den Eimer ohne Widerrede, aber der besorgte Ausdruck auf dem sonst so frischen und heiteren Gesicht war Rosalynde nicht entgangen. Sie wußte, daß diese Situation für alle um sie herum sehr schwierig war. Man versuchte sie aufzuheitern, weil man nicht wußte, wie man sonst mit ihr umgehen sollte. Der Tod schien den Menschen immer unbequem zu sein. Als sie Lady Gwynne erzählt hatte, daß sie einen Rosenstrauch auf Giles Grab pflanzen wollte, war ihre arme Tante beinahe wieder in Tränen ausgebrochen. Aber sie hatte sich beherrscht, die Lippen fest aufeinandergepreßt und genickt. Auch Cleve hatte ihren Wunsch stillschweigend hingenommen. Aber jetzt, als sie den armseligen dürren Strauch vorsichtig mit Wasser begoß, überkam sie das Gefühl, daß diese Geste ihrem einzigen Bruder gegenüber vollkommen sinnlos war. Der Rosenstrauch änderte nichts. Nichts konnte das Vergangene ungeschehen machen. Sie drückte den leeren Eimer fest an sich. Giles war noch immer tot. Sie hatte ihn an das Fieber verloren, das seinen schwächlichen Körper in drei qualvollen Tagen ausgezehrt hatte. Giles war tot, trotz ihrer verzweifelten Versuche, ihn zu retten. Niemals hatte sie sich verlassener gefühlt. Zuerst ihre Mutter. Dann, aus Gründen der Vernunft, ihr Vater. Und nun auch noch Giles. Obwohl ihre Tante und ihr Onkel immer gut zu ihr gewesen waren, überkam sie jetzt das Gefühl, vollkommen allein auf der Welt zu sein.

Cleve bewegte sich. Unruhig drehte er die zerknautschte Kappe in seinen Händen. Rosalynde fühlte seine Traurigkeit und holte tief Luft.

»Der Strauch wird blühen, wenn seine Zeit kommt«, sagte sie leise zu ihrem eigenen und zu Cleves Trost. »Ich weiß, er sieht recht kümmerlich aus, aber wenn der Sommer vorüber ist …« Ein letztes Mal schnürten ihr die Tränen die Kehle zu und sie mußte den Blick von dem einsamen, kleinen Grab abwenden.

»Bitte, Milady, kommt jetzt mit mir. Erlaubt mir, Euch zu Lady Gwynne und Lord Odgen zurückzubringen. Eure Tante ist sehr besorgt und möchte, daß Ihr Euch ausruht.« Zögernd tat er einen Schritt auf die kleine, gebeugte Gestalt zu. »Hier gibt es nichts mehr zu tun. Laßt uns gehen.«

Er wich zurück, als sie ihm ihr bleiches, gequältes Gesicht zuwandte. Ihre Augen leuchteten noch mehr als sonst. Die goldgrüne Iris schimmerte hinter dem Schleier der Tränen.

»Nein, hier gibt es nichts mehr zu tun für mich.« Ihre Stimme war sanft und nachdenklich. Geistesabwesend rieb sie sich den Schmutz von den Händen. Es war, als ob der Gedanke, der sie seit einigen Tagen nicht mehr losgelassen hatte, an Klarheit gewann.

»Ich muß meinen kleinen Bruder jetzt nicht mehr pflegen. Es gibt keinen Grund mehr, noch länger auf Schloß Millwort zu bleiben, oder?« Sie seufzte und blickte auf die Hände. Mit Schrecken erkannte sie plötzlich, was nun zu tun war. »Giles bedarf keiner irdischen Hilfe mehr. Es ist Zeit, daß ich nach Hause zurückkehre.«

»Nach Hause?« Cleve trat auf das trauernde Mädchen zu. »Aber Milady, dies hier ist Euer Zuhause! Ihr braucht doch nicht fortzugehen. Lady Gwynne wäre gewiß untröstlich, Euch zu verlieren. Und außerdem — solange Euer Vater vom Tode des jungen Herrn . . .« er bekreuzigte sich — »noch nichts weiß, und nichts entscheiden kann, dürft ihr nicht an eine Abreise denken. Nein, keinesfalls!« wiederholte er streng.

Rosalynde strich sich eine Strähne ihres dunklen, mahagonifarbenen Haares aus der Stirn. »Und wer soll Lord Stanwood die Nachricht vom Tod seines Sohnes überbringen, wenn nicht ich? Ich, der er seinen einzigen, männlichen Erben anvertraut hat?« Noch einmal fiel ihr Blick auf den kleinen Erdhügel und den dornigen Rosenstrauch. Obwohl sie noch sehr klein gewesen war, erinnerte sie sich der ernsten Abschiedsworte ihres Vaters vor vielen Jahren, als er sie und den jüngeren Bruder in Millwort zurückgelassen hatte. Und er hatte diese Worte bei den wenigen Besuchen, die er ihnen in diesen langen acht Jahren abgestattet hatte, oft genug wiederholt. »Gib gut auf deinen Bruder acht«, hatte er sie ermahnt. »Gib gut auf ihn acht, meine kleine Rosalynde.«

Ungeachtet Giles' schwacher Gesundheit hatte sie immer alles daran gesetzt, dem väterlichen Wunsche nachzukommen. Sie hatte versagt. Wieder kamen ihr die Tränen und strömten unaufhaltsam über die blassen Wangen. Sie wußte nicht einmal, ob sie diesmal aus Kummer über ihren Bruder weinte oder vor der unerklärlichen Furcht, ihrem Vater unter die Augen zu treten. Dennoch wußte sie, daß sie sich dieser Aufgabe nicht entziehen konnte. Mit großen, trostlosen Augen starrte sie auf das Grab ihres Bruders. »Ich und kein anderer muß es tun. Ich muß meinem Vater sagen, daß sein Sohn und Erbe uns verlassen hat.«

Rosalynde blickte sich noch einmal in dem freundlichen, hellen Mädchenzimmer um, das in den vergangen Jahren ihr Reich gewesen war. Es war ihr viel mehr Heimat als das alte Schloß in Stanwood, in dem sie zur Welt gekommen war und wo sie die ersten elf Jahre ihres Lebens verbracht hatte. Seit dem Tode ihrer Mutter waren Lady Gwynne und Lord Odgen ihre Zuflucht gewesen. Sie hatten ihre Herzen und ihr Haus einem verängstigten kleinen Mädchen und ihrem neugeborenen Bruder geöffnet. Als ihre Mutter im Kindbett gestorben war, schien es Rosalynde, als hätte sie beide Eltern verloren, denn der Vater war für sie zu einem gereizten, unberechenbaren Fremden geworden. Bald darauf, als der zarte Säugling reisefähig war, hatte man sie beide nach Schloß Millwort gebracht, damit sie dort aufwuchsen. Lady Gwynne hatte die Kinder ihrer Schwester mit offenen Armen aufgenommen und war ihnen in den kommenden Jahren Mutter gewesen, so gut sie es vermochte.

Giles hatte niemals andere Eltern als Lady Gwynne und Lord Odgen gekannt. Der schweigsame, finstere Fremde, der sie nur dreimal in all den Jahren besucht hatte, war kein Vater für ihn. Rosalynde jedoch hatte ihre leiblichen Eltern niemals vergessen. Jedesmal wartete sie voller Freude auf den Besuch des Vaters, der dann jedoch stets herzzerreißend grausam verlief. Seine Zurückhaltung und der Abstand, den er zwischen sich und seinen Kindern aufrecht erhielt, rissen jedesmal die alten Wunden auf. Das Gefühl der Verlassenheit ergriff dann wieder Besitz von ihr und machte sie blind für alles außer ihrem eigenen Schmerz.

Giles hatte das alles nie verstanden. Lady Gwynne aber hatte Rosalynde stets die Tränen getrocknet und sie getröstet. Sie könne, sagte sie dann, nicht erwarten, daß ein so mächtiger Ritter wie Sir Edward, Lord von Stanwood, Zärtlichkeit und Liebe zeige, wie sie es erwarte. Männer seien eben nicht so, hatte sie erklärt.

Aber Rosalynde hatte es besser gewußt. Sie erinnerte sich an einen Vater, der sie hoch in der Luft herumgewirbelt hatte, trotz der lachenden Proteste ihrer Mutter. Sie erinnerte sich an einen Vater, der ihr zwei Holzpferdchen geschnitzt hatte — einen Hengst und ein Stute. Das dazugehörige Fohlen hatte er ihr versprochen. Sie wußte noch ganz genau, wann er dieses Versprechen gegeben hatte: Ihre Mutter hatte oben in ihrem Gemach gelegen und darum gekämpft, einem Kind das Leben zu schenken, während Vater und Tochter unruhig und voll Sorge in der Halle unten gewartet hatten.

Während der nicht enden wollenden Stunden dieses Tages, dann des Abends und schließlich der Nacht, hatte sich ihre Hoffnung zur Furcht und schließlich zu grauenhafter Angst gewandelt. Das Kind war endlich gekommen, so winzig und zart, daß niemand glaubte, es würde die Nacht überleben. Ihre Mutter jedoch, die schöne, strahlende Lady Anne, war einfach dahingangen. Kein Wort erreichte den Gemahl oder die Tochter. Keine Klagen oder Schmerzensschreie die Frauen, die sie betreuten. Leise und unbemerkt hatte sie die Erde verlassen. Zurück blieb eine drückende Düsternis, die wohl noch heute auf Stanwood lastete.

Rosalynde seufzte und rieb sich die brennenden Augen. Vielleicht hatte gerade dies ihrem Vater am meisten zu schaffen gemacht, dachte sie. Er hatte keine Gelegenheit gehabt, der Frau, die sein ein und alles war, Lebewohl zu sagen. Als Folge davon hatte sich sein Herz verhärtet — gegen alle Menschen, auch gegen seine Kinder.

Wie würde er mit dem neuen Verlust umgehen? fragte sie sich. Was würde er ihr antworten, wenn sie, ohne Vorwarnung, mit dieser furchtbaren Nachricht erschien? Obwohl er niemals auch nur andeutungsweise Gefühle für dieses Kind gezeigt hatte, das die Schuld am Tod seiner geliebten Frau trug, war Rosalynde überzeugt, daß das Wohlergehen seiner Kinder und seines zukünftigen Erben ihm aufrichtig am Herzen lag. Aus diesem Grunde hatte er sie nach Millwort in die Obhut seiner Schwägerin und seines Schwagers geschickt. Rosalynde sollte in allen weiblichen Künsten unterwiesen werden, und Giles, sobald er alt genug war, lesen und schreiben lernen, sowie all die anderen Dinge, die ein Mann können muß. Rosalynde sollte schließlich mit dem passenden Mann vermählt werden, und Giles würde einmal Stanwood Castle und die dazugehörigen Ländereien erben.

Aber die Jahre waren ins Land gegangen und ihr Vater hatte es trotz aller Ermahnungen Lady Gwynnes versäumt, ihr einen passenden Gemahl auszuwählen. Immer wieder hatte er die Entscheidung verschoben, ohne einen richtigen Grund dafür zu haben. Lady Gwynne fürchtete, er wolle es einfach nicht wahrhaben, daß Rosalynde bereits im heiratsfähigen Alter war.

Insgeheim war Rosalynde darüber erleichtert. Sie verspürte kein Verlangen, wieder in ein neues Zuhause umziehen zu müssen, weit weg von der liebgewonnenen und vertrauten Umgebung. Auf Schloß Millwort war sie glücklich. Sie wußte, daß ihre Heirat mit einem Lord, den ihr Vater erwählen würde, unausweichlich war und doch wartete sie nicht darauf. Sie war es zufrieden, mit ihrem Onkel und ihrer Tante auf Millwort Castle zu leben. Mit Freude erlernte sie den Umgang mit Kräutern, Heiltinkturen und Gewürzen und ließ sich in die Pflichten einer Hausfrau einweisen, ja sie nahm sogar an Giles Unterrichtsstunden teil. So war sie bald des Lesens und des Schreibens in erstaunlich hohem Maße kundig. Der mürrische Mönch, der sie unterrichtet hatte, war immer wieder empört darüber, daß eine Weibsperson diese Künste so gut beherrschte. Das ziemt sich nicht für eine Lady, brummte er dann. Aber Lady Gwynne hatte ihn stets mit besonderen Leckereien aus der Küche verwöhnt, um ihn zu besänftigen. Und so vergingen die Jahre in Frieden und Harmonie.

Aber jetzt war alles zu Ende.

Liebevoll strich Rosalynde noch einmal über die bestickte Satindecke auf ihrem Bett. Sie und Lady Gwynne hatten viele Winterabende daran gearbeitet. Nun ja, vielleicht würde sie eines Tages zurückkehren und wieder darunter schlüpfen, sagte sie sich. Vielleicht dauerte es gar nicht lange und sie würde wieder in Millwort sein.

»Du mußt nicht gehen«, beschwor Lady Gwynne Rosalynde wieder. »Du kannst deine Meinung immer noch ändern und Lord Odgen bitten, einen Boten mit der Nachricht zu deinem Vater zu senden.«

»*Ich* muß ihm diese Botschaft überbringen. Das bin ich ihm schuldig« antworte Rosalynde ernst und lächelte ihre besorgte Tante entschuldigend an.

»Er hat mir Giles anvertraut.«

»Er hat Giles Lord Odgen und mir anvertraut«, gab die gute Tante nun beinahe ärgerlich zurück. »Du warst damals ein kleines Kind und daran hat sich nicht sehr viel geändert.« Dann wurde ihre Stimme wieder sanft. Liebevoll umfaßte sie Rosalyndes Wangen mit ihren Händen. »Es war der Wille unseres Herrn, Giles zu sich zu nehmen. Und wir dürfen seinen Willen niemals in Frage stellen.«

Rosalynde blickte in das freundliche Gesicht der Tante und wünschte sich innig, sie könne ihren unbeirrbaren Glauben an Gott teilen. Obwohl sie glauben wollte, daß ihre Tante recht hatte — vor Giles Tod hatte sie niemals Gottes Willen angezweifelt — war sie sich jetzt nicht mehr sicher. Sie seufzte laut und brachte ein schwaches Lächeln zustande.

»Wie auch immer, es ist Zeit, daß ich heimkehre. Auch wenn mein Vater mich nicht sehen will, so braucht der Haushalt dort zweifellos eine weibliche Hand.«

Rosalynde wußte, daß ihre Tante diesem Argument nicht widersprechen konnte. Oft genug hatte sie selbst diesen Gedanken geäußert. Nichtsdestoweniger schenkte ihr die ältere Frau nur ein tränenverschleiertes Lächeln, als sie ihrer Nichte ein letztes Mal über die Wangen strich.

»Sei ein Gutes Kind«, ermahnte sie Rosalynde, als die Tränen über ihre faltigen Wangen rannen. Dann steckte sie Rosalyndes Mädchenzopf unter die Kapuze des waldgrünen Umhanges. »Sei ein gutes Kind und vergiß nie, was du gelernt hast.«

»Nein, bestimmt nicht«, versicherte Rosalynde der geliebten alten Dame, als sie sie innig umarmte. »Danke. Danke für alles ...« Ihre Stimme erstickte in Schluchzen, als ihr bewußt wurde, daß sie nun wirklich abreiste. »Ich werde Euch niemals enttäuschen, geliebte Tante«, flüsterte sie unter Tränen.

»Ich bezweifle auch, daß es dir gelingen würde, selbst wenn du wolltest.« Lady Gwynne lächelte traurig und drückte noch einmal die Hand ihrer jungen Schutzbefohlenen.

»Und fürchte deinen Vater nicht, kleine Lady.« Lord Odgen umarmte sie kurz und unbeholfen. Auch er war nicht ganz Herr seiner Gefühle. »Er ist ein schwieriger Mensch. Vielleicht entspricht er nicht den Erwartungen eines jungen Mädchens, aber er ist dein Vater und du schuldest ihm deinen Respekt.«

»Das weiß ich«, murmelte Rosalynde. »Ich werde Euren Rat beherzigen.« Traurig lächelte sie ihren Onkel und ihre Tante an. Konnte sie ihnen jemals genug für alles danken, was sie für sie und Giles getan hatten? Sie blickte auf ihre gesenkten Köpfe und biß sich auf die Unterlippe, um ihren Abschiedsschmerz zu unterdrücken. Wie sehr würde sie die beiden vermissen!

Dann wurde ihr falbenfarbener Zelter vorgeführt und noch ehe sie sich's versah, half man ihr schon in den Sattel, und alles war zum Aufbruch bereit. Lord Odgen gab noch einige letzte Anweisungen an die bewaffneten Reiter, die ihre Eskorte bilden würden. Sie sollte immer in der Mitte reiten, niemals voraus oder hinterher. Ihre persönliche Zofe war guter Hoffnung und so hatte man ihr eine andere zur Begleitung mitgegeben. Zusätzlich zu diesem nicht gerade glücklichen Mädchen hatte Rosalynde darum gebeten, daß Cleve sie nach Stanwood begleitete und Lord Odgen hatte in einer schwachen Minute zugestimmt. Der schlaksige Bursche lenkte jetzt sein kräftiges Pferd neben ihre Stute und sah sie aufmunternd an.

»Alles wird gut, Milady, Ihr werdet sehen.« Dann grinste er. Offenbar freute er sich auf die Reise zu seinem neuen Zuhause. Er war bisher niemals von Millwort fort gewesen, abgesehen von einem kurzen Besuch in der Abingdon Abbey. Nun aber ging es fünf Tage nach Osten, nach Stanwood, und er konnte seine Freude nicht verbergen. Rosalynde war froh, diesen heiteren, stets gut aufgelegten Jungen als Gefährten bei sich zu haben. Ein kaum wahrnehmbares Lächeln erhellte ihre edlen Züge, als sie sich in die Gruppe einfügte. Zwei Männer ritten vor ihr, zwei weitere Ritter sowie einem Karren mit ihrer Zofe, ihrem Gepäck und den Reisevorräten folgten nach.

»Mir scheint, du möchtest ebenso gerne abreisen, wie ich hierbleiben möchte.« Sie lächelte Cleve wehmütig an. »Tut es dir denn gar nicht leid, deine Heimat zu verlassen?«

»Nein, überhaupt nicht.« Die Antwort kam ohne Zögern. »Aber Ihr müßt nicht fort, Lady Rosalynde. Ihr nicht. Ein Bote kann Eurem Vater die Nachricht überbringen. Es ist nicht nötig, daß Ihr das tut.«

»Doch, das ist es«, antwortete sie. Die bernsteinfarbenen Augen blickten gedankenverloren in die Ferne. »Mein Vater hat nur noch mich — auch wenn ihn das nicht zu kümmern scheint. Giles war mir anvertraut. Ich werde ihm unseren Verlust mitteilen.«

Dann schwieg sie und der Junge fand es klüger, nicht weiter in sie zu dringen. Mit der Zeit würde sie diese Traurigkeit überwinden, die so schwer auf ihr lastete. Wenn sie erst einmal zu Hause angekommen und die Unglücksnachricht losgeworden war, würde sie sich bald besser fühlen. Einer der Ritter verscheuchte ihn von der Seite seiner Herrin. Seine dunkelbraunen Augen ruhten jedoch weiter auf ihrem sorgenvollen Gesicht.

Diese dumpfe Trübsinnigkeit paßte nicht zu ihr. Ihre tiefe

Trauer um den Jungen machte Cleve zu schaffen, denn gerade sie hatte solches Leid nicht verdient. Für ihn war Lady Rosalynde immer die schönste und bezauberndste Jungfrau im ganzen Land gewesen. Oder zumindest die schönste, die er je gesehen hatte. Aber es war viel mehr als das prachtvolle, glänzende dunkle Haar und das Leuchten ihrer ungewöhnlichen, goldfarbenen Augen. Jede andere hätte mit der gleichen Gestalt nicht so anmutig gewirkt wie Rosalynde. Keiner anderen hätte der durchscheinend helle Teint mit den rosenfarbenen Wangen diesen Zauber verliehen. Und seine Herrin dachte immer zuerst an andere und dann erst an sich selbst. Überall um sich herum sah sie nur Schönes und Gutes. Sie war ein Juwel unter den Flußsteinen, ein glitzernder Edelstein mitten unter wertlosen Kieseln. Wo sie ging, leuchtete die Sonne heller, war das Gras dunkler und satter, sangen die Vögel süßere Melodien.

Er schüttelte den Kopf über seine poetischen Anwandlungen. Anscheinend war er auf dem besten Wege, sich in sie zu verlieben — wie fast alle anderen Jungen, die auf Millwort dienten. Für jeden, der ihren Weg kreuzte, hatte sie ein freundliches Wort. Aber mit seinen sechzehn Jahren war er drei Jahre jünger als sie — und welche Hoffnungen durfte er, ein kleiner Page, sich schon machen? Schließlich war sie eine Lady königlichen Geblüts. Trotz alledem aber genoß er ihre Nähe, auch wenn sie für ihn unerreichbar war. Für seine Lady Rosalynde würde er alles tun. Als er sie so gedankenverloren anstarrte, richtete sie sich plötzlich auf, so daß die Kapuze ihres Umhangs von ihrem Kopf rutschte. In dem klaren Morgenlicht leuchtete ihr Haar wie ein Heiligenschein auf. Nein, Cleve konnte sich an ihrer zarten, edlen Schönheit einfach nicht sattsehen! Als sie ihre weiche, leise Stimme erhob, klang sie wie Engelsgesang in seinem Ohr.

»Wir sollten nicht trödeln. Die Reise ist noch lang genug und ich möchte so schnell wie möglich zu meinem Vater.«

2

Die Reise war für Rosalynde so neu wie für Cleve, obwohl sie sie vor Jahren bereits in umgekehrter Richtung gemacht hatte. Und wenn sie in Schweigen versank, so war Cleve voller wacher Neugier. Er wurde der wechselnden Landschaft niemals müde und bestürmte sowohl sie als auch die die reiseerfahrenen Ritter unermüdlich mit Fragen. Trotz des traurigen Anlasses, wegen dem sie die Reise angetreten hatte, wich ihre trübe Stimmung angesichts der überschäumenden Freude von Cleve.

»Diese Burg ist abgerissen worden«, antwortete einer der Ritter mit rauher Stimme auf Cleves Frage, als er eines gewaltigen Trümmerhaufens ansichtig wurde, der sich am Ufer des Stour auf einem Hügel erhob. »Der neue König Heinrich befahl, alle Burgen abreißen zu lassen, die unter seinem Onkel, König Stephan, ohne Genehmigung errichtet worden sind. Diese hier gehörte auch dazu.«

Cleve schüttelte den Kopf und runzelte die Stirn. »Was macht das für einen Sinn, Burgen niederzureißen, wenn anderswo Menschen in Lehmhütten leben müssen?!« Dann hellte sich die Miene des Jungen auf. »Aber ich nehme an, daß man die Steine benutzen kann, um andere Häuser damit zu bauen. Und vielleicht, um Zäune auszubessern.«

»Vielleicht macht man das mit anderen Ruinen — aber nicht mit dieser hier.« Mißtrauisch beäugte der Ritter die steineren Reste vor ihnen. «In dieser Burgruine soll es spuken.«

»Spuken?« Cleve machte große Augen und sogar Rosalynde blickte neugierig zu den eingestürzten Mauern und Türmen hinauf.

»Die Bauern hier erzählen, daß Sir Medwyn erst seine Gemahlin und dann sich selbst tötete, nur um sich dem neuen König nicht unterwerfen zu müssen«, antwortete der Mann und lachte leise. Aber auch er blickte etwas verunsichert zum Hügel.

Polternd nahm ein anderer Ritter das Gespräch auf. »Wahrscheinlicher ist wohl, daß der Geist des alten König

Stephan hier umgeht. Er spukt noch im ganzen Land umher«, fügte er mit nicht zu überhörender Verachtung hinzu. »England hatte wahrlich einen schlechten König, und die vielen befestigten Burgen, die während seiner Herrschaft erbaut wurden, konnten ihn am Ende doch nicht schützen.«

Verwirrung sprach aus Cleves dunkelbraunen Augen, als er Rosalynde anblickte. »Wer soll einen König verstehen, der Burgen schleifen läßt?« Wieder schüttelte er den Kopf. »Ist denn Millwort vor König Heinrich sicher? Oder Stanwood?«

Rosalynde mußte bei so viel kindlicher Verunsicherung lächeln. »Das sind beides alte Festungen, die schon zur Zeit Wilhelm des Eroberers erbaut wurden. Nur Burgen neuerer Zeit, wie eben die dort oben, sind in Gefahr.«

»Es scheint mir aber doch Verschwendung zu sein«, erwiderte der Junge und blickte erneut zum Hügel hinauf. »So viel Arbeit, und dann ist alles umsonst.«

Er hat recht, dachte Rosalynde im Stillen, als sie sich den Überresten der Burg näherten. Aber es war schwer, den verschlungenen Gedankengängen des Königs zu folgen. Einerseits beschützte er sein Volk. Andererseits versetzte er seine Untertanen mit hohen Abgaben und unverständlichen Erlassen in Angst und Schrecken. Lord Odgen selbst hatte nur zu oft die widersinnige Politik König Stephans beklagt. Er konnte sich noch gut an die Ordnung im Lande erinnern, die zur Zeit des ersten König Heinrich geherrscht hatte. Im sicheren Kreise seiner Familie hatte er oftmals die charakterlichen Schwächen König Stephans getadelt. Nun aber saß der Enkel des greisen Königs auf dem Thron. Obwohl er sich mit einer Beurteilung des jungen König Heinrich II. noch zurückhielt, hoffte er inbrünstig auf Frieden in England. Als die kleine Gruppe am Fuße des Ruinenhügels halt machte, fragte sich Rosalynde, ob ihr Vater wohl die Ansichten Lord Odgens teilte.

Das grasbewachsene Flußufer bot sich als Rastplatz an. Es war ein ungewöhnlich warmer Tag und die Sonne strahlte am wolkenlosen Himmel, als die Gruppe absaß. Rosalynde dehnte ihre verspannten Muskeln und Cleve führte die Pferde zum Wasser, während die Ritter sich im Schatten einer knorrigen Eibe im Gras niederließen.

»Nun komm schon, Nelda«, rief Rosalynde ungeduldig der ständig maulenden Zofe zu. »Je schneller wir das Mahl bereitet haben, desto eher können wir weiter. Und desto schneller kannst du wieder nach Millwort zurückkehren«, fügte sie ermunternd hinzu. Rosalynde wußte, daß die junge Frau unglücklich darüber war, aus der gewohnten Umgebung von Millwort herausgerissen zu sein. Eigentlich hatte Rosalynde es nicht für nötig befunden, eine weibliche Begleitperson mitzunehmen — in der Tat war Neldas Anwesenheit mehr Hindernis denn Hilfe — aber Lady Gwynne hatte darauf bestanden. Es sei absolut unschicklich für eine Lady, allein mit Männern zu reisen, hatte sie gepredigt, und ganz besonders für eine unverheiratete Jungfrau. Eine Dienerin müsse immer bei ihr sein.

Während Rosalynde zwei Brote, einen halben Laib Käse, sowie den sorgfältig eingewickelten Korb mit getrockneten Früchten auspackte, wünschte sie, die Zofe wäre in Millwort geblieben. Neldas Anwesenheit war es zu verdanken, daß man den Karren mitführen mußte, denn nur wenige Dienerinnen konnten reiten. Das wiederum bedeutete, daß sie sehr viel langsamer vorankamen, als wenn sie mit Cleve und den Rittern zu Pferde gereist wäre. So aber hatten sie erst knapp die Hälfte der Wegstrecke zurückgelegt. Auch wenn sie Stanwood möglichst schnell erreichen wollte, freute sich Rosalynde keineswegs auf das Wiedersehen mit ihrem Vater, geschweige denn darauf, ihm die schreckliche Nachricht zu überbringen.

Seufzend schnitt sie sich eine kleine Scheibe Käse ab und brach ein Stück Brot aus dem Wecken. Dann ging sie hinunter zum Fluß.

»Seid nicht so bekümmert, Milady.«

Rosalynde blickte auf. Sie saß allein auf einem Felsen, der ein wenig ins Wasser ragte. »Ich bin nicht bekümmert, Cleve. Mach dir keine Sorgen.« Sie zwang sich zu einem Lächeln, als sie den besorgten Ausdruck auf Cleves Gesicht sah. Dann warf sie ein Stückchen Brot in den träge dahinfließenden Fluß und sah zu, wie zwei Fische danach schnappten. »Stanwood ist ein wunderbarer Ort. Es wird dir gefallen.«

»Wie sieht es dort aus?« fragte er und setzte sich auf einen Grasbuckel. Rosalynde blickte auf ihn hinab und sah zu, wie er mit dem Heißhunger des Heranwachsenden sein Essen verschlang. Er hatte es sich offensichtlich in den Kopf gesetzt, sie aufzuheitern. Einerseits wäre sie gern mit sich und ihren Gedanken allein gewesen, aber sie war auch dankbar für seine ehrliche Anteilnahme.

»Stanwood ist … nun …« Sie dachte eine Weile nach und versuchte die Stätte ihrer Kindheit so zu beschreiben, wie sie auf einen Besucher wirken würde — frei von ihrer emotionalen Bindung zum Haus ihrer Eltern. »Stanwood hat hohe Mauern und ist alt.« Sie lächelte melancholisch. »Es ist dort wärmer als in Millwort, wenn ich mich recht entsinne. Weil das Meer so nahe ist. Manchmal, wenn der Wind kräftig genug aus Osten bläst, kann man die salzige Luft riechen.«

»Ihr habt das Meer *gesehen?*« Cleve vergaß zu kauen. »Ihr seid wirklich schon am Rande des Meeres gewesen und habt das Wasser berührt?«

»Natürlich.« Ihr Lächeln war tatsächlich heiter, als sie Cleves staunende Augen sah. »Ich bin sogar schon darin gelaufen. Und das kannst du auch. Wir beide werden einmal zusammen zum Meer hinunter gehen und dann siehst du es.«

»Also, das wäre ja einfach großartig!« Der Junge strahlte sie begeistert an und biß ein großes Stück Käse ab.

»Stanwood ist auch ganz anders als Millwort«, fuhr sie fort. »Es ist nicht so groß, hat einen Burgfried und vier Stockwerke. Und es gibt sogar eine eigene Kapelle. Und sehr viele Fenster. Es ist drinnen wirklich sehr sonnig und hell, und der Innenhof …« Ihre Stimme wurde weich bei der Erinnerung. »Als ich klein war, konnte ich nie ganz durch den Schloßhof laufen. Mein Vater …« Sie hielt inne. Ein Stirnrunzeln verdunkelte das eben noch so vergnügte Gesicht. »Stanwood ist nicht so geschmackvoll und vornehm wie Millwort. Die Mauern wurden nicht aus geschliffenen

Steinquadern erbaut, sondern zum Teil aus Kieselsteinen und Mörtel. ›Schotterwände‹ hat mein Vater sie immer genannt.« Sie stand auf und schleuderte den letzten Bissen Brot in den eiskalten Fluß. »Ich bin sicher, daß ich es viel schöner in Erinnerung habe, als es eigentlich ist«, schloß sie gefaßt.

»Es klingt wunderbar.« Der Junge nickte aufmunternd. »Gibt es viele Bedienstete?«

Rosalynde zögerte mit der Antwort. »Als ich dort lebte, schien das Schloß stets voller Menschen zu sein: Köche, Mägde, Junker, der Verwalter, der Seneschall. Es war ein geselliges, lebendiges Haus. Ich kann mich nicht erinnern, jemals allein gewesen zu sein.«

Aber wie sah es heute dort aus? Auf diese Frage hatte Rosalynde keine Antwort und sie war erleichtert, daß Cleve keine weiteren Fragen stellte. Im Innersten war sie überzeugt davon, daß sie nicht mehr das geborgene Zuhause ihrer Kindheit vorfinden würde. Ihre Mutter hatte das Schloß mit ihrer Liebe erfüllt. Sie war es gewesen, die Mann und Kind glücklich gemacht hatte. Mit ihrem Tod starb auch die Liebe und das Glück. Von Herzen wünschte sich Rosalynde, wenigsten wieder einen Zipfel dieses Glücks auf Stanwood zu erhaschen, aber sie glaubte nicht daran.

Mit einem Satz sprang sie von dem Felsen herunter und holte die Schuhe, die sie auf dem Gras ausgezogen hatte. Dann blickte sie gedankenverloren auf das Wasser, sah zu, wie ein abgebrochener Ast gegen einen Felsbrocken getrieben wurde, dann im seichten Uferwasser an den Flußkieseln entlangschabte und schließlich in tieferes Wasser abtrudelte. Cleve hatte sich in der milden Frühlingssonne ausgestreckt und hielt ein Nickerchen.

Als die Ritter, die weiter flußabwärts lagerten, die ersten Rufe ausstießen, sah Rosalynde nicht einmal auf. Sie war so vertieft in ihre Gedanken, daß sie den Lärm kaum wahrnahm. Cleve jedoch schlief nicht so fest, wie es schien. Beim ersten Schrei öffnete er die Augen und richtete sich ein wenig auf. Beim zweiten Schrei aber sprang er plötzlich erschreckt auf.

»Duckt Euch, Milady«, zischte er und kroch auf allen Vieren zu ihr hin.

»Wie bitte?« Rosalynde sah ihn an und war über sein merkwürdiges Gebaren erstaunt.

»Kauert Euch auf den Boden!« drängte er. »Irgendetwas stimmt nicht da drüben. Ich weiß auch nicht genau was los ist, ich weiß nur, wir müssen uns verstecken!«

Rosalynde wandte sich zum Rastplatz um, wo Nelda und die vier Ritter sich nach dem Mahl zur Ruhe niedergestreckt hatten. Der kurze Blick genügte, um das Blut in ihren Adern gefrieren zu lassen. Eine Horde von Männern, einige beritten, andere zu Fuß, hatte mit brutaler Zielstrebigkeit den kleinen Tross aus Stanwood überfallen. Einer der vier Ritter lag bereits zusammengekrümmt am Boden. Die anderen drei kämpften um ihr Leben. Sie hörte einen schrillen Schrei — Nelda, begriff sie entsetzt. Dann packte Cleve sie am Arm und zog sie ohne ein Wort zu verlieren hinter den schützenden Felsen.

»Oh, mein Gott, sie bringen sie alle um!« rief Rosalynde außer sich vor Angst und vor dem, was sie mit ansehen mußten. »Wir müssen ihnen helfen!«

»Wie denn?« fragte der Junge keuchend. Seine Stimme zitterte. »Wir haben nicht einmal ordentliche Waffen, und sie sind in der Überzahl.« Er drückte sie noch tiefer zu Boden und spähte vorsichtig hinter der Felskante hervor. Er hatte seinen kurzen Dolch gezogen und hielt ihn fest mit der Rechten umklammert.

Ihre Augen weiteten sich vor Schreck, als sie die Waffe sah. In den Händen der Marodeure hatte sie Schwerter und Speere gesehen. Dagegen wirkte Cleves Dolch geradezu lächerlich.

Scheinbar eine Ewigkeit kauerten sie hinter dem Felsen. Mit den Füßen im eiskalten Wasser mußten sie die schrecklichen Geräusche des Gefechtes mitanhören. Metall klirrte auf Metall. Fruchtbares Gebrüll, Flüche und grauenhafte Schmerzensschreie. Bei jedem neuen Aufschrei krümmte sich Rosalynde zusammen. Das Herz schlug ihr bis zum Hals. Sie war vor Angst wie gelähmt. Sie starben. Sie starben alle. Und es war nur eine Frage der Zeit, bis auch sie und Cleve entdeckt und erschlagen wurden.

»Paß auf die Pferde auf! Die Pferde!« bellte eine tiefe Stimme. Dann ein Durcheinander von Gewieher und heftigem Schnauben der Rösser. Rosalynde konnte die Spannung nicht länger ertragen. Sie versuchte, hinter dem Felsen hervorzuschauen, als ein Pferd durch das Wasser galoppierte. Blitzschnelll zog Cleve sie zurück.

»Wir müssen hier reglos verharren, wie dieser Fels«, ermahnte er sie flüsternd. »Sonst finden sie uns auch, und dann ...« Er hielt inne, als er ihr entsetztes Gesicht sah. Das Siegesgebrüll der Mörderbande drang deutlich zu Rosalynde und Cleve herüber. Zu deutlich.

»Hier ist der Wein, Tom, mein Guter«, sagte einer von ihnen lachend. »Trink einen Schluck, bevor die Kruke leer ist.«

»Na hör mal, ich habe den Kerl niedergemacht! Hätte ich nicht eingegriffen, wärst du mausetot, und jetzt willst du mir meinen Anteil vorenthalten? Gib schon her, Freundchen!«

Rohes Gelächter und Prahlereien waren zu hören. Den Geräuschen nach zu schließen, wurde jetzt der Karren geplündert. Dann ein langer Pfiff und dann Stille. Rosalynde und Cleve sahen einander in namenloser Furcht an.

»Habt Ihr das gesehen? Die feinsten Stoffe. Bestimmt alles Seide. Da wird aber eine feine Lady heute nacht ihre Wäsche vermissen!« Er lachte anzüglich.

»Und Juwelen!« frohlockte ein anderer.

»Zeig her!«

Dann hörten sie Laute und Geräusche einer Balgerei. Rosalynde und Cleve drückten sich noch näher an den Felsen. Sie stellte sich vor, wie diese Halunken ihre Kleider und Wäsche betatschten und die wenigen Schmuckstücke an sich nahmen, die sie besaß.

»Hmm. Viel ist das ja nicht. Aber besser als in die Hand gespuckt. *Er* wird uns für diese Beute einen guten Preis zahlen.«

»Aber du weißt doch, was er gesagt hat«, unterbrach ein anderer. »Er nimmt uns nichts mehr ab, jetzt, wo sie den armen Teufel geschnappt und verurteilt haben. Gestohlene Ware kann er jetzt nicht brauchen — zumindest für eine Weile nicht.«

Der andere Mann, offensichtlich der Anführer der Räuberbande, lachte nur. »Er wird alles nehmen, verlaß dich drauf. Und wenn nicht — es gibt noch genügend andere in Hadleigh.«

Der Nachmittag verstrich mit zermürbender Langsamkeit. Rosalynde und Cleve wagten nicht, sich in ihrem unsicheren Versteck zu rühren. So durchlitten sie sämtliche Stufen der Angst und des Zorns, während das Räubergesindel laut gröhlend feierte, bis sie allesamt betrunken waren. Erst als die Sonne schon lange Schatten auf des Flußufer warf und die Geräusche der Räuberbande verebbten, wagte Cleve einen Blick auf das Geschehen.

»Möge Gott sie für ihre Taten zerschmettern und in der Hölle braten lassen«, murmelte er, als er den Schauplatz des Massakers erblickte. Als sich Rosalynde erhob, um ebenfalls hinüberzusehen, legte er seine Hand fest auf die Schulter seiner Herrin. »Oh, nein, Milady. Seht nicht hin. Der Anblick ist zu furchtbar.«

Aber Rosalynde bestand darauf. Was sie sah, drehte ihr den Magen um. Drei Ritter waren erschlagen worden. Die Kleidung hatte man ihnen vom Leib gerissen. Nackt und verstümmelt lagen sie in ihrem Blut. Auch ein erfahrener Krieger hätte diesen Anblick nur schwer ertragen. Sie erbleichte. Ein kaltes Grauen packte sie. Mit Mühe würgte sie ihre Übelkeit hinunter, als sie Cleve ansah. »Was ist mit Nelda? Und ... wo ist der andere Ritter?«

»Vielleicht sind sie entkommen und holen Hilfe.«

»Aber wenn Nelda nicht geflohen ist, dann werden diese Männer ...« Sie brach ab bei der Vorstellung, was diese Bestien Nelda antun würden — jeder Frau, die ihnen über den Weg lief. Sie hatte die Geschichten über Wilhelm den Eroberer und den Einfall der Normannen gehört. Mit großen Augen hatte sie den hinter vorgehaltener Hand geflüsterten Erzählungen über die marodierenden Wikinger in alter Zeit gelauscht. Sie erzitterte, als sie begriff, daß auch sie nicht sicher war. »Bitte, o Gott, bitte, mach, daß sie entkommen sind. Und hilf uns auch«, betete sie in Todesangst. Bedrückt sah Cleve sie an. »Ich hoffe, Gott erhört Euch, Milady. Wir müssen versuchen, unsere Haut zu retten.«

In erneuter Panik weiteten sich Rosalyndes Augen. Was sollten sie denn ausrichten — ein Page und ein junges Mädchen — gegen einen Haufen wilder, betrunkener Mörder? Voller Angst schüttelte sie den Kopf. »Wir können nicht fliehen, Cleve. Wir können sie auch nicht besiegen. Was sollen wir bloß tun?«

Cleve blickte sie lange an. Er war blaß, aber entschlossen. Noch einmal beobachtete er die Gruppe, dann holte er tief Luft.

»Wir *können* fliehen. Sie wissen nicht, daß wir hier sind. So wie es sich anhörte, haben sie den ganzen Wein getrunken, den Lady Gwynne Eurem Vater senden wollte. Wenn es ein wenig dunkler geworden ist, werden wir uns fortschleichen. Aber nicht am Ufer entlang, da gibt es zu wenig Deckung. Wir müssen zu dem Wäldchen zurück und an der Burgruine vorbei. Dann können wir Hilfe holen.«

Diese klare Entscheidung war Balsam für Rosalyndes Nerven und sie nickte zustimmend. »Hoffentlich ist es nicht zu spät, wenn wir warten, bis sie abgezogen sind«, meinte sie besorgt. »Und wenn es zu dunkel ist, finden wir uns in diesem unbekannten Gelände niemals zurecht.«

Die Antwort auf dieses Problem ergab sich ziemlich schnell. Einer der Bande drehte sich stöhnend um und kam langsam auf die Beine. Torkelnd ging er zum Fluß hinunter. Die anderen Männer blieben trunken liegen. Als der Mann auf ihren Felsen zukam, schlugen Rosalyndes Zähne vor Angst aufeinander. Aber die langen Stunden der tatenlosen Hilflosigkeit hatten Cleve neuen, tollkühnen Mut gegeben. Entsetzt sah Rosalynde, wie er erneut seinen Dolch zog.

Kein Wort kam über ihre Lippen, als der Unhold genau auf der anderen Seite des Felsens stehenblieb. *Bitte, laß ihn nicht näherkommen,* betete sie verzweifelt. *Und laß Cleve nichts Unüberlegtes tun.*

Aber Cleve wehrte die Hand ab, die ihn zurückhalten

wollte und übersah ihren bittenden Blick. Dann hörten sie, daß der Mann weiterging, um den Felsen herum. Rosalynde erstarrte vor Angst. Cleve jedoch war wachsam und gefaßt. Sprungbereit wie eine lauernde Katze schlich er geduckt am Felsen entlang. Als der Mann sichtbar wurde, sprang er nach vorn.

Der Augenblick war günstig, da der Mann sich am Fluß erleichtern wollte. Mit halb heruntergelassener Hose blieb dem Schurken keine Zeit, um sich zu wehren. Bis zum Heft fuhr Cleves Dolch in seine linke Schulter. Der Überraschte schrie vor Schmerz und Wut auf. Die benebelnde Wirkung des Weines verhinderte, daß er sofort zu Boden ging. Wie ein zottiger Bär drehte er sich langsam um seine Achse, holte weit aus und schlug nach seinem Angreifer.

Cleve wurde mit voller Wucht gegen den Felsen geschleudert. Rosalynde hörte seinen Aufschrei und eilte ihm zu Hilfe. Sofort wandte sich der Schurke ihr zu. Mitten im Schlag hielt er inne. Er wankte, fiel auf die Knie und sackte dann langsam nach vorne. Sie hörte den warnenden Schrei eines seiner Kumpane, kümmerte sich aber nicht darum. Aus Angst und Verzweiflung erwuchsen ihr ungeahnte Kräfte. Sie schlang Cleves Arm um ihren Hals und lief los auf den Wald zu. Den halb bewußtlosen Pagen zerrte und schleifte sie mit sich.

»Milady ...« murmelte Cleve und versuchte bei Bewußtsein zu bleiben.

»Lauf, Cleve, lauf!« schrie sie und zog ihn weiter mit sich. Sie fürchtete jeden Moment von den Mördern eingeholt und erschlagen zu werden und wagte nicht, einen Blick auf die Verfolger zu werfen. Sie wollte nicht wissen, wie nah ihr der Tod auf den Fersen war. Aber es traf sie kein Schlag, kein Schwerthieb, und als sie den schützenden Wald erreicht hatten, nahm sie ihren Mut zusammen und blickte zurück.

Sie atmete schwer, als sie sich einen genauen Überblick verschaffte. Der Betrunkene lag immer noch an der Stelle, wo Cleves kühner Angriff ihn niedergestreckt hatte. Er winkte schwach, aber seine Gefährten waren offensichtlich zu betrunken, um ihm tatkräftig zu helfen. Einer stolperte über einen Ast, als er schwankend näherkam. Ein anderer taumelte los, sah sich um, rannte in der verkehrten Richtung weiter, blieb wieder stehen und stierte dann dumpf zu Boden, als wisse er nicht, was er eigentlich wollte. Für einen Moment starrte er sogar zum Wäldchen, und Rosalynde stockte der Atem. Dann aber drehte er sich einmal um sich selbst und stürzte taumelnd zu Boden. Endlich wagte Rosalynde wieder zu atmen.

Ohne nachzudenken lief sie tiefer in das Dickicht aus niederen Bäumen und Büschen und stützte Cleve so gut sie konnte. Sie spürte die kleinen Äste nicht, die ihr ins Gesicht schlugen, sich im Umhang und im langen Haar verfingen. Sie eilte einfach weiter, ohne zu wissen wohin. Nur fort. Weit fort von dem Mörderpack, das seine Opfer kaltblütig überfallen, niedergemetzelt und ausgeraubt hatte. Cleve stöhnte vor Schmerzen und versuchte ihren stützenden Arm abzuschütteln. Als er jedoch allein weitergehen wollte, trugen ihn die Beine nicht und er brach auf der Stelle zusammen.

»Cleve. Cleve!« Rosalynde kniete an seiner Seite nieder und hob seinen Kopf. Langsam schlug der Junge die Augen auf, aber die Pupillen drehten sich immer wieder nach oben. Er schien einer Ohnmacht nahe.

»Lady Rosalynde?« murmelte er . Die Augen fielen zu.

»Schsch. Es ist alles in Ordnung, Cleve. Alles ist gut. Ruh dich einen Moment aus, während ich deine Wunden versorge«, sagte sie ruhiger und gefaßter, als ihr zumute war.

»Muß Euch fortbringen . . . Sicherheit . . . nach Stanwood . . .« Er fuhr zusammen, als sie eine bestimmte Stelle an seinem Kopf berührte.

»Halt still. Ich muß mir die Wunde ansehen . . .« Rosalynde brach ab, als sie das Blut sah. Ihre Finger und das Haar des Jungen waren mit dickem, dunklem Blut verschmiert. Vorsichtig teilte sie das Haar, um das Ausmaß der Verletzung besser beurteilen zu können. Obwohl das Blut nur noch in kleinen Schüben heraussickerte, war die Wunde ziemlich tief. Rosalynde überlegte, was zu tun war.

Ihre Lage war, gelinde gesagt, schwierig. Im Moment

schienen sie zwar sicher, aber wie lange? Sie waren allein, ohne Pferd, ohne Vorräte. Sie befanden sich in einer völlig fremden Gegend. Niemand war da, der ihnen helfen konnte. Und sie waren unbewaffnet.

Dann entdeckte sie zu ihrer großen Erleichterung, daß Cleve es irgendwie fertiggebracht hatte, seinen Dolch festzuhalten, trotz allem, was inzwischen geschehen war. Das Blut des Mannes, den er angegriffen hatte, klebte noch daran. Auch wenn es nur eine kleine Klinge war, sie besaßen eine Waffe und sie wurden nicht mehr verfolgt. Das war ein Anfang.

Sie atmete ruhig durch, damit ihr Herzschlag wieder gleichmäßiger wurde. Dann biß sie die Zähne zusammen, griff nach dem Saum ihres langen Gewandes und versuchte den Stoff zu zerreißen. Das Leinen war zu fest gewebt. Cleves Dolch würde ihr helfen. Trotz seiner Benommenheit hielt der Junge die Waffe nur noch fester in der Hand und wehrte sie ab.

»Gib mir den Dolch, Cleve«, flüsterte sie eindringlich. »Ich muß Stoffstreifen schneiden, um dir den Kopf zu verbinden. Dann suchen wir uns einen besseren Lagerplatz. Es wird bald Nacht und wir brauchen einen Unterschlupf.« Beruhigend strich sie mit ihrer schmalen Hand über den Kopf des Verwundeten. »Du bekommst den Dolch sofort zurück.«

Cleve öffnete wieder die Augen und sein Blick war etwas klarer geworden. »Beschädigt meinetwegen bitte nicht Euer Gewand.«

»Sei still und füge dich«, antwortete sie bereits etwas zuversichtlicher und hoffte, daß die Verletzung vielleicht doch nicht so schwer war. Als er den Dolch endlich freigab, hob sie ihn mit zwei Fingern hoch. Voller Ekel reinigte sie ihn mit Farnblättern, so gut es ging von dem verkrusteten Blut. Schnell trennte sie dann von ihrem Saum zwei lange Streifen ab und umwickelte damit den Kopf des Pagen. Als sie fertig war, lächelte er sie schwach an.

»Tausend Dank, Milady.« Mühsam versuchte er sich aufzurichten, was ihm nur mit ihrer Hilfe gelang. Obwohl er dies verbergen wollte, entging Rosalynde sein schmerzverzerrtes Gesicht nicht. »Ich muß Euch in Sicherheit bringen«, stieß er hervor und sah sich hilflos in dem dichten Gehölz um.

»Damit hat es jetzt keine Eile«, gab Rosalynde zurück. Auch sie blickte sich um und versuchte an das Naheliegende zu denken. »Als erstes brauche ich Wasser, um die Wunde an deinem Kopf ordentlich zu reinigen.« Angestrengt dachte sie über diesen lebenswichtigen Punkt nach und nagte an der Unterlippe.

»Der Fluß.« Cleve wies in die entsprechende Richtung.

»Nein!« gab Rosalynde entsetzt zurück. »Diese furchtbaren Männer würden uns sofort entdecken, wenn wir zum Wasser gehen.« Ein Vogel flog dicht über ihre Köpfe hinweg und beide fuhren erschrocken zusammen. Rosalynde beobachtete, wie er zu der Burgruine am Hügel hinübersegelte. Ein kleines Lächeln zeigte sich auf ihren Lippen, als die Idee Gestalt annahm. »Auf dieser Burg muß es doch noch einen Brunnen geben. Wir gehen zur Burg hinauf!«

»Ihr habt doch gehört, was die Ritter gesagt haben«, protestierte Cleve mit wachsender Kraft. »Dort gehen Gespenster um. Es wäre Wahnsinn, diesen todgeweihten Ort zu betreten.«

Unbeirrt von der eindringlichen Warnung erhob sich Rosalynde.

Ihre Strümpfe waren zerfetzt, das Kleid zerrissen und immer noch naß. Sogar der wetterfeste Umhang hatte an einer Seite einen langen Riß bekommen. Aber sie und Cleve waren am Leben. Durch Gespenster bedroht zu werden erschien ihr als das kleinere Übel.

»*Uns* werden die Gespenster beschützen«, behauptete sie zuversichtlich, als sie sich niederbeugte, um ihm aufzuhelfen. Cleve starrte sie entsetzt an.

»Sie werden uns im Schlaf heimsuchen«, warnte er, als sie ihren Arm um seine Hüfte legte und langsam den ersten Schritt machte. »Sie werden sich uns auf die Brust setzten und das Leben aus uns pressen.«

»Sie werden jeden Menschen abhalten, uns bis dorthin zu folgen«, antwortete sie klug. Allerdings stiegen jetzt doch einige Zweifel in ihr auf. »Wir wollen ihnen nichts Böses. Das werden sie bestimmt merken.«

Cleve hatte noch Bedenken, aber auch keinen besseren Vorschlag und fühlte sich sehr matt. So blieb ihm nichts anderes übrig, als sich auf den Arm seiner Herrin zu stützen. Geduckt und immer wieder furchtsam zurückblickend stiegen sie langsam zu dem alten Gemäuer empor.

3

Weder das Stöhnen unglückseliger Geister noch schauerlicher Gespenster quälte Rosalynde während der langen Stunden der Nacht. Der tote Sir Medwyn und seine bejammernswerte Gemahlin waren nicht erschienen, als sie sich in den Ruinen der ehemaligen Küche verkrochen, statt dessen verfolgte sie das Bild der hingemetzelten Toten am Ufer des Stour. Ihre Furcht aber galt einzig und allein dem fiebernden Cleve.

Nelda hatte sie nicht begleiten wollen. Da Rosalynde aber darauf bestanden hatte, die Reise nach Stanwood anzutreten, war eine Zofe notwendig geworden. Wenn sie nicht so unbelehrbar gewesen wäre, lebten Nelda und die vier Ritter noch. Obwohl sie nur drei Leichen gesehen hatte, war Rosalynde sicher, daß alle anderen erschlagen worden waren. Die Bilder des Schreckens ließen sich nicht aus dem Kopf verdrängen. Und all das nur meinetwegen, dachte sie voller Schuldgefühl. Ihren armen Seelen war nicht einmal die Würde eines christlichen Begräbnisses zuteil geworden.

Und jetzt hatte sich Cleves Zustand auch noch verschlechtert.

»Heilige Mutter Gottes«, betete sie inbrünstig, »rette diesen Jungen, ich flehe dich an. Erbarme dich seiner. Er verdient es nicht, so jung zu sterben.«

Einsam hielt sie Wache, allein in der mondlosen Schwärze der Nacht, inmitten der Geräusche allerlei Getiers und der Nachtvögel um sie herum. Sie war dankbar, daß sie überlebt und in der Ruine des verwüsteten Burghofs Schutz gefunden hatten — und doch stiegen jetzt Furcht und Zorn in ihr auf.

Es war nicht gerecht, haderte sie im Stillen und legte Cleve ein Stück feuchtes Linnen auf die glühende Stirn. Nichts war gerecht! Giles hätte nicht sterben dürfen. Warum wurden Nelda und die vier Ritter Lord Odgens so grausam abgeschlachtet? Warum steckte sie in all diesem Elend? Und der arme Cleve ...

Er stöhnte und versuchte sich umzudrehen. Wild schlug er mit einem Arm um sich, bis Rosalynde ihn zu fassen bekam und den Fiebernden beruhigte.

»Achtung!« stöhnte er und eine Träne drang aus den fest geschlossenen Augen. »Gebt acht, Milady!«

Dann schlug er plötzlich die Augen auf und starrte sie an, als sei sie eines der Gespenster, die er so gefürchtet hatte.

»Beruhige dich«, murmelte sie mit sanfter Stimme und tauchte das Linnen in den halb zerbrochenen Krug, den sie gefunden und mit Wasser aus dem Brunnen gefüllt hatte. Vorsichtig tupfte sie den Schweiß von seinem Gesicht. Trotz der Kälte dieser Frühjahrsnacht war sein ganzer Körper naß von der Hitze, die in ihm tobte. Sie wußte, daß es nur noch eine Frage der Zeit war, bis eine Erkältung hinzu kam. Warum hatte sie nicht im Hellen nach Verbenen gesucht? Sie hätte ihm jetzt einen fiebersenkenden Tee bereiten können. Oder eine Lösung aus Wundkraut oder einen breiigen Umschlag aus Frauenmantel für die entzündete Wunde. Der Tee und die Lösung hätten geholfen, das Fieber zu bekämpfen, das ihn jetzt so peinigte.

Aber in ihrer Eile, einen sicheren Unterschlupf für die Nacht zu finden, hatte sie nicht daran gedacht. Bei Tagesanbruch würde sie sich sofort auf die Suche nach diesen Heilkräutern machen. Wenn die Morgendämmerung die drükkende Dunkelheit der Nacht ablöste, würde sie irgendetwas unternehmen. Sie würde alles tun, um ihm zu helfen. Alles!

Es dauerte eine Ewigkeit, bis sich der erste malvenfarbene Streifen am bläulich grauen Himmel zeigte. Sie fror und war erschöpft. Die Glieder schmerzten von der gekrümmten Haltung, in der sie an der Seite des verletzten Pagen ausgeharrt hatte. Ihre übermüdeten Augen brannten, aber sie war fest entschlossen, etwas zu unternehmen. Cleve war in einen tiefen Schlaf gesunken, der zeitweise von verwirrtem Gemurmel unterbrochen wurde. Langsam stand sie auf und deckte seinen schmalen Körper mit ihrem Umhang zu. Zitternd vor Kälte verließ sie das nächtliche Obdach und stolperte hinaus in den Burghof. Die Ruine war nicht besonders groß. Ohne Schwierigkeiten konnte sie ausmachen, wo der Burgfried gewesen war, wo sich die Mauern erhoben hatten und welcher Teil einmal als Kapelle gedient hatte. Als sie mit steifen Gliedmaßen in der Morgenkälte dem Tor zustrebte, wünschte sie einmal mehr, daß der neue König Heinrich II. nicht so unerbittlich in seiner Order gewesen wäre, alle widerrechtlich erbauten Burgen zu schleifen. Hätte er Lord Medwyn und seine Gemahlin nicht verfolgt, wäre es diesen Gesetzlosen nicht so leicht möglich gewesen, die Lande unsicher zu machen.

Nachdenklich ging sie an einem Haufen verkohlter Balken vorbei. Schade um diese schöne Burg! Da schoß ihr plötzlich ein Gedanke durch den Kopf. Jeder gute Kastelan hielt sich einen Kräutergarten mit Küchen- und Heilpflanzen. Bestimmt war noch etwas davon übriggeblieben!

Sie brauchte nicht lange, um das verwahrloste Gärtchen zu finden. Inmitten wuchernder Brennesseln, Weiderichbüschen und Senfkraut wuchs noch immer eine kräftige kleine Rabatte all jener Kräuter, die in keinem Haushalt fehlen durften. Wundkraut gab es zwar nicht, aber Schafgarbe erfüllte auch ihren Zweck. Zusammen mit der zerstoßenen Rinde junger Lindenzweige würde dies einen heilenden Umschlag geben.

Als Rosalynde zu dem Schlafenden zurückeilte, fühlte sie sich ungleich wohler als vorhin, trotz Kälte, trotz des bohrenden Hungers. Cleve würde wieder gesund werden, dafür konnte sie jetzt sorgen. Und dann würden sie sich irgendwie in Sicherheit bringen. Einmal mußte sich ja das Blatt zum Guten wenden. Sie strich sich eine Strähne des zerzausten Haares aus der Stirn. Eigentlich konnte nichts mehr passieren.

»Das könnt Ihr nicht tun«, flüsterte Cleve heiser. Er versuchte aufzustehen, aber Rosalynde drückte ihn energisch auf sein Lager aus Blättern und Moos zurück, das sie ihm fürsorglich bereitet hatte.

»Einer muß aber gehen«, widersprach sie. Ihr ärgerlicher Tonfall wandelte sich sofort, als sie sein schmerzverzerrtes Gesicht sah. »Einer von uns muß Hilfe holen, und dazu bist du nicht in der Lage«, erklärte sie bestimmt.

»Es ist zu gefährlich«, beharrte er. Dann fielen seine Augen wieder zu und er zuckte ergeben mit den Schultern.

»Ja«, sagte sie leise. »Es ist gefährlich. Aber denk doch bitte nach, Cleve. Was sollen wir sonst machen? Du bist nicht reisefähig und wer weiß ... diese furchtbaren Männer könnten vielleicht zurückkommen. Außerdem muß die Obrigkeit von dieser grauenvollen Untat in Kenntnis gesetzt werden.«

»Aber Ihr könnt Euch doch nicht allein auf den Weg machen«, wandte Cleve wieder ein und blickte seine Herrin eindringlich an. »Was ist, wenn diese Kerle Euch finden? Wenn sie versuchen, von Eurem Vater Lösegeld zu erpressen?«

»Wir können hier nicht ewig warten, bis Hilfe kommt«, antwortete sie ruhig. »Wie auch immer ... ich habe meine Entscheidung getroffen. Ich will mir deinen Umhang ausleihen, wenn du erlaubst. So schmutzig wie ich bin, mit meinen zerrissenen Kleidern und dem verfilzten Haar, werde ich wie ein armes Dorfmädchen aussehen.«

»Und Ihr glaubt, sie werden Euch nichts tun, nur weil Ihr ein Mädchen aus dem Dorf seid?« rief er erregt aus. Die Augen brannten in seinem bleichen Gesicht. »Sie werden Euch vielleicht nicht umbringen, aber sie könnten Euch viel größeres Leid zufügen.«

Sie setzte zu einer Antwort an und hielt inne, als ihr klar wurde, was ›größeres Leid‹ bedeutete. In Millwort hatte sie Gerüchte darüber gehört. »Oh. Ich verstehe.« Schamhaft und furchtsam senkte sie den Kopf.

»Also seht Ihr endlich ein, daß Ihr nicht gehen dürft?« entschied der Junge mit Bestimmtheit.

»Aber ich muß!« rief sie aus, und ihre Stimme zitterte ein wenig. »Außerdem sind die Verbrecher bestimmt schon weit fort. Ich verspreche dir, daß ich vorsichtig sein werde. Wahrscheinlich bemerkt mich keine Menschenseele.«

Erregt schüttelte Cleve den Kopf. »Ihr redet Euch das ein, weil Ihr es so haben wollt. Aber bedenkt doch, Milady, Eure Verkleidung kann Euch davor nicht ausreichend bewahren.«

Auch wenn Rosalynde seinen Worten keinen Glauben schenken wollte, wußte sie in ihrem Inneren, daß er die Wahrheit sagte. Sie selbst fand sich eigentlich nicht weiter bemerkenswert, aber sie hatte in letzter Zeit festgestellt, daß so manches Männerauge ihr folgte. Etwas anderes kam noch hinzu. Seit frühester Kindheit hatten ihre *Augen* sie von allen anderen unterschieden. Manchmal war es von Nutzen gewesen, und nun wirkte es sich zu ihrem Nachteil aus.

Als Kind hatte man sie als etwas Besonderes angesehen. Die großen Augen — die golden gesprenkelte Iris umrahmte ein tiefblauer Ring — beherrschten ihr kleines Gesichtchen. Man erzählte sich, daß der Priester bei ihrer Taufe den Segen nicht nur einmal sprach, sondern ihn ein zweites Mal wiederholte. Um böse Geister fernzuhalten, die den klaren Blick des Säuglings trüben könnten, hatte er gesagt. Mit der Zeit jedoch wurden die Augen ihr schönstes Merkmal. Manch Jüngling hatte ihr das Minnelied gesungen und ihr ewige Treue geschworen. Einerlei, ob man nun diese besonderen Augen als eine seltene Laune der Natur oder als ein Schönheitsmerkmal betrachtete, Rosalynde war sich bewußt, das sie auffallen würde. Ratlos biß sie sich auf die Unterlippe und blickte dann wieder zu Cleve hinüber.

»Ich will mir die Kapuze ganz tief ins Gesicht ziehen. Und ich werde den Kopf gesenkt halten und immer zu Boden blicken.« Sie seufzte, erhob sich und griff nach dem groben Umhang. »Mehr kann ich nicht tun.«

Cleve schwieg, während sie sich zum Aufbruch rüstete. Rosalynde drehte sich noch einmal nach ihm um. Aber der Anblick des bleichen Gesichts, das die Schmerzen mühsam zu verbergen suchte, schnürte ihr die Kehle zu und sie wandte sich rasch ab. Sie hatte das Gefühl, den Pagen einem ungewissen Schicksal zu überlassen, obwohl auch sie sich davor fürchtete, wieder in neues Unglück zu geraten. Und doch war es unsinniger, in der Ruine zu bleiben und nichts zu tun.

»Hier ist der Krug mit Wasser. Und hier der Brei aus Rinde und Kräutern. Zu Mittag mußt du den Umschlag wechseln. Wenn die Sonne den Zenit überschritten hat, weiche ein wenig Schafgarbe in Wasser ein kaue sie gut, und dann noch einmal wenn die Sonne sinkt. Und iß etwas von der Brunnenkresse.«

»Wie lange werdet Ihr fortbleiben?« fragte der Junge. Ein kummervoller Ausdruck lag auf seinem Gesicht. Es gelang ihm, sich auf seine Ellenbogen zu stützen. »Ihr solltet nicht ausbleiben, bis die Nacht hereinbricht. Ihr solltet überhaupt nicht gehen!« fügte er trotzig hinzu.

»Was immer auch geschieht, ich werde vor Einbruch der Dunkelheit zurück sein.« Sie wandte sich zum Gehen. »Ich werde vorsichtig sein«, versprach sie eindringlich. »Und ich werde jemanden finden, der uns helfen wird.«

Ja, das würde sie, sagte sie zu sich selbst, als sie eilig einem vom wilden Blaubeeren überwachsenen Pfad folgte. Auf jeden Fall würde sie mit der Abenddämmerung zurückkehren. Allein der Gedanke, in einer unbekannten Gegend vollkommen auf sich gestellt zu sein, war ihr furchtbar. So lange die Sonne schien, würde sie ihrer Aufgabe gewachsen sein. Aber wenn die Nacht wieder hereinbrach ...

Sie schauderte und hüllte sich noch fester in Cleves schweren Umhang. Gott sei Dank waren sie beinahe gleich groß, dachte sie nebenbei, während sie aufmerksam um sich blickte. Wenn sie Glück hatte, würde sie unbemerkt Hilfe holen können.

Diese Hoffnung trieb sie weiter. An einem Bach stieß sie auf einen von unzähligen Karren ausgefahrenen Weg. Rosalynde war sicher, daß sie sich in der Nähe eines Dorfes befinden mußte. Als der Wald von ausgedehntem Weideland abgelöst wurde, verbreiterte sich auch der Weg. Bald sah sie

Steinzäune, ordentliche kleine Bauernhäuser und den trutzigen Turm einer Dorfkirche.

Ermutigt einerseits und doch voller Angst näherte sie sich dem Dorf. Irgendetwas schien hier merkwürdig zu sein. Niemand arbeitete auf den Feldern, obwohl es hellichter Vormittag war. Keine Wäsche lag in den Gärten zum Bleichen aus, kein einziges Kind war zu sehen. Sie verlangsamte den Schritt, während sie über diese seltsame Beobachtung nachdachte. Aber dann sah sie die wehenden Fahnen, hörte den Klang von Hörnern und Trommeln und das Lachen und Johlen von Menschen. Sie begriff. Heute war wohl Markttag in diesem Dorf. Niemand war auf den Feldern, weil alle an diesem Festtag teilnahmen.

Beklommen näherte sich Rosalynde der Dorfmitte. Die vielen Menschen, die sie zuerst erschreckten, waren jedoch eigentlich ein Segen für sie. Wem würde unter so vielen Feiernden ein einzelnes Mädchen auffallen? Noch eine Göre mehr, die den Tag genießen wollte. Wer sollte sie schon bemerken? Zu ihrer großen Freude stellte sie fest, daß die mit Kopfsteinen gepflasterte Straße, die mitten durch das Dorf führte, dieselbe alte Römerstraße zu sein schien, der sie von Millwort aus gefolgt waren. Sie mußten also nur auf dieser Straße ihren Weg fortsetzen, um nach Stanwood zu gelangen.

Rosalynde blieb stehen. Sie mußte ihre Sinne zusammennehmen und sich überlegen, wen sie um Hilfe bitten konnte. Tief hing die Kapuze in ihr Gesicht. *Vertraue nicht gleich dem ersten besten,* ermahnte sie sich streng. Immerhin war es leicht möglich, daß sich die Straßenräuber, die sie überfallen hatten, auch auf dem Marktplatz vergnügten.

Als sich Rosalynde unter die Menge mischte, war sie überrascht von der Vielzahl und Verschiedenheit der Menschen um sie herum. Vom geringsten Botenjungen bis zum stolzen Handwerker, vom schäbigen Gauner bis zum reichen Kaufmann tummelte sich alles auf dem Festplatz. Ein jeder nahm an den vielfältigen Darbietungen dieses Markttages teil. Hausierer von überall her boten ihre Waren an. Feine Pelze sah sie und weich gegerbte Lederhäute, Ballen mit Stoffen aller Art, mit Gänsefedern gefüllte Decken, Wäsche aus Linnen, an der Lady Gwynne ihre Freude gehabt hätte. Glücksspieler lockten die Umstehenden zu harmlos aussehenden Spielen mit farbigen Murmeln und Nüssen. Akrobaten zeigten ihre Künste, zwangen ihre Körper zu scheinbar unmöglichen Verrenkungen. Musikanten kämpften mit Laute, Harfe und Schellen um Gehör. Nur der schrille Ton des Clarions übertraf das Getöse. In einem abgetrennten Geviert kämpften Männer gegen einen riesigen Mann. Obwohl sie ihre kräftigen Hiebe geschickt verteilten, streckte der Gigant einen nach dem anderen zu Boden.

Verwirrend war dieses Durcheinander von Geräuschen, Bewegungen, Düften und Gerüchen. Rosalynde lief das Wasser im Munde zusammen, als ihr der Duft von geröstetem Porree in die Nase stieg. Auf der nächsten Feuerstelle brutzelten zwei Ferkel am Spieß. Gebratene Enten, Gänse und Hühner wurden am gegenüberliegenden Stand zubereitet. Es roch alles gar köstlich und Rosalynde trat unwillkürlich näher.

»Einmal riechen gibt's umsonst. Für's Kosten mußt du die rechte Münze herausrücken«, ermahnte sie ein kräftiger Bursche.

»Oh, ich bin nicht hungrig. Jetzt noch nicht«, entgegnete sie entschuldigend und wich zurück. Dann erinnerte sie sich ihrer Absicht. »Mit Verlaub, Sir«, sagte sie und trat wieder näher. »Könnt Ihr mir wohl sagen, wo ich den Bürgermeister dieser Gemeinde finden kann?«

Er brummte etwas Unverständliches, als er den schwer beladenen Spieß weiter drehte. So nah über dem Feuer rann der Schweiß in Strömen über Gesicht und Arme.

»Is' wohl irgendwo hier, schätze ich«, erklärte er und deutete mit dem Kopf zu einer grölenden Gruppe nahe dem Fluß. »Versucht es dort drüben bei der Bärenhatz.«

Bärenhetze. Bestürzt blickte Rosalynde zu der aufgeregten Schar von Männern und Burschen hinüber, die sich um irgendetwas scharten, das sie nicht sehen konnte. Ihre Tante hatte bei Lord Odgen durchgesetzt, daß solche grausamen Vergnügungen in Millwort verboten waren. Rosalynde hatte jedoch davon gehört. Da wurden Hunde von wilden Bären zerfleischt. Sie schüttelte den Kopf vor Abscheu, schluckte und ging auf die Gruppe zu. Etwas anderes blieb ihr nicht übrig. Sie brauchte die Hilfe des Bürgermeisters. Als sie den überfüllten Marktplatz überquerte, wurde sie unversehens durch die Rauferei zweier muskelbepackter Schläger zu Boden gerissen. »Aus dem Weg«, knurrte der eine, als sein Ellenbogen sie traf. Unsanft landete sie auf dem harten Untergrund. Die Kapuze rutschte ihr vom Kopf. Als der Mann das sah, hielt er sofort inne. »Ei, ei, was haben wir denn da, so versteckt unter einem Männergewand?« Unhöflich bückte er sich, packte Rosalynde bei den Armen und stellte sie unsanft auf die Beine. »Ob das wohl eine Taschendiebin ist?« fragte er glucksend seine Kameraden. Sein alkoholgetränkter Atem verursachte ihr Übelkeit. »Oder vielleicht eine Dirne, die hier ihrem Gewerbe nachgehen will?«

»Eine Dirne? Wohl kaum«, gab der andere Rohling lallend zurück und musterte Rosalynde abschätzig. »Dafür hat sie nicht genug zu bieten. Zu mager, das Ding.«

»Vielleicht bist du da etwas zu voreilig.« Der Mann zog Rosalynde an sich und drückte seinen Körper gegen sie. »Ich spüre mehr als dein Auge sieht«, johlte er, schlug ihren Umhang zurück und griff gierig nach ihrer runden Brust.

Im ersten Moment war Rosalynde zu entsetzt, um sich zu wehren. Das Geschehen vom Vortag hatte ihre Nerven so sehr überfordert, daß sie sich jetzt am liebsten in Luft aufgelöst hätte. Aber als der Wüstling ihren Arm freigab und ihre Brust befingern wollte, reagierte sie instinktiv. Mit aller Kraft schlug sie ihm ins Gesicht. Der Mann wich überrascht zurück. Rosalynde riß sich los und floh in die Menschenmenge. Hinter ihr war ein Aufruhr entstanden. Sie hörte grimmige Flüche und erkannte mit Schrecken, daß man ihre Verfolgung aufnahm. Zu verängstigt, um sich umzusehen, rannte sie um ihr Leben.

»Die Hure hat mich beraubt«, hörte sie ihn schreien. Er tobte wie ein wilder Stier und versuchte die Umstehenden anzufeuern. »Haltet sie! Haltet die Diebin!«

Aber die Menschenmenge war zu träge, um ihm allzu große Beachtung zu schenken. Seit den frühen Morgenstunden flossen Bier und Wein in Strömen. Wen kümmerte es noch, wenn sich irgendein Holzkopf von einem Flittchen bestehlen ließ!

Jetzt sah Rosalynde in jedem Gesicht einen Verfolger. Das Blut dröhnte ihr in den Ohren, als sie schließlich hinter dem Wagen eines Wunderheilers veschwand, um sich gleich darauf unter eine Gruppe von Frauen zu mischen, die das bunte Zelt eines Trödlers umlagerten. Um nicht aufzufallen, versuchte sie sich möglichst wenig umzublicken. Jeden Moment konnte dieser grauenvolle Mensch seine Pranken auf sie legen. Die Frauen drängten sich um den Händler und griffen nach den Waren, um sie zu begutachten. Ein langwieriges Gefeilsche begann. Rosalynde hielt sich in ihrer Mitte, zog die Kapuze wieder über die Stirn und dankte ihrem Schöpfer, daß sie entkommen war. Mit gespieltem Interesse betrachtete sie einen golddurchwirkten Samtstoff und betastete ihn. Ihre Gedanken aber waren bei ganz anderen Dingen. Sie mußte den Bürgermeister sprechen. Aber wie sollte sie das bewerkstelligen, solange dieser Widerling nach ihr Ausschau hielt?

Sie ließ sich von einer Bude zur anderen treiben, tauchte in der Menschenmenge unter, die sich vor zwei Jongleuren versammelt hatte. Obwohl Keulen, Messer und zum Schluß sogar brennende Fackeln durch die Luft flogen, konnte Rosalynde sich nicht an den Kunststücken freuen. Aufgeregt beobachteten die Umstehenden, wie einer der beiden sich die Augen verbinden ließ. Jetzt erkannte auch sie die Gefahr, der sich einer der Artisten aussetzte. Die brennenden Fackeln flogen höher, lösten sich in rasendem Wechsel ab, und doch verfehlte der Mann mit den verbundenen Augen nicht eine einzige. Aber während die Menge vor Begeisterung gröhlte, in die Hände klatschte und den Jongleuren Münzen vor die Füße warf, schauderte sie angesichts der Gefahr, die dieser Mann unnötigerweise eingegangen war. Warum brauchten die Menschen zur ihrer Unterhaltung derartige Nervenkitzel?

Nach der Darbietung löste sich die Zuschauermenge auf und Rosalynde konnte sich nicht länger dort verstecken. Sie mußte sich ein Herz fassen, um sich erneut auf die Suche nach dem Bürgermeister zu begeben. Sie würde ihm ihre mißliche Lage schildern und sich über die Zudringlichkeiten des Betrunkenen beschweren. Er würde ihr gewiß weiterhelfen.

Bald darauf wußte sie, wo er zu finden war.

»Er wird da hinten bei den Galgen sein«, antworte ein gutmütiger junger Bursche auf ihre Frage. »Bereitet wahrscheinlich die Hinrichtungen vor.«

»Hinrichtungen?« fragte Rosalynde und vergaß sogar einen Moment lang, das Gesicht zu verbergen, als sie den Burschen fassungslos anstarrte.

»Drei«, grinste er und hob drei Finger seiner Hand. »Mein Alter sagt, das ist eine üble Mörderbande und wir sollen alle Hurra schreien, wenn sie gehenkt werden.«

»Ist das etwa der Anlaß für den Jahrmarkt heute?« Sie war ein wenig angewidert von seiner Vorfreude.

Mißtrauisch blickte er sie an. »Nee. Heute feiern wir das Fest der Handreichung«, antwortete er dann voller Verachtung über ihre Unwissenheit. »Aber niemand hat sich zur Handreichung gefunden, und so bekommen wir als Ersatz die Hinrichtungen zu sehen.«

Rosalynde hatte von dem Brauch der Handreichung gehört. Er stammte aus alter Zeit und ermöglichte eine Heirat auf Probe. Die Kirche erkannte diesen Brauch allerdings nicht an. Und obwohl er beim einfachen Volk sehr beliebt war, war er auch beim Adel vollkommen undenkbar und verpönt.

Sie dankte dem Jungen leise und wandte sich zögernd den holzgezimmerten Galgen zu, in deren Nähe sich der Bürgermeister angeblich aufhielt. Die ersten Neugierigen hatten sich bereits eingefunden, um sich das makabre Schauspiel nicht entgehen zu lassen. Wieder mischte sie sich unter die Zuschauer, um nicht aufzufallen.

»... ein Bär von einem Mann«, meinte gerade ein Graubärtiger. »Soll ein Schwert haben so schwarz wie seine Seele.«

Ein weiterer Mann mischte sich ein. »Soll der Anführer dieser Mörderbande sein.«

»'s wurden alle getrennt voneinander gefangen genommen. Wer sagt denn, daß sie derselben Bande angehören?« widersprach ein Hagestolz mit krächzender Stimme.

»Hast du in den letzten Wochen vielleicht etwas von neuen Überfällen gehört, seit man die drei geschnappt hat?« entgegnete ein dritter besserwisserisch. »Nein, sag' ich's doch ... weil er ihr Anführer ist. Hab' ihn gesehen, als ich dem Bürgermeister 'nen Krug Bier brachte. Wirst ihn ja gleich selbst seh'n. Er ist es, dieser Blacksword. Die anderen beiden haben bestimmt auch ein paar Morde am Gewissen, aber er, er ist ihr Anführer, das schwör ich dir. Der sieht einfach nicht so aus, als ob er sich von and'ren was vorschreiben läßt.«

Waren die Verbrecher, die sie überfallen hatten, etwa schon gefaßt worden? Einen Augenblick fühlte sich Rosalynde unendlich erleichtert. Dann fiel ihr ein, daß sie wohl kaum so schnell verhaftet und verurteilt werden konnten. Es mußten also andere Gesetzlose sein, die man gefangengenommen hatte. Am liebsten hätte sie den Umstehenden verkündet, daß immer noch Banditen die Gegend unsicher machten. Dieser Blacksword mochte zwar der Hauptschuldige sein, aber sie und Cleve waren der lebende Beweis dafür, daß er und die beiden anderen nicht die einzigen Straßenräuber waren. Aber sie blieb bei ihrem Vorsatz, niemandem zu trauen. Sie wollte ihre Geschichte zuerst dem Bürgermeister erzählen.

»Verzeiht«, unterbrach sie das Gespräch und senkte wieder mit gespielter Schüchternheit das Haupt. »Wo könnte ich wohl den Bürgermeister finden?«

Neugierig musterte sie der alte Mann und wies dann auf das Podest, auf dem die Galgen errichtet worden waren. »Da oben ist er, der mit dem roten Umhang und dem dicken Wanst.«

Rohes Gelächter folgte diesen Worten, aber Rosalynde ließ sich nicht beirren. Sie marschierte gradewegs auf die Galgen zu, fest entschlossen, den Bürgermeister anzusprechen, bevor sie endgültig die Nerven verlor. Sie hatte Cleve bereits viel zu lange allein gelassen. Es wurde Zeit, ihre Angst zu besiegen und die Hilfe zu holen, der sie beide dringend bedurften.

Sie stand bereits vor den Stufen, die zu dem bühnenartigen Podest hinaufführten, als sie endlich einen Mann entdeckte, auf den die Beschreibung paßte. Aber an Stelle von Erleichterung stieg Entsetzen in ihr auf. Dort neben dem Bürgermeister stand wild herumfuchtelnd jener Saufbold, der sie belästigt hatte! Schnell zog sie die Kapuze tiefer in die Stirn. Aus den Augenwinkeln beobachtete sie den Mann, dessen Stimme sogar durch den allgemeinen Lärm zu ihr drang.

»... voller Diebesgesindel! Vorhin hat mich doch so eine ganz gewitzte Taschendiebin bestohlen!« Er sprach jetzt leiser und schneller auf den Bürgermeister ein. Rosalynde war sicher, daß er noch weitere Anklagen vorbrachte. O Gott, warum bin ich nur so vom Unglück verfolgt, klagte sie innerlich, als sie sich wieder in die Menge zurückzog. Warum mußte der einzige Mann, der ihr helfen konnte ausgerechnet in Gesellschaft dieses üblen Kerls sein, den sie zu meiden suchte! Und warum ließ dieser nicht davon ab, sie des Diebstahls zu bezichtigen? Sie hatte nichts weiter getan, als sich seinem widerlichen Gegrapsche zu widersetzen.

Aber auf diese Frage gab es keine Antwort. Rosalynde stand die Verzweiflung ins Gesicht geschrieben. Versteckt hinter einer großen Kastanie beobachtete sie die beiden und dachte über diese neue Schwierigkeit nach. Irgendwann würde der Mann verschwinden. Dann konnte sie den Bürgermeister unter vier Augen sprechen. Als der gräßliche Kerl endlich davonschlenderte, trat sie wieder näher an den Galgen heran. Aber sie zögerte noch immer, das fettleibige Oberhaupt der Gemeinde anzusprechen. Und dann tauchte plötzlich der Karren mit den drei Verurteilten vor dem Podest auf. Das Budenleben auf dem Jahrmarkt kam mit einem Mal zu Stillstand, als die Menschen sich johlend um das wichtigste Ereignis des Jahrmarkts versammelten. Unter allerlei Geschiebe und Gerangel um gute Sichtplätze schob die Menge sich heran und drängte Rosalynde bis an die hölzerne Tribüne. Sie konnte weder vor noch zurück. Jemand trat ihr auf den Fuß, und als sie auswich, spürte sie den Ellenbogen ihres Hintermanns im Rücken. Wie eine Maus war sie jetzt gefangen. Es war unmöglich, hier herauszukommen. Sie war gezwungen, das schreckliche Schauspiel mitanzusehen.

Nur die Ordnungsrufe des Bürgermeisters, der wichtigtuerisch auf den Brettern herumstolzierte, brachten allmählich Ruhe in die aufgewühlte, erregte Menschenmenge.

»Hört her! Hört mich an, ihr guten Leute von Dunmow!« Er klatschte in die Hände. »Schweigt und hört mich an!«

Der Tumult ebbte zu einem leisen Gemurmel ab. Jetzt blieb er endlich stehen und blies seine Brust zu mächtigem Umfange auf. »Es ist ein schöner Tag für einen Jahrmarkt …«

»Und ein schöner Tag für den Henker!« brüllte jemand aus der Menge.

»So ist es, so ist es«, pflichteten die anderen bei.

»Gut, gut.« Der Bürgermeister hob wieder gebieterisch die Hand. »Die Hinrichtungen beginnen sofort. Aber ich denke mir, es sei nur recht und billig, vorher einem Burschen oder Mädchen die Gelegenheit zur Handreichung zu geben. Es ist ja nur für ein Jahr und einen Tag«, fügte er verlockend hinzu.

»Ein Jahr Ehe is' schon zu lang' für'n Mann«, grölte ein ziemlich betrunkener Bursche.

»Einen *Tag* mit dir verheiratet zu sein, John Finch, wär' schon zu lang!« keifte eine der Frauen zurück.

»Das ist genau der Punkt«, ergiff der Bürgermeister wieder das Wort. Sein Gesicht war gerötet.

»Es ist von je her Sitte, an diesem Tag einem Mann und einer Frau die Gelegenheit zu geben, die Ehe für ein Jahr und einen Tag zu versuchen. Wenn sie nicht zueinander passen, dürfen sie nach dieser Zeit wieder auseinandergehen, ohne daß einem von ihnen Schaden daraus erwächst.«

»Ja, bis auf ihre Unberührtheit!« schrie jemand dazwischen und alles lachte.

»Ich sollte mir jedes Jahr 'n neues Weib nehmen!« meinte ein zahnloser Alter. »Jedes Jahr frisches Fleisch im Bett, das mich wärmt! Das wär' zu überlegen!«

»Ein junges Mädchen täte besser daran, einen von diesen Galgenvögeln zu heiraten, als ein Gezücht wie Euch!« gab eine junge Frau zurück.

Das Gelächter wollte kein Ende nehmen, und auch auf dem Gesicht des Bürgermeisters zeigte sich jetzt ein Lächeln, das wohl verheißungsvoll wirken sollte. »Noch niemals ist in Dunmow das Fest der Handreichung zu Ende gegangen, ohne daß nicht mindestens ein Paar es miteinander versucht hätte. Da anscheinend keine Jungfrau bereit ist, einen kräftigen Burschen aus unserem Dorf zu erwählen, ist sie statt dessen vielleicht bereit, einen unserer Gefangenen zum Manne zu nehmen.«

Dieser unglaubliche Vorschlag erregte die Gemüter von neuem.

»Wer heiratet schon einen Mörder!«

»Aufhängen soll man die Kerle!«

»Ja, aber eine gute Frau sorgt dafür, daß der Mann rechtschaffen ist.«

»Sie sorgt dafür, daß er befriedigt ist. Aber rechtschaffen?«

»Ha! Ein Eheweib ist doch schlimmer als der Tod am Galgen! Laßt doch alle drei heiraten!«

Rosalynde stand genau unterhalb des Bürgermeisters und blickte entmutigt zu ihm auf. Dieser alte Brauch interessierte sie nicht im geringsten, und noch weniger die drei Männer, die gebunden und aufrecht auf dem Karren standen. Sie wartete nur, daß der Bürgermeister diesem Schauspiel ein Ende setzte und sie gehen konnte.

»Moment! Einen Moment!« rief er jetzt aus und bemühte sich, die erhitzten Gemüter wieder zu beruhigen. »Ich wollte Euch nur ein wenig Unterhaltung bieten. Nichts weiter.«

»Na, dann laßt uns doch mal die Vorzüge der Männer sehen! Vielleicht beißt eine an!« rief eine junge Frau hinter Rosalyndes Rücken. Entgeistert drehte sie sich um. Welche Frau konnte solch schamlose Gedanken haben! Das Mädchen wurde auch schon von ihrer Mutter zurechtgewiesen.

»Schande über dich, du mißratenes Balg«, zischte die Ältere, und einige Schläge prasselten auf den Kopf des Mädchens nieder.

»Was hat man denn sonst für eine Auswahl«, kreischte die junge Frau und hob schützend die Arme über den Kopf. Aber es half nichts. Wütend packte die Mutter sie bei den Zöpfen und zog sie mit sich fort. Sie kümmerte sich nicht um das Gelächter, als sie sich mit ihrer heulenden Tochter im Schlepptau den Weg durch die Menge bahnte.

Nach diesem Abgang wandten sich alle Augen wieder dem Bürgermeister zu. Er hatte so laut gelacht, daß er Schluckauf bekommen hatte. Dagegen half nur eins. Er nahm einige große Schlucke Bier aus dem Lederschlauch, der an seinem Gürtel hing. Als er wieder sprach, war ihm die Zunge deutlich schwerer geworden.

»Wollt Ihr sie begutachten, meine Damen?«

»Ja, ja!« kam die Antwort von Frauen wie von Männern.

»Führt sie uns vor, bevor Ihr sie verurteilt — zu einem Jahr Ehe oder zum Tod am Galgen!«

Rosalynde wurde immer unruhiger. Die ganze Meute schien jetzt aufgestachelt und wollte einen der drei Verbrecher unbedingt durch die Handreichung eines Mädchens aus dem Dorf verheiratet sehen. Das arme Ding! dachte Rosalynde. Und zu allem Übel würden sich die Ereignisse jetzt noch länger hinziehen. Der Bürgermeister würde weiter dem Bier zusprechen und sich nicht mehr lange aufrecht auf den Beinen halten können. Bis sie endlich Gelegenheit hatte, mit ihm zu sprechen, würde er restlos betrunken sein. Verzweifelt blickte sie sich um. Es mußte doch jemanden geben, der ihr helfen konnte! Aber da war niemand ... niemand, der seine Sinne noch einigermaßen beisammen hatte. Die Dorfbewohner waren ausnahmslos betrunken und feierten den Festtag, auch wenn sie Ursprung und Sinn dieser alten Sitte vergessen hatten. Es war immer so gewesen und daran würde sich auch in Zukunft nichts ändern.

Sie versuchte sich einen Weg durch die Menge zu bahnen, aber es war hoffnungslos. Da erhob sich plötzlich ein rhythmischer Sprechgesang. Die furchtbaren Worte gingen ihr durch Mark und Bein.

»Laß sie baumeln! Laßt sie baumeln!«

Der entsetzliche Lärm, die Gedanken an ihre ausweglose

Lage und an den schwerkranken Cleve in der Ruine, trieben ihr die Tränen in die Augen. War denn die ganze Welt verrückt geworden? Gab es nur noch Mörder und Henker und blutrünstige Zuschauer? Sie hielt sich die Ohren zu und versuchte noch einmal, aus der Menge herauszukommen. Aber sie wurde nur noch weiter nach vorne geschoben, näher zu der Treppe hin, die zu den Galgen hinaufführte. Dann schlug das Getöse jäh in einen anderen Ton um. Verschreckt blickte Rosalynde über ihre Schulter. Was hatte das wieder zu bedeuten?

Einige Männer hatten den Karren näher zur Treppe gezogen und öffneten jetzt die Rückseite, um die Gefangenen herauszuholen. Zunächst wurden sie wie von unsichtbarer Hand zurückgehalten, dann stürzten sie sich erneut auf das Gefährt, um ihre Opfer herauszuzerren. Sie hörte einen Schmerzensschrei und böse Flüche. Obwohl sie vorher am liebsten kehrtgemacht hätte, stellte sich Rosalynde jetzt unwillkürlich auf die Zehenspitzen, um besser sehen zu können. Aber die Umstehenden reckten und streckten sich ebenfalls neugierig nach vorn und so konnte sie nichts erkennen.

Dann aber wich die Menge plötzlich zurück, so daß Rosalynde fast das Gleichgewicht verloren hätte. Als sie wieder nach vorne blickte, wurden die Verurteilten gerade zum Galgen hinaufgetrieben.

Beim Anblick dieser scheußlichen Szene überkam sie ein jähes Mitgefühl. Bis jetzt war sie viel zu sehr mit ihren eigenen Sorgen beschäftigt gewesen, um sich um andere zu kümmern. Aber als sie zusehen mußte, wie der erste Mann das hölzerne Podest betrat, überwältigte sie unsagbares Mitleid. Der Verurteilte war ein roher, junger Kerl, verdreckt, mit bösartigen Gesichtszügen und halb irr vor Angst. Der zweite war älter. In seinem offenen Mund standen schwarze Zahnstummel. Tränen rannen ihm über das Gesicht und hinterließen helle Spuren auf der verschmutzten Haut.

Sie krallte sich in ihren Umhang fest, als die Männer an Händen und Füßen gefesselt gewaltsam zu den bereithängenden Schlingen gestoßen wurden. Erst als sie sich wieder darauf besann, daß diese Männer Mörder waren, Mörder wie jene, die ihre Eskorte überfallen hatten, gelang es ihr, die Tränen des Mitleids zu unterdrücken.

Wieder entstand Bewegung am Fuße der Treppe. Unter dem Gebrüll der Zuschauer wurde nun der dritte Verurteilte zum Galgen hinaufgezerrt.

Mit großen Augen starrte Rosalynde wie alle anderen um sie herum den Mann an, der sich jetzt zu seiner vollen Größe aufrichtete und die Hände seiner Wächter wie lästige Fliegen abschüttelte. Auch er war gefesselt. Aber ungleich den beiden Unglücklichen neben ihm, nahmen die Fesseln nichts von der Bedrohlichkeit, die von ihm ausging. Wie ein in die Enge getriebener Wolf hielt er sich die Häscher vom Leibe, ja es schien sogar, als wolle er sich auf sie stürzen.

Er war riesig, wie Rosalynde feststellte, mit breiten Schultern und muskelbepackten Armen. Sein Hemd hing in Fetzen herunter. Er versuchte die Fesseln zu sprengen — jeder Muskel, jede Sehne trat wie von einem Steinmetz gemeißelt an seinem Körper hervor. Er überragte die anderen um Haupteslänge. Einen Augenblick lang fragte sich Rosalynde, wie dieses Prachtexemplar von Mann ein solch trauriges Ende finden konnte.

Inzwischen war Stille eingekehrt. Alles staunte über diesen Kerl, der angesichts des Todes noch so beängstigend kühn sein konnte. Er stellte sich breitbeinig hin, nahm die Schultern zurück und warf einen verächtlichen Blick auf die Wachen, die versucht hatten, ihn festzuhalten. Dann trat er freiwillig auf die für ihn bestimmte Schlinge zu.

Etwas eigenartig Edles ging von seiner Haltung und von seinen Bewegungen aus. Seine Mitgefangenen waren verängstigt und gebrochen. Er war stolz und tapfer. Natürlich wollte auch er nicht sterben, aber es schien, daß er seinem Ende mit der Würde eines Prinzen entgegensah. Jetzt richtete er seinen Blick über die Köpfe hinweg und blickte starr zum Horizont.

»Also, den Großen würde ich mir am liebsten nehmen«, hörte Rosalynde eine Frau neben sich murmeln.

Ja, pflichtete sie ihr stumm bei. Er war wirklich ein außergewöhnlicher Mann. Wäre er doch gestern bei ihnen am Fluß gewesen! Wäre er ihr doch eben zur Seite gestanden, dann hätte sie dieser Rohling nicht betatscht und eine Diebin und Dirne genannt! Dieser Hüne schien nichts und niemanden zu fürchten, nicht einmal den Tod. Wenn sie ihn doch bitten könnte, sie und Cleve nach Hause zu geleiten!

Bei diesem Gedanken erstarrte sie. Er *könnte* sie nach Stanwood bringen, wenn er frei wäre. Und *sie* könnte ihm diese Freiheit schenken, wenn sie bereit wäre, ihm die Hand zu reichen.

Verwirrt schüttelte sie den Kopf. Was für ein unsinniger Einfall! Um seine Hand bitten? Nach einem alten heidnischen Ritual? Das war wohl zu viel des Guten. Sie war verrückt, an so etwas überhaupt zu denken. Und doch mußte sie sich eingestehen, daß dieser Gedanke gar nicht so abwegig war. Ja, sie war verrückt, aber vor Angst und Verzweiflung. Gab es für sie einen besseren Ausweg?

Wieder starrte sie den Mann dort oben an. Er mochte ein Verbrecher sein, aber an seiner Haltung war etwas Vornehmes, Überlegenes. In ihrem Inneren war sie überzeugt davon, daß er ihnen sicheres Geleit geben konnte. Aber würde er auch bereit dazu sein? Konnte sie dieses aberwitzige Risiko auf sich nehmen?

Ihr Blick ruhte noch immer ratlos auf ihm, und sie fragte sich, wie er wohl ohne den tagealten Bart und mit gewaschenen Haaren aussehen würde. Da hörte sie wieder die Stimme des Bürgermeisters.

»... die drei Gefangenen. Tom Hadley.« Er deutete auf den mitleiderregenden Jüngsten, der mit gesenktem Kopf unter seiner Schlinge stand. »Tom Hadley wegen Diebstahl und Mordes, begangen auf der Straße des Königs nach London. Roger Ganting, wegen Wilderei in den Wäldern des Bischofs von Shortford und tätlichen Angriffs auf die Wachmänner des Bischofs und Mordes an einem von ihnen.«

Der Bürgermeister wollte auf den großen Mann zugehen, besann sich aber eines Besseren. »Und dann haben wir noch diesen Burschen hier, bekannt unter dem Namen Blacksword. Blacksword wie das schwarze Schwert, dafür hat er uns aber seinen Taufnamen nicht verraten — wahrscheinlich ist er nicht einmal getauft. Blacksword wird ebenfalls des Diebstahls und Mordes beschuldigt, begangen auf der Straße des Königs, der Straße nach St. Edmonds und in ...« Er brach ab, als der Mann sich langsam zu ihm umdrehte und ihn mit eisigem Gesichtsausdruck ansah.

»In ... in Lavenham«, vollendete der Bürgermeister seinen Urteilsspruch hastig. Er wich vor dem einschüchternden Gefangenen zurück. »Gegen alle ist ein ordentlicher Prozeß geführt worden. Alle drei sind der angeführten Taten für schuldig befunden worden. Hängt sie auf!«

»Was is' mit der Handreichung?« fragte ein Mann hinter Rosalynde.

»Ach ja. Wo ist die mutige Jungfrau, die einen dieser drei prächtigen Kerle vor der Schlinge bewahren möchte?«

Rosalynde dachte nicht darüber nach, was sie tat. Sie hatte die Anklagen gegen ihn gehört, aber sie verdrängte sie einfach. Noch vor wenigen Minuten hatte sie der Gedanke entsetzt, daß ein junges Mädchen einem dieser drei Mördergesellen durch Handreichung angetraut werden sollte. Jetzt aber klammerte sie sich an diese Möglichkeit, als sei sie die einzige Rettung. Die lüsterne Vorfreude der Zuschauer auf das angekündigte grausame Spektakel ekelte sie an. Dann entdeckte sie wieder einen der Betrunkenen, der sie nach der Schlägerei verfolgt hatte. Wenn sie jetzt nicht sofort handelte, hatte sie wahrscheinlich die letzte Chance vertan, sich und Cleve zu retten.

Sie bahnte sich einen Weg nach vorne. Sie war plötzlich überzeugt, daß er der Mann war, der Cleve und ihr helfen konnte. Er war der einzige, der einen Grund hatte, sie ernst zu nehmen. Er hatte nichts zu verlieren und konnte alles gewinnen. Bestimmt würde er sie aus Dankbarkeit nach Standwood bringen.

»Ich reiche ihm die Hand!« schrie sie und drängte eine beleibte Frau und ihren halbwüchsigen Sohn beiseite. »Ich nehme ihn zum Mann!«

Zunächst beachtete der Bürgermeister sie nicht. Der Lärm der unruhigen Menschenmenge vor dem Podest war zu groß. Aber die Leute um sie herum hörten sie und ehe sie ihr schnelles Handeln noch einmal überlegen konnte, wurde sie unsanft gepackt und nach vorne geschoben.

Einen Herzschlag lang noch zögerte Rosalynde. Sie war umgeben von Menschen, die johlten, lachten, sie anstarrten. Ein neuer Sprechchor war zu hören. »Reich ihm die Hand! Reich ihm die Hand!« Plötzlich wünschte sie, die Erde möge sich auftun und sie aufnehmen, sie aus dieser Hölle befreien, in die sie sich selbst begeben hatte. In Panik suchte sie zu entkommen, aber es gab kein Zurück mehr. Vor ihren Augen verschwamm ein Meer erregter, geröteter Gesichter.

Sie hatte um keinen Preis auffallen wollen. Nun aber stand sie im Mittelpunkt des Geschehens.

Sie zitterte vor Angst, wollte zurückweichen. Aber sie stieß an die erste Stufe der hölzernen Treppe. Ihre Hand griff haltsuchend nach dem Geländer. Als sie das feste, rauhe Holz in ihrer Hand spürte, schöpfte sie neue Kraft. Sie hatte wieder Halt gefunden und war bereit, diesen wahnwitzigen Plan auszuführen. Es war nur eine innere Eingebung, ergab keinen Sinn, aber auf einmal glaubte sie fest, daß dieser Mann dort oben wie ein Geländer war. Hart, rauh und stark. Und wenn sie Glück hatte, war er aufrecht und verläßlich.

Sie mußten für ein Jahr und einen Tag verheiratet bleiben, sagte sie sich. Wenn sie an sein besseres Ich appellierte, würde er ihr wohl helfen. Sie rettete sein Leben, vielleicht fühlte er sich ihr gegenüber verpflichtet.

Sie konnte ihm auch eine Belohnung anbieten, überlegte sie noch. Dann schloß sie die Augen und umklammerte das Geländer noch fester. Sie holte tief Luft, schickte ein Stoßgebet zum Himmel und stieg die Treppe hinauf.

»So, so, was haben wir da für ein mutiges Geschöpf«, rief der Bürgermeister und grinste neugierig, als Rosalynde zitternd auf der Plattform stand. »Kommt her, kommt her«, winkte er. Er war sehr zufrieden, daß er zur Erhöhung der Festtagsstimmung beitragen konnte.

Als sie neben ihm stand, schob sie die Kapuze zurück, so

daß das verfilzte Haar und ihr verschmutztes, verängstigtes Gesicht zum Vorschein kamen.

»Na? Keinen bess'ren Freier gefunden?« spottete er und entfesselte bei seiner Zuhörerschaft neue Lachstürme. Sie blieb ihm die Antwort schuldig und er schubste sie näher zu den Verurteilten hin.

»Also, junge Braut, welcher von den dreien findet Euren Gefallen?«

»Die werden ihr weiß Gott gefallen, in jeder Hinsicht!« grölte ein Betrunkener.

»Nimm den Kleinen«, schrie eine Alte ihr zu. »Den kannst du besser im Zaum halten.«

»Der Große wird sie in Stücke reißen, wenn er sie unter sich hat«, warnte eine andere.

»Für deine Bedürfnisse wäre der wohl gerade recht, was?« keifte eine dritte gehässig.

Mit solcherlei Ratschlägen, Pfiffen und johlenden Zurufen versetzten sich die Zuschauer in eine gesteigerte Erregung. Ein unvergeßlicher Festtag, der von zwei Hinrichtungen und einer Handreichung gekrönt wurde! An diesen Tag würden sich die Leute von Dunmow noch lange erinnern. Für Rosalynde aber entwickelte sich dieser Tag zu einem Alptraum, den sie nicht wahrhaben wollte.

Sie hörte nicht auf die Rufe und Spötteleien. Angewidert entzog sie sich der fetten Hand des Bürgermeisters und geriet so in die unmittelbare Nähe des Gefangenen, der sie auf diesen Wahnsinnsplan gebracht hatte.

Sie war starr vor Angst, als sie langsam die Augen zu ihm aufschlug.

Er war so groß. So kraftstrotzend. Und offensichtlich gefährlich. Ihr Blick wanderte langsam von den Stiefeln zu den mächtigen Oberschenkeln, an dem noch Fetzen von Stoff hingen, die einmal zu einem Beinkleid aus guten Tuch gehörten. In ihrem Kopf schien sich alles zu drehen. Der breite, muskulöse Körper und die betont aufrechte Haltung zeugten von brutaler Kraft. Sein Ober- und Unterhemd waren ebenfalls zerfetzt. Auf der entblößten Brust entdeckte sie eine böse Schnittwunde. Seine Hände waren noch immer gefesselt, aber die kraftvollen Arme schienen die Hanfstricke beinahe zu sprengen.

Die Spannung war nicht mehr zu ertragen und sie hob endlich den Kopf und blickte ihm offen ins Gesicht.

Rosalynde wußte nicht genau, was sie erwartet hatte. Er war älter als sie gedacht hatte. Natürlich war er verdreckt und zerschunden. Das ungepflegte Haar klebte an seinem Kopf, und ließ die Farbe nur ahnen. Das Kinn war energisch und kantig, die Nase schmal und gerade, abgesehen von einem kleinen Höcker. Wahrscheinlich war sie an dieser Stelle einmal gebrochen gewesen. Er würde ganz annehmbar aussehen, wenn er gewaschen und ordentlich angezogen war.

All dies kümmerte Rosalynde jedoch nicht wirklich. Er war ein Dieb und Mörder. Aber sonderbarerweise konnte nur *er* ihr helfen. Und es lag in ihrer Hand, ihn zu retten. Würde er sich erkenntlich zeigen? Darauf mußte sie bauen, als ihr Blick seinen wilden Augen begegnete.

Der Ausdruck dieser zornsprühenden Augen ließ sie erschauern. Er konnte sie glatt erwürgen, ohne mit der Wimper zu zucken, dachte sie entsetzt. Dann sprach er. Es klang mehr wie ein tiefes, drohendes Knurren.

»Entfernt Euch, Madame. Euer Spiel gefällt mir nicht.« Er besitzt noch alle Zähne, stellte sie unwillkürlich fest. Seine Redeweise war besser, als sie erwartet hatte. Sie schüttelte den Kopf und versuchte, sich auf dieses neue Problem einzustellen.

»Das ist kein Spiel«, flüsterte sie eindringlich.

»Was dann?« gab er mißtrauisch zurück. »Warum wählt Ihr Euch einen Mann, der unter dem Galgen steht?«

»Ist das der Mann, dem Ihr die Hand reichen wollt? Blacksword?« mischte sich der Bürgermeister gewichtig ein, wenn er sich auch nicht allzu nahe heranwagte. »Findet Ihr die beiden anderen Spießgesellen nicht vielversprechender?«

Bei diesen Worten brach die Menge wieder in grölendes Gelächter aus und der Bürgermeister nahm einen großen Schluck aus dem Lederschlauch an seinem Gürtel.

»Ich will *ihn,* und keinen anderen«, antwortete Rosalynde bestimmt und sah dem Mann, den sie Blacksword nannten, offen ins Gesicht. Sie suchte ein Zeichen darin, einen kleinen Hinweis nur, daß sie die richtige Entscheidung getroffen hatte, etwas, das ihr sagte, daß sie sich nicht geradewegs in die Hände des Teufels begeben hatte.

Aber dieses Gesicht war hart wie Granit und nahm wieder denselben starren Ausdruck an wie vorhin, als er sich unter den Galgen gestellt hatte. War es ihm womöglich lieber, gehängt zu werden? fragte sie sich ungläubig. War er mit sich und der Welt am Ende, so daß er den Tod suchte? War dadurch auch ihr und Cleves Schicksal besiegelt?

In diesem Moment erzürnte sie darüber, daß dieser hartgesottene Kerl vor ihr keine Miene verzog.

»Ich wähle Euch«, stieß sie zwischen den Zähnen hervor und blitzte ihn wütend an. Ohne nachzudenken packte sie ihn am zerfetzten Hemd und hielt es in ihrer kleinen, geballten Faust fest. »Ihr habt keine andere Wahl, außer zu sterben ...« Sie verstummte plötzlich, als sie in seine eisigen, leblosen Augen blickte.

Eine zischende Flamme loderte zwischen ihnen auf. An den Fingerknöcheln spürte sie die Hitze in seinem Körper, die sie zu versengen schien. Sie wollte fort von ihm, fort von diesem bösen Gesetzlosen, diesem Mordbrenner. Aber jetzt stand auch ihr Leben auf dem Spiel. Trotz ihrer ersten wilden Regung zu fliehen, beherrschte sie sich.

Seine Einwilligung kam ohne Worte. Es war schwierig zu sagen, woher sie wußte, daß er überhaupt eingewilligt hatte. Die Spannung in seinem Körper ließ nicht nach und der Ausdruck in seinem Gesicht blieb hart und undurchdringlich. Aber da war etwas in seinen Augen. Ein kurzes Aufleuchten nur. Ein Schimmern.

Rosalynde empfand eine ungeheuere Erleichterung. Ihr war, als hätte er in dieser Sekunde ihr Leben gerettet. Aufatmend ließ sie sein Hemd los.

Der Bürgermeister kam näher. In Erwartung des Kommenden stampfte die Menge begeistert im Takt und klatschte in die Hände. Aber sie bemerkte es nicht. Noch immer hielt sie dem Blick des Mannes stand und erkannte auf einmal, daß seine Augen keineswegs hart und leblos waren, sondern grau und von seltsamer Klarheit.

4

»Das Brautpaar soll leben! Es lebe das Brautpaar!« brüllte der Bürgermeister zu der Menschenmenge unter dem Galgen.

»Sie leben hoch!«

Tausendfach schallte dieser Ruf aus den Kehlen der erregten Zuschauer, bis Rosalynde sich die Ohren zuhielt. Wie ein Geheul von hungrigen Wölfen ertönte das Geschrei über den Platz. Wieder ergriff sie panische Angst, als sie zitternd vor dem Menschenauflauf stand.

»Reicht Euch die Hand! Reicht Euch die Hand!« So hallte der Sprechchor von allen Seiten wider, von dem wilden Stakkato eines zweiten durchsetzt: »Hängt sie auf! Hängt sie auf!« Bald vermischten sich die Rufe der Umstehenden zu einem einzigen rhythmischen Gebrüll.

»Reicht Euch die Hand!«

»Hängt sie auf!«

Entsetzt blickte sie zu dem Mann auf, den sie sich soeben erwählt hatte. Sein finsteres Gesicht aber war ihr kein Trost. Eiskalt bohrten sich seine Augen durch sie hindurch. Dann richtete er den Blick wieder auf den Horizont.

Einen furchtbaren Augenblick lang glaubte sie, sich nun doch in die sprichwörtliche Höhle des Löwen begeben zu haben. Die Horden betrunkener Dörfler schienen bereit, ihr Leben zu fordern. Entweder sie schloß den Bund der Ehe mit diesem gefürchteten Halunken oder sie endete am Strang. Hilfesuchend wandte sie sich dem Bürgermeister zu. Vergeblich. Er ließ gerade Mengen von Bier durch seine Kehle rinnen und hetzte die Meute nur noch mehr auf. Ihr Blick fiel wieder auf die grölenden Betrunkenen. Zu Tode erschrocken wich sie zurück, als einer von ihnen nach oben an ihren Fuß griff. Er bekam nur den Rocksaum zu fassen, aber es genügte, um sie aus dem Gleichgewicht zu bringen. Hätte nicht der riesenhafte Mann hinter ihr gestanden, wäre sie auf die harten Bretter gestürzt. Erst als Blacksword einen drohenden Schritt auf den Mann zumachte, ließ dieser plötzlich in nackter Angst das Kleid los.

Ohne nachzudenken verbarg Rosalynde sich jetzt hinter Blacksword, so daß er nun zwischen ihr und der Menge stand. Obwohl er noch immer gefesselt war, schien er jeden in seiner Nähe zu verängstigen. Seine drohenden Gebärden hatten eine erstaunliche Wirkung auf die Menschenmenge.

»Eifersüchtig, was?«

»Seht, er macht ihr schon den Hof!«

Und allmählich gingen alle Rufe in ein einstimmiges »Reicht Euch die Hand« über. Eine Wache schleppte einen Hocker herbei, der vorne an die Rampe der Plattform gestellt wurde. Dann bedeutete der Bürgermeister Rosalynde näherzutreten.

»Euer Name, Jungfer?« fragte er und legte ihr wieder die fleischige Hand auf die Schulter.

Ihr Blick flog zwischen ihm, dem Hünen Blacksword und der Menge hin und her. Die Leute waren stiller geworden. Sie wollten hören, was gesprochen wurde.

»Rosaly ...« Sie stockte. Auf keinen Fall wollte sie zu viel von sich preisgeben.

»Rose. Ich ... ich werde Rose genannt.«

»Eine Rose!« jubelte der Bürgermeister und gab einen widerlichen Rülpser von sich. »Also eine dornige Rose haben wir hier, die mit dem Vogelfreien Blacksword vermählt werden möchte.«

»Wenn sie zu dornig ist, bedeutet es seinen Tod!« rief jemand kichernd zu ihr hinauf. Das brachte die Menge neuerlich zum Lachen und Rosalynde spürte trotz ihrer Angst, wie sich Sympathien für sie bildeten. Zweifellos könnte diese Stimmung schnell wieder in das Gegenteil umschlagen. Wenn doch nur schon alles vorbei wäre und sie von hier fort könnte!

Aber noch war es nicht so weit.

Eine sichtlich ängstliche Wache befreite Blacksword von seinen Fesseln und stieß ihn zu dem Stuhl hin.

In diesem Augenblick fürchtete Rosalynde wieder, daß alles verloren war, denn der gewaltige Mann starrte seinen Wächter so haßerfüllt an, daß dieser abwehrbereit sein Messer zückte. Zum Glück beherrschte sich Blacksword. Es war nicht der richtige Zeitpunkt, um Rache an seinem Peiniger zu nehmen. Rosalynde glaubte ihren Augen nicht zu trauen, als Blacksword in sieghafter Gebärde die Arme über den Kopf hob und den Menschen unter ihm zuwinkte. Damit nicht genug. Er wandte sich zu ihr um und machte eine übertrieben tiefe Verbeugung vor ihr. »Wenn Ihr diesen Tag überleben wollt, tut genau, was ich Euch sage«, murmelte er dabei leise, so daß nur sie es hören konnte. Ohne Vorwarnung hob er sie plötzlich hoch und warf sie sehr unfein über seine linke Schulter.

Sofort brachen die Zuschauer unten in anfeuernde Beifallsrufe aus. Rosalynde, die mit dem Kopf nach unten über seinem breiten Rücken hing, konnte die lüsternen, unanständigen Ratschläge deutlich hören, ohne sie jedoch ganz zu verstehen. Jedenfalls glaubte sie in diesem Moment, dem Teufel persönlich in die Hände gefallen zu sein, einem Mann, der ihr nach seiner Errettung nach dem Leben trachtete. Welchem Wahnsinnigen hatte sie sich freiwillig ausgeliefert?

In wütender Angst trat sie nach ihm und trommelte mit den Fäusten auf seinen breiten Rücken. Umsonst. Er stolzierte unter den Galgen hin und her und bot das strampelnde, beißende Wesen den Zuschauern zur Belustigung dar. Begeistert klatschte der Bürgermeister bei dieser neuen Posse in die Hände. Als Blacksword sie endlich wieder auf die Füße stellte, fiel sie beinahe zu Boden, so schwindlig war ihr durch diese grobe Behandlung geworden. Als er ihr helfen wollte, stieß sie seine Hände wütend zur Seite.

»Schmier der Widerspenstigen eine!«

»Ja, zeig' ihr, wer der Herr ist!«

Die Menge tobte.

In Erwartung einer Ohrfeige duckte sich Rosalynde rasch.

Zu ihrer Überraschung aber hob er sie ein zweites Mal in die Höhe und setzte sich dann mit ihr auf den bereitstehenden Schemel. Trotz ihres Widerstandes hielt er sie fest. Er hatte einen Arm so fest um ihre Taille gelegt, daß sie kaum noch atmen konnte.

»Verhaltet Euch ruhig«, zischte er in ihr Ohr.

Damit vestärkte er jedoch nur ihre Angst und sie schlug noch wilder um sich und wehrte sich gegen seine feste Umklammerung. Nun blieb ihm nichts anderes übrig, als auch den zweiten Arm um sie zu legen, so daß sie völlig unbeweglich wie in einem Schraubstock eingezwängt auf seinen Schenkeln saß.

»Habt Ihr nicht gehört. Ich sagte, verhaltet Euch ruhig und tut, was ich Euch sage!« knurrte er ein weiteres Mal, während sich die Menschen unter ihnen an dem köstlichen Schauspiel ergötzten.

»Oh, bitte, laßt mich los!« flehte sie. Ihre Stimme versagte. Sie konnte nicht mehr denken. Wie rasend pochte ihr Herz gegen die Brust. Was für ein Ungeheuer hatte sie da von seinen Fesseln befreit?

»'s ist zu spät, Eure Meinung zu ändern, Weib.« Er strich ihr das Haar aus dem Gesicht und näherte sich ihrem Ohr. »Bitte, spielt Eure Rolle weiter. Mit ein wenig Glück werden wir bei Einbruch der Dunkelheit frei sein.«

Diese unerwartete Erklärung ließ Rosalynde erstaunt zu ihm aufblicken. Was meinte er mit Glück? Dann ging ihr ein Licht auf. Nicht ihn mußte sie fürchten, sondern die aufgeheizten Leute dort unten.

Er blickte in ihr erschrecktes Gesicht, während die Zuschauermenge unter ihnen zunehmend unberechenbarer wurde. Die Dorfbewohner waren betrunken und steigerten sich in eine gefährliche Stimmung hinein. Wieder fiel ihr das leuchtende, tiefe Grau seiner Augen auf und die kluge Besonnenheit, die in seinem Blick lag. Noch bevor sie ihm begreiflich machen konnte, daß sie ihn verstanden hatte, drückte er einen unerwarteten, rauhen und unpersönlichen Kuß auf ihre Lippen.

Nur von ferne hörte sie das Beifallsgejohle der Zuschauer.

Irgendwo in ihrem Kopf ahnte sie, daß er auch dieses nur tat, um die Leute für sie beide einzunehmen.

Aber sie war sich in diesem Augenblick der rauhen Berührung seiner Lippen sehr wohl bewußt. Wie er ihr befohlen hatte, versuchte sie, ihre Rolle zu spielen. Doch das Blut rauschte plötzlich in ihrem Kopf. Sie war nicht mehr in der Lage, klar zu erkennen, was jetzt zu tun war. Sich wehren? Sich hingeben? Keine Jungfrau würde es sich gefallen lassen, daß ein Mann in aller Öffentlichkeit Besitz von ihr ergriff. Aber vielleicht galt das nicht für ein Mädchen, das einem verurteilten Verbrecher die Hand reichte?

Bevor sie noch eine Entscheidung treffen konnte, ließ er von ihr ab. Eine Sekunde lang sah er sie neugierig an.

»Das nächste Mal öffnet Euren Mund«, sagte er mit sanftem Spott. Dann richtete er sie wieder in seinen Schoß auf.

Rosalynde war außer Atem. Eine plötzliche Schwäche ergriff sie. Die eigenartige Wendung der Dinge verwirrte sie. Sie wußte nicht mehr, wie sie sich verhalten sollte.

Der Bürgermeister schritt vor ihnen auf und ab. Der übermäßige Biergenuß hatte seinen Schritt schwankend gemacht, doch war er fest entschlossen, seine Inszenierung zu einem triumphalen Höhepunkt zu bringen.

»Hier haben wir den Mann mit Namen Blacksword. Und hier die Jungfer Rose. Sie sollen einander verbunden werden nach altem Brauch — auf ein Jahr und einen Tag.« Er stolperte, rülpste und blieb stehen. »Zuerst lassen wir die beiden Kerle baumeln. Dann gehen wir zur feierlichen Vermählung über!«

Was nun folgte war grauenhaft. Sie saß noch immer auf Blackswords Schenkeln. Sein fester Griff erlaubte ihr nur, den Kopf zu bewegen, aber sie brachte es nicht über sich, nach hinten zu den Galgen zu blicken.

Die Verurteilten wurden jetzt gezwungen, auf die Kiste unterhalb des Galgens zu steigen, während man ihnen die Schlingen über den Kopf streifte und am Halse zuzog.

Rosalynde kniff die Augen fest zusammen, senkte den Kopf und betete, daß das Furchtbare nicht geschehen möge. Sie hörte das verzweifelte Flehen der Todgeweihten, hörte, wie sie sich zu wehren versuchten. Blackswords Griff um ihre Taille wurde noch fester und sie spürte plötzlich sein wild schlagendes Herz an ihrem Rücken. Auch sein Körper verkrampfte sich in Erwartung des Kommenden. Dann, mit einem entsetzlichen schleifenden Geräusch, wurden die Kisten unter den Füßen der beiden Unglücklichen weggezogen. Sie hörte die Schreie der beiden, als sie in ihre Schlingen fielen, hörte, wie sich ihr Schluchzen in ersticktes Röcheln verwandelte. Die Menge klatschte Beifall, verfiel dann aber auch in bedrückendes Schweigen, als nur noch die erstickten, abgerissenen Laute der beiden Gehenkten zu hören waren. Erst als auch sie erstarben, und nur noch das rhythmische Ächzen der Seile zu hören war, an denen die tote Last hin und her schwang, erhoben sich die Stimmen wieder, wenn auch sehr viel gedämpfter als zuvor.

Rosalynde zitterte vor Entsetzen und kämpfte gegen die Tränen. Der Mann, der sie umfangen hielt, schien ebenso berührt zu sein wie sie. »Habt Dank, Jungfer Rose«, flüsterte er bewegt. Die Worte kamen so leise über seine Lippen, daß sie nicht ganz sicher war, ob er sie tatsächlich ausgesprochen hatte. Aber zu einer Antwort blieb keine Zeit, denn jetzt trat der Bürgermeister, den die Hinrichtung offenbar kalt gelassen hatte, zu ihnen.

»So, das hätten wir hinter uns. Jetzt kommen wir zur Vermählung.«

Sie und Blacksword mußten sich zu beiden Seiten des Schemels aufstellen. Ungeduldig forderte der Bürgermeister die beiden auf, sich über dem Hocker die Hände zu reichen. Die Menge war begeistert. Schmal und zerbrechlich war die Hand, die seine kräftigen Finger umschlossen. Er hielt sie fest, ohne ihr weh zu tun. Als sie zu Mann und Frau erklärt worden waren, hörte sie ihn erleichtert aufseufzen. Aber er blickte sie nicht an und sprach kein Wort.

Die folgenden beiden Stunden waren die Hölle auf Erden. Rosalynde mußte sich wieder auf den Schemel setzen, wurde in die Höhe gestemmt und um den Platz getragen. Mehrmals drohte sie von dem Schemel zu fallen und fürchtete, von der Menge zu Tode getrampelt zu werden. Als man sie endlich wieder auf den Boden setzte, zitterte sie vor Angst und Erschöpfung. Der Hunger und die Schrecken der vergangenen beiden Tage forderten ihren Tribut. Bis zum Einbruch der Dunkelheit würde sie nicht mehr durchhalten können. In dumpfer Teilnahmslosigkeit starrte sie auf den Apfel, den ihr jemand in den Schoß warf.

»Wenn Ihr ihn nicht eßt, tue ich es«, erklärte Blacksword und griff nach dem Obst. Aber Rosalynde war schneller. Blitzschnell packte sie die Frucht und verschlang sie wie ein ausgehungertes Tier. Damit sorgte sie wieder für neue Unterhaltung. Binnen weniger Sekunden flogen ihr Obst, Gemüse, Brotkanten und Fleischreste aller Art um die Ohren. Als eine besonders große Runkelrübe Rosalynde beinahe am Kopf getroffen hätte, erhob sich Blacksword böse von dem Stuhl und schob Rosalynde unsanft beiseite. Haßerfüllt starrte er den betrunkenen Tölpel an, der das Gemüse geworfen hatte, so daß dieser erschrocken verschwand. Rosalynde raffte unterdessen soviel Gemüse zusammen, wie sie nur konnte und barg alles in ihrem Umhang, um es Cleve mitzubringen.

»Wir müssen hier so schnell wie möglich weg«, flüsterte sie ihrem frisch angetrauten Ehemann zu. »Wir müssen fliehen.«

Er nickte und blickte sich vorsichtig um. Da entdeckte er eine Gruppe Musikanten, um die sich eine Schar tanzender Dorfbewohner versammelt hatte. Hastig packte er sie am Arm und zog sie hoch. »Laßt das Gemüse fallen.«

Dieser Tanz hatte nichts mit den anmutigen Schritten und Bewegungen zu tun, die ihr einst beigebracht worden waren. Männer und Frauen drehten sich in wilden Gebärden, stampften und wiegten sich im Takt. Dabei tranken sie ununterbrochen und sangen aus voller Kehle, so daß die Instrumente kaum mehr zu hören waren. Rosalynde wurde herumgestoßen und verlor Blacksword beinahe in dem Getümmel. Hätte sie ihn nicht fest am Gürtel gepackt, wäre er vielleicht entwischt und sie hilflos und allein wie zuvor.

Aber sie hielt sich eisern an ihm fest, und als er endlich zwischen zwei Karren stehenblieb und sie über die Schulter anblickte, war sie froh, daß sie nicht locker gelassen hatte.

»Ich muß Euch jetzt verlassen«, erklärte er bestimmt, und löste ihre Hand von seinem Gürtel. Er sah sie kurz an und wendete dann seinen Kopf ab. »Ich danke Euch, daß Ihr mir das Leben gerettet habt.«

»Ihr könnt mich hier nicht einfach zurücklassen«, rief sie entsetzt aus. Ohne ein Wort zu verlieren machte er sich mit weit ausholenden Schritten auf den Weg. Sie rannte hinter ihm her und versuchte ihn am Gürtel zu packen, aber er beachtete sie nicht und ging weiter. Endlich bekam sie ein Stück seines zerfetzten Hemdes zu fassen. »Ihr dürft mich nicht im Stich lassen!« schrie sie in höchster Not.

Da drehte er sich um, packte sie bei den Oberarmen und stieß sie weit von sich. »Ich kann Euch nicht helfen! Was immer der Grund gewesen sein mag, mich vor dem Tode zu retten — ich danke Euch dafür. Aber ich muß mich um meine eigenen Angelegenheiten kümmern. Auf meine Hilfe müßt Ihr leider verzichten«, fügte er bitter hinzu.

»Aber Ihr müßt mir helfen!« flehte Rosalynde und starrte ungläubig in das harte verschlossene Gesicht vor ihr. »Durch mich seid Ihr ein freier Mann. Ihr steht in meiner Schuld!«

»Ich sage Euch noch einmal, ich kann Euch nicht helfen«, gab er ungerührt zurück. »Sucht Euch einen anderen.«

»Aber ... aber ...« Als ihre letzte Hoffnung zu schwinden drohte, rollten zwei dicke Tränen über ihre Wange. Sie zitterte bei dem Gedanken, daß alles, was sie heute hatte erdulden müssen, umsonst gewesen war. Verzweifelt packte sie ihn am Arm. »Ihr wärt jetzt tot, wenn ich nicht gewesen wäre. Gehenkt, wie die beiden armen Teufel.« Der kurz aufwallende Zorn wich sofort einem ängstlichen Bitten. »Um Gottes Willen, ich flehe Euch an, bitte laßt mich jetzt nicht im Stich.« Tränen verschleierten ihren Blick. Sie konnte seine Mimik nicht erkennen. Sie sah nur den starren Blick der grauen Augen und das eigenwillig hervorgeschobene Kinn, doch sie fühlte, wie sein Griff lockerer wurde. Dann stieß er sie grob von sich, als ob ihn seine eigene Nachsicht anwidere.

»Wen fürchtet Ihr?« fragte er streng.

»Niemanden ... alle.« Sie schüttelte den Kopf, richtete sich auf und wischte sich mit dem Handrücken die Tränen ab. »Ich habe ein bestimmtes Ziel und ... und ... ich dachte ... ich möchte, daß Ihr mich dorthin begleitet.«

»Das ist nicht möglich«, gab er schroff zurück. »Ich habe einen Handel zu begleichen, der keinen Aufschub duldet.«

»Ihr seid es mir schuldig!« schrie sie ihn an. Ein betrunkenes Pärchen wurde auf die beiden aufmerksam und begann zu kichern. »Das ist das mindeste, was Ihr mir schuldig seid!« stieß sie hervor.

»Ich schulde ...« Er brach ab und seufzte ärgerlich.

Die Schatten waren länger geworden. Die Abenddämmerung brach langsam herein. »Wenn Ihr mir folgen wollt — bitte. Das ist alles, was ich Euch anbieten kann. Aber haltet Schritt mit mir. Ich werde Euretwegen nicht langsamer gehen.« Mit dieser unfreundlichen Aufforderung drehte er sich um und setzte seinen Weg fort.

Rosalynde wußte nicht, ob sie vor Wut schreien oder erleichtert aufatmen sollte, daß er sie wenigstens nicht zurückließ. Aber als sie versuchte mit ihm Schritt zu halten, verfluchte sie im Stillen seine schwarze, mitleidlose Seele. Rasch schritt er durch einen Hain von Obstbäumen vor ihr her, den Kopf hoch erhoben. Nicht ein einziges Mal drehte er sich nach ihr um. An dem raschen, leichtfüßigen Gang erkannte Rosalynde seine Kraft und Behendigkeit — und seinen Stolz. Aber trotz allem war er ein Verbrecher. Sie kochte vor Wut.

Als sie das Endes des Hains erreicht hatten, blieb er stehen. Erschöpft sank Rosalynde auf ein Steinmäuerchen nieder. Das Gemüse und Obst, das sie im Umhang gesammelt hatte, war ein zusätzliches Gewicht und sie bemühte sich, die Früchte besser zu verteilen. Er drehte sich um und begegnete Rosalyndes verächtlichem, wütenden Blick. Er wich ihm nicht aus und sah ihr unbeirrt in die Augen. Ein unbehagliches Gefühl beschlich sie. Sie hatte ihn inständig um Hilfe gebeten, ihn unter Tränen angefleht, er möge sie begleiten, aber jetzt stieg unter seinem prüfenden, starren Blick neue Furcht in ihr auf. Sie hatte angenommen, er wäre aus Dankbarkeit zu jeder Hilfeleistung bereit, aber das war leider nicht der Fall. Würde er in seiner Roheit so weit gehen, ihr etwas anzutun?

Er trat einen Schritt auf sie zu. Sie schrie auf und rutschte von der Steinmauer herunter.

»Habt Ihr eine Waffe bei Euch?« Seine Augen wanderten über ihr zerlumptes Kleid. »Einen Dolch vielleicht?«

Rosalynde schwieg unschlüssig. Sollte sie vorgeben, ohne Waffe zu sein — und sich ihm damit auf Gedeih und Verderb ausliefern? Oder lieber zugeben, daß sie Cleves kleinen Dolch bei sich trug, den er ihr dann vielleicht abnehmen würde? Sie zögerte und versuchte, seinem Blick auszuweichen. Bevor sie sich die Antwort überlegt hatte, lächelte er kalt.

»Ihr habt eine«, stellte er trocken fest. »Gebt sie mir.«

»Nein.« Rosalynde wich noch weiter zurück. »Das dürft Ihr nicht tun!«

»Es ist mir ein leichtes, sie Euch wegzunehmen. Los. Gebt mir sie mir freiwillig.«

So gelassen wie möglich löste Rosalynde den armseligen kleinen Dolch von dem Band, mit dem sie ihn an ihrem Bein befestigt hatte. Als er auf sie zuging, richtete sie sich blitzschnell auf und hielt ihm die Klinge drohend entgegen.

»Kommt mir nicht zu nahe!«

Ihre Warnung ließ ihn stehenbleiben, aber sein Mund verzog sich zu einem belustigten Grinsen.

»Nanu? Meine teure Gemahlin?« Sein Grinsen vertiefte sich, als er sah, wie sie bei dieser unerwarteten Anrede erstarrte. »Geht man so mit seinem eben angetrauten Gemahl um?«

»Ihr seid nicht mein Gemahl!« zischte sie. »Ich habe mich auf diesen Bauernbrauch nur eingelassen, um mir Eure Hilfe zu sichern.«

»Ihr heiratet einen verurteilten Mörder und erwartet Hilfe von ihm?« Spöttisch schüttelte er den Kopf und kam einen Schritt näher. »Wäre es nicht klüger, die Amtsgewalt zu bemühen, und keinen Sträfling wie mich? Solltet Ihr nicht besser umkehren und Euch an den Bürgermeister wenden?«

»Er ist betrunken. Alle sind betrunken«, antwortete sie.

»Ein Mann aus dem Dorf hat mich belästigt und beschuldigt, und ...«

»Euch beschuldigt? Weswegen? Des Diebstahls? Vielleicht seid Ihr eine geschickte Taschendiebin — oder etwa eine Dirne?« Er hob die Augenbrauen und musterte sie abschätzend.

Verdrossen über seine offensichtliche Gleichgültigkeit ihr gegenüber setzte sie sich wieder auf das Mäuerchen.

»Ich habe nichts Böses getan!«

»Ich auch nicht«, sagte er kalt. »Glaubt Ihr mir das?« Er sah ihre ungläubigen Augen und lachte verächtlich. »Nein, offenbar nicht.«

»Was Ihr getan habt, interessiert mich nicht. Wenn es so wäre, hätte ich Euch nicht vom Galgen heruntergeholt. Aber ich habe Euch gerettet und jetzt verlange ich, daß Ihr mich sicher nach Hause geleitet!«

»Wie ich Euch bereits sagte, ich habe Wichtigeres zu tun.« Seine Augen verengten sich zu schmalen Schlitzen und wurden dunkel wie erkaltete Lava. »Und wo ist übrigens Euer Zuhause?«

»Stanwood Castle. Kennt Ihr es?« fragte sie hoffnungsvoll.

Er zuckte nur die Schulter. »Wie kann sich eine Göre wie Ihr nur so weit von Zuhause entfernen?«

»Ich bin keine Göre«, brach es wütend aus ihr heraus. Bei seinem ungerührten Blick gab sie jedoch auf.

»Ich lebte bisher auf Schloß Millwort und mein Bruder ... mein Bruder ist vor ein paar Tagen gestorben. Und jetzt bin ich auf dem Wege, um es meinem Vater zu sagen.« Sie war sich nicht bewußt, daß sie in sich zusammensank, als sie von ihrem Bruder sprach. Sie merkte auch nicht, daß sie die Hand mit dem Dolch auf den Schoß legte. »Wir wurden überfallen. Alle wurden ermordet, außer Cleve und mir und ...«

»Cleve?«

Zweifelnd sah Rosalynde zu ihm auf. Konnte sie diesem Mann die ganze Wahrheit sagen? Konnte sie ihm offenbaren, daß sie dem Adel angehörte und Cleve ihr Page war? Sollte sie ihm sagen, daß Cleve verwundet war? Sie mußte den Kerl davon überzeugen, daß er für seine Hilfe großzügig belohnt werden würde. Aber sie wollte nicht so hilflos erscheinen, daß er daraus seinen Vorteil ziehen konnte.

Sie wurde einer Antwort enthoben, als er blitzschnell auf sie zusprang. Im nächsten Augenblick hielt er ihr Handgelenk wie ein Schraubstock umklammert. Verzweifelt versuchte sie, den Dolch mit der anderen Hand zu fassen, aber er zog sie zu sich heran und drehte ihr den Arm um, so daß sie mit dem Rücken zu ihm stand und er auch den zweiten Arm fest im Griff hatte.

»Laßt den Dolch fallen«, murmelte er heiser in ihr Ohr. Noch härter und schmerzhafter wurde sein Griff. Ihre Finger wurden allmählich gefühllos. »Laßt ihn fallen«, befahl er wieder. Als ihre kraftlose Hand die Waffe schließlich freigab, schluchzte sie aus tiefster Brust auf. Aber ihre Angst verflog, als er sie sofort losließ und das Messer aufhob. Sie hatte das Gefühl, als hätte er ihre Anwesenheit vollkommen vergessen. Prüfend wog er die Waffe in seiner Hand und fuhr mit dem Daumen über die stählerne Klinge. »Klein, aber äußerst brauchbar.« Durchdringend blickte er sie an. »Ich werde Euch bis zum nächsten Dorf begleiten. Mehr kann ich nicht für Euch tun. Vielleicht werdet Ihr dort Hilfe bekommen.« Er steckte den Dolch in den Lederriemen an seiner Hüfte.

Rosalynde war so entsetzt über seine Absicht, sie wieder ihrem Schicksal zu überlassen, daß die Worte ohne Überlegung aus ihr heraussprudelten. »Ihr könnt mich nicht einfach zurücklassen, wie es Euch gerade in den Sinn kommt. Ich habe Euer verdammtes Leben gerettet, damit Ihr mir und Cleve helft. Habt Ihr kein Herz? Habt Ihr keine Ehre im Leib?« Ihre Stimme überschlug sich.

Sein Gesicht verfinsterte sich bei diesem Vorwurf und dem schrillen Klang der Worte. Rosalynde wußte, daß es leichtsinnig war, einen Mann wie ihn derart zu beschimpfen. Sie wußte auch, daß sie ihre Worte wenig geschickt und übereilt waren. Aber zu viel war geschehen. Sie hatte in kurzer Zeit viel Entsetzliches erleben müssen und zu große Angst ausgestanden, als daß sie ihre Worte jetzt bedachtsam wählen konnte.

»Nein! Nein, das Wort Ehre ist Euch fremd. Ihr habt keine

Seele! Nicht einmal ein Herz schlägt in Eurer Brust!« Dann griff sie in ihren Umhang, packte die nächstbeste Frucht — eine Karotte — und schleuderte sie ihm entgegen.

Er wich der Karotte aus, aber sein strenger Blick wurde um keinen Deut milder. »Überlegt Euch wohl, was Ihr sagt, mein dorniges Röschen. Wenn ich keine Ehre habe, kein Herz und keine Seele, dann habt Ihr Euch in große Gefahr begeben. Betrachtet es als ein Segen, daß ich Euch zum nächsten Dorf geleite. Mehr werde ich Euch nicht zugestehen. Gehen wir.« Mit diesen Worten hob er die mißbrauchte Karotte auf, stieg behende über das Steinmäuerchen und wandte sich den offenen Feldern zu. Rosalynde beobachtete ihn mit einer Mischung aus Zorn und Verzagtheit. Wie konnte er so herzlos, so grausam, so gefühllos sein? Er hatte Cleves Dolch an sich genommen und war offenbar fest entschlossen, sie bei nächster Gelegenheit sich selbst zu überlassen. Auch wenn es für sie nicht die schlechteste Lösung sein mochte, so mußte sie doch an den kranken Cleve denken!

Er hatte bereits ein Drittel des Weges über die Felder zum Wald hinter sich, und seine Gestalt war in der Dämmerung kaum noch auszumachen, als sie endlich eine Entscheidung traf. So unausstehlich der Kerl auch sein mochte, er war ihre einzige Hoffnung. Und er ging in die falsche Richtung!

So schnell sie ihre müden Beine tragen konnten, rannte sie hinter ihm her und glaubte, sie würde ihn niemals einholen. Er war schon fast bei den Bäumen, als er auf ihren keuchenden Ruf hin stehenblieb. Aber dann drehte er sich wieder um und ging weiter. Die Füße waren schon voller Blasen und ihre Lungen schmerzten, als sie weiter hinter ihm herrannte.

»Wartet! So wartet doch!« keuchte sie, als sie ihn endlich eingeholt hatte und ihn am Hemd packte. »Wartet, sage ich!«

Er blieb so plötzlich stehen, daß sie in ihn hineinrannte. Als sie erschrocken zu ihm aufsah, blitzte er sie wütend an. »Eine Frau, die einem Mann befiehlt — ob es der Gemahl ist oder nicht — handelt sich leicht eine Ohrfeige ein.«

»Ich werde Euch bezahlen«, stieß sie hervor. Im Licht der

einsetzenden Dämmerung sah er wie ein wildes struppiges Ungeheuer aus, das einem Alptraum entsprungen sein konnte. Die Sorge um Cleve und ihre Angst, wieder allein zu sein, gewannen die Oberhand. »Ich will Euch bezahlen. Ihr werdet eine großzügige Belohnung erhalten«, versprach sie.

»Womit wollt Ihr mich belohnen?« Er lächelte kalt und musterte sie von oben bis unten. »Ich hoffe, Ihr habt nicht vor, mich mit Euren weiblichen Reizen zu bestechen. Wenn mir danach wäre, hätte ich mir schon längst genommen, was mir zusteht. Schließlich wurden wir miteinander vermählt.«

Rosalynde war sprachlos. Seine Anzüglichkeiten und die prompte Ablehnung ihres Angebotes demütigten sie. »Mein Vater wird Euch belohnen.« Sie ließ nicht locker, auch wenn sie ihn jetzt am liebsten ins Gesicht geschlagen hätte. »Er wird Euch geben, was Euch zusteht, wenn Ihr mich sicher zu ihm bringt. Mich und Cleve.«

Darauf antwortete er nicht sofort und Rosalynde schöpfte neue Hoffnung. Dann aber lachte er auf und strich sich das zerzauste lange Haar aus der Stirn. »Und was will er mir geben? Eine uralte Kuh? Einen Ballen Schafwolle von der Herbstschur? Oder vielleicht einen steinigen Acker, den er für irgendeinen Lord bestellt? Nein, meine Liebe.« Voller Bitterkeit schüttelte er den Kopf. »Ich will viel mehr als das.«

»Mein Vater ist kein Bauer, und auch kein armer Mann. Er bezahlt nicht mit Gemüse und Wolle!« rief sie. »Mein Vater ist Lord Stanwood. Er wird Euch bezahlen, mit ... mit ...«

»Mit Gold? Mit Juwelen?« Er lachte spöttisch und stemmte die Fäuste in die Hüften. »Ja, jetzt sehe ich Eure edle Abkunft. Wie dumm von mir, es nicht sofort zu erkennen. Da dachte ich nun, ich hätte ein Balg aus dem Dorf geheiratet, eine die einen Mann sucht, weil sie vielleicht schon schwanger ist.« Sein spöttischer Blick fiel auf das Gemüse und Obst, das sie immer noch im Umhang trug. »Zweifellos wird Euer Vater mich mit Ländereien und einer Burg entlohnen und mich mit Reichtümern überhäufen. Was für eine armselige Lügnerin Ihr doch seid.«

»Er wird Euch Waffen geben!« rief Rosalynde verzweifelt.

»Ein Streitroß. Und .. und ... und Gold! Ja, er wird Euch Gold geben, wenn Ihr mich nach Hause bringt.« Auch das überzeugte ihn nicht. Und wieder kamen ihr die Tränen. »Wenn Ihr mir nicht glaubt, fragt Cleve. Beim Kreuze Christi, sprecht doch mit Cleve. Er wird es Euch bestätigen. Er wird Euch sagen, wer ich bin und wer mein Vater ist.« Sie preßte die Hand auf Mund. »Bitte«, flehte sie nur noch flüsternd. »Bitte.«

Ein unerträglich langer Augenblick verstrich, bis er sich ihr wieder zuwandte. Die Schatten waren dunkler geworden und sie konnte weder den Ausdruck seiner Augen erkennen, noch die kleinste Regung in seinem Gesicht. Als er sprach, hatte sich seine Stimme auf merkwürdige Art verändert. Hatte er endlich Erbarmen mit ihr? Oder sprachen jetzt Gier und Gewinnsucht aus ihm?

»Was für ein eigenartiges kleines Geschöpf Ihr doch seid! Eine dornige Rose.« Er trat zu ihr, legte einen Finger unter ihr Kinn und hob ihr Gesicht nach oben. »Zeigt mir Euren Cleve. Aber nehmt Euch in acht«, warnte er, als sich ihr Gesicht erleichtert erhellte. »Ich verzeihe Euch keine Lüge. Seid aufrichtig zu mir und wir werden gut miteinander auskommen. Wenn Ihr mich belügt, dann ...«

Er beendete den Satz nicht, aber Rosalynde hatte seine Warnung wohl verstanden. Sie war sich immerhin einigermaßen sicher, daß ihr Vater diesen Mann großzügig für seine Hilfe belohnen würde. Sie hoffte es jedenfalls.

Als das dunkle Violett der Nacht die Landschaft überzog, machten sie sich auf den Rückweg zu der Ruine, in der Cleve wartete. Sie wagte nicht daran zu denken, was er sagen würde und was die nächsten Tage bringen würden. Sie verscheuchte sämtliche Befürchtungen. Sie durfte jetzt nicht mehr daran denken, daß sie sich und Cleve einem verurteilten Mörder auslieferte, der vielleicht sogar zu der Bande gehört hatte, die sie gestern überfallen hatte.

Statt dessen richtete sie ihre ganze Aufmerksamkeit darauf, daß er gierig nach der versprochenen Belohnung war. Er war groß und stark. Und habgierig. Er würde sie sicher und wohlbehalten nach Stanwood geleiten, um den versprochenen Lohn in Empfang zu nehmen. Und dann würde er auf Nimmerwiedersehen verschwinden.

Bei dieser Vorstellung wurde ihr leichter ums Herz. Entschlossen zog sie die Kapuze über den Kopf. Der Abend war kühl und sie fror vor Müdigkeit. Keine Menschenseele sollte von der Handreichung erfahren, beschloß sie. Das Gelübde endete in einem Jahr und einem Tag. Dann war sie frei, eine wirkliche Ehe einzugehen. Weder ihr Vater noch ihr zukünftiger Gatte mußten je etwas davon erfahren. Nachdenklich sah sie den Mann an, der im fahlen Mondlicht an ihrer Seite schritt.

Und er würde das Geheimnis ebenfalls bewahren, beruhigte sie sich. Schließlich war er nicht der Mann, der sich wünschte, sein Leben lang an eine Frau gebunden zu sein. Abgesehen davon hatte er ja seine Abneigung gegen sie bereits recht deutlich kundgetan. Nein, er würde bestimmt niemandem von der Handreichung erzählen. Mit ein wenig Glück würde sie ihn in zwei Wochen wieder los sein.

5

Rosalynde fror jämmerlich. Sie war hungrig und am Rande ihrer Kraft, als sie endlich die Burgruine erreichten, in der sich Cleve versteckt hielt. Die schmale Sichel des Mondes warf geisterhafte Schatten über das Land. Bäume, Sträucher und steinerne Feldeinfriedungen nahmen in seinem kalten, silbrigen Licht furchterregende Formen an. Bei der Vorstellung, daß sie abermals aus dem Hinterhalt von Räubern überfallen werden konnte, schlug ihr Herz vor Angst schneller.

Der schweigende Mann an ihrer Seite war ihr nur ein kleiner Trost, da sie überzeugt war, er würde sich ihrer lieber heute als morgen entledigen. Er hatte eingewilligt, mit Cleve zu sprechen. Cleve würde seine Zweifel aus dem Wege räumen. Aber als sie sich den Weg durch die dichten Brombeerranken und Beerensträucher bahnten, die den Pfad zur Burg hinauf überwucherten, verließ sie der Mut. Was war, wenn Cleve in seinen Fieberträumen kein vernünftiges Wort herausbrachte? Wenn Blacksword ihm nicht glaubte?

Was würde geschehen, wenn er wieder kehrtmachte und sie mit dem kranken Cleve zurückließ?

Bei diesem Gedanken stolperte sie über eine Wurzel und wäre fast der Länge nach hingeschlagen. Ihr stummer Begleiter jedoch sah nur kurz über die Schulter und ging unbeirrt weiter. Undankbarer Schuft, dachte sie. Aber sie konnte es sich nicht leisten, ihn wieder zu beschimpfen. Sie mußte sich auf unvorhergesehene Dinge vorbereiten. Was würde Cleve sagen, wenn er herausfand, daß sie sich einem Fremden anvertrauten, der als Mörder verurteilt worden war? Obwohl er noch ein Junge war und nur ihr Page, wußte sie, daß er ihr gegenüber eine Beschützerrolle angenommen hatte. Jedenfalls hatte er dies gestern bewiesen, als er den schrecklichen Mann am Fluß angriff.

Verzagt biß sie sich auf die Lippen und überlegte. Wenn sie ihm nun einfach sagte, daß sie Blacksword angeheuert hatte ... Er würde mißtrauisch sein, aber er hätte keinen Grund, ihr nicht zu glauben. Wenn er jedoch hörte, daß sie durch Handreichung mit ihr vermählt war ... Es war nicht auszudenken! Nein, das durfte er niemals erfahren. So jung er auch war, er würde höchstwahrscheinlich den Mann attackieren, der es wagte, die Hand seiner Herrin auf solch gemeinem Weg zu erlangen. Sie konnte sich nicht vorstellen, daß Blacksword den Angriff des Pagen gelassen hinnehmen würde. Sie verabscheute es, zu lügen, aber wenn sie und Cleve heil nach Stanwood kommen wollten, blieb ihr nichts anderes übrig. Ihr war höchst unbehaglich zumute, als sie sich den dunklen Schatten der geschleiften Burg näherten.

»Wo ist dieser Cleve?« fragte Blacksword schließlich, als sie zu dem Durchschlupf in der Außenmauer kamen.

»In einem alten Schuppen«, antwortete sie und versuchte sich zu zurechtzufinden. Bei Nacht sah alles verändert aus. Einen Augenblick stockte ihr der Atem. Sie war nicht sicher, wo sie den Jungen zurückgelassen hatte. Erleichtert erkannte sie dann den verwilderten Kräutergarten wieder. »Hier entlang«, erklärte sie bestimmt, kletterte über einen Steinhaufen und schlug die Richtung zum verwüsteten Burghof ein. »Wir sind gleich da.« Als sie aber endlich den Unterschlupf entdeckt hatte und Cleves Namen rief, erhielt sie keine Antwort.

»Cleve? Cleve?« rief sie wieder, und dann noch einmal ganz laut. War sie zu spät gekommen? War die Wunde wieder aufgebrochen? Ein eisiger Schauer durchfuhr sie, als sie das kleine dachlose Geviert betrat. »Cleve, bist du hier? Geht es dir gut?«

»Milady?« Das Flüstern kam aus dem hintersten Winkel. »Lady Rosalynde?«

Sofort war sie an seiner Seite. Sie sah nicht, daß der Mann hinter ihr erstarrte, als er die kaum hörbaren Worte des Jungen vernahm. In der undurchdringlichen Finsternis tastete sie Cleve ab. Sogar durch seinen Umhang hindurch fühlte sie die Hitze, die sein fiebriger Körper ausstrahlte. Ohne nachzudenken wußte sie, was jetzt zu tun war.

»Wir brauchen ein Feuer. Und Wasser.« Sie fand den halb zerbrochenen Krug und wandte sich zu Blacksword um, der als kaum wahrnehmbarer Schatten in der Öffnung stand, die einmal eine Tür gewesen war. »Der Brunnen ist am anderen Ende des Burghofes, genau gegenüber der Stelle, an der wir hereingekommen sind«, sagte sie. Als er sich nicht rührte, wurde ihr Ton befehlend. »Hier, nehmt den Krug.«

»Nein. Ihr werdet Wasser und Holz holen. Ich werde bei Eurem Freund auf Euch warten.« Die Antwort war kalt und unbarmherzig. Einen Augenblick lang sank Rosalyndes Mut.

»Er braucht meine Hilfe.« Dann begriff sie, warum er so reagierte.

»Ich spiele kein falsches Spiel, *Sir* Blacksword, oder wie immer Ihr heißt. Cleve ist schwer verletzt. Mein Gott, er ist noch ein Junge!« rief sie. »Kommt her und überzeugt Euch selbst.«

Es dauerte ewig, bis er mißtrauisch herankam. Dann kniete er neben ihr nieder. Sie griff nach seiner Hand und legte sie auf die Stirn des Jungen, damit er das Fieber fühlen konnte. Bei dieser Berührung spannten sich seine Muskeln an.

Wäre sie nicht so besorgt um Cleve gewesen, hätte sie ihre Hand sofort zurückgezogen. Wieder durchströmte sie dieser eigenartige Schauer, als sie einander berührten. Etwas drohend Unbekanntes schien von ihr Besitz zu ergreifen. Aber jetzt ging es um Cleve, nicht um sie.

»Fühlt seine Stirn«, drängte sie. »Fühlt es selbst!« Sie merkte, wie er sich entspannte und führte seine Hand zu Cleves heißer Stirn. »Seht Ihr? Ich brauche Wasser, um ihn abzukühlen, und Feuer, damit ich Licht habe, wenn ich ihn versorge. Ich bitte Euch inständig mir zu helfen. Stellt Euch vor, Ihr tut es für einen Freund oder Kameraden.«

Rosalynde war sich nicht bewußt, wie aufrichtig und ernst ihre Stimme klang. Sie konnte auch nicht ahnen, daß das silberne Mondlicht ihr dunkles Haar wie einen Heiligenschein aufschimmern ließ. Vorhin, an diesem furchtbaren Nachmittag, war sie ihm wie ein verzweifeltes Weib vorgekommen, das ums Überleben kämpfte. Aber nun, im Schutze der Nacht, eingehüllt in das fahle Licht des Mondes, hatte sie sich in ein anderes Wesen verwandelt. Blacksword brauchte keine Begründung, warum er plötzlich ihrer Geschichte Glauben schenkte. Sie hatte bisher nicht gelogen. Sie befand sich in einer Notlage. Der Junge war ihr Page und sie war von vornehmer Abstammung. Er hatte gehört, daß der Kranke sie mit Milady ansprach.

»Ihr sollt Euer Feuer haben, meine Dornenrose. Und Euer Wasser. Aber wir dürfen uns hier nicht allzu lange aufhalten. Spätestens morgen um die Mittagszeit, wenn sie ihren Rausch ausgeschlafen haben, werden sie sich erneut auf die Suche nach mir machen.«

»Dann willigt Ihr also ein? Ihr werdet uns nach Stanwood bringen?«

»Mmhm«, murmelte er zustimmend. »Für die versprochene Belohnung bringe ich Euch und den Knaben nach Stanwood.«

Und mit diesen Worten verschwand er im Dunkel und wunderte sich über sich selbst. Ein Wahnsinn, auch nur eine

Sekunde länger in der Nähe dieses verfluchten Dorfes Dunmow zu bleiben!

Er brauchte nicht lange, bis er genügend Holz gefunden hatte, um an der windgeschützten Seite der Mauer ein kleines Feuer zu entfachen. Dann brachte er ihr das Wasser. Als sie schließlich mit der schwierigen Aufgabe begann, den Verletzten zu versorgen, lehnte er sich an die Wand und beobachtete sie. Sein Magen knurrte und er spürte die Kälte der Nacht auf seinen nackten Armen und Beinen. Aber diese Unbill ertrug er gern. Mit Freuden sogar. Wenn alles wie geplant verlaufen wäre, hinge er jetzt tot am Seil wie diese armen Teufel. Aber er lebte! Und das nur, weil das Schicksal ihm auf so unwahrscheinliche Art zu Hilfe gekommen war.

Während er seine unbekannte Retterin betrachtete, schob er sich mit seinem Rücken ein wenig von der Mauer ab und versuchte, eine bequemere Stellung einzunehmen. Was hatte sie wohl dazu bewogen, ihn auf diese ungewöhnliche Weise an sich zu binden? fragte er sich und biß in eine der angeschlagenen Birnen. Diese Rose hatte sich auf ein gefährliches Abenteuer eingelassen, noch dazu mit diesem verletzten Jungen. Wenn er der Verbrecher wäre, für den sie ihn hielt, würde er ihr und dem Jungen ohne zu zögern die Kehle durchschneiden. Sie konnte Gott danken, ihn erwählt zu haben und nicht Tom Hadley, diesen Wurm, den sie heute auch gehenkt hatten. Der jämmerliche Teufel hatte in der letzten Nacht unaufhörlich geredet und seine kaltblütigen, grausamen Schandtaten gebeichtet, die er während seiner kurzen, aber beeindruckenden Laufbahn als Straßenräuber begangen hatte. Als ob dieses verspätete Geständnis seine Seele noch retten konnte!

Ein letztes Mal biß er in die halbverfaulte Frucht und warf den Rest angeekelt ins Feuer. Wenn sie sich für Tom entschieden hätte, läge sie jetzt irgendwo vergewaltigt und sterbend im Gebüsch.

Bei dem plötzlichen Auflodern der Flammen blickte sie erschreckt zu ihm hinüber. Auch wenn sich ihre Blicke nur kurz trafen bevor sie sich wieder dem Jungen zuwandte, war ihm die Angst in ihren Augen nicht entgangen.

Kluges Mädchen, dachte er spöttisch. Es war ganz gut, daß sie ihm gegenüber eine gewisse Angst empfand. Sie würde sich so seinen Anordnungen ohne Widerrede fügen, wenn sie Stanwood sicher und unbeschadet erreichen wollte. Die versprochene Belohnung — ein Pferd und Waffen — war ihm Anreiz genug, ihre Bitte zu erfüllen.

Und doch beunruhigte ihn auch diese Angst in ihren Augen. Wenn sie erführe, daß er nicht der war, für den sie ihn hielt ... Er verdrängte den Gedanken, noch bevor er Gestalt annehmen konnte. Niemand in Dunmow hatte geglaubt, daß er ein Ritter war. Warum sollte *sie* es also glauben?

In London hatte er sich in seinem Erfolg gesonnt, nachdem er die begehrte Auszeichnung, das schwarze Schwert, bei dem Turnier des Königs gewonnen hatte. Und doch schimpfte man ihn drei Tage später einen Dieb und Mörder und warf ihn in Dunmow in den Kerker. Schlimm genug, daß er so gedemütigt wurde, aber daß man ihn wie einen gemeinen Verbrecher zum Tode durch den Strang verurteilte, war das größte Unrecht, das ihm widerfahren konnte. Wie durch ein Wunder hatte er Leben und Freiheit wiedererlangt, jetzt hieß es nur, die Männer zu finden, der ihn verleumdet und ins Gefängnis gebracht hatte. Bis dahin würde er keinem Menschen in East Anglia vertrauen.

Wieder ruhte sein Blick auf dem Mädchen neben dem Feuer. Ja, er würde sie zum Schloß ihres Vaters bringen und seine Belohnung in Empfang nehmen. Am liebsten hätte er sich sofort auf die Suche nach seinen unbekannten Feinden gemacht, aber er konnte diese hinterhältigen Schurken nicht stellen und herausfordern, solange er keine Waffen besaß. Der Umweg über Stanwood war allerdings Zeitvergeudung. Er würde wieder von vorne anfangen müssen, um sich auf ihre Spur zu setzen. Aber er würde nicht eher ruhen, bis er die Männer gefunden und getötet hatte, die ihn als Sündenbock mißbraucht hatten. Zu allem Unglück hatte er sein gut ausgebildetes, zuverlässiges Streitroß verloren, sein Packpferd, seine Turnierwaffen und das schwarze Schwert. Das prächtige schwarze Schwert.

Er preßte die Zähne aufeinander, als er daran dachte, wie

nah er dem Tode gewesen war. Wer sie auch sein mochte — eine dornige Rose oder Lady Rosalynde — er verdankte ihr sein Leben. Aber Dankbarkeit ließ sich im Augenblick so gar nicht mit seinen Racheplänen vereinbaren. Wenn er Rosalynde und den Jungen in Stanwood abgeliefert und seine Belohnung ein Empfang genommen hatte, würde er die Männer, die ihn an den Galgen liefern wollten, erbarmungslos jagen.

Und wenn er seine Beute aufgestöbert hatte, würde er sie mit unendlicher Befriedigung töten.

6

Sir Gilbert Poole, der neue Lord von Duxton, stürzte den letzten Tropfen Wein hinunter und ließ mit seinem gesunden Arm den schweren Humpen auf den Eichentisch krachen. Der Mann, der vor ihm stand, wich beunruhigt vor seinem verzerrten Gesicht zurück.

»Du einfältiger Tropf! Glaubst du, mir ist der Befehl leicht gefallen, die Raubzüge einzustellen? Glaubst du, ich habe mir das nicht gründlich überlegt?« Wutentbrannt schleuderte Sir Gilbert den metallenen Humpen nach dem Mann, der sich geistesgegenwärtig duckte. »Durch deine Dummheit und Gier hast du vielleicht alles verdorben! Alles!«

»Aber es war eine leichte Beute. Seht doch nur, was wir mitgebracht haben. Guten Wein, kostbare Gewänder, Schmuck ...«

»Das ist nichts als ein Haufen Tand. Ich bin auf Gold und Edelsteine aus. Um dieses armseligen Zeuges wegen werden die wohlhabenden Reisenden noch vorsichtiger sein. Es war schon schwierig genug, jenen wahnwitzigen Ritter in die Falle zu locken. Ganz zu schweigen von dem Schmiergeld, das ich dem Bürgermeister zahlen mußte, damit er kurzen Prozeß mit ihm machte und die Hinrichtung beschleunigte. Wenn dieser neue Überfall bekannt wird ...«

»Niemand wird je davon erfahren. Es ist niemand mehr

da, der darüber berichten könnte«, verteidigte sich der Mann. »Wir haben sie alle erschlagen.«

Die Augen des wütenden Sir Gilbert verengten sich. »Alle? Bist du sicher?«

»Alle.« Diese Lüge ging dem Mann glatt über die Lippen. Er wollte seine Haut retten.

»Was habt ihr mit den Leichen gemacht?«

»In den Fluß geworfen. Die schwimmen jetzt sicherlich schon im Meer, verlaßt Euch drauf.«

Gespanntes Schweigen folgte. Endlich erhob sich Sir Gilbert aus seinem lederbespannten Stuhl. Zornig ging er im Zimmer auf und ab und rieb sich den schmerzenden Arm, der mit einer Bandage an seinen Körper gebunden war. Dann drehte er sich ruckartig um und heftete die wasserblauen Augen auf sein eingeschüchtertes Gegenüber. »Du bekommst mit deinen Leuten diesmal nur die Hälfte des üblichen Anteils. Die andere Hälfte geht als Bußgeld an mich, damit solch ein Fehler nicht wieder geschieht.« Und als ob er den Widerspruch des Mannes vorausahnte, ergriff er ein Langschwert, das auf einer Holztruhe lag und tat, als bewundere er die feuergehärtete Klinge.

»In den letzten Monaten haben wir beide nicht schlecht verdient. Du brauchst mich als Abnehmer deiner Waren und ich brauche dich als Lieferanten. Ich sehe keinen Grund, uns über diese Angelegenheit zu streiten. Schließlich werden wir auch in Zukunft zusammenarbeiten. Im Augenblick müssen wir die Sache nur eine Weile ruhen lassen.« Er blickte ihn kalt an. »Nicht wahr, mein Guter?«

Der andere Mann öffnete den Mund, um zu antworten. Dann aber fiel sein Blick auf die furchterregende Waffe in Sir Gilberts Hand. Im Schimmer des Kerzenlichts bekam die kostbare schwarze Klinge den Glanz von Ebenholz. Das Schwert des Teufels, so schien es ihm. Er biß die Zähne zusammen und erwiderte Sir Gilberts starren, bösen Blick.

»Ich werde nicht mit Euch streiten, Milord«, entgegnete er widerwillig. »Aber ich kann sie nicht mehr lange hinhalten. Meine Männer werden unruhig. Sie können sich nicht ewig in den Bergen versteckt halten.«

»Habe ich etwas von ewig gesagt? Dunmow hat die Gesetzesbrecher schon gehängt. Von dort haben wir nichts mehr zu befürchten.« Wieder drehte der junge Lord die Klinge in der Hand, bis sie im Licht aufblitzte. »Es wird Zeit, daß wir neue Märkte für unseren Handel suchen.« Sein Lachen klang heiser und böse, als er die gefährliche Waffe durch die Luft sausen ließ. »Ja, es wird Zeit, daß wir uns in anderen Gegenden umsehen.«

Nachdem der andere den Raum verlassen hatte, legte Sir Gilbert das Schwert auf den Tisch und rieb sich wieder den gebrochenen Arm. Bald habe ich es nicht mehr nötig, mich mit solchem Gesindel abzugeben, dachte er, als er das Schwert betrachtete. Dieser Mann und seinesgleichen, die für ihn arbeiteten, waren ihm zweifellos von großem Nutzen gewesen. Mit ihrer Hilfe hatte er stets aus dem Vollen geschöpft und in London standesgemäß leben können, während sie in Essex und East Anglia auf Raubzüge gingen. Aber jetzt, da sein verhaßter Vater endlich gestorben war und er sein Erbe antreten konnte, mußte er viel vorsichtiger sein.

Er hatte es für einen Geniestreich gehalten, als er beschloß, die ›Gesetzlosen‹ gefangenzunehmen, die die Gegend unsicher machten. Er machte sich dadurch beim Volk beliebt und wurde gleichzeitig die Konkurrenten los, die außerhalb seiner Räuberbande arbeiteten. Wie ihm die Bürger von Dunmow zugejubelt hatten, als er mit den beiden armseligen Würmern ankam!

Aber das größte Vergnüngen hatte es ihm bereitet, als dieser Ritter, dieser Bastard, ebenfalls in die Falle ging.

Ein grausames Lächeln glitt über sein Gesicht. Dann nahm er den kunstvoll geschmiedeten Griff des schwarzen Schwertes in die Hand. Das würde ihn lehren, einen Sir Gilbert Poole noch einmal auf dem Kampfplatz zu demütigen! Kein Bastard würde es mehr wagen, ihn bei einem Turnier aus dem Sattel zu heben. Kein fahrender Ritter brach dem jungen Lord Duxton vor Londons höchstem Adel ungestraft den Arm.

Aber er hatte nun bezahlt, sagte sich Gilbert hämisch. Der

Bastard hatte mit dem Leben bezahlt. Er hatte zwei Fliegen mit einer Klappe geschlagen, als er ihn des Raubes und Mordes beschuldigte. Ein, zwei Goldmünzen, und schon war der Bürgermeister bereit, den Ritter ohne weitere Fragen zu hängen. Jetzt lag dieser anmaßende Kerl in einem armseligen Loch unter der Erde. Gilbert war nur ein wenig enttäuscht, daß der selbstgefällige Tor nicht erfahren hatte, wer seinen Untergang geplant hatte. Aber das bekannt zu machen, wäre zu unvorsichtig gewesen.

Sein lautes Auflachen hallte dumpf von den kalten Steinwänden des kahlen Raumes wider. Diesen Schwachkopf — Sir Aric war sein Name gewesen — hatte er also beseitigt. Und die Behörden in Stadt und Land würden sich in dem Glauben wiegen, eine gefährliche Räuberbande unschädlich gemacht zu haben.

Als frisch gebackener Lord von Duxton sollte er sich vielleicht wirklich von seiner Bande trennen, überlegte er, denn nunmehr konnte er sich aus eigenen Reichtümern bedienen, ohne seinem Vater Rechenschaft ablegen zu müssen. Bald wollte er sich eine passende Gemahlin suchen — eine reiche Gemahlin. Dann hatte er ausgesorgt. Sie würde ihm die nötigen Erben gebären, während er sich an Londons Hof vergnügte.

Wieder nahm er die Waffe in die Hand und bewunderte sie mit Kennerblick. Zu schade, daß die Klinge so auffallend war. Er hätte sie gern beim nächsten Turnier benutzt, aber das war doch zu gefährlich — zumindest in London. Aber anderswo ...

Mit einem selbstzufriedenen Lächeln steckte er die Waffe in eine stahlbesetzte Lederscheide, die an einem Haken von der Wand hing. Dann füllte er den Humpen erneut mit Wein und gratulierte sich zu seinem glücklichen Schicksal.

Dämonen quälten sie. Röchelnde Ungeheuer verfolgten sie, lösten sich auf in entsetzlich verzerrte Gesichter. Gnadenlos machten sie Jagd auf sie, trieben sie in ein dunkles Loch, in dem ihr betrunken torkelnde Gestalten mit gierigen Armen zuwinkten. Aus weiter Ferne hörte sie die Stimme eines

Kindes. Giles, dachte sie in einem kurzen Augenblick der Freude. Aber als sie sich umwandte, schwebte das blasse Gesicht von ihr fort und die leidenden Züge Cleves traten an seine Stelle.

»Cleve ...«, wimmerte sie laut und versuchte ihn zu erreichen, da er immer wieder nach ihr rief. »Cleve ...« Aber als sie endlich zu ihm gelangte, war er nicht Cleve. Das Gesicht, das sie jetzt vor sich hatte, war kantig und hart. Auch wenn es lächelte, sie zu bitten schien, wußte sie, daß sie es nicht berühren durfte. Sie drehte sich um, wollte fortlaufen, aber eine hünenhafte Gestalt versperrte ihr den Weg. In entsetzlicher Angst rannte sie in die entgegengesetzte Richtung, aber da türmte die Gestalt sich wieder vor ihr auf. Das Lächeln war eindringlicher und verlockender geworden, die Augen aber blieben davon unberührt. Luzifer, dachte sie, als sie vor ihm zurückwich. Luzifer!

Mit einem Ruck setzte Rosalynde sich auf. Ihr Herz hämmerte in der Brust. Jede Faser ihres Körpers war angespannt und steif vor Angst. Wild blickte sie um sich, auf der Suche nach der Erscheinung, nach diesem Augenpaar, das ihr gefährlicher schien als alle anderen Kreaturen, die ihren Alptraum bevölkert hatten.

Aber da war niemand. Sie atmete einige Male tief durch und versuchte die wüsten Gedankenfetzen in ihrem Kopf zu ordnen. Als sie um sich blickte, erschien ihr die Wirklichkeit allerdings ebenso furchterregend wie der schreckliche Traum.

Sie befanden sich noch immer in ihrem Versteck in der verfallenen Burgruine. Cleve war schwer verwundet, obwohl er jetzt ruhiger zu schlafen schien. Und der Weg nach Hause war noch weit.

Ihre Augen weiteten sich, als ihr die Ereignisse der letzten Stunden wieder bewußt wurden. Wo war er? Wo war der Mann, den sie erwählt hatte, der sich bereit erklärt hatte, sie und Cleve sicher nach Stanwood zu geleiten? Sie richtete sich ganz auf und schüttelte die letzten, verschwommen Bilder des Alptraums ab. Wo war er?

In dem dicht verwobenen Grau der Morgendämmerung

konnte Rosalynde nur wenig erkennen. Cleve lag noch immer zusammengerollt unter ihrem Umhang. Er atmete ruhig. Vorsichtig berührte sie seine Stirn und stellte aufatmend fest, daß die unnatürliche Hitze des Fiebers einer gesunden Körperwärme gewichen war. Aber die Stelle an der brüchigen Mauer, wo der Mann gestern gestanden hatte, war leer. Nur der zusammengedrückte Laubhaufen auf dem Boden zeigte ihr, daß dieser Blacksword hiergewesen war.

Er hatte sie verlassen! Ungläubig und verzweifelt blickte sie sich um. Trotz allem, trotz der Handreichung und der versprochenen Belohnung hatte er sie im Stich gelassen! Von einer unendlichen Verzagtheit ergriffen, stolperte Rosalynde die wenigen Schritte zum Ausgang des Schuppens und lehnte sich dann kraftlos an die Reste der Mauer. Was nun? Wie sollten sie und der geschwächte Cleve jemals nach Hause gelangen? Tränen stiegen in ihre Augen, Tränen der Hilflosigkeit, der Entmutigung und der Angst.

Ärgerlich wischte sie jedoch die Wangen trocken. Wieder hatte sie versagt, klagte sie sich an. Wenn sie einen der anderen Verurteilten erwählt hätte ... Wenn sie nicht auf dieser unglückseligen Reise bestanden hätte ... Wenn es ihr gelungen wäre, Giles zu retten ...

Wenn, wenn, wenn. Sie schüttelte heftig den Kopf und wischte sich entschlossen die letzte Träne aus den Augen. Es hatte keinen Sinn, das Vergangene zu bedauern und sich darüber zu grämen, sagte sie sich nüchtern und blickte sich zu dem schlafenden Jungen um. Heute ging es ihm ja schon besser. Das Fieber war gesunken. Vielleicht konnten sie heute nach Stanwood aufbrechen — mit Gottes Hilfe. Sie würden sich in dem Wäldern verborgen halten und nur nachts unterwegs sein. Vielleicht ...

Sie seufzte betrübt auf, von neuem durch ihre ziemlich aussichtslose Lage mutlos geworden. Im Augenblick konnte sie wenig tun. Aber sie mußte sich beschäftigen, um sich von ihren Ängsten abzulenken. Cleve mußte etwas Nahrhaftes in den Magen bekommen und sie auch. Außerdem wollte sie frische Heilkräuter sammeln. Und es war nötig, Wasser und Holz zu holen, um zumindest eine warme Suppe zuzubereiten. Erst dann wollte sie sich den Kopf darüber zerbrechen, wie sie nach Stanwood kamen.

Gefaßt trat sie aus der verfallenen Behausung ins Freie. Sie war fest entschlossen, um Cleves willen tapfer und stark zu sein. Bei jedem Stück Holz jedoch, das sie mühsam aufsammelte, verwünschte sie den eigensüchtigen, undankbaren Schurken, der sie so herzlos im Stich gelassen hatte. So ein erbärmlicher Lump! wütete es in ihr. Mit der Wut wuchs auch der Haufen Reisig in ihrem Arm. Ein Scheusal war er, mit der Gesinnung einer Schlange! Dann nahm sie den kaputten Krug und ging zum Brunnen. Die ganze Zeit über verfluchte sie den ehrlosen Verbrecher und wünschte inständig, er wäre mit den anderen gehenkt worden.

Zweifellos war er der Bandenführer gewesen, dachte sie bitter, wie es der alte Mann in Dunmow behauptet hatte. Und sie war eine Törin gewesen, auch nur eine Sekunde zu denken, daß dieser Mann zu einem Gefühl fähig sei, das auch nur im entferntesten etwas mit Dankbarkeit zu tun hatte!

Sie hatte sich in ihren Zorn über Blacksword hineingesteigert und versuchte sich jetzt der derben Flüche zu erinnern, die sie irgendwo aufgeschnappt hatte. Unflätige Schimpfworte waren ihr bisher nie über die Lippen gekommen, und sie hatte nie begriffen, weshalb andere Menschen sich dazu hinreißen ließen. Jetzt aber verstand sie es vollkommen. Als sie zum Brunnen kam, war sie so erfüllt von ihren wütenden Gedanken, daß sie beinahe neben ihm stand, bevor sie es bemerkte.

»Herr des Himmels!« Wie angewurzelt blieb sie stehen, die Augen weit aufgerissen. Das Bild, das sie vor sich hatte, überstieg ihr Fassungsvermögen. Der Mann, der sich Blacksword nannte, schien von ihrem plötzlichen Auftauchen nicht im mindesten überrascht zu sein. Er verharrte nur einen Moment in seiner Tätigkeit, warf ihr einen kühlen Blick zu und fuhr dann fort, sein Gesicht mit der scharfen Klinge des Dolches zu rasieren.

Rosalyndes rasender Zorn über sein Verschwinden verpuffte auf der Stelle. Er war hier, das stand fest und sie hatte sich geirrt. Und doch, als er jetzt seelenruhig mit seiner Morgentoilette fortfuhr, packte sie sogleich die Wut darüber, daß er nicht eine Spur von Verlegenheit zeigte, sie Zeugin dieser doch sehr persönlichen Angelegenheit werden zu lassen. Und dazu mit entblößtem Oberkörper! Obwohl sie ihrem Zorn am liebsten Luft gemacht hätte, blieb sie stehen und starrte ihn weiterhin mit großen, erstaunten Augen an.

Er hatte das zerrissene Hemd ausgezogen und stand nun halbnackt in der kühlen Morgenluft vor dem Brunnen. Seelenruhig füllte er den Eimer mit Wasser und goß sich den Inhalt über den Schopf. Das Wasser floß über sein Haar, seine Schultern, Arme und den Rücken. Rosalynde war sprachlos und unfähig, auch nur einen zusammenhängenden Gedanken zu fassen. Dann nahm er das Stück einer ausgefransten Wurzel, das er am Brunnenrand zurechtgelegt hatte und schrubbte seinen Körper gründlich ab. Sie starrte immer noch auf den Mann vor ihr. Natürlich war ihr nicht entgangen, daß er kräftig, breitschultrig und muskulös war. Aus diesem Grunde hatte sie ihm ja in Dunmow bei diesem heidnischen Ritual die Hand zum Ehebund gereicht. Aber auf diese pure animalische Männlichkeit war sie nun doch nicht gefaßt. Er wirkte wie ein schönes, ungezähmtes Geschöpf, das von einer urwüchsigen Kraft erfüllt war. Der Mann dort am Brunnen erweckte jetzt ganz andere Ängste in ihr.

Instinktiv wich sie ein wenig zurück und preßte das Tongefäß an ihre Brust, aber sie konnte den Blick nicht von dieser Gestalt abwenden. Das Muskelspiel seines Körpers ließ sie an die geschmeidigen Bewegungen eines Raubtiers denken, das sich seiner Beute gewiß ist. Jetzt goß er ein zweites Mal einen Kübel voll Wasser über sich und allmählich kam ein neuer Mann zum Vorschein. Er fröstelte ein wenig, dann schüttelte er mit einer ruckartigen Kopfbewegung das Wasser aus dem Haar, so daß feine Tropfen um ihn herum aufblitzten. Erst dann wandte er sich ihr voll zu und strich dabei mit gespreizten Fingern das Haar aus der Stirn.

»Könnte es sein, daß Ihr darauf wartet, jemand würde Euch ein Bad bereiten, Milady?«

Diese Worte kamen samt der Anrede höfisch und wohlerzogen über seine Lippen, und doch entging Rosalynde nicht der feine Spott in seinen Augen, als er sie von oben bis unten musterte. Nun begriff sie den Doppelsinn seiner Bemerkung. Sie war völlig verdreckt. Ihr Gewand war zerissen und verschmutzt, das Haar fettig und verfilzt und wie ihr Gesicht aussah, wagte sie sich nicht vorzustellen. Befangen strich sie eine Strähne hinters Ohr, aber seine herablassende Art erzürnte sie. Er war ein gemeiner Verbrecher und sie — trotz ihres vernachlässigten Äußeren, eine Angehörige des Hochadels.

»Baden scheint mir in meiner jetzigen Lage eher eine müßige Beschäftigung zu sein«, erklärte sie hochmütig. »Ich muß mich um meinen Pagen kümmern. Und Ihr . . .« Sie warf ihm einen verächtlichen Blick zu. »Ihr solltet Euch darüber Gedanken machen, wie wir von diesem schrecklichen Ort wegkommen.«

Er aber scherte sich nicht um den bissigen Tadel, sondern bückte sich und zog seine Stiefel aus. »So viel ich weiß reibt man sich in Euren Kreisen mit duftenden Ölen ein, um den Gestank des Körpers zu überdecken.« Er blickte sie vielsagend an. »Ich für meinen Teil ziehe es vor, mich mit Wasser zu waschen.«

Sie wusch sich sonst auch mit Wasser, aber sie war jetzt nicht in der Laune, ihm beizupflichten. »Ich brauche jetzt Wasser aus dem Brunnen, wenn Ihr nichts dagegen habt. Für Cleves Wunde.«

Sie holte tief Luft, näherte sich ihm tapfer und war fest entschlossen, sich nicht vor ihm zu fürchten. Er akzeptierte sie als Lady, trotz ihres erbarmungswürdigen Zustandes, und er hatte sich nicht davongeschlichen. Natürlich wollte er die Belohnung, die sie ihm versprochen hatte. Folglich arbeitete er jetzt für sie und das mußte sie ihm klarmachen. »Würdet Ihr bitte einen Eimer Wasser für mich heraufziehen«, sagte sie so kühl und unnahbar wie es ihr möglich war.

Ein abfälliger Blick war die Antwort. Zu ihrer Erleichterung ließ er den Eimer jedoch wirklich in den Brunnen hinunter. Als er ihn gefüllt wieder hinaufzog, konnte sie nicht umhin, seine muskulösen Schultern und Arme zu betrachten. Vom Vortag wußte sie aus eigener Erfahrung, wie schwer es war, den Eimer wieder zum Brunnenrand zu hieven. Sie hatte es kaum fertiggebracht. Für ihn schien es ein Kinderspiel zu sein.

Als er den vollen Eimer auf den Brunnenrand hob, reichte sie ihm den zerbrochenen Tonkrug, damit er ihn fülle. Er stellte die Scherbe jedoch wortlos neben den Eimer und begann seine Hose aufzuschnüren.

»Ihr bekommt Euer Wasser, wenn ich meine Reinigung beendet habe«, beschied er ihr kurz. Ohne zu zögern begann er die Hose auszuziehen.

Rosalynde war so entsetzt, daß sie sich nicht von der Stelle rühren konnte. Atemlos starrte sie ihn an, als das Kleidungsstück zu Boden fiel und den Blick auf das dunkel gelockte Haar in seinem Lendenbereich freigab. Hastig wandte sie sich ab. Angst und Entsetzen ergriffen sie. Wahrhaftig, er war ein Barbar! dachte sie angewidert. Ein gewöhnlicher Verbrecher. Ein gewissenloser Mörder. Und höchstwahrscheinlich war er auch bereit, Frauen Gewalt anzutun ...

Bei diesem Gedanken zog sich ihr Magen schmerzhaft zusammen. Am liebsten wäre sie sofort weggelaufen, aber sie zwang sich, mit gemessenen Schritten davonzugehen, auch wenn es ihr in diesem Fall nichts nützen sollte. Ein Mann, der zu einem Mord fähig war, der andere bestahl, der sich seelenruhig vor einem jungen Mädchen auszog, schreckte wohl auch nicht vor einer Vergewaltigung zurück. Mit jedem Schritt befürchtete sie, er könne ihr nachkommen.

Endlich blieb sie stehen und blickte sich um. Er hatte sie nicht verfolgt, aber was sie jetzt sah, war nicht minder erschreckend. Er hatte sich seiner Beinkleider völlig entledigt und war splitternackt. Als er sich wieder mit Wasser übergoß, stand er mit dem Rücken zu ihr. Die nackte Haut glänzte in der Morgensonne. Beine und Pobacken waren ein wenig blasser als der restliche Körper, stellte sie überrascht fest. Aber auch dort waren Muskeln, kräftige Muskeln, deren

Spiel sie beobachten konnte, als er sich während des Waschens bückte und wieder aufrichtete.

Sie wußte nicht, wie lange sie in seinen Anblick versunken dastand. Erst als er über die Schulter in ihre Richtung sah, erschrak sie und zuckte zusammen. Blitzschnell machte sie auf dem Absatz kehrt und duckte sich hinter der Mauer. Aber auch als sie zu Cleve zurückeilte, gelang es ihr nicht, Blackswords Anblick zu verbannen. In ihrem Kopf wirbelten die Gedanken umher. In welche Lage hatte sie sich nun schon wieder begeben! Was sollte sie jetzt um Gottes willen tun?

Als ob er ihr Unbehagen spürte, öffnete Cleve mühsam die Augen. Angestrengt versuchte er den Blick auf seine Herrin zu heften und wandte ihr langsam den Kopf zu.

»Mi ... Milady?« krächzte er schwach.

Sofort war ihre ganze Aufmerksamkeit bei ihm. »Ich bin hier, Cleve.« Sie kniete neben ihm nieder und legte die Hand auf seine Stirn. Sie war kühl. Ein Stein fiel ihr vom Herzen. Im stillen sandte sie ein Dankgebet zum Himmel. »Wie fühlst du dich?«

Ein Stirnrunzeln war die Antwort. Dann hob er schwach die Hand und deutete auf seinen Kopf. »Was ist geschehen?« fragte er und zuckte zusammen, als seine Finger die verbundene Wunde fanden.

»Der Mann, den du am Fluß mit deinem Dolch angegriffen hast, schleuderte dich gegen den Felsen. Dein Kopf ...« Sie brach ab, als sie den verwirrten Ausdruck auf seinem Gesicht bemerkte. Sie sah ihn fragend an. »Erinnerst du dich an den Überfall? Vor zwei Tagen, als wir mittags Rast machten?«

Seine braunen Augen blickten gleichsam nach innen, als er sich verzweifelt bemühte, an diesen Tag zurückzudenken. Dann klärte sich sein Blick. Zornesfalten gruben sich in seine junge Stirn. »Diese gottlosen Dreckskerle!« rief er aus und errötete sofort. »Verzeiht, Milady.«

»Es ist gut«, sagte sie und seufzte erleichtert. »Aber nun sage mir, wie es dir geht. Fühlst du dich stark genug, um nach Stanwood aufzubrechen?«

»Ja«, brummte er, als er versuchte, sich aufzusetzen. Das schmerzverzerrte Gesicht aber gab ihre eine andere Antwort.

»Ohhhh ...«, stöhnte er und sank enttäuscht auf sein Lager zurück. »Mein Kopf ... ohhh ...«

Besorgt beugte sich Rosalynde über ihn. »Du hast einen schlimmen Schlag abbekommen. Der Widerling hat dir übel mitgespielt. Du hast eine klaffende Wunde am Kopf. Du hattest gestern den ganzen Tag und heute Nacht Fieber.« Tröstend streichelte sie die Wange des Jungen.

»Dann ... dann sind wir bereits zwei Nächte und einen Tag hier?« Verwirrt versuchte er sich zu erinnern. »Und Ihr habt mich die ganze Zeit gepflegt?«

Rosalynde wollte schon nicken. Aber das war nicht ganz richtig. »Eigentlich warst du gestern fast den ganzen Tag allein. Ich ging fort, um Hilfe zu holen.«

»Und ... habt Ihr jemanden gefunden?«

Rosalynde zögerte. Sie fühlte, wie eine verräterische Röte in ihr Gesicht stieg. »Ich ... ich habe jemanden gefunden ...«

Ausgerechnet in diesem Augenblick betrat ihr zweifelhafter Retter die Szene. Rosalynde erschrak zutiefst. All die Ängste von vorhin kehrten zurück. Auch Cleve zuckte zusammen und schob die Decke beiseite, um aufzustehen.

Eine unerträgliche Spannung lag für wenige Sekunden in der Luft. Rosalynde fürchtete, Cleve könne die Wahrheit über Blackswords Anwesenheit erfahren. Blacksword wiederum ging durch die plötzliche Regung des Jungen in Verteidigungsstellung. Mit einer blitzschnellen Bewegung drückte er ihn auf sein Lager zurück, indem er rücksichtslos einen Fuß auf seine Brust setzte. Als Rosalynde den Dolch aufblitzen sah, sprang sie auf ihn zu und packte ihn am Arm.

»Nicht!« schrie sie entsetzt und umklammerte seine stahlharten Muskeln. »Tut ihm nichts!«

Aber Blacksword schien weder von ihrer flehentlichen Bitte noch von Cleves kraftlosen Zappeln beeindruckt. Eisenhart umklammerte er ihr Handgelenk, ließ sich auf ein Knie nieder und hielt Cleve den Dolch bedrohlich nahe vor das Gesicht. »Rühre dich nicht!«

Nach diesen drohenden Worten herrschte völlige Stille

Die Übermacht des Mannes schüchterte Cleve dermaßen ein, daß er sich durch seine eigene Angst geschlagen sah. Rosalynde erging es nicht anders. Es sah aus, als wolle dieses Ungeheuer Cleve die Kehle durchschneiden. Ihr Mund war wie ausgetrocknet. Das Sprechen fiel ihr schwer.

»Tut ihm bitte nichts«, bat sie mit versagender Stimme. »Ich tue alles, was Ihr wollt ... nur bitte, tut ihm nicht weh.«

Der Augenblick schien eine Ewigkeit zu dauern. Sie fühlte, wie er den Griff um ihre Hand ein wenig lockerte und sie ließ den angehaltenen Atem aus ihrer Brust entweichen.

»Beweg dich nicht«, befahl er. Sein Blick durchbohrte Cleve.

Trotz seiner Angst war Cleve kein Feigling. »Ich werde nicht dulden, daß Ihr meiner Herrin etwas antut«, stieß er mühsam hervor. Seine Stimme war schwach und heiser, aber seine Augen waren dunkel vor Zorn und das schien den Mann zu versöhnen.

»Welch bissige Welpe habt Ihr da zu Eurem Schutz!« Er blickte Rosalynde beinahe freundlich an, aber sie begriff, daß er nicht scherzte. »Pfeift ihn zurück!«

»Es ... es ist gut, Cleve. Wirklich. Das ist der Mann ...« Ängstlich wanderte ihr Blick zu ihm. Wider besseres Wissen hoffte sie, er möge ihr nicht widersprechen. »Das ist der Mann, den ich in unsere Dienste genommen habe. Er wird uns sicher nach Stanwood bringen.«

Als es endlich heraus war, löste sich ein Seufzer aus ihrer Brust, aber sie hätte nicht sagen können, ob vor Angst oder vor Erleichterung. Dann bemerkte sie die Veränderung in Cleves Gesicht. Der erste Schrecken ging in ungläubiges Staunen über, dann in Wut.

»Ihr habt *ihn* angeheuert?« Offensichtlich zweifelte er an ihrem klaren Verstand.

»Ja«, antwortete sie schwach und dann noch einmal »Ja«. Das klang schon bestimmter, da sie ahnte, daß er Streit suchte, aber sie mußte ihn unbedingt vor Blackswords Gewaltätigkeit bewahren. Daher nahm sie einen strengen, hochfahrenden Ton an: »Mit Fragen dieser Art überschreitest du deine Grenzen.«

Zu ihrer großen Erleichterung fügte sich Cleve. In dem nun folgenden Schweigen trat Blacksword endlich vom Lager des Jungen zurück und gab Rosalyndes Arm frei.

»Kann er laufen?« fragte er trocken und deutete auf Cleve.

»Ja.«

»Nein«, widersprach Rosalynde und warf Cleve einen ärgerlichen Blick zu. Obschon sie sich nichts sehnlicher wünschte, als diesen Ort zu verlassen, wußte sie genau, daß Cleve nicht in der Verfassung war, den weiten Weg zu Fuß zu gehen. Kopfwunden erforderten längere Bettruhe. Was Blacksword allerdings von ihren widersprüchlichen Antworten hielt, vermochte sie nicht zu sagen. Als er wieder sprach, klang seine Stimme gleichgültig.

»Versorgt jetzt seine Wunde. Und bereitet aus dem restlichen Gemüse ein Mahl.« Er sah sie kurz an und steckte den Dolch in seinen ledernen Hüftgürtel. Cleves Augen zogen sich böse zusammen, als er diese selbstverständliche Bewegung sah.

»Das ist mein Dolch«, sagte er bissig und stützte sich auf einen Ellenbogen.

»Und jetzt gehört er mir, Kleiner.« Ein eisiger Blick traf den Jungen. »Sei lieb und artig, dann bekommst du ihn vielleicht eines Tages wieder zurück.«

Rosalynde legte Cleve warnend die Hand auf die Schulter und kam einer neuen, heftigen Äußerung des Pagen zuvor.

»Ich werde es dir erklären«, flüsterte sie, als sie sich am Verband zu schaffen machte. »Aber jetzt halte den Mund.«

Der Zorn von heute morgen kehrte im vollen Umfang zurück, denn jetzt regte es sie maßlos auf, daß dieser Mann immer in Hörweite von Cleve und ihr herumstrich. Er hatte ein paar große Zweige und Holzstücke zusammengetragen und warf sie neben der Feuerstelle zu Boden. Als sie Cleves Kopf untersuchte und dann den Umschlag mit dem heilenden Brei aus Kräutern und Lindenrinde erneuerte, spürte sie seine Nähe überdeutlich. Auch Cleve war sich der Gegenwart des machtvollen Mannes unangenehm bewußt und warf ihm hin und wieder einen bösen, trotzigen Blick zu.

Blacksword hingegen schien die Anwesenheit der beiden völlig gleichgültig zu sein.

Während Rosalynde die Flammen kräftig auflodern ließ, entfernte er von den längsten und stärksten Ästen die Seitentriebe und während sie ein wenig Wasser zum Kochen brachte und das halbverfaulte Gemüse hinzugab, band der zwei der Äste an einem Ende zusammen und klemmte am oberen Ende einen kurzen Ast zwischen sie. Als die dünne Suppe fertig war, hatte er ein merkwürdiges Gebilde gebaut, das sie und Cleve wider Willen neugierig machte. Aber er schwieg beharrlich weiter.

Rosalynde gab Cleve eine reichliche Portion Brühe und Gemüse. Dann aß auch sie ein wenig aus dem halb zerbrochenen Tonkrug, der ihnen als Kochtopf, Wasserkessel und Gefäß dienen mußte. Sie war hungrig, und doch brachte sie kaum etwas hinunter. Als ihr zweifelhafter Retter seine Tätigkeit beendet hatte und näherkam, ließ sie den Krug sinken und blickte ihn unsicher an.

»Der Rest ist für Euch«, sagte sie so höflich sie konnte.

Sofort ließ er sich neben ihr auf den Fersen nieder. »Habt Dank«, murmelte er, als er die Suppe entgegennahm. Dann trank er das Gefäß mit der Brühe in einem Zuge leer.

Sie war zurückgewichen, als er sich niedergehockt hatte. Sie wollte so unbeteiligt wie möglich wirken, aber jede seiner Bewegungen hielt sie in Bann. Sie betrachtete die breiten, beinahe rechteckigen Handflächen, die langen kräftigen Finger, die den Krug umfaßten. Mit fast unnatürlicher Aufmerksamkeit beobachtete sie das rhythmische Auf und Ab des Kehlkopfes. Er schlürfte nicht, benutzte den Handrücken nicht als Mundtuch und leckte sich nur einmal kurz die Lippen. Dann erwiderte er ihren forschenden Blick.

Seine stumme Musterung brachte sie aus der Fassung. Sonst hätte sie diesem merkwürdigen Mann zweifellos freundlichere Gedanken geschenkt. Er war ein Mörder, und doch besaß er erstaunlich gute Manieren. Er war reinlich. Er aß, wie es sich gehörte. Er hatte sich für das Essen bedankt. Mit allem hatte sie gerechnet, aber nicht damit, daß er ihr danken würde. Zu dumm, daß der unbewegte Blick, der jetzt auf ihr ruhte, sie verwirrte und ihr Herz bis zum Halse klopfen ließ.

Während Rosalynde von seinem guten Benehmen und seiner Höflichkeit beeindruckt war, schien Cleves Abneigung gegen ihn zu wachsen.

»Wer seid Ihr?« fragte Cleve herausfordernd. Dann wandte er sich an Rosalynde, die vergeblich den Kopf schüttelte, um ihn zum Schweigen zu bringen. »Wer ist er und wie kann er uns helfen? Hat er Pferde? Waffen?«

»Cleve ...«

»Wenn du fragst, wer ich bin, dann derjenige, der dir eher die Kehle durchschneidet, als deine Fragen zu beantworten.« Mit diesen drohenden Worten sah Blacksword Rosalynde spöttisch an. »Nicht wahr, Rose, das ist doch in Eurem Sinne?« fügte er mit absichtlicher Vertraulichkeit hinzu.

In diesem Augenblick war sie überzeugt, daß er seine Drohung wahrmachen würde. Aber gerade deswegen erschien es ihr noch wichtiger, Cleve nicht in die ganze Geschichte einzuweihen.

»Er wird uns nach Hause begleiten, Cleve. Nur er vermag es«, erklärte sie eindringlich.

Aber Cleve wollte nicht schweigen. »Ist er der Bürgermeister von Dunmow, oder was? Oder vielleicht ein einflußreicher Lord?« Der Junge warf einen verächtlichen Blick auf das zerrissene Hemd und die befleckten Hosen. »Seine einzige Waffe ist mein Dolch. Wie will er uns vor einem Überfall schützen? Und woher wollt Ihr wissen, ob er es auch tun würde?«

Rosalynde brauchte Blacksword nicht anzusehen, um seinen wachsenden Ärger zu bemerken. Die offene Feindseligkeit zwischen den beiden war ungut und sie überlegte nicht lange, um die Lage zu entschärfen.

»Jeder hier in der Gegend kennt ihn! Und jeder fürchtet ihn!« stieß sie heftig hervor und hoffte, Cleve so einzuschüchtern, daß er endlich den Mund hielt. »Er tötete viele ...«

Sie brach ab, entsetzt, daß sie jetzt doch etwas verraten

hatte. Blacksword aber beendete den Satz für sie. »Man hält mich für einen Gesetzlosen, der viele, *viele* Menschen getötet hat«, sagte er mit beißendem Spott. Dann zog er das Messer aus dem Gürtel. Rosalynde und Cleve zuckten ängstlich zusammen. Mit der Spitze des Dolches entfernte er aber nur einen Splitter aus seinem Daumennagel und blickte sie gelassen an. »Nun, es ist an der Zeit, daß wir diesen Ort verlassen. Es sei denn, Ihr habt Eure Meinung geändert.« Die letzte Bemerkung war an Rosalynde gerichtet.

Oh, wie sehr wünschte sie sich das! Wie gerne wäre sie diesen gefährlichen Kerl los. Aber sie wollte seine Hilfe auf keinen Fall verlieren, nicht nach allem, was sie erduldet hatte, um seiner habhaft zu werden. Er hatte sich bereit erklärt, sie nach Stanwood zu geleiten und irgendetwas in ihrem Herzen sagte ihr, daß sie ihm trauen konnte. Und natürlich, er war auf die Belohnung aus, die sie ihm versprochen hatte. Sie würden also seine Launen ertragen, bis sie Stanwood erreicht hatten. Aber es würde nicht einfach sein, Cleve einigermaßen im Zaume zu halten.

»Ich habe meine Meinung nicht geändert«, entgegnete sie ernst und drückte dabei warnend Cleves Hand. »Aber Cleve muß noch liegen und kann diesen anstrengenden Marsch nicht auf sich nehmen.«

Blacksword richtete sich zu seiner vollen Größe auf und bedachte beide mit einem Lächeln, das man als hochmütig und anmaßend bezeichnen konnte. Wieder bewunderte sie seine gleichmäßigen, schneeweißen Zähne. Jetzt kamen auch — nachdem er sich rasiert hatte — die kräftigen und kantigen Züge seines Kinns zur Geltung. Sie mußte sich eingestehen, daß er sehr gut aussah. Gefährlich gut. Zum ersten Mal bemerkte sie, daß sein Haar hell war, von der Farbe goldenen Herbstlaubs. Verwirrt darüber, daß sie seinem Ausehen so große Aufmerksamkeit schenkte, zog sie die Stirn in Falten und wiederholte kurz angebunden: »Cleve kann nicht laufen.«

Fast unmerklich vertiefte sich sein Lächeln. »Dann wird er eben transportiert.«

7

Das eigenartige Tragegestell holperte über den unebenen Waldboden, glitt über Moos und Blätter und blieb ab und zu an einer Wurzel oder einem Ast hängen. Trotz des Mißtrauens gegen den Mann vor ihr mußte sich Rosalynde ihre Bewunderung für ihn eingestehen. Aus drei starken Ästen hatte er diese Trage gebaut und sie mit ihrem Umhang umkleidet, so daß Cleve bequem darin liegen konnte. Wie ein Zugtier zog er nun dieses Gestell hinter sich her und beförderte so den verletzten Cleve erstaunlich gut.

Cleve war nicht sehr glücklich über diese Lösung. Rosalynde konnte sich an den Fingern abzählen, daß die Hilflosigkeit den Jungen in diese verstockte, mürrische Laune versetzt hatte. Anfangs weigerte er sich, sich überhaupt auf die Bahre zu legen und bestand darauf, selbst zu laufen. Aber bald übermannte ihn ein Schwächeanfall und Rosalynde mußte ihn stützen. Als ihr seine Sturheit schließlich Tränen in die Augen trieb, gab er nach. Aber er war keineswegs dankbar. Sie wußte, daß ihn ihre Notlage und die Abhängigkeit von Blacksword halb verrückt machten. Erschwerend kam noch hinzu, daß sie auf einen Gesetzlosen und Geächteten angewiesen waren. Aber während in Cleve die stürmische Wut der Jugend tobte, war Rosalynde entschlossen, ruhig zu bleiben. Schließlich hatte es keinen Sinn, den Mann zu erzürnen, der ihre einzige Hoffnung auf eine wohlbehaltene Heimkehr war. Des weiteren hoffte sie, durch ihr gutes Beispiel Cleves brodelnden Ärger zu besänftigen. Sie mußten noch einige Tage in seiner Gesellschaft verbringen und in dieser Zeit wollte sie auf jeden Fall vermeiden, daß es zum offenen Streit zwischen den beiden Kampfhähnen kam, zumal sie wußte, daß Blacksword mit seinem Gegner nicht gerade sanft umgehen würde.

Trotz dieser einleuchtenden Schlußfolgerung konnte sie auch ihren Zorn über den anmaßenden, selbstsicheren Mann nicht völlig verdrängen. Er zeigte nicht einen Funken Dankbarkeit, daß sie ihn vor dem Galgen gerettet hatte! Im Gegenteil, am liebsten wäre er ihr davongelaufen, hätte sie ihn nicht um Hilfe angefleht und ihm eine großzügige Belohnung versprochen.

Sogar die Art und Weise, wie er die Trage zog, erregte ihren Ärger. Scheinbar ohne jede Anstrengung ging er mit seiner Last voran und suchte sich unbeirrbar einen Weg durch das dichte Unterholz des Waldes. Nur mühsam hielt sie mit ihm Schritt und fragte sich, ob er das Wort Ermüdung überhaupt kannte. Wahrscheinlich nicht, dachte sie grimmig. Er war die Wiedergeburt Luzifers, wahrhaftig. Ohne Gewissen. Ohne Gefühl. Luzifer spürte weder Schmerz noch Erschöpfung. Er würde unermüdlich weiter und weiter laufen.

Der Weg führte sie durch einen herrlichen Mischwald aus alten Eichen und Buchen, riesigen Kastanien, Ulmen und Eiben, aber sie bemerkte die Schönheit um sich herum nicht. Ihre nackten Füße schmerzten. Die Schuhe hatte sie bereits bei der hastigen Flucht nach dem Überfall am Ufer des Stour zurückgelassen. Ständig stießen die Zehen an jedes noch so kleine Hindernis und die Fußsohlen brannten wie Feuer. Erschöpft trottete sie hinter Blacksword her. Als er endlich in einem besonders dichten Gehölz anhielt, hinkte sie sichtbar.

»Warum halten wir hier?«

Cleves nörgelnder Ton ärgerte sie.

»Weil wir müde sind!« schnappte sie giftig zurück. An der Stelle, an der sie stehen geblieben war, ließ sie sich sogleich zu Boden fallen und massierte ihre wunden Füße. »Und weil mir die Füße furchtbar wehtun«, setzte sie halblaut hinzu.

Sofort änderte sich Cleves trotziges Gebaren. »Verzeiht mir, Milady. Ihr solltet in dieser Trage liegen, nicht ich.«

»Rede nicht so dumm, Cleve«, antwortete sie, bedauerte aber bereits ihre Ungeduld, denn sie wußte, wie sehr er unter diesen ungewohnten Umständen litt. »Ich werde mich bald erholt haben ...«

»Wir werden bis zum Einbruch der Dunkelheit hierbleiben.«

Das waren die ersten Worte, die Blacksword seit ihrem Aufbruch aus der Burgruine von sich gab. Überrascht blickten sich Rosalynde und Cleve an. Dann verschwand Blacksword im Dickicht. Rosalynde ergriff sofort die Gelegenheit, ungestört mit Cleve sprechen zu können und rückte näher an ihn heran.

»Bitte, Cleve, vergraule uns diesen Mann nicht.« Abwehrend erhob sie die Hand, um seine zornige Antwort im Keime zu ersticken. »Vertraue mir, wenn ich dir jetzt sage, daß es keinen anderen Menschen gab, den ich um Hilfe bitten konnte.«

»Aber Milady«, flüsterte Cleve eindringlich. »Er ist ein Gesetzloser, ein Mörder! Er könnte sogar zu der Bande gehören, die uns überfallen und ausgeraubt hat. Er hält sich an den Schwächeren schadlos — und das sind wahrscheinlich fast alle, so wie ich das sehe«, fügte er finster hinzu.

»Aber er hat eingewilligt, uns zu helfen.«

»Das sagt er. Aber warum?«

»Ich ... ich versprach ihm ein Pferd und Waffen. Ich bin sicher, daß mein Vater dieses Versprechen einlösen wird.«

Die Brauen über Cleves Augen zogen sich ungläubig zusammen. »Der Mann hilft Euch nur, weil er belohnt wird? Wo habt Ihr ihn aufgetrieben?«

Rosalynde war erleichtert, daß er nicht auf seiner ersten Frage beharrte und beeilte sich, die Zweite zu beantworten.

»Dunmow. Das Dorf hieß Dunmow und niemand dort wollte ... konnte ...« Sie stotterte und suchte nach einer Erklärung, mit der sie die Handreichung geschickt umgehen konnte. Dann erinnerte sie sich an den Jahrmarkt mit seinen Buden und Schaustellern.

»Dort fand ein großes Fest statt, verstehst du. Und alle tranken und vergnügten sich. An einem Stand wurde um Geld gespielt — gewettet wurde dort«, fügte sie schnell hinzu, bemüht, die Geschichte möglichst glaubhaft klingen zu lassen. »Der Bürgermeister ... nun, er war schon zu betrunken, um mir auch nur zuzuhören.« Das wenigstens war nicht gelogen. »Dann sah ich diesen riesengroßen Burschen, der bei einem Bärenkampf eine hohe Wette abschloß.«

»Diesen Blacksword«, ergänzte Cleve und sprach den Namen aus, als hätte er dabei einen schlechten Geschmack im Mund.

»Er hatte alles verloren«, fuhr sie fort und tröstete sich damit, daß auch diese Behauptung nicht vollständig gelogen war. »Aber trotzdem fürchtete sich jeder vor ihm. Also dachte ich ... nein, ich fragte ihn, ob er mir helfen würde und er ging auf meine Bedingungen ein.«

Cleve sah sie an. Es fiel ihm offensichtlich schwer, diese Geschichte zu glauben. Rosalynde jedoch wußte, daß die Wahrheit noch viel weniger glaubhaft klang als diese Lüge. Außerdem würde sie die Dinge erheblich erschweren. Für alle Beteiligten war es das Beste, wenn die Geschichte mit der Handreichung ein Geheimnis blieb.

»Und er ging darauf ein«, wiederholte Cleve. Dann seufzte er tief auf und legte den Kopf in seine Armbeuge. »Mir ist es trotzdem noch ein Rätsel. Wenn er ein Verbrecher ist, konnte er doch den nächstbesten Reisenden überfallen und ausrauben.«

»Vielleicht will er sich bessern«, antwortete Rosalynde und biß sich auf die Lippen. Diese Antwort fiel ihr schwer. »Vielleicht ist er das Leben außerhalb der Gesetze müde geworden.«

»Vielleicht plant er nur, Euren Vater auszurauben, sobald er sich in sein Vertrauen geschlichen hat«, warnte Cleve.

»Du bist viel zu mißtrauisch«, tadelte Rosalynde den Jungen. »In unserer Lage können wir wohl kaum wählerisch sein.«

»Wohl kaum«, wiederholte eine tiefe Stimme hinter ihnen.

Schuldbewußt zuckte Rosalynde zusammen und blickte zu ihrem geheimnisvollen Retter auf. Lautlos war er aus dem Dickicht erschienen und sie fragte sich, wieviel er von ihrer halblauten Unterhaltung gehört hatte. Wenn er erfahren hatte, daß sie absichtlich log — oder besser, die Wahrheit verheimlicht hatte, so ließ er es sich allerdings nicht anmerken. Aber sie mußte unbedingt mit ihm allein sprechen, damit auch er die Umstände, die sie zusammengeführt hatten, für sich behielt.

Zu ihrer großen Erleichterung ging Blacksword jedoch

nicht weiter auf ihre Unterhaltung ein. Statt dessen ergriff er wieder die beiden Griffe der Trage und zog sie auf das dichte Unterholz zu. Kurz angebunden befahl er Rosalynde ihm zu folgen.

Sie widersprach dieser knappen Aufforderung nicht. Es schien sinnlos, auch wenn ihr die passende Antwort auf der Zunge lag. Es ist nur für eine Weile, solange müssen wir seine Überheblichkeit erdulden, sagte sie sich. Wenn sie in Stanwood eintrafen, würde sie ihren Vater bitten, ihn sofort zu entlohnen. Sie hoffte, daß er dann möglichst schnell aus ihrem Leben verschwand. Für immer. Wenn dieser Tag doch nur bald käme!

»Wißt Ihr eigentlich, wo wir sind?« fragte sie ergeben.

»East Anglia«, antwortete er ausweichend. Dann schien er zugänglicher zu werden. »Der Wald hört bald auf. Wir werden Brachland und offenes Weideland durchqueren müssen, deswegen können wir in nächster Zeit erst bei Nacht weitergehen.«

Diesem vernünftigen Vorschlag konnte Rosalynde nicht widersprechen. Abgesehen davon würden sie ihre wunden Füße im Augenblick nicht einen Schritt weitertragen. Mit einem erschöpften Seufzer sank sie zu Boden und holte den halbzerbrochenen Krug und die verschiedenen Heilkräuter hervor, mit denen sie sich aus dem verwilderten Garten der Burg vorsorglich eingedeckt hatte.

»Gibt es hier in der Nähe irgendwo Wasser?« fragte sie und blickte zu dem Mann auf, dessen Blick nachdenklich auf ihr ruhte. Ein seltsamer Schauer lief dabei über ihren Rücken, aber sie ließ sich nicht beirren. »Habt Ihr einen Fluß oder einen Bach entdeckt?«

Mit einer Kopfbewegung deutete er hinter sich. »Dort hinten ist eine Quelle mit einem kleinen Teich. Soll ich Euch hinführen?«

Bei dieser unerwartet höflichen Antwort zögerte Rosalynde. Warum fragte er plötzlich, anstatt zu befehlen? Aber sie brauchte dringend Wasser für Cleves Medizin und für ihre Füße. Also willigte sie schnell ein. »Ist es weit?«

»Nein.« Er beobachtete sie genau, als sie die wenigen

Schritte auf ihn zuging. »Der Junge wird hier sicher sein.« Tatsächlich war Cleve bereits kurz davor, einzuschlafen. Nach einem schnellen Blick auf ihn wandte Rosalynde sich ab, atmete tief durch und folgte Blacksword. Bisher hatte Cleves Anwesenheit ihr einen gewissen Schutz vor dem fremden Begleiter verliehen, und nun war der Gedanke, mit ihm allein zu sein, mehr als beunruhigend. Aber sie wollte sich unbedingt waschen und ihre wunden Füße kühlen. Den zerbrochen Tonkrug fest gegen die Brust gepreßt, folgte sie deshalb dem schmalen Pfad, den er ihr wies.

Der Wald war auch in der frühen Nachmittagssonne schattig und kühl. Die dichten Baumkronen ließen nur ab und zu einen Sonnenstrahl hindurch, der das grüne Halbdunkel angenehm erhellte. Sanftes, waldgrün schimmerndes Licht breitete sich überall aus. Beinahe lautlos bewegten sie sich in dieser eigenartigen und friedvollen Umgebung und folgten schweigend dem schmalen Pfad, der sich zwischen niedrigem Buschwerk und meterhohen Bäumen hindurchschlängelte.

Als sie die Quelle endlich erreichten, war es fast eine Überraschung. Kein Plätschern verriet ihre Nähe. Statt dessen gurgelte das Wasser aus einer Felsspalte hervor, breitete sich zu einem kleinen, stillen Teich aus, der an der niedrigsten Stelle über sein Ufer trat und so seinerseits zum Ursprung eines schmalen Baches wurde. Schilf und Farne säumten die Ufer, gelbblühende Weiden neigten sich anmutig über das ruhige Wasser. Der Friede und die Vollkommenheit der Natur ließen die beiden unwillkürlich stehenbleiben. Dann aber stürzte Rosalynde mit einem Freudenschrei zum Wasser.

Eine merkwürdige Blume war das, die ihn so wundersam vor dem Henker bewahrt hatte. Anfangs hatte er sie für eine dreiste Göre gehalten — und dann gab sie sich furchtsam wie eine Maus, zuckte zusammen, wenn er eine zu schnelle Bewegung machte oder ihr zu nahe kam. Er verstand, daß sie allen Grund dazu hatte. In ihren Augen war er ein abgebrühter Verbrecher, ein ruchloser Mörder. Und er hatte nichts getan, um ihr diese Angst zu nehmen. Absichtlich hatte er den beiden gegenüber einen barschen Ton angenommen, damit sie sich seinen Anordnungen fügten.

Er hatte ihre Geschichte anfangs nur zum Teil geglaubt. Wäre ihm sein schlechtes Gewissen nicht im Wege gestanden, er hätte sie in der ersten sicheren Ortschaft verlassen. Aber dann hatte sich herausgestellt, daß sie tatsächlich eine Lady war und er fühlte sich um seiner Ehre willen verpflichtet, sie sicher nach Hause zu geleiten.

Aber war es wirklich die Ehre gewesen, die ihn dazu bewog? fragte er sich in einem Augenblick ehrlicher Selbstbetrachtung. War es Ehrgefühl gewesen oder der Gedanke an die Belohnung? Beim Blute Christi! Welchen Unterschied machte das schon? Schließlich ging es keine Menschenseele etwas an, aus welchen Beweggründen er bereit war, ihr zu helfen.

Seine Aufgabe bestand darin, sie sicher in die Arme ihres Vaters zu führen und dafür seinen Lohn zu empfangen. Sie würde ihn mit Freuden verabschieden und er würde froh sein, sie loszuwerden. Dann konnte er sich um seine Angelegenheiten kümmern und endlich blutige Rache an den Männern nehmen, die sich gegen ihn verschworen und seinen Tod geplant hatten.

Bei der Erinnerung an die über ihm baumelnde Schlinge, beschäftigten sich Arics Gedanken wieder einmal mit Racheplänen. Während der Gefangenschaft im Kerker von Dunmow hatte er genügend Zeit gehabt, über die Absichten seiner unbekannten Ankläger nachzudenken. Er war unschuldig und hatte die Verbrechen, die man ihm zur Last legte, nicht begangen. Also war er zunächst der Überzeugung gewesen, daß die örtliche Obrigkeit nach einem Fremden gesucht hatte, den sie hängen konnte, um die Gemüter der verängstigen und aufgebrachten Bürger zu beruhigen. Je mehr er aber darüber nachdachte, desto klarer erkannte er, daß es die Räuberbande selbst war, die ihn am Galgen sehen wollte, um so jeden Verdacht von sich abzulenken. Da der Bürgermeister ihn zudem im Zuge der Handreichung freigelassen hatte, war es kaum wahrscheinlich, daß die Obrigkeit einen Schuldigen gesucht hatte. Nein, es war offensichtlich, daß die Räuber selbst einen Sündenbock finden wollten. Der Kopf dieser Bande war schlau wie ein Fuchs und wußte, wann er in den Hintergrund treten mußte, um die Aufmerksamkeit von sich und seiner feigen Mörderbande abzulenken.

Aber das erklärte noch nicht alles. In der Nacht, in der er gefangengenommen worden war, befand er sich, aus London kommend, auf der ihm unbekannten Straße nach Lavenham. Er war auf dem Wege zu einem Turnier. Vom langen Ritt ermüdet, war er im Sattel eingeschlafen. Im nächsten Moment wurde er von hinten mit einem Gegenstand niedergeschlagen, der Ähnlichkeit mit einem dicken Ast gehabt hatte. Krachend war er auf dem harten Boden aufgeschlagen.

Trotz seiner anfänglichen Benommenheit nahm er wahr, was gesprochen wurde.

»Schnappt Euch das Schwert!« Dieser Ruf war zu ihm durchgedrungen, als sich eine Horde von Männern auf ihn stürzte. »Bringt mir das Schwert!« ertönte wieder die kaltschnäuzige Stimme.

Obwohl er erbitterte Gegenwehr leistete, wurde er überwältigt. Die Männer nahmen ihm die Waffen ab, fesselten ihn und stülpten ihm einen Sack über den Kopf. Gewaltsam setzten sie ihn auf ein Pferd und beförderten ihn nach Dunmow. Er hatte seine Häscher nie gesehen und konnte die Stimmen, die er hörte, niemandem zuordnen. Zudem wurden sie dann auch sofort von einer rauhen, kalten Stimme zum Schweigen gebracht. »Haltet endlich den Mund, ihr Narren!«

Auch jetzt noch brachte diese heimtückische Verschwörung gegen ihn sein Blut in Wallung. Wie eine Weihnachtsgans verschnürt hatten sie ihn dem Bürgermeister übergeben. Ein Gesetzloser, ein Straßenräuber, der unter dem Namen Blacksword bekannt sei.

Blacksword! dachte er bitter. Dies machte ihm am meisten zu schaffen. Dieser Umstand bewies, daß das Ganze ein fein ausgeklügelter Plan war. Und er war ihnen ahnungslos in die Falle gegangen! Und doch — wenn es sich um gemeine

Räuber handelte, warum hatten sie ihn dann nicht einfach umgebracht und der Obrigkeit seine Leiche präsentiert? Warum hatten sie erst noch den Henker bemüht?

So sehr er sich auch das Hirn zermarterte, er war sich keines Feindes bewußt, dem er diesen heimtückischen Schachzug unterstellte. Als fahrender Ritter war er für die verschiedensten Lords in den Kampf gezogen. Gegen einen abgemachten Schildpfennig hatte er an ihrer Stelle den fälligen Ritterdienst im Heer ihrer jeweiligen Lehensherren abgeleistet. Zwischendurch nahm er zudem an Turnieren teil und bestritt seinen Lebensunterhalt aus den Siegesprämien. Niemand konnte sich durch diesen Lebenswandel provoziert fühlen. Warum wollte jemand seinen Tod und warum auf so heimtückische Art und Weise?

An der ganzen Geschichte war etwas Krankes, Unheimliches, das weit über die Grenzen des üblichen Verbrechertums hinausging.

In hilflosem Zorn ballte Aric seine Fäuste. Warum diese verdammten Kerle seinen Tod wollten, spielte jetzt jedoch nur eine untergeordnete Rolle. Er mußte zunächst herausbekommen, wer sie überhaupt waren. Denn er war entschlossen, die feigen Schurken zu finden und sich grausam an ihnen zu rächen. Wer immer auch dahintersteckte hatte den tödlichen Irrtum begangen, sich Sir Aric von Wycliffe als Opfer auszuwählen, dachte Aric grimmig und schwor ihnen erneut Rache.

Während er seinen Gedanken nachhing, blickte er unbewußt auf das Mädchen. Rosalynde mußte seinen Blick gespürt haben, denn sie fuhr unwillkürlich zusammen. Die Furcht, die sich abermals in ihren Gebärden und auf ihrem Gesicht zeigte, ließ ihn zu sich kommen. Er wußte, wie gefährlich er in diesem Augenblick für sie aussehen mußte. Als er einen Schritt auf sie zumachte, sprang sie erschreckt ins flache Wasser. Sofort blieb er stehen. Er wollte sie nicht weiter einschüchtern und betrachtete sie statt dessen etwas genauer. Da schoß ihm ein durchaus nicht unwillkommener Gedanke durch den Kopf.

In ihrer Haltung spiegelte sich eine Mischung aus Trotz

und der Bereitschaft zu fliehen. Ihr Körper war gespannt. Sie war bereit um ihr Leben zu laufen. In ihrem Gesicht jedoch war deutlich Verachtung zu lesen. Sie stand im Wasser, mit hochgekrempelten Ärmeln, der Saum des Kleides durchnäßt. Sie wirkte sehr jung, sehr zart, und doch konnte er erkennen, daß sie einen wohlgebauten, sehr weiblichen Körper besaß. Seine Augen wanderten an ihr hinauf, über die Rundung ihrer Hüften, über die festen jugendlichen Brüste, die sich unter dem Mieder abzeichneten. Dann betrachtete er eingehend ihr Antlitz und sein Gedanke nahm immer klarere Formen an.

Sie hatte den Schmutz der vergangenen Tage abgewaschen. Ihre Haut schimmerte wieder in der gesunden Farbe junger Menschen. Ihr Gesicht war blaß und schmal, aber sie hatte rosenfarbene Wangen. Wassertropfen perlten von ihrer Haut ab. Im Licht der Sonne glitzerten sie wie Diamanten, und wo sie an den dichten Wimpern hängenblieben, brach sich tausendfach das Sonnenlicht.

Ihre Augen waren ungewöhnlich. Erstaunlich. Die Iris schillerte gelb und grün. Der Farbton schien sich ständig zu verändern. Ein fast dunkelblauer Ring umgab die Iris. Wieso waren ihm diese Augen nicht schon früher aufgefallen? Er machte unwillkürlich einen Schritt auf sie zu. Sie jedoch wich sofort zurück und blickte hastig um sich, schon auf der Suche nach einem Fluchtweg.

»Ich will Euch nichts zuleide tun, Milady.«

Unsicher und mißtrauisch sah sie ihn an. »Ihr habt Euer bisheriges Leben damit zugebracht, anderen Leid anzutun«, gab sie mutig zurück, aber die Angst in ihren Augen nahm ihrem angriffslustigen Ton die Schärfe.

»Niemals würde ich einem Menschen etwas antun, der mir das Leben gerettet hat.«

Er sah ihr an, daß sie ihm keinen Glauben schenkte. Sie blickte ihn dennoch halb neugierig, halb fragend an. Trotz ihrer Vorbehalte ihm gegenüber gewann er immer mehr die Überzeugung, daß jener Gedanke durchführbar sein konnte. Der Himmel hatte sie ihm gesandt! Er wandte sich ab und schlenderte zum tieferen Teil des Teiches. Dort hockte er sich neben der leise gurgelnden Quelle nieder, las ein paar Kieselsteine auf und warf sie einen nach dem anderen gedankenverloren ins Wasser. Er mußte verhindern, sie noch mehr einzuschüchtern, wenn er sie zur Durchführung seiner Rachepläne benutzen wollte. Er wußte nur, daß es ihn ein hartes Stück Arbeit kosten würde, das schlechte Bild richtigzustellen, das sie von ihm hatte.

»Erzählt mir von den Straßenräubern, die Euch und Eure Eskorte überfallen haben.«

Das Mißtrauen in ihren Augen machte sofort einem entsetzten Ausdruck Platz, als sie sich an das Geschehen erinnerte, das ihr Leben völlig aus den Fugen gebracht hatte.

»Waren das Eure Leute?« fragte sie anklagend.

»Nein.«

»Wahrscheinlich nur, weil Ihr und Eure Meute bereits im Kerker wart. Sonst hättet Ihr wohl dasselbe getan!«

»Ich kannte die beiden Männer neben mir am Galgen nicht.« Ruhig blickte er sie an. »Und es ist nicht meine Art, unschuldige Frauen und unerfahrene Jünglinge zu überfallen.«

Darüber mußte sie einen Moment nachdenken. Dann zog sie die Brauen über ihren wunderschönen Augen zusammen. »Wollt Ihr damit sagen, Ihr seid weder ein Dieb noch ein Mörder? Soll das heißen, Ihr habt die Untaten nicht begangen, deretwegen man Euch hängen wollte?«

Ihre ungläubige Verwunderung brachte ein feines Lächeln auf seine Lippen. »Würdet Ihr mir Glauben schenken, wenn ich Euch sagte, daß es so ist?«

Sie hob das Kinn ein klein wenig und starrte ihn mit kaum verhohlener Verachtung an. »Nein, ich würde Euch nicht glauben.«

Sein Lächeln erstarb. Natürlich nicht. Niemand würde unter diesen Umständen den Ritter in ihm erkennen. Aber anstatt seinen frisch gefaßten Plan zu begraben, bestärkte ihn ihre Verachtung darin. Der Tag würde kommen, da sie ihn nicht mehr derart zurückweisen würde. »Nun, dann brauchen wir über dieses Thema auch nicht weiter zu sprechen«, gab er scheinbar ungerührt zurück.

Ein kurzes, unangenehmes Schweigen entstand, als sie einander mit Blicken maßen. Er wußte, daß sie abzuschätzen versuchte, wie gefährlich er tatsächlich war und in wieweit sie sich darauf verlassen konnte, daß er sie unbeschadet nach Stanwood bringen würde.

Für ihn war diese Frage endgültig geklärt. Er würde sie ihrem Vater übergeben. Und es war nicht nur der versprochene Lohn, der ihn lockte.

Wieder glitten seine Augen über ihre Gestalt und blieben an der Herzform ihres Antlitzes und an dem schweren mahagonifarbenen Haar hängen. Sie war ebenso wenig ein gewöhnliches Straßenmädchen wie er ein Verbrecher war. Durch eine Fügung des Schicksals waren sie einander nach einem alten Brauch versprochen worden. Auch wenn beide ihre Vorteile aus der Handreichung gezogen hatten und sie sich dadurch aus ihrer Notlage befreien konnten, sah er die Dinge jetzt noch von einem veränderten Standpunkt aus. Einen Vorteil hatte er bisher völlig übersehen. Wenn die Geschichte mit dem verstorbenen Bruder stimmte, war sie Alleinerbin. Und sie war mit ihm verheiratet.

Dieses Mal begutachtete er ihre weiblichen Formen als Mann und spürte eine vertraute Wärme in sich aufsteigen. Sie waren verheiratet und es konnte ihm nur zum Vorteil gereichen, wenn er die Ehe aufrechterhielt. Ein Jahr und ein Tag? Zum Teufel damit. Sie würde ein Schloß mit Ländereien erben und er war — wenn auch ein Bastard ohne Besitz — ein Ritter des Königreiches und damit ein Gemahl von ebenbürtigem Rang. Es lag also einzig und allein in seiner Hand, sie zu überzeugen. Oder besser gesagt, ihren Vater.

Höchst vergnügt angesichts dieser glücklichen Fügung erhob er sich. Niemals zuvor hatte er an Heirat gedacht. Nun aber erschien ihm diese Aussicht begrüßenswert. Er bekam ein hübsches Frauenzimmer, das ihm das Bett wärmte und ein prächtiges Haus als Zugabe. Er würde sich seinen Unterhalt nicht mehr mit Turnieren und Heeresdiensten verdienen müssen. Mit dem durch seine Heirat erworbenen Besitz würde er zu Macht und Einfluß kommen. Und genau das würde es ihm erleichtern, seine Rachepläne zu vollenden.

Mit einem flüchtigen Gedanken dankte er dem Allmächtigen, daß er ihm in seiner Gnade diesen einzigartigen Engel beschert hatte.

»Geht zu dem Knaben zurück«, sagte er jetzt und lächelte sie an. »Ich will sehen, ob ich uns zum Abendessen Wildbret auftischen kann.« Mit diesen Worten wandte er sich um und verschwand im Wald.

Beunruhigt und verwirrt blickte Rosalynde ihm nach. Wenn er nun nicht zurückkam? Auch wenn sie den unheimlichen Fremden verabscheute, sie brauchte ihn. Wenn er sie im Stich ließ, war sie hilflos.

Doch sie wußte in ihrem Innern, daß er zurückkehren würde. Seitdem sich ihre Blicke am Teich für einen langen, spannungsgeladenen Moment getroffen hatten, war irgendetwas anders geworden. Sie wußte nicht, was es war — vielleicht wollte er eine höhere Belohnung fordern, oder ein Lösegeld. Was es auch sein mochte, sie mußte auf der Hut sein.

Ihre Augen folgten ihm, bis das Dickicht seine hohe Gestalt aufnahm. Dann watete sie an das Ufer des kleinen Baches. Ich kann ihm nicht trauen, sagte sie sich wieder. Aber er würde zurückkehren — schließlich war er auf die Belohnung aus. Ihr Magen knurrte laut und vernehmlich. Sie hoffte, daß seine Jagd erfolgreich war. Ohne eine ordentliche Mahlzeit würde sie das Marschtempo, das er anschlug, nicht durchhalten können. Wenn sie sich einmal richtig sattessen konnten, kamen sie auch schneller voran. Und wenn sie erst einmal Stanwood erreicht hatten, tröstete sie sich weiter, würde sie diesen Mann für immer los werden.

8

Cleve schlief noch fest, als die Abenddämmerung langsam hereinbrach. Rosalynde hatte Senfkraut, Kalamus und wilde Zwiebeln gesammelt. Als Blacksword mit zwei ausgeweideten Kaninchen zurückkam, entzündete sie ein Feuer aus trockenem Reisig und Laub. Und während er die Tiere abzog und eine Art Bratspieß fertigte, kochte sie das Grünzeug in ein wenig Wasser. Die Vorbereitungen für das Abendessen verliefen schweigend. Hin und wieder sah einer verstohlen den anderen an.

Unterwegs hatte er gebadet, stellte Rosalynde fest. Seine Kleidung war feucht und das helle Haar fiel naß und ordentlich glatt gestrichen über seinen Nacken. Auch sie hatte die Gelegenheit benutzt, um sich und ihr Haar in dem kühlen Bach zu waschen. Sie hatte sich nur wenig Zeit gelassen. Bei jedem Geräusch, jedem Knacken eines Astes, ja beim Rascheln der Blätter war sie aufgesprungen. Die Vorstellung, daß er wiederkommen und sie beobachten könnte, war ihr entsetzlich. Trotzdem wäre dies das kleinere Übel gewesen. Ein erfrischendes Bad ging vor. Sie hatte ihr Leinenhemd anbehalten und war an der tiefsten Stelle des Teiches untergetaucht. Anschließend rieb sie die Haut mit einem Stück Baumrinde ab. Sauber und mit sich zufrieden wrang sie danach das Leinen so gut es ging aus. Sie fröstelte ein wenig in dem nassen Untergewand, das eng an ihrer Haut klebte. Das Oberkleid hatte sie kurzentschlossen ausgewaschen. Während es an einem Stechpalmenzweig trocknete, hatte sie sämtliche eßbaren Kräuter, Blätter und Wurzeln gesammelt, die sie finden konnte.

Rosalynde fuhr mit den Fingern durch die dichte Mähne ihres halbtrockenen Haares, entwirrte verflochtene Strähnen und versuchte die widerspenstige Fülle so gut es ging zu ordnen. Wieder wanderten ihre Augen zu dem geheimnisvollen Mann, der ihr schweigend am Feuer gegenüber saß. Im Schatten der Baumwipfel wurde es dunkel, obwohl die untergehende Sonne noch den westlichen Himmel erhellte. Trotz der jetzt rasch hereinbrechenden Dämmerung konnte sie ihr Gegenüber im Schein des Feuers deutlich sehen. Wieder mußte Rosalynde sich eingestehen, wie sehr sie von seiner männlichen Schönheit und Kraft beeindruckt war.

Von ihm ging eine natürliche Wildheit aus. Die Kanten und Linien seines Gesichtes wirkten in den flackernden

Schatten des Feuers wie gemeißelt. Er hatte hohe Backenknochen und ein ausgeprägtes Kinn. In seinen Augen lag lauernde Wachsamkeit. Nur seine Lippen verrieten eine gewisse Weichheit. Sie waren voll, aber kühn und ebenmäßig geschwungen. Unwillkürlich erinnerte sie sich des Kusses, den er ihr unter dem Galgen gegeben hatte. Verärgert spürte sie, wie eine leichte Röte in ihre Wangen stieg. Er hatte sie nur geküßt, um die gröhlende Zuschauermenge zufriedenzustellen, rief sie sich ins Gedächtnis. Er hatte es zur Unterhaltung der Zuschauer getan. Trotzdem fiel ihr seine spöttische Bemerkung ein. »Beim nächsten Mal öffnet Ihr Eure Lippen.« Doch später hatte er sie deutlich spüren lassen, daß er an ihr als Frau nicht das geringste Interesse hatte. Alles was er wollte, war ein Pferd, Waffen und Gold.

Jetzt beugte er sich vor und wendete die beiden Hasen auf dem Bratspieß. Aber seine Augen ruhten auf ihr und ließen ihr Herz schneller schlagen.

»Das Fleisch ist fast gar.«

Rosalynde zuckte bei seiner tiefen, männlichen Stimme zusammen. »Das Gemüse auch«, murmelte sie und senkte den Kopf, so daß ihr das Haar ins Gesicht fiel und sie vor seinem forschenden Blick schützte.

»Wenn es dunkel geworden ist, brechen wir auf.«

»Dann werde ich Cleve wecken.«

»Laßt ihn schlafen«, riet er, bevor sie zu dem Jungen gehen konnte. »Ich möchte mit Euch noch einige Dinge besprechen während wir essen.«

Etwas besprechen? Rosalynde hob rasch den Kopf und sah ihn an. Etwas in seiner Stimme beunruhigte sie. »Welche Dinge?«

Aber er hob nur die Schultern und lächelte ein wenig. »Ich dachte, Ihr möchtet mir vielleicht von Stanwood erzählen.«

»Stanwood«, wiederholte sie und war sich nicht sicher, worauf er hinaus wollte.

»Ja, Stanwood. Das ist doch Euer Zuhause, oder etwa nicht?«

»Ja, ja«, antwortete sie einsilbig und biß sich auf die Unterlippe. »Aber seit acht Jahren bin ich nicht mehr dort gewesen.«

Blacksword drehte den Bratspieß noch einmal um und fuhr dann in unbekümmertem Ton fort. »Warum seid Ihr so lange fortgewesen?«

Rosalynde überlegte eine Weile, bevor sie antwortete. Sie versuchte sich einen Vers zu machen, was in seinem Kopf vor sich ging. Es würde nicht schaden, wenn sie ihm wahrheitsgemäß antwortete. »Meine Mutter starb bei der Geburt meines Bruders und wir wurden zu meiner Tante und meinem Onkel nach Millwort Castle gebracht. Aber jetzt, wo Giles nicht mehr lebt ...« Bei der Erinnerung an die unglücklichen Geschehnisse brach sie ab. Für eine Weile wurde die Stille nur von dem Abendwind in den hohen Baumkronen und dem Knistern und Knacken des Feuers unterbrochen.

»Was werdet Ihr tun, wenn Ihr wieder im Haus Eurer Eltern seid?«

Rosalynde blickte ihn ernst an. »Das weiß ich noch nicht. Ach ja, jetzt verstehe ich, worauf Ihr hinauswollt.« Sie warf ihm einen verständnisvollen Blick zu. »Ich werde meinem Vater erzählen, daß Ihr uns sicher nach Hause gebracht habt. Daß wir allein verloren gewesen wären. Wegen der Belohnung braucht Ihr Euch nicht den Kopf zu zerbrechen.«

»Nein«, entgegnete er rasch, »ich wollte nur wissen, was Ihr tun werdet, wenn Ihr wieder in Stanwood seid.«

»Ach so.« Rosalyndes Augenbrauen gingen bei dieser persönlichen Frage ein wenig ihn die Höhe. Warum machte er sich ihretwegen Gedanken? »Ich vermute, daß ich den Haushalt mit all seinen Pflichten übernehmen werde. Es sei denn, mein Vater sucht einen passenden Gemahl für mich.«

Kaum waren die Worte heraus, wünschte sie sehnlichst, sie könnte sie wieder zurücknehmen. Bisher hatten sie beide vermieden, die unglückliche Handreichung ins Gespräch zu bringen.

Ein unangenehmes Schweigen entstand. Er zog den Spieß aus den Hasen und legte sie zum Abkühlen auf zwei Astgabeln, die er vorsorglich in den Boden gesteckt hatte. Dann lehnte er sich zurück und richtete seine klaren grauen Augen voller Ernst auf sie.

»Ihr seid ein Jahr und einen Tag lang gebunden und könnt vorher nicht heiraten«, warf er recht beiläufig ein.

Rosalynde gelang es, ebenso beiläufig zu antworten. »Das ist mir bekannt.«

»Euer Vater wird dafür zweifellos Verständnis haben«, bemerkte er in dem gleichen Ton. Aber dieses Mal war Rosalynde alarmiert.

»Ich ... ich war ...« Sie holte rasch Luft, hielt aber dann den Mund. Es bestand keine Notwendigkeit, daß ihr Vater jemals von der Handreichung erfuhr. Diese Tatsache mußte ihr Geheimnis bleiben. Sir Edward war ein Mann, dessen Handlungsweise man nicht genau voraussagen konnte. Ihre Angst, ihm von Giles berichten zu müssen war groß genug. Wenn sie ihm zusätzlich von diesem heidnischen Brauch und ihrem Gelübde erzählte, wäre es vermutlich zu viel für ihn. Nein, sie war fest entschlossen, diese Tatsache vor ihrem Vater geheimzuhalten.

»Ihr werdet Eure Belohnung erhalten«, sagte sie in dem frostigsten Ton, den sie zustande brachte. »Aber nur, wenn mein Vater nichts von dieser unseligen Handreichung erfährt.« Dann wartete sie mit angehaltenem Atem auf seine Antwort.

»Aber werde ich die Belohnung auch erhalten, die ich *begehre?«* Der belustigte Ton seiner Stimme war nicht zu überhören.

Ein dicker, kalter Knoten setzte sich in Rosalyndes Magen fest. Das war es also. Jetzt sann er bereits darüber nach, wie er aus ihrer mißlichen Lage noch mehr Gewinn schlagen konnte. Er würde um ihr Leben feilschen. Und um Cleves Leben. Ihre anfängliche Furcht schlug in eine ärgerliche Verstimmung um. »Als Belohnung war ein Pferd, Waffen und vielleicht etwas Gold ausgemacht, und Ihr wart damit einverstanden. Mehr kann ich nicht versprechen. Mein Vater ist für die Belohnung zuständig. Ihr werdet Euch mit ihm verständigen müssen.«

Sie blickte ihn herausfordernd an und hoffte, daß ihre entschlossene Abwehrhaltung ihn dazu bringen würde, seine Pläne noch einmal zu überdenken. Ihre Augenbrauen zogen sich zusammen, als sie in seinen Gesichtszügen zu lesen versuchte. Seine Miene blieb unverändert und für eine Sekunde übermannte sie erneut die Panik. Er würde doch nicht so verwegen sein, sie gegen ein Lösegeld zu verkaufen? Er hatte keine Waffen und keine Möglichkeit zu fliehen. Niemand würde ihm bei diesem abwegigen Vorhaben helfen. Er wäre wirklich ein Dummkopf, wenn er dies wagen würde!

»Wenn ich mich recht erinnere, so ward *Ihr* es, die mir eine Belohnung vorschlug«, antwortete er seelenruhig. »Und ich sagte, daß ich bereit sei, eine Belohnung anzunehmen. Aber ich behalte es mir vor, sie zu nennen.«

Rosalynde rutschte unbehaglich auf dem Holzstück herum, auf das sie sich gesetzt hatte. Diese Worte konnte sie nicht in Abrede stellen. Sie entsprachen der Wahrheit. Aber wenn er kein Pferd, keine Waffen und kein Gold wollte, worauf war dieser undankbare Schurke dann aus?

»Ich rettete Euch das Leben«, erinnerte sie ihn in einem vorwurfsvollen, schnippischen Ton.

»Nur weil ihr glaubtet, auch Euch damit aus Eurer Notlage zu retten«, erwiderte er kühl. »In diesem Punkt sind wir quitt.«

»Ihr habt uns noch nicht nach Stanwood gebracht«, antwortete sie hitzig.

»Das werde ich tun«, entgegnete er ruhig. »Und anschließend werde ich mir meine Belohnung holen.«

Rosalynde war zu aufgebracht, um einen klaren Gedanken zu fassen. Seine Überheblichkeit brachte sie zur Raserei. Von Dankbarkeit schien er noch nie etwas gehört zu haben. Auch regte sich so etwas wie Enttäuschung in ihrem Inneren. Als er unter dem Galgen stand, war ihr eine besondere Würde an ihm aufgefallen, die ihn von den anderen unterschied, trotz seiner zerfetzten Kleidung und seines verwahrlosten Äußeren und seiner ausweglosen Lage. Aber jetzt wußte sie, daß er durch und durch verdorben und schlecht war — wahrscheinlich viel schlechter als die anderen.

Er war verschlagen und berechnend. Listig wie ein Fuchs und grausam wie ein Schakal. Wie hatte sie sich nur so irren können!

Aber Rosalynde wußte bereits die Antwort darauf. Sie hatte sich in Not befunden und die einzige Gelegenheit, die sich ihr bot, beim Schopfe ergriffen. Und jetzt, genau wie damals, mußte sie das Beste aus diesen unglückseligen Umständen machen. Sie reckte das Kinn ein wenig nach vorn und starrte ihn in kaum verhohlener Verachtung an. »Na los, dann nennt mir den unheiligen Preis, den Ihr Euch zum Lohn ausgedacht habt!«

Darauf sah er sie mit einem Ausdruck an, der nichts mit der Selbstsucht zu tun hatte, die ihn ihrer Meinung nach vorantrieb. Seine Augen bekamen ein warmes Strahlen und seine Lippen formten sich zu seinem natürlichen, aufrichtigen Lächeln. Einen Augenblick lang vergaß sie ihre Vorsicht, und ein kaum merkliches Flattern regte sich irgendwo in ihrer Brust. Aber sofort unterdrückte sie diese törichten Regungen.

Sie sollte jetzt besonders vor ihm auf der Hut sein.

»Nun?« stachelte sie ihn abermals an, da er sie weiterhin mit diesem freundlichen Ausdruck ansah. »Was wollt Ihr von mir?«

Er warf den Zweig, den er in der Hand hielt, ins Feuer und atmete tief durch.

»Bevor das Jahr zuende ist, werden wir beide uns in der Kirche trauen lassen.«

Wenn er von ihr verlangt hätte, den Mond vom Himmel zu holen, so wäre sie ebenso erstaunt gewesen. Er wollte sie in der Kirche heiraten? Unmerklich schüttelte sie den Kopf. Sie mußte sich verhört haben. Aber sein abwartender, prüfender Ausdruck belehrte sie eines Besseren. Sie hatte ihn sehr wohl richtig verstanden, nur wollte ihr das Gehörte einfach nicht in den Kopf. Dann merkte sie, daß ihr der Mund offenstand und sie schloß ihn schnell.

»Das ... das ist ungeheuerlich!« brachte sie schließlich hervor. »Das ist undenkbar. Warum?«

Sie stand nervös auf und ging zu dem schlafenden Cleve.

»Wir sind immerhin bereits verheiratet«, tat er in belehrendem Ton kund.

»Diesen Heidenbrauch kann man wohl kaum einer christlichen Trauungszeremonie gleichsetzen«, stieß sie trotzig hervor.

»Genau deswegen möchte ich die Heirat von einen Priester in der Kirche segnen lassen.« Er stand auf und trat auf sie zu. »Vielleicht sollte ich Euch ein wenig von mir erzählen.«

»Nein«, rief Rosalynde, wich vor ihm zurück und versuchte eilig das Feuer zwischen sich und Blacksword zu bringen. Ihre Erschrockenheit schlug in Panik um. »Ich weiß bereits genug von Euch! Ihr seid ein gemeiner Dieb und ... und ein Mörder!«

Der Schein des Feuers verlieh ihm etwas Dämonisches. Er war so groß und stark. Und sie hatte nichts, um sich vor ihm zu schützen. Dann lächelte er wieder, nur diesmal nicht warm und aufrichtig, sondern mit beißendem Spott.

»Sagt mir, Lady Rosalynde«, erklärte er betont höfisch, »seid Ihr gegen mich aufgebracht, weil ich ein Verbrecher bin oder weil ich ohne Titel bin?«

Als sie ihn argwöhnisch anblickte, fuhr er fort. »Wenn ich ein Verbrecher mit einem Adelstitel wäre, würdet Ihr dann meinem Antrag zustimmen? Oder würdet Ihr mir Euer Jawort geben, wenn ich nichts anderes als ein ehrlicher, rechtschaffener Mann wäre?«

Jetzt wagte er es auch noch sie zu verhöhnen! Wütend fuhr Rosalynde ihn an: »Da Ihr weder ehrlich noch von Adel seid, erübrigt sich wohl eine Antwort. Am besten, Ihr gebt Euch mit einem Pferd und einem Schwert zufrieden, denn mehr werdet Ihr nicht erhalten.«

In diesem Augenblick stöhnte Cleve laut, rollte zur Seite und setzte sich dann mit einem Ruck auf. »Milady?«

Am Feuerplatz war es still. Das flackernde Licht des verlöschenden Feuers tauchte die Menschen in Gold und umrahmte sie mit schwarzen Schatten. Das Mahl stand unberührt bereit. Das Feuer fiel in sich zusammen, als ein dicker Holzbrocken durchbrach. Zischend stoben die Funken davon. Die ersten langgezogenen Töne der Nachtvögel waren zu hören. Die Abendbrise war kühl und belebend. Ein idyllisches Bild, das durch feindselige Spannungen getrübt wurde.

»Lady Rosalynde«, sagte Cleve abermals, während seine Augen von seiner Herrin zu dem Mann wanderten, der sich so bedrohlich auf der anderen Seite der Feuerstelle auftürmte. Dann legte sich die Stirn des Jungen in Falten und er sprang auf die Füße. »Was hat er vor?« fragte er voller Argwohn.

Rosalynde war sofort bei ihm und legte beschützend den Arm um den Jungen. »Sei unbesorgt, Cleve. Es ist nichts passiert. Und du solltest nicht so rasch aufspringen«, fügte sie ermahnend hinzu. Dann warf sie einen Blick auf den unbeweglich dastehenden Blacksword. Mit ihren Augen befahl und bat sie ihn, mit dem Jungen Frieden zu halten.

Der Mann sah sie nachdenklich an und kam um das Feuer herum.

»Deine Herrin und ich sind uns nicht einig darüber, wie es weitergehen wird. Aber nachdem sie mich gebeten hat, sie sicher nach Stanwood zu geleiten, behalte ich mir das Recht vor, sämtliche Entscheidungen nach meinem Gutdünken zu treffen.« Sein Blick fiel kurz auf Cleve. »Ich schlage deshalb vor, daß wir jetzt etwas essen, damit wir dann im Schutze der Dunkelheit eine gute Wegstrecke zurücklegen können.«

Zu Rosalyndes Erleichterung schien Cleve durch die klaren Anweisungen des Mannes besänftigt. Sie aber hatte die Doppelbödigkeit seiner Worte verstanden und bemühte sich um Beherrschung. Wie es weitergehen wird ... stieß es stumm in ihr auf. Aber sie mußte sich fügen, wenn sie die schändliche Bindung an diesen Mann nicht preisgeben wollte. Und das wollte sie auf keinen Fall. Nie durfte Cleve etwas von diesem Gelöbnis erfahren. Aber wenn dieses Scheusal wirklich darauf bestehen sollte, daß sie ihren Schwur einlöste ...

Allein der Gedanke daran war entsetzlich. Wieder kämpfte sie gegen die Angst an, die sich ihrer bemächtigen wollte. Mit gezwungenen, steifen Bewegungen reichte sie das

Fleisch weiter und überlegte dabei krampfhaft, wie sie sich aus dieser Angelegenheit herauswinden könnte. Sie versuchte, sich alles, was er gesagt oder getan hatte ins Gedächtnis zurückzurufen, um es in irgendeiner Form gegen ihn verwenden zu können. Ja, er hatte sie mehrmals geringschätzig und herablassend behandelt und er war rücksichtslos und undankbar, als er sie in Dunmow ihrem Schicksal überlassen wollte. Sie hatte genügend Beweise für seine Schlechtigkeit. Als er das Feuer austrat und den Lagerplatz wieder so herrichtete, wie sie ihn vorgefunden hatten, konnte sie es kaum erwarten, ihm diese Anschuldigungen ins Gesicht zu schleudern. Dummerweise aber blieb Cleve während ihres nächtlichen Marsches wach. Obwohl er sich widerwillig in das Gestell begeben hatte, das Blacksword abermals zog, hielt er die Augen offen und beobachtete Rosalynde, die schweigsam hinter ihm ging.

Stunden, die endlos erschienen, waren vergangen. Die silberne Scheibe des Mondes stieg im Osten auf und zog ihre Bahn über das Himmelszelt. Ohne das fahle Licht am Himmel hätte sich Rosalynde nicht orientieren können. Jetzt wußte sie, daß sie die Richtung nach Osten einhalten mußten, auf den Mond und auf die kommende Morgendämmerung zu. Mehrmals kamen sie an Feldern und Äckern vorbei, die von niedrigen Steinmauern umsäumt waren, und an verschlafenen Dörfern. Aber sie vermieden vorsichtig jede menschliche Behausung. Sie waren zu leicht anzugreifen und wollten jeder Gefahr aus dem Wege gehen.

Weitere endlose Stunden vergingen, bis sich die erste Dämmerung im Osten abzeichnete. Als sie an einem von Weiden bewachsenen Bachlauf vorbeikamen, spürte sie ihre schmerzenden Füße. Die Beine waren vor Müdigkeit bleischwer und eine der Zehen war aufgeschlagen. In der Dunkelheit konnte sie den Steinen nicht ausweichen und hatte sich mehrmals gestoßen. Aber sie wollte eisern bleiben und sich nicht beklagen. Selbst wenn sie es getan hätte, spann sie ihren Gedanken weiter, wäre es diesem rohen Kerl wohl vollkommen gleichgültig gewesen. Nicht ein einziges Mal hatte er sich umgesehen, um festzustellen, ob sie mit ihm Schritt hielt. Ja, sie hätte vor Erschöpfung zusammenbrechen können, und es wäre ihm nicht aufgefallen. Einen schönen Ehemann würde dieser Kerl abgeben!

Als er die behelfsmäßige Bahre an der Kehre des Bachs herunterließ, humpelte sie mißmutig an ihm vorbei auf ein Wiesenstück am Ufer zu. Dann hob sie die Röcke und watete direkt in das eiskalte Wasser.

»Ahhh.« Sie stöhnte erleichtert, als das Wasser ihre brennenden Füße kühlte. Sie bewegte die Zehen über die glatten Kieselsteine und freute sich über die Erfrischung. Dann ging sie ein wenig tiefer in das Bachbett hinein, so daß das Wasser fast bis zu ihren Knien schwappen konnte. Sie beugte sich hinunter, um eine Handvoll zu trinken.

»Wie geht es Euren Füßen?«

Rosalynde erschrak bei der unerwarteten Bemerkung und richtete sich hastig auf. Blacksword stand vor ihr.

»Es ... es geht ihnen gut.« Sie taumelte einen Schritt zurück und faßte ihren Rock fester.

»Ich habe die beiden Kaninchenfelle behalten. Wenn Ihr wollt, kann ich Euch daraus schützende Hüllen für die Füße machen.«

Während er sprach kam er auf sie zu und Rosalynde wich erneut zurück. Seine Nähe brachte sie aus der Fassung. Sie war so verwirrt von seiner überraschenden Fürsorglichkeit, daß sie das kalte Wasser und die Strömung vergaß, die sogleich ihre schweren Röcke erfaßte. Sie rutschte auf den schlüpfrigen Kieseln aus, verlor für eine Sekunde das Gleichgewicht und drohte nach hinten zu fallen, da sie nirgendwo einen Halt fand. Aber der kräftige Mann packte sie geistesgegenwärtig bei den Armen und zog sie hoch, bis sie wieder einen festen Stand hatte.

»Ihr müßt besser achtgeben«, ermahnte er sie mit einem Lächeln auf dem kantigen Gesicht. Für einen langen Augenblick trafen sich ihre Augen. Rosalynde war sich bewußt, daß seine Hände an ihren Armen hinaufstrichen und sich dann fest auf ihre Schultern legten. Ihr Herz schien wie hundert Trommeln gleichzeitig zu schlagen. Entsetzen sowie ein unerklärliches Beben hielten sie gefangen. Ein funkensprühender Bogen hatte sich zwischen ihnen gebildet. Stark und unmißverständlich. Sie hatte ihn bereits unter dem Galgen gespürt, als sie ihn ärgerlich an seinem zerfetzten Hemd packte und sie spürte es jetzt wieder, nur sehr viel stärker.

Das ist Angst, sagte sie sich, als sein Blick sie wie ein Magnet festhielt. So hypnotisiert eine Schlange die Maus, eine Eule den hilflosen Hasen. Er war der Räuber und sie die unglückselige Beute. In ihrem Herzen aber wußte sie, daß er ihr nichts Böses antun wollte, jedenfalls nicht so, wie sie es zunächst erwartet hatte. Wärme stieg aus irgendeinem Winkel des Bauches auf und wallte durch ihren Körper. Wie angewurzelt duldete sie immer noch seinen kraftvollen und dennoch behutsamen Griff. Dann kam er erneut einen halben Schritt näher. Wie durch ein Wunder gelang es ihr, rechtzeitig zur Vernunft zu gelangen. Mit einer heftigen Bewegung schüttelte sie seine Arme ab.

»Laßt mich los. Ich kann sehr gut allein auf mich achtgeben.«

»Oh?« Eine seiner Augenbrauen hob sich fragend. »Seid Ihr so gut in der Lage auf Euch aufzupassen, daß Ihr Euch in Dunmow einen Gemahl vom Galgen holen mußtet?«

Am liebsten hätte sie ihre leichtfertig ausgesprochenen Worte wieder zurückgenommen. In Zukunft sollte sie vorsichtiger sein und sich nicht auf Streitgespräche mit ihm einlassen, bei denen sie den kürzeren zog. Sie richtete sich so gut es ging auf und blickte ihn möglichst kühl und gleichgültig an. »Ja, da habt Ihr recht, ich fand einen Weg aus meiner mißlichen Lage und gleichzeitig eine Möglichkeit, Euch aus der Eurigen zu befreien.«

Dann ging sie schwankend und stolpernd zum Ufer, wo ihr eine Weide Halt bot.

Ihr entging das flüchtige Lächeln auf seinem Gesicht und auch seine halblaut zu sich selbst gesprochenen Worte. »Vom Regen in die Traufe kamst du, meine süße kleine Rose. Und mir scheint, ich habe die eine Verurteilung auf lebenslänglich gegen eine andere eingetauscht ...«

Beunruhigt sah Rosalynde ihn an und zwang sich, ruhig und gleichmäßig zu atmen und das Hämmern in ihrer Brust zu ignorieren. Was zum Teufel führte er jetzt wieder im Schild? Wollte er sie für seinen lächerlichen Plan gewinnen, indem er ihr Schuhe aus Kaninchenleder anbot? Hielt er sie für einfältig genug, um von seinen verzehrenden Blicken oder seiner männlichen Umarmung beeindruckt zu sein?

Hatte er womöglich abermals vorgehabt, sie zu küssen?

Sie blickte auf seine schattenhaften Umrisse und nagte nervös an ihren Lippen. Stirnrunzelnd erinnerte sie sich wieder an den Kuß, den er ihr unter dem Galgen gegeben hatte.

Und während Rosalynde beobachtete, wie Blacksword sich vorbeugte, um mit der Hand Wasser zu schöpfen, konnte sie die Wahrheit nicht mehr vor sich verbergen. Auch wenn sie sein Kuß vor der aufgewiegelten Menge entrüstet hatte, so hatten seine harten, festen Lippen doch ein eigenartiges, unbekanntes Gefühl in ihr ausgelöst.

»Heilige Mutter Gottes!« betete sie flüsternd und machte hastig das Kreuzzeichen, als sich diese merkwürdige Wärme wieder in ihrem Inneren einstellte. Was zum Teufel ist in mich gefahren? fragte sie sich besorgt und kühlte ihr heißes Gesicht, indem sie es mit Wasser besprühte. Trotzdem ließ sie der Gedanke nicht los, was aus dem Kuß geworden wäre, wenn sie ihren Mund, wie es anscheinend üblich war, geöffnet hätte. Versuchsweise fuhr sie sich mit der Zunge langsam über die Lippen und staunte über das sinnliche Gefühl, das dabei entstand. Rasch verbot sie sich derartige Dummheiten und wunderte sich über ihre abwegigen Vorstellungen. Diese Gedanken sollte sie sich besser für ihren Mann aufheben — ihren richtigen Mann, fügte sie eilig hinzu, als sie auf diesen widerwärtigen Kerl blickte, der ihren Kopf unablässig verwirrte. Aber dieser Kerl war plötzlich verschwunden, und mit Entsetzen stellte sie fest, daß sie enttäuscht war. Ihr Verstand sagte ihr, daß sie allen Grund dazu hatte, sich vor ihm zu hüten, aber trotzdem verspürte sie eine merkwürdige, ungewohnte Neugier. Sie rechtfertigte sich damit, daß dies die üblichen Empfindungen einer Jungfrau im heiratsfähigen Alter waren. Und als sie den dämmrigen Schatten zustrebte, mischten sich Mißtrauen, Ablehnung und Angst in dieses neue Empfinden.

9

Sie aßen die Reste der gebratenen Kaninchen und einen Salat aus den Blättern von Löwenzahn, Schafgarbe und Spitzwegerich, die Rosalynde gesammelt hatte. Zum ersten Mal legte Cleve einen gesunden Appetit an den Tag, und sie freute sich über diesen Fortschritt. Mit seiner zurückkehrenden Gesundheit wuchs aber auch die beinahe spürbare Feindseligkeit gegen ihren geheimnisumwitterten Beschützer.

»Wir brauchen ihn nicht mehr«, zischte Cleve, als Blacksword bereitwillig frisches Wasser aus dem Bach holte. »Und ich kann sehr gut allein zum Bach hinuntergehen.«

»Ich weiß, du fühlst dich wieder gesund, aber du mußt noch vorsichtig sein«, gab sie leise zurück. »Abgesehen davon muß ich das Versprechen, das ich diesem Mann gab, einhalten«, setzte sie hinzu. Plötzlich ging ihr durch den Kopf, daß sie bereits einen Teil dieses Versprechens nicht einhielt. Aber ganz so streng wollte sie nicht mit sich sein. Sie würde für ein Jahr und einen Tag seine Ehefrau bleiben, aber nur im Geheimen.

Sie hatte den Schwur geleistet, aber nicht in der Absicht, ihn zu halten. Trotz aller Rechtfertigungen machte ihr diese Tatsache zu schaffen. Die Ehe war ein heiliges Sakrament. Wenn sie ihr Gelöbnis auch nicht im Beisein eines Priesters oder vor einem kirchlichen Altar abgelegt hatte, so war es doch vor Gott ausgesprochen worden. Und nun hatte er sogar zu ihrem großen Kummer den Wunsch geäußert, ihren Ehebund so bald wie möglich auch kirchlich zu besiegeln. *Er* war es, der den Schwur in allen Ehren nachvollziehen wollte, und *sie* scheute davor zurück.

Cleve hatte keine Ahnung, welcher Tumult sich in ihrem

Inneren abspielte. Als die Person, der seine tiefste Ablehnung galt, plötzlich mit dem gefüllten Tonkrug wiederkam, blickte er sie finster an.

»Wie weit ist es noch bis Stanwood?« fragte er barsch.

Der hochgewachsene Mann hockte sich neben Rosalynde auf seine Fersen und reichte ihr das Wasser. Dann wandte er sich ohne eine Gemütsbewegung zu zeigen an Cleve. »Eine Wegstrecke von zwei Nächten.«

Cleve brummte etwas Unverständliches in sich hinein und meinte dann trotzig: »Von nun an kann ich wieder laufen.«

Rosalynde wollte gerade widersprechen, als Blacksword antwortete: »Dann werden wir drei Nächte benötigen.«

Das war genau die Herausforderung, auf die Cleve gewartet hatte, um seine angestaute Feindseligkeit loszulassen. Er sprang auf die Beine und sah den größeren Mann kampflustig an. »Ich werde zu Fuß gehen, und wenn es drei Tage dauert, aber wir werden endlich von Eurer Gegenwart befreit sein!«

»Cleve!« Rosalynde sprang zwischen die beiden, denn sie befürchtete, Blacksword könne dem Jüngeren gegenüber gewalttätig werden. Zur ihrer Überraschung aber mußte sie Cleve zurückhalten. Er war angriffslustig wie eine Wildkatze. Der Ältere aber setzte sich seelenruhig wieder auf den Boden und zog den kleinen Dolch aus seinem ledernen Gürtel. »Kommt und laßt mich das Maß von Euren Füßen nehmen.« Er blickte sie auffordernd an und überging den Zornesausbruch des Jungen. Rosalynde war erleichtert, daß Cleve verschont blieb und tat sofort wie ihr geheißen.

Als Cleve erkannte, daß der Verhaßte seine Herausforderung nicht annahm und seine Herrin nicht im entferntesten daran dachte, Partei für ihren Pagen zu ergreifen, löste sich sein Zorn in Erstaunen auf.

»Es ist *meine* Pflicht, Euch zu beschützen«, sagte er enttäuscht und mit einem leichten Vorwurf in der Stimme. »Und nicht seine.«

»Wenn du deine Pflicht tun willst, Cleve, dann bitte ich dich inständig, auf meine Worte zu hören«, antwortete sie sehr ernst.

Einen bangen Augenblick verharrte Cleve reglos in der einsetzenden Morgendämmerung. Rosalynde konnte den Widerstreit seiner Gefühle von dem Gesicht des Jungen ablesen. Er wollte seine Herrin vor diesem Mann zu beschützen, der ihm gefährlich schien und war doch im Grunde vollkommen machtlos.

Cleves Bedürfnis, sie vor diesem Mann zu bewahren, wärmte ihr das Herz. Rosalynde war jedoch davon überzeugt, daß sie von Blacksword keine körperliche Bedrohung zu erwarten hatte. Er würde nichts gewinnen, wenn er ihr Leid zufügte. Das, was dieser Mann ihr antun konnte, war ganz anderer Natur, vor allem, da er nach diesem heidnischen Brauch der Handreichung eheliche Rechte geltend machen konnte. Als einzige Erbin ihres Vaters würde er durch sie in den Besitz von Stanwood Castle gelangen. Aber das stand nur ihrem rechtmäßigen Gemahl zu, sagte sie sich, und nicht diesem dahergelaufenen Galgenstrick. Aber er wußte, was er an ihrer Seite gewinnen konnte! Es würde sehr schwer werden, ihm so bald wie möglich klarzumachen, daß es zwischen ihnen niemals zu einer Vereinigung kommen würde.

Diese Überlegungen hatten sie wieder zuversichtlicher gestimmt und sie lächelte Cleve an. »Bitte ruhe dich aus, Cleve. Wir haben noch einen weiten Weg vor uns.«

Als der Junge sich endlich zum Schlafen zurechtlegte, tat er es aber höchst widerwillig, aber Rosalynde war froh, daß er ihr dann wortlos gehorchte. Leider wartete jedoch bereits die nächste Probe auf sie. Zu ihrer größten Verwirrung beugte sich nämlich Blacksword über sie, umfaßte wie selbstverständlich ihre Fesseln. Dann machte er sich an ihren Füßen zu schaffen. Ihr Unterschenkel lag jetzt auf seinem Schoß.

»Was macht Ihr da«, rief sie aufgebracht.

»Ihr braucht Schuhe«, stellte er sachlich fest. Dann drückte er eines der Kaninchenfelle gegen ihre mitgenommene Fußsohle und ihre Einwände schmolzen augenblicklich dahin. Schuhe. Etwas Weiches an ihren Füßen.

Bei ihrem stillschweigenden Einverständnis schlug Blacksword das Kaninchenfell um ihren Fuß und hielt es am Knöchel fest, so daß Sohle und Spann, Zehen und Ferse von dem weichen Pelz umgeben wurden. Im Grunde war es ein nebensächlicher Vorgang, jedenfalls hätte es so sein können. Als der Gerber ihr in Millwort Castle Schuhzeug angemessen hatte, verschwendete sie nicht einen Gedanken an ihn. Aber der Gerber war alt und grau und sie war nicht in Millwort. Ihr Selbsterhaltungstrieb riet, den Fuß aus seiner Umklammerung zu reißen und sich so schnell und so weit wie möglich von ihm zu entfernen. Aber Cleve spähte zu ihnen herüber. Um nichts auf der Welt wollte sie ihm einen Grund zu neuen Feindseligkeiten liefern. So erduldete sie Blackswords Griff so gut es ging und wartete steif und aufrecht, bis er das Fell in die bestmöglichste Lage gebracht hatte.

»Wie fühlt sich das an?« Er hob den Kopf und ihre Blicke prallten für eine atemlose Sekunde aufeinander. Die Gedanken an Cleve, an Millwort und an den grauen, alten Gerber waren wie ausgelöscht, als sie in seine granitgrauen Augen blickte. Wie aus nebliger Ferne hörte sie ihn sagen, daß er das Fell nun zurechtschneiden müsse. Sie kämpfte gegen ihre Gefühle. Sie beobachtete, wie er ihren anderen Fuß auf den Schoß legte, um das nächste Fell anzupassen. Seine Hand war so warm. Seine Finger waren kräftig und voller Schwielen, aber trotzdem gingen sie sanft mit ihr um. Er schnitt das zweite Fell rasch und geübt zurecht und blickte erneut zu ihr auf.

»Ich habe die Häute sorgfältig abgeschabt. Während unserer Rast will ich sie mit einem Gemisch aus Asche und Wasser einreiben, damit sie einigermaßen geschmeidig bleiben. Leider werden sie nicht so weich sein wie richtig bearbeitetes Leder.«

Rosalynde nickte mit dem Kopf, dabei hatte sie kaum zugehört. Sie war zu sehr mit ihren Gefühlen beschäftigt, als daß sie sich den Kopf wegen dieser Schuhe zerbrochen hätte.

»... Streifen von Eurem Rocksaum«, hörte sie ihn sagen, als sie allmählich wieder zu sich kam.

»Streifen?« fragte sie verdutzt. Dann verstand sie, was er gemeint hatte. »Ach so, Ihr wollt einen Stoffstreifen.«

»Das würde helfen«, erklärte er mit freundlichem, doch forschendem Blick.

Sie nahm den Dolch, den er ihr reichte, und schnitt einen ausreichend breiten Streifen von ihrem Gewand ab. Als sie ihm die Waffe zurückreichen wollte, mischte sich Cleve ein.

»Das ist mein Messer.«

Wieder fühlte sich Rosalynde zwischen zwei Fronten, nur war sie diesmal weniger besorgt. Aller Logik zum Trotz war sie überzeugt, daß Blacksword sie beschützen wollte, zumal er sie ja zu ehelichen wünschte, sobald sie in Stanwood waren. Auch wenn sie dieses Ansinnen empörte, sah sie ein, daß er die einzig verfügbare Waffe weiterhin in Händen behalten wollte. Cleve würde das vielleicht nicht verstehen, aber ihr war es begreiflich. Mit einem warnenden Blick in Richtung Cleve reichte sie Blacksword deshalb die Waffe zurück.

Der Junge unterdrückte seinen Unmut, aber er blickte sie gekränkt an. Dann wickelte er sich in seinen Umhang ein und lief trotzig in das Unterholz. Rosalynde hörte Zweige knacken und raschelndes Laub. Schließlich hatte er wohl einen Ruheplatz gefunden, und alles war wieder still.

Rosalynde war jetzt mit ihrem merkwürdigen Beschützer allein. Zu allem Unglück lag ihr rechter Fuß immer noch auf seinem Schoß. In einem Anflug von Schamhaftigkeit zog sie den Fuß langsam zurück. Er kam ihr zuvor.

»Wir sind noch nicht fertig«, erklärte er ruhig, während ihre Augen wieder ineinander versanken.

Ihre Selbstsicherheit verließ sie. »Ich ... ich brauche die Schuhe nicht. Wirklich. Glaubt mir ...« fügte sie hinzu, als sie wieder das vertraute spöttische Zucken in seinen Mundwinkeln sah.

Unbeirrt fuhr seine Hand etwas höher an ihrer Wade hinauf, während die andere auf dem zweiten Fuß liegenblieb. Dann strich er an ihrem kleinen Zeh entlang.

Ein Schauer kroch ihre Wirbelsäule hinauf und wieder durchflutete eine unbekannte Wärme ihren Körper. Zu ihrem großen Kummer wußte er scheinbar genau, welche Wirkungen seine Berührungen bei ihr auslösten, denn er strahlte sie entwaffnend an.

»Sollen wir uns nicht wenigstens in diesem Fall einig sein? Es dauert nicht lange. Wenn Eure Schuhe fertig sind, könnt Ihr mich anschließend wieder abstoßend und ungehobelt finden.«

Er sprach zu ihr wie ein geduldiger Erwachsener zu einem launischen Kind. Sie konnte schlecht etwas darauf erwidern, ohne noch törichter zu erscheinen. Obwohl sie verärgert die Zähne aufeinanderpreßte, gelang ihr ein kurzes Nicken. Er belohnte sie väterlich, indem er ihr mit dem Handrücken kurz über die Wange strich. Dann machte er sich wieder an seine Arbeit.

Während er das Kaninchenfell an den zweiten Fuß anpaßte, versuchte sie wenigstens nach außen hin so würdevoll wie möglich zu erscheinen. Die warme Hand und die flüchtige Berührung ihrer Wange hatten sie vollends aus dem Lot gebracht. Jedesmal, wenn er sie berührte, wirbelte etwas in ihrem Inneren herum. Sie sollte sich wirklich zusammenreißen!

»Oh, das werde ich jetzt machen«, rief sie, als er nach dem zweiten Fell griff. »Ich habe zugesehen, wo Ihr die Löcher gemacht und das Band durchgezogen habt.« Sie biß sich auf die Unterlippe, als er ihr tief in die Augen sah. »Danke. Habt Dank, für den ersten Schuh.«

»Bitte«, sagte er einfach. Dann reichte er ihr das Fell und den Dolch und lehnte sich auf die Ellenbogen zurück, um sie seelenruhig zu beobachten.

Rosalynde atmete auf. Er machte keine Einwände und überließ ihr die weitere Arbeit. An den beiden oberen Längsseiten bohrte sie eine Reihe von Löchern, dann noch drei weitere jeweils an den kurzen Seiten, die sich um ihre Knöchel legen sollten. Sie arbeitete flink und mit sicheren Händen, denn sie war ihm Nähen geübt. Als sie den schmalen Stoffstreifen durch die Löcher zog, setzte sie sich jedoch plötzlich kerzengerade auf.

Zu ihrem großen Entsetzen und Erstaunen strich Blacksword langsam mit einer Hand über ihr Haar. Er begann an ihrem Nacken und endete dort, wo ihre Haarfülle den Boden berührte. Dann umfaßte er ein paar dichte Strähnen und wickelte sie um sein Handgelenk.

»Ihr habt wunderschönes Haar«, murmelte er, als sie sich erstaunt zu ihm umwandte. Er blickte in ihr verblüfftes Gesicht. »Und bezaubernde Augen.« Jetzt hob er die Hand und streichelte noch einmal behutsam ihre Wange. »Wenn ich nicht bereits wüßte, daß Ihr aus Fleisch und Blut gemacht seid«, fügte er leise hinzu, »würde ich Euch für eine Waldnymphe halten, die ausgesandt wurde, um mich zu behexen.«

»Nicht doch«, warnte sie, obwohl es ihr den Atem verschlug. »Ihr habt kein Recht dazu.« Sie faßte nach seinem Handgelenk, um es fortzuschieben, aber er ließ es nicht zu.

»Ich habe jedes Recht dazu«, entgegnete er und blickte ihr tief in die Augen. »Jedes Recht der Welt.«

Rosalynde war von seinen Worten und der zwingenden Kraft seiner sanften Berührung so gebannt, daß ihre Antwort unterblieb. Ihr Herz raste. Jede Faser ihres Seins war angespannt.

»Du bist mein. Meine Ehefrau«, hörte sie ihn flüstern. Dann trafen seine Lippen die ihren und sie vergaß die Welt um sich herum.

Sein Kuß war weder grob noch fordernd und seine Lippen waren erstaunlich sanft, als sie die ihren berührten. Vielleicht war es seine Behutsamkeit, die sie ihre Lippen freiwillig öffnen ließ. Sie wußte es nicht und war zu benommen, um über die Ursache nachzudenken. Berauscht gab sie seinen Armen nach und ließ sich an seine Brust ziehen. Schließlich sank sie nach hinten, als der Kuß drängender wurde. Seine Zunge zog die Umrisse ihrer Lippen nach, und ohne sich dessen bewußt zu sein, hatte sie sich ihm geöffnet.

Sofort vertiefte er seinen Kuß und benutzte Lippen und Zunge auf jede nur denkbare erotische Art und Weise. Eine brennende Hitze stieg in ihrem Bauch auf und schien sich durch die Adern pulsierend zu verbreiten. Als er sich bewegte, wurde ihr plötzlich deutlich, daß sein volles Gewicht auf ihrem Oberkörper, ihrem Bauch und ihren Schenkeln lag. Sein Knie drängte sich zwischen ihre Beine. Mit ahnungsvollem Sehnen antwortete ihr Körper. Dann traf seine Zunge die ihre und ein Blitz durchfuhr sie. Seine intime Zärtlichkeit wühlte sie auf und machte sie willenlos.

Doch dann warnte eine innere Stimme sie und riß sie aus dem Wahnsinn, der sie zu überfallen drohte.

»Nein!« flehte sie und versuchte seinem suchenden Mund zu entkommen. »Bitte nicht!« wiederholte sie, als sie ihn von sich stieß.

»Vergiß nicht, du bist meine Frau«, flüsterte er. »Verweigere dich mir nicht. Versage dir nicht das Glück der Lust.« Seine Stimme klang einschmeichelnd und warm an ihrem Ohr. Und wieder durchfuhr sie dieses verbotene Erglühen. Hatte er Ehefrau gesagt? Dieses Wort kühlte sie merklich ab. Nein, in diesem Punkt würde sie nicht nachgeben.

»Laßt mich aufstehen!« In wilder Panik wehrte sie sich gegen ihn und auch gegen das Toben der Empfindungen, die er in ihr geweckt hatte. »Geht weg!«

Dieses Mal achtete er sofort auf ihre Worte, ohne aber von ihr abzulassen. Er hob nur den Kopf und sah in ihre großen, dunklen Augen.

»Heute habt Ihr Eure Lippen für mich geöffnet«, sagte er mit einem kleinen, überheblichen Lächeln. »Ich sagte Euch ja, daß es Euch so besser gefallen würde.«

»Nein, das habe ich nicht getan«, wisperte sie und versuchte von seiner breiten Brust abzurücken.

»Eine entzückende Lügnerin seid Ihr«, sagte er mit einem kehligen Glucksen. Es gelang ihm ein zweites Mal, ihre Lippen mit einem feurigen Kuß zu erobern. Bestürzt und verwundert erkannte sie, wie leicht er sich ihrer Gefühle bemächtigen konnte. Eine Weile lag sie wie gelähmt in seinen Armen. Dann gab er sie frei, rollte sich herum und blieb mit dem Rücken im Gras liegen.

Rosalyndes Atem ging stoßweise. Die benommenen Glieder wollten ihr nicht gehorchen. Kaum aber streckte er die Hand aus, um einen Grashalm von ihrem Hals zu entfernen, zuckte sie zusammen, als ob man sie verbrannt hätte. Sie sprang auf und rannte von ihm weg. Sie rannte, als ob der Leibhaftige hinter ihr her wäre. Erst als sie sah, daß er sich nicht von seinem Platz fortbewegt hatte, verlangsamte sie ihre Schritte und machte schließlich kehrt.

»Ihr ... Ihr ...« stotterte sie. Aber sie war zu aufgewühlt, um einen vernünftigen Gedanken zu fassen. »Ihr seid ein ganz gemeiner Kerl«, brach es schließlich aus ihr heraus. Tränen traten ihr unwillkürlich in die Augen. Ja, er war gemein und ohne Moral. Ein Wüstling. Ein Unmensch, der keinen Anstand besaß. Trotz des zornigen Ausbruchs empfand sie keine Erleichterung. Im Gegenteil. Wilde, fremde Reize und Eindrücke hatten sie überfallen und sie wußte nicht, wie sie sich ihrer erwehren sollte.

»Warum habt Ihr das getan?« Ungewollt kamen diese einfältigen Worte über ihre Lippen, während sie sich die Tränen mit dem Handrücken abwischte.

Er rollte sich zur Seite und stützte sich auf einen Ellenbogen.

»Es ist doch die natürlichste Sache der Welt, wenn ein Mann seine Ehefrau küßt«, antwortete er gelassen. Seine Augen aber blickten sie aufmerksam an und sein Gesicht wurde ernst.

»Ich bin nicht Eure Ehefrau«, entgegnete sie so bestimmt wie möglich, da sie sein durchdringender Blick verunsicherte.

»Niemand hat Euch zu diesem Schwur gezwungen. Ihr habt ihn freiwillig geleistet«, erklärte er. »Ihr habt mich durch die Handreichung zu Eurem Mann erwählt.«

»Ihr wißt genau, warum ich das getan habe«, schrie sie jetzt, blickte aber sofort zu dem Unterholz hinüber, wo sich Cleve zum Schlafen niedergelegt hatte. Leiser fuhr sie fort: »Ihr habt auch Euren Gewinn daraus geschlagen.«

»Und ich gedenke ihn noch zu vermehren.« Bei dieser Ankündigung setzte er sich auf und schlang die Arme um seine aufgestellten Knie. »Ihr mögt mich jetzt noch verleugnen, aber am Ende werdet Ihr Euch zur Wahrheit bekennen.«

»Falls Ihr meinem Vater auch nur ein Sterbenswörtchen

davon erzählt, werde ich behaupten, daß Ihr lügt.« Sie blickte ihn warnend an. »Er wird Euch niemals glauben.«

Eine seiner dunklen Augenbrauen bewegte sich belustigt nach oben. »Die Wahrheit läßt sich sehr leicht aufdecken. Dunmow ist in einem Ritt von anderthalb Tagen von Stanwood aus zu erreichen.«

Rosalynde mochte ihm nicht mehr zuhören. Seine Worte waren unwiderlegbar und das war mehr als sie im Augenblick ertragen konnte. Gequält schrie sie auf, drehte sich um und stolperte blind in das Dickicht. Zweige rissen an ihrem Gewand, zerrten an ihrem fliegenden Haar. Es war ihr gleichgültig. Nur fort von ihm. Weit fort.

Als sie endlich atemlos stehenblieb, mußte sie sich die schmerzenden Seiten halten. Nach Luft ringend lehnte sie sich an eine alte Eiche und sank dann verzagt und hoffnungslos an dem rauhen Stamm hinab. Wie ein Häuflein Unglück kauerte sie im knorrigen Wurzelwerk.

Warum hatte er sie so geküßt? Warum? fragte sie sich verzweifelt, als erneut Tränen in ihre Augen stiegen. Und warum, *warum* hatte sie es ihm erlaubt?

Und Rosalynde wußte, daß sie ihm viel mehr gestattet hatte, als nur diesen Kuß.

Mit einem Seufzer schloß sie die Augen und kringelte sich zu Füßen des Baumes zusammen. So gerne sie auch die Schuld auf ihn abwälzen wollte, sie mußte sich doch eingestehen, daß sie sich aus freien Stücken seinen Küssen hingegeben hatte. Seine einfühlsame Art hatte sie verführt und willenlos gemacht. Warum hatte sie ihn nicht sofort abgewiesen, als seine Lippen ihren Mund berührten? Voller Abscheu hätte sie sich seiner erwehren sollen, anstatt ihm diese unverschämte Zudringlichkeit zu erlauben.

Aber so hatte sie es nicht empfunden.

Wie konnte ich mich so demütigen lassen, dachte sie schaudernd und neue Tränen rollten die Wangen hinab. Sie hatte seinen Kuß erlaubt, hatte sich ihren Empfindungen hingegeben. Empfindungen, die jetzt noch in ihr lebendig waren. Es war furchtbar. Wie geschickt er es verstanden hatte, sie für sich einzunehmen! Aber wie sie es auch drehte und wendete, die Wahrheit ließ sich nicht vertuschen. Sie war dumm und leichtsinnig gewesen ... und sündhaft. Ihr Herz zitterte noch immer in Erinnerung an das lustvolle Gefühl, das seine Zunge auf ihren Lippen hinterlassen hatte. Sie unterdrückte ein Schluchzen, als sie diese unbestreitbaren Tatsachen begriff. Er war ein erfahrener Verführer, aber sie war sein bereitwilliges Opfer gewesen. Wenn er diese Posse von Dunmow ernstgenommen hatte und wirklich eine kirchliche Trauung anstrebte, so würde er nach diesem Kuß noch mehr von ihr verlangen.

Rosalynde rieb sich die feuchten Augen mit einem Rockzipfel trocken. Was sollte sie jetzt tun? Gequält schmiegte sie sich zwischen die dicken alten Wurzeln. Wie sollte sie ihm je wieder ins Gesicht sehen? Jetzt konnte sie ihn nicht mehr zum Schweigen verpflichten. Sie vergrub den Kopf in der Armbeuge, als sich ein heftiges Schluchzen in ihrer Brust löste. Warum hatte sie ihm diese Macht über sich gegeben?

Sie war körperlich zu erschöpft und von den neuesten Vorfällen zu sehr mitgenommen, um jetzt eine passende Antwort auf diese Fragen zu finden. Sie verbarg sich im Schutze der Eiche vor dem unbarmherzigen Licht des hereinbrechenden Tages und war zu keinem vernünftigen Gedanken mehr fähig. Ihr Verstand verschloß sich der schrecklichen Wahrheit. Nur der Schlaf konnte ihr Erleichterung bringen.

Aber selbst in ihren Träumen verfolgten sie die klaren grauen Augen und das verführerische Lächeln auf seinen Lippen.

Als Aric sie endlich fand, war er von den Anblick, der sich ihm bot zutiefst gerührt. Tränenüberströmt hatte sie vor ihm und vor sich selbst die Flucht ergriffen. Sie war behütet aufgewachsen. Sie hatte einen Straßenräuber und Mörder geküßt. Ihre gute Erziehung hatte sie auf Derartiges nicht vorbereitet und die Tatsache, daß sie das Geschehene genossen hatte, verursachte ihr furchtbare Gewissensbisse.

All diese Gedanken kreisten in seinem Kopf, als er auf die schlummernde Frau blickte. Es war ihm schwer gefallen, sie wieder freizugeben, aber er hatte sich eines Besseren besonnen. Es wäre geschickter, sie nicht vollkommen zu verängstigen. Er hatte sie fortlaufen lassen und einfach abgewartet. Allzuweit konnte sie sich nicht entfernen und etwas Zeit zum Nachdenken würde ihr helfen, die Dinge klarer zu sehen. Auch er hatte die Zeit genutzt und auf der kleinen Lichtung gründlich nachgedacht. Er mußte sie über seine Person aufklären. Wenn sie von seiner noblen Herkunft erfuhr und ihn in einem besseren Licht sah, würde ihr der Gedanke an eine Ehe nicht mehr so abwegig erscheinen.

Als er dann ihre schmale Gestalt zwischen den knorrigen Eichenwurzeln erblickte, schwor er sich, sie mit allen Mitteln für sich zu gewinnen. Wieder stand das Bild der Waldnymphe vor seinen Augen. Ein feenhaftes Wesen hatte Gestalt angenommen. Sie strömte so viel Süße aus, so viel Zartheit und Anmut. Aber sie war durchaus nicht zerbrechlich. Sie hatte den Überfall der Straßenräuber überlebt und furchtlos Hilfe geholt. Im Augenblick höchster Verzweiflung war sie wagemutig genug gewesen, die erstbeste Gelegenheit zu ergreifen.

Er schüttelte belustigt den Kopf und seine Augen folgten den sanften Kaskaden ihres kastanienbraunen Haares, die über ihre Schultern und Arme fielen. Unter der schweren dunklen Haarpracht war eine ihrer Hände zu sehen. Schmal und blaß, die Innenfläche halb geöffnet. So hell und weich wird auch die Haut unter ihrem losen Gewand sein, dachte er und erinnerte sich wieder an den Druck ihrer Brüste gegen seinen Oberkörper. Ihre Formen waren weich und rund. Sie war kein junges Mädchen mehr, sondern eine Frau, reif genug für eine Ehe.

Bei diesem Gedanken durchpulste warmes Blut seine Lenden. Sie war bereits verheiratet — mit ihm, und er war mehr als bereit, den Schwur einzulösen. Mit einem unterdrückten Fluch über seine eigene brennende Ungeduld beugte er sich hinab, um sie hochzuheben. Er hatte ihr diesen Temperamentsausbruch gestattet, aber jetzt mußte sie sich zu ihrer eigenen Sicherheit wieder seinem Schutz anvertrauen.

Als Rosalynde langsam erwachte, war ihr höchst sonderbar zumute. Sie hatte das Gefühl von einem kalten, harten Lager in ein warmes, wohliges Bett zu schweben. In ihrem Bett in Millwort lag sie warm und geborgen. Aber im Unterbewußtsein wußte sie, daß sie sich nicht in ihrem Bett befand. Dann wurde sie gegen etwas Warmes und Festes geschoben und öffnete widerwillig die Augen.

Zunächst glaubte sie noch zu schlafen. Sie hatte von diesen Augen geträumt. Und von diesem Lächeln. Aber dann spürte sie, daß seine Arme sie festhielten und ihr wurde bewußt, daß sie nicht mehr träumte. Er hielt sie an sich gedrückt und trug seine Last mit einer Kühnheit fort, als sei sie ein Preis, den er gewonnen hatte.

»Laßt mich herunter!« stieß sie hervor und war jetzt voll erwacht.

»Gleich«, antwortete er mit einem feinen Lächeln.

»Nein, jetzt! Auf der Stelle!« Sie bestand darauf und wehrte sich gegen seinen Griff. Dann strampelte sie mit den Beinen und hämmerte mit aller Kraft gegen seine Schultern und seinen Brustkorb. Aber er dachte nicht daran, sie freizugeben.

»Ihr habt kein Recht dazu! Nehmt Eure Hände von mir. Ihr seid ein Ekel ... Ihr seid abscheulich ... abscheulich ...«

Als er sie plötzlich losließ, stieß sie einen Schrei aus und hielt sich geistesgegenwärtig an seinem Hals fest, um nicht zu stürzen. Aber da hatte er sie bereits wieder sanft aufgefangen und ließ sie zu Boden.

Im Bruchteil einer Sekunde stand Rosalynde ihm von Angesicht zu Angesicht gegenüber. Ihre Arme lagen noch um seinen Nacken, ihr Körper schmiegte sich noch an ihn. Seine kräftigen Hände hielten sie in der Taille umfangen. Für einen langen Moment trafen sich ihre Augen. Ihre waren voll Abwehr und Wut, seine wie hellgraues Gestein. Er war fest entschlossen, keinen Millimeter nachzugeben. Aber dann wechselte der Ausdruck in seinen Augen. Ein Feuer schien in ihnen aufzuglimmen.

»Ich habe jedes Recht.« Seine Worte kamen leise und heiser, und sie wußte, was sie jetzt zu erwarten hatte. Sie wußte, daß er sie küssen würde, aber in diesem kurzen Augenblick verließ sie der Wille, dagegen anzukämpfen. Alle Vernunft fuhr dahin und sie war zu keinem klaren Gedanken mehr fähig. Langsam, wie in einem Traum, senkte sich sein Gesicht auf sie, langsam näherte sich sein Mund ihren Lippen. Und ihr kam es wie eine qualvolle Ewigkeit vor. Als sich ihre Lippen schließlich trafen und sich nicht mehr voneinander lösen wollten, überschlugen sich ihre Empfindungen in rasender Schnelligkeit. Ihr Herz schlug wild. Das Blut rauschte heiß in ihren Adern. Verloren klammerte sie sich an ihn wie an den einzigen festen Halt in dieser aus den Fugen geratenen Welt. Aber das machte es nur noch schlimmer. Die enge Berührung ihrer Körper war Öl für das Feuer, das in ihnen aufloderte. In Windeseile kehrten all die verwirrenden Empfindungen wieder, die sie zuvor unterdrücken wollte. Nur waren sie jetzt noch aufwühlender geworden.

Seine Lippen bewegten sich erfahren und sicher auf ihrem Mund, so daß es ihr den Atem nahm. Als seine Zunge Einlaß forderte, öffnete sich ihr Mund wie von selbst. Der heiße, ungestüme Kuß, den sie zuvor ausgetauscht hatten, war nur ein Vorspiel gewesen zu dem, was jetzt folgte. Das Eintauchen seiner Zunge war eine einzige Verführung. Verheißungsvoll, drängend und belohnend mit immer neuen und sich steigernden Lustgefühlen löschte er jeden Widerstand in ihrem Kopf aus.

Mit einer Hand umfaßte er ihr Gesäß. Ihr leises hilfloses Stöhnen spornte ihn um so mehr an. Immer nachdrücklicher forderte er sein Recht, verstärkte das Werben mit seinem Kuß, bis sie ihm mit ihrer Zunge entgegenkam. Es war neu und beängstigend für sie, und doch war sie unbewußt bereit, sich seiner beherrschenden Männlichkeit zu unterwerfen. Sie tanzte nach der Melodie eines uralten Reigens. Ohne ihr Wissen führte sie Bewegungen aus, die aus der Quelle ihres weiblichen Seins entsprangen.

Als er seinen Kuß an ihrem Hals fortsetzte, hielt sie sich wie eine Ertrinkende an ihm fest. Dann wanderten seine heißen Lippen über die rauhe Wolle ihres Umhanges und preßten sich glühend auf das Tal zwischen ihren Brüsten.

Ein unbekanntes Verlangen ließ sie erschauern. Erst als er sie gegen seine anschwellenden Lenden drückte, öffnete sie ihre Augen und ihr Verstand setzte teilweise wieder ein.

»Das darfst du nicht ...« wisperte sie, obwohl jeder Nerv in ihr sich nach mehr sehnte.

»Es muß sein«, murmelte er heiser. Der warme Atem an ihrem Ohr erregte sie. »Für uns gibt es keinen anderen Weg.«

Keinen anderen Weg ... Diese Worte klangen in ihr nach, als er sie auf das Gras bettete und neue, wilde Küsse verteilte. Es war unmöglich, ihn aufzuhalten. Für einen Augenblick wehrte sie sich gegen die Willenlosigkeit, die sie befallen hatte. Ihr Tun war sündhaft. Trotz des heidnischen Rituals, das sie als Mann und Frau verband, waren sie nicht richtig verheiratet.

Aber ihr Körper achtete nicht auf diese Überlegungen. Diese Wonnen, die ihr den Himmel auf Erden bereiteten, konnten nichts Schlechtes sein. So etwas konnte nicht Sünde sein. Dann fand seine Hand ihre Brust und damit wurde der letzte Rest von Vernunft ausgelöscht. So wie sein Mund sie mit süßem Verlangen und wild aufflammender Leidenschaft erfüllte, übten seine Hände ihren Zauber an ihrem Körper aus. Sie wanderten an Stellen, die noch niemand berührt hatte. Und seine Berührungen waren weder zufällig noch zögernd. Eine Hand umschloß ihre Brust. Mit dem Daumen spürte er ihre aufgerichtete Spitze und liebkoste sie.

Ein unbekanntes Gefühl bemächtigte sich ihrer. Glutheiß strömte es durch ihren Körper und trotzdem erschauderte sie. Alles fühlte sich gut, natürlich und richtig an.

Als seine Hand die bloße Haut ihres Schenkels fand, erbebte sie in ständig wachsender Begierde, und als er sie auf den Rücken rollte und sich mit seinem ganzen Gewicht auf sie legte, stöhnte sie hilflos auf. Seine Hände faßten nach ihrem Kleid, rissen den Rock fort und banden ungeduldig die vielen Schleifen auf. Während all dem küßte er sie unablässig. Wie ein Zauberer spielte er mit ihren Sinnen und brachte unbekannte Saiten zum Klingen. Ihr ganzes Sein verlor sich in dem leidenschaftlichen Verlangen, das er in ihr geweckt hatte. Erst als er das Kleid völlig abgestreift hatte und das Leibchen über ihre Schultern zog, ließ er kurz von ihr ab.

Als sie zu ihm aufblickte, verrieten ihre Augen ihm, was ihr Körper bereits gestanden hatte. Mit raschen, zügigen Bewegungen entledigte er sich seiner Kleidungsstücke und Stiefel. Als sie seinen prachtvollen, nackten Körper sah, wurde sie sich der Ungeheuerlichkeit ihres Tuns bewußt.

»Nein!«

Der Schrei erstarb, bevor er laut wurde. Als ob er ihre Gedanken lesen konnte, bedeckte Blacksword ihre Nacktheit mit seinem Körper. Seine Haut war warm und fest. Seine Lippen waren unerbittlich, beinahe wild, als sie wieder Besitz von ihrem Mund nahmen.

Ihr Widerspruch blieb ungehört. Ihre Hände erwehrten sich einen kurzen Augenblick seiner harten Brust und versuchten sich gegen ihn zu stemmen. Zu spät. Besiegt und selig schmiegten sich ihre Arme um seinen Hals. Dann spürte sie seine Härte.

Alles, was weiblich in ihr war, ergab sich seiner bezwingenden Männlichkeit. Selbst der Druck seiner festen Bauchmuskeln wurde von ihren weichen Rundungen aufgefangen.

Dann schob er ihre Beine auseinander und sie ließ es geschehen.

»Werde meine Frau«, hörte sie ihn heiser an ihren Lippen flüstern. »Sei mein«, murmelte er, als eine Hand das gelockte Dreieck ertastete und dann in die Mitte ihrer Weiblichkeit vordrang.

Sofort raste alles Leben in ihr. Es war als hätte der Blitz in einen Baum eingeschlagen, der jetzt in Flammen aufging. Verheißungsvoll und geschickt spielten seine Finger mit ihr. Sie konnte kaum atmen, als sie sich gegen diese sündigen Gefühle aufbäumen wollte, aber ihr Verlangen hatte sich selbständig gemacht und rücksichtslos von ihr und ihrem Körper Besitz ergriffen. Unwillkürlich wölbte sie ihren Rücken und ließ einen kleinen flehentlichen Laut hören.

»Blacksword«, wisperte sie und warf ihren Kopf hin und her, bäumte sich auf, drängte sich seinen Küssen entgegen.

»Aric«, murmelte er an ihrem Mund. »Aric ist mein Name.«

»Aric«, keuchte sie halb von Sinnen.

»Du bist die Ehefrau von Aric von Wycliffe.« Seine Zähne zogen an ihrer Unterlippe und verweigerten ihr den Kuß, um den sie bat.

»Sage es«, forderte er atemlos, als er seine Hüften auf ihr bewegte und sie vorsätzlich auf die Folter spannte. »Du bist die Ehefrau von Aric.«

»Ich bin deine Ehefrau«, sagte sie mit einer ihr völlig fremden, bebenden Stimme. »Ich bin ...«

Mit einem Stöhnen ließ er jetzt sein ganzes Gewicht auf sie fallen. Sein Mund verschmolz mit ihrem. Seine Brust und sein straffer Bauch drückten sie in den weichen, grünen Erdboden. Die ganze Kraft und Größe seiner Männlichkeit drang unbeirrt und zielsicher in sie ein.

Sie wollte aufschreien. Ein rasender Schmerz durchfuhr sie und versetzte sie in Angst und Schrecken. Als er die Barriere ihrer Jungfräulichkeit durchdrang, schwand ihre Erregung und ein plötzliches, furchtbares Erkennen bemächtigte sich ihrer.

Aber er ließ sie nicht los. Und er hörte nicht auf, ihren Mund mit Küssen zu bedecken. Auch wenn sie sich wehrte, hielt er sie eisern fest. Als sie schluchzte, saugte er ihre Furcht und ihren Schmerz in sich hinein und vertiefte seinen Kuß. Obwohl sein Vorgehen nach wie vor wild und fordernd war, bemühten sich seine Lippen um Zärtlichkeit. Mit der Zunge berührte er die Innenseite ihrer Lippen und als ihre eigene Zunge die seine traf, wurde sie mit einem erneuten Aufflammen der Leidenschaft belohnt. Er füllte sie noch immer aus. Ein fremder Druck, eine fremde ungekannte Wärme erfüllten sie, aber der Schmerz hatte sich gelegt. Als er jetzt vorsichtig seine Hüften bewegte, empfand sie ein unerwartetes Lustgefühl und stöhnte laut.

Das war das Zeichen, auf das er gewartet hatte. Er hob den Kopf und bewegte sich in einem langsamen Rhythmus auf und ab, wobei er abwechselnd tiefer in sie eindrang und sich ihr wieder entzog. Unvorstellbare Wellen der Lust durchfluteten sie, als er sein Tun beschleunigte. Rosalyndes Augen weiteten sich voll Verwunderung, als sie die leidenschaftliche Selbstvergessenheit in seinen Gesichtszügen sah. Sie bäumte sich ihm willig und in ungezügeltem Verlangen entgegen und nahm ihn mit der ganzen Wärme ihres weiblichen Körpers auf. Die unschuldige Bereitschaft, mit der sie seine erfahrenen Zärtlichkeiten erwiderte, trieb ihn nur noch mehr an. Ihre Bewegungen wurden heftiger und die Flammen schlugen höher. Etwas Feuchtes, Warmes überraschte sie. In einer Aufwallung von Panik klammerte sie sich verzweifelt an ihn. Dann wurde sie von einer Flutwelle schäumender Leidenschaft erfaßt, die einen Erdrutsch von Gefühlen vor sich herschwemmte. Vor Lust schrie sie laut auf. Welle um Welle erfaßte sie. Wie ein Feuersturm fegte er über sie hinweg. Dann hörte sie seinen Schrei. Ein Urlaut, der sich aus seinem tiefsten Inneren zu lösen schien und sie erschauern ließ. Aber *ein* Gefühl blieb aus. Das Gefühl der Furcht. Sie fürchtete sich nicht mehr.

Sein Körper erbebte, als ob auch ihn die Flut der Empfindungen mit sich fortgerissen hätte. Dann sackte sein Körper auf ihr zusammen und sie stieß einen tiefen Seufzer aus.

Ihr Atem ging im Gleichklang mit seinem, kurz und stoßweise. Ihre Herzen schlugen im Takt. In engster Umarmung vermählten sich ihre Leiber und Rosalynde hatte das Gefühl, als ob sie nicht mehr zwei verschiedene Menschen wären, sondern zwei Teile eines Ganzen. Er lag über ihr und es schien ihr, als sauge er sie völlig in sich ein. Obwohl sein Gewicht sie beinahe erdrückte, machte es ihr überhaupt nichts aus.

Schließlich bewegte er sich zur Seite und glitt von ihrem schweißüberströmten Körper hinunter. Sie ließ ein leises, enttäuschtes Seufzen hören, das er ihr sofort von den Lippen küßte, während er sie eng an sich zog. Ihre Beine, ihre Arme waren noch immer ineinander verschlungen. Ihr Denken, ihr Körper und ihre Gefühle schienen nicht mehr von dieser Welt zu sein. Sie konnte sich keinen Vers auf die erstaunlichen Dinge machen, die ihr gerade widerfahren waren. Sie konnte keinen klaren Gedanken fassen. Es gab keine Zukunft, keine Vergangenheit, es gab nur ihr Glück. Sie lag in seinen Armen und lauschte auf das Schlagen seines Herzens. Der stetige, zuverlässige Takt gab ihr ein Gefühl der Sicherheit, das sie sich nicht weiter erklären konnte. In den vergangenen Tagen war sie mehrmals dem Tod begegnet, hatte Angst, Pein und Verzweiflung erfahren. Aber hier an ihrem Ohr ertönte der Klang des Lebens und der Hoffnung.

Mit einem zarten Lächeln seufzte sie auf und schmiegte sich eng an den mächtigen Körper, der ihr diese unendliche Geborgenheit schenkte. In dem Bewußtsein überließ sie sich dem Schlaf und der wachsamen Obhut des Mannes, der sie umfangen hielt.

10

Diesmal wachte Rosalynde mit einem jähen Ruck auf. Blacksword hatte sich ein wenig bewegt. Obwohl er noch fest schlief, hatte seine Hand sich zielstrebig auf ihre Brust gelegt und sie dadurch aus dem Schlaf gerissen. Eine Weile lag sie mit offenen Augen da und durchlebte mit wachsendem Entsetzen das volle Ausmaß ihrer Erniedrigung.

Es ließ sich nicht leugnen, was sich zwischen ihr und dem Mann abgespielt hatte, der eng an sie geschmiegt neben ihr lag. Sie konnte es nicht glauben, aber ihr Körper lieferte alle Beweise. Ihre Lippen waren von seinen wilden Küssen geschwollen. Ihr Brüste waren schwer und bei der Erinnerung an das Geschehene stellten sich ihre Spitzen erneut auf. Und dann dieses wohlig warme Gefühl unten in ihrem Leib ...

Eine heiße Welle durchflutete sie und trieb ihr die Röte in die Wangen, als sie sich ins Gedächtnis rief, wie und wo er sie berührt und liebkost hatte, und daß er in sie eingedrungen war.

»Heilige Mutter Maria, was habe ich getan«, wisperte sie erschüttert. Sie hatte mit einem Mann geschlafen — einem Mann, den sie so gut wie gar nicht kannte und den sie so bald wie möglich aus ihrem Leben verdrängen wollte. Und nicht genug dieser Schmach. Voller Glückseligkeit war sie in den Armen des Unholds eingeschlafen. Selbst wenn sie die folgenden Jahre ihres Lebens in flehentlichem Gebet auf Knien zubrächte, konnte sie nicht auf Vergebung hoffen.

Verzweifelt blickte sie um sich und suchte nach einem Ausweg. Im Schutz der Weidenbäume lagen sie auf einem Bett aus Gras und Moos. Cleve! durchfuhr es sie plötzlich siedendheiß. Sie mußte von diesem Mann fort, diesem Blacksword, bevor der Junge sie entdeckte! Vielleicht konnten sie sich heimlich davonstehlen während Blacksword noch schlief und versuchen, so schnell wie möglich nach Stanwood zu gelangen.

Sie hatte diesen Gedanken noch nicht zuende gesponnen, als sie bereits wußte, daß er undurchführbar war. Es gab keine Möglichkeit, ihm zu entkommen und die Aussicht, daß er ihnen nicht folgen würde, war sehr gering. Aber sie hatte jetzt keine Zeit, sich länger bei diesem Gedanken aufzuhalten. Wenn sie sich ihm stellen mußte — wenn es nicht anders ging — so würde sie Mittel und Wege finden, mit ihm fertig zu werden. Sie würde schlichtweg alles abstreiten, wenn er ihrem Vater die Sachlage erklärte. Ja. Sie würde lügen. Aber zunächst mußte sie sich von diesem verräterischen Lager entfernen.

Sie stellte sich schlafend und drehte sich behutsam von ihm weg. Nur mühsam gelang es ihr, ein Bein freizubekommen. Für wenige Sekunden hielt sie inne und horchte auf seine regelmäßigen Atemzüge. Hoffentlich hatte sie ihn nicht aufgeweckt! Dann umfaßte sie mit äußerster Vorsicht seinen Arm und legte ihn auf seine Hüfte. Das Handgelenk war kräftig und breit, stellte sie fest. Mit ihren Fingern konnte sie es nicht umspannen. Er besaß unglaubliche Kraft, erinnerte sie sich. Wenn er sie einfangen würde, wäre es ihm ein leichtes, sie mit seinen Händen zu zermalmen.

Und doch waren es diese Hände, die sie verführt hatten.

Er hatte sie mit Zärtlichkeit und Leidenschaft bewegt, wie sie sich jetzt widerstrebend erinnerte. Sie ließ eine Weile verstreichen, bis sie das Handgelenk losließ. Verwirrt dachte sie über die unterschiedlichen Züge seiner Persönlichkeit nach. Ja, er könnte ihr gegenüber gewalttätig werden. Und wahrscheinlich würde er es ihm Notfall ohne zu zögern tun, aber dazu wollte sie ihm keine Gelegenheit geben.

Mit diesem festen Vorsatz löste sie sich langsam von seiner warmen Seite. Ein Schaudern erfaßte sie, als sie ihn nicht mehr spürte. Sie beruhigte sich damit, daß es Furcht sei, aber innerlich bezweifelte sie dies. Sie hatte seine Leidenschaft mit voller Hingabe erwidert, und es hatte keinen Sinn, das zu verleugnen.

Aber Rosalynde verschloß sich ihrer inneren Stimme. Sie weigerte sich, zu dem Mann zu blicken, der in tiefem Schlaf unbekümmert in seiner Nacktheit vor ihr lag. Und sie weigerte sich, die Folgen ihres Tun zu überdenken. Sie stand auf, raffte ihre Kleidungsstücke zusammen und eilte hinter den Stamm einer Weide.

Hastig streifte sie Leibchen und Unterkleid über und suchte dann fieberhaft nach ihrem Oberkleid. Zu ihrem Entsetzen bemerkte sie, daß es unter dem schlafenden Blacksword lag. Ein zerknitterter Haufen dunkelgrünen Stoffes, den sie bei ihrem schändlichen Treiben abgelegt hatte. Voller Angst, daß er aufwachen könnte, schlich sie sich im Schutz der Bäume näher. Jetzt bewegte er sich. Ihr gefror das Blut in den Adern und sie hielt den Atem an. Aber dann beruhigte er sich wieder. Nachdem sie einen Augenblick abgewartet hatte, schlich sie sich näher an ihn heran und bückte sich.

Es schien eine Ewigkeit zu dauern. Der Schrei eines Eichelhähers, der einem Eichhörnchen nachjagte, hörte sich in der Waldesstille wie ein krachender Donner an. Bestimmt würde er jetzt aufwachen! Aber Blacksword schlief den Schlaf des Gerechten. Als sie endlich ihr Kleid zu fassen bekam, hätte sie am liebsten einen freudigen Jauchzer von sich gegeben.

Er wandte ihr den Rücken zu, der mit blauen Flecken und Vernarbungen übersät war — wahrscheinlich von seiner Gefangennahme, dachte sie. Sein Brustkorb hob und senkte sich gleichmäßig. Er schien immer noch fest zu schlafen und sie wagte es, ihn abermals aufmerksam zu betrachten. Seine Schultern waren breit und braungebrannt. Trotz des muskelbepackten Oberkörpers waren seine Hüften verhältnismäßig schmal. Mit weitgeöffneten Augen starrte sie ihn an. Es war nicht zu glauben, was sie mit diesem Mann getrieben hatte! Doch als ihre Augen an seinen Schenkeln hinabglitten, spürte sie wieder sein behaartes Bein, das sich zwischen sie drängte. »Oh«, stöhnte sie leise in das zusammengerollte Gewand, das sie an sich gedrückt hielt. Erniedrigt von ihren eigenen schamlosen Gedanken wandte sie sich ab. Ihre Hände zitterten, als sie das Kleid ausschüttelte und glättete. Dann schlüpfte sie hinein — und hielt erschrocken inne, als er sprach.

»Geh noch nicht.«

Entsetzt wandte Rosalynde den Kopf und sah wie Blacksword sie unverwandt anblickte. Er hatte sich auf einen Ellenbogen gestützt und lächelte zu ihr hinauf. Seine Nacktheit störte ihn scheinbar nicht im geringsten.

»Du brauchst nicht wegzulaufen. Es dauert noch Stunden, bis es dunkel wird. Wir haben keine Eile.«

»Ich ... ich ...« Rosalynde verschlug es die Sprache. Er wirkte entspannt und heiter. Seine Stimme hielt sie gefangen ... und dann dieses Lächeln.

Rosalynde preßte die Lippen fest aufeinander und bemühte sich krampfhaft, ihren Blick von ihm zu lösen. Sein Lächeln war viel zu selbstsicher und er schien sich über sie lustig zu machen, dachte sie voller Verdruß. Aber darauf mußte sie gefaßt sein. Er war der Sieger. Er hatte bekommen, was er wollte: sie tatsächlich zu seiner Frau zu machen. Und zu allem Übel hatte sie ihm den Weg dazu geebnet. Mit Freuden geebnet. Wie eine Dirne hatte sie ihn gewähren lassen und vor Wollust gekreischt!

So verharrte sie, aufgewühlt von Schuldgefühlen, Entsetzen und Empfindungen, die sie nicht verstand. Dann sah sie aus den Augenwinkeln, wie er sich erhob, sich streckte und dann herzhaft gähnte.

Rosalyndes Augen weiteten sich beim Anblick seiner unverhüllten Männlichkeit. In seiner paradiesischen Nacktheit bot er das Bild eines Mannes, der muskulös und wohlgestalt war und kein überflüssiges Fettpolster zeigte. In dem weichen, hellen Licht des Mittags verbarg sein Körper nichts. Obwohl sie sich nicht beeindrucken lassen wollte, öffneten sich ihre Lippen vor Staunen und die Augen blickten gebannt auf das, was sich ihnen bot.

Eine helle Narbe hob sich von der gebräunten Haut an seiner Seite ab. Es war ein gerader Schnitt in der Nähe des Bauches. Weiter unten entdeckte sie ein halbmondförmiges Mal, das ebenfalls von einer Verletzung zu stammen schien. Auf den Rippen sah man rotgesprenkelte Flecken und die Wunde am linken Arm war erst frisch verheilt. Aber diese Merkmale eines kämpferischen Lebens taten der männlichen Schönheit seines kraftstrotzenden Körpers keinen Abbruch. Nein, im Gegenteil, sie verliehen ihm die Aura von Macht, Verläßlichkeit und vor allem von Gefährlichkeit. Letzteres hätte sie ängstigen müssen, zog sie aber auf unerklärliche Weise an. Nur mit äußerster Willensanstrengung gelang es ihr, die Augen von ihm zu reißen. »Müßt Ihr so ... so schamlos sein?« fragte sie leise, während eine heiße Röte ihr Gesicht überzog.

»Mußt du so prüde sein?« entgegnete er mit einem unverschämten Grinsen. Zu ihrer Beruhigung griff er nach seinen Beinkleidern und zog sie an, um die Lenden zu bedecken.

Rosalynde war zwischen ihrer maßlosen Verblüffung und dem Drang wegzulaufen hin und her gerissen. Während sie zusah, wie er den Stoff in der Hüfte fest zusammenband und den Rand zweimal umschlug, zermarterte sie sich das Hirn, wie sie die Situation meistern sollte. Aber ihr Verstand ließ sie im Stich. Wenn sie jetzt wegrannte, würde er sie rasch einholen, und wenn er sie nach Stanwood begleitete, war sie ihm auf Gedeih und Verderb ausgeliefert. Er würde ihrem Vater von der Handreichung und dem damit verbundenen Gelöbnis berichten. Wenn sie es abstritt, könnte er preisgeben, was zwischen ihnen in der Morgendämmerung vorgefallen war. Wie sie es auch drehte und wendete, sie saß in der Falle. Ach, wenn er doch nur aus ihrem Leben verschwinden würde!

»Nun, komm, meine süße Frau. Steh nicht so verschüchtert vor deinem Mann.« Seine Augen betrachteten sie besitzergreifend und das Lächeln, das um seine Lippen spielte, ließ auf große Zufriedenheit schließen. »Komm her, Rose, und gib mir einen Kuß.«

Die letzten Worte, die in ihren Ohren wie eine Beleidigung klangen, brachten sie wieder zur Besinnung.

»Rührt mich nicht an«, warnte sie ihn und zog das Kleid straff nach unten. Dann warf sie ihm einen verächtlichen Blick zu. »Wagt es ja nicht, mich noch einmal zu berühren!«

Sein Gesichtsausdruck änderte sich ein wenig, als ob er diese Abweisung nicht von ihr erwartet hätte. Zumindest jetzt nicht mehr.

Was für ein eingebildeter Tor er doch war! kochte sie innerlich. Er aber schien sein Ansinnen noch einmal zu bedenken. Und als er sie dann wieder ansah, war sein Lächeln echt und warm. Aber sie traute ihm nicht. Sie kannte ihn besser.

»Höre mir jetzt gut zu, Rose.« Er breitete versöhnlich seine Arme aus und ging auf sie zu. »Die Lage ist nicht so düster, wie sie dir im Augenblick erscheint.«

»Nicht so düster!« Ihre Stimme zitterte. Unter keinen Umständen wollte sie jetzt in Tränen ausbrechen. Damit würde sie ihre Niederlage eingestehen. Mit aller Macht riß sie sich zusammen. Sie schluckte. »Ihr habt mich zugrunde gerichtet!«

»Eine Frau richtet sich nicht zugrunde, wenn sie mit ihrem Ehemann schläft.«

»Ich bin nicht Eure Ehefrau!« schrie sie jetzt außer sich. »Ich bin nicht Eure Ehefrau!« Dann wirbelte sie herum und floh so schnell sie ihre Füßen trugen aus dem Bannkreis seiner Männlichkeit.

»Rose!«

Sie hörte seinen Ruf und beschleunigte ihren Lauf. Sie hatte keine Ahnung, wohin sie lief. Sie wußte nur, sie mußte weit, weit fort von ihm. Nur keinen Augenblick länger in seiner Nähe bleiben, auch wenn er sie mit Leichtigkeit einholen konnte. Die unwiderlegbaren Tatsachen, daß sie leicht zu verführen war, daß sie alles, was man sie gelehrt hatte, alles woran sie glaubte, so leicht über Bord warf, beflügelten ihre Schritte.

»Beim Allmächtigen! Wirst du mich jetzt anhören!« Dann stieß er einen kräftigen Fluch aus und rannte ihr nach.

Sie kam nicht weit. Noch ehe sie den Schutz des sicheren Waldes oder zumindest Cleves Beistand gefunden hatte, war er bei ihr. Wie eine kleine Wildkatze wurde sie eingefangen und in die Höhe gehoben. Dann schwenkte er sie herum, hob sie an seine Brust und hielt sie eisern um ihre Taille fest.

»Nein! Hört auf!« schrie sie und schlug blindlings auf ihn ein.

»Verdammt noch mal! Kannst du mir nicht einmal zuhören, ohne mich immer zu unterbrechen oder wegzurennen!«

»Nein. Nein!« Sie wehrte sich noch heftiger und stieß mit ihren nackten Zehen an seine Schienbeine.

Und dann ertönte ein zweiter, wütender Schrei.

»Laßt sie sofort los!« Gurgelnd vor Wut stürzte sich Cleve auf ihn. Wie ein Hund einen Bären fiel der Junge den hünenhaften Mann an.

Verblüfft starrte Rosalynde den Pagen einen Moment an und glaubte ihren Augen nicht zu trauen. Mit einem unterdrückten Fluch setzte Blacksword sie vorsichtig ab und wandte sich dem schwachen, aber zu allem entschlossenen Gegner zu.

Rosalynde sank auf die Knie und folgte wie gelähmt dem nun folgenden Kampf. Cleve war schneeweiß vor Wut und ging mit einem dicken, schweren Ast auf die mächtige, breite Gestalt los. Aber der Knüppel und der Junge waren für den erfahrenen Recken keine ernstzunehmenden Gegner. Mit einem geschickten Täuschungsmanöver und einer plötzlichen Kehrtwendung entwand er dem Jungen den Ast. Als er ihn hochriß, sah Rosalynde ihn bereits auf Cleves Schädel niederkrachen. Lauthals schrie sie ihrem Pagen eine Warnung zu. Ohne jedoch seinen Vorteil wahrzunehmen, schleuderte Blacksword den dicken Knüppel in das Gebüsch und drehte sich dann ärgerlich zu dem Jungen um. Der aber wollte nicht klein beigeben. »Ich bringe dich um, du Teufel!« brüllte er, während er den mächtigen Mann umkreiste.

»Großer Gott, Cleve, lauf weg! Lauf doch weg!« schrie Rosalynde jetzt aufgebracht.

Aber Cleves Treue zu seiner Herrin war durch nichts zu erschüttern. Wut und Rachegefühle dem Mann gegenüber, der versuchte hatte, Lady Rosalynde zu entehren, ließen ihn über sich selbst hinauswachsen. »Ich bringe ihn um!« gurgelte er und sprang den Hünen erneut an.

Dieses Mal erwischte er Blacksword am Handgelenk. Oder Blacksword erwischte ihn. Rosalynde erinnerte sich später nicht mehr daran. Plötzlich erschallte ein Horn. Der Kampf nahm ein jähes Ende. Aus dem Wald preschte ein Trupp Reiter auf sie zu und umstellte die drei.

In der maßlosen Verwirrung der ersten Sekunden spielten sich die Ereignisse vor Rosalyndes Augen wie im Schneckentempo ab. Zuerst Überraschung, dann Entsetzen, dann Erkennen. Sie erkannte den dunkelgrünen Wimpel mit dem goldenen Querbalken.

»Stanwood!« schrie sie in unbeschreiblicher Erleichterung aus und konnte es kaum begreifen, daß sie gerettet waren. »Stanwood!«

Die Auseinandersetzung zwischen Cleve und dem riesigen Blacksword nahm jetzt einen anderen Verlauf. Cleve spürte sofort, daß sich das Blatt zu seinen Gunsten wendete. Sein übermächtiger Gegner war abgelenkt und nicht mehr bei der Sache. Mit einem heftigen Ruck riß Cleve sich los.

»Er ist ein Mörder! Ein Dieb, der uns in seine Gewalt gebracht hat!« rief er den Reitern zu, die sich in einer dichten Staubwolke um sie geschart hatten.

»Er hat Lady Rosalynde tätlich angegriffen!«

In diesem Punkt gab Rosalynde ihm recht. Er hatte sie tatsächlich angegriffen und sie höchst demütigend behandelt. Doch als die Reiter ihre Schwerter zogen und den unbewaffneten Mann umzingelten, fürchtete Rosalynde für ihn. »Verletzt ihn nicht!« schrie sie, als die Pferde und der aufgewirbelte Staub ihr die Sicht nahmen.

»Laßt ihn am Leben!«

Aber ihre warnenden Worte gingen in dem allgemeinen Durcheinander unter. Ohne Ankündigung wurde sie von einem der Ritter in den Sattel gehoben. Dann gab er seinem Pferd die Sporen und galoppierte mit ihr davon. Rosalynde quälte das ungewisse Schicksal Blackswords. Sie hatte zuletzt noch mitangesehen, wie er von einem der Pferde zu Boden gestoßen wurde. Bei der Vorstellung, daß er zu Tode getrampelt werden konnte, stieß sie einen unterdrückten Schrei aus. Schön, er hatte eine Strafe verdient, aber tief in ihrem Herzen konnte sie es nicht ertragen, wenn er ihretwegen leiden mußte.

Cleve wurde von einem anderen Berittenen in Sicherheit gebracht. Zu ihrem Schutz ritten zwei weitere Männer rechts und links von ihnen. Blacksword aber blieb hinter ihnen zurück, von schwerbewaffneten Rittern umstellt. Rosalynde wußte, daß er trotz seiner Körperkräfte zu Fuß und ohne Waffe machtlos war.

Als sie nach kurzem Ritt eine Lichtung erreichten, hielten sie die Pferde an und saßen ab. Der Anführer der Ritter, der sie aufgespürt hatte, war Sir Roger, ein älterer Mann, den sie noch aus ihrer Kindheit kannte. Er war überglücklich, sie gefunden zu haben, und doch war Rosalyndes Freude über ihre Rettung nicht zu überbieten. Sie betrachtete alles als ein wahres Wunder, vor allem, daß sie ausgerechnet von den Mannen ihres Vaters gerettet wurde. Noch größer war ihr Erstaunen, als sie in dem Trupp einen Ritter ihres Onkels erkannte. Er war der einzige Überlebende ihrer Eskorte gewesen. Der Mann berichtete ihr nun mit kurzen Worten, daß Nelda und er entkommen konnten. Auf einem Pferd hätten sie nach Tagen Stanwood erreicht. Rosalynde dankte Gott inniglich dafür, daß wenigstens diese beiden gerettet worden waren.

Aber als sie versuchte, sich für Blacksword zu verwenden, wollte Sir Roger nichts davon hören.

»Zerbrecht Euch seinetwegen nicht den Kopf«, besänftigte

er sie, als er ihr wieder in den Sattel half. »Meine Mannen werden sich um ihn kümmern, so viel steht fest.« So ungenau diese Aussage auch war, so las Rosalynde an der Miene des ergrauten Recken ab, daß Blacksword Schreckliches drohte. Ein kalter Schauer lief ihr über den Rücken. Dann faßte sie sich ein Herz.

»Was meint Ihr damit, Sir Roger?« fragte sie. »Was habt Ihr mit ihm vor?«

»Nur das, was ein Mann verdient, der unschuldige Frauen und Kinder überfällt«, antwortete er kurz angebunden. »Verschwendet keinen weiteren Gedanken an diesen Galgenstrick, Milady.«

»Er sollte aufgeknüpft werden«, mischte sich Cleve ein und warf seiner Herrin einen vorwurfsvollen Blick zu. »Er ist ein Dieb und Mörder und ein ...« Da hielt er plötzlich inne. Langsam wandte er seine Augen von ihrem gequälten, bleichgewordenen Gesicht ab.

Die Augen des älteren Ritters wanderten aufmerksam von dem aufgebrachten Pagen zu dem plötzlich erblaßten Mädchen. Verlegen setzte er sich im Sattel zurecht und räusperte sich. »Hat er ... ich meine, Milady ... wollte er ...« Er brach ab und unterdrückte einen Fluch. »Milady, habt Ihr Ungemach unter seinen Händen erdulden müssen?«

Rosalynde fühlte, wie ihr das Blut ins Gesicht stieg und sie befürchtete, sich dadurch zu verraten. »Nein«, gab sie jedoch ruhig zur Antwort. Und noch einmal nein. Diesmal lauter. »Er hat uns geholfen, weiterzukommen«, fuhr sie fort und warf Cleve einen bedeutungsvollen Blick zu.

»Es sah weiß Gott nicht danach aus, daß er Euch behilflich war«, entgegnete Sir Roger scharf.

»Trotzdem sollte er nicht so behandelt werden!«

Doch trotz ihrer Beharrlichkeit ließ man sie über Blackswords Schicksal im unklaren. So schickte sie mehrere Stoßgebete zum Himmel und bat darum, daß ihretwegen kein weiterer Mensch mehr sterben mußte.

Der kräftige junge Ritter, der das Pferd mit ihr teilte, sprach während des Ritts kein Wort. Cleve befand sich hinter ihr auf einem beladenen Packpferd. Rosalyndes Gedanken waren bei Blacksword. Auch wenn er ohne ihr Eingreifen schon vorher am Galgen geendet hätte, so hatte er jetzt gewiß nicht den Tod verdient. Er hatte seinen Teil ihrer Absprache, sie nach Hause zu geleiten, erfüllt. Und daß er sie verführt hatte und ihr diese Wonnen der Lust schenkte, konnte nicht bestraft werden.

Ein plötzliches Zittern überkam sie, als eine heiße Welle ihren Körper durchströmte. Verzweifelt schloß sie die Augen in der bittersüßen Erinnerung an das Geschehene. Sie war jetzt eine Frau, keine Jungfrau mehr. Sie hatte mit einem Mann geschlafen, ihrem Ehemann, auch wenn die Umstände, die zu ihrer Verheiratung führten sehr ungewöhnlich gewesen waren. Gebe Gott, daß er es nicht bereits mit seinem Leben bezahlt hatte. Dazu kam, daß jetzt die Möglichkeit bestand, daß sie schwanger war. Wie sollte sie all das ihrem Vater erklären?

Rosalynde war derart erschöpft von den Vorfällen der vergangenen Stunden, von den neuen Empfindungen und Gedanken, die sie zu bewältigen hatte, daß sie es kaum mehr fertig brachte, aufrecht im Sattel zu sitzen. Müde lehnte sie sich an ihren Reiter und eine dicke Träne stahl sich aus ihrem Auge. Dann folgte eine zweite, eine dritte. Während die Reiter mit großer Geschwindigkeit auf ihr Ziel zustrebten, weinte sie heiße, salzige Tränen. Sie weinte um ihren Bruder, um die Ritter, die erschlagen wurden, sogar um den Verlust ihrer Mutter weinte sie, die nun schon so viele Jahre unter der Erde lag. Aber am meisten weinte sie um Blacksword. Aric von Wycliffe, hatte er gesagt, sei sein Name.

Sie weinte um Aric von Wycliffe und sie weinte um sich.

11

Sie ritten als ob der Leibhaftige hinter ihnen her wäre. Auch als die Nacht hereinbrach. Auch als das fahle, kalte Mondlicht verschwand. Auch als die Dunkelheit das Land in ein undurchdringliches Schwarz hüllte. Weiter und weiter eilten sie, auch wenn Reiter und Pferde am Ende ihrer Kräfte waren.

Als der kleine Tross zu nachtschlafender Zeit in Stanford eintraf, brannten Fackeln am Torhaus. Obwohl sich Rosalynde vor Erschöpfung kaum noch im Sattel hielt, entging ihr nicht, daß sich das Schloß in einem seltsamen Zustand der Betriebsamkeit befand. Das Tor war geöffnet, Männer und Pferde bewegten sich in einem scheinbar planlosen Durcheinander. In dem hellroten Licht der Fackeln löste sich das Bild in zuckende, schattenhafte Schemen auf.

Nur mit Mühe konnte Rosalynde ihre Augen offen halten, als sie auf dem Kopfsteinpflaster des Innenhofs anhielten. Ihre Lebensgeister hatten sie nach dem anstrengenden Ritt und den Ereignissen der letzten Tage endgültig verlassen. Um die Situation noch verwirrender zu machen, erhob sich unter den Umstehenden ein leises Gemurmel, das dann rasch zu Rufen und Schreien anwuchs. Sir Roger stieg als erster ab. Irgendwer reichte sie seinen ausgestreckten Händen entgegen und stellte sie auf ihre wackligen Beine. Cleve tauchte bald an ihrer Seite auf. Trotz ihres Unmuts über seine Halsstarrigkeit war sie dankbar, wenigstens ein vertrautes Gesicht neben sich zu haben. Dann eilte eine hohe, hagere Gestalt durch die Menge, und bevor sie es sich versah, wurde sie von ihrem Vater ungestüm umarmt.

Sobald sie seine festen Arme spürte, lösten sich die aufgestauten Gefählte in ihrem Inneren. Heiße Tränen verschleierten ihr den Blick. Mit einem Schluchzer klammerte sie sich ohne Scheu an den Mann, den sie liebte und fürchtete. »Papa«, wisperte sie in die grobe wollene Tunika an seiner Brust. »Papa«, wiederholte sie, dann ließ sie ihren Tränen freien Lauf.

»Du bist in Sicherheit. Du bist jetzt sicher«, murmelte er immer wieder in ihr dunkles, zerzaustes Haar. Der Druck seiner Hände wurde fester, als ob er befürchtete, sie könne ihm wieder entgleiten. »Du bist hier in Sicherheit.«

Alles weitere ihrer verwirrenden Heimkehr ging in dem neugierigen Geplapper der Umstehenden und in den knappen, bellenden Anweisungen Sir Rogers unter. Schließlich gelangten sie und ihr Vater in die große Eingangshalle und die neugierigen Zuschauer wurden ausgesperrt, als sich die mächtigen Flügel einer Doppeltür hinter ihnen schlossen. Nur Sir Roger und ein weiterer, nervös wirkender Mann, der sie eskortiert hatte, waren noch anwesend, als ihr Vater sie langsam losließ.

»Ich dachte, ich hätte dich auch verloren«, flüsterte er heiser, als er sie auf Armeslänge von sich schob. Er kniff die Augenlider zusammen, räusperte sich und ließ dann die Hände sinken. »Bist du verletzt worden?«

Rosalynde schüttelte zur Antwort den Kopf. Sie konnte kein Wort hervorbringen. Der Aufruhr ihrer Gefühle war zu groß. Er liebte sie — dieser Gedanke kreiste fortwährend in ihrem Kopf herum. Er liebte sie noch, und die Vorstellung, auch sie verloren zu haben, hatte ihn betrübt. Es war ein Wunder, fast unbegreiflich, nach all den Jahren, in denen er ihnen kaum Aufmerksamkeit geschenkt hatte. Doch dann begriff sie den Sinn seiner Worte richtig und ein dicker Klumpen machte sich in ihrer Kehle breit. Er dachte, er hätte auch *sie* verloren. Er wußte von Giles.

»Papa.« Sie ging auf ihn zu und streckte zögernd eine Hand nach seinem dunkel gewandeten Oberkörper aus. »Ich bin Giles' wegen zu dir gekommen. Ich ... es tut mir leid.«

Bei diesen zaghaften Worten, die ihre eigene Trauer ausdrückten, versteifte sich sein Körper und sie spürte förmlich, wie er sich von ihr zurückzog. In einer kurzen Zeitspanne hatte sich der liebevolle Vater, den sie aus ihrer Kindheit kannte, in den kühlen, abweisenden Mann verwandelt, zu dem er nach dem Tode ihrer Mutter geworden war. In panischer Angst, ihn wieder zu verlieren, ergriff sie das lockere Gewebe seines Umhangs.

»Ich versuchte ihn zu retten, Papa. Ich habe alles versucht! Alles, was in meinen Kräften stand. Ich durchspülte sein Blut mit einem Sud aus Holunderblüten, Löwenzahn und Brennessel und reinigte seine Lungen mit Lungenkraut und Schachtelhalm. Seinen fiebrigen Körper kühlte ich mit Eisenkraut und Sahlweidenrinde. Ich habe sogar Beifuß und

Johanniskraut in seinem Zimmer abgebrannt.« Sie redete immer schneller. »Aber nichts wollte helfen. Ich versuchte ... ich versuchte wirklich ...« Sie brach ab, als ihr wieder Tränen in die Augen traten und ein Schluchzen in der Kehle würgte.

Rosalynde spürte wie ihr Vater erzitterte, als er ihre Hand entfernte. Sein Gesicht war bleich geworden, das erkannte sie trotz der tränenfeuchten Augen. Seine Kiefernmuskeln spannten sich, als ob er um Beherrschung ringen müsse. Dann erhob er seine Stimme. Nichts Versöhnliches schwang in seinen Worten. »Giles war von Geburt an kränklich. Es war Gottes Wille.«

Dann wandte er sich von ihr ab. Obwohl er ihr nicht den geringsten Vorwurf machte, spürte Rosalynde seine Ablehnung. Er tadelte sie nicht mit Worten, und dennoch ...

Ein krampfartiges Zittern durchfuhr ihren Körper und ihr wurde plötzlich schwindlig. Nur Sir Rogers rechtzeitiges Eingreifen verhinderte, daß sie zu Boden stürzte. Er führte sie zu einem hohen Lehnstuhl und beorderte rasch einen Diener, ihr ein belebendes Getränk zu bringen. Als Rosalynde den kräftigen roten Wein trank und ihn hustend und prustend hinunterschluckte, beugte sich ihr Vater über sie. Seine Augenbrauen hatten sich in Besorgnis zusammengezogen.

»Hast du dir weh getan? Hat man dir in irgendeiner Form etwas zuleide getan?« fragte er fast grimmig.

Obwohl sie verneinend den Kopf schüttelte, ergriff Sir Roger das Wort und wandte sich an ihren Vater.

»Wir fanden sie ungefähr zehn Meilen westlich, auf dem halben Weg zum Stour River. Sie und ihr Page wurden von einem hünenhaften Kerl angegriffen, den der Page Blacksword nannte.«

»Und Ihr habt diesen Kerl hoffentlich getötet?« knurrte Sir Edward zornig.

»Ahh ... also, Sir, versteht mich. Nichts lieber als das, nur ...« Er warf Rosalynde einen unsicheren Blick zu. »Eure Tochter wollte nicht, daß wir ihn töten. So brachten wir ihn hierher, zu Eurer Verfügung, Mylord.« Er stieß einen kleinen Seufzer der Erleichterung aus, als sich die Augen seines Lehensherrn verengten und er zustimmend nickte. »Ich darf hinzufügen, Sir, daß der Page sich sehr lobenswert benahm. Trotz seiner Schmächtigkeit stellte er sich dem Mann tapfer entgegen.«

»Dafür soll er belohnt werden«, erwiderte Sir Edward knapp. Dann blickte er wieder zu seiner bleichwangigen Tochter. »Und was ist mit dir, Rosalynde? Hat dieser Mann ... hat er ...« Er verstummte, als seien die Worte zu abscheulich, um sie auszusprechen, ja zu furchtbar, um sie in Erwägung zu ziehen. Aber Rosalynde wußte, wovon er sprach und ihr Verstand schreckte vor einer wahrheitsgetreuen Antwort zurück. Die Wahrheit würde nichts Gutes bringen, überlegte sie. Nicht für sie. Nicht für ihren Vater. Und gewiß nicht für Blacksword. Sie hatte eine ungeheuere Erleichterung verspürt, als Sir Roger erklärte, Blacksword sei noch am Leben. Aber eins wußte sie: sein Leben würde nicht mehr von langer Dauer sein, wenn ihr Vater erfuhr, was zwischen ihnen vorgefallen war. Als sie schließlich antwortete, kam die Lüge höchst überzeugend über ihre Lippen, die Zunge aber brannte wie Feuer.

»Ich bin müde, Vater. Und verschmutzt. Meine Kleidung ist zerfetzt. Die Füße ... » Sie brach ab, als ihr die Schuhe aus dem Kaninchenfell einfielen, die ihre Tugend zu Fall gebracht hatten. Sie atmete tief durch und fuhr fort: »Ich war über alle Maßen erschrocken, aber ich bin unverletzt.«

Ihre Augen begegneten sich forschend. Glaubt er mir? fragte sie sich beunruhigt. Konnte er ihren Augen ablesen, daß sie gelogen hatte? Als er ihr kurz zunickte, stieß sie langsam den Atem aus, den sie unwillkürlich angehalten hatte. Während Sir Edward nach einem Diener rief, blieb sie stumm und wie betäubt sitzen. Ihr Körper schrie nach Schlaf, aber eine Sache mußte noch erledigt werden. Mit einem letzten Kräfteaufwand erhob sie sich und ging auf ihren Vater zu, der seine Anweisungen an einen aschblonden Mann weitergab.

»... das Zimmer im Ostturm«, sagte er gerade, als sie schüchtern an seinem Ärmel zupfte. Er entließ den Mann und wandte sich ihr zu.

»Vater, wegen des Mannes.«

»Cedric?« fragte Sir Edward und wies auf den Seneschall, der sich mit gemessenen Schritten entfernte.

»Nein. Nein, nicht er.« Rosalynde preßte ihre Handflächen fest gegeneinander. »Du weißt, der Mann, Blacksword.«

Sofort verhärteten sich die Gesichtszüge ihres Vaters. »Verschwende keinen weiteren Gedanken an diesen Galgenvogel, Tochter. Seine Bestrafung liegt bei mir, und merke meine Worte, er wird den höchsten Preis zahlen, weil er es wagte, mir und den meinen Schaden zuzufügen.«

»Aber das trifft nicht zu!« rief sie aus Furcht um den Mann, der dem Tod durch den Strang entronnen war und der sie aus höchster Not errettet hatte.

»Wenn er dir nichts zuleide getan hat, dann doch wohl nur, weil der Junge das Schlimmste verhindert hat!«

»Das ist nicht wahr!« Sie schüttelte ungestüm den Kopf und suchte verzweifelt nach Worten, um ihn zu überzeugen. »Ich habe ihn verpflichtet, damit er uns sicher nach Hause bringt. Cleve war verwundet. Wir waren allein. Er war als einziger bereit, uns zu helfen. Oh, verstehst du das nicht? Ihn zu bestrafen wäre Unrecht! Ich habe ihm eine Belohnung versprochen!«

Rosalynde wußte, daß sie zu weit gegangen war. Diese Angelegenheit war Männersache und überschritt weibliche Befugnisse. Aber ihr Gewissen bedrängte sie. Sie konnte nicht zulassen, daß Blacksword für seine Taten mißhandelt und getötet wurde. Trotz seines unverzeihlichen Betragens ihr gegenüber standen ihm die Rechte eines Ehemanns zu. Das wußte ihr Vater nicht — ansonsten wäre er wahrscheinlich nur allzu bereit, den Mann umzubringen. Nur sie jedoch kannte den wahren Hintergrund und durfte nicht zulassen, daß er dafür sterben mußte.

»Ich versprach ihm eine Belohnung«, wiederholte sie etwas ruhiger. »Du kannst ihn nicht ermorden lassen.«

»Das wäre wohl kaum ein Mord.« Sir Edward warf ihr einen mitleidlosen Blick zu. Sie kämpfte gegen die Röte an, die ihr in die Wangen steigen wollte, erwiderte seinen Blick aber standhaft. Instinktiv wußte sie, daß er bereit war, ihr zu glauben, da er eine andere Version nur schwer verkraften konnte. Er wollte seine Tochter heil und unbefleckt und hoffte, nicht das Gegenteil bewiesen zu bekommen.

Das unbehagliche Schweigen wurde durch das Eintreten eines Dienstmädchens unterbrochen. Es blieb wartend stehen, um Rosalynde in ihr Schlafzimmer zu führen. Rosalynde aber rührte sich nicht vom Fleck und blickte ihren Vater bittend an.

»Gut, ich werde mir die Sache überlegen«, gab er schließlich nach. »Ich verspreche dir, nicht übereilt zu entscheiden.« Damit war für ihn jede weitere Diskussion beendet. »Schlafe jetzt, Tochter. Wir werden später über alles weitere sprechen.«

Ein Gefängnis ist wie das andere, dachte Aric verächtlich, als er das schwarze Loch musterte, in das man ihn geworfen hatte. Kalt. Dunkel. Nach Urin und Moder riechend. Mit einem Schmerzenslaut brachte er sich in eine sitzende Position und fuhr sich mit einer Hand über die Stirn. Eine riesige Beule war an der Stirn entstanden. Die Fingerknöchel waren aufgeschlagen von dem gewalten Hieb, den er einem der Ritter verpassen konnte, die ihn überwältigt hatten. Sein linker Arm fühlte sich an, als ob er aus dem Schultergelenk gesprungen wäre. Aber er lebte noch und er versuchte verzweifelt, sich damit zu trösten.

Verdammtes Weibsstück! dachte er verbittert. Zur Hölle mit ihr! Ihn bei der erstbesten Gelegenheit den Wölfen zum Fraß vorzuwerfen!

Mit dem kühlen Verstand eines Mannes, der es gewohnt war, mit schwierigen Situationen fertig zu werden, überprüfte er sein neues Gefängnis. Die Kammer war klein, ungefähr das Doppelte seiner Körpergröße im Quadrat. Die Wände waren aus groben Steinen zusammengefügt, zu rauh, um sich bequem daran anzulehnen. Der Fußboden bestand ebenfalls aus Steinen und war mit einer Strohschütte bedeckt. Das einzige Licht drang durch ein vergittertes Guckloch, das sich in der schweren Eichentür befand. Es reichte kaum aus, um den Wassereimer zu erkennen, der an die Wand gekettet war. Durch eine Öffnung im Fußboden konnten Exkremente und Unrat weggespült werden. Alles in allem nicht gerade ein Ort, an dem er sich länger aufhalten wollte. Aber es war wohl sowieso höchst unwahrscheinlich, überlegte er zynisch, daß er hier länger als zwei Tage überlebte. Dafür würde dieses Weibsbild schon sorgen. Er wußte nur zu gut, daß die Jungfräulichkeit das höchste Gut eines Edelfräuleins war. Ob er durch den Brauch der Handreichung mit ihr verheiratet war oder nicht, ihr Vater würde ihn zweifellos töten, um zu verhindern, daß der Makel seiner Tochter bekannt wurde.

Noch einmal verfluchte er den kurzen Moment des Wahnsinns, als er sich eingeredet hatte, er könne die Jungfer samt ihrem Erbe gewinnen, wenn er Beischlaf mit ihr hielt. Er mußte den Verstand verloren haben! Aber dann, als er sich an den stillen Teich erinnerte, an das Sonnenlicht, das auf ihren feuchten Wimpern glitzerte, an ihre schlanken Arme und wohlgeformten Fesseln, wußte er, warum er den Verstand verloren hatte. Ein plötzliches, überraschendes Begehren für das fremde, nymphengleiche Wesen hatte ihn ergriffen und seine Gedanken völlig verwirrt. Und jetzt mußte er teuer für diesen Fehler bezahlen.

In der dumpfen Dunkelheit der kleinen Zelle versuchte er den gleichen Zustand der Ruhe zu erlangen, den er im Gefängnis von Dunmow erreicht hatte. Es war nicht einfach gewesen. Er mußte mit der Tatsache fertig werden, zu unrecht verurteilt worden zu sein, ohne sich jemals an dem Rädelsführer, der ihn an den Galgen bringen wollte, rächen zu können. Während der endlosen Tage und Nächte, in denen er in Dunmow auf den Henker wartete, hatte er sich, wenn auch widerwillig, in sein Schicksal gefügt und sich gelobt, seinem Schöpfer so würdig wie möglich entgegentreten.

Und als dann diese plötzliche Einmischung erfolgt war, war er fast wütend. Friede und Entsagung waren verflogen, Angst und Schmerz fingen ihn wieder ein. Es war wie eine Wunde, die erneut aufgerissen wurde, nachdem sie zu heilen begonnen hatte. Das zerlumpte Mädchen, das so ängstlich das Gerüst zum Galgen hinaufgeklettert war, schien ihm sowohl ein Abgesandter des Teufels zu sein als auch ein Engel Gottes. Zuerst hatte er geglaubt, sie sei ein Gespinst seiner Fantasie, die Fleischwerdung seiner unausgesprochenen Gebete um Errettung. Er sah sie vor sich stehen, schüchtern ... voller Furcht ... aus Not und Verzweiflung über sich selbst hinaus gewachsen. In ihrer Angst hatte sie ihn beim Hemd gepackt. Ihre verwirrend schönen Augen waren in flehentlicher Erregung auf ihn gerichtet. Aber es war nicht der Ausdruck ihrer Augen, der ihn bewegt hatte. Unter anderen Umständen hätten ihn diese riesigen, ausdrucksvollen Augen wohl verzaubert, aber an jenem Tage ... an jenem Tage war es die Wärme ihrer Hand, die er auf seiner Haut spürte. Es war die Berührung des Lebens selbst, das ihn lockte und aufforderte, nicht aufzugeben und diese Chance wahrzunehmen.

Aric lehnte sich gegen die rauhe Mauer und vergaß die stechenden Schmerzen in der Schulter. Er hatte die Chance ergriffen und war dem Henker entkommen, aber jetzt erkannte er, daß er seine Hinrichtung nur aufgeschoben hatte. Nur ein kurzes Aufatmen. Und jetzt war es endgültig vorbei.

Mit einem üblen Fluch und einem Schmerzenslaut erhob er sich und versuchte vorsichtig, die linke Schulter zu bewegen. Verdammt noch mal, er wollte nicht sterben. Ruhelos ging er in seinem engen Geviert auf und ab. Drei Schritte hin und drei zurück auf dem nach Fäulnis riechenden Boden, während seine Gedanken ebenso ruhelos im Kopf kreisten und nach einem Fluchtweg suchten, einem Ausweg aus dieser hoffnungslosen Lage. Aber auch hier stieß er auf Wände aus Stein. Immer wieder kam er auf den einen Punkt zurück. Wenn sie sich nicht für ihn einsetzte, mußte er sterben. Wenn sie zugab, daß er ihr die Unschuld geraubt hatte, war es schlecht um ihn bestellt. Was er auch sagte, es würde bei seinem Vater kein Gewicht haben. Sein Leben lag in ihrer Hand.

Verzweifelt preßte er die Stirn an die schwere Eichentür. Wenn sein Schicksal in ihren Händen lag, so wartete wohl der Tod auf ihn.

Benommen stieg Rosalynde die alte Steintreppe hinab. Sie war zu Hause, sagte sie sich immer wieder. Es war ihr Wunsch gewesen, und sie sollte sich eigentlich darüber freuen. Aber es half nichts. Sie konnte die alptraumhaften Gedanken nicht abschütteln, die wie eine schwere Last auf ihr lagen und sie zu erdrücken drohten. Sie war immer noch müde und völlig durcheinander. Obwohl sie gerade erst erwacht war, spürte sie, daß der Morgen längst vorbei war. Ein Mädchen hatte sie gestern abend gebadet und ihr ein frisches Gewand übergezogen. Bei ihrem Vater war sie geborgen und sicher, aber sie konnte sich nicht darüber freuen. Zu viele Dinge waren ungelöst geblieben. Schuldgefühle nagten an ihr. Blackswords Lage war immer noch ungewiß. Sie mußte wissen, ob ihr Vater ihn freigelassen hatte. Dann entdeckte sie Cleve. Er saß allein an einem Tisch, eine riesige Platte mit Käse, kaltem Fleisch und getrocknetem Obst vor sich. Er wirkte äußerst zufrieden. Hätte Blacksword seine Freiheit erlangt, würde Cleve wohl kaum diesen Eindruck machen, schloß sie erschrocken.

»Cleve!« Ihr Ruf ließ ihn mitten im Kauen innehalten und er ließ das Käsestück sinken, das er gerade in seinen bereits randvollen Mund stopfen wollte. »Cleve!« wiederholte sie, diesmal in vorwurfsvollem Ton.

Sofort sprang er auf — das schlechte Gewissen in Person. Eine blütenweiße Binde war um seinen Kopf gewickelt worden und er sah sauber und frisch gebadet aus. Aber sie hatte viel Wichtigeres im Sinn, als sie auf ihn zuging. Irgendetwas lag in der Luft, und sie war überzeugt, daß er genauestens darüber Bescheid wußte.

»Warum hast du mich nicht geweckt? Wie spät ist es?« fragte sie. Dann ließ ihr Magen ein unmißverständliches Knurren hören. Unwillkürlich nahm sie eine Handvoll Rosinen von der Platte und verschlang sie gierig. »Wieso bist du hier allein?« fragte sie mißtrauisch.

»Es ist gleich Mittag, Mylady. Und was die übrigen Bewohner des Schlosses betrifft, nun, viel kann ich darüber nicht sagen. So weit ich gesehen habe, scheinen es nicht sehr viele zu sein, vor allem scheint es kaum Dienstboten zu geben.«

Er warf einen verächtlichen Blick auf das verstaubte Mobiliar. »Und diese wenigen sind hinausgegangen, um diesen Schurken anzugaffen. Diesen Blacksword.« Das letzte Wort sprach er genüßlich aus, woran auch die steile Falte auf der Stirn seiner Herrin nichts änderte.

Rosalynde war sofort hellwach. Sie hatte die Hälfte des Tages verschlafen! Bei seiner Feindseligkeit gegenüber Blacksword hätte Cleve ihrem Valter alles erzählen können! Aber mehr als seine Lügen fürchtete Rosalynde die Wahrheit, die er ihrem Vater gesagt haben könnte. Und all das, während sie ahnungslos geschlafen hatte! Erschrocken und wütend zugleich stemmte sie die Arme in die Hüften und stellte sich gebieterisch vor ihm auf.

»Was geht hier vor, Cleve? Antworte.«

Aber so schnell ließ sich Cleve nicht einschüchtern, auch nicht durch seine Herrin, schließlich fühlte er sich im Recht. Mit eigensinnig erhobenem Kinn nahm er Haltung an. »Euer Vater stellte mir heute morgen einige Fragen und ich antwortete ihm wahrheitsgemäß, daß dieser Mann uns beide schikanierte und herumkommandierte, daß er ein Dieb und Mörder sei, und daß er damit prahlte!« Erregt strich sich der Junge eine Haarsträhne aus der Stirn und fuhr mit dunkler werdenden Augen fort. »Und dann das, was er mit Euch getan hat!«

Rosalynde schluckte. Die Wahrheit seiner Worte schmerzte. »Du ... du hast doch nichts davon gesagt ... nicht zu meinem Vater«, schloß sie schwach.

Unter ihrem erschrockenen Blick ließ Cleves Zorn allmählich nach. Verlegen senkte der die Augenlider. »Dieses Schwein gehört an den Galgen«, murmelte er.

»Was hast du nun meinem Vater gesagt?« flüsterte Rosalynde ungeduldig. Sie ging die letzten drei Schritte auf ihn zu, packte ihn bei den Armen und blickte ihn angstvoll an. »Was, Cleve? Was?«

In dem Gesicht des jungen Pagen kämpften Zorn und Treue. Rosalynde wußte, daß er ihr niemals absichtlich Schaden zufügen würde. Er hatte zweifelsohne bewiesen, daß er zu ihrem Schutz sein Leben aufs Spiel setzte. Aber, so sagte sie sich, in Blacksword sah er eine Bedrohung für sie. Das lag klar auf der Hand. Sie wußte um ihre unrühmliche Rolle in diesem Spiel, aber Cleve sah nur Blackswords Schuld.

»Ich sagte ihm ...« Cleves Gesicht bekam einen trotzigen Ausdruck. »Ich sagte ihm, was ich gesehen habe. Daß er Euch bedrängte und versuchte ... und versuchte ...« Er hielt plötzlich inne. »Das ist doch richtig, nicht wahr? Ich sagte Eurem Vater, ich hätte ihn zurückgehalten, bevor er Euch ...« Er blickte zur Seite und atmete tief durch, dann sah er sie anklagend an. »Ich sagte ihm, es wäre nichts geschehen. Aber es ist geschehen, nicht wahr?«

Rosalynde konnte ihm nicht antworten. Auch wenn Cleve die Wahrheit aussprach, sie brachte die Antwort einfach nicht über ihre Lippen. Ihr Schweigen jedoch sagte genug.

In dem hohen, weiträumigen Zimmer herrschte peinliche Stille. Cleves Augen waren kohlschwarz geworden. Dann wich der trotzige Ausdruck in seinem Gesicht und machte einem anrührenden Erkennen Platz. Rosalynde war zu sehr mit bitteren Selbstvorwürfen beschäftigt und bemerkte nicht, daß ihr Gegenüber in diesem Augenblick seine Kindheit abgestreift hatte. Er würde nie mehr Knabe sein.

»Das verstehst du nicht«, brachte Rosalynde schließlich mühsam hervor. Ihr Mund war staubtrocken. Tränen traten ihr in die Augen. Sie spürte die Scham heiß in sich aufsteigen, aber ihr Gesicht blieb bleich und farblos. »Das verstehst du nicht.« Dann wirbelte sie herum und verließ fluchtartig das Zimmer.

Unwillkürlich war sie vor Cleves anklagendem Blick geflohen. Sie wußte nicht, was sie jetzt tun sollte, aber als sie in das helle Sonnenlicht des inneren Hofes hinausrannte und die Menschen erblickte, die sich in der mittäglichen Sonne draußen zusammengefunden hatten, blieb sie wie angewurzelt stehen.

Rosalyndes Sinne waren immer noch verwirrt, so daß ihr die Szene im Innenhof zunächst sehr unwirklich erschien. Es war ein böser Traum. Der ihr sonst so vertraute Platz war von einer fremden, unheimlichen Atmosphäre erfüllt. Hier war ihr Zuhause und doch war alles irgendwie falsch. Einige Gesichter wandten sich bei ihrem plötzlichen Auftauchen nach ihr um. Eine Welle von Gemurmel und Geflüster ging ringsum, bis sich jeder Hals nach ihr reckte, sich jedes Augenpaar auf sie richtete. Erschrocken wich sie einen Schritt zurück. Cleves anschuldigender Blick schien sich jetzt in diesen unbekannten Gesichtern hundertfach zu wiederholen.

Während sie wie erstarrt dastand, erinnerte sie sich an diese furchtbare Mutprobe in Dunmow. Wieder diese erwartungsvollen Gesichter, die nach Unterhaltung gierten, auch wenn es auf Kosten eines anderen war. Wieder wurde sie von Panik erfaßt, aber als sie Cleves Schritte hinter sich vernahm, erlangte sie ihre Beherrschung wieder.

Sie ließ ihren Blick kurz über das Meer der Gesichter schweifen und erkannte endlich, was los war. Am Ende des Hofes, hinter dem Sudhaus, war ein Mann an ein Holztor gebunden, das zu den Stallungen führte.

Blacksword.

Aric.

Seine Arme waren weit ausgebreitet, sein Rücken bis zur Hüfte entblößt. Vor ihm eine Traube von Menschen, im Hintergrund ihr Vater. Dann löste sich ein kräftiger Mann aus der Menge, ging auf den gefesselten Blacksword zu und schwang eine lange Lederpeitsche.

»Nein!« Der Schrei entfloh ihren Lippen, als sie die wenigen Treppen hinunterrannte und sich einen Weg durch die Umstehenden bahnte. Sie hörte das klatschende Geräusch der Peitsche, dem ein Raunen aus der Menge folgte. Sie zuckte zusammen, als ob sich das scharfe Leder in ihre eigene Haut gegraben hätte.

»Nein! Nein!« schrie sie wieder und merkte nicht, daß nur ein verzweifeltes Schluchzen zu hören war. Die Aufmerksamkeit der Zuschauer galt nicht mehr ihr. Alle hatten die Kunde gehört: Dieser Fremde hatte es gewagt, Sir Edwards Tochter zu überfallen. Jetzt sollte er dafür büßen. Er sollte ausgepeitscht werden, so hieß es, bis ihm die Haut in Fetzen vom Leibe hing und er winselnd bat, die Schlinge des Henkers möge ihn von seinen Qualen erlösen. Bei jedem Peitschenschlag zuckten die Zuschauer zusammen, und doch wartete jeder auf den nächsten und den übernächsten Hieb, unwiderstehlich von dem grausamen Schauspiel angezogen.

Rosalynde fürchtete, vor Angst den Verstand zu verlieren. Schluchzend und keuchend rannte sie blindlings durch die Menge bis zu dem freien Platz vor dem Stalltor. Die Peitsche sauste erneut durch die Luft. Schreckensbleich sah sie zu, wie das steife Ende des Leders mit unbarmherziger Genauigkeit auf dem breiten, schweißnassen Rücken von Blacksword landete.

»Aufhören! Oh, mein Gott, bitte aufhören!« flehte sie laut, während sich ihr Magen schmerzhaft zusammenkrampfte. Der an die Torpfosten gefesselte Blacksword konnte sie nicht sehen. Aber *sie* konnte *ihn* sehen, und was sie sah erfüllte sie mit Schrecken und Scham. Auf seinem Rücken zeichneten sich bereits die feuerroten Wülste der Peitschenhiebe ab. Der letzte Hieb hatte eine Blutspur gezogen. Vor ihren ungläubigen Augen schlug die Peitsche noch einmal zu. Wieder quollen Blutstropfen hervor und rannen den starken, unbeugsamen Rücken hinunter.

»Aufhören, Vater! Aufhören!« flehte sie abermals, als sie zu ihm eilte. Sie ergriff seine beiden Hände, um auf sich aufmerksam zu machen. »Du kannst das nicht zulassen! Das kannst du nicht!«

Das Gesicht ihres Vaters zeigte kein Erbarmen, als er sie endlich anblickte. »Er bekommt nicht mehr als er verdient.«

»Er verdient nichts dergleichen!« schluchzte sie tränenüberströmt. »Ich versprach ihm eine Belohnung.«

»Das sagtest du bereits, aber die konnte er wohl nicht erwarten. In seiner Gier und Lüsternheit begehrte er mehr ...« Er brach ab und gab dem Auspeitscher das Zeichen, mit seiner grausamen Tätigkeit fortzufahren. Erneut klatschte der Riemen auf den geschundenen Rücken, und Rosalynde hatte das Gefühl, als hätte der Hieb ihr Herz entzwei geschlagen, ihren Körper auseinandergerissen. Das mußte ein Ende haben! In wilder Wut rannte sie auf den Peiniger zu, sah wie er schon wieder ausholte, um auf den wehrlosen Mann einzuschlagen, der weder zusammensackte noch einen Schmerzenslaut von sich gab. Mit einem großen Satz warf sie sich auf den muskelbebackten Arm, der die Peitsche hielt.

Ihre Kräfte würden jedoch nicht ausreichen, um den Mann aufzuhalten, der sie für die erlittene Schmach rächen sollte. Hätte sie einen klaren Kopf behalten, wäre ihr die Sinnlosigkeit ihres Angriffs klar geworden. Mit der freien Hand hätte der Mann sie wie ein lästiges Insekt abschütteln können, aber das wagte er nicht. Schließlich zog Sir Edward sie fort, packte sie bei den Schultern und schüttelte sie so lange, bis ihre Zähne aufeinander schlugen.

Dann holte er ärgerlich Luft und blickte in das erschrockene und trotzige Gesicht seiner Tochter. »Überlege, was du tust, Tochter! Beschäme mich nicht durch dieses unziemliche Betragen!«

»Wenn du ihn schlägst ...« Sie rang nach Luft als sie seinem wütenden Blick standhielt. »Wenn du einen Mann schlägst, den du belohnen solltest, dann beschämst du *dich!*«

Eine unheimliche Stille breitete sich im Schloßhof aus. Keiner rührte sich. Keiner wagte auch nur einen Ton von sich zu geben. Jedes Ohr lauschte angestrengt und wollte wissen, was zwischen Vater und Tochter vor sich ging. Hundert Möglichkeiten wurden in ebensovielen Gemütern erwogen. Aber die Stimmen der beiden waren zu leise und undeutlich, und keiner der Umstehenden verstand ein Wort.

Jetzt machte Sir Edward eine Kehrtwendung, schüttelte energisch den Kopf und bedeutete dem Mann mit der Peitsche innezuhalten. Und ohne die gaffende Menge und den Gefangenen noch eines Blickes zu würdigen, zog er seine widerspenstige Tochter mit sich fort.

12

»Ausgeschlossen!« Sir Edward warf seiner Tochter einen wütenden Blick zu. »Ich werde einen ruchlosen Gesellen nicht für seine Schandtaten belohnen.«

»Papa, bitte. Ich flehe dich an!« Rosalynde preßte die Hände an die Brust, während ihr Vater aufgebracht auf und ab ging. »Du hast Cleve angehört. Du hast Sir Roger angehört. Warum kannst du nicht mich anhören?«

»Damit hast du nichts zu tun. Frauen sollten sich nicht einmischen ...«

»Und ob ich etwas damit zu tun habe! Es betrifft nur mich!« rief sie in selbstgerechter Entrüstung.

Bei dieser unverfrorenen Widerrede warf ihr Sir Edward einen grimmigen Blick zu.

»Ist das die gehorsame Tochter, die ich nach Millwort schickte? Hast du dieses ungebärdige Benehmen in der Obhut deiner Tante gelernt?« Seine Geduld schien am Ende zu sein. »Ich bin der Lord von Stanwood, Tochter. Jeder und alles untersteht hier meinem Schutz. Wer es wagt, Hand an meinen Besitz zu legen, bedroht mich. Und ich nehme jede Bedrohung ernst. Jeder muß dafür bezahlen. Teuer dafür bezahlen!«

»Aber nicht mit dem Tod«, erwiderte sie, diesmal aus Furcht um Blacksword in gemildertem Ton.

Ihr Vater ließ einige Zeit verstreichen, bevor er antwortete. Während dieser zermürbenden Stille überlegte Rosalynde fieberhaft, ob es klug sei, ihm alles zu gestehen. Wenn er wußte, daß Blacksword ihr Ehemann war, dann würde er vielleicht ... Sie legte die Finger auf den Mund und schickte ein Stoßgebet zum Himmel. Vielleicht würde er ihn dann freilassen, hoffte sie, aber der abweisende, harte Ausdruck in seinem Gesicht belehrte sie eines Besseren. Auch wenn sie Blacksword bei jenem heidnischen Ritual die Hand gereicht hatte und seine Frau geworden war, konnte sie jetzt nicht dazu stehen. Nein, beschloß sie widerstrebend, sie durfte ihr Geheimnis niemals preisgeben.

Jetzt galt es, sich zusammenzunehmen und Ruhe zu bewahren. Unerschrocken und gelassen erhob sie ihre Stimme. »Cleve hat dir üble Geschichten von Blacksword erzählt. Ich weiß das. Aber verstehe bitte, daß er ...«

»Was ist das überhaupt für ein Name? Blacksword. Das ist der Name eines Strauchdiebes, eines Schurken und bestätigt nur, was der Junge gesagt hat.«

»Sein Name ist Aric«, warf Rosalynde ein. »Er stammt aus einem Ort, der Wycliffe heißt.«

Ihr Vater starrte sie aus zusammengekniffenen Augen an. »Hat er dir das gesagt?«

Rosalynde nickte und ging einen Schritt auf ihn zu. »Er bestritt nicht, daß es in seiner Vergangenheit einige dunkle Punkte gibt, aber er war einverstanden, uns zu helfen. Und er erwies sich als sehr nützlcih. Er baute für Cleve sogar eine Art Bahre.«

»Eine Bahre?«

In der Stimme des Vaters schwang Neugier und Rosalynde schöpfte Hoffnung. »Hat Cleve dir das nicht erzählt? Er war verwundet und nicht in der Lage auch nur einen Schritt weiterzugehen. Blacksword — ich meine, Aric — baute ein Gestell, um Cleve hinter sich herzuziehen.« Sie wartete ab, bis ihr Vater diese Neuigkeit verdaut hatte. Als er sich nachdenklich am Kinn rieb, sprach sie betont langsam weiter. »Er ging für uns auf Jagd, damit wir etwas zu essen hatten. Aus zwei Kaninchenfellen fertigte er sogar ein Paar Schuhe für mich an.«

Ihr Vater rieb sich wieder das Kinn und ließ seinen Blick über sie hinwegschweifen. Nach einer geraumen Weile blickte er sie prüfend an, immer noch voller Mißtrauen.

»Der Junge sagte, der Mann habe sich auf dich gestürzt, so daß er dich vor ihm schützen mußte ...« Er hielt plötzlich inne. Es widerstrebte ihm, diese eine Sache auszusprechen, an die er auf keinen Fall denken wollte.

»Cleve hat es mißverstanden.« Die Lüge ging glatt über ihre Lippen, aber ihr Herz sträubte sich. Sie wollte das an Cleve irgendwann wieder gutmachen, schwor sie sich. Aber Blacksword durfte nicht sterben. »Cleve war noch sehr benommen von seiner Kopfverletzung. Er mißtraute dem

Mann. Er … er schämte sich vielleicht auch, weil er nicht in der Lage war, sich um mich zu kümmern.«

Erwartungsvoll hielt Rosalynde den Atem an, aber das Gesicht ihres Vaters blieb undurchdringlich. Wieder schickte sie ein Stoßgebet zum Himmel. Bitte, lieber Gott, mach, daß er Blacksword am Leben läßt!

Nach einer Weile räusperte sich Sir Edward. Rosalynde glaubte in den Augen ihres Vaters den Widerstreit seiner Gefühle zu sehen. Sollte er Rache oder Gerechtigkeit üben? Als er seine Stimme erhob, schwand ihre Hoffnung. »Trotzdem ist er ein Mörder und ein Dieb.« Er sprach diese Worte verächtlich aus. »Den Namen Blacksword hat er sich zweifellos durch seine weder edlen noch verdienstvollen Taten erworben.«

»Aber ... aber ...« Rosalynde suchte nach Worten. »Er will sich ändern. Ich weiß es. Wenn du ihm eine Chance gibst ...« Ihre Stimme verebbte.

»Heilige Mutter Gottes, du verlangst viel von mir!« stieß er knurrend aus. Dann nahm er in einem Stuhl aus Eichenholz Platz und blickte sie sinnend an. »Er ist ausgepeitscht worden.« Er ließ einige Augenblicke verstreichen, atmete tief ein, und Rosalynde wußte, daß er zu einem Entschluß gekommen war. So oder so, Blackswords Schicksal war entschieden. »Er ist ausgepeitscht worden, aber er hat sich gut gehalten. Ich will ihn am Leben lassen, Rosalynde. Ja, ich will ihn am Leben lassen. Aber das ist auch alles. Er wird keine Belohnung bekommen. Er wird unter strenger Bewachung Schwerarbeit leisten und seine Verpflegung und Unterkunft verdienen. Wenn er sich beweist — *wenn* er sich beweist, nun, dann werden wir weitersehen.«

Dieser unerwartete Kompromiß nahm Rosalynde den Atem. Er ließ Blacksword am Leben! Blacksword würde nicht sterben! In ihrer unendlichen Erleichterung und Dankbarkeit eilte sie auf ihren Vater zu. »Danke, Papa. Oh, ich danke dir«, rief sie freudig und umarmte ihn heftig. Als er bei ihrem überschwenglichen Gefühlsausbruch zurückfuhr, blickte sie ihn überrascht an. Für den Bruchteil einer Sekunde war er nicht der starke Vater, der unbezwingbare Mann, den sie kannte. Sie entdeckte Wärme und Sanftmut in seinem Gesicht, Gefühle, die durch ihre spontan gezeigte Liebe geweckt worden waren. In diesem kurzen Augenblick war er wieder der Vater ihrer Kinderzeit, der Zeit, bevor das Unglück geschah. Aber dann verschloß sich sein Gesicht und der Vater saß wieder vor ihr, wie sie ihn die letzten Jahre gekannt hatte.

Sie blickten sich stumm in die Augen, bis er sich erhob und sie mit einem Nicken entließ. Rosalynde blieb zögernd stehen. Ohne die Augen von ihm zu wenden, lächelte sie ihn zärtlich an und murmelte ein weiteres »Danke«, bevor sie sich umwandte und mit weichen Knien hinausging. Sie sah weder den bittersüßen Ausdruck in seinem Gesicht, in dem sich Traurigkeit und Sehnsucht mischten, noch die Art, mit der er ihr beim Hinausgehen nachblickte.

Ihr Herz war seit langem nicht mehr so leicht gewesen.

Aric war von den Schmerzen benommen, aber er gab ihnen nicht nach, auch wenn sie immer wieder in glühenden Wellen über ihn herfielen und sich mit jedem Herzschlag wie feurige Dolche in seinen Rücken bohrten. Jeder Schweißtropfen brannte sich in seine Haut ein. Fliegen surrten um seinen Kopf und ließen sich auf dem gepeinigten Fleisch nieder.

Beim Blute Christi! Wann würde diese verdammte Tortur enden? Er war wild entschlossen, allen Folterqualen zu widerstehen, die Rosalyndes Vater ersann. Er wollte aufrecht stehend sterben, ohne einen Laut des Schmerzes von sich zu geben, und wenn dies seine letzte Tat auf diesem Erdenrund war! Quälende, ungewisse Minuten stand er in der heißen Mittagssonne und hörte das Gemurmel der Umstehenden. Nur Gott wußte, was jetzt kommen würde.

Schweißperlen rannen über seine Stirn und brannten in den Augen. Er schloß die Lider und versuchte den Schweiß mit einer heftigen Kopfbewegung abzuschütteln. Nur mit äußerster Willensanstrengung gelang es ihm, einen Schmerzensschrei zu unterdrücken. Er zitterte vor Erschöpfung. Wieder überlegte er, ob er Rosalyndes Vater die Wahrheit sagen sollte. Wenn er wußte, daß sie verheiratet waren ... Wenn er wußte, daß sie die Frucht seines Samens in sich tragen konnte ... Vielleicht gab es doch eine Möglichkeit, um sich zu retten. Aber die Schmerzen hatten Aric nicht so blind gemacht, daß er die Sinnlosigkeit dieses Unterfangens nicht erkannte. In ohnmächtigem Zorn riß er an den Hanffesseln, die ihn an die Torpfosten banden. Wahrscheinlich war sie sofort zu ihrem Vater gelaufen, hatte ihm eine rührselige Geschichte aufgetischt und ihn als üblen Schurken dargestellt. Kein Wunder, daß man ihn ausgepeitscht hatte.

Vorsichtig bewegte er den Kopf von einer Seite zur anderen und versuchte einen Blick auf die Gesichter der Zuschauer zu werfen, die auf den Höhepunkt der öffentlichen Bestrafung warteten. Es waren Handelsleute, Söldner, Leibeigene und Dienstboten. Kinder standen neben den Frauen und hielten sich an ihren Rockschößen fest, während sie ihn aus großen, runden Augen angstvoll anstarrten. Ein kleines Mädchen zu seiner linken Seite schien sich nicht vor ihm zu fürchten. Es war nur neugierig. Als Aric den Blick der Kleinen erwiderte, packte die Mutter sie und versteckte sie hastig hinter der Schürze. »Der Teufel steckt in diesen Augen«, zischte sie der Tochter und den Umstehenden warnend zu. »Schaut ihn nicht zu lange an.«

Das machte Aric am meisten betroffen. Er war zu einer verabscheuungswürdigen Kreatur herabgesunken. Sogar die Kinder fürchteten sich vor ihm, dafür hatten die Eltern gesorgt. Mein Gott, vielleicht war es das Beste, auf einen schnellen, gnadenvollen Tod zu hoffen! Dann aber ging ein Raunen durch die Menge und er sammelte doch seine Kräfte, um sich auf den nächsten Peitschenhieb vorzubereiten.

Zu seiner Überraschung näherten sich ihm vier bewaffnete Männer und banden ihn los. Aber die Freiheit dauerte nicht lange. Ehe er sich besinnen konnte, packten die Knechte seine Hände und banden sie auf dem Rücken zusammen. Die Menge wich zurück, als er durch den Hof geführt wurde. Als er sich wieder in seinen dunklen, modrigen Kerker befand, löste einer der Wächter seine Fesseln und herrschte ihn an:

»Wasch dich. Sir Edward will mit dir sprechen.«

Die Tür schloß sich quietschend. Mit einem dumpfen Geräusch wurde der Eichenbalken vorgeschoben. Langsam entfernten sich die Schritte der Männer. Schweißnaß blieb er in der kalten Luft stehen. Ihn fröstelte. Tausende von Fragen rasten durch seinen Kopf. Er wußte nicht, was man mit ihm vorhatte und warum er zu ihrem Vater, Sir Edward, gebracht werden sollte. Vielleicht war doch ein Wunder geschehen.

Aber es war wohl wahrscheinlicher, daß Sir Edward ihm persönlich den Todesstoß versetzen wollte, dachte er bitter. Aber warum sollte er sich dann waschen? Es ergab keinen Sinn. Wie auch immer, Aric war erleichtert, daß er wenigstens Gelegenheit hatte, dem Mann gegenüberzutreten, der über sein Schicksal entscheiden würde. Wie er sich verhalten und was er zu seiner Verteidigung hervorbringen würde, wußte er nicht. Das würde von der Art der Anschuldigung und dem Auftreten seines Anklägers abhängen. Aber er würde es auf keinen Fall hinnehmen, wenn Rosalynde ihn der Vergewaltigung bezichtigt hatte, das schwor er sich. Dann ging er zum Wassereimer und verzog schmerzhaft das Gesicht, als er sich das kühle Naß über den Rücken goß.

Sir Edward blickte nicht auf, als sich die Gruppe der Männer näherte. Er saß an einem mächtigen Tisch, der mit Papieren, Dokumenten und Federkielen, mit Tintenfässern und einer Streusandbüchse überhäuft war und sah weiterhin angestrengt auf die endlosen Auflistungen seiner Äcker, Pächter und Ernteerträge, als die Männer vor ihm stehen blieben. Soll der Schurke ruhig noch eine Weile schmoren, dachte er, als er langsam mit dem Zeigefinger das Pergament entlangfuhr. Das kann nicht schaden. Aber um der Wahrheit die Ehre zu geben, so gestand sich Sir Edward ein, fühlte er sich wegen der bevorstehenden Befragung ziemlich unbehaglich.

Der Finger machte Halt und eine tiefe steile Falte grub sich über seiner Nasenwurzel ein. Bei Gott, es wäre einfacher gewesen, diesen Mann um einen Kopf kürzer zu machen. Aber in einem Augenblick der Schwäche hatte er seiner

Tochter das Versprechen gegeben, Blacksword am Leben zu lassen und jetzt mußte er mit dieser mißlichen Lage fertigwerden. Er war es nicht gewohnt, unentschieden und verunsichert zu sein. Bei Gott, wenn ein Mann eine Entscheidung traf, mußte er mit Leib und Seele davon überzeugt sein! Den Mann zu bestrafen, der seine einzige Tochter ungebührlich behandelt hatte, erforderte keinen großen Gewissenskampf, und nun hatte Rosalyndes flehentliche Bitte ihn in ein unwillkommenes Dilemma gebracht. Sein Wunsch nach Rache stand seinem Bestreben, Gerechtigkeit zu üben, gegenüber. Er mußte sich zwischen seiner Vernunft und seinen Gefühlen entscheiden.

Für einen Augenblick sah er wieder ihre Augen vor sich, diese riesigen Augen in dem blassen Gesicht. Wie ähnlich war sie doch ihrer Mutter, dachte er. Seine Befürchtung, beim Anblick seiner kleinen Tochter jedesmal an die geliebte Frau erinnert zu werden, war berechtigt gewesen. Und doch fand er jetzt unerwarteten Trost darin. Sie war so schön und lieblich wie ihre Mutter. Eine Rose, doch nicht so zart und empfindlich, wie man vermuten könnte. Sie hatte die Lippen ihrer Mutter, die vor Zorn zu einem schmalen Strich wurden und vor Erregung bebten und die sich in einen Schmollmund verwandelten, wenn ihr etwas mißfiel, sinnierte er weiter. Seine Stirn glättete sich, als er wieder einmal das Antlitz seiner Frau vor sich sah. Nie hatte er Lady Anne etwas abschlagen können. War es da verwunderlich, daß er sich ihrer Tochter gegenüber genauso verhielt?

Einer der Männer trat unruhig auf und ab und brachte Sir Edward dadurch wieder in die Gegenwart zurück. Seine Hand zitterte leicht, als er sich über die Augen strich. Er verdrängte das Bild seiner Frau, um sich der unangenehmen Aufgabe zu widmen, die jetzt vor ihm lag. Er hatte seine Tochter zurückbekommen und er wollte ihr ein guter Vater sein. Er war der Lord von Stanwood und das Versprechen, das er ihr gegeben hatte, mußte in den Hintergrund treten, wenn es um das Wohl und die Sicherheit seiner Schutzbefohlenen und seiner Tochter ging. Der Kerl mit dem stolzen Blick, der jetzt vor ihm stand, würde nicht gehängt werden.

Er mußte eine andere Lösung finden, um ihn dennoch zu bestrafen.

Sir Edward stützte die Ellenbogen auf den Tisch und legte die Fingerspitzen gegeneinander, als er sein Gegenüber prüfend anblickte. »Ihr habt das Auspeitschen überlebt, wie ich sehe.«

Der Mann begegnete seinem Blick. »Ja.«

Sir Edwards Kinn hob sich unmerklich. Ziemlich hochmütig, der Herr, dachte er mit grimmiger Belustigung. Aber nicht mehr lange. Er nahm einen Federkiel in die Hand und tauchte ihn in ein irdenens Tintenfaß. »Euer Name?«

Das kurze Zögern reichte aus, um Sir Edward an der Richtigkeit seiner Antwort zweifeln zu lassen. »Ich bin Aric.«

»Aric.« Sir Edward blickte ihn wieder forschend an. »Von wo?«

Wieder das Zögern. »Wycliffe.«

Dieser Mann bedeutete Ärger. Das wußte Sir Edward sofort. Unter dem Vorwand, den Namen niederzuschreiben, wich er dem festen, unbeirrbaren Blick seines Gegenübers aus. Ja, dieser Mann bedeutete Ärger. Man durfte ihn nicht aus den Augen lassen. Er war riesig und stark wie ein Ochse. Ein Hüne wie er war eine Seltenheit. Auch von seinen Rittern konnte sich wohl kaum einer mit ihm vergleichen. Es kam nur eine Lösung in Frage, beschloß Sir Edward plötzlich. Dieser Mann mußte von Sonnenaufgang bis Sonnenuntergang arbeiten. Er würde Schwerarbeit leisten müssen. Wenn seine Knochen schmerzten und er zum Umfallen müde war, würde er kein Unheil anrichten können. Arbeiten und schlafen sollte der Lebensinhalt des jungen Aric werden. Er würde daran wachsen oder zugrunde gehen. In diesem Augenblick hätte Sir Edward nur schwer sagen können, welche der beiden Möglichkeiten er vorgezogen hätte.

»So. Aric von Wycliffe.« Er warf den Federkiel auf den Tisch und lehnte sich in den mit einem Fell bedeckten Stuhl zurück. »Ihr habt das Auspeitschen wirklich gut überstanden. Ein Lord mit weniger Gerechtigkeitssinn hätte Euch wahrscheinlich gehängt, da aber über das Ausmaß Eurer Verbrechen Zweifel bestehen, habe ich beschlossen, Euch die Wahl zu lassen.« Er lächelte ein wenig selbstgefällig bei diesem glänzenden Vorschlag. »Entweder Ihr arbeitet für mich und leistet mir Gehorsam, oder Ihr werdet wie ein Gesetzloser behandelt und endet am Strang.«

Sir Edward blickte sein Gegenüber mit hochgezogenen Brauen an, dessen Backenmuskeln sich sofort spannten. »Nun, was meint Ihr dazu? Es steht Euch frei, zu entscheiden.«

Der Mann antwortete nicht. Sein Schweigen zog sich so lange hin, daß an Sir Edwards Schläfen eine Ader hervortrat, in der das Blut zornig pochte. Als er schon ungehalten von seinem Stuhl aufspringen wollte, nickte der Hüne kaum merklich mit dem Kopf.

»Ich danke Euch, daß Ihr mir die Wahl überlaßt«, erwiderte er steif. Dann hob er das Kinn und blickte Sir Edward unbewegt an. »Ich nehme Euer Angebot an, in Eure Dienste zu treten. Ihr dürft mich zu Euren treuen Untertanen zählen.«

Sir Edward mußte ein erstauntes Auflachen unterdrücken, als der Mann von vier stirnrunzelnden Wachen abgeführt wurde. Bei Gott, dieser Schurke erweckte den Anschein, als ob er, Blacksword, *ihm* eine Gunst gewährt hatte und nicht umgekehrt! Und dieser Mann wollte ein treuer Untertan sein? Damit war wohl kaum zu rechnen.

Unwirsch schob Sir Edward die Papiere und Akten beiseite. Eine Woche Schwerarbeit mit dem schmerzenden Rücken würde seine Treue schon auf die Probe stellen. Der Haß und die Verachtung der Schloßwachen würden dem selbstbewußten, stolzen Mann hart zusetzen. Früher oder später würde er sich wehren und das würde eine schwere Bestrafung zur Folge haben. Er nahm sich vor, keinerlei Nachsicht zu üben, sobald Aric sich das geringste zu schulden kommen ließ. Der Mann hatte seine Chance bekommen. Wenn er sie verspielte, würde auch Rosalyndes Einschreiten nichts mehr ausrichten können.

13

Trotz ihrer ständigen Angst um Blackswords Zustand wollte Rosalynde sich sorgfältig auf das Abendessen — und die nächste Zusammenkunft mit ihrem Vater — vorbereiten. Nach all dem Aufruhr, der durch die öffentliche Auspeitschung und ihr unvorhergesehenes Eingreifen ausgelöst wurde, hatte das Mittagessen nur aus getrocknetem Fleisch, Brot und Käse bestanden. Sogar das Bier wurde in großer Eile getrunken, da die Wachen und Vasallen, die Diener und Händler, dem wutschnaubenden Sir Edward möglichst schnell aus dem Weg gehen wollten. Aber nun war es ruhiger geworden im Schloß und Sir Edward hatte ein festliches Abendessen angesagt. Es war besser, wenn sie ihre Sorge um das Wohl ihres verfemten Beschützers vorübergehend so gut es ging verdrängte. Sie zog eines der Gewänder über, die ihr Vater hatte bringen lassen — Kleider, die einst ihrer Mutter gehörten — und kämmte ihr langes Haar bis es glänzte. Um die widerspenstigen Wellen zu bändigen, zog sie in Höhe der Schläfe zwei lange Strähnen aus dem Haar, flocht sie und band sie am Hinterkopf mit einer Kordel zusammen. Den Knoten verzierte sie mit einem frischen Lavendelzweig.

Sie besaß nichts mehr, um sich zu schmücken, weder Edelsteine noch Bänder, weder reich bestickte Seidenkleider noch irgendwelchen Zierat, aber sie bedauerte dies nicht, denn solche Dinge erschienen ihr im Augenblick nebensächlich. Einzig und allein das Leben zählte, sagte sie sich, als ihre Gedanken wieder zu dem Mann abschweiften, der sie in Dunmow gerettet hatte. Zu leben, in Sicherheit zu sein — das waren die wichtigen Dinge.

Rosalynde drehte sich langsam auf dem Absatz herum und betrachtete das vertraute Zimmer ihrer Kinderzeit, in das sie zurückgekehrt war. Es hatte sich kaum verändert: rauhe Steinwände, die ein Halbrund bildeten. Sechs hohe schmale Fenster, von denen aus sie weit ins Land schauen konnte. Jedes Fenster war in eine tiefe Nische eingelassen, gerade breit genug, so daß sich ein Kind auf dem Sims gemütlich zusammenkringeln konnte — oder für eine Frau, die bequem darauf sitzen konnte, um ein weinendes Kind in den Schlaf zu wiegen.

Lange blieb sie so stehen, betrachtete den staubigen Dielenboden, das schlichte hohe Bett, und die ein wenig zerschlissenen und ausgebleichten Vorhänge, die darüber drapiert waren. Nein, das Zimmer hatte sich nicht verändert, aber in ihrer Fantasie war es jetzt in ein warmes Licht getaucht. Wie glücklich war sie damals gewesen, dachte sie, als die bittersüßen Erinnerungen in ihr aufstiegen. Von Herzen glücklich. Sie wischte eine verirrte Träne ab, und die Wirklichkeit trat wieder in das Zimmer. Die Wärme war verschwunden, obwohl ein kleines Feuer gegen die abendliche Kühle ankämpfte. Auch das Glück war gegangen. Das Zimmer war das gleiche geblieben, aber jetzt war es kalt, verstaubt und ungepflegt. Nichts war mehr wie damals.

Mit einem tiefen Atemzug versuchte sie die traurigen Gedanken zu verscheuchen. Es tat nicht gut, in der Vergangenheit zu verweilen, sagte sie sich, als sie mit einer Hand gedankenverloren über eine Holzkommode strich. Sie zog die Brauen hoch, als eine dicke graue Staubschicht an ihrer Handfläche haften blieb. Zu Lebzeiten ihrer Mutter hatte das Schloß wie eine seltene Goldmünze geglänzt. Jetzt hüllte es sich in ein melancholisch stimmendes, unbelebtes Halbdunkel.

Rosalynde straffte die Schultern, als sie zur Tür ging. Als erstes wollte sie das Haus wieder in seinen alten Zustand versetzen. Sie würde dafür sorgen, daß in Stanwood geschrubbt, gekehrt und abgestaubt wurde, auch wenn sie damit nicht das Glück herbeilocken konnte. Wer wußte schon, wie man *so etwas* bewerkstelligte? Aber für alles andere würde sie sorgen. Schließlich hatte ihre Tante große Sorgfalt darauf verwendet, sie in der Führung eines großen Haushalts zu unterrichten.

Sie fühlte sich sofort etwas wohler bei der Aussicht, daß sie hier in Stanwood eine Aufgabe gefunden hatte. Bevor sie das Zimmer verließ, schloß sie die Fensterläden, schob die Glut in die Mitte des Kamins und ging hinaus, um mit ihrem Vater zu Abend zu essen. Bis jetzt war es bei jeder Begegnung zu einer Meinungsverschiedenheit gekommen. Dieses Mal, nahm sie sich vor, sollte es nicht so sein. Schließlich, überlegte sie weiter, bestand kein Grund mehr dafür. Er wußte über Giles Bescheid. Obwohl sie sich immer noch für den Verlust ihres jüngeren Bruders verantwortlich fühlte, akzeptierte sie, daß man nichts mehr daran ändern konnte. Die Zeit heilt alle Wunden. Nur bei ihrem Vater schien sich dieser Spruch leider nicht bewahrheitet zu haben. Er hatte sich vom Tode seiner Frau noch nicht erholt.

Eine andere Unstimmigkeit zwischen Vater und Tochter betraf Blackswords Zukunft, aber dieses Problem würde sich von allein lösen, hoffte sie. Die Hauptsache war, daß er nicht getötet wurde. Aber ihrer unendlichen Erleichterung darüber folgte sofort eine neue Befürchtung. Was würde er wohl verraten, jetzt, da er am Leben blieb? Sie hatte ihm eine Belohnung versprochen — ein Pferd, Waffen, sogar Gold. Aber ihr Vater hatte klar und deutlich zu verstehen gegeben, daß er einen Galgenvogel wie Blacksword nicht belohnen würde. Zu *ihrem* Besten wäre es allerdings, wenn sie Blacksword in irgendeiner Form belohnen konnte, und sei es nur, um sich sein Stillschweigen zu erkaufen. Nachdem er so knapp dem Tode entronnen war, mußte ihm bewußt sein, wie gefährlich es wäre, sie als seine Ehefrau zu bezeichnen. Ihr Vater würde ihn ohne zu zögern töten, wenn er erfuhr, was zwischen ihnen im Wald vorgefallen war. Nein, versicherte sie sich, Blacksword würde die Belohnung, die sie für ihn auftrieb, nehmen und fliehen.

Rosalynde blieb am Ende der schwach beleuchteten Treppe stehen, und bemerkte beiläufig, wieviele Fackelhalterungen abgebrochen oder leer waren. Ihre Gedanken aber kreisten weiterhin um Blacksword. Eine ihrer Hauptsorgen galt seinem grausam geschundenen Rücken. Die Wunden mußten sorgfältig gereinigt werden, sonst würden sie eitern. Für diese Pflege war sie erfahren genug, aber ihr Vater würde ihr niemals die Erlaubnis dazu erteilen.

Eigentlich konnte es ihr gleichgültig sein, ob Blacksword an den Folgen der Bestrafung litt oder nicht. Er hatte sich ihr gegenüber schändlich benommen. Trotzdem, wenn sie daran dachte, welche Schmerzen er ihretwegen erdulden mußte, zog sich ihr Herz zusammen. Sie konnte die nagenden Schuldgefühle und Gewissensbisse einfach nicht loswerden.

Er hat mein Leben ruiniert, zwang sie sich in Erinnerung, in dem Wissen, daß ihre Handreichung keinesfalls einer Eheschließung gleichkam. Er tat es nur, um seine eigene Lust und Begierde zu befriedigen. Aber wenn sie an diesen Augenblick der Schande dachte, an die demütigende Art, wie er sie zu seinem eigenen Vergnügen mißbrauchte ...

Ein Zittern lief durch ihren Körper. Unerwünschte Gefühle wurden wach und ließen tief in ihrem Bauch eine schändliche Hitze aufsteigen. Ihr ganzer Körper benahm sich höchst verräterisch und spannte und erwärmte sich an ihrem intimsten Stellen. Um sich zu beruhigen, lehnte sich sich an eine steinerne Säule und wartete, bis diese unpassende Schwäche vorbei war.

Oh, auch sie war schlecht! Wie konnte sie nur so abscheulich und widerwärtig auf einen Mann wie Blacksword reagieren! Aber auch die heftigsten Selbstvorwürfe änderten nichts an dieser unleugbaren Tatsache. Sie hatte sündige Lust gekostet. Ein beliebtes Thema, das die Geistlichen, die Millwort besuchten, häufig ansprachen. Aber sie hatte nie verstanden, was sie mit Lust meinten. Es war einfach gewesen, nur zu nicken und den Geistlichen zuzustimmen, wenn sie die armen Sünder verdammten, die sich dieser Lust hingegeben hatten. Erst jetzt begriff sie allmählich, welche Macht diese Gefühle hatten, und wie unwiderstehlich ein Körper von einem anderen angezogen werden konnte.

Sie atmete zitternd die Luft ein und spürte, wie sie sich langsam beruhigte. Nach dem Abendessen würde sie sich in die Kapelle zurückziehen, beschloß sie. Mit einem inbrünstigen Gebet und mit der Hilfe der Heiligen Jungfrau würde sie diese sündigen Gefühle ein für alle Mal besiegen können. Sie wollte um Kraft und Einsicht bitten und vor allem auch darum, daß Blacksword schwieg.

»Iß, Tochter, iß«, ermunterte ihr Vater sie, während er seinen eigenen Holzteller bis zum Rand füllte.

»Ja, Vater«, antwortete sie nicht sehr begeistert. Auch wenn die Speisen verlockend aussahen, sie mochte nichts essen. Ihre Sorge um Blackswords Befinden war zu groß, auch quälte sie die Frage, wie sie seine Wunden ohne Wissen des Vaters pflegen konnte.

Das Abendessen war zu ihren Ehren als Festmahl gedacht und sie hatte den Bediensteten zugelächelt und mit den verschiedenen Lehensherrn, die ihr vorgestellt wurden, freundliche Worte gewechselt. Aber jetzt, nachdem serviert worden war, schien der festliche Teil vergessen zu sein, so kam es ihr jedenfalls vor. Als ihr Vater den ersten Bissen in den Mund schob und eine lebhafte Unterhaltung mit Sir Roger begann, der zu seiner Linken saß, taten es ihm der Verwalter und Cedric, der Seneschall gleich. Bald erhob sich in dem riesigen Saal ein lautes Stimmengewirr, das von fröhlichen Zurufen und dem ständigen Gepolter begleitet wurde, das die hölzernen Becher beim Abstellen auf der Tischplatte machten. Als sie sich — völlig unbeachtet von den Männern, die hier weitaus in der Überzahl waren — in der Runde umblickte, fühlte sie sich auf einmal entsetzlich einsam. Sogar Cleve, den sie an einem der hinteren Tische am Ende des Saals ausmachte, unterhielt sich vergnügt mit den anderen Pagen und schien sich nicht an den nachlässigen Sitten bei Tisch zu stören. Im Augenblick hätte sie alles dafür gegeben, neben ihrer geliebten Tante Gwynne am fein gedeckten Tisch in Millwort zu sitzen.

Sie blickte auf die groben Fleischstücke und gab sich dem Heimweh nach Millwort hin. Dort stürzte man sich nicht auf das Essen wie die Schweine auf den Trog. Jede Mahlzeit wurde bei Tante Gwynne zelebriert. Die Speisen wurden bei leiser Musik serviert und man unterhielt sich höflich und gesittet. Aber hier! Sie zuckte zusammen, als ein besonders kräftiger Fluch zu ihr herüberdrang. Hier scherte sich keiner um Manieren. Sie warf einen gereizten Blick auf ihren Vater. Keiner scherte sich darum, weil sich der Schloßherr auch nicht darum scherte.

Aber *sie* störte es.

Ihre Tante hatte ihr die Lektionen eingehämmert. Aber

das gute Vorbild, das sie ihr in perfekter Haushaltsführung gab, hatte Rosalynde am meisten beeindruckt. Mit einem plötzlichen Aufleuchten ihrer grüngoldenen Augen blickte sie sich mit neuem Interesse in dem Saal um.

Wie im Treppenhaus, so war auch hier ungefähr ein Viertel der in die Wand eingelassenen Fackelhalter unbestückt. Die Wände waren rußverschmiert und mit Staub und Spinnweben überzogen. Auf dem Boden lag eine Schütte aus Binsen, die ihren Zweck mehr als zweimal erfüllt hatte. Alte Binsen bedeuteten Essensreste, Hundekot und ein Heer hüpfenden und krabbelnden Ungeziefers. Und dann die Tische selbst! Sie waren nackt und bloß und alles andere als sauber. Nicht ein frisches weißes Tuch war zu sehen. Fett- und Rotweinflecken verunzierten die Eichenplatten. In den Holzrillen entdeckt sie Brotkrumen. Verschiedengroße Kerben zeugten davon, daß hier so manches Messer senkrecht in die Oberfläche gestoßen wurde. Die Tischplatten sollten makellos sauber und mit blütenweißen Tüchern bedeckt sein!

Ärgerlich schob sie ihren Unterkiefer vor, als sie das Treiben an den Tischen beobachtete. Zu Lebzeiten ihrer Mutter wäre so etwas undenkbar gewesen. In den nachfolgenden Jahren war das Schloß zweifellos zu einer Domäne der Männer geworden, ohne die behaglichen Annehmlichkeiten, die einer Frau lieb und teuer waren. Aber jetzt, da sie hier war, wollte sie einiges ändern. Und vielleicht gelang es ihr dann ja auch, sich um Blacksword zu kümmern ...

Durch dieses neue Ziel innerlich gestärkt, ließ sie den Blick eindringlich auf ihrem Vater ruhen. Er kaute mit vollem Mund und gestikulierte mit dem Messer, auf dem eine Hühnerkeule aufgespießt war.

»Vater«, sagte sie, nachdem sie sich die Wahl ihrer Worte gut überlegt hatte. »Vater«, rief sie dann ein wenig lauter und zupfte ihn am Ärmel. »Vater!«

Jetzt wandte ihr Sir Edward das Gesicht zu. »Du brauchst mich nicht anzuschreien, Kind ...«

»Oh, aber sicher muß ich das. Wie sonst sollte ich mir bei diesem Lärm sonst Gehör verschaffen?« Bei seinem mißbilligenden Blick unterließ sie sofort den scharfen Ton. »Es ist nur, an ein so lärmendes Mahl bin ich nicht gewöhnt. Und … und … der Tisch ist nicht einmal sauber geputzt.«

Die Augen ihres Vaters wanderten über die Tischplatte und dann zu der lärmenden Runde, die den Saal bevölkerte. Er öffnete seinen Mund, als ob er etwas sagen wollte, schloß ihn dann aber und blickte wieder auf den Tisch.

»Ist alles ein wenig unsauber. Das stimmt«, räumte er schließlich ein. »Aber ihre laute Ausgelassenheit, nun, sie ist nur recht und billig. Schließlich haben sie tagelang nach dir gesucht. Sie feiern jetzt zu deinen Ehren.«

Rosalynde war klug genug, um den Blick gerührt und voller Demut zu senken. Zu ihrer Erleichterung schien er besänftigt zu sein. Er legte das Messer ab, hob den Becher und trank einen großen Schluck, bevor er weitersprach.

»Cedric wird dafür sorgen, daß die Tische gereinigt werden.« Er blickte sie lange an. »Und daß die Binsen erneuert werden.« Wieder begegneten sich ihre Blicke, dann ließ er einen tiefen Seufzer hören. »Gut, es wird geputzt. Ich kümmere mich darum.«

»Vielleicht könntest du das mir überlassen.« Sie hielt den Atem an und hoffte inständig auf sein Einverständnis.

»Cedric ist der Haushofmeister. Es ist seine Aufgabe.«

»Eine gute Hausfrau führt ihren Haushalt selbst. Das hat mich Lady Gwynne gelehrt.«

Er schien die Antwort gut aufzunehmen und nickte sogar zweimal, als er über das Gesagte nachdachte. »Aber du bist doch noch keine Frau, oder?«

Rosalyndes Augen wurden bei seiner Frage riesengroß, und ihr Herz fing wie wild zu schlagen an. Nur mit größter Selbstbeherrschung gelang es ihr, äußerlich Ruhe zu bewahren. Er weiß nichts, sagte sie sich. Er kennt die Wahrheit nicht. Er weiß nicht, daß ich rechtmäßig Blackswords Ehefrau bin.

»Nein«, sagte sie langsam. »Genaugenommen bin ich keine Hausfrau, aber ich kenne ihre Pflichten. Mit Freuden würde ich die Schlüssel von Stanwood übernehmen, Vater, wenn du sie mir gibst.«

Er lächelte zustimmend und täschelte väterlich ihre Hand. Rosalynde fühlte sich auf einmal ungeheuer wichtig und mächtig. Sie würde allein einen großen Haushalt führen! Sie ganz allein!

Obwohl ihr Vater anfangs etwas unwillig reagierte, hatte er ihre sanftmütig vorgetragene Bitte erfüllt. Nur so konnte man zum Ziel kommen, erkannte sie plötzlich. Hatte ihr Mutter ihren gestrengen Gemahl auch durch Sanftmut und Güte erweicht? Als Vater und Tochter das Mahl im schönsten Einverständnis beendeten, schwor sie sich, von jetzt an ihre Zunge und das oft mit ihr durchgehende Temperament im Zaum zu halten. Sie wollte ihrem Vater stets freundlich begegnen, wenn Stanwood Castle dadurch wieder wie eine seltene Goldmünze glänzen konnte. Obwohl er jetzt einverstanden war, würde er früher oder später aufbegehren, denn sie wollte schließlich nicht nur das Haus säubern. Neue Kleider für die Bediensteten, frisches Linnen für Tische und Betten, neue Wandbehänge, das und vieles andere mehr würde erforderlich sein, um Stanwood wieder im alten Glanz erstrahlen zu lassen. Er würde sich zwar über Unbequemlichkeiten und Kosten beschweren, aber mit dem Ergebnis würde er zweifellos zufrieden sein. Und zudem wäre er sicher stolz auf sie.

Rosalynde gab ihrem Vater keine Gelegenheit, sein Versprechen zurückzunehmen. Kaum hatten sich die Männer nach dem Abendessen an die Spieltische zurückgezogen, belagerte sie ihn.

»Ich muß sehr viel planen und begutachten, bevor ich mit meiner Arbeit beginnen kann. Womit soll ich am besten anfangen, Vater?«

Sir Edward blickte in das schöne, offene Gesicht seiner Tochter und ließ dann den Blick in den Eßsaal schweifen. »Mit den Binsen, würde ich sagen. Cedric wird dafür sorgen, daß frische geschnitten werden. Und die Tische, natürlich ...«

»Nein, nein. Ich meine nicht, was wann getan werden muß. Die Reihenfolge wird sich ergeben. Nein, ich meine, kannst du bitte Cedric und dem Koch mitteilen, daß sie sich von jetzt an mit mir besprechen müssen? Und würdest du mir ihre Schlüssel übergeben?«

Ihr schien, als ob er sich gegen ihr eiliges Vorgehen sperren wollte, und sie legte sich geistesgegenwärtig ein passendes Argument zurecht. Dann schenkte sie ihm ihr schönstes Lächeln und blickte ihn hoffnungsvoll und begeistert an. Endlich atmete er mit einem langen Seufzer aus und rieb sich nachdenklich das Kinn. »Kann das nicht bis morgen warten?«

»Am liebsten möchte ich meine Vorbereitungen noch heute abend treffen, damit ich morgen bei Tagesanbruch mit der Arbeit beginnen kann.«

Wieder seufzte er, aber diesmal nickte er auch. »Wie du wünscht, Rosalynde. Komm mit, wir wollen es hinter uns bringen, damit ich eine Partie spielen kann.« Er sah etwas beunruhigt aus, als sie den Saal verließen. Rosalynde aber strahlte über das ganze Gesicht.

Obwohl er nicht ein Wort sagte, schien es dem Koch zu widerstreben, daß Sir Edward den Schlüssel aus seiner Hand nahm und ihn Rosalynde übergab. Sie nahm jedenfalls das Mißfallen zur Kenntnis, das dem untersetzten Mann im Gesicht geschrieben stand. Cedric hingegen schien beinahe erleichtert zu sein. Er löste den metallenen Schlüsselring von seinem Gürtel und überreichte ihn seiner neuen Herrin mit einem scheuen Lächeln und einer Verbeugung. Seine Bereitwilligkeit ermutigte sie dazu, die Hand auf seinen Arm zu legen, bevor er ihrem Vater in den großen Saal folgen konnte.

»Könntet Ihr mir vielleicht die Vorratskammer für Kräuter und Spirituosen zeigen? Mein besonderes Interesse gilt seit langem der Wundheilung und deshalb würde ich gerne als erstes die entsprechenden Vorräte besichtigen.« Sie ging voran, bevor Cedric etwas einwenden konnte. »Auf dem Weg dorthin könntet Ihr mir sagen, welcher Schlüssel zu welcher Tür paßt.«

Im Schloßhof war es dunkel geworden, als Rosalynde die Vorratskammer verließ. Den Seneschall hatte sie seit einer geraumen Weile zu ihrem Vater zurückgeschickt und dann in aller Ruhe die Säckchen und Beutel mit getrockneten Blättern und gemahlenen Wurzeln begutachtet, vor allem auch die wertvollen Essenzen und Tinkturen, die in irdenen Töpfen oder Glasfläschchen aufbewahrt wurden. Das hatte einige Zeit gekostet. Aber es ist ja für einen guten Zweck, dachte sie, als sie über den grasbewachsenen Hof eilte und dabei das Gebräu, das sie zubereitet hatte, fest in Händen hielt. Da die meisten Schloßbewohner bereits ihre Betten oder Strohlager aufgesucht hatten, würde sie ihren eilig geschmiedeten Plan vermutlich unbehelligt durchführen können.

Sie war entschlossen, Blackswords geschundenen Rücken zu pflegen, auch wenn es ohne Sir Edwards Erlaubnis geschah. Mit einem Sud aus Schafgarbe und Goldrute hatte sie heißen Talg zu einer leichten, geschmeidigen Salbe vermengt. Wenn sie Blacksword ausfindig gemacht hatte, wollte sie damit seine Wunden versorgen und ihn währenddessen davon überzeugen, daß es klüger wäre, ihr Geheimnis nicht preiszugeben.

Sie wußte nicht genau, wo sie nach ihm suchen sollte. Bei ihrem Rundgang durch das Haus war es ihr gelungen, Cedric unauffällig einige Informationen über die Schloßordnung zu entlocken. So erfuhr sie zum Beispiel, daß die männlichen Dienstboten während der kalten Jahreszeit in der großen Halle und in den Fluren schliefen. In den Sommermonaten jedoch nächtigten die meisten von ihnen in den Ställen. Die Pagen wiederum bezogen ihre Schlafstatt neben den Quartieren der Ritter. Die wenigen weiblichen Bediensteten waren in einer Kammer neben der Küche untergebracht. Sie hatte Blacksword bis jetzt nirgends entdecken können, aber es lag auf der Hand, daß ihr Vater einen Mann, den er für gefährlich hielt, nicht frei im Schloß herumlaufen ließ. Obwohl ihr Vater Blacksword — wenn auch widerstrebend — am Leben gelassen hatte, würde er nur darauf warten, daß er eine Unvorsichtigkeit beging. Deshalb war es naheliegend, daß Blacksword irgendeine Ecke in den Stallungen zugewiesen worden war.

Ihr Herz schlug schneller, als sie sich dem großen schwarzen Schatten der Stallungen näherte. Ein schwacher Lichtschein drang aus einem halboffenen Fensterladen. Alles andere lag im Dunkel, und sie mußte sich an den Holzbalken des Gebäudes entlangtasten. Als ihre Finger den Rahmen einer Türöffnung fühlten, blieb sie zögernd stehen.

Du hast nichts von ihm zu befürchten, sagte sie zu sich selbst. Hier, auf dem Gelände des Schlosses, war sie in Sicherheit. Er würde es nicht wagen, ihr etwas anzutun.

Aber du zitterst ja gar nicht aus Angst vor ihm, erinnerte sie ein dünnes Stimmchen. Seine Hände hatten ihr durchaus nicht wehgetan — sie hatten sie zärtlich liebkost. Gott, bewahre mich vor seinen Berührungen, betete sie, während ihr Atmen schneller ging. Nur der Wunsch, seine furchtbaren Schmerzen zu lindern trieb sie jetzt durch die Stalltür. Heute nacht würde er wohl weder Rache- noch Lustgefühle haben, ermutigte sie sich. Er brauchte ihre Hilfe und die trug sie in einem töneren Gefäß in ihren Händen.

Der Stall war nur schwach von einer flackernden Kerze erleuchtet, die in einer Laterne aus getrockneter Tierhaut steckte. Rosalynde, die nicht wußte, wohin sie ihren Blick als erstes wenden sollte, ging auf das warme Licht zu, das über dem Eingang des letzten Stallabteils hing. Als sie leises Gemurmel hörte, blieb sie stehen. Dann aber hatten sich ihre Augen allmählich an das Halbdunkel gewöhnt, und sie nahm ihren ganzen Mut zusammen und ging vorsichtig weiter.

Sie traute ihren Augen kaum, als sie ihn vor sich sah. Nackt bis zur Hüfte stützte er sich auf einen Strohballen, und irgendein Weibsstück hatte die Hand auf seine Schulter gelegt. Noch schlimmer, dieses Biest beugte sich so weit vor, daß er durch ihre locker gebundene Bluse die Spalte zwischen ihren gutentwickelten Brüsten sehen konnte!

Rosalynde bemerkte zufrieden, daß er zumindest die Augen geschlossen hielt, aber das war nur ein kleiner Trost. Es war eindeutig, daß das Mädchen gekommen war, um ihm zu helfen, aber Rosalynde traute ihr trotzdem nicht. Das Mädchen strich mit der Hand über seinen Rücken, während er vor Schmerzen stöhnend versuchte, eine günstigere Stellung zu finden. Rosalynde wußte nicht, wie lange sie noch unbemerkt stehengeblieben wäre. Als sie jedoch sah, daß das Mädchen die Hand nach einer alten Pferdedecke ausstreckte, um damit den Schweiß von Blackswords Rücken zu wischen, konnte sie sich nicht länger zurückhalten.

»Berühre ihn nicht damit!«

Sofort flogen zwei Köpfe zu ihr herum und starrten ihr mit unverhohlenem Erstaunen entgegen. Das Gesicht des Mädchens nahm sogleich einen schuldbewußten, unterwürfigen Ausdruck an, als es ihre Bluse zuband. Blackswords Miene zeigte jedoch Neugier und dann, wie es schien, Zufriedenheit. Gleich darauf aber stellte sich Mißtrauen ein und seine Augen verengten sich, als er verächtlich erklärte: »Ein hartherziges Paar gebt Ihr und Euer Vater ab! Erst fügt Ihr mir unverdienterweise diese Wunden zu und jetzt kommt Ihr und wollt verhindern, daß sie heilen. Mißgönnt Ihr mir etwa auch noch die Dienste, die diese freundliche Magd mir erweist?«

Rosalynde war zu aufgebracht, um klar zu denken. »Ihre Dienste ... ihre Dienste!« ereiferte sie sich. »Wenn Ihr eitrige Wunden wollt, dann laßt Euch mit diesem schmutzigen Fetzen behandeln!«

Wenn das erschrockene Mädchen nicht eilig das Weite gesucht hätte, wäre Rosalynde selbst aus dem Stall gestürmt. Als das Mädchen jedoch ängstlich an ihr vorbeihuschte, stand sie dem grollenden Blacksword plötzlich allein gegenüber.

Er starrte sie einen Augenblick lang finster an, dann richtete er sich mühsam und offensichtlich unter großen Schmerzen auf. »Was zum Teufel wollt Ihr hier?«

In der Enge des niedrigen Stalles fühlte sich Rosalynde von dem muskulösen Mann eingeschüchtert, der jetzt in voller Größe vor ihr stand. Er ist verletzt, sagte sie sich, er braucht Hilfe, aber trotzdem fühlte sie sich in seiner Nähe unbehaglich.

»Nun?« schnaubte er. »Ihr kamt aus einem bestimmten Grund hierher, nehme ich an. Oder hat Euch etwa die Eifersucht zu mir getrieben?« Er lächelte spöttisch. »Eine Jungverheiratete wie Ihr läßt Ihren Ehemann nicht gerne lange mit der Milchmagd allein.«

Diese unverschämte Bemerkung riß sie zu einer wütenden Antwort hin. »Ich bin weder jungverheiratet noch seid Ihr mein Ehemann! Und mich kümmert nicht, ob Ihr ... ob Ihr ...«

»Hütet Eure Zunge, mein süßes Weib«, reizte er sie weiter. »Man sagt, die Wände haben Ohren. Wollt Ihr unseren ehelichen Zwist an die große Glocke hängen?« Diese neuerliche Frechheit unterstrich er mit einer hochmütig heraufgezogenen Braue.

»Das ist kein Ehezwist«, zischte Rosalynde, warf aber einen vorsichtigen Blick über ihre Schulter. »Das ist kein Ehezwist«, wiederholte sie noch leiser und weniger scharf. »Das ist ... das ist ... das ist Abscheu und Ekel ...«

Sie blickte ihn kampflustig an. Aber seine Männlichkeit war einfach überwältigend. In der Enge des Stalles wurde ihr plötzlich warm. Er stand mit nacktem Oberkörper vor ihr und weckte so ungebetene Erinnerungen in ihr. Um alles noch schlimmer zu machen, schienen sich seine Gedanken auf den gleichen Pfad zu begeben. Seine grauen Augen nahmen ihre Gestalt immer wacher in sich auf. Obwohl sie in einen hochgeschlossenen, wollenen Umhang trug, spürte sie seinen Blick auf der Haut. Die Wirkung war verheerend.

Plötzlich glaubte sie durch die Nähe seiner Männlichkeit ersticken zu müssen. Süße Erinnerungen und Wünsche wurden in ihr wach. Sie sog heftig die Luft ein, als sie in seinem Blick die Ankündigung der Dinge sah, die jetzt geschehen würden. In panischer Angst wich sie zurück. Wenn sie ihm entkommen wollte, dann jetzt, so lange sie noch die Kraft dazu hatte. Aber Blacksword kam ihr zuvor. Als hätte er ihre Gedanken gelesen, packte er sie mit einer entschlossenen Bewegung am Arm und die Salbe, die sie für ihn zubereitet hatte, fiel in das Stroh.

»Für mich?« fragte er mit gespielter Höflichkeit. »Ist meine Waldnymphe gekommen, um mir zu helfen? Kann es das gleiche Wesen sein, das mich auspeitschen ließ? Bei Gott, ich glaube, das schlechte Gewissen plagt sie, sonst wäre sie nicht mit heilenden Tinkturen zu mir gekommen.« Gegen ihren Willen zog er sie an sich. »Ist das wahr, meine wilde Rose? Tut es dir leid, daß deine grausamen Dornen mich verletzt haben?«

»Es ist nicht meine Schuld«, rief sie, als sie versuchte sich aus seinem Griff zu befreien. »Ich habe keinen Grund, mich Euretwegen schuldig zu fühlen!«

Aber die Wahrheit war, daß sie sich sehr wohl schuldig fühlte und zu ihrem Kummer schien er das auch zu wissen.

»Ihr fühlt die Schuld«, beharrte er. »Aber das geziemt sich auch für ein Edelfräulein. Ein Mann riskiert Kopf und Kragen, während die schöne Jungfrau ihn anfeuert und beifällig in die lilienweißen Hände klatscht. Erst wenn die Fanfaren das Ende des Turniers verkünden, regt sich bedauernd ihr Gewissen.« Er gab ihre Hand mit einem zynischen Lachen frei. »Komm her, meine schöne Rose, und erleichtere dein Gewissen.« Mit diesen Worten drehte er ihr den Rücken zu und straffte die Schultern. »Streicht Euren Balsam über meine Wunden, aber glaubt mir, der Schmerz wird bittrer sein als der Biß der Peitsche.«

Nachdem er sie freigegeben hatte, war Rosalyndes erster Gedanke, auf dem Absatz kehrt zu machen und schleunigst die Flucht zu ergreifen. Aber der Anblick der braunrot verkrusteten Striemen auf seinem Rücken ließ sie wie angewurzelt stehenbleiben. Sie allein war für diese Mißhandlung verantwortlich. Auch wenn sie seinen Zorn fürchtete und ihm mißtraute, sie konnte den Mann mit dem gemarterten Rücken nicht allein lassen. Beschämt und mit tränenfeuchten Augen bückte sie sich nach dem Gefäß mit der Salbe.

»Ich … ich brauche Wasser«, flüsterte sie dem breiten, bewegungslosen Rücken zu, »ich komme sofort zurück.« Sie ergriff einen in der Nähe stehenden Eimer und lief in die Dunkelheit hinaus. Wenn Rosalynde glaubte, die stille dunkle Nacht würde ihr Erleichterung verschaffen, so wurde sie enttäuscht. Als sie mit dem Wasser zurückkehrte, klopfte ihr Herz immer noch unregelmäßig und das würgende Gefühl im Hals hatte nicht nachgelassen. Die Tränen waren jedoch versiegt, und die Hände ruhig geworden.

Blacksword hatte sich nicht von der Stelle bewegt, aber sein Körper war in sich zusammengesunken. Bei ihrem Eintreten richtete er sich sofort wieder auf. Seine Stimme hatte ihren Spott nicht eingebüßt, als er zu ihrer Begrüßung sagte: »Sind wir bereit, Milady?«

Aber Rosalynde achtete nicht auf den beißenden Tonfall. Sie bereitete sich auf die mühsame Aufgabe vor, die jetzt vor ihr lag. »Könnt Ihr Euch setzen?« fragte sie leise. Nach kurzem Zögern ließ er sich auf einen der Heuballen nieder.

Aus nächster Nähe besehen war Blackswords Rücken wirklich entsetzlich zugerichtet. Obwohl sie Erfahrung in der Wundpflege hatte, machte ihr der Magen beim Anblick dieser zerfetzten Haut zu schaffen. Sie unterdrückte die aufsteigende Übelkeit und zwang sich, Ruhe zu bewahren. Es erschien ihr furchtbar, daß sie ihm weitere Schmerzen zufügen mußte, wenn sie das entzündete Fleisch heilen wollte. Aber es mußte sein. Mit einem tiefen Atemzug machte sie sich an die Arbeit.

»Es wird sehr schmerzhaft sein«, murmelte sie, nachdem sie einen breiten Leinenstreifen aus ihrem Unterrock gerissen hatte und ihn mit kaltem Wasser tränkte. Dann biß sie die Zähne aufeinander und tat, was getan werden mußte. Sie preßte den Stoff auf die Wülste an seinem oberen Rücken. Durch das Gewebe fühlte sie das Zucken der gemarterten Haut. Er gab nicht einen Laut von sich, obwohl der Schmerz höllisch sein mußte. So vorsichtig und schnell wie möglich wusch sie jetzt die aufgeweichte Kruste ab. Sie stützte sich mit der linken Hand auf seinem Arm ab und sonderbarerweise gab ihr die Wärme und Festigkeit seiner gesunden Haut die Kraft, mit der Behandlung fortzufahren. Vorsichtig wusch sie Blutkrusten und Schmutz ab, entfernte lose herabhängenden Hautfetzen. Zuletzt strich sie die Salbe auf die gereinigten Stellen und spürte, wie sie auf der warmen Haut schmolz. Als sie ihre Arbeit beendet hatte, löste sich ihre verkrampfte Haltung. Diese kaum merkliche Entspannung mußte sich auf ihn übertragen haben.

»Gut gemacht, Milady«, spöttelte er mit rauher, belegter Stimme. »Aber wußtet Ihr nicht, daß die zarte Berührung einer schönen Frau einen Mann mehr quält als ein Peitschenhieb?«

Sie richtete sich rasch auf und blickte auf seinen dunklen Hinterkopf. »Ist sie ebenso quälend wie die Schlinge des Henkers?«

Daraufhin drehte sich sein Kopf zu ihr und ein Paar dunkelgrauer Augen blickte sie durchdringend an.

»Diese Frage kann ich aus mangelnder Erfahrung nicht beantworten.«

»Nun, aber ich kann sie beantworten!« fuhr sie ihn wütend an, weil er sich trotz seiner Schmerzen über sie lustig machte. »Die zwei Männer hingen am Strang, röchelten ... drehten sich und versuchten, Luft zu holen ... Ihr habt sie gehört und gesehen! Genauso hätte es Euch ergehen können. Seid doch zufrieden, daß Ihr lebt!«

Bei diesem Zornesausbruch und dem gräßlichen Bild, das sie wieder vor Augen hatte, kamen ihr unwillkürlich die Tränen.

Als sie aus den dichten Wimpern die Wangen hinunterrannen, wischte sie sie mit dem Handrücken ab und ärgerte sich, daß sie sich vor ihm diese Blöße gegeben hatte. Dann wandte sie sich von ihm ab und wollte hinausgehen. Wieder kam er ihr zuvor, packte sie beim Handgelenk und hielt sie fest. Ihre Augen begegneten sich lange.

»Ich bin sehr froh, daß ich am Leben bin, Milady. Aber zufrieden? Ich werde erst zufrieden sein, wenn das was rechtmäßig mir gehört auch mein wird.«

»Aber ... aber ich versuchte doch, Eure Belohnung zu erlangen«, stammelte Rosalynde. »Ich habe wirklich ...«

»Und was ist mit Euch selbst?« unterbrach er sie. »Ihr seid mein durch den Akt Eurer Handreichung.« Seine Augen schienen auf den Boden ihrer Seele zu schauen. »Ihr gehört mir durch Euer Gelöbnis.«

»Nein«, flüsterte sie und verwünschte die schreckliche Wahrheit seiner Worte. »Nein. Ich gehöre niemandem und Euch schon gar nicht.« Das klang nicht sehr überzeugend. Nach einem beklemmenden Schweigen ließ er ihre Hand sinken.

»Wollt Ihr es Eurem Vater sagen oder soll ich es tun?« fragte er leise und ruhig, doch mit drohendem Unterton.

»Das kann nicht Euer Ernst sein«, wisperte sie erschrocken. »Ihr wißt doch, das würde das Todesurteil bedeuten.«

»Wollt Ihr ihm sagen, daß wir Mann und Frau sind — in jeder Hinsicht — oder soll ich es ihm sagen?« wiederholte er, als ob er ihre Worte nicht verstanden hätte.

»Ich werde es abstreiten …« Langsam schüttelte Rosalynde den Kopf, ohne ihr Gegenüber dabei aus den Augen zu lassen. »Ihr seid wahnsinnig«, flüsterte sie, als sie die feste Entschlossenheit in seinem Gesicht erkannte. »Er wird Euch erschlagen lassen«, fügte sie hinzu. »Und keiner wird Euer Schicksal besingen.«

Ungerührt griff er nach seinem Hemd und lächelte sie belustigt an. »Nehmt Euer Herz in beide Hände, Lady Rosalynde. Wenn er so blutrünstig ist, wie Ihr meint und mich erschlägt, weil ich die Wahrheit sage, dann seid Ihr von mir befreit. Schließlich ist dies doch Euer größter Wunsch, nicht wahr, Milady?« Wieder blickte er sie durchdringend an.

Seine Worte hatten Rosalynde völlig verwirrt. Sie wußte nicht mehr, was sie wollte. Nur eines wollte sie auf keinen Fall: Sie wollte nicht, daß er durch die Hand ihres Vaters starb.

»Ich wünsche nicht Euren Tod«, antwortete sie kaum hörbar.

Er legte den Kopf leicht zur Seite und hob fragend die Augenbrauen. »Ihr wollt mich weder als Ehemann noch wollt Ihr meinen Tod«, stellte er nachdenklich fest. Dann verschärfte sich sein Blick und seine Stimme wurde hart. »Leider scheint es aber keine andere Wahl zu geben. Wenn die Wahrheit ans Tageslicht kommt, sagt Ihr, werde ich erschlagen, und dennoch kann ich nur mit der Wahrheit leben. Wie Ihr seht …« Er unterbrach sich und lächelte spöttisch, als ob er seine Worte, die sie so tief getroffen hatten, damit mildern wollte. »Es gibt keinen Mittelweg. Ihr könnt Euch nur für den einen oder den anderen entscheiden. Eine andere Möglichkeit habt Ihr nicht.«

»Aber warum?« rief sie verständnislos aus. »Warum gibt es nur das eine oder das andere? Warum könnt Ihr nicht zufrieden sein . . .?«

»Weil wir uns das Versprechen gegeben haben«, schnitt er ihr das Wort ab und packte sie bei den Armen. »Weil wir durch die Handreichung verheiratet sind.« Er beugte den Kopf zu ihr hinab und blickte sie forschend an. »Weil Ihr meine Frau seid. *Ihr seid mein.*»

Dann näherten sich seine Lippen ihrem Mund. Der leidenschaftliche Kuß benahm ihr den Atem. Zorn, Schmerz und Begehren flammten bei diesem Kuß zwischen ihnen auf.

Blacksword war hart und fordernd und zwang sie, ihren Mund zu öffnen. Vernunft, Widerstreben und Schrecken schmolzen in der Hitze seiner Gefühle. Die Leidenschaft seines Kusses und seine besitzergreifende Umarmung machten sie weich und widerstandlos.

Als er sich endlich von ihr löste, schwankte sie ein wenig und rang nach Atem. Ihre Augen trafen sich. Dann lächelte er. Hastig entwand sie sich seinen Armen und war verwirrt und erschrocken über die Gefühle, die er in ihr ausgelöst hatte.

»Es hat keinen Sinn, es aufzuschieben, Rose. Ich möchte, daß unsere Verbindung bekannt wird. Ich habe bereits zu lange gewartet.« Er schwieg und sein Gesicht verdüsterte sich. Eine Weile schien er seinen Gedanken nachzuhängen.

»Geh jetzt zu deinem Vater und sage ihm die Wahrheit. Sage ihm, daß ich dich im Stall geküßt habe. Sage ihm, daß ich im Wald mit dir geschlafen habe.« Er lachte über ihren angsterfüllten Blick. »Sage ihm, daß wir Mann und Frau sind, sonst tue ich es. Und dann klebt mein Blut an deinen Händen.«

Diese letzten Worten verliehen ihren Füßen Flügel. Wie gehetzt rannte sie aus dem Stall, nur um seinem Spott und seinem höhnischen Lachen zu entkommen. Dann lief sie durch den Schloßhof in die große Halle und stürmte die schmalen Stiegen hinauf, die zum Ostturm führten. Aber auch als sie sich in ihren eigenen Gemächern befand und die Tür hinter sich zugeschlagen hatte, gelang es ihr nicht, diese furchtbare Ankündigung zu verdrängen.

Sie rang nach Luft, als sie sich hastig entkleidete und das lange Haar zu einem dicken Zopf flocht. Sie *konnte* ihrem Vater nicht die Wahrheit sagen. Aber würde es nicht noch schlimmer kommen, wenn er es von Blacksword erfuhr? Im Widerstreit dieser Gefühle stieg sie ins Bett und zog die dicke Schaffelldecke bis zu den Ohren. Auch die wohlige Wärme beruhigte sie nicht. Ob sie nun die Wahrheit sagte oder schwieg — alles würde zu ein und demselben Ende kommen. Wenn ihr Vater es erfuhr, würde er Blacksword mit dem Tod bestrafen. Das wußte sie mit unerschütterlicher Sicherheit. Und dann klebte, wie Blacksword es gesagt hatte, sein Blut an ihren Händen.

Sie barg den Kopf in den Armen und gab sich ihrem Elend hin. Warum mußte er so eigensinnig sein? Warum mußte er so unbeugsam sein?

Als sie jedoch vor Müdigkeit endlich einschlief, war sie nicht mehr sicher, ob es eher Blackswords Starrsinn oder der ihres Vaters war, der sie störte.

14

Rosalynde wachte vor Sonnenaufgang auf. Als sie hinunter in die große Halle ging, brannte das Feuer bereits und die Tische wurden für die männlichen Dienstboten gedeckt. Zwei junge Frauen eilten mit vollen Bierkrügen und Brotkörben hin und her.

Die Streu aus Binsen ist ekelerregend, dachte Rosalynde im Vorbeigehen. Bei Tage sah es noch schlimmer aus. Doch wollte sie sich mit den vielen Aufgaben, die im Schloß auf sie warteten, nicht jetzt beschäftigen. Das alles mußte warten.

Sie hatte unruhig geschlafen und war immer wieder aufgewacht. Die Forderung, die Blacksword ihr gestellt hatte, lastete wie ein Alp auf ihrer Seele. Wenn sie ihrem Vater nicht die Wahrheit sagte, würde Blacksword es tun. Darin blieb er sicher unerbittlich. Sie aber war ebenso fest entschlossen, ihr Geheimnis vor ihrem Vater zu bewahren. Unbemerkt huschte sie durch die hohe Eichentür. Sie mußte es noch einmal versuchen. Vielleicht konnte sie ihn doch überreden, zu schweigen, wenigstens für eine kurze Zeit.

Auf dem Schloßwall wurden die Wachen abgelöst, und die Bediensteten und Vasallen begannen ihr Tagewerk. Eine Schar junger Burschen lief mit leeren Eimern, die rechts und links an einem Joch über ihre Schulter hingen, zu dem Brunnen im Innenhof. Das laute Geschnatter verstummte sofort, als sie Rosalynde entdeckten, stehenblieben und sie ungehemmt mit offenem Munde anstarrten.

Noch ein Punkt, an dem es hier mangelt, dachte sie, als sie ihnen flüchtig zulächelte und weiterging. Stanford mangelt es an anscheinend allem. Das Essen am Vorabend war gerade noch als mittelmäßig zu bezeichnen gewesen. Der Haushalt befand sich in einem bedauernswerten Zustand und den Kindern der Schloßbewohner war jede Anstandsregel fremd. Und wo, fragte sie sich stirnrunzelnd, waren die weiblichen Dienstboten untergebracht? Heute morgen hatte sie nur die beiden Frauen in der großen Halle gesehen. Dann fiel ihr die Milchmagd ein. Wo mochte die stecken, überlegte sie ärgerlich. Die wenigen Frauen in Stanwood waren vernachlässigt, ärmlich gekleidet und überarbeitet. Stanford war nach dem Tode ihrer Mutter offensichtlich zu einer Domäne der Männer geworden. Aber das würde sich alles ändern.

Rosalynde faßte nach dem Ende ihres Gürtels und spürte das beruhigende Gewicht der daran befestigten Schlüssel. Sie war jetzt die Herrin und sie würde dafür sorgen, daß alles seine Richtigkeit hatte, so oder so. Aber vor allem anderen wollte sie sich Blackswords Schweigen erkaufen.

Die Vorratskammern erleichterten die Ausführung ihres Plans — sie entdeckte ein ordentlich geflicktes Hemd aus weichem Linnen und einen Wams aus dichtgewebtem, dunkelgrünem Jägertuch. Mit diesen Kleidungsstücken, einigen sauberen Tüchern zum Waschen und einer weiteren Portion von der Heilsalbe, die sie vorbereitet hatte, war sie für die nächste Begegnung mit ihm gerüstet. Aber als sie sich der Stalltür näherte, überfiel sie die bekannte Unruhe.

Sie blieb stehen und preßte eine Hand auf ihren rebellisch gewordenen Magen. Du mußt dich beherrschen, befahl sie sich streng. Er war nur einer der vielen Untergebenen ihres Vaters und bedurfte ihrer Hilfe und ihrer Kenntnisse in der Heilkunst. Nicht mehr und nicht weniger. Obwohl sie sich Vernunft predigte, schien ihr Herz davonzugaloppieren, und ihr Mund war trocken wie frisch gesponnene Wolle. Als sie krampfhaft einen Fuß vor den anderen setzte, tröstete sie sich mit dem Gedanken, daß er vielleicht gar nicht da war.

Aber er war da. Sie hörte seine tiefe Stimme, sein schmerzhaftes Aufstöhnen und dann einen dumpfen Aufschlag. Sie befürchtete Schlimmes und hastete an einer niedrigen Mauer entlang in den Stall. Bei dem Anblick, der sich ihr bot, blieb sie abrupt stehen. Blacksword hockte neben einem schweren Granitblock. Der dickbäuchige Stallmeister starrte ihn ehrfurchtsvoll an und grinste etwas dümmlich.

»Ich hatte nicht gedacht, daß das möglich ist, wenn ich es nicht mit eigenen Augen gesehen hätte!« Zufrieden klatschte er mit einer Hand auf den Block, hob einen kurzen Stahlhammer und ließ ihn auf den harten Stein sausen. »Jetzt kann ich leichter arbeiten, ohne daß mir die dämlichen Stallburschen im Wege stehen und mir ständig über die Schulter schauen.« Er blickte wieder zu Blacksword und zog einen Mundwinkel hinauf. »Ihr habt Kraft, mein Guter, jetzt muß sich noch erweisen, ob Ihr auch Verstand habt.« Wieder hieb er auf den Stein. Dann wandte er sich um und erblickte Rosalynde.

»Milady!« Er sah sie mit aufgerissenen Augen ungläubig an. Anscheinend überstieg es sein Fassungsvermögen, daß die Schloßherrin ihren Fuß in die Stallungen setzte. Er verbeugte sich respektvoll. »Kann ich ... kann ich etwas für Euch tun?« Er verbeugte sich wieder. Rosalyndes Augen wanderten von ihm zu Blacksword und dann wieder zu dem verstummten Stallmeister zurück. Es war bei weitem einfacher ihn anzusehen, als dem harten, prüfenden Blick

Blackswords standzuhalten, der ihr Blut auch jetzt wieder heiß aufwallen ließ.

»Ihr ... Ihr könnt jetzt gehen. Ich bin nur gekommen, um die Wunden dieses ... dieses Mannes zu pflegen.« Sie hob das Tongefäß mit der Salbe in die Höhe, als ob sie ihren Worten Nachdruck verleihen wollte. »Er wird ein schlechter Arbeiter sein, wenn seine Wunden eitern.«

Der Stallmeister blieb ihr darauf eine Antwort schuldig. In der Nähe des Edelfräuleins fühlte er sich offensichtlich unbehaglich und war froh, verschwinden zu können.

»Ich muß ein Pferdegeschirr ausbessern, und zwei Schilder.« Mit einem kurzen Seitenblick auf Blacksword fuhr er fort: »Schickt ihn mir, wenn Ihr ihn versorgt habt, Milady.«

Es gab jetzt keinen Vorwand mehr, Blacksword nicht anzusehen. Er hatte sich nicht von der Stelle gerührt und kauerte noch immer neben dem mächtigen Granitblock, den er offensichtlich für den betagten Stallmeister in den rückwärtigen Teil des Stalles geschoben hatte. Als sich ihre Augen trafen, erhob er sich langsam. Wieder benahm ihr die animalische Schönheit dieses Mannes den Atem. Eine ungebändigte Kraft ging von ihm aus, die durch die wachsame Klugheit seiner grauen Augen furchterweckend wirkte. Stolz und Unnahbarkeit drückten sich in den gestrafften Schultern und der Kopfhaltung aus und in seinem unbeirrbaren, festen Blick. In diesem Augenblick wußte sie mit Sicherheit, daß er jemand anderes war als er zu sein schien. Er war kein gewöhnlicher Untergebener, kein Leibeigener, der für ein Leben voller Mühsal und Arbeit geboren war. Er hatte anderes in seinem Leben erfahren. Und doch ließ sich die Tatsache nicht verhehlen, daß er ein gemeiner Verbrecher war.

Rosalynde nagte an der Oberlippe, als sie ihn gedankenverloren ansah. Erst als er dem Stallmeister nachblickte, der seine Gerätschaften zu dem neuen Arbeitsplatz am Granitblock trug, erinnerte sie sich an den Grund ihres Hierseins.

»Wenn Ihr ... wenn Ihr Eure Kleider ablegt ... Euer Hemd«, setzte sie hastig hinzu. Zu ihrem Ärger war ihre Stimme in eine zu hohe Tonlage gerutscht.

»Ja, Milady«, murmelte er höflich und ließ dabei die Augen gemächlich über ihre Gestalt gleiten. Dann lächelte er belustigt, zog das zerfetzte, verschmutzte Hemd über den Kopf und ließ es achtlos zu Boden fallen. Seine Augen hatten jetzt einen herausfordernden Ausdruck bekommen.

»Dreht Euch um«, brachte sie krächzend hervor und errötete bei seinem unverschämten Blick. Er war ein gemeiner Kerl, ein Wegelagerer, ein Teufel, sagte sie sich, bis der Anblick seines mißhandelten Rückens jeden anderen Gedanken verscheuchte. Ihr wurde übel davon. Die Krusten, die sich über Nacht gebildet hatten, waren aufgebrochen, als er den schweren Granitblock geschoben hatte. Die furchtbaren Striemen mit den Resten der getrockneten Salbe und das frisch austretende Blut boten einen grauenvollen Anblick. Auch wenn sie der Heilkraft ihrer Salbe vertraute, würde sie mit ihrer Kunst am Ende sein, wenn die Wunden immer wieder von neuem aufbrachen.

»Warum hat man diesem Mann so schwere Arbeit zugeteilt? Seht Euch seinen Rücken an!« herrschte sie den schweigsamen Stallmeister an. Sie wollte ihrem Ärger Luft machen — auch zehn Männer zu Pferde hätten sie nicht aufhalten können. »Seht Ihr nicht, was Eure Rücksichtslosigkeit angerichtet hat? Habt Ihr keine Augen im Kopf?«

»Das war nicht ich, Milady. Nicht ich«, beteuerte der Mann erschrocken, als sie ihn wütend anfuhr. »Es war Sir Roger. Er sagte, er soll von morgens bis abends arbeiten, schwer arbeiten. Ich tue nur, was man mir aufgetragen hat, Milady.«

»Sir Roger?« Sie starrte den älteren Mann an. »Und wer erteilte Sir Roger die Order?«

Der Mann antwortete nicht. Das brauchte er nicht. Rosalynde schloß aus seinem Erblassen sofort, daß Sir Roger einzig und allein ihrem Vater unterstand und das brachte die Dinge wieder auf den Kernpunkt ihres Problems und auf ihre Anwesenheit in den Stallungen zurück: ihr Vater und Blacksword. Zwischen den beiden unvernünftigen, eigensinnigen Männern fühlte sie sich wie ein dehnbares Seil gespannt. Beide zogen in unberechenbaren Abständen daran, und sie fragte sich, wie lange sie wohl noch durchhalten konnte.

Als der Stallmeister vor Unbehagen von einem Fuß auf den anderen trat, stieß sie einen müden Seufzer aus. »Ich werde mit meinem Vater sprechen. Zerbrecht Euch jetzt deswegen nicht den Kopf.«

Der Stallmeister hatte nichts Eiligeres zu tun, als sich zu verbeugen und in Richtung Stalltür zu verschwinden. Glücklicher Stallmeister! Er konnte sich erleichtert zurückziehen. Wieder war sie mit Blacksword allein. Ihr Zorn über seine erneute Mißhandlung war einem plötzlichen Anflug von Verschlagenheit gewichen. Er würde Schwierigkeiten machen, das lag auf der Hand. Sie war eine Törin, wenn sie etwas anderes erhoffte.

»So«, sagte er, als er sie mit seinen klaren grauen Augen anblickte. »Ihr werdet mit Eurem Vater sprechen. Meinetwegen. Aber *was* werdet Ihr sagen?« Er hob eine Augenbraue zweifelnd in die Höhe. »Ich erwarte Eure Antwort, süßes Weib.«

»Wagt es nicht, mich so zu nennen!« zischte sie und blickte sich ängstlich um.

»Leugnet Ihr es immer noch?«

Selbstverständlich. Sie mußte es leugnen. Und sie mußte sich etwas einfallen lassen, um ihn umzustimmen. Sie biß sich auf die Unterlippe und entfernte den Deckel der kleinen Tonschale. »Ich bin gekommen, um Eure Wunden zu pflegen. Ist das nicht ohne Streitereien möglich?«

Ein kurzes Schweigen entstand. Dann beging sie den Fehler, die Augen wieder zu ihm zu erheben. Sein Gesichtsausdruck war unergründlich. Ärger und Spott waren zur Abwechslung nicht zu erkennen, stellte sie fest, aber auch keine andere Regung, die sich irgendwie deuten ließ. Ihr Magen zog sich wieder krampfartig zusammen. »Ich dachte eigentlich nicht an Streitereien«, erklärte er mit tiefer, belegter Stimme.

Das reichte, um sämtliche Gedanken an Salben, aufgeplatzte Wunden und rote Striemen schleunigst aus ihrem Kopf zu jagen und sie durch andere Vorstellungen zu ersetzen, die schlecht und verrucht waren und jeder Moral entbehrten. Aber sie weigerte sich, auf seine Anspielung einzugehen und brachte das Thema zur Sprache, das ihnen beiden so viel Ungemach bereitete.

»Ich habe lange über das nachgedacht, was Ihr gestern Nacht sagtet«, bekannte sie und senkte die Augenlider, um seinem Blick zu entgehen.

»Und seid Ihr zu einem Entschluß gekommen?« fragte er obenhin, obwohl ihr die leichte Spannung in seiner Stimme nicht entgangen war.

Rosalynde atmete tief durch und trat näher an ihn heran. Ihre Finger zitterten, als sie die Innenfläche einer Hand mit der halbflüssigen Salbe füllte und sie vorsichtig auf seinem Rücken verstrich. Sie war erleichtert, daß er sie nicht an ihrem Tun hinderte, sondern nur den Kopf zur Seite wandte, um sie im Auge zu behalten. Trotzdem würde sie seiner Frage nicht ausweichen können.

»Ich brauche Zeit«, flüsterte sie nach einer Pause. »Nur ein wenig Zeit«, fügte sie eilig hinzu, bevor er etwas erwidern konnte. »Wenn Ihr ahntet, wie gefährlich Eure Lage ist ...«

»Ihr reibt Eure Tinktur auf meinen Rücken ein. Glaubt Ihr, ich wüßte nicht, wie gefährlich das für mich ist?« unterbrach er sie ernst.

Ihre Hände sanken herab, als er ihr sein Gesicht voll zuwandte. Nur ein paar Zentimeter trennten sie. »Ich bin der neueste Sklave Eures Vaters.« Er sprach dieses Wort aus, als ob er einen faulen Geschmack auf der Zunge hatte. »Ihr habt mir eine Belohnung versprochen. Ihr habt durch die Handreichung ein Gelübde abgelegt. Aber kaum seid Ihr hier, leugnet Ihr alles.« Seine grauen Augen blickten sie zornig an. »Ihr seid meine Frau. Und nur das nehme ich als Belohnung an.«

»Aber er wird Euch niemals als Ehemann seiner einzigen Tochter anerkennen! Begreift das doch!« flehte sie. »Ihr besitzt weder Titel ... noch Land!«

»Und wenn dem doch so wäre, wäre ich ihm dann gut genug — oder Euch?«

Auf diese unerwartete, rätselhafte Bemerkung hatte sie keine Antwort. Sie war nachdenklich geworden. Seine Haltung war edel. Sein Stolz nicht zu übersehen. Das war ihr bereits bei der ersten Begegnung aufgefallen. Ihre Augen verengten sich mißtrauisch. Gleichzeitig aber glomm ein Fünkchen Hoffnung in ihrem Herzen auf.

»Wer seid Ihr?« murmelte sie. Sie starrte ihn an, als ob sie ein Fabelwesen vor sich hätte. »Wer seid Ihr und wie kamt Ihr an den Galgen von Dunmow?«

Er hielt ihrem Blick ungerührt stand und einen Augenblick lang hoffte sie, er würde ihr überraschende Tatsachen enthüllen, zum Beispiel, daß er ein verzauberter Prinz sei wie in dem Märchen von den zwei Schwestern und dem Bären. Oder ein Edelmann, der von einem neidischen, rachsüchtigen Geist gequält wird. Aber so wie sie wußte, daß es Geister und Zauberer nur in Märchen und Sagen gab, glaubte sie auch zu wissen, daß er höchstwahrscheinlich nichts anderes war als ein Lump, ein dahergelaufener Kerl, der auf geschickte Art ihr Mitleid zu erregen verstand. Er war ein Vagabund, und in den Augen ihres Vaters eine völlig unpassende Verbindung.

Er hob die Schultern, und sein Gesichtsausdruck wurde hart und undurchdringlich, als ob er Vergangenes bewußt ausschließen wollte.

»Ich bin Aric. Von Wycliffe. Das sagte ich Euch bereits.«

»Wer war Euer Vater?« bedrängte sie ihn. Sie ärgerte sich plötzlich über seine offensichtliche Einsilbigkeit.

»Mein Vater war ein unbedeutender Mann«, erwiderte er nach einer kleinen Pause. »Ich war das letztgeborene Kind. Wycliffe hatte mir nichts zu bieten, also ...« Er hob wieder die Schultern, als wolle er damit das Restliche erklären. Aber es erklärte nichts, und Rosalynde wurde noch eine Spur ärgerlicher.

»Wycliffe hatte Euch nichts zu bieten? Wahrscheinlich hattet Ihr bereits alles gestohlen, was von Wert war. Dann zogt Ihr durch die Lande, bis man Euch in Dunmow festnahm.« Sie hob den Deckel auf und stülpte ihn wieder über das Salbengefäß. »Ja, ich versprach Euch eine Belohnung! Ja, ich heiratete Euch in dem Wissen, daß Ihr bereits zum Tode verurteilt wart! Aber ich dachte nie, Ihr würdet ... Ihr wärt ...«

Sie geriet ins Stottern, da sie sich wie eine Närrin vorkam.

Hatte sie nicht im Innersten gehofft, er wäre kein Dieb und kein Mörder? Es waren die geheimen Wünsche eines kindlichen Gemüts gewesen, gestand sie sich ein.

Aber nicht nur das, spann sie den unwillkommenen Gedanken weiter. Sie hatte mit ihm Mann und Frau gespielt, und die heftigen Gefühle während ihres Zusammenseins hatten sie erneut blind gemacht. Sie wollte, daß er jemand anders war, weil ... weil das, was sie miteinander getan hatten dann weniger falsch und schlecht erschien.

»Es kam Euch nicht in den Sinn, daß ich hier auftauchen und meine Belohnung verlangen könnte?« fügte er ihren Gedankengang zuende. »Kann das wahr sein?« Er packte sie bei den Armen und schüttelte sie. »Was für ein herzloses Weibsbild Ihr doch seid, Lady Rosalynde. Eines möchte ich wissen: Warum zögert Ihr, Eurem Vater die Wahrheit zu sagen? Wenn Ihr so überzeugt seid, daß er mich mit dem Tode bestraft, dann könntet Ihr zwei Fliegen mit einer Klappe schlagen. Ihr sagt ihm alles und seid mich los.«

»Ich möchte Euch nicht tot sehen!« Rosalynde schrie ihm die Antwort auf seine Frage ins Gesicht. »Aber wenn Ihr weiterhin auf diesem Wahnsinn besteht ...«

Sein Griff hatte sich bei ihren Worten verändert. Er hielt sie zwar noch fest, zog sie jetzt aber näher zu sich heran. »Wenn nicht tot, dann lebend? Ich frage Euch, warum? Warum, Rose? Was gewinnt Ihr durch meine Anwesenheit auf Stanwood?« Seine Augen glitten über ihr blasses, erschrockenes Gesicht. Mit der rechten Hand zog er ihr einen Strohhalm aus dem Haar. Dann fuhr er mit den Fingerknöcheln leicht über ihre Wange. »Könnte es sein, daß mein dorniges Röschen beides wünscht, den Sturm und die Sonne?« Er schmunzelte über ihre Verlegenheit, aber seine Augen zeigten nicht eine Spur von Wärme.

»Ich komme für Euch als Ehemann nicht in Frage. Ich bin nicht gut genug«, fuhr er spöttisch fort. »Aber als Liebhaber ...« Er zog sie an sich. Als sie seinen warmen Körper spürte, durchfuhr sie ein Fieberschauer. So sehr Rosalynde auch wünschte, diese beleidigende Feststellung abzustreiten, belehrte sie das Begehren, das von ihrem Bauch her aufstieg, eines Besseren. Die Sünde der Lust. Wieder war sie über ihr und hielt sie erbarmungslos in ihrem Würgegriff fest. Lieber Gott, bitte hilf mir, betete sie inbrünstig. Sie hatte nicht gewußt, daß dieses Gefühl so stark sein konnte. Niemals hätte sie geahnt ...

Mit einem Ruck riß sie sich von ihm los. Der Aufruhr, der in ihr tobte, ließ sie am ganzen Leibe zittern. »Ihr seid ein eingebildeter Tropf!« rief sie in ihrer Not. »Ein widerwärtiger ... ein widerwärtiger Bastard!«

»Ja, ein Bastard, aber auch Euer rechtmäßiger Ehemann«, beendete er ihre Litanei, bevor sie richtig begonnen hatte. »Wann wollt Ihr das Eurem Vater endlich eingestehen?« Sie wand sich unter seinem spöttischen Grinsen.

Einen Augenblick lang war Rosalynde versucht, ihrem Vater die ganze Wahrheit zu sagen. Sollte er mit Blacksword machen, was ihm beliebte. Dieser rohe Mensch hatte jede Strafe verdient. Aber als sie an die grausamen Peitschenhiebe dachte, die auf den wehrlosen Mann niedergesaust waren, verflogen ihre Rachegedanken im Nu. Er war hochmütig und eingebildet und ein ausgekochter Schurke, aber trotzdem wäre es ihr unerträglich, ihn ein zweites Mal leiden zu sehen. Mit größter Überwindung verdrängte sie ihren Zorn und versuchte wieder auf den Grund ihres Hierseins und das, was sie ihm sagen wollte, zurückzukommen.

»Ich möchte Euch einen Vorschlag machen«, erklärte sie so gelassen wie möglich. Bei seinem zweifelnden Blick wurde ihr Ton jedoch sofort etwas schriller. »Wenn Ihr Stillschweigen bewahrt ... wenigstens für eine kleine Weile«, setzte sie hastig hinzu, bevor er sie unterbrechen konnte, »verspreche ich Euch, eine passende Belohnung für Euch zu finden.«

Eine atemlose Stille folgte. Ein Pferd schnaubte in einer Box neben ihnen. Sonst war kein einziger Laut zu hören.

»Ihr kennt die Belohnung, die ich will.«

»Ich werde Euch ein Pferd beschaffen. Und Gold. Ich verspreche es. Waffen kann ich Euch jedoch nicht zusichern.« Sie blickte zu ihm hinauf und hoffte wider alles Erwarten, daß er Vernunft annehmen möge, aber ihre Hoffnungen wurden durch seine knappen Worte zerschlagen.

»Das ist nicht genug.«

»Was ist denn, bei allen Heiligen, genug?« schrie sie und vergaß ihren Vorsatz, ruhig und gelassen zu bleiben.

Die Antwort, die er ihr gab, war unmißverständlich, obwohl er nicht ein Wort sagte. Seine Augen sprachen Bände, als sie über ihre schlanke Gestalt glitten, auf ihren Brüsten verweilten und sich dann auf ihre Lippen hefteten. Zu ihrem Entsetzen raste ihr Puls nicht etwa vor Entrüstung über diese unverschämt anzüglichen Blicke. Vielmehr stieg eine heiße Welle schändlichen Begehrens aus den Tiefen ihres Leibes auf. Ein Gefühl, das ihr den Verstand raubte.

»Ihr seid wahnsinnig«, wisperte sie. »Wirklich wahnsinnig.«

»Mag sein«, erwiderte er und zog sie langsam an sich. »Aber das glaube ich nicht. Ein Mann braucht nur wenig, mein wilde Rose. Als Frau solltet Ihr das verstehen. Ein voller Bauch zählt dazu.« Er strich langsam über seinen flachen Bauch. »Und Schutz vor der Kälte.« Er verzog das Gesicht, als er sich im Stall umsah. »Eine Frau, zu der er sich legen kann.« Sein Lächeln verlor den Spott, als er sie unverwandt anschaute. »Und die Chance, seinen Weg selbst auszuwählen.«

Sie entzog sich seinem Griff und flüsterte kaum hörbar: »Mir fällt auf, daß Ihr die Ehre nicht erwähnt.«

Er zuckte mit den Achseln und blickte sie ernst an. »Ehre gehört nicht zu den Dingen, die ein Mann braucht. Entweder er hat sie, oder er hat sie nicht.«

»Und Ihr habt keine Ehre!« erwiderte sie kühl, obwohl ihre Lippen beim Sprechen bebten.

»Ich habe genug Ehre«, entgegnete er. »Gewiß weit mehr als Ihr.«

Das erweckte erneut ihren Zorn. »Ich kam heute früh zu Euch, um mein Versprechen einzulösen. Um Euch zu versichern, daß Ihr Eure Belohnung bekommen werdet — Eure *rechtmäßige* Belohnung.«

Er blickte sie scharf an und wollte antworten, doch dann hielt er inne und betrachtete sie wieder. Seine innere Spannung hatte auf unerklärliche Weise merklich nachgelassen.

»Wie lange soll diese ›kleine Weile‹ dauern?« fragte er mit gespielter Gleichgültigkeit.

Rosalynde wurde sofort hellhörig. Hatte er es sich anders überlegt? Bot er ihr einen Kompromiß an? Sie antwortete nicht gleich, sondern dachte angestrengt nach. Tappte sie in eine Falle? Er führte etwas im Schilde, trotzdem blieb ihr nichts anderes übrig, als auf ihn einzugehen. Schließlich war sie zu ihm gekommen, um eine Lösung zu finden.

«Ihr wartet noch ein paar Tage? Vielleicht noch eine Woche? Oder sogar länger?« Sie blickte ihn fragend an. »Bewahrt noch eine Weile Stillschweigen und geht wie ein treuer Dienstbote Euren Pflichten nach?«

»*Sklave,* Rose. Nicht Dienstbote. Hier bin ich Sklave, aber nur weil ich es mir ausgewählt habe.« Er hob sein Hemd auf, ohne sie aus den Augen zu lassen. »Ich gebe zu, es gibt die verschiedensten Formen der Sklaverei. Manche sind besser als andere.« Er grinste ein wenig. »Manche sind *viel* besser als andere.«

Ihr Herz klopfte bis zum Halse, als er sich zum Gehen umwandte. Was meinte er mit diesen seltsamen Worten? Sie hatten einen doppelten Sinn, dessen war sie sich sicher. Nur zu gerne hätte sie geglaubt, daß er mit dieser Erklärung seiner neuen Rolle auf Stanwood zustimmte, aber die Vorahnung, daß damit etwas gänzlich anderes gemeint war, ließ sie nicht los. Es mußte etwas mit ihr zu tun haben.

Der Anblick des schmutzigen, zerrissenen Hemdes, das er überziehen wollte, brachte sie auf andere Gedanken.

»Wartet. Ich habe ein frisches Hemd für Euch. Und einen Wams. Eure Sachen sind schmutzig«, fügte sie etwas lahm hinzu, als er sie forschend ansah.

Er nahm das neue Hemd wortlos entgegen und überließ ihr das alte. Als er das frische Linnen und den dunkelgrünen Wams über seine Schultern gezogen hatte, lächelte er. »Danke, Lady Rosalynde.« Dies kam höflich über seine Lippen, aber doch war der kleine Anflug von Spott nicht zu überhören. Seine grauen Augen ruhten für einen atemberaubenden Augenblick auf ihr, bevor er sich umdrehte und zum Stallmeister ging.

Als sie das zerrissene Hemd ergriff, spürte und roch sie die noch im Gewebe haftende Körperwärme und seinen Geruch. Auch wenn er sich ihr gegenüber im Augenblick nachgiebig zeigte, sagte sie sich, so war er doch der gleiche Mann geblieben. Eigenwillig und selbstbewußt, mit einer Anziehungskraft, die vom Teufel stammen mußte. Seine Worte empörten und reizten sie. Der Blick seiner klaren grauen Augen ließ sie unsicher werden. Und doch brachte er ihr Innerstes zum Klingen.

Am liebsten hätte sie das gräßliche Hemd in die finsterste Ecke des Stalles geschleudert. Statt dessen rollte sie es zusammen und klemmte es unter den Arm. Dann eilte sie mit bleichem, finsteren Gesicht hinaus, den unzähligen Aufgaben entgegen, die ihrer warteten.

Es war bereits kurz vor Mittag, als Aric Rosalynde im Schloßhof wiedersah. Mit der rechten Hand hielt er ein Seil fest und redete beruhigend auf das mächtige Streitroß ein, das sich vor ihm aufbäumte.

»Ruhig, ruhig, mein Guter. Ruhig.« Er tätschelte die samtigen Nüstern des Hengstes, als er den schweren Kopf des Tieres herunterzog. Seine Augen aber folgten Rosalynde, bis sie im Küchentrakt verschwunden war.

»Den Hammer«, knurrte der Stallmeister, als er das Hinterbein des nervösen Tieres hochhob. Das Pferd wollte nach vorne ausbrechen und hätte den Mann zu Boden geschleudert. Aric aber kam dieser Reaktion zuvor und hielt das Pferd mit einem kraftvollen Zug am Strick in Schach. Nach wenigen Minuten war die Hufschmiedearbeit erledigt. Der Stallmeister trat ein paar Schritte von dem mächtigen Pferd zurück, wischte sich mit dem Ärmel seines verschmierten Hemdes den Schweiß von der Stirn und sagte: »Das war der schlimmste von allen. Die anderen sind friedlicher.« Dann zwinkerte er Aric zu. »Ich glaube, Ihr hattet viel mit Pferden zu tun.«

Geistesabwesend strich Aric mit einer Hand über den Hals des kräftigen Braunen. Rosalynde spukte in seinem Kopf herum. »Ja, manchmal«, anwortete er knapp.

Im Laufe des Tages ging er dem Stallmeister weiter zur Hand. Zuerst bei den Pferden, dann beim Schmieden und Ausbessern von Trensen und Zaumzeug, von Radnaben und Lanzenspitzen. Aber während dieser arbeitsreichen Stunden kreisten seine Gedanken ständig um die Frau, die ihn zu diesem neuen Tiefpunkt seines Lebens gebracht hatte.

Nein, gestand er sich ein. Das war nicht der tiefste Punkt in seinem Leben. Den hatte er bereits hinter sich, als er unter dem Galgen in Dunmow gestanden und den Tod erwartet hatte. Er mochte jetzt ein Sklave sein — ihr Sklave — aber er war am Leben. Und er hatte vor, es auch zu bleiben. Die Haut auf seinem Rücken brannte wie Feuer, wenn er sich streckte oder zu tief bückte. Aber das bestärkte ihn nur in seinem Entschluß. Er wollte am Leben bleiben, um sich an seinen Feinden zu rächen. Und all das verdankte er der Hilfe eines schlanken, dunkelhaarigen Mädchens, das ihm ahnungslos die Hand gereicht hatte. Rosalynde hatte ihm das Leben gerettet, durch seine Heirat würde er zu Macht und Ansehen gelangen, um sich wohlausgerüstet auf die Suche nach den Männern zu begeben, die seinen Tod gewollt hatten.

Er hob eine Eisenstange auf den Amboß und verzog das Gesicht bei den stechenden Schmerzen im Rücken. Er würde als Sklave arbeiten, aber nur eine begrenzte Zeit. Sir Edwards schönes Töchterchen hatte ihm für eine Weile sein Schweigen abgetrotzt. Die Zeit arbeitete für ihn, nicht für sie. Sie war zu weichherzig, als daß sie seinen Tod oder seine ungerechte Bestrafung ertragen konnte. Und sie war seine Frau — nicht nur vor dem Gesetz. Auch wenn sie seine Rechte als Ehemann abstritt, ihre Wärme und ihr Verlangen sprachen eine andere Sprache.

Er hatte ein Jahr Zeit um sie zu überzeugen, daß er der einzig richtige Mann für sie war. Dachte er an die Leidenschaftlichkeit, mit der sie seine Umarmungen erwidert hatte, so war er sicher, daß es nicht lange dauern würde. Die Einwände Sir Edwards würden sich legen, wenn er erfuhr, daß er mit ihr geschlafen und sie möglicherweise geschwängert hatte. Wahrscheinlich würde er vor Erleichterung sofort einer kirchlichen Trauung zustimmen, wenn sich zu guter Letzt herausstellte, daß Aric ein Ritter war. Der Ritter vom Schwarzen Schwert — Blacksword.

In der Zwischenzeit würde es ihm großes Vergnügen bereiten, die süße Lady Rosalynde zu zähmen. Sie rümpfte das niedliche Näschen vor ihm, weil er in ihren Augen nicht standesgemäß war. Aber er wußte nur zu gut, daß die Lust, die er in ihr geweckt hatte, sie beide untrennbar verband. Innerhalb kurzer Zeit würde sie wieder zu ihm kommen, und sich eingestehen, daß sie ihn begehrte und sich nach ihm sehnte.

Er wollte sie zur Frau haben, das hatte er ihr bereits klar gemacht. Aber er wollte, daß sie freiwillig käm.

15

Mißgestimmt verließ Rosalynde die Küchenräume. Sie hatte die Bestände in den Vorratskammern aufgenommen, das Sudhaus und den Weinkeller inspiziert. Die Wäschekammern hatte sie bereits am Vortag auf ihrem Rundgang begutachtet. Jetzt war der Kräutergarten an der Reihe, und sie glaubte zu wissen, was sie hier erwarten würde. Alles, was mit männlichen Vergnügungen im Zusammenhang stand, wie Jagen, Reiten und Trinken, befand sich in bestem Zustand, obwohl die Sauberkeit im Sudhaus wie auch im Weinkeller zu wünschen übrig ließ. Die Nahrungsmittel in den Speisekammern türmten sich jedoch in willkürlicher Reihenfolge aufeinander. Das gleiche galt für das Leinen in den Wäscheschränken. So hegte sie nicht die geringsten Zweifel, daß der Kräutergarten verwildert und von Unkraut überwuchert war.

Sie rieb sich die pochende Schläfe, als sie durch den Schloßhof zu dem sonnigen Fleckchen ging, an dem ihre Mutter die Kräuter angebaut hatte. Stanwood befand sich in einem trostlosen Zustand. Wie sollte sie nur die Aufgabe, die vor ihr lag, bewältigen? Sie hatte sich ihr Vorhaben nicht so umfangreich vorgestellt und fühlte sich jetzt völlig überfordert. Dennoch stellte sie sich innerlich dieser Herausforderung und nahm sie an. Das hier war ihr Zuhause, war es immer gewesen. Sie war die einzige Erbin, auch wenn sie sich verheiraten sollte.

Bei dem Gedanken, eines Tages zu heiraten, schauderte Rosalynde. Auch wenn es ihre Pflicht war, sich einen Gatten zu wählen und Erben in die Welt zu setzen, erschreckte sie diese Vorstellung. Sie hatte bereits einen Ehemann — wenn auch nur vorübergehend. Wie wollte sie erklären, daß sie nicht mehr Jungfrau war? Sie zog die Stirn kraus und ging eilig weiter. Vielleicht würde es ihr zukünftiger Ehemann nicht merken, dachte sie, aber dieser Hoffnungsschimmer reichte nicht, um ihre Angst zu unterdrücken. Sie konnte es sich einfach nicht vorstellen, bei einem Mann zu liegen, so wie sie bei ihm gelegen hatte.

Mit einem verzweifelten Seufzer verscheuchte Rosalynde zwei wild herumtollende Hundewelpen, die sie am Weitergehen hinderten. Vielleicht würde die Zukunft Rat bringen. Im Augenblick wollte sie sich mit einfacheren Problemen wie dem Kräutergarten beschäftigen.

Als sie jedoch eine Gruppe unbeschnittener Birnbäume entdeckte und der Kräutergarten in Sicht kam, verließ sie der Mut. Sie dachte an den gepflegten Garten von einst, an die hellen Kiespfade, die grünen Rasenflächen und dichten, duftenden Kräuterrabatten, die von Sommerblumen durchsetzt gewesen waren. Was sich jetzt ihren Augen bot, war ein wildwuchernder Dschungel. Trampelpfade führten in die verschiedensten Richtungen, Gras und Unkraut wuchsen hüfthoch. Drei weitere Hunde rasten übermütig auf sie zu und balgten sich in Gestrüpp und Büschen.

»Verschwindet!« rief sie und stampfte mit dem Fuß auf. Was war aus dem friedlichen Gärtchen geworden, das sie aus ihrer Kinderzeit kannte? Die Hunde ließen sich durch sie nicht stören und folgten übermütig bellend den beiden Welpen, die Rosalynde vorher begrüßt hatten.

Rosalyndes Stimmung sank noch tiefer. Die hoffnungslose

Verwahrlosung Stanwoods spiegelte sich in diesem Fleckchen Erde wider. Verzagt ließ sie die Schultern hängen. Allein dieser Garten würde ihren vollen Einsatz erfordern. Und es gab noch so viel anderes zu tun. Niemals würde sie ihr Vorhaben bewerkstelligen können.

»Ein trauriger Anblick, nicht wahr?«

Rosalynde fuhr überrascht herum und entdeckte ihren Vater, der einige Schritte hinter ihr stand. Er sah niedergeschlagen und traurig aus. Das hielt sie davon ab, ihrer Enttäuschung und Entrüstung über den verkommenen Garten Luft zu machen. Schließlich hatte *er* Haus und Hof der Verwahrlosung preisgegeben. Es war allein seine Schuld, aber sie wollte sein Herz nicht noch schwerer machen. Er wußte ja selbst, wie es um alles bestellt war.

»Das läßt sich beheben«, meinte sie nicht sehr überzeugend.

»Wirklich?« fragte er und schritt langsam auf sie zu. »Manchmal glaube ich nicht mehr daran.«

Bei dem Klang seiner Stimme spürte sie die Einsamkeit und Verlorenheit und der doppelte Sinn seiner Worte wurde ihr bewußt. »Es wird alles wieder gut werden«, versicherte sie tröstend. »Alles nimmt ein gutes Ende.« Sie zögerte einen Augenblick. »Aber dazu brauche ich deine Hilfe.«

Rosalynde blickte ihn auffordernd an und bemerkte, wie er all seinen Gram abschüttelte. »Ich bin kein Gärtner«, erwiderte er schroff.

»Ja, ich weiß. Aber *ich* kann es. Du brauchst mir nur einen geeigneten Helfer zuzuteilen. Vielleicht zwei.«

Ihr Vater sah sie eine Weile an, bevor er antwortete. »Du bist erst seit zwei Tagen hier. Ich gab dir die Schlüssel. Und jetzt verlangst du noch zwei meiner Diener, um einen Garten anzulegen.«

»Zwei habe ich mitgebracht, und mich selbst dazu«, entgegnete sie schlagfertig. Seine ablehnenden Worte störten sie nicht im geringsten. Lächelnd ging sie die wenigen Schritte, die sie voneinander trennten, auf ihn zu. »Du wirst mit dem Ergebnis zufrieden sein, glaube es mir.«

Er blickte sie lange forschend an, bevor er mit dem Kopf

nickte. »Ich glaube es dir.« Dann ließ er sie stehen und ging davon.

Nach einem unbefriedigenden Abendessen, das aus einer zähen Wildschweinkeule, versalzenem Fisch und Porridge bestand, zog sie sich in ihr Zimmer zurück, bürstete im flackernden Kerzenlicht sorgfältig das Haar und überlegte, wie sich ihre vielseitigen Aufgaben am besten bewältigen ließen. Cleve sollte mit einem zweiten Helfer, den sie am nächsten Morgen finden würde, mit der Gartenarbeit beginnen. Es war Frühling und die Zeit drängte. Das Erdreich mußte rechtzeitig für die Aussaat und die Setzlinge vorbereitet sein. Cedric wollte sie mit der Aufsicht über die Reinigung der Küchen, des Sudhauses und der Vorratskammern beauftragen. Im Anschluß daran sollte er mit deren Neuordnung und Umgestaltung beginnen. Die Wäschekammern würde sie selbst übernehmen.

Für den großen Eßsaal wollte sie diese unerzogenen jungen Bengel herannehmen, denen sie beim Wasserholen am Brunnen begegnet war. Sie sollten die alten Binsen entfernen, den Steinfußboden wischen und mit Asche schrubben bis er glänzte. Dann sollten sie frische Binsen häckseln und die Streu gleichmäßig auf den Kacheln verteilen. Im Anschluß daran sollten sie sämtliche Fackelhalter und Leuchter von Wachs- und Rußresten säubern.

Natürlich würde sie alle beaufsichtigen müssen, denn sie rechnete nicht damit, daß andernfalls die Arbeiten zu ihrer vollsten Zufriedenheit ausgeführt würden. Aber wenn es sein mußte, wollte sie von Sonnenaufgang bis zur hereinbrechenden Nacht arbeiten. Näh- und Flickarbeiten, Spinnen und die Herstellung von Kerzen und Seifen würden noch warten müssen.

Bei Tagesanbruch weckte sie Cedric. Sie war bereits völlig angekleidet. Ein dunkelgrauer Arbeitskittel hing über ihrem Arm. Um das Haar hatte sie ein helles, blaues Leinentuch gewunden. Die Schlüssel klimperten fröhlich am Gürtelende.

»Guten Morgen, Cedric. Ich hoffe, Ihr habt gut geschlafen, denn heute steht uns ein arbeitsreicher Tag bevor.«

»Mi ... Milady?« stotterte der Haushofmeister schlaftrunken.

»Ruft bitte so viele Bedienstete wie möglich in der großen Diele zusammen. Vier oder fünf von diesen jungen Burschen und die beiden Serviermädchen. Weist den Koch an, zumindest zwei seiner Gehilfen an uns abzutreten. Er wird sie nicht brauchen, da wir uns eine Zeitlang mit Trockenfisch, Brot und Käse begnügen werden. Oh, und ich werde Cleve benötigen und ... und ... und jeden anderen, den Ihr auftreiben könnt.« Sie lächelte ihn zufrieden an. »Und beeilt Euch, Cedric. Wir wollen den Tag nicht mit langen Reden vergeuden.«

Er blickte sie erstaunt an, als ob er das Gesagte nicht ganz begriffen habe. Dann senkte er seinen blonden Haarschopf und lächelte sie etwas verwirrt an. »Aye, Milady. Ich will mich sofort darum kümmern.« Er sprang auf, packte seine Stiefel und meinte mit einem breiter gewordenen Lächeln: »Ich nehme an, hier wird es einige Veränderungen geben.«

»Das nehme ich auch an«, stimmte sie ihm zu.

Die anderen erwiesen sich nicht als ganz so bereitwillig wie Cedric. Doch Rosalynde war nicht zu erschüttern. Alte Gewohnheiten legte man nur ungern ab, aber sie war fest entschlossen, dem alten Trott und der Nachlässigkeit der Dienstboten auf Stanwood ein Ende zu setzen. Die beiden Serviermädchen wurden zur Säuberung der Küchen abkommandiert. »Decken und Fußböden werden geputzt und ebenso alles, was dazwischen liegt!« rief sie ihnen zu. Für die fünf ungehobelten jungen Burschen hatte sie sich etwas Besonderes ausgedacht.

»Jede Krume«, befahl sie streng, »auch der kleinste Knochen wird weggekehrt. Fettflecken und Essensreste werden gründlich abgeschrubbt!« Als sie die Diele verließ, überhörte sie einige entsetzte Ausrufe. Sie würden bald begreifen, daß hier ein neuer Wind wehte und daß die Anordnungen einer Lady genauso viel galten wie die eines Lords.

Ausgerechnet bei Cleve stieß sie auf größeren Widerstand.

»Das soll ein Garten sein?« rief er ungläubig, als er die kleine Wildnis erblickte. Eine Weile beobachtete er schweigend die spielenden Hunde, dann wandte er sich seiner Herrin mit einem gequälten Gesichtsausdruck zu. »Es wäre wohl das Beste, Ihr überließet ihn den Hunden und legtet an anderer Stelle einen neuen an, Lady Rosalynde.«

»Ich denke nicht daran«, antwortete sie bestimmt und blickte ihn fest an. »Zuerst werden die alten Kiespfade freigelegt, dann die Bäume und Sträucher bezeichnet, die entfernt werden müssen.«

»Das dauert ein Jahr und länger!« rief der Page entsetzt aus, als er merkte, daß sie sich nicht von ihrem Vorhaben abbringen ließ.

»Du hast zwei Wochen.« Sein fassungsloser Gesichtsausdruck stimmte sie milder. »Cedric wird dir einen Helfer schicken.«

»Hoffentlich jemanden, der so stark wie ein Ochse ist«, murmelte er vor sich hin, als er die kräftigen Weiden erblickte, die sich in dem überwucherten Garten breitgemacht hatten.

Bei dieser Bemerkung fiel ihr sofort Blacksword ein und sie sah seine hünenhafte Gestalt vor sich.

Ja, er war stark wie ein Ochse. Aber sie verscheuchte dieses Bild und eilte ihrer nächsten Aufgabe zu, während Cleve sich am Kopf kratzte und ihr mißgestimmt nachblickte.

Rosalynde brauchte all ihre Kraft, um sich während der Morgenstunden von ihren kleinen Helferscharen fernzuhalten. Sie sollten sich daran gewöhnen, unbeaufsichtigt zu arbeiten, um irgendwann selbst die Verantwortung für ihre Arbeit übernehmen zu können.

Es war Zeit zum Mittagessen, noch bevor sie mit dem Säubern einer Vorratskammer fertig war. Die Gesichter, die sie an den Eßtischen begrüßte, waren finster — und schmutzig. Ihr Vater warf ihr einen fragenden Blick zu, als er das spärliche Mahl sah. Aber er schwieg, bediente sich gut gelaunt und aß mit großem Appetit. Rosalynde war ihm für seinen Beistand höchst dankbar, denn wenn er ihre ungewöhnliche Maßnahme guthieß, dann wagte es niemand, sich zu beklagen. Als sie den Eßsaal verließ, um sich anderen Pflichten zu widmen, erteilte sie den jungen Burschen weitere, genauere Arbeitsanweisungen.

In der Küche warf ihr der Koch einen mißgelaunten Blick zu. Aber Rosalynde ging nicht darauf ein und wandte sich an die beiden jungen Frauen, die das jahrelange Fett von den Arbeitsplatten und Tischen kratzten.

»Gib die Reste in einen Trog, Edith«, wies sie die ältere der beiden an. »Sie kommen in den Garten auf einen Haufen. In Zukunft bringst du auch sämtliche Küchenabfälle dorthin.«

»Ja, Milady.« Die Magd nickte. »Es ist beschämend, wie dick diese Schicht ist.« Sie wischte einen großen Klumpen Schmutz und Fett vom Messer. »Wenn man bedenkt, daß wir davon gegessen haben« Sie verzog das Gesicht zu einer beredten Grimasse.

Rosalynde betrachtete sie eine Weile und wandte sich dann der jüngeren, kräftigeren Magd zu. »Kann eine von euch beiden kochen?« fragte sie einer Eingebung folgend.

Maud antwortete als erste. »Ja. Ich, Milady. Besonders gut gelingen mir Eintöpfe und Suppen.« Dann nahm sie allen Mut zusammen, zeigte auf Edith und meinte: »Und Ediths Birnenkuchen ist zum Niederknien.«

»Birnenkuchen?« Rosalynde sah Edith erstaunt an. Viele neue Möglichkeiten wirbelten durch ihren Kopf. Die beiden Frauen aber verstanden sie falsch.

Ediths Gesicht wurde vor Furcht ganz bleich. »Bitte, nehmt es mir nicht übel, Milady. Es waren nur Birnen, die bereits am Boden lagen und verfault wären. Und das Mehl, das wäre früher oder später verdorben. Ich bin keine Diebin, Milady. Bei Gott nicht.«

»Oh, ich mache dir doch keinen Vorwurf.« Rosalynde beeilte sich das zitternde Mädchen zu beruhigen. »Ich dachte nur … weißt du …« Sie blickte sich suchend nach dem Koch um, der jedoch eiligst verschwunden war. »Ich habe vor, hier einiges zu ändern.«

Cedric hatte mit seinen Helfern in den Vorratskammern und im Sudhaus große Fortschritte gemacht, als Rosalynde vorbeikam. Die Männer, die er sich ausgesucht hatte, arbeiteten willig und zügig unter seinen wachsamen Augen und Rosalynde schien es, als habe sie Cedric noch nie so tatkräftig und begeistert erlebt. »Es liegt noch viel Arbeit vor uns, Milady, aber wir werden nicht eher ruhen, bis Ihr zufrieden seid.«

Rosalynde lächelte bei seinen Worten. In ihm hatte sie einen echten Verbündeten gewonnen.

»Es braucht alles seine Zeit, auch wenn ich es kaum erwarten kann, Stanwood wieder im alten Glanz zu sehen. Aber das muß ich Euch sagen, Cedric, bis jetzt ist Euch alles aufs Beste gelungen.«

Bei diesem beiläufig geäußerten Lob rötete sich die helle Gesichtshaut des Mannes. »Ich ... ich habe einen kräftigen Mann zu Euch in den Garten beordert.«

»Oh, ja, der Garten ...«

Rosalynde hatte ihren Rundgang durch den Garten absichtlich aufgeschoben. Wenn sie erst dort mit ihrer Arbeit begann, wollte sie sich durch nichts mehr ablenken lassen. Sie hatte vor, den ganzen Nachmittag mit Unkrautjäten zu verbringen. Andererseits aber kehrte sie nur ungern in den Garten zurück, da sie sich in Cleves Gesellschaft immer noch beklommen fühlte. Obwohl nach außen hin das Verhältnis zwischen Herrin und Diener gewahrt wurde, hatte sich eine anhaltende, gereizte Spannung zwischen ihnen aufgebaut. Auch wenn sie ihm keinen Anlaß mehr dazu gegeben hatte, auf den unglückseligen Vorfall mit Blacksword zu sprechen zu kommen, waren sie dadurch doch zu Vertrauten geworden. Es war nur eine Frage der Zeit, bis Cleve ihr gegenüber seine Meinung äußern würde.

Sie seufzte und lächelte Cedric abwesend an. »Ich glaube, ich muß jetzt in den Garten gehen. Falls mich jemand suchen sollte, er findet mich dort bis zum Einbruch der Dunkelheit.«

Auf dem Wege zum Kräutergarten gingen Rosalynde verschiedene Pläne für seine Neuanlage durch den Kopf. Es würde Zeit brauchen, aber es sollte mehr als nur ein Kräutergarten daraus werden. Sie hatte vor, den Spuren ihrer

Mutter zu folgen. Der schönste Platz von Stanwood sollte hier entstehen. Ein Lustgarten, hatte ihre Tante gesagt, wie man ihn in großen Schlössern kannte. Inmitten der Rasenflächen, Kieswege, Blumen- und Kräuterrabatten sollte ein kleiner Teich angelegt werden, und daneben ließe sich vielleicht eine dieser wunderschönen Sonnenuhren aufstellen. Eine dichte Hecke duftender Rosen durfte ebenfalls nicht fehlen. Am besten wäre es natürlich, wenn diese Hecke den ganzen Garten umgab und die ungebetenen Hunde fernhielt.

Aber als sie die sonnenbeschienene Wildnis erreichte, zerstoben ihre Gedanken über Rabatten, Rosen, Kieswege und den stillen kleinen Teich in alle Himmelsrichtungen. Sie sah ein Stück braune, von Unkraut befreite Erde. Sie sah einen riesigen Haufen ausgerissener Pflanzen und den Anfang eines Pfades, der zur Mitte des Gartens führte. ein Baum war bereits ausgegraben und zu Brennholz in Stücke zerhackt worden. Aber das war nicht der Grund, warum sich ihre Augen weiteten und der Mund offen blieb. Das maßlose Erstaunen wurde von einem Mann hervorgerufen, der in gebückter Haltung eine der beiden Welpen hinter dem Ohr kraulte.

»Ihr!« rief Rosalynde laut, ohne daß es ihr bewußt wurde.

Aric richtete sich langsam auf und betrachtete sie mit dem vertrauten, spöttischen Gesichtsausdruck. »Seid Ihr mit meiner Arbeit zufrieden, Rose?«

»Lady Rosalynde für Euch«, erwiderte sie scharf. »Wenn Euch Eure dickfellige Haut lieb ist, solltet Ihr mir gegenüber nicht diesen Ton anschlagen.«

»Wenn Euer Gatte nicht vertraut mit Euch umgehen kann, wer dann? Außerdem ist niemand in Hörweite«, entgegnete er.

»Was ist mit Cleve?« fragte sie beunruhigt und versuchte an ihm vorbei zu schauen. »Und Ihr seid nicht mein Gatte!« fügte sie zischend hinzu.

Er überging die letzte Bemerkung. »So viel ich weiß, wollte Cleve Euch sprechen. Er sucht Euch und schien verstimmt, als der Seneschall mich zu ihm hierher in den Garten schickte.«

»Nun, Ihr könnt sogleich wieder zu Cedric zurückgehen. Ich möchte Euch auch nicht in meinem Garten haben«, stellte sie wütend fest. »Ich möchte Euch hier nicht sehen!«

»Ich habe vor zu bleiben.« Seine Worte schienen obenhin gesagt, doch war der harte Unterton unmißverständlich.

»Es ist nicht notwendig«, beharrte sie. »Man kann Euch anderweitig besser gebrauchen.«

»Ich lasse mich nirgendwo *gebrauchen, Milady*«, antwortete er mit eisiger Ruhe. »Weder von Euch noch von jemand anderem.«

»Warum ... warum seid Ihr dann hier? Warum flieht Ihr nicht?« Rosalynde fror unter seinem kalten Blick. Auch das Hündchen zu seinen Füßen jaulte ängstlich auf. »Wenn es die Belohnung ist, die Euch festhält, dann werde ich Euch bald auszahlen ...«

»Ich bleibe, weil es für mich im Augenblick das Beste ist. Mehr braucht Ihr nicht zu wissen. Cedric hat mir aufgetragen, in diesem Garten zu arbeiten und das werde ich auch tun. Schlagt Euch also den Gedanken, mich anderswo einsetzen zu lassen, aus dem Kopf.«

Rosalynde war zu aufgewühlt um zu antworten. Sie war hier die Herrin und er nur der Sklave. Er war geringer als ein Leibeigener. Doch stand er vor ihr in seiner schönen, wilden Männlichkeit und herrschte sie an und ihr blieb keine Wahl, als sich seinem Willen zu fügen. So verhaßt ihr auch diese Zwangslage war, sie durfte nicht vergessen, daß er ihr Geheimnis aufdecken konnte: Sie hatte ihm durch die Handreichung die Ehe versprochen und mit ihm geschlafen. Ihre Ehre wäre für ewig dahin.

Sie unterdrückte also ein Schimpfwort, hob lediglich einen Zweig auf und ließ ihn wütend durch die Luft sausen. »Reißt diese Weide dort aus und die vielen Schößlinge. Legt die Kieswege frei und die Steinplatten. Und ... und ...« Als sie seinen selbstgefälligen Ausdruck sah, wurde sie noch wütender. »Und schafft diese widerlichen Köter fort!«

Rosalynde stürmte davon, bevor er sie verspotten konnte. Doch gleich darauf schleuderte sie die Gerte zu Boden, mit der sie ihn am liebsten geschlagen hätte. Wie konnte sie nur derart die Beherrschung verlieren? Es war nicht ihre Art, Dienstboten anzuschreien und sie mit Arbeit zu überhäufen, und vor allem nicht, sie zu schlagen!

Er war eben kein gewöhnlicher Dienstbote, rechtfertigte sie sich unwillig, als sie so schnell wie es sich ziemte, über den Schloßhof eilte. Er war ein gewöhnlicher Verbrecher. Nein, verbesserte sie sich. Er war ein ziemlich ungewöhnlicher Verbrecher.

Er ist auch dein Ehemann, ermahnte sie ihr Gewissen. Und der Mann, der dich entjungferte.

In welch furchtbares Dilemma habe ich mich da gebracht! dachte sie gequält. Was für ein entsetzlicher Wirrwarr! Als sie ihren Vater ins Gespräch mit Cleve vertieft in der großen Diele entdeckte, stand ihr beinahe das Herz still. Cleve war zweifellos wütend genug, um ihrem Vater alles zu offenbaren, was er wußte. Wenn das der Fall war ...

Sie weigerte sich, diesen furchtbaren Gedanken weiter zu spinnen, atmete statt dessen tief durch und ging gefaßt auf die beiden Männer zu.

»Ahh, Rosalynde«, rief ihr Vater, als er seine Tochter kommen sah. »Ich habe gute Nachrichten für dich.« Das Lächeln auf seinem Gesicht wirkte beruhigend auf sie, während Cleves breites Grinsen nichts Gutes verhieß.

»Ich habe vor, diesen tapferen jungen Mann zu belohnen. Ich bin sicher, du wirst meinem Entschluß zustimmen, Tochter.«

»Belohnen?« wiederholte Rosalynde erstaunt. Dann lächelte sie. Cleve war ihr stets ein treuer und ergebener Diener gewesen. Er hatte seinen Mut und seine Tatkraft bewiesen. Er hatte eine Belohnung verdient. »Ich hoffe, es ist etwas Besonderes, denn er hat mir das Leben gerettet. Bei dem Überfall am Fluß«, beeilte sie sich zu erklären.

»Ja. Er hat sich durch besondere Tapferkeit ausgezeichnet. Daher habe ich vor, ihn in den Rang eines Schildknappen zu erheben, so daß er sich später für die Ritterschaft ausbilden lassen kann.«

Es war schwer zu sagen, wen dies mehr überraschte. Cleves Gesicht war starr vor Fassungslosigkeit. Seine Augen wanderten von Sir Edward zu Rosalynde, dann wieder zu Sir Edward, während Erstaunen, Schrecken, und dann wieder Fassungslosigkeit in seinem Gesicht abwechselten. Rosalynde wußte, daß Cleve aufgrund seiner niederen Geburt — er war ein Bastard eines Ritters des untersten Ranges — niemals etwas Höheres angestrebt hätte. Und jetzt dies! Rosalynde kam als erste wieder zur Besinnung. Sie klatschte in die Hände, lachte vor Freude auf und ergriff Cleves Hände.

»Ein Knappe! Und vielleicht ein zukünftiger Ritter? Mir wäre nie eingefallen, dich Sir Cleve zu nennen«, rief sie lachend aus. »Aber ab heute kann ich diesen Tag kaum erwarten.«

»Er ist noch nicht Sir Cleve«, wandte ihr Vater ermahnend ein, obwohl seine tiefliegenden Augen verschmitzt aufleuchteten. »Vor dir liegt noch viel harte Arbeit, mein Junge, wie die Unterweisung in Benehmen, Sprache und Geschichte, im Lanzenstechen und Fechten, und in hundert anderen Dingen.«

»Oh, vielen Dank, Mylord! Vielen Dank«, antwortete Cleve ehrerbietig. »Habt vielen Dank. Mein ewiger Dank ist Euch sicher, meine uneingeschränkte Treue, mein Glauben an Euch ...«

»Ja, ja, schon gut.« Sir Edward schmunzelte. Dann legte er eine Hand auf die schmalen Schultern des Jungen. »Ich schlage vor, du bringst deine Tagesarbeit zuende. Danach kannst du in das Quartier der Knappen oberhalb der Vorratskammern ziehen. Und morgen wirst du dich mit deinen Kameraden bei dem Hauptmann der Wache melden und dich mit deinen neuen Aufgaben vertraut machen.«

Bei dem Hinweis auf die Tagesarbeit kam Cleve wieder auf den Erdboden zurück. Er warf Rosalynde einen fragenden Blick zu. Sie lächelte und entließ ihn mit einer Handbewegung.

»Vergiß den Garten. Ab mit dir«, sagte sie lächelnd.

»Ja, Milady. Danke, Milady, Danke, Milord.« Er verbeugte sich. »Danke, Milord«, wiederholte er noch einmal, dann wandte er sich um und eilte mit einem Freudensprung davon.

»Er scheint ein guter Junge zu sein«, bemerkte Sir Edward, als sie dem überglücklichen Cleve nachblickten.

»Du wirst stolz auf deine Entscheidung sein.« Rosalynde blickte ihn an. »Er wird dich nicht enttäuschen.«

»Das glaube ich auch. Ich betrachte mich als guten Menschenkenner. Und dieser junge Bursche hier besitzt die Lauterkeit, die ein wahrer Ritter braucht. Die Ehre.«

Die Ehre. Dieses Wort verfolgte Rosalynde, als sie zum Garten zurückging. Ja, Cleve besaß einen natürlichen Sinn für Ehre. Aber Aric hatte auch von Ehre gesprochen. Sie hatte ihm vorgeworfen, er wäre ein ehrloser, streitsüchtiger, roher Mensch. Dennoch bewahrte er auch in den schlimmsten Momenten eine gewisse edle Vornehmheit. Auch im Angesicht des Henkers und bei der öffentlichen Auspeitschung hatte er seine Würde nicht verloren. Wieder fragte sie sich, wo er herkam und was ihn unter den Galgen gebracht hatte.

Als sie in ihrem Garten ankam, waren die Sorgen verflogen und hatten einer brennenden Neugierde Platz gemacht. Der zweite Baum war bereits entwurzelt und fortgeschleift worden. Die Hunde lagen schlafend am Anfang des Kiespfades. Dahinter entdeckte Rosalynde Arics breiten Rücken, der sich auf und niederbeugte, während er Unkraut und Strauchwerk aus dem fruchtbaren Boden riß, es über die Schulter warf und so schnell einen Berg Grünzeug und Wurzelwerk hinter sich anhäufte. Dann richtete er sich auf, streckte sich, zog das grüne Wams über den Kopf, warf es zur Seite und arbeitete nur mit dem Hemd bekleidet weiter.

Gartenarbeit gehörte sich nicht für einen Mann. Sie war den jungen Knaben vorbehalten. Eventuell noch den Mägden. Jedoch sogar bei dieser niederen Arbeit fühlte sich Aric wohl nicht im geringsten entwürdigt. Er ging an diese Aufgabe heran, wie er an alles heranging: kraftvoll und zielstrebig. Widerwillig erkannte Rosalynde die Leistung an, die er in so kurzer Zeit vollbracht hatte. Einer der gepflasterten

Wege war fast bis zur Mitte des Gartens freigelegt. Wenn es weiter so schnell voranging, würde sich diese Wildnis früher als erwartet in den ersehnten Lustgarten verwandeln.

Zufrieden und innerlich besänftigt ging sie auf dem grob gesäuberten Pfad auf Aric zu. Obwohl sie sich von hinten näherte und er sie nicht sehen konnte, schien er ihre Nähe zu spüren. Wie ein wachsames Tier schnellte er herum, bevor sie in Reichweite war. Bei ihrem Anblick jedoch entspannte sich sein Gesicht und er blickte sie herausfordernd an.

»Ihr kommt, um meinen Fleiß zu prüfen, *Lady Rosalynde*!« fragte er in seinem ewig spöttelnden Ton. »Oder wollt Ihr mir noch mehr Arbeit aufbürden?« Er grinste, als ob ihn keine dieser Möglichkeiten bekümmerte.

Rosalynde fiel es schwer, ihm eine ehrliche Antwort zu geben. Warum war sie so bald wieder in den Garten zurückgekehrt? Sie hätte sich noch im großen Eßsaal umtun können, oder in den Küchen. Statt dessen aber hatte es sie hierher gezogen.

Es war der Garten, sagte sie sich. Die Gärtnerei war eine ihrer Vorlieben und die Anlage dieses Gartens war ihr besonders ans Herz gewachsen.

Aber diese einleuchtende Schlußfolgerung hielt ihren gespaltenen Gefühlen nicht stand. Als sie in sein Gesicht blickte, verdreifachte sich ihr Herzschlag und der Atem wurde knapp.

»Ich bin hier ...« sagte sie um eine feste Stimme bemüht, »ich bin hier, weil mir dieser Garten sehr viel bedeutet.«

»Dann wird er mir ebenso viel bedeuten.«

Auf diese Antwort war sie nicht vorbereitet. Einen Augenblick lang starrte sie ihn verwirrt an. Dann zog sie die Stirn kraus und blickte an ihm vorbei. »Ich bin keine Närrin. Ihr braucht mir nicht nach dem Munde zu reden.«

»Ja, Milady«, antwortete er wieder wohlerzogen.

»Treibt es mit Eurem Spott mir gegenüber nicht zu weit«, entgegnete sie barsch und blitzte ihn wütend an.

»Wie möchtet Ihr denn von mir behandelt werden, Rose?« fragte er leise, obwohl seine Augen jetzt einen heiteren Ausdruck bekommen hatten.

»Ich ... ich bin Eure Herrin, der Ihr Achtung entgegenbringen solltet. Verrichtet bereitwillig Eure Arbeit, dann werdet Ihr auf Stanwood gut behandelt.«

Er ließ ihre Worte eine Weile auf sich wirken und blickte sie dann durchdringend an. »Habe ich heute gute Arbeit verrichtet?«

»Ja. Ja, das habt Ihr wirklich.«

»Also folgt daraus, daß Ihr mich gut behandeln sollt.«

»Aber Ihr werdet doch gut behandelt! Ihr habt ein Lager zum Schlafen. Ausreichend zu essen ...«

»Das deckt nur zwei der Bedürfnisse eines Mannes«, sagte er und spielte damit auf ihre frühere Unterhaltung an. »Da fehlen noch die Freiheit und die Frau«, fügte er etwas leiser hinzu. Bevor sie die Kühnheit seiner Worte recht begriff, fuhr er fort: »Kommt in mein Bett, süße Gemahlin. Auch wenn ich Euch mehr Zeit gewährte, soll es uns nicht daran hindern, wieder zusammenzuliegen.«

Jetzt zuckte Rosalynde zusammen, als ob sie ein glühendes Eisen berührt hätte. Seine Worte entzündeten in ihr ein Höllenfeuer.

»Ihr ... Ihr ...« Sie brachte kein Wort heraus. »Ihr seid wahnsinnig!«

»Wahnsinnig vor Begehren.«

»Ein ... ein abscheulicher Schurke!«

»Ihr seid meine Frau.«

»Ein widerlicher ... ein widerlicher ...«

»Ihr ward nicht angewidert, Rose. Auch wenn Ihr versucht, es Euch einzureden, bei unserer Vereinigung empfandet Ihr keinen Widerwillen.«

»Oh!« Rosalynde war unfähig, noch ein weiteres Wort zu ertragen. Sie trat einen Schritt zurück und wollte sich abwenden, um seinen allzu wissenden Augen zu entfliehen. Aber er packte ihre Hand und hielt sie fest. Und wenn seine Worte sie bereits verunsichert hatten, so kostete sie sein besitzergreifender Griff den letzten Verstand. Wie eine mondsüchtige Torin starrte sie ihn an, unfähig, ihre Gefühle vor ihm zu verbergen.

»Euer Haar sollte frei sein«, murmelte er und blickte ihr

tief in die Augen. »Frei, um wie eine Kaskade über Eure Schultern zu fallen. Frei, um durch meine Finger zu gleiten.« Er zog sie näher an sich heran und in diesem Augenblick vergaß Rosalynde alles: das Schloß, den Garten, ihren Vater und die Gründe, warum er der falsche Mann für sie war.

»Kommt heute nacht zu mir«, bedrängte er sie und faßte mit einer Hand an ihren Nacken.

Sie spürte, wie sich das Leinentuch vom Kopf löste und ihr Haar in weichen Wellen herabfiel. Sie vernahm seinen beschleunigten Atem, als seine Finger langsam durch die dichte schwarze Mähne fuhren, aber sie war zu verwirrt, um die beunruhigende Nähe dieses Mannes noch einen Augenblick länger zu ertragen.

»Ihr ... Ihr dürft das nicht tun«, wisperte sie, als sie sich mühsam der magnetischen Wärme seiner Hände entzog. »Jemand könnte uns sehen ...« Sie unterbrach sich erschrokken. Wenn das der einzige jämmerliche Grund war, den sie vorbringen konnte! Aber als er sie weiter mit diesem merkwürdigen Blick ansah, wich jeder vernünftige Gedanke aus ihrem Kopf. Sie wollte ihm sagen, er solle die Hände von ihr lassen. Sie wollte ihm sagen, daß bereits sein Ansinnen der Gipfel der Unverschämtheit war. Aber die Worte wollten nicht über ihre Lippen. Statt dessen gelang es Rosalynde nur, sich mit wild pochendem Herzen von ihm abzuwenden und auf zitternden Beinen vorsichtig den Rückweg anzutreten.

Bald war sie in der sicheren Abgeschiedenheit ihres Zimmers. Die Fensterläden hatte sie vor dem Tageslicht verschlossen. Sie lag auf ihrem Bett und versuchte verzweifelt, ihrer Gefühle Herr zu werden. Die Anziehung war da und nichts konnte etwas daran ändern. Wie mit einem starken, unsichtbaren Band war sie an ihn gebunden, ohne Hoffnung, sich aus seinem Bannkreis lösen zu können.

Herz an Herz, dachte sie einen Moment lang schwärmerisch. Nein, verbesserte sie sich, das ist nur die halbe Wahrheit. Lende an Lende, das ist weitaus zutreffender.

Tränen traten ihr bei diesem Bekenntnis in die Augen.

Aufschluchzend warf sie sich auf den harten Fußboden. Dann kniete sie nieder.

»Ich bekenne die Sünde der Lust«, flüsterte sie und faltete die Hände zu einem inbrünstigen Gebet. »Ich bekenne die Sünde der Lust, die ich für einen Mann empfinde, den ich verabscheuen sollte. Lieber Gott, hilf mir. Süßer Jesus sei mir gnädig. Gesegnete Mutter Maria, ich bitte dich ...«

Obwohl sie lange und angestrengt betete, sich an jeden Heiligen wandte, der für ihre Bitte in Frage kommen konnte, fürchtete sie, daß ihre Gebete nicht erhört werden würden und daß sie keine Erlösung erfuhr.

16

Die Zeit verging wie im Fluge, und schien doch langsam wie eine Schnecke dahinzukriechen. Das Reinigen und Ordnen der Arznei- und Destillierstube sowie der Vorratskammern schritt zügig voran. Die Regalbretter waren gründlich gesäubert und von alten, unbrauchbaren Dingen befreit worden. Im Weinkeller wurden die verschiedenen Weine in ihren Fässern geprüft und gekostet, versiegelt oder geleert, je nachdem, wie Rosalyndes empfindlicher Gaumen entschied.

Das Sudhaus und die Küchen beanspruchten etwas mehr Zeit. Der Schmutz zu vieler Jahre hatte sich hier in dichten Schichten angesammelt und war nur mühsam zu entfernen. Aber Maud und Edith arbeiteten verbissen, bis sich die ersten Erfolge zeigten.

Der große Saal, in dem die täglichen Mahlzeiten eingenommen wurden, erstrahlte in neuem Glanz und war Rosalyndes ganzer Stolz. Die Wände waren von Ruß und Spinnweben befreit und die Böden mit frisch geschnittenen Binsen bestreut, in die auf ihr Geheiß Lavendel und Minze gemischt wurden. So erfreute die Halle nicht nur das Auge, sondern auch empfindliche Nasen. Beim gemeinsamen Abendessen streichelte Sir Edward liebevoll die Hand seiner

Tochter, auch wenn er in seiner wortkargen Art nicht viele Worte darüber verlor.

Als äußerst schwierig hatte sich das Reinigen der Fackelhalterungen und der Kerzenleuchter erwiesen. Festgebackene Schichten von Wachs und Talg wurden von den jungen Burschen fluchend entfernt. Sollten sie ihrem Mißmut nach Herzenslust Luft machen, solange es nicht in voller Lautstärke geschah und die Arbeit rasch und zügig voranging! Und so war es auch. Zu Rosalyndes Freude war letztendlich auch der größte Nörgler auf seine Arbeit stolz.

Der Garten jedoch war ein Thema für sich. Cleve hatte sich nicht mehr blicken lassen und war gänzlich mit seinen neuen Aufgaben als Knappe beschäftigt. Auf ihre vorsichtig geäußerte Bitte, ihr einen Feldarbeiter als neuen Helfer zuzuteilen, bekam sie von ihrem Vater eine kurze, unmißverständliche Absage. Er könne keinen einzigen Mann entbehren, erklärte er eisern. Das anhaltend schöne Wetter müsse für die Landwirtschaft genutzt werden.

Damit blieb ihr Aric.

Es störte sie außerordentlich, daß weder ihr Vater noch Cleve besorgt schienen, sie mutterseelenallein in der Gesellschaft eines Geächteten zu lassen. Aber Cleve hatte seine Meinung bereits kundgetan, als sie ihn überreden wollte, ihr doch wieder bei der Gartenarbeit zur Hand zu gehen. »Es freut mich ungemein, einen hochmütigen Kerl wie ihn bei dieser niederen Arbeit zu sehen«, hatte er mit selbstgefälliger Miene geantwortet. »Und wenn er meutert, soll man ihn auspeitschen. Und Ihr wart es doch selbst, die sich für ihn eingesetzt hat, nicht wahr?«

Darauf blieb sie ihm die Antwort schuldig. Auch wagte sie es nicht, sich bei ihrem Vater über Blackswords ständige Anwesenheit zu beschweren, da sie Fragen über gewisse Dinge fürchtete, die sie lieber für sich behalten wollte. Manchmal glaubte sie, ihr Vater warte darauf, daß Aric sich gegen diese niedere Arbeit sträube, denn mehr als einmal hatte sie ihn dabei ertappt, daß er den Mann bei seiner Gartenarbeit beobachtete. Aber Arics Arbeitseifer ließ nichts zu wünschen übrig. Seiner Tüchtigkeit war es zu verdanken, daß sich die grüne Wildnis von Tag zu Tag mehr in eine gepflegte Anlage verwandelte. Weder sie noch ihr Vater hatten einen Grund, sich über ihn zu beklagen. Nur sich selbst gestand sie ein, daß ihre Furcht vor Blacksword ganz andere Ursachen hatte.

Auch im Schlaf verfolgte er sie. Sie hatte bereits mehrmals von ihm geträumt. Obwohl die Träume undeutlich waren, spürte sie in den frühen Morgenstunden eine merkwürdige Trägheit. In diesen verhaßten Momenten wurde sie sich ihrer Körperlichkeit auf bedrückende Weise bewußt.

Das ist nur, weil ich nicht mehr Jungfrau bin, sagte sie sich streng. Aber ihr Leib belehrte sie eines Besseren. Eine innere Unruhe hatte sie erfaßt. Die Brustwarzen richteten sich auf, und in ihrem Bauch wurde es merkwürdig warm. In dieser Pein erwartete sie den Morgen, der der Welt das Licht bringen würde — und das Ausmaß ihrer Verderbtheit aufdeckte.

Sie begehrte ihn so wie er sie begehrte. Die Lust war eine Bestie, die sich selbständig gemacht hatte und sie nun gnadenlos folterte.

An einem warmen Frühlingsmorgen erwachte Rosalynde mit der allmählich vertraut gewordenen Rastlosigkeit und Hitze im Leib. Sie hatte sich damit abgefunden, daß Aric sie auch in der Abgeschiedenheit ihres Schlafzimmers heimsuchte. Ein Heer von Fragen schwirrte durch ihren Kopf. Sie wurde das Gefühl nicht los, daß sie auf irgendetwas wartete.

Warum verlangte sie nach seiner Berührung? Nach seiner Liebkosung? Warum vergaß sie nicht einfach seine warmen Lippen, die sich fordernd auf die ihren preßten? Oder den wundersamen Aufruhr, wenn seine Zunge in ihren Mund glitt?

Sie warf sich unruhig hin und her und schleuderte die Bettdecke zu Boden. Warum wurde sie diese quälenden Erinnerungen nicht los? Immer wieder durchlebte sie seine leidenschaftlichen Umarmungen, sein Besitzergreifen von ihr. Mit einem unziemlichen Fluch sprang sie schließlich aus dem Bett und tappte mit bloßen Füßen zu dem Krug am Waschtisch, den sie am Abend vorher mit Wasser gefüllt hatte. Mit zitternden Händen leerte sie ihn in die irdene Waschschüssel und bespritzte sich das Gesicht. Dann tauchte sie ein Handtuch in das kalte Naß und preßte es gegen ihre erhitzten Wangen. Aber das kühlte ihren heißen Körper ebensowenig wie die kalten Kacheln unter ihren Füßen. Auch ein Bad in einer eisigen Quelle könnte die Glut in ihrem Inneren nicht löschen, dachte sie verzweifelt.

Sie warf das Handtuch in die Waschschüssel und kümmerte sich nicht darum, daß das Wasser an allen Seiten überschwappte und sich auf den Toilettentisch ergoß. Die Pest soll ihn holen! stieß sie wutschnaubend zwischen den Zähnen hervor, ergriff einen frischen Überrock und zog ihn über den Kopf. Er war ein Teufel, beschloß sie und steckte einen Arm nach dem anderen in die schmalen Ärmel. Luzifer in Person, ja, er war Luzifer in Person. Es gab nur eine Möglichkeit, sich von diesen sündigen Gefühlen zu befreien: Sie mußte sich von *ihm* befreien. Und zwar je eher, desto besser. Aber wie sollte sie das anstellen?

Diese Frage beschäftigte sie den ganzen Vormittag. Aric nahm jetzt seine Mahlzeiten mit den übrigen Schloßbewohnern im Eßsaal ein. Er saß am hintersten Tisch etwas versteckt in der Nähe der Eingangstüren. Aber Rosalynde wußte, daß er da war. Trotz der besten Vorsätze wanderten ihre Augen immer wieder verstohlen zu ihm.

Er aß manierlich, nicht wie so viele andere Untergebene. Er hatte kein Messer und aß nur mit einem Löffel und seinen Fingern. Doch war er beim Essen sauberer und geschickter als die anderen an seinem Tisch. Die Mahlzeit bestand aus Brot und Käse, einer Schale Haferbrei und einem Krug Bier. Rosalynde ließ die Augen nicht von ihm, bis er sein Mahl beendet hatte und sich zum Gehen von seinem Stuhl erhob. Erst dann beendete sie hastig ihr eigenes Mahl.

Sie brauchte nicht lange, um den Dienstboten die täglichen Anweisungen zu erteilen. Sie hatten sich allmählich damit abgefunden, daß das Leben auf Stanwood nie mehr so sein würde wie vorher. Sauberkeit und Ordnung. Das verlangte die neue Schloßherrin, und weder sie noch ihre Untergebenen würden ruhen, bis ihre Anordnungen erfüllt waren.

Die Leute arbeiteten mit der Zeit vollkommen selbständig, so daß Rosalynde sich ganz ihrem Garten widmen konnte. Nachdenklich betrat sie auch heute wieder das geliebte Fleckchen Erde. Aric war gerade dabei, die letzte Weide samt ihrer Wurzeln auszugraben. Mit einer schweren Gabel lockerte er das Erdreich. Dann hob er mit einem gehämmerten Schaufelblatt, das an einem festen Eichenstock befestigt war, die Erde aus. Sein Rücken beugte und streckte sich in gleichmäßigem Rhythmus, als er den dunklen Mutterboden wegschaufelte. Sie rührte sich nicht von der Stelle und beobachtete ihn schweigend. Einer der Mischlingshunde lief auf sie zu, setzte sich auf ihre Zehen und versuchte schwanzwedelnd ihre Aufmerksamkeit auf sich zu lenken. Doch auch als Rosalynde sich bückte und den Hund hinter dem Ohr kraulte, ließ sie die Augen nicht von Aric.

Als die Weide eingekreist war, stellte er den Spaten beiseite und lehnte sich mit seinem ganzen Gewicht an den Stamm. Erst dann entdeckte er sie und richtete sich auf.

»Guten Morgen, Rose«, begrüßte er sie in einem Ton, der für einen Untergebenen viel zu vertraulich war. Es hatte keinen Zweck ihn zurechtzuweisen. Er würde nur die Gelegenheit nutzen, sie erneut herauszufordern. Statt dessen schenkte sie ihm ein höfliches Lächeln und ging auf die Beete mit den immergrünen Kräutern zu, die sie vom Unkraut befreit und umgepflanzt hatte.

»Habt Ihr gut geschlafen?« beharrte er, als er sie auf sich zukommen sah. »Habt Ihr vielleicht gar von mir geträumt?«

»Wohl kaum«, fuhr sie ihn an. Bei dem Gedanken, wie nahe er der Wahrheit war, stieg ihr die Röte ins Gesicht.

»Ich träumte von Euch«, murmelte er, als sie sich auf dem schmalen Weg an ihm vorbeidrängte. »Ich träumte, Ihr wärt bei mir ... neben mir ... unter mir ...«

»Oh! Was seid Ihr niederträchtig und gemein!« stieß sie wütend hervor, obwohl bei seinen Worten irgendwo in ihrem Körper ein Funke aufglomm und abermals das Höllenfeuer in ihr entfachte. »Mit Eurer unziemlichen Rede handelt Ihr Euch nur Ärger ein!«

»Es ist nicht unziemlich, als verheirateter Mann von seiner

Frau zu träumen«, erwiderte er schlagfertig. »Und, Rose, laßt es Euch gesagt sein, ich will Euch an meiner Seite, in meinem Bett haben.«

»Euer Bett! Euer Bett! Eine Pritsche ist Euer Bett! Eine Schütte aus Stroh! Und Ihr wagt es ...«

»Ja, ich weiß«, entgegnete er ruhig und ließ die dunkel gewordenen Augen nicht von ihr. »Mein Bett ist armselig. Und doch wage ich es, auf dem, was mein ist, zu bestehen. Ich handle mir Ärger ein, ja, mein süßes Weib. Und da unterscheiden wir uns. Ich stehe zu der Wahrheit, während Ihr vor ihr davonlauft. Euch vor ihr verkriecht!« Bei diesen Worten zog er sie unter die Zweige der Weide, um sie beide vor ungebetenen Zuschauern zu verbergen. Dann zog er sie näher zu sich heran, bis ihre Körper nur noch wenige Zentimeter voneinander getrennt waren.

Rosalynde war sicher, daß er sie jetzt küssen würde. Sein Griff war fest und in seinen Augen stand ein seltsames Leuchten, als sich seine Lippen zu ihr hinabsenkten. Sie wehrte sich nicht. Sie glaubte, sie würde innerlich zerfließen und das Herz schlug ihr bis zum Hals, als sie seinen Kuß erwartete.

Aber der Kuß, der jetzt kam, entsprach durchaus nicht ihren Erwartungen. Seine Lippen berührten ihre Augenbraue einmal, dann ein zweites Mal, und wanderten dann zärtlich zu ihren Schläfen weiter.

»Süße Rose«, murmelte er an ihrer Wange. »Mein dorniges Röschen«, flüsterte er mit warmem Atem in ihr empfindliches Ohr.

Unwillkürlich lehnte sie sich mit ihrem Körper leicht an ihn und wandte ihm das Gesicht zu. Ihr Leib brannte, dürstete und hungerte nach ihm. Sie brauchte ihn wie die Luft zum Atmen. Und wenn sie in ihr Unglück rannte — sie wollte ihn. Nichts in ihrem jungen, behüteten Leben hatte sie auf die Übermacht dieser neuen, verbotenen Gefühle vorbereitet.

Sie atmete den Geruch von Schweiß und Erde ein, der an ihm haftete und schmiegte sich ohne es zu merken, noch fester an ihn. Sie wollte den Geschmack seiner Lippen auf ihrem Mund spüren, sehnte sich nach seiner Kraft und Wärme. Als sich ihre Augen trafen, wußte sie, daß er bis auf den Boden ihrer Seele schauen konnte. Er beugte sich über sie, um sie zu küssen, hielt aber inne, bevor sich ihre Lippen trafen.

»Du bist mein, und bald wird es die ganze Welt wissen.«

»Nein!« Diese eine Silbe war draußen, bevor sie es verhindern konnte.

»Doch«, entgegnete er und hielt sie fest, als sie sich ihm erschrocken entziehen wollte. »Ich habe Euch genug Aufschub gewährt. Es ist Zeit, daß Ihr Eurem Vater die Wahrheit gesteht.«

Sie hatte gehofft, dieses Thema vermeiden zu können. Völlig entzaubert landete Rosalynde plötzlich auf dem Boden der rauhen Wirklichkeit. Sie versuchte sich aus seinem Griff zu lösen, aber er hielt sie eisern fest. Sein Blick zeigte Entschlossenheit und die Bereitschaft, bis zum Äußersten zu gehen. Erschrocken rief sie aus: »Er wird Euch töten! Es ist zu früh!«

»Es wird immer zu früh sein«, erwiderte er finster. »Ihr werdet mich vertrösten und wieder vertrösten, bis ein Jahr und ein Tag vergangen sind.«

»Nein. Nein, so ist es nicht. Es ist nur ... nur ...« Rosalynde wußte keine Antwort, zumindest keine ehrliche Antwort. Es entsprach der Wahrheit, daß sie verzweifelt beabsichtigte, die Frist von einem Jahr und einem Tag verstreichen zu lassen, die sie ihm bei der Zeremonie der Handreichung gelobt hatte. Aber mehr noch fürchtete sie den Zorn ihres Vaters. Sie brauchte sich nicht die Schrecken der Auspeitschung vor Augen zu halten, um zu wissen, daß er diesmal kurzen Prozeß mit dem Mann machen würde, der das Leben und die Zukunft seiner einzigen Tochter zerstört hatte. Auch wenn Blacksword bereit war, dem Zorn ihres Vaters zu trotzen, sie war es nicht.

»Er wird Euch umbringen«, wisperte sie und blickte in seine klaren grauen Augen. »Ich weiß, Ihr glaubt mir nicht, aber es ist wahr.«

Der Griff seiner Hände wurde noch eine Spur fester, in

seinen Augen aber entdeckte sie ein leichtes Flackern. »Eure Besorgnis schmeichelt mir, meine süße Rose, trotzdem biete ich ihm die Stirn. Das Joch der Sklaverei lastet zu schwer auf mir.«

Er zog sie an sich und wieder spürte sie seine feste Männlichkeit. Ihr Körper erglühte und hätte sich bereitwillig an ihn geschmiegt, wäre ihr der Verstand nicht rechtzeitig zu Hilfe gekommen.

»Ihr seid ein Wahnsinniger! Ihr wollt zu viel!«

»Ich will nur, was jeder Mann will. Und ich werde nicht eher ruhen, bis ich es bekommen habe. Kommt, Rosalynde.« Er blickte ihr forschend in die Augen. »Es wird Zeit, daß wir mit Eurem Vater reden.«

»Nein!« rief Rosalynde gellend und versuchte den schützenden Bereich der Weide zu verlassen. »Wartet!«

»Es hat keinen Sinn, länger zu warten.«

»Noch eine Woche. Nur noch eine Woche!« bat sie verzweifelt.

Er blickte sie forschend an. »Warum warten? Warum?«

»Weil ...« Ihre Stimme brach ab. »Nur weil.«

Er stand im Halbschatten des Baumes vor ihr. Das Haar hatte durch das schräg einfallende Sonnenlicht einen dunkelgoldenen Schimmer bekommen und das kantige Gesicht war von der Arbeit im Freien braun wie Bronze. Er sah männlich aus, unglaublich männlich. Sie fühlte sich auf eine natürliche, selbstverständliche Art zu ihm hingezogen und es erschien ihr wie ein Wunder, daß er sie ebenfalls begehrte. Tief durchatmend sagte sie:

»Wenn Ihr warten wollt, ohne etwas zu unternehmen oder zu sagen ...«

Seine Augen leuchteten silbern auf. »Wenn ich warte, was dann?«

»Werde ich Euch küssen«, antwortete sie entschlossen und gefaßt.

Sie blickten sich lange in die Augen. »Ihr hättet mich auch so geküßt«, spottete er dann. »Geküßt und mehr.«

Ihr ernster Blick wurde zu einem zornigen Funkeln. »Ihr überschätzt Euch.« Rosalynde wies ihn mit erhobenem Kinn zurecht, obwohl sie wußte, daß er ins Schwarze getroffen hatte. Wenn es nicht so dringend notwendig gewesen wäre, sein Schweigen zu erkaufen, hätte sie ihm seinen Hochmut auf der Stelle gehörig heimgezahlt.

Sein Lächeln verschwand. »Ihr wagt viel, wenn Ihr Euch über den Mann stellt, der vor dem Gesetz Euer Gemahl ist, Lady Rosalynde. Auch wenn Ihr mit einem Sklaven vermählt seid, es ändert nichts an der Tatsache.« Dann wurde sein barscher Ton etwas milder. »Aber es gibt Formen der Sklaverei, gegen die es nicht allzu viel einzuwenden gibt.« Seine Hände glitten ihre Arme hinauf. »Macht mich zum Sklaven Eurer Küsse, meine Rose. Macht mich zu Eurem Sklaven und werdet meine Sklavin.«

Eine Ewigkeit lang sah er sie an. Vergessen war der Ärger, vergessen die Bestechung, die sie ihm angeboten hatte. Verzaubert versank sie in der grauen Tiefe seiner Augen. Sie war nicht mehr fähig, ihm Widerstand zu leisten. Ihre Gefühle waren wie eine Bogensehne zum Zerreißen gespannt, bis sie sich endlich eingestand, daß sie seinen Kuß wollte. Sie *brauchte* diesen Kuß. Sie sehnte sich so verzweifelt danach, daß sie am liebsten geweint hätte.

»Küß mich«, murmelte er leise. »Erkaufe dir mein Schweigen mit deinen Lippen. Mit deiner Zunge.« Seine Stimme war heiser und tief geworden.

Rosalynde kam seinem Wunsch bedingungslos nach und stellte sich auf die Zehenspitzen, um seine Lippen zu erreichen. Als er sich zu ihr hinabbeugte und sie vorsichtig an sich zog, schmiegte sie sich unwillkürlich an ihn. Sie vergaß alles um sich herum. Sie spürte nur seine Nähe und Wärme, den Zauber seiner Berührung und die unendliche Süße seines Mundes.

Bei diesem Kuß verlangte er nichts von ihr. Er war zurückhaltend und vorsichtig, als sich ihre Lippen trafen. Sein deutliches Zögern schien sie anzustacheln. Ohne zu überlegen, öffnete sie den Mund und strich mit der Zungenspitze am Rande seiner Lippen entlang.

Sofort änderte sich alles.

Er schlang die Arme um sie, als er auf ihren zaghaften Versuch antwortete und ihrer Zunge entgegenkam, sie aufnahm und mit ihr spielte. Bevor sie protestieren konnte, erfaßte sie ein unbeschreibliches Entzücken. Sie hatte mit dem Kuß begonnen, aber trotz ihrer Benommenheit wußte sie, daß es auf seinen Wunsch geschah und daß sie ihm mit jeder Faser ihres Körpers ausgeliefert war. Ihr Verlangen nach ihm machte sie zu seiner Sklavin und sie unterwarf sich ihm willig.

Seine Hand strich ihren Rücken hinunter und umfaßte ihr Gesäß. Sie stöhnte auf, als der Druck seiner Hand stärker und besitzergreifender wurde und sogleich wanderten seine Lippen zu ihrem Nacken, küßten, streichelten und nippten an den empfindlichsten Stellen. In kleinen feuchten Kreisen glitt seine Zunge ihren Hals entlang, während seine Hand kühner wurde und sie mit gewagten Versprechungen erregte.

»Blacksword«, flüsterte sie. »Aric.« Sie fühlte die volle Größe seiner Männlichkeit, als er sich fordernd an ihren Leib preßte.

Er hob seinen Kopf und schaute in ihre Augen, die die Farbe schmelzenden Bernsteins angenommen hatten. »Ob wir Rosalynde und Aric sind«, murmelte er an ihrem Mund, »oder Blacksword und Rose, ich will dich. Ich will dich jetzt.« Zu ihrer großen Verwunderung schob er sie jedoch von sich fort.

Eine Minute lang, die ihr wie eine Ewigkeit erschien, blickten sie sich durch eine Armeslänge entfernt in die Augen. Rosalynde rang nach Atem und versuchte wieder zu Sinnen zu kommen. Sie bemerkte kaum, daß auch er sich in ähnlichem Zustand befand. Sie konnte weder ihr Erstaunen noch ihr unfaßbares Verlangen verbergen.

»Für solch einen Kuß«, sagte er nach Atem ringend, »für solch einen Kuß bekommt Ihr mein Schweigen, süße Rose.«

»Ihr ... Ihr werdet meinem Vater nichts von uns sagen?« fragte sie und versuchte wieder klar zu denken.

»Ich lasse mich nicht für ewig verleugnen«, warnte er. Dann wanderten seine Augen zu ihren geröteten Lippen und er fuhr schmunzelnd fort: »Sollte ich diese Angelegenheit aber zu hartnäckig verfolgen, dann wißt Ihr, wie Ihr mich erneut zum Schweigen bringt.«

Damit gab er sie frei und strich sich das Haar aus der Stirn. »Gerne würde ich noch bei Euch bleiben, aber ich fürchte, unsere Abwesenheit könnte bald bemerkt werden.« Er verbeugte sich schwungvoll, gab ihr einen artigen Handkuß und zwinkerte verschmitzt. Dann kehrte er wieder zu seiner Arbeit zurück.

Rosalynde stand noch lange, nachdem Aric gegangen war, auf der kleinen Insel unter der Weide. Sie hörte ihn beim Arbeiten im Garten und erinnerte sich wieder an die vielen Aufgaben, die auf sie warteten. Aber Thymian und Basilikum, Salbei und Rosmarin verflogen, als sie verträumt in den Himmel blickte.

Zum ersten Mal erkannte sie die Abgründe des Problems, das sie geschaffen hatte. Die Handreichung war einer Notlage entsprungen. Sie hatte damit ein Versprechen gegeben, das sie nie einzuhalten gedachte. Dann hatten sie miteinander geschlafen und die Vorzeichen hatten sich geändert. Ihre Jungfräulichkeit war unwiderbringlich verloren. Aber damit konnte sie leben. Es bestand immer noch die Möglichkeit, daß sie ein Leben mit Zukunft führen konnte, ein Leben an der Seite eines ehrenwerten Mannes.

Aber dieser Kuß ...

In den wenigen Sekunden, in denen sich ihre Körper aneinander geschmiegt hatten, bei ihrer kurzen Umarmung, eröffnete sich ihr eine neue Welt. Blacksword — oder Aric — versetzte ihr Innerstes in Schwingungen. Er berührte ihren Ursprung, den Kern ihres Lebens, von dessen Dasein sie vorher nichts geahnt hatte. Ihr Denken war von ihm erfüllt und ihr Körper ...

Sie schloß die Augen und lehnte sich gegen die kleine Weide. Er brachte ihren Körper zum Singen.

Sollte sie jemals einem Mann angehören, dann kam nur er in Frage. Auch wenn er ein Schurke war, ein Geächteter, ein Mörder — er verzauberte sie, wie es kein Mann mehr tun könnte.

Noch nie war sie sich einer Sache so sicher gewesen. Sie

war eine Lady. Er war ein Sklave. Und doch konnte sie sich keinen anderen als Gemahl für sich vorstellen.

Keinen anderen Mann.

Sir Gilbert of Duxton kratzte sich abwesend an seinem verbundenen Arm und nahm dann erneut das vor ihm liegende Pergament in die Hand. »Kenne ich diesen Sir Edward?«

»Sir Peter of Kiln war sowohl der Patenonkel Eures Vaters als auch der von Sir Edward von Stanwood. Sie dienten gemeinsam als Schildknappen und waren seitdem Freunde.«

»Sein Name ist mir gänzlich entfallen. Wahrscheinlich hat er sich lange nicht mehr in London aufgehalten. Ist er beim König in Ungnade gefallen?«

Der Hofmarschall verlagerte sein Gewicht von einem Bein auf das andere. Er schien sich unter dem bohrenden Blick seines Herrn sichtlich unbehaglich zu fühlen. »Man sagt, er habe sich in den letzten Jahren zurückgezogen, seit dem Tode seiner Frau. Er beschäftige sich nur noch mit der Landwirtschaft und der Jagd. Und mit seinen Pächtern und Leibeigenen«, fügte er etwas leiser hinzu.

Gilbert achtete nicht auf die Anspielung, die der Mann mit seinen Worten gemacht hatte. Er blieb in Gedanken versunken, bis schließlich ein kleines Lächeln sein Gesicht erhellte. »Stanwood dürfte unter dieser Aufsicht ein recht rentables Gut sein. Gibt es außer seiner Tochter noch weitere Erben?«

»Er hatte noch einen Sohn, der jedoch vor kurzem verstorben ist.«

»Dann bestehen also keine anderen Ansprüche. Sie bekommt die Ländereien bei ihrer Verheiratung. Und das Einkommen.« Gilbert lehnte sich zurück und kratzte sich wieder am Arm. Er heilte allmählich, plagte ihn aber mit einem unangenehmen Juckreiz. Er ließ sich noch einen Becher Wein eingießen und las das sauber beschriftete Papier ein weiteres Mal.

Der alte Freund seines Vaters lud ihn zu einer Frühlingsfestivität ein, mit großem Festmahl, Kampfspielen und Turnier. Dabei sollte er Gelegenheit haben, sein einziges Kind, eine Tochter namens Rosalynde, kennenzulernen. Er fuhr mit der Ecke des steifen Blattes über sein frischrasiertes Kinn und pfiff durch die Lippen.

Vielleicht war es ein gutes Omen. Er hatte bereits erwogen, seine weniger lukrativen Tätigkeiten aufzugeben. Die Empörung über das Unwesen der Straßenräuber und Landstreicher hatte zugenommen und es ließ sich wahrscheinlich nicht mehr vermeiden, daß man ihm eines Tages auf die Schliche kam. Vielleicht wäre die große Erbschaft einer hübschen kleinen Frau eine bessere Einkommensquelle. Oder auch die große Erbschaft einer häßlichen Frau.

Er lachte laut auf und warf das Pergament auf den Tisch. »Schreibt diesem Sir Edward, daß wir uns freuen, an seinen Festlichkeiten teilzunehmen. Und, Feron«, fügte er hinzu, bevor der Mann das Zimmer verlassen konnte. »Schickt den Hauptmann meiner Wache zu mir. Wenn dieser Sir Edward ein Freund meines Vaters ist, dann wird ihn die Geschicklichkeit eines Mannes im Umgang mit Waffen mehr beeindrucken als seine Klugheit. Duxton muß bei den Kampfspielen einen guten Eindruck machen. Meine Strategie will daher gut geplant sein.«

Nachdem der Haushofmeister gegangen war, nahm Gilbert seinen Becher und trank einen kräftigen Schluck von dem schweren roten Wein. Wie gelegen kam ihm doch diese Einladung! Eine Gemahlin mit Ländereien und Einkommen. Ja, das war eine sehr gute Aussicht.

Er hob die Schulter des verletzten Armes und wickelte kurzentschlossen den Verband ab. Es war genug Zeit verstrichen. Bestimmt war der Knochen jetzt verheilt, außerdem war es ratsam, seinem zukünftigen Schwiegervater in voller Manneskraft gegenüberzutreten. Er mußte seinen Arm kräftigen und seine Mannen für die Kampfspiele vorbereiten.

Er blickte zu einem langen Schwert hinüber, das in einer schlichten Leder- und Stahlscheide an einem Haken hing. Vielleicht hätte er sogar Gelegenheit, die neueste und beste seiner Waffen zu benutzen. Das Schwert war noch nicht kampferprobt. Die bevorstehenden Festlichkeiten boten vielleicht den geeigneten Anlaß, um es einzuweihen.

17

Rosylndes Rückkehr nach Schloß Stanwood hatte in kürzester Zeit eine Reihe von Änderungen mit sich gebracht. Sogar der einfachste Schloßbewohner freute sich über die Sauberkeit und Ordnung, die von der Tochter des Lords mit sanfter Stimme und eiserner Hand eingeführt wurde. Keiner beschwerte sich darüber, daß Maud und Edith die jetzt makellos saubere Küche übernommen hatten. Sogar die Klagen über die zusätzliche neue Arbeit, die jedem abverlangt wurde, verstummten langsam, da alle davon profitierten.

Jeden Morgen, Mittag und Abend saß Sir Edward bei den Mahlzeiten in dem jetzt wieder angenehm hellen und freundlichen Eßsaal. Der Alltag des Schloßherren hatte sich in den zwei Wochen seit der Rückkehr seiner Tochter entscheidend verändert. Er wurde bestens verköstigt und liebevoll versorgt, und seine Kleidung war stets sauber und gepflegt. Kurz, er war zufrieden, wie ein Mann es nur sein konnte.

»Komm, geh ein wenig mit mir spazieren«, forderte er seine Tochter an einem sonnigen Tag nach dem Mittagessen auf. »Nimm dir etwas Zeit für mich, bevor du wieder zu deinen vielen Pflichten eilst.«

Rosalynde sah ihren Vater überrascht an. Er hatte bisher nur selten den Wunsch geäußert, mit ihr allein zu sein. Obwohl sie wußte, daß er mit allem, was sie getan hatte, höchst zufrieden war, begrüßte sie die Gelegenheit, ein wenig mit ihm unter vier Augen zu plaudern.

Langsam spazierten sie in die mittägliche Sonne hinaus und schritten eine Weile schweigend nebeneinander her.

»Stanwood erglänzt wieder unter deiner energischen Hand, Tochter. Mir ist erst bewußt geworden, welche Annehmlichkeiten mir entgangen sind, nachdem du sie wieder eingeführt hast.«

Seine Augen waren geradeaus gerichtet, und seine Stimme war etwas spröde. Aber Rosalynde spürte trotzdem das Lob und eine Welle der Zuneigung durchströmte sie.

»Das ist doch selbstverständlich«, meinte sie bescheiden.

»Selbstverständlich genug, um mir zu zeigen, daß du jetzt eine Frau bist, und kein Kind mehr, wie ich es mir immer weismachen wollte. Du bist eine erwachsene Frau und eine Schloßherrin, auf die man stolz sein kann.« Er blieb stehen und sah sie erwartungsvoll an. »Es ist Zeit, dich zu verheiraten.«

Seine Worte trafen sie völlig überraschend und für einen Augenblick blieb ihr der Atem weg. Sie blickte ihn erschrocken an, so als ob sie gerade erfahren hatte, daß sie bei Tagesanbruch hingerichtet würde. Ihr Herz pochte wild und ihre Kehle wurde trocken, als sie ihn stumm mit offenem Mund und aufgerissenen Augen anstarrte.

Es war offensichtlich, daß er ein freudiges Echo von ihr erwartet hatte, in das sich höchstens ein verständliches kleines Zögern schlich. Jede junge Frau ihres Standes wollte heiraten und er setzte bei seiner Tochter ähnliche Vorstellungen voraus. Als sich seine Brauen fragend zusammenzogen, schloß sie hastig den Mund und zwang sich zu einem weniger verräterischen Gesichtsausdruck. Aber ihr Vater ließ sich nicht so leicht täuschen.

»Was soll das, Rosalynde? Du blickst mich so erstaunt an? Sagtest du nicht selbst, daß deine hausfraulichen Fähigkeiten bestens geschult wurden? Und das hast du bewiesen. Dir fehlt nur noch ein Ehemann. Aber wie ich sehe, scheinst du dich für meinen Vorschlag nicht zu erwärmen.«

Einen Augenblick lang fiel Rosalynde keine passende Antwort ein. Jedenfalls keine, die Aric nicht schadete. »Ich ... es ist nur ... nun ...« Sie überlegte fieberhaft. »Ich bin gerade erst nach Stanwood zurückgekehrt und du willst mich bereits wieder fortschicken.«

»Du kannst doch nicht im Ernst glauben, ich würde dich von Stanwood fortschicken, Tochter. Als meine einzige Erbin wirst du mit deinem Gemahl hier im Schloß leben.« Er lächelte sie beruhigend an und tätschelte ihre Schulter. »Habe keine Angst, ich werde dich niemals wieder fortschicken.«

Wäre sie nicht bereits an Aric gebunden, hätten die Worte

ihres Vaters sie zur glücklichsten Tochter der Welt gemacht, bewiesen sie doch eine tiefe, aufrichtige Liebe zu ihr. Auf seine etwas rauhe und unbeholfene Art drückte er damit sein Bedauern aus, sie so viele Jahre in der Obhut ihrer Tante gelassen zu haben. Er zeigte ihr seine Liebe auf seine Weise.

Rosalynde erkannte es, aber ihre eigene Notlage hinderte sie daran, sich an den Worten zu erfreuen, nach denen sie sich so lange gesehnt hatte. Statt dessen schlug sie die Hände zusammen und wandte ihm ihr Gesicht zu.

»Es besteht doch keine Eile, Vater? Ich meine, gewiß werde ich eines Tages heiraten, aber ... aber ich dachte, uns bliebe noch etwas mehr Zeit füreinander. Und außerdem«, setzte sie hinzu und war dankbar für diesen Einfall, »und außerdem wäre es unangebracht, so kurz nach Giles Tod eine Hochzeit zu feiern ...« Ihre Stimme verebbte, als die Trauer um ihren jüngeren Bruder und die Unwissenheit über ihr eigenes Schicksal ihr die Kehle zuschnürten.

»Schon gut, schon gut, Rosalynde. Zerbrich dir deswegen nicht den Kopf.« Sir Edward war durch den unvorhergesehenen Verlauf des Gesprächs aus der Fassung gebracht worden. »Es ist nicht meine Absicht, dich schon morgen zu verheiraten. Ich will nur einige Dinge in die Wege leiten. Erkundigungen einziehen.«

»Oh.« Rosalynde lächelte ihren Vater hoffnungsvoll an. »Oh, ich verstehe«, fügte sie erleichtert hinzu.

»Da du diese Wunder auf Stanwood vollbracht hast«, beeilte er sich zu sagen, nachdem er ihren Stimmungswechsel bemerkt hatte, »... möchte ich einige Gäste einladen.«

Rosalyndes Erleichterung verschwand. »Wann?« fragte sie angstvoll.

»Oh, bald«, meinte er ausweichend. »Aber sei unbesorgt, Tochter, die wenigen Gäste werden dich nicht belasten.« Dann schweifte sein Blick zum Burgwall hinauf und er zog die Stirn in Falten. »Ich ... ah ... ich habe etwas vergessen. Wenn du mich entschuldigst? Ich muß mit Cedric ... mit Sir Roger sprechen. Also ...« Mit diesen Worten eilte er davon. Rosalynde blickte ihm mit gemischten Gefühlen nach, während sie über die neuen Komplikationen nachdachte, die sich drohend vor ihr auftürmten.

Sie lehnte es an diesem Nachmittag ab, mit Aric zu arbeiten. Es überstieg ihre Kräfte, seinen drängenderen Forderungen entgegenzutreten, vor allem nach dem beunruhigenden Gespräch mit ihrem Vater. Aber das allein war nicht ausschlaggebend. Mehr als alles fürchtete sie ihre zunehmende Schwäche, ihm zu widerstehen.

Eine Woche war vergangen, seitdem sie ihn mit ihrem Kuß bestochen hatte. Seit dieser Zeit ging er von Tag zu Tag vertraulicher mit ihr um. Er hatte sie allerdings nicht wieder geküßt. Statt dessen unterhielt er sich zwanglos mit ihr und zögerte nicht, sie im Vorbeigehen zu berühren — zum Glück nur, wenn sie unbeobachtet waren. Auch lächelte er sie auffallend oft an. Dieses Lächeln — manchmal war es freundlich, manchmal spöttisch — stellte sie auf die größte Probe. Seine Augen glitten dabei langsam an ihrer Gestalt auf und ab. Besitzergreifend. Wenn er lachte, entblößte er seine kräftigen weißen Zähne hinter den kühn geschwungenen Lippen.

Diese Lippen verhexten sie. Immer häufiger ertappte sie sich bei der Vorstellung, daß ihr Mund auf ihnen ruhte. Wenn sie allein war, wenn sie arbeitete, wenn sie ruhte, immer verfolgte sie die Erinnerung an seine Zärtlichkeiten. Er küßte ihren Nacken, ihre Schulter. Ihre Brüste. Und wenn sich etwas tief in ihr zu einem heißen brennenden Knoten zusammenzog, stellte sie sich vor, daß er eine Spur von Küssen bis zu ihrem Bauch hinterließ und damit die quälende Spannung löste.

Ängstigten sie die verderbten Ausschweifungen ihrer Gedanken allzu sehr, so zog sie sich in das Refugium ihrer Gebete zurück. Viele lange Stunden verbrachte sie auf den Knien. In der kleinen Kapelle. In ihrem Zimmer. Manchmal sogar im Garten. Dann kniete sie auf einem kleinen Barchentkissen nieder, zog Brennesseln, Ackerwinden und andere Unkräuter aus dem Erdreich und erbat inbrünstig göttlichen Rat. Nur Gottes Einschreiten konnte sie von den Gefühlen befreien, die sie wie ein Magnet zu Blacksword zogen. Nur Gott konnte ihr noch helfen.

Geistesabwesend starrte sie jetzt in der Kerzenzieherei auf einen jungen Burschen, der an einem riesigen Faß stand, eifrig die blubbernde Talgmasse rührte und dann vorsichtig den Schaum abschöpfte. Ihre Gedanken kreisten um Aric und ihren Vater und seinen Wunsch, sie zu vermählen. Daher blickte sie nicht sofort auf, als der erste Schrei ertönte. Bei dem nächsten Schrei jedoch, dem mehrere ängstliche Ausrufe folgten, schreckte sie auf. Unter dem großen Torbogen an der Westseite des Schloßhofes hatte sich eine Traube von Menschen versammelt. Über ihren Köpfen hing ein wild zappelnder Mann an einem Seil. Er war mit dem Ausbessern von bröckligem Mauerwerk beschäftigt gewesen, als sich die Hanfschlinge löste, in der er gesessen hatte. Eines der Seile war gerissen und der arme Mann konnte weder hinauf noch hinunterklettern und hing hilflos am Ende des Stricks.

Sie dachte nicht lange nach, als sie auf den Mann zurannte. Noch mehr Menschen waren jetzt zu der Unglücksstelle geeilt. Aber nur eine Person handelte schneller als die anderen. Anstatt zu dem schreienden Mann zu laufen, stürzte Aric die schmale Steintreppe hinauf, die zu der Schloßmauer führte. Bevor irgendjemand einen Plan fassen konnte, wie dem Unglücklichen zu helfen sei, stand Aric über ihm und hielt das Seil mit seinen mächtigen Fäusten fest. Mit einer Hand zog er den Mann ein Stück hinauf, gerade hoch genug, um das andere Ende des Seils, das an einem riesigen Holzbalken verankert war, loszubinden. Mit langsamen, ruhigen Bewegungen ließ er den anderen dann Stück für Stück hinab.

Als der arme Kerl endlich wieder festen Boden unter den Füßen hatte, ging ein erleichtertes Raunen durch die Umstehenden. Bravorufe und Händeklatschen begrüßten den zitternden Maurer. Einen Augenblick lang hatte es ihm die Sprache verschlagen. Dann blickte er zu dem unerschrockenen Mann hinauf, der jetzt das Seil hinaufzog und es ordentlich zusammenwickelte.

»Habt Dank, mein Freund«, rief er Aric zu. Und nach einer angedeuteten Verbeugung lächelte er zu ihm hinauf. »Ihr habt meinen Dank und meine ewige Freundschaft.«

Lauter Beifall begleitete die Worte des Geretteten. Auch Rosalynde blickte zu Aric hinauf. Die Sonne des Spätnachmittags tauchte die Umrisse seiner athletischen Gestalt in dunkles Gold und ließ ihn wie den rettenden Engel in der Not erscheinen. Durch sein schnelles und kluges Eingreifen und durch seine Kraft hatte er den Mann vor dem Absturz gerettet.

Ihre Augenbrauen zogen sich zusammen, als sie ihn nachdenklich betrachtete. Er war nicht der Mann, der Befehle empfing. Er erteilte sie. Er war klug, tüchtig und umsichtig. Aber woher hatte er bloß diese Eigenschaften, die so gar nicht zu einem gemeinen Schurken und Galgenstrick paßten?

Rosalynde wußte, daß Blacksword der Geächtete durch diese Tat die Achtung der Schloßbewohner gewonnen hatte. Von nun an würde er Aric der Held sein. Die Leute würden ihn in ihre Gemeinschaft aufnehmen und nicht mehr als Außenstehenden behandeln.

In der dunklen, einfachen Kleidung hob er sich nur durch seine edle Haltung und seine kraftvolle, hünenhafte Gestalt von den anderen ab und konnte genauso gut ein Teufel wie ein Engel sein. Luzifer, der gefallene Engel, so nannte sie ihn in ihrer Fantasie. Er hatte bemerkenswerte Anlagen und ein ausgeprägtes Gefühl für Recht und Unrecht. Was hatte ihn auf den Weg des Verbrechens geführt?

Sie beobachtete, wie seine Augen über die Menge schweiften und erstarrte, als sie bei ihr haltmachten. Einen kurzen, gespannten Moment trafen sich ihre Augen. Da tauchte ihr Vater im Schloßhof auf und winkte sie mit einer Handbewegung zu sich.

»Bist du verletzt, Tom?« fragte er den alten Maurer besorgt. »Mir zittern noch die Knie, Milord. Aber mir fehlt nichts, und das habe ich diesem jungen Mann zu verdanken. Wäre er nicht gewesen ...«

»Ja, das scheint mir auch so«, stimmte ihm Sir Edward zu,

während seine Augen zu Aric hinaufblickten, der inzwischen die schweren Schlingen des Seils über eine Schulter hängte und sich anschickte, die Treppen hinunterzusteigen.

»Dieser Aric«, sinnierte Sir Edward und folgten den sicheren und gewandten Schritten des Mannes. »Dieser Aric ist nicht so leicht zu ergründen.« Dann blickte er seine Tochter an. »Solltest du ihn nicht mehr in deinem Garten brauchen, habe ich eine andere Verwendung für ihn.«

Seine Worte lösten eine unerwartete Verwirrung in Rosalynde aus. Das Vernünftigste wäre, wenn sie nicht eine Sekunde länger in seiner Gesellschaft verbringen würde. Seine Nähe brachte nur unangenehme Versuchungen mit sich. Aber seltsamerweise sträubte sich in ihrem Inneren etwas dagegen, ihn aus ihrer Nähe zu verlieren. Sie rechtfertigte dies damit, daß sie sicher sein wollte. Von ihr getrennt könnte er zufällig — oder absichtlich — ihr Geheimnis preisgeben. Aber tief in ihrem Inneren wußte sie, daß dies ein vorgeschobener Grund war.

»Was soll er für dich tun?« fragte sie so ruhig wie möglich.

»So wie ich ihn einschätze, würde er einen guten Kämpfer abgeben. Er besitzt Kraft und Schnelligkeit und er ist nicht dumm. Nur seiner Loyalität bin ich mir nicht sicher«, setzte er nachdenklich hinzu.

»Ich hatte gedacht ...« Wieder zögerte sie, da sie jedes Wort auf die Goldwaage legen mußte. »Es sind erst vierzehn Tage vergangen, seit seiner Auspeitschung und du hast ihn nur auf mein Bitten hin verschont. Und jetzt möchtest du ihm eine Waffe in die Hand geben?« Sie wandte den Kopf zur Seite, um dem Blick ihres Vaters nicht standhalten zu müssen. »Das überrascht mich nur, weiter nichts.«

»Hast du mir etwas über diesen Mann zu berichten, was ich wissen sollte, Rosalynde? Vielleicht weißt du etwas über ihn, was mir hilft, seinen Charakter besser zu beurteilen.« Als sie nicht antwortete, sondern nur stumm den Kopf schüttelte, seufzte Sir Edward. »Dieser Mann ist mir ein Rätsel. Ich werde nicht klug aus ihm. Ein Teil von ihm ist wild und draufgängerisch. Ich habe es bei Kriegern gesehen und erkenne es in ihm wieder. Aber er besitzt Selbstbeherrschung und das zeichnet ihn unter den anderen aus. Es ist nicht dafür gemacht, den Ackerboden zu bestellen. Wenn ich seinen Kampfesmut und seine Geschicklichkeit zu meinem eigenen Nutzen gewinnen möchte, brauche ich für ihn nur die geeignete Stellung auf Stanwood zu finden. Das ist die einzige Möglichkeit, um in einem Mann Loyalität zu wecken. Er muß in das Gefüge eingepaßt werden.«

Rosalynde war über die wohlbedachten, weisen Worte ihres Vaters erstaunt. Sie hatte nicht geglaubt, daß er sich über Arics Zukunft und die Eigenarten seines Wesens Gedanken gemacht hatte. Jetzt konnte sie seiner Beurteilung nur zustimmen. Aric besaß zweifellos etwas Wildes. Etwas sehr Wildes. Und er war ein Mann, der Gefahren und Kampf gewohnt war. Über seine Fähigkeit zur Selbstbeherrschung hatte sie noch nicht nachgedacht, aber jetzt, wo ihr Vater es erwähnte, gestand sie ihm auch die zu. Er hatte bei der grausamen Auspeitschung nicht einen Laut von sich gegeben. Oh ja. Er war ein Mann, der beides besaß. Wildheit und Selbstbeherrschung.

Sie fragte sich heimlich, welche Eigenschaft sie mehr faszinierte, doch als sie sich von ihrem Vater beobachtet fühlte, schob sie diesen Gedanken entschlossen beiseite.

»Er ist ein Mann, von dem man sich nur schwer ein Bild machen kann«, gab sie langsam zu.

»Fürchtest du ihn?«

Dieses Mal gelang es Rosalynde nicht, ihre Überraschung zu verbergen. »Ich … nun, nein. Nein«, wiederholte sie mit festerer Stimme. »Dazu würde er mir niemals Anlaß geben«, erklärte sie. Jedenfalls nicht in der Art, die ihr Vater meinte! Sie fürchtete ihn, weil sie sich seiner Anziehungskraft nicht entziehen konnte. Das machte ihn so außerordentlich gefährlich für sie.

»Niemals?« Sir Edward hegte noch seine Zweifel. »Woher rührt wohl dein Vertrauen in einen Mann mit seiner Vergangenheit?«

»Ich will damit sagen, daß ich keine Furcht empfand, als ich ihm begegnete. Zuerst … nun zuerst war ich zu verzweifelt und brauchte dringend Hilfe, um groß darüber nachzudenken. Und als er sich dann bereit erklärte, uns in unserer mißlichen Lage zu helfen ...«

»Du vertrautest darauf, daß er sein Wort halten würde.«

»Ja, ich habe ihm vertraut.« Und er hatte sein Wort gehalten. Das traf den Kernpunkt ihres Problems. Nun vertraute er auch darauf, daß sie ihr Wort hielt.

Sie preßte die Lippen aufeinander, als sie plötzlich von bohrenden Schuldgefühlen gepackt wurde. Am liebsten wäre sie dem prüfenden Blick ihres Vaters entflohen, aber er schien immer noch nicht bereit, sie zu entlassen. »Aric wird dir ein guter Krieger sein, Vater. Die Arbeiten in meinem Garten neigen sich dem Ende zu. Nimm ihn guten Herzens in deine Dienste auf. Ich wünsche dir Glück mit ihm. Was mich angeht, so habe ich heute noch sehr viel zu tun. Wenn du mich jetzt entschuldigen würdest?«

Sir Edward blickte ihr stirnrunzelnd nach. Zum zweiten Mal an einem Tag hatten ihn ihre Reaktionen überrascht. Lag es nur daran, daß sie eine Frau war und er ein Mann? Verlief deswegen nichts so, wie er es sich vorgestellt hatte?

Nie hatte er damit gerechnet, daß ein verwöhntes junges Mädchen die Führung eines so großen Haushaltes wie Stanwood übernehmen würde. Sie aber erklärte sich freiwillig dazu bereit und es erstaunte ihn immer wieder, wie sie ihre bewundernswerten Talente mit Tatkraft und Liebreiz einzusetzen verstand. Er hatte erwartet, daß sie seinen Vorschlag sich zu verheiraten, freudig aufnehmen würde, aber sie lehnte erschrocken ab. Ja, sie sträubte sich sogar dagegen. Und jetzt wurde er zudem das Gefühl nicht los, daß sie alles, was diesen Mann betraf, äußerst wichtig nahm.

Einen Moment lang wunderte er sich über diese übertriebene Teilnahme und hegte gewisse Zweifel. War etwas zwischen den beiden geschehen, bevor man sie fand und nach Stanwood brachte? Trafen Cleves Anschuldigungen doch zu?

Aber wenn sie zutrafen, wenn der Mann sie überfallen und ihr das Schlimmste angetan hatte, dann hätte sie sich wohl kaum für ihn eingesetzt. Andererseits konnte sie auch bewußt gelogen haben, um ihren Ruf zu wahren. Aber wenn er sie mißbraucht hatte, wäre sie bei der Auspeitschung des Mannes gewiß nicht eingeschritten. Nein, entschied er und schüttelte langsam sein graues Haupt. Rosalynde brachte diesem Blacksword eine gewisse Dankbarkeit entgegen und weiter nichts. Er hatte sie und den Knaben aus einer Notlage gerettet, und daher war es verständlich, daß ihr das Wohl dieses Mannes am Herzen lag. Unter diesem Gesichtspunkt wird sie es begrüßen, daß sich Arics Leben als Gefolgsmann seiner Waffengefährten erheblich verbesserte. Vorausgesetzt natürlich, daß der schweigsame Kerl klug genug war und das Angebot zu schätzen wußte.

Aric war auf der Hut, als man ihn zu Sir Edward rief. Ihm war nicht entgangen, wie prüfend ihn der Mann im Schloßhof nach der Rettung des alten Maurers gemustert hatte. Er fragte sich, ob Rosalynde ihrem Vater endlich die Wahrheit gestanden und ihm offenbart hatte, daß sie vor Gott und den Menschen ein Paar waren. Da sie ihm während des ganzen Tages bewußt aus dem Weg gegangen war, konnte er nicht wissen, zu welchem Entschluß sie gekommen war. Wenn Rosalynde ihrem Vater von dem Gelöbnis durch die Handreichung berichtet hatte, mußte Sir Edward ihm wutschnaubend entgegentreten. Um sich zu verteidigen, konnte er nur seine adlige Erziehung in die Waagschale werfen, überlegte Aric weiter, und Sir Edward mußte ihre Heirat akzeptieren.

Mit einer tiefen, senkrechten Falte auf der Stirn schritt Aric durch den Schloßhof. Wieder erstaunte ihn sein eigenes, merkwürdiges Verhalten. Warum deckte er nicht kurzentschlossen die Wahrheit über seine Person auf? Tag um Tag verringerte sich die Gelegenheit, an seinen unbekannten Feinden Rache zu nehmen. Schuld daran war eine schlanke, dunkelhaarige Frau, die ihn fast um den Verstand brachte, weil er täglich in ihrer Nähe war und sie begehrte, ohne sie besitzen zu können.

Und Rosalynde begehrte ihn auch — darüber bestand kein Zweifel. Ihre adlige Abstammung baute jedoch eine unüberwindliche Barriere vor ihm auf. Obwohl er überzeugt war, daß sich das Blatt wenden würde, wenn sie von seiner wahren Herkunft erfuhr. Aber aus einem unerklärlichen Grund wollte er mehr als das. Er wollte, daß sie aus freien Stücken und ohne Vorbehalte zu ihm kam. Nur dann war er sicher, daß sie *ihn* wollte, den Mann, für den sie ihn hielt. Erst dann würde er ihr seine Herkunft enthüllen.

Als er die große Diele betrat und vor ihrem Vater stehenblieb, wußte er sofort, daß sie ihm nicht ein Wort gestanden hatte. Sir Edwards Gesichtsausdruck war offen und zuvorkommend. Dieses Mal stand Aric nicht schweigend und mit gebundenen Händen vor ihm, ohne zu wissen, was mit ihm geschehen würde. Dieses Mal legte Sir Edward den Federkiel zur Seite, lehnte sich zurück und sah freundlich zu ihm auf.

»Euer Handeln heute morgen hat großes Lob verdient. Schnelles Denken, noch schneller in die Tat umgesetzt. Ich danke Euch in meinem und in Toms Namen.«

Aric betrachtete Sir Edward einen Augenblick, bevor er seinen Kopf zustimmend neigte. »Das war das wenigste, was man für einen Mann in dieser Lage tun konnte.«

»Ja«, meinte Sir Edward nachdenklich. »Vielleicht. Aber mir lag stets daran, gute Taten zu belohnen, so wie ich schlechte bestrafe. Wir sind uns nicht unter den besten Bedingungen begegnet. Aber ich bin bereit, die Vergangenheit beiseite zu schieben und der Zukunft den Vorrang einzuräumen. Wenn Ihr damit einverstanden seid, mache ich Euch zu einem meiner bewaffneten Gefolgsleute.«

Damit hatte Aric nicht gerechnet. Seine Überraschung war groß. Wieder eine Waffe in der Hand zu halten! Sich täglich in Waffen- und Kampfübungen zu erproben! Wenn er weiterhin im Verborgenen leben mußte, dann doch lieber als Soldat und nicht als Landarbeiter. Aber wie oft würde er dann Gelegenheit haben, Rosalynde zu sehen? Er überlegte und zögerte eine Weile, bis sich Sir Edwards Miene verfinsterte.

»Nun?« fragte der ältere Mann mit etwas strengerem Ton. »Sollte ich Euch derart falsch eingeschätzt haben?«

»Nein, Sir, durchaus nicht. Ich überlegte nur …« Aric verstummte, als ihm der rettende Gedanke kam. Er würde Rosalynde sehen, so oder so, und das unter besseren Umständen. Sie würde die Seine werden, so wie Stanwood eines Tages ihm gehören würde. Aber in erster Linie wollte er sie zur Frau haben. Das andere war weniger wichtig. Ein Lächeln erhellte sein Gesicht, als er sich Sir Edward zuwandte. »Ich hatte über Eure Großzügigkeit nachgedacht, Sir. Gewiß nehme ich Euer freundliches Angebot an. Ich hoffe nur, Sir Edward, daß ich mich Eures Vertrauens würdig erweise.«

Ich auch, dachte Sir Edward, als er den hünenhaften Mann zu Sir Roger schickte. *Ich auch.*

18

Rosalynde stand in ihrem Garten unter dem mächtigen Walnußbaum, der in dieser Ecke den einzigen Schatten spendete. Zwei junge Burschen waren damit beschäftigt, Flußkiesel auf einem Pfad zu verteilen, während zwei andere große, runde Felsen als Begrenzungssteine herbeitrugen, und ein weiteres Paar sich damit abmühte, einen riesigen Findling an das Ende der schmucken, kleinen Rasenfläche zu bewegen.

Aric hätte diese Aufgabe im Nu bewältigt, dachte sie, als sie den jungen Männern bei ihren schweißtreibenden Bemühungen zusah. Dann tadelte sie sich sofort für diesen unsinnigen Gedanken. Und wenn er den Findling mit einer Hand heben konnte! Das hatte nichts zu bedeuten. Er war und blieb ein Verbrecher, den man zum Tode verurteilt hatte. Doch sie konnte nichts dagegen tun, daß ihre Augen zu der breitschultrigen Gestalt am anderen Ende des Schloßhofs wanderten. Sogar unter den vielen, gleichgekleideten Rittern fiel er sofort auf, aber wohl mehr durch seine stolze, edle Haltung als durch seine Körpergröße. Dieser Mann gehörte nicht zu den Menschen, die man übersah. Das bewahrheitete sich auch bei seinen neuen Kampfgefährten. Auch wenn sie ihn bei den Übungen zur Kampfertüchtigung nur von weitem beobachtete, erkannte sie deutlich, daß die anderen Männer seine Geschicklichkeit im Umgang mit Waffen ehrfurchtsvoll bestaunten. Manche versuchten deswegen seine Freundschaft zu gewinnen, andere reagierten murrend und mit finsteren Gesichtern. Aber es war keiner unter ihnen, der Aric gegenüber gleichgültig blieb. Blacksword war ein Mann, den man nicht so leicht übergehen konnte.

Auch Sir Roger beobachtete ihn, sooft er dazu Gelegenheit hatte. Wie an dem Tag, an dem mit schweren Eichenstöcken gefochten wurde. Stundenlang hatten die Männer damit in dem staubigen Hof gekämpft. Vor und zurück, parieren und täuschen und dann der Hieb. Hoch und niedrig wurden die Stöcke geschwungen und das Aufprallen von Holz auf Holz hallte wie ein Echo über den Schloßhof. Aric war gegen den besten Fechter der Gruppe angetreten. Als der arme Kerl mit einem besonders schnellen Aufwärtshieb entwaffnet wurde, nahm Sir Rogers Stellvertreter seinen Platz ein. Die anderen hatten ihre Übungen eingestellt, um den Kampf der beiden zu verfolgen. Sogar Rosalynde war, wenn auch widerwillig, nähergetreten.

Dieses Mal zog sich der Kampf in die Länge und schien nicht enden zu wollen. Die Streiter wirkten erschöpft. Sir Roger ließ den Kampf abbrechen, bevor es zu einem eindeutigen Sieg Arics oder seines Gegners kam. Rosalynde aber erkannte, daß er nur eingegriffen hatte, um die Würde des anderen Mannes zu wahren. Und noch etwas war ihr aufgefallen: Aric hatte sich zurückgehalten. Seine Attacken waren langsamer und weniger aggressiv als die seines Gegners. Es schien, als ob auch er den Mann durch seine Überlegenheit nicht demütigen wollte. Aber aus welchem Grunde?

Als sie den Männern jetzt zusah, wie sie die innere Schloßmauer an Seilen erklommen, die sie zuvor mit Enterhaken an der Brüstung verankert hatten, plagte sie erneut die Neugier über Arics geheimnisvolle Vergangenheit. Sir Roger erstaunten immer wieder seine ungewöhnliche Körperkraft und Geschicklichkeit. Und ihren Vater verblüffte die Vielfalt seiner Begabungen und Fähigkeiten. Und sie … sie war einfach hingerissen von ihm.

Mit einem ärgerlichen Fluch stieß sie sich vom Walnußbaum ab und brach den trockenen Zweig, den sie in der Hand gehalten hatte, entzwei. Wenn es eine Folter gewesen war, täglich mit ihm im Garten zu arbeiten, so litt sie jetzt doppelt, wenn sie ihn nur aus der Entfernung sehen konnte.

»Seid Ihr zufrieden, Milady?« fragte einer der Burschen respektvoll.

»Ja, ja«, anwortete sie mit einer zerstreuten Handbewegung. Sie warf dem Jungen einen flüchtigen Blick zu und seufzte resigniert auf, weil ihre Gedanken schon wieder bei Aric waren. »Es sieht sehr gut aus«, sagte sie und betrachtete diesmal aufmerksam das fertige Werk. »Bevor die nächste Karrenladung mit Steinen kommt, holst du Wasser für die neu gepflanzten Strauchrosen.« Dann entdeckte sie ihren Vater auf der gegenüberliegenden Seite des Schloßhofes und wurde abermals von ihrer Arbeit abgelenkt.

Rosalyndes Vater stand neben Sir Roger. Aus dieser Entfernung konnte sie nicht erkennen, was zwischen den beiden vorging. Aber sie beobachteten Blacksword, der behende die Mauer hinaufkletterte, den Mann vor ihm einholte und ihm gestattete, den Fuß auf seine Schulter zu setzen, um ihm beim Erklimmen der Brüstung zu helfen. Ihr Vater wandte sich daraufhin sofort zu Sir Roger und beide steckten sekundenlang ihre Köpfe zusammen. Dann blickte Sir Edward in ihre Richtung und ihr Herz begann zu rasen. Vor fünf Tagen hatte Sir Edward Blacksword aus ihrem Garten geholt und ihn in die Schar seiner Gefolgsleute aufgenommen. Obwohl sie seitdem einmal kurz miteinander gesprochen hatten, ahnte Rosalynde, daß sich irgendetwas zusammenbraute.

Erst beim Abendessen erhielt sie eine kleine Andeutung. Sie hatte ein Bad genommen. Das Haar hatte sie in Höhe der Rückenmitte mit einem Lederband zusammengebunden und zu einem Zopf verflochten, der bis unter ihre Taille hing. Sie trug ein apfelgrünes Kleid, das erste von mehreren Gewändern, die gerade für sie genäht wurden. Ihr Teint war leuchtend frisch von den vielen Stunden, die sie im Freien verbracht hatte. Als Aric mit den anderen Männern eintrat und sich zum Essen an den Tisch in der Mitte des Saals setzte, wäre einem aufmerksamen Beobachter nicht entgangen, daß die rosig-goldene Tönung ihrer Wangen um eine Schattierung dunkler wurde. Rosalynde senkte rasch die Augenlider und war froh, daß sie ihre Gefühle in dem matten, flackernden Licht des Raumes verbergen konnte.

Als ihr Vater neben ihr Platz nahm, schien er bester Stimmung zu sein. Seine Augen beobachteten mit Wohlgefallen, wie sie dem Kammerherrn das Zeichen gab, mit dem Auftragen der Speisen zu beginnen. Durch ein unauffälliges Kopfnicken oder eine Handbewegung dirigierte sie die Abendmahlzeit von ihrem Platz am Kopf des obersten Tisches.

»Das Geflügel ist gut«, bemerkte er, nachdem er eine gebratene Taube verspeist hatte. »Das Brot und die Sauce auch.« Er leckte Bratensaft von einem Finger ab und meinte lachend: »Weiß Gott, dein Ehemann hat Glück mit dir!«

»Ehemann!« Rosalyndes Augen weiteten sich erschrokken. Was bedeutete das? Was wußte er?

Auf der Stirn des Vaters bildete sich eine steile Falte. »Bei Gott, Tochter! Kann ich nicht von deiner Hochzeit sprechen, ohne daß du mich entsetzt anstarrst? Man könnte meinen, man habe dir deine bevorstehende Hinrichtung kundgetan. Es ist deine Pflicht zu heiraten. Besonders jetzt, denn Stanwood lebt durch dich weiter. Auf mich wartet nur noch die Aufgabe, den richtigen Mann für dich zu finden.«

»Ich . . . ich will auf keinen Fall den Eindruck erwekken, als ob ich meinen Pflichten nicht nachkommen möchte«, erwiderte Rosalynde einigermaßen gefaßt. »Ich weiß, ich muß heiraten, und ich bin dazu wahrhaftig bereit. Nur die Wahl macht mir Sorgen, nichts anderes.«

»Dann ist es gut, Tochter. Dann ist es gut. Ich habe vor, dabei sehr großzügig zu verfahren. Ich werde dir jeden Mann zeigen, den ich in die engere Wahl gezogen habe und gestatte dir, über seine Vorzüge und Nachteile zu urteilen. Die letzte Entscheidung fälle natürlich ich. Aber mir liegt sehr daran, daß du mit meiner Wahl glücklich bist.«

»Ich danke dir, Vater«, antwortete sie mit einem kaum hörbaren, erleichterten Seufzen.

»Zu diesem Zweck«, fuhr er fort, nachdem er einen kräftigen Schluck Rotwein getrunken hatte, »werde ich ein Frühlingsfest geben. Die Pflanzzeit ist vorbei, die Äcker sind dank des guten Wetters bestellt. Ich möchte alle mit einem Fest belohnen.« Er räusperte sich und betrachtete sie schmunzelnd. »Einige meiner Männer haben Interesse an Kampfspielen gezeigt.«

»Einige Männer?«

Sir Edward übersah diesmal ihren erschrockenen Blick. »Wir veranstalten ein kleines Turnier. Das gibt dir Gelegenheit, einige unverheiratete Männer kennenzulernen. Vielleicht ist einer dabei, der dir gefällt. Da ich keinen einlade, der mir nicht ebenfalls zusagen würde, hast du bei deiner Auswahl viel Freiheit. Mehr als die meisten Väter ihren heiratsfähigen Töchtern einräumen würden«, fügte er streng hinzu. Dann wurde sein Ton wieder mild. »Seit Jahren hat Stanwood keine Gäste mehr beherbergt. Vor deiner Rückkehr war das Haus wohl kaum dafür geeignet, aber du hast das Steuer wieder fest in die Hand genommen, Tochter. Bei allen Haushaltsdingen habe ich dir die Freiheit gelassen, nach deinem eigenen Gutdünken zu walten, so ist es nur recht und billig, wenn du dich jetzt meiner Führung anvertraust und mir die Freiheit läßt, über die Wahl deines zukünftigen Gemahls zu entscheiden.«

»Ich ... ich kann dir nur zustimmen«, erwiderte sie. Schließlich verlangte er nichts Unmögliches von ihr.

»Gut«, sagte er und gab dem Pagen ein Zeichen, seinen Becher mit Wein aufzufüllen. »Du übernimmst die Vorbereitung der Schlafkammern und der Mahlzeiten. Ich werde mich um die Unterhaltung der Gäste kümmern. Oh, aber da ist noch eins, bei dem du mir helfen könntest. Es betrifft den neuen Mann. Aric.«

»Aric?« wiederholte Rosalynde beinahe tonlos. Wieder einmal war sie aus dem seelischen Gleichgewicht gebracht. »Wie kann ich ... wie soll ich das verstehen?«

Sir Edward beugte sich zu ihr und sprach leise weiter. »Dieser Mann ist für viele Überraschungen gut. Er besitzt nicht nur eine unglaubliche Körperkraft, sondern ist zudem noch außerordentlich erfahren, sachkundig und klug.«

Dieser Feststellung konnte Rosalynde nur beipflichten. Trotzdem beunruhigte es sie, daß ihr Vater Blacksword so viel Aufmerksamkeit schenkte. »Aber was hat das mit mir zu tun?«

»Er gibt nichts von sich preis. Ich weiß nicht, wo er seine letzten Jahre verbracht hat, noch wo er ausgebildet wurde. So leicht lasse ich mich aber nicht hinters Licht führen. Seine Geschicklichkeit ist erlernt und im Kampf erprobt. Er ist kein Blender. Er ist nur ein Mann, der seine Geheimnisse für sich behält.«

»Vielleicht ist es so am besten, Vater.«

»Ja, manchmal ist es das Beste. Aber zu den Unterhaltungen unserer Festlichkeit gehört auch ein Melée. Wenn wir sein Vertrauen haben, könnte er das Kampfgeschehen zu unseren Gunsten wenden. Sir Virgil von Rising wird mit seinen Mannen an allen Waffengängen teilnehmen, aber ich bin seit Jahren nicht mehr gegen ihn angetreten und kenne die Schlagkraft seiner Gefolgsleute nicht.«

Rosalyndes Erleichterung über diese Antwort machte sich in einem deutlich hörbaren Aufseufzen Luft. Dann strahlte sie ihn an. »Du kannst ihm vertrauen. Er wird auf deiner Seite kämpfen. Dafür lege ich meine Hand ins Feuer.«

»Diese Antwort hatte ich von dir erwartet, Tochter. Aber trotzdem möchte ich mehr über ihn wissen. Du hattest doch die Gelegenheit, ihn kennenzulernen. Du hast ihn vor einer weiteren Bestrafung gerettet und wohl auch seinen Rücken gepflegt.« Er zog eine Augenbraue fragend in die Höhe. »Also bist du von seiner Zuverlässigkeit überzeugt. Außerdem bezweifle ich nicht, daß er auch dir vertraut, jedenfalls mehr als allen anderen im Haus. Sprich mit ihm, Rosalynde. Versuche so viel wie möglich über ihn zu erfahren. Dieser Mann ist mir sehr wichtig, und ich muß mehr über ihn wissen.«

›Ich muß mehr über ihn wissen.‹ Die Worte des Vaters gingen Rosalynde bis zum Ende der Mahlzeit durch den Kopf. Dieser Blacksword war ein Rätsel. Sein vornehmes, stolzes Verhalten paßte so gar nicht zu der Stellung, die er einnahm. Es war nicht verwunderlich, daß er ihrem Vater auffiel. Die Tatsache, daß er ein geschickter Kämpfer war, mußte seine Neugier wecken, denn Sir Edward war in erster Linie ein Kriegsmann. Er hatte nicht gezögert, Mathilda und ihren Sohn Heinrich II. in ihrem gerechten Kampf um die Krone Stephans zu unterstützen. Und jetzt, wo er ein Turnier und ein Melée angesagt hatte, war zu erwarten, daß er sich für den bevorstehenden Kampf die besten Kämpfer aussuchen würde. Wie er, zweifelte auch sie nicht daran, daß Aric zu den Besten zählte.

Aber wie und wo hatte er sich diese Fertigkeiten erworben? Diese Frage beschäftigte nicht nur ihren Vater.

Rosalynde verließ die Tafel sehr zeitig, überließ Sir Edward sein Amt und den flinken, geschulten jungen Burschen das Abräumen der Tische. Als sie sich an den Stühlen entlangschlängelte, entdeckte sie Edith, und da sie noch etwas zu besprechen hatten, ging sie zu ihr.

»Guten Abend, Milady«, sagte Edith und wollte aufstehen.

»Bitte. Ich möchte dich nicht beim Essen stören«, sagte Rosalynde lächelnd und drückte sie sanft auf den Stuhl zurück. »Ich wollte dir nur sagen, daß ich dich morgen nach der ersten Mahlzeit in das Geheimnis der Gewürze einweihen werde. Wir werden sie abfüllen oder bündeln, damit du sie beim Kochen besser verwenden und einteilen kannst.«

»Danke, Milady. Ihr werdet es nicht bereuen, mir Euer Vertrauen geschenkt zu haben.«

»Dessen bin ich mir sicher.« Sie tätschelte Ediths Schulter und wandte sich zum Gehen. In diesem Augenblick trafen sich ihre Augen. Aric saß noch bei Tisch. Sein Teller war leergegessen, aber er trank noch den mit Bier gefüllten Becher aus. Sie sahen sich nur kurz an, dann wandte Rosalynde hastig den Kopf und ging zur Tür. Der kurze Augenblick war jedoch voller Mitteilungen gewesen. Ihre Haut erwärmte sich. Ihr Herz raste, als sie durch die breite Flügeltür ging. Wieder saß dieser Knoten im Bauch und drohte sie zu ersticken. Mit weichen Knien blieb sie in der Diele stehen und zwang sich, regelmäßig zu atmen. Aber es sollte nur bei dem Versuch bleiben, da der Anlaß ihrer Beunruhigung im

Halbdunkel vor ihr auftauchte. Als ob er gewußt hatte, daß sie hier stand — als ob er überzeugt war, daß sie hier auf ihn warten würde — ging er auf die dunkle Nische zu, in die sie sich um Fassung ringend zurückgezogen hatte.

»Kommt, geht ein paar Schritte mit mir spazieren«, schlug er mit dunkler, ein wenig heiser klingenden Stimme vor. Mit dem Handrücken streichelte er kurz über ihr Haar, das weich über ihre Wangen fiel.

Die Antwort auf sein dreistes Ansinnen lag ihr bereits auf der Zunge, aber als seine Hand ihr Haar berührte, verstummte Rosalynde. Statt dessen drückte sie sich an die rauhe Steinwand und hoffte, er würde fortgehen und sie nicht zwingen, sich den furchtbaren Gefühlen zu stellen, die er in ihr ausgelöst hatte.

»Ihr habt mir gefehlt«, murmelte er, als sie nicht antwortete. Seine Finger fanden die Linie ihrer Wangenknochen und verfolgten sie bis zum Kinn hinunter. »Erging es Euch ebenso?«

»Nein«, erwiderte Rosalynde sofort, obwohl es nicht der Wahrheit entsprach. »Nein«, wiederholte sie die Lüge mit atemloser Stimme.

Sie hörte, wie er in sich hineinlachte und spürte die Wärme seiner Nähe. Mit der anderen Hand stützte er sich an der Wand ab und machte es ihr unmöglich, ihm zu entkommen. Dann hob er mit der freien Hand ihr Gesicht zu sich hinauf. »Was für eine süße kleine Lügnerin Ihr doch seid, meine Rose. Lippen wie Honig, die nur darauf warten, daß man davon kostet. Und doch entspringt ihnen auch diese Lüge.« Sie spürte die Hornhaut an seinem Daumen, als er über ihre Unterlippe strich. »Ihr belügt mich und Ihr brecht den Eid, den Ihr vor Gott und den Menschen geschworen habt. Warum will ich Euch trotzdem noch zur Frau haben?«

»Weil Ihr nur eins von mir wollt«, warf sie ihm mit zitternder Stimme vor.

»Und das ist?« Eine Augenbraue zog sich in gespieltem Spott fragend nach oben.

»Meine ... meine ... Ihr wißt schon! Ihr wollt Euren Spaß mit mir haben. Ein gräßliches Ungeheuer seid Ihr!«

»Meinen Spaß mit Euch?« Er lachte wieder auf. Dann preßte er sich an sie. Rosalynde fühlte sich einer Ohnmacht nahe. Sein Oberkörper lag an ihren vollen Brüsten. Der feste Bauch und die muskulösen, harten Oberschenkel schmiegten sich an ihre weichen Formen. Er atmete in ihr Haar. Dann fand sein Mund ihre Ohrmuschel. »Wir beide wissen, daß ich meinen Spaß mit Euch haben kann, wann immer mir danach ist«, flüsterte er. Um keinen Zweifel daran zu lassen, rieb er seine Lende an ihrem Körper, bis sie glaubte, sie müsse in dem Feuer schmelzen, das er in ihr entfacht hatte. »Ich brauche nur noch das Schloß zu gewinnen. Und das bekomme ich, wenn Ihr Euer Gelöbnis erneuert.«

»Oh!« Rosalynde versuchte ihn empört von sich wegzustoßen. »Laßt mich los, Ihr gemeiner Kerl!« befahl sie, als sie sich von ihm zu befreien versuchte.

»Eure Worte bezeugen Euren Haß. Aber, Rose, Euer Körper erzählt mir anderes. Hier.« Seine Hand strich an der Seite ihrer Brust entlang. Dann glitt sein Daumen über die feste Spitze. »Und hier«, setzte er hinzu und blickte ihr forschend in die Augen. Obwohl sie diese furchtbaren Worte am liebsten überhört hätte, wußte sie mit wachsender Verzweiflung, daß er recht hatte. Ein Beben durchlief ihren Leib, als er die Augen nicht von ihr ließ. Dann schloß sie zitternd die Augenlider und ergab sich wie eine Ertrinkende ihrem Schicksal, unfähig etwas für ihre Rettung zu tun.

»Ah, meine süße Rose«, flüsterte er und küßte sie leicht auf ihre Augenbrauen, Schläfe und Wangen. »Sagt mir noch einmal, wie sehr Ihr mich haßt.«

Rosalynde schluckte schwer. Und sie schluckte wieder, als seine Lippen die empfindliche Mulde unter ihrer Kehle entdeckten. Langsam hoben sich ihre Arme und legten sich um seinen Nacken. In der Dunkelheit dieses abgeschiedenen Winkels schmiegte sich ihr Körper gänzlich an ihn.

»Ich hasse Euch«, stieß sie zitternd aus. »Ich hasse Euch wirklich«, wiederholte sie kaum hörbar.

Er zog sie von der harten Steinwand fort und nahm sie in seine Arme. »Wenn so Euer Haß ist, dann muß ich mich noch sehr bemühen, um Eure Liebe zu gewinnen ...«

Bevor er den Satz zuende sprechen und mit seinen Lippen ihren Mund berühren konnte, öffnete sich die Tür vom großen Saal. Ein Schwall grellen Lichtes ergoß sich in die Diele. Unwillkürlich drehte sich Blacksword um und verbarg sie mit seinem breiten Rücken. Seine Lippen berührten leicht die ihren, als er ihr warnend zuflüsterte, keinen Ton von sich zu geben. Ohne seine Umarmung zu lösen, schob er sie geräuschlos tiefer in den Schatten hinein. Zwei Männer traten auf die Treppe zu.

Rosalynde war zu sehr mit Arics verhängnisvollen Verführungskünsten beschäftigt, um auf die beiden Männer zu achten, die jetzt dicht neben ihr standen, ohne sie zu bemerken. Sie barg ihr Gesicht in Blackwords Hals, sog den unvergleichlichen Duft seiner Haut ein, benommen von dem Aufruhr, den er in ihr ausgelöst hatte. Als jedoch einer der Männer seine Stimme erhob, wurde sie plötzlich in die Gegenwart gerissen.

»Es ist ein Risiko, das Ihr nicht eingehen müßt«, sagte Sir Roger mit seiner leicht gedehnten Stimme.

Es war ihr Vater, der jetzt antwortete. »Er hat das Zeug dazu. Ihr selbst habt ihn heute gesehen, Roger. Ihr wißt, er hätte mit Harold kurzen Prozeß machen können, aber er wollte es nicht.«

»Aber da liegt ja der Hase im Pfeffer! Warum hat er sich zurückgehalten? Und wer kann sagen, wann er sich wieder zurückhält?«

Rosalynde spürte Arics plötzliche Spannung, als er erkannte, daß von ihm gesprochen wurde.

»Er hatte einen guten Grund, um sich zurückzuhalten, das könnt Ihr mir glauben. Obwohl ich diesen Grund nicht kenne, bin ich fest davon überzeugt, daß er es im Ernstfall nicht tun wird.«

Sir Roger stieß einen Laut des Mißfallens aus. »Er ist ein Geächteter. Laßt es Euch sagen. Es ist wahrscheinlicher, daß er zu weit geht und dann fließt während der Spiele Blut. So oder so, ich möchte nicht, daß er Euch auf dem Feld der Ehre enttäuscht.«

Mit einem leisen Auflachen schritt Sir Edward die wenigen Stufen in den Hof hinab. »Es ist nur ein Melée«, erinnerte er den Hauptmann seiner Wache. »Besser, wir finden es bei den Spielen heraus, als bei einem wirklichen Kampf.«

»Ja, ja. Es sind nur Kampfspiele«, stimmte Sir Roger zu, als sich die beiden Männer entfernten. »Aber Sir Virgil von Rising wird teilnehmen, und daher muß ich mich auf jeden Kämpfer verlassen können. Und nicht nur Risings Männer werden alles daran setzen, uns zu besiegen. Jeder Mann, der um die Hand Eurer Tochter anhält, wird alles tun, um Euch zu beweisen, daß er ein ganzer Kerl ist.«

Bald waren sie außer Hörweite, aber Aric gab Rosalynde nicht sogleich frei. Er schien seinen Gedanken nachzuhängen, bis sie sich in seinen Armen rührte. Dann beugte er sich zurück und blickte auf sie hinab.

»Die Toren, die um Euch werben, müssen erst gegen mich antreten«, sagte er drohend. Dann wurde seine Stimme entspannter. »Wie mir scheint, wird Euer Vater allmählich zutraulicher. Und seine Tochter ebenfalls.« Langsam strich er mit den Händen über ihren Rücken, ohne sie dabei aus den Augen zu lassen. »Wann wird Euer Vater erfahren, daß er bereits einen Schwiegersohn hat? Wann werdet Ihr mein sein, meine Rose der Nacht?«

Um mehr als alles auf der Welt wollte sie ›jetzt‹ sagen. Um mehr als alles auf der Welt wollte sie das Feuer, das er in ihr entzündet hatte, aufbrennen lassen, bis sie beide darin verglühten. Aber die Unterhaltung, der sie soeben unfreiwillig gelauscht hatten, hatte sie auf den Boden der Wirklichkeit zurückgebracht. Während sie sich noch in seine Arme schmiegte, stiegen wieder die vielen Fragen vor ihr auf, die gleichen Fragen, die auch ihren Vater über den ungewöhnlichen Mann bewegten, den sie nach Stanwood gebracht hatte.

»Wer seid Ihr?« flüsterte sie und versuchte in der Dunkelheit den Ausdruck seines Gesichts zu ergründen. »Bitte sagt mir, wer Ihr wirklich seid.«

Er schwieg einen Augenblick, bevor er antwortete. In dieser kurzen Spanne spürte sie eine seltsame Anspannung, als ob er sich zu etwas durchringen mußte, bevor er antwortete. »Ich bin der Mann, den Ihr vor dem Galgen gerettet habt. Der Mann, den Ihr geheiratet habt. Der Mann, der auf seinen Rechten als Euer Gemahl besteht. Was möchtet Ihr sonst noch wissen?«

Enttäuscht stemmte sie die Arme gegen ihn. »Das habe ich nicht gemeint und Ihr wißt es. Mein Vater bietet Euch ein ehrenwertes Leben. Dafür verlangt er nicht mehr als die Wahrheit. Die Wahrheit über Eure Vergangenheit. Er muß wissen, ob Ihr wahrhaftig loyal seid. Ist das so schwer zu begreifen?«

»Ich werde loyal sein, Rosalynde. Ich habe ihm meine Treue geschworen und ich stehe immer zu meinem Wort. Es ist Zeit, daß Ihr auch zu dem Euren steht.«

»Müßt ihr immer wieder davon anfangen!« schrie sie ihn an, weil sie sich nicht anders zu helfen wußte. Sie versuchte wieder, sich aus seiner Umarmung zu befreien, aber vergeblich.

»Mit Eurem Gelöbnis fing es an. Und darum dreht sich alles. Aber wenn Ihr mehr über Euren Gemahl wissen wollt, so steht dem nichts im Wege. Es ist sehr einfach zu bewerkstelligen. Besticht mich mit Euren Küssen. Wenn Ihr an meiner Bereitschaft zweifelt, Eurem Vater ehrenvoll zu dienen, dann versprecht mir Eure Zärtlichkeit. Verführt mich mit der Erinnerung an unseren Beischlaf.« Diese heiser gesprochenen Worte jagten einen warmen Schauer durch ihren Körper. »Komm in mein Bett, mein süßes, süßes Weib.«

Nichts lieber als das! Wilde Gedanken kreisten in ihrem Kopf. Aber so einfach war es nicht. Sonst würde sie ihm auf der Stelle folgen, ob zu einer Schütte aus Stroh, einem Lager aus Fellen oder einer Matratze aus Federn und Daunen. Er würde sie niederlegen, ihr die Kleider ausziehen. Dann würde er sich ebenfalls entkleiden und ihren bebenden Leib mit seiner Glut und Kraft erobern.

Rosalynde wich seinen suchenden Küssen jedoch aus und hielt sich statt dessen mit beiden Händen an dem derben Gewebe seines Waffenrocks fest. »Ihr versteht nicht«, wisperte sie traurig. »Was Ihr Euch wünscht ... es kann niemals sein.«

»Darin täuscht Ihr Euch, meine liebste Rose. Unsere Wünsche können Wirklichkeit werden, wenn wir bereit sind, das Wagnis einzugehen.«

»Aber das Wagnis setzt Euer *Leben* aufs Spiel!« stieß sie erzürnt hervor. »Will Euch das nicht in den Kopf!«

Er umfaßte ihr Kinn und zwang sie zu ihm aufzusehen. Wieder spürte sie seine warme Hand auf ihrem Hals, aber seine Augen waren hart und dunkel und unerbittlich.

»Ich glaube, hier geht es eher darum, daß Ihr *Euer* Leben aufs Spiel setzen müßt — sagen wir besser, Eure Lebensart, Euren Stand. Und das macht Euch am meisten zu schaffen.« Nach diesen Worten senkte er seinen Kopf und verschloß ihren Mund mit einem zornigen, fordernden Kuß. Er nahm sich, was er wollte, ohne auf ihre Gefühle zu achten.

Wie in Trance wickelte er ihr Haar um seine Hände, preßte sie an sich und küßte sie eine atemberaubende Ewigkeit lang. In diesem besitzergreifenden, rücksichtslosen Kuß erkannte sie sein Verlangen, das er kaum noch zügeln konnte und auf das ihr Körper mit jeder Faser antwortete. Sie spürte seine Härte an ihrem Schoß und glaubte in der Glut seines Körpers zu schmelzen.

Es gab weder gut noch böse, weder richtig oder falsch, als sie sich in seine Arme schmiegte. Vernunft und gesellschaftlicher Rang spielten keine Rolle mehr. In Wahrheit hatten sie das nie getan. Ob er nun ein Verbrecher mit einer schwarzen Seele war oder ein ganz anderer Mensch, wie sie es manchmal vermutete — sie gehörte zu ihm. Sie war bereit, sich ihm rücksichtslos hinzugeben und wehrte seine gewagter werdenden Liebkosungen nicht mehr ab. Sie verging in seinen Armen und ließ sich willig in den Strudel seiner Gefühle reißen, bis sie hilflos an seinen Lippen stöhnte.

»Willst du mich haben, mein dorniges Röschen?« murmelte er heiser und preßte seine Männlichkeit bewußt gegen ihren weichen Leib, so daß der Quell ihres Begehrens aufbrach und ihr ganzes Sein überflutete. »Willst du mich endlich haben?«

Rosalynde wollte dies nicht mehr abstreiten. Sie strich mit einer Hand über seinen Nacken, über die muskulösen Schultern und dann den Rücken hinunter. ›Dieser Mann ist seinen Preis wert.‹ Sie erinnerte sich wieder an die ehrfürchtige Bemerkung einer der Frauen von Dunmow. Damals wie heute pflichtete sie dieser einfachen Frau bei, wenn auch aus völlig anderen Gründen. Dieser Mann war alles wert, auch wenn die gesellschaftliche Kluft zwischen ihnen nicht zu überbrücken war. Und diese Erkenntnis nahm ihr den letzten Zweifel. Sie wurde plötzlich von einer unsäglichen Freude erfüllt. Ihr war, als ginge sie auf Wolken. Es konnte nicht unrecht sein, wenn zwei Menschen dieses Übermaß der Gefühle teilten. Ihr Verlangen war ein Geschenk, das wie ein Schatz gehütet werden wollte. Eine Gnade, die ihnen ein gütiger und verständiger Gott erwiesen hatte. Hier ging es nicht um Lust, erkannte sie plötzlich mit fast schmerzener Klarheit. Es war keine Lust, sondern Liebe.

Tränen traten ihr in die Augen, als diese Erkenntnis sie wie ein Blitzschlag traf.

»Blacksword ...« flüsterte sie, während sein Mund fieberheiße Küsse auf ihre Wangen, ihren Hals und ihre Lippen verteilte. »Blacksword ...«

»Aric«, murmelte er und hinterließ mit seiner Zunge eine zarte Spur an ihrem Ohr. Seine Hand umfaßte ihre Brust, und ihr Körper straffte sich in dem feinen Schauer, den seine Berührung auslöste. »Ich bin Aric, Rosalynde. Dein Mann.«

»Ja«, hauchte sie, »ja, du bist Aric, mein Mann.«

Mein geliebter Mann, fügte sie durch seinen Kuß verstummt in Gedanken hinzu. Als sie dieses große Wunder begriff und die Veränderung, die es für ihr Leben bedeutete, taumelten Rosalyndes Gedanken glückselig dahin. Sie hatten sich bei der Zeremonie der Handreichung geküßt, und dieser Kuß, das wußte sie jetzt, war der Kuß, der ihren Schwur besiegelt hatte. Als er sie jetzt küßte, als ob er sie verschlingen wollte, hielt sie sich nicht mehr zurück. Sie kam ihm freiwillig entgegen, bereit, sich ihm vorbehaltlos zu geben. Sein Atem war ihr Atem. Sein Herzschlag war ihr Herzschlag. Ihre Leidenschaft gehörte beiden.

Ihre Liebe war unermeßlich.

Aber leider konnten sie sie nicht genießen. Wieder öffnete sich die Tür des großen Saals. Wieder ergoß sich ein breiter Lichtstrahl. Dieses Mal schwang der Heraustretende eine Laterne in der Hand. Der Lichtstrahl traf ihren Winkel.

Rosalynde war viel zu benommen, um zu reagieren. Viel zu verzaubert von dem Neuen, das von ihr Besitz ergriffen hatte, um einen klaren Gedanken zu fassen. Aber Aric reagierte sofort auf diese Störung.

»Verschwinde, du Narr!« zischte er wutschnaubend und verbarg sie vor neugierigen Augen schützend hinter seinem breiten Rücken. »Verschwinde sofort, sonst wirst du es bereuen.«

Ja, verschwinde, wiederholte Rosalynde stumm, als sie ihre Lippen auf das grobe Tuch von Arics Hemd preßte.

»Wenn das Lady Rosalynde ist, dann werdet *Ihr* es bereuen!« stieß der junge Cleve erregt und zornig zwischen den Zähnen hervor.

Sofort tauchte Rosalyndes Kopf auf. Aric umfaßte ihre Arme fester, aber er hielt sie nicht zurück, als sie sich aus seiner Umarmung befreite. Sie blickte dem Jungen ins Gesicht. Er hatte so voller Zorn — oder war es Enttäuschung? — gesprochen! Sie forschte in seinen blassen, verzerrten Zügen und versuchte, einen klaren Kopf zu bekommen.

»Bitte, Cleve. Du mußt verstehen, daß ...«

»Da gibt es nicht viel zu verstehen. Das sieht ein Blinder!«

»Nein! Nein! Willst du mir bitte zuhören!«

»Das geht dich nichts an, Kleiner«, mischte sich Aric drohend ein. Sein Arm legte sich um Rosalyndes Schulter und zog sie besitzergreifend an sich. »Ich schlage vor, du entfernst dich.«

Der Junge warf seinem hünenhaften Gegner nur einen verächtlichen Blick zu und sagte dann eindringlich zu Rosalynde: »Kommt mit mir, Milady. Laßt ihn stehen und alles ist vergessen.«

Rosalynde fühlte Arics warmen Oberkörper und die Spannung, gegen die er ankämpfte. Mit langsamem Kopfschütteln blickte sie Cleve an.

»So einfach ist das nicht.«

»Verdammt will ich sein, wenn es das nicht ist! Glaubt Ihr, Ihr seid die erste Frau, die einem Mann ohnmächtig zu Füßen liegt, den sie nicht haben kann?« Seine Augen verengten sich zu Schlitzen, als er einen Schritt auf sie zuging. Die Laterne tanzte wild hin und her und tauchte die drei in gespenstische Schatten. »Glaubt Ihr, Ihr seid das erste Mädchen, das ins Ehebett steigt, obwohl es keine Jungfrau mehr ist?«

»Halt deinen verfluchten Mund, Knabe, oder ich reiße dir die Zunge aus dem Hals! Wenn dir Lady Rosalynde so viel bedeutet, wie du vorgibst, dann solltest du nicht so leichtfertig über ihre Ehre reden.«

Cleve reckte sich zu voller Größe und starrte den Mann haßerfüllt an, der Rosalynde wie selbstverständlich in den Armen hielt. »Ihre Ehre wurde durch Euch befleckt. Sie ist nur zu sehr von Euch geblendet, um es zu erkennen. Ich aber bin es nicht.« Seine Augen hefteten sich wieder auf seine Herrin. »Ich flehe Euch an, Milady, laßt von ihm ab, bevor Ihr Schaden nehmt. Sir Edward schickt sich an, für Euch einen ehrenwerten Gemahl zu finden. Zerstört Euer Leben nicht mit solch einem wie ihm!« Mit einer steifen Verbeugung, die in diesem Fall eher eine Beleidigung war, machte er auf dem Absatz kehrt und ging davon.

Aber Cleves Fortgehen tröstete Rosalynde nicht über ihre verworrene Lage hinweg. Als die Dunkelheit sie wieder schützend einhüllte, sah sie sich gezwungen, der Wirklichkeit ins Auge zu sehen. Trotz der aufkeimenden Liebe für Aric, seiner edlen Haltung und Gesinnung, die sich nicht leugnen ließ, konnte sie nichts an den Tatsachen ändern. Sie war adliger Abstammung. Die Heirat mit einem Mann ihres Standes war ein Muß. Aric — Blacksword — war ein Verbrecher, ein Knecht, ein Sklave. Kein Vater würde eine solche Verbindung gutheißen. Vor allem nicht der ihre.

Sanft legte Aric den Arm um ihre Taille und zog sie mit einer leichten Bewegung zu sich heran. Auch sein Blick hatte sich verfinstert, als er in ihr ernstes Gesicht sah.

»Das ändert nichts. Er weiß es. Wir müssen es so bald wie möglich deinem Vater sagen. Aber es ändert nichts.«

»Es ändert alles«, flüsterte sie, von einer unendlichen Traurigkeit erfüllt. Sie senkte den Kopf und lehnte sich schwer an ihn. »Es ändert alles.« Dann richtete sie sich auf und entzog sich seinen Armen. »Ich will in mein Zimmer gehen. Am besten, du ziehst dich jetzt auch zurück … wo immer deine Schlafstatt ist.«

»Wenn Cleve die Absicht hat, es deinem Vater zu sagen, wird sich nichts an den Tatsachen ändern, nur weil du allein schläfst.« Mit einem Finger strich er eine verirrte dunkle Haarsträhne aus ihrer Stirn. »Bleib bei mir, Rose. Wir werden deinem Vater gemeinsam gegenübertreten. Ich verspreche dir, es ist einfacher, als du denkst.«

Tränen füllten ihre Augen. Tränen der Verzweiflung und Hilflosigkeit. Es war hoffnungslos. Es konnte nicht sein, so sehr sie es sich auch wünschte. Er und sie konnten niemals zusammensein. Sich heimlich zu treffen, auch wenn es nur noch dieses eine Mal war, würde ihren Schmerz nur verschlimmern. Niedergeschlagen blickte sie ihn stumm und aus tränenfeuchten Augen an und schüttelte den Kopf. Dann riß sie sich los, drehte sich um und lief hinaus in den Hof.

Sie ging nicht in ihr Schlafzimmer. Die Folterqualen, die im Bett auf sie warteten, kannte sie nur zu gut: Bilder von Aric. Immer wieder von Aric. Träume von seinen Zärtlichkeiten. Nein, ihr Zimmer war der letzte Ort, den sie jetzt betreten konnte. Aber wo sollte sie Trost und Erleichterung finden? Als sie am Rande des Gartens stehenblieb, noch etwas atemlos von ihrem raschen Lauf, erkannte sie, daß auch diese kleine Oase denkbar unpassend war. Der Garten war erfüllt von Erinnerungen an Aric. Wo aber konnte sie überhaupt vor ihm Ruhe finden?

Als letzte Zuflucht blieb ihr die dunkle, leere Kapelle, deren abgeschlossene, grabesähnliche Enge Rosalynde wie ein schützender Mantel umgab. In der nächtlichen Stille kniete sie nieder und faltete die Hände zum Gebet. Trotz ihres inbrünstigen Bittens fand sie diesmal jedoch keinen Trost.

Dem kleinen, zusammengekauerten, schluchzenden Bündel Mensch sprang die Wahrheit wie eine Bestie ins Gesicht.

Gebete konnten sie nicht von ihrem Übel erlösen, von diesem Mann, der sie Tag und Nacht peinigte und sie konnte Gott nicht bitten, sie von ihm zu befreien, denn in ihrer Brust wußte sie im gleichen Augenblick, daß sie sein Fortgehen nicht ertragen hätte.

19

Die aufgehende Sonne stand als blasser, trüber Lichtfleck in dem dichten Himmelsgrau. Tief und schwer hingen die dunklen Wolken herab. Nichts paßte besser zu Rosalyndes Weltuntergangsstimmung. Nach einer furchtbaren, schlaflosen Nacht war sie genauso klug wie am Tag zuvor. Es war einfach aussichtslos. Traurig stand sie in dem noch menschenleeren Schloßhof und starrte zu ihrem geliebten kleinen Garten hinüber, dem Lustgarten, wie sie ihn in Erinnerung an ihre Tante nannte. Wann würde es wohl endlich regnen? sinnierte sie. Seit dem Tag ihrer Rückkehr nach Stanwood hatte der Himmel kein Erbarmen gezeigt. Die Erde blieb trocken. Natürlich war das günstig für die Aussaat und das Pflanzen gewesen. Die Dorfbewohner hatten unermüdlich gearbeitet, um die Äcker zu bestellen. Aber jetzt brauchte die Natur dringend Regen. Und Rosalynde auch, um die aufgezwungene Fröhlichkeit der endlosen Sonnentage endlich abschütteln zu können.

Als Antwort auf ihre stumme Bitte ließ sich in der Ferne ein leises Donnergrollen vernehmen. Mit einem erleichterten Seufzer hob Rosalynde das Gesicht zum Himmel. Ein Gewitter wäre jetzt ein Segen, dachte sie. Ihr wäre auch das stärkste Unwetter willkommen, wenn es nur alles sauber wusch und die Luft vom Staub reinigte.

Aber ihrem Herzen würde es keine Erleichterung bringen. Wie es schien, konnte ihr nichts mehr helfen. Cleve würde ihren Vater reinen Wein einschenken und berichten, was er gesehen hatte. Aric würde entweder bestraft oder verbannt werden. Und sie würde zur Ehe mit dem erstbesten Bewerber gezwungen werden, den ihr Vater fand. Aber Aric war nicht der Mann, der sich schnell damit abfände. Er würde ihm entdecken, daß sie den Bund der Ehe für ein Jahr und einen Tag geschlossen hatten. Was dann kam, wußte nur der gütige Himmel.

Die Qualen in ihrer Brust erschöpften sie. Fröstelnd schlang sie die Arme um sich. In den langen Nachtstunden hatte sie mit ihrem Gefühlen gekämpft, war von einem Extrem in das andere gefallen. Manchmal verwünschte sie Blacksword, weil er sich zwischen sie und ihren Vater gestellt hatte, und dann wieder gestand sie sich die tiefe Liebe ein, die sie für ihn empfand. Auch wenn ihre Stimmungen auf- und niederschwankten, es gab keine Möglichkeit, das Unausweichliche zu vermeiden. So oder so, ihr Vater würde die Wahrheit erfahren. Wahrscheinlich drohte Blacksword dann der Tod, und das konnte sie auf keinen Fall hinnehmen.

Ein erster Windstoß wirbelte den Staub im Schloßhof auf. Am anderen Ende des Hofes trottete schlaftrunken eine Schar von Schildknappen aus ihren Quartieren. Die jungen Burschen schoben und rempelten sich gutmütig an. Dann entdeckte sie Cleve, der hinter den anderen herkam und offensichtlich nicht an den Reitübungen teilnehmen wollte. Als sie auf ihn zuging, wußte sie nicht was sie sagen wollte. Sie wußte nur, daß sie ihn überzeugen mußte, sein Schweigen nicht zu brechen.

»Cleve.« Ihr Ruf ließ ihn stehenbleiben. Er blickte sie mißtrauisch an.

»Lady Rosalynde«, antwortete er steif und schwieg dann.

Mit einem tiefen Atemzug versuchte sie ihre Gedanken zu sammeln. »Ich möchte dich sprechen. Wegen gestern abend«, fügte sie leiser hinzu, als er sie aus halbgeschlossenen Augen ansah. Rosalynde mied seinen verächtlichen Blick und sprach tapfer weiter. »Du gewinnst nichts, wenn mein Vater von dieser Sache erfährt.«

»Es geht hier nicht um mich! Es geht um Euch ...!« Er rang um seine Beherrschung und preßte die Zähne aufeinander. »Wenn Ihr nicht so klug seid, diese Sache zu beenden, dann muß Euer Vater es tun.«

»Aber er wird außer sich vor Wut sein! Du kennst ihn nicht!«

»Das hättet Ihr bedenken müssen, bevor Ihr Euch mit diesem Manne einließet. Ihre hättet die Strafe bedenken müssen, die Euch erwartet, wenn Ihr mit jemanden herumtändelt, der weit unter Eurem Stand ist!«

»*Meine* Bestrafung fürchte ich nicht, sondern *seine!*« verteidigte sich Rosalynde aufgebracht. »Du warst bei der Auspeitschung zugegen. Das, was kommt, wird weit schlimmer sein.«

»Dann sind wir diesen Schurken endlich los«, antwortete Cleve haßerfüllt. Dabei schwankte seine Stimmlage von dem neuen männlichen Timbre wieder in die jugendliche Höhe zurück.

»Aber ich liebe ihn«, flüsterte sie verzweifelt. Ihr bleiches Antlitz schien nur aus zwei großen, wunderschönen Augen zu bestehen. »Ich liebe ihn.«

Einen endlosen Augenblick sahen sie einander an. In dem einen Gesicht Schrecken und Unglauben, in dem anderen Verzweiflung. Jetzt war es Cleve, der ihrem Blick auswich.

»Es ist nicht Liebe, die Ihr fühlt. Es ist etwas anderes, und das werdet Ihr bei Eurem zukünftigen Gemahl auch finden.«

In diesem Augenblick war sie gefährlich nahe daran, ihm die ganze Wahrheit zu erzählen — daß Aric durch die Zeremonie der Handreichung bereits ihr rechtmäßig angetrauter Mann war. Nur die Furcht, daß der junge Heißsporn seinen Mund nicht halten würde, hielt sie davon ab, ihm alles zu entdecken.

»Du täuscht dich sehr. Nie wieder werde ich für einen Mann so empfinden wie für ihn.«

»Allmächtiger Gott!« entfuhr es dem Knappen wütend. »Seid Ihr töricht genug zu glauben, es spiele eine Rolle, ob Ihr Euren Mann liebt oder nicht?« Als sich eine runde Träne von Rosalyndes Lid löste, milderte sich seine Stimme. »Milady, ich kann dies nicht mit gutem Gewissen vor Eurem Vater verheimlichen. Er ist mir ein grundgütiger Herr und hat mich wider alles Erwarten reich belohnt. Ich bin jetzt sein Knappe. Ihr werdet das gewiß einsehen.«

Ein schwaches Nicken war die Antwort, aber die Tränen rannen jetzt vermehrt die Wangen hinunter.

»Weint nicht, Milady. Bitte, ich kann es nicht ertragen, wenn Ihr weint«, murmelte er eindringlich. Seine dunklen Augen blickten sie unschlüssig und traurig an.

»Was soll ich tun, Cleve? Was im Himmel soll ich tun?«

Er antwortete nicht sofort, nahm sanft ihren Arm und führte sie auf den Garten zu. Dort blickte er sie mit neu gewonnener Entschlossenheit an. »Wenn Ihr nicht wollt, daß Euch Euer Vater von diesem Mann trennt, dann müßt Ihr es selbst tun.«

Sie schüttelte den Kopf und wischte sich die Augen. »Er wird nicht gehen.«

»Dann veranlaßt ihn dazu.«

»Aber wie?« Einige kleine Seufzer lösten sich aus ihrer Kehle, als sie über diesen Vorschlag nachdachte.

»Das weiß ich nicht«, antwortete er erneut voller Zorn. »Es läßt sich nicht leugnen, daß Ihr ihn durch Euer unbedachtes Entgegenkommen zum Bleiben ermutigt. Weist ihn ab. Bietet ihm Gold und ein Pferd, oder was immer Ihr für richtig haltet, aber schickt ihn fort!«

Das war leicht gesagt. Blacksword will kein Gold, er will nur mich, dachte Rosalynde, als sie sich in ihr Zimmer zurückgezogen hatte. Aric wollte nur sie — und alles, was mit ihr verbunden war.

Wenn ihm jedoch sein Leben lieb war, durfte er nicht länger auf Stanwood bleiben. Cleves Worte hatten Klarheit in das Durcheinander ihrer Gedanken gebracht. Eine schmerzende Klarheit. Wie er gesagt hatte — sie mußte sich von Aric trennen und sie schürte sein Verlangen nur, wenn sie ihm wie am vergangenen Abend nachgab. Ihre Gefühle für ihn mußten in den Hintergrund treten. Auch wenn es sie noch so schmerzte, sie mußte ihn abweisen.

Es würde nicht einfach sein. Er würde wüten und ihr vielleicht Gewalt antun, aber sie mußte ihn abweisen, und wenn nötig, ihn sogar dazu bringen sie zu verachten.

Es mußte sein, auch wenn es sie umbrachte. Nur so konnte sie sein Leben retten.

Diesmal hatte Rosalynde Glück. Der sich andeutende Regen wurde Wirklichkeit und der Ablauf des täglichen Lebens im Schloß änderte sich durch den Wetterumschwung. Die Gefolgsleute von Sir Edward besserten Pferdegeschirre, Waffen und Harnische aus. Solange Rosalynde die Stallungen mied, konnte sie sicher sein, Blacksword nicht zu begegnen, obwohl sie wußte, daß er sie bald suchen würde. Cleves Drohung, ihrem Vater alles zu entdecken, hing wie ein Damoklesschwert über ihrem Haupt. Sie wollte Aric erst gegenübertreten, wenn sie sich gesammelt hatte.

Kurz nach dem Mittagsmahl tauchte eine kleine Reiterschar vor dem Schloßtor auf. Der Regen, der Schlamm und die überraschenden Gäste lenkten Rosalynde für eine Weile von Cleves Forderung ab.

Mit Umsicht und sicherer Gelassenheit, die Sir Edward bewundernd zur Kenntnis nahm, wies sie den müden Reitern die Gästekammern zu und ließ ihnen einen leichten Imbiß auftragen. Dann gab sie in der Küche zu Ehren der Gäste Anordnungen für ein festliches und üppiges Abendmahl. Nach dem sie all diese Vorkehrungen getroffen hatte, gönnte sie sich eine kleine Verschnaufpause.

»Rosalynde ... Tochter«, drang die Stimme ihres Vaters zu ihr. An seiner Seite sah sie einen jungen Ritter, der der Anführer des kleinen Trosses zu sein schien. Sie setzte ein herzliches Willkommenslächeln auf, atmete tief durch und ging den beiden Männern entgegen.

»Sir Gilbert Poole, Lord Duxton, darf ich Euch meine Tochter, Lady Rosalynde, vorstellen.«

Sie begrüßte den Mann und nahm die Hand, die er ihr reichte. Als sie sich aufrichtete, war es an ihm sich zu verbeugen und ihr die Hand zu küssen. Seine Begrüßung war formvollendet, doch als er seinen Blick hob und ihr in die Augen sah, überfiel sie eine unangenehme Vorahnung. Seine Augen waren ungewöhnlich blaß, wie blauer Schnee in einer Vollmondnacht. Er war ein durchaus gutaussehender Mann, dessen Statur kräftig, groß und wohlproportioniert war. Die Nase war gerade, die Zähne weiß und glatt, und die Haut frei von Pockennarben. Aber es war etwas Merkwürdiges an ihm, das sie nicht einordnen konnte. Sein Mund verzog sich jetzt zu einem wohlgefälligen Lächeln und sie senkte verwirrt die Augenlider. Ja, sein Mund aber hatte einen Zug von Grausamkeit. Trotzdem, oberflächlich gesehen war er sicher genau die Sorte von Mann, mit der ihr Vater sie gerne verheiratet sähe.

Ja! Das war es. Jetzt begriff sie das Spiel. Ihr Vater hatte diesen Sir Gilbert nach Stanwood eingeladen. Sein Besuch kam nicht unerwartet.

»Es ist mir eine große Freude, Euch kennenzulernen, Lady Rosalynde. Zu gütig von Euch, mir und meinen Männern Eure Gastfreundschaft zu gewähren.«

»Die Freude ist auf unserer Seite«, entgegnete Rosalynde wohlerzogen. »Unsere Abgeschiedenheit beschert uns leider nur wenige Gäste. Wir heißen Euch und die Neuigkeiten, die Ihr mitbringen mögt, willkommen. Woher kommt Ihr?« fügte sie höflich hinzu.

»Wir kommen heute von Elsing, sind aber bereits mehrere Wochen unterwegs.«

»Gilbert jagt Geächtete und Strauchdiebe, die mittlerweile zu einer Landplage geworden sind«, erklärte ihr Sir Edward. »Habt Ihr Erfolg gehabt?«

»Genug, um zu wissen, daß noch eine Reihe von ihnen frei herumläuft.«

»Sie sind die Pest«, ereiferte sich ihr Vater. »Am liebsten sähe ich sie alle am Galgen hängen und ewig im Fegefeuer schmoren!« Dann blickte er schnell zu seiner Tochter. »Verzeih, Rosalynde. Aber ich gerate in Wut, wenn ich daran denke, daß dieses Gesindel plündernd und mordend durch das Land zieht.«

»Habt Ihr selbst etwa auch schon böse Erfahrungen gemacht?« fragte Sir Gilbert mit zusammengekniffenen Augen.

»Nein«, antwortete Sir Edward kurz und warf seiner Tochter einen beredten Blick zu. Sie wußte sofort, daß ihm sehr daran gelegen war, Dunmow und Blacksword und ihre gefährlich Reise unerwähnt zu lassen. Es würde einen Makel auf ihre Reinheit werfen und auf seine väterliche Macht, sie zu beschützen. »Nein, bei uns hier ist keiner von ihnen aufgetaucht. Man berichtet jedoch von einem Überfall am Stour.«

»Bei Dunmow?« Sir Gilbert zog die Brauen über den blaßblauen Augen hoch und Rosalynde wurde das Gefühl nicht los, daß er für einen Augenblick beunruhigt war. Aber er faßte sich schnell und sein Gesicht wirkte wieder entspannt und selbstsicher. »Es wird Euch freuen, wenn Ihr hört, daß wir drei dieser Mordgesellen in Dunmow an den Galgen gebracht haben. Einer von ihnen stand unter dem Verdacht, der Anführer einer ganzen Bande gewesen zu sein ...« Seine Augen ruhten bewundernd auf Rosalyndes plötzlich erblaßtem Gesicht. »Fürchtet Euch nicht, Milady. Ich habe vor, ganz Ost-Anglia von diesem Pack zu säubern. Nur dann werden solch liebliche Blumen wie Ihr ungestört erblühen können.«

Rosalynde floh vor Sir Gilberts Gesellschaft, sobald es der Anstand erlaubte. Nach dieser unerwarteten Enthüllung klopfte ihr das Herz bis zum Hals und der Magen zog sich krampfhaft zusammen. Sir Gilbert war derjenige, der Blacksword gefaßt hatte! Dabei war es vollkommen unwichtig, daß er das Land von ›dieser Plage‹ befreien wollte, gut aussah und unverheiratet war, und daß jede Jungfrau davon träumen mußte, ihn als Gemahl zu gewinnen, wie Sir Edward ihr recht deutlich zu verstehen gab. Seine Anwesenheit auf Stanwood würde in eine Katastrophe ausarten, sollte er Blacksword, den Geächteten erkennen.

Oder umgekehrt.

Rosalynde fühlte sich wie ein schutzloser Vogel, auf den die Habichte Jagd machten. Ihr Vater, Aric, Cleve und jetzt dieser Sir Gilbert. Sie alle forderten etwas von ihr und bedrohten einander. Sie war ihre Beute und doch mußte sie versuchen, die Raubvögel voneinander fernzuhalten.

Sie wurde von hämmernden Kopfschmerzen geplagt, als sie sich unter dem Vorwand zurückzog, in der Küche Anweisungen für das Abendessen geben zu müssen. So gerne sie die Begegnung vermieden hätte, mußte sie doch Aric aufsuchen und ihn vor Sir Gilbert warnen. Wenn sie es geschickt anstellte, war dies vielleicht der notwendige Anlaß, Blacksword möglichst schnell los zu werden. Wenn er vor Sir Gilbert floh, würde alles ins rechte Lot kommen.

Nur wußte sie in ihrem Innersten, daß für sie nichts mehr im rechten Lot sein würde, wenn Aric sie verließ. Nie mehr.

Sie fand ihn unter dem vorspringenden Dach der Lohgerberei. Er befestigte einen Metallring an einen Lederstreifen und zog ihn zu einer Schlaufe zusammen. Ein Stück entfernt sah sie zwei weitere Männer, die mit irgendeiner anderen Arbeit beschäftigt waren und sie zögerte einen Augenblick. Er blickte sie mit unverhohlener Neugier an. Daß sie ihn hier aufsuchte war etwas ganz Neues. Zu ihrer Erleichterung wurde sein Blick wieder gelassen und gleichgültig, als er sich aufrichtete.

»Milady?« fragte er knapp und verbeugte sich höflich. »Kann ich Euch zu Diensten sein?«

»Ich ... ahhh ... in den Küchen muß etwas umgeräumt werden. Wenn Ihr so freundlich sein würdet ...«

»Aye, Milady.« Er legte das Geschirr weg, ohne sich nach den beiden anderen Männern umzublicken. »Wann immer Ihr wollt.«

Um den Schein zu wahren, führte ihn Rosalynde auf den Küchentrakt zu, aber anstatt durch die offene Tür zu gehen, bog sie flugs in die Destillierstube ab. Kein Mensch würde sie hier stören, dessen war sie sich sicher. Und keiner würde sie belauschen.

Bevor sie den Riegel der Tür vorschieben konnte, hatte er sie bereits in seine Arme gerissen.

»Und nun, mein süßes Weib? Hat dir der gestrige Abend Appetit auf mehr gemacht?« Seine Lippen bewegten sich über ihr Haar und preßten sich warm auf ihre Schläfe. »Ich habe jedenfalls einen Heißhunger bekommen.«

Einen Moment lang wurde Rosalynde schwach. In seinen starken Armen fühlte sie sich unendlich wohl und jeder Nerv ihres Seins verlangte, daß sie sich ihm hingab. Er blickte sie an und die Glut in seinen Augen raubte ihr fast den Verstand.

»Reich mir deinen Mund«, murmelte er heiser und preßte sie atemlos an sich. »Öffne deine Lippen für mich ...«

Aber genau das durfte sie nicht tun, rief sie sich verzweifelt zur Vernunft. »Warte«, bat sie inständig und wandte den Kopf zur Seite. »Wir müssen reden. Warte!« befahl sie jetzt und versuchte sich gegen seine Brust zu stemmen.

»Immer läßt du mich warten«, murmelte er in ihr Ohr. »Wenn es deine Absicht ist, mich über das Maß des Ertragbaren zu reizen, meine süße Rose, so ist dir dies gelungen.«

Seine Hand strich langsam und zärtlich ihren Rücken hinunter und ihr Körper antwortete sofort. Feuerströme flossen durch ihre Adern. Rosalynde wußte, daß sie diesem gefährlichen Begehren jetzt nicht unterliegen durfte. Heute mußte sie fest bleiben. Es ging um sein Leben.

»Würdest du mir bitte zuhören!« Sie befreite sich aus seinen Armen und trat einen Schritt zurück. Eine Minute lang blickten sie sich schweigend an. Dann wichen Liebe und Begehren aus seinen warmen grauen Augen und machten tiefer Niedergeschlagenheit Platz. Er verschränkte die Arme über der Brust und lehnte sich mit der Hüfte an die schwere Holzplatte der Arbeitsbank.

»Also gut, ich höre dir zu. Aber, Rose ...« fügte er ernst hinzu, »glaube nicht, daß du mich noch länger vertrösten kannst. Ich *werde* das Gespräch mit deinem Vater führen.«

Rosalynde ging nicht darauf ein. Wenn sie jetzt eisern blieb und ihn zurückwies, würde sich das Gespräch mit ihrem Vater erübrigen. Und wenn dies schiefging, würde sie ihn von Sir Gilberts Anwesenheit berichten. Wenn ihm sein Leben auch nur einen Heller wert war, mußte er Stanwood bei der erstbesten Gelegenheit verlassen.

»Ich habe lange nachgedacht über das, was gestern Nacht zwischen uns passiert ist«, erklärte sie nervös. »Ich ... ich kann nicht leugnen, daß zwischen uns eine gewisse Anziehung besteht ...«

»Eine Anziehung?« erwiderte er neckend, als ihr Gesicht feuerrot wurde.

»Ja, eine Anziehung!« gab sie aufgebracht zurück. »Du hast eine ... eine besondere Ausstrahlung. Und ... und du weißt sehr gut, wie du einem unerfahrenen Mädchen den Kopf verdrehst. Du hast mich in deinen Bann gezogen ...«

Er stieß sich von der Bank ab. Seine Haltung hatte ihre Lässigkeit verloren und war jetzt straff und drohend. »Damit wirst du mich nicht ködern, Rosalynde. Versuche es erst gar nicht. Wenn du die Tatsache, daß du dich mir hingegeben hast, vor dir selbst entschuldigen mußt, bitte. Aber ich kenne die wahren Beweggründe. Und du auch.«

Bei dieser harten, unverblümten Erklärung drohte Rosalynde die Selbstbeherrschung zu verlieren. Nur die furchtbare Angst um sein Wohl hielt ihre Tränen in Schach und ließ ihre Stimme einigermaßen fest klingen.

»Glaube, was du willst. Aber du erwartest doch nicht im Ernst, daß eine Frau adliger Abstammung einverstanden wäre, unter ihrem Stand zu heiraten.« Sie reckte ihr Kinn in die Höhe und kämpfte gegen seinen dunklen forschenden Blick an. Dann erinnerte sie sich Cleves Worte und ihr Ton wurde trotziger. »Man hat schon öfter davon gehört, daß eine Edelfrau mit einem Mann unter ihrem Stand das Bett geteilt hat. Aber du machst dir etwas vor, wenn du meinst, es hätte in unserem Fall etwas zu bedeuten.« Dann hielt sie den Atem an und wartete angstvoll auf seine Antwort.

Ein unerträgliches Schweigen baute sich zwischen ihnen auf. In dem engen Geviert der kleinen Kammer war die Luft spannungsgeladen. Als er sich langsam auf sie zu bewegte, verkrampfte sich Rosalynde innerlich. Die Worte hatten ihn getroffen — und ihr das Herz zerrissen.

Wie konnte sie ihn so grausam abweisen, da sie ihn doch so aufrichtig liebte! schrie es in ihr. Aber ihr Verstand wußte, daß dies der einzige Ausweg war. Ihre Liebe zu ihm wäre sein Verderben, würde ihm wahrscheinlich das Leben kosten. Sie konnte ihn nur retten, wenn sie ihre wahren Gefühle für ihn verleugnete. Schickt ihn fort, hörte sie wieder Cleves Worte. Weist ihn ab und schickt ihn fort.

Als er nur noch einen Schritt von ihr entfernt war, blieb er stehen. Sein harter Blick hielt sie unerbittlich fest, während er mit einem Finger die Linie ihrer Backenknochen nachzog. »Willst du damit sagen, du hast einem anderen Mann deine

Gunst geschenkt? Bei dem du schlafen möchtest? Der deinen Körper in wonnige Schauer versetzen wird?«

»Nein!« Seine leichte Berührung ließ Rosalynde wie unter einem Schlag zusammenzucken.

»Wenn nicht ein Mann wie ich, wer dann?« fragte er kalt.

Rosalynde suchte die richtige Antwort, die richtige Stelle, um ihn zu verwunden. Als ihr der passende Einfall kam, war sie zu aufgebracht, um die Folgen zu bedenken. »Unsere Besucher heute werden dir nicht entgangen sein. Einer von ihnen wird um meine Hand anhalten. Also könnte ich mich noch heute entscheiden.«

Sie wußte sofort, daß dieser Giftpfeil saß. Arics Kiefernmuskeln spannten sich. Seine Augen wurden dunkel wie die Mitternacht, aber seine Stimme war ruhig und hatte nichts Drohendes an sich. »Und hast du dich entschieden, mein dorniges Röschen?«

Sie sog hastig die Luft ein. »Ja«, erklärte sie und wagte diese Lüge. »Ja, ich habe mich entschieden. Ich dachte, du hast ein Recht es zu erfahren. Ich ... ich werde dir ein Pferd besorgen ... und Gold, natürlich. Du wirst nicht den Wunsch haben, hierzubleiben.«

Sein Lächeln strahlte Kälte aus. Die eisigen Winterwinde, die über die Nordsee fegten, konnten nicht kälter sein. Eine merkwürdige Angst überkam Rosalynde und sie versuchte an ihm vorbeizuschlüpfen, aber sein mächtiger Arm versperrte ihr den Weg. Sie saß in der Falle.

»Du kannst doch nicht im Ernst annehmen, das würde etwas ändern. Auch wenn du andere Wünsche hast, du bist immer noch meine Frau. Das Gelöbnis gilt für ein Jahr und einen Tag.«

»Ich halte mich nicht an dieses Gelöbnis!« schrie sie außer sich vor Zorn. »Ich halte mich nicht daran! Und wenn du mich dazu zwingen willst, wird mein Vater mich von dir befreien!«

»Was?« rief er belustigt aus. »Du drohst mir mit deinem Vater?«

Rosalynde verstummte. Was anfangs ein guter Einfall war, nahm jetzt eine höchst gefährliche Wendung. Außerdem würde Aric auch nicht vor Sir Gilbert die Flucht ergreifen, wenn er von dessen Anwesenheit erfuhr. Hatte sie mit ihren unbedachten Worten nur noch mehr Schaden angerichtet? Vergeblich versuchte sie das Gespräch in eine andere Bahn zu lenken, aber es war zu spät.

Arics Hand packte ihr Kinn und zwang sie, ihn anzusehen. »Wer ist dieser Freier?«

Da ihr nichts anderes übrigblieb, schleuderte Rosalynde ihm seinen Namen ins Gesicht. »Sir Gilbert von Duxton. Er behauptet, er hätte dich festgenommen!« Dann wartete sie auf den Ausbruch des Gewittersturms.

Aber es folgten weder Blitz noch Donner. Es herrschte sogar Windstille. Zu ihrer völligen Verwirrung blickte er sie nur erstaunt an. Und etwas ungläubig.

»Sir Gilbert von Duxton?« wiederholte er.

Rosalynde brauchte einige Zeit, um wieder zu Verstand zu kommen. Seine Reaktion überstieg ihr Begriffsvermögen. »Er ... er hat deinen Namen nicht genannt. Und ich habe ihm nichts von deiner Anwesenheit auf Stanwood gesagt. Aber er ist derjenige, der dich festgenommen und in den Kerker von Dunmow geworfen hat. Wenn er erfährt, daß du noch am Leben bist ...« Der Satz blieb unvollendet, als sie an die furchtbaren Folgen dachte. Es war auch nicht sicher, ob ihr Vater Aric verteidigen würde, obwohl er ihn immer mehr zu schätzen wußte. Sir Edward würde Sir Gilbert nicht verärgern wollen.

Während Rosalyndes Gedanken sich wild überstürzten, hatte Aric einen klaren Kopf behalten. In wenigen Sekunden fiel es ihm wie Schuppen von den Augen: die unerklärliche Gefangennahme in Dunmow. Seine Verurteilung als Geächteter. Sir Gilbert von Duxton war es gewesen! Das war die Antwort. Die überraschende Antwort. Sir Gilbert von Duxton hatte mit ihm bei seinem letzten Turnier in London die Lanzen gekreuzt. Obwohl Aric ihn nicht persönlich kannte, wußte er über seinen Ruf Bescheid. Er war sowohl für seine Geschicklichkeit im Umgang mit Lanze und Schwert bekannt, als auch wegen seines ausschweifenden Lebens. Geld, Wein und die Gunst vieler Edelfrauen, abgesehen von leichten Frauenzimmern und Freudenmädchen, waren der Inhalt seines Lebens. Und als Sir Gilbert dann von diesem Neuling, Sir Aric von Wycliffe, aus dem Sattel gehoben wurde, packte ihn maßloser Zorn. Er besaß nicht einmal den Anstand, ihm seinen Anteil als Verlierer anzubieten, sondern ließ statt dessen die Münzen durch einen Lakaien überbringen. Aber jetzt erkannte Aric, daß Sir Gilberts Zorn tiefer saß. Aric hatte den Verdacht gehabt, daß die wahren Straßenräuber und Landstreicher, die in dieser Gegend zu einer furchtbaren Plage geworden waren, ihn in eine Falle gelockt und an den Galgen gebracht hatten: als Sündenbock, den sie für ihre eigene Sicherheit brauchten. Aric hatte es für sein persönliches Pech gehalten, daß er gerade auf dieser Landstraße, zu diesem Zeitpunkt unterwegs gewesen war und von den Schurken überfallen und überwältigt wurde. Jetzt war ihm klar, daß es kein Zufall gewesen war. Und auch die Straßenräuber hatten nichts damit zu tun gehabt. Vielmehr mußte Gilbert von Duxton auf eine günstige Gelegenheit gewartet haben, um sich an ihm zu rächen. Und jetzt wiegte er sich in Sicherheit und glaubte, den Gegner von London vernichtet zu haben, der ihn in den Schranken gedemütigt hatte.

In diesem Augenblick überstieg Arics Gier auf Rache seine Lust auf Lady Rosalynde. Er blickte in ihr bleiches, verängstigtes Gesicht und seine Wut auf Gilbert richtete sich spontan gegen sie. Wie Gilbert war sie eitel und leer, und brach bereitwillig ihr Ehrenwort, sobald ihr eigenes Wohl in Gefahr war. Wenn er nicht die Absicht gehabt hätte, Gilbert eigenhändig zu schlagen, würde er ihr sagen, daß sie sich diesem Mann getrost in die Arme werfen solle. Aber er hatte die Absicht Gilbert zu töten. Seine Rache würde noch süßer sein, wenn er beides besaß, die Frau und die Mitgift, die dieser Mann begehrte. Oh, ja, er würde die schöne Lady Rosalynde bekommen. Nichts hatte sich bis jetzt an diesem Ziel geändert.

Langsam preßte er sich an sie und drückte ihren Körper flach an die Wand.

»Dein Sir Gilbert bedeutet mir weniger als nichts. Und ich

warne dich, mein dorniges Röschen, du wirst mit ihm durch die Hölle gehen, sollte er die Hand an das legen, was bereits mir gehört.«

Ihr überraschter Ausruf und das zwecklose Bemühen, sich aus seiner Umklammerung zu befreien, entlockten ihm ein tiefes kehliges Lachen. Dann gab er sie frei. Als sie wie von Furien gehetzt davoneilte, folgte er ihr nicht. So vieles war unwichtig geworden. Ob sie nun ihre Schauergeschichte jammernd ihrem Vater oder ihrem Freier vortrug — es spielte keine Rolle. Es würde kommen, wie es kommen sollte. Es war unvermeidbar.

20

Sie mußte fliehen.

Dieser eine Gedanke hämmerte sich in Rosalyndes Kopf ein, als sie aus der kleinen Kammer entfloh. Sie mußte von ihm fort, bevor sie von ihren widerstreitenden Gefühlen entzwei gerissen wurde. Was kümmerte es sie, daß ihm Unheil von ihrem Vater drohte! Was kümmerte es sie, daß er von Sir Gilbert entdeckt werden konnte! Bei allen Heiligen, keine Logik der Welt konnte sie von der Tatsache abbringen, daß es sie kümmerte! Wenn ihm etwas zustoßen sollte, würde sie daran zerbrechen, und wenn er umkam ...

Bei den Stallungen blieb sie jäh stehen und hielt sich die Hand auf die stechende Seite. Wenn er umkam, dann würde ein Teil von ihr mit ihm sterben. Auch wenn er sie demütigte, sie konnte ihn nicht leiden sehen. Er schien die Auseinandersetzung mit diesem Sir Gilbert zu suchen. Im stillen hatte sie gehofft, das Erwähnen von Sir Gilberts Namen würde ihn in die Flucht schlagen, statt dessen aber war der Name ein rotes Tuch für ihn, ein Fehdehandschuh, den sie vor seine Füße geworfen hatte.

Rosalynde lehnte sich an die Stalltür und schloß die Augen. Es war hoffnungslos. Nichts ergab einen Sinn. Nichts.

Mit jedem Atemzug wurde alles verwirrender und trostloser. Sie sah keine Möglichkeit mehr, die Dinge zurechtzurücken. Zuerst hatte sie es nur mit Blacksword und ihrem Vater zu tun. Aber jetzt, da auch noch Cleve und Sir Gilbert auf den Plan getreten waren, glitt ihr das Ruder aus der Hand. Es war nur eine Frage der Zeit, bis alles um sie herum zusammenbrach.

Genau in diesem Augenblick kam Cleve um die Ecke und blieb abrupt vor ihr stehen. Rosalynde erschrak nicht wenig, daß ihre Gedanken so schnell Gestalt angenommen hatten. Besorgt über ihr bleiches Gesicht trat er einen Schritt näher.

»Milady? Fehlt Euch etwas?«

Sie lächelte ihn spöttisch an. »Alles fehlt mir. Und du fragst noch?« Als aber das junge Gesicht seine Empfindungen widerspiegelte — sowohl Schuldbewußtsein als auch die Genugtuung, daß sie seine Drohung ernst genommen hatte — bedauerte sie ihren Vorwurf. Er verhielt sich nur so, wie es jeder an seiner Stelle getan hätte. Schließlich hatten ihr Wohl und ihre Sicherheit ihm immer am Herzen gelegen.

»Verzeih mir, Cleve.« Mit einem Seufzer wandte sie sich von ihm ab. »Das war nicht sehr freundlich von mir. Es ist nur ...« Sie unterbrach sich und blickte ihn mit einem gequälten Gesichtsausdruck an. »Er wird nicht gehen. Er ist fest entschlossen zu bleiben.«

»Dann muß er für seine Torheit büßen«, erwiderte der Junge erhitzt. Sein Zorn verflog aber so schnell wie er gekommen war, als er ihre tiefe Verzweiflung sah. Einlenkend sagte er: »Natürlich kann er Euch nicht glauben. Nicht nachdem, was Ihr ihm gewährt habt. Aber mir wird er glauben.«

»Dir! Du hast doch nicht vor, ihm zu drohen? Cleve, er wird nicht darauf eingehen.«

Die braunen Augen des Knappen funkelten vor gerechtem Zorn. »Er wird weder meine Feindseligkeit anzweifeln, noch meine Drohung.« Seine Stimme war bei dieser feierlichen Ankündigung um eine Oktave tiefer geworden.

Aric glaubte eigentlich nicht an Vorzeichen. Aber jetzt schien dieser Cleve sich mit der Absicht durch den Regen gewagt zu haben, ihn aufzusuchen. Vielleicht ist es doch ein gutes Omen, dachte Aric, als er den Jungen vorsichtig herankommen sah. Er war jetzt mit einem feinen, wollenen Rock, einer neuen Hose und ein langen Dolch im Gürtel ausgestattet, vermerkte Aric, indem er sich schmunzelnd an den kleinen Draufgänger erinnerte, der ihn wütend angegriffen hatte, um seine Herrin zu schützen. Sir Edward schien bei der Auswahl seiner Mannen wirklich eine gute Hand zu haben. Schließlich hatte er auch ihn, Aric, in die Schar seiner Vasallen aufgenommen. Aber man sagte ja, daß ein guter Krieger den anderen sofort erkenne. Und Sir Edward war zweifellos ein ausgezeichneter Krieger.

Arics Augen verengten sich, als der Junge die Hand auf den Griff des Dolches legte. Da er sicher war, daß Cleve ihn in der Dunkelheit nicht gesehen haben konnte, hoffte er ohne Waffe auszukommen. Die Überraschung dürfte genügen.

Cleve blieb an einer Steinmauer stehen und wischte sich den Regen aus den Augen. Die Gelegenheit war günstig. Wie ein Pfeil sprang Aric aus dem Schatten, umfaßte mit einer Hand den Dolch des Jungen und preßte die andere auf seinen Mund.

Für den Bruchteil einer Sekunde reagierte der Knappe nicht mit einem einzigen Muskel auf die plötzliche Gefahr, aber bevor Aric seinen Griff verstärken konnte, wehrte er sich wie eine Wildkatze. Er trat um sich und versuchte an seinen Dolch zu kommen.

»Es ist nicht meine Absicht, dir wehzutun, es sei denn du zwingst mich dazu«, murmelte Aric gepreßt, als sein Griff noch fester wurde. »Höre mir gut zu und dir wird nichts geschehen.«

Der Junge rührte sich einen Augenblick lang nicht. Anscheinend war er sich nicht sicher, ob er Blackswords Worten trauen konnte. Dann nickte er zustimmend mit dem Kopf und Aric ließ ihn sofort los. »Kluger Junge.« Aber kaum hatten Cleves Füße wieder festen Halt gewonnen, wirbelte er mit dem Dolch in der Hand herum und wollte zustoßen.

»Was soll das?« Arics Augen verengten sich ärgerlich. »Hat

man dir noch nicht beigebracht, daß man als Ritter zu seinem Wort stehen muß?«

»Einen fetten Dreck wißt Ihr von diesen Dingen! Ein Ritter ist nur seinem Lehnsherrn verpflichtet. Er tut das, was seinem Lord dient. Und so wie ich die Sachlage beurteile, dient es meinem Lord, Sir Edward, wenn ich Euch mit meiner Klinge aufspieße.«

»Aber meiner Lady Rosalynde wäre damit nicht gedient.«

Bei diesen Worten, die ruhig, aber höhnisch ausgesprochen wurden, verlor Cleve die Beherrschung. Mit einem wütenden Aufschrei sprang er nach vorn, um seine Klinge mitten in Arics Herz zu stoßen, aber der Mann hatte sich zur Seite bewegt.

Bevor Cleve sich darauf einstellen konnte, packte Aric ihn bei seinem losen Rock und brachte ihn aus dem Gleichgewicht. Dann entwaffnete er Cleve mit einem gezielten, scharfen Schlag auf das Handgelenk. Dumpf fiel der Dolch auf den schlammigen Boden. Dann fuhr eine Hand blitzschnell an Cleves Kehle. Aric preßte den Jungen erbarmungslos an die Wand.

»Diesmal ist keiner da, um dich zu retten«, stieß Aric wütend hervor. »Wenn du noch solange leben willst, um Ritter zu werden, Kerl, dann rate ich dir, mir jetzt genau zuzuhören. Ich habe nicht die Absicht, dir wehzutun. Aber unter gewissen Umständen würde mich nichts davon abhalten.« Mit einem drohenden Blick gab er Cleve frei und trat einen Schritt zurück.

Eine Weile maßen sie sich mit Blicken. Der Junge war sichtlich erschrocken durch die eindeutige Überlegenheit des Älteren. Der Dolch lag zu ihren Füßen, doch machte keiner Anstalten ihn aufzuheben. Er war wirkungslos geworden. Cleve sprach als erster.

»Wenn Ihr mir nichts antun wollt, warum habt Ihr mir dann hier aufgelauert?«

Obwohl Cleve geschlagen war, blitzten seine Augen zornig auf und entlockten Aric ein respektvolles Lächeln.

»Ich möchte einen Pakt mit dir schließen.«

»Einen Pakt?« Cleve sah ihn ungläubig an. »Da würde ich

lieber einen Pakt mit dem Teufel schließen.« Eilig machte er bei diesen ketzerischen Worten das Kreuzzeichen.

»Wenn du aufrichtig um Lady Rosalyndes Wohl besorgt bist, dann wirst du mir zuhören.«

»Lady Rosalynde!« ereiferte sich Cleve wütend. »Wie könnt Ihr es wagen, ihren Namen in den Mund zu nehmen!«

»So siehst du das. Aber die Zeit wird dich eines Besseren belehren.«

Bei dieser geheimnisvollen Ankündigung betrachte Cleve ihn aufmerksamer. »Wie meint Ihr das?«

Aber Aric wollte dem Jungen keine nähere Erklärung geben. Zu viel stand auf dem Spiel — seine Rache an Sir Gilbert und seine Belohnung durch die Ehe mit Rosalynde. Cleves Feindseligkeit konnte seinen Plänen schaden. Er war auf die Verschwiegenheit des Jungen angewiesen. Es gab nur eins, was Cleve sich wünschte, überlegte Aric, und damit würde sich ein Tauschhandel abschließen lassen.

»Du hast deutlich gezeigt, daß dir meine Anwesenheit auf Stanwood mißfällt ...«

»Eure Anwesenheit mißfiel mir bereits bei unserer ersten Begegnung!«

»Aber damals konntest du dich nicht im Sattel halten. Du warst also kaum in der Lage, deiner Herrin zu dienen.« Da der Junge schwieg, ließ Arics Spannung ein wenig nach. »Ob du es mir glaubst oder nicht, auch ich handle nur zum Besten von Lady Rosalynde.«

»Lady Rosalynde weiß nicht mehr, was für sie gut ist. Ihr habt sie verhext, als sie ...« Cleve brach ab und biß sich auf die Lippe. Aber Aric wußte, was er sagen wollte, und er wußte auch, daß der Junge niemals schlecht von seiner Herrin reden würde.

»Das mag sein«, gab Aric zu, und sein Gesicht wurde ernster. »Du hältst meine Absichten für unehrenhaft ...«

»Wie könnte es anders sein! Ihr könnt doch niemals hoffen, eine Lady wie sie zu gewinnen.«

»Du bist vom Pagen zum Knappen aufgestiegen, wenn ich nicht falsch unterrichtet bin. Mit der Möglichkeit, eines Tages Ritter zu werden.« Arics Brauen hoben sich fragend. »Vielleicht habe ich meine Ziele auch so hoch gesteckt.«

Wieder schwieg Cleve eine Weile, aber diesmal bemerkte Aric eine gewisse Neugier im Gesicht des Jungen.

»Was wollt Ihr von mir?« fragte Cleve mißtrauisch.

Aric blickte ihn forschend an. Man konnte nicht vorhersagen, wie dieser Junge, der seiner Herrin treu ergeben war, reagieren würde. Es war ein Spiel mit ungewissem Ausgang. Cleve konnte so schnell ihn die Beine trugen zu seinem Herrn laufen und Sir Gilbert von seiner Anwesenheit berichten. Aber wenn er ihm versprach, Stanwood zu verlassen, würde der Junge vielleicht schweigen.

»Ich werde Stanwood verlassen. Allein. Ohne die von Lady Rosalynde versprochene Belohnung, wenn du mir dein Stillschweigen versprichst.« Er machte eine Pause und überlegte die Wahl seiner Worte. »Wenn du ihrem Vater verschweigst, was zwischen ihr und mir geschehen ist.«

Cleve konnte seine Überraschung nicht verbergen. »Ihr wollt gehen?« Dann wurde er wieder mißtrauisch. »Wann wird das sein?«

»Nach dem Turnier.«

»Das findet erst in vierzehn Tagen statt! Nein. Ich möchte sie nicht länger Eurer Gegenwart ausgesetzt sehen!«

»Überlege es dir gut, bevor du nein sagst«, warnte Aric. »Du glaubst, Sir Gilbert sei der passende Gemahl für sie, doch ich kenne seine lasterhafte Natur. Du glaubst, du mußt ihr zwei Wochen in meiner Nähe ersparen, aber genausogut könntest du sie an seiner Seite ein Leben lang durch die Hölle schicken.«

Damit hatte er das Richtige gesagt — er sah es sofort an dem verunsicherten Ausdruck, der über das Gesicht des Jungen huschte. »Ich werde nach dem Turnier für immer gehen, wenn Sir Edward mich als Bewerber um die Hand seiner Tochter abweist. In der Zwischenzeit werde ich sie nicht aufsuchen. Das schwöre ich beim Namen Gottes.«

Cleves Zustimmung kam sehr zögernd. Aber als der Knappe endlich in dem dichten feuchten Nebel verschwand, fühlte sich Aric erleichtert. Es war ein kleiner

Sieg, aber immerhin. Und viel blieb noch dem Zufall überlassen. Es war ein tödlicher Fehler, seine Gegner zu unterschätzen. Außer Sir Gilbert kamen jetzt auch noch Rosalynde und Sir Edward hinzu. Wo er früher auf die Gefühle der Tochter bauen konnte, verließ er sich jetzt lieber auf den Vater. Letzterer achtete Tüchtigkeit und Aufrichtigkeit und würde ihm die nötige Ehre erweisen, wenn er seine wahre Identität enthüllte. Aber Rosalynde ...

Seine Zufriedenheit schwand, als er an ihre letzte Auseinandersetzung dachte. Sie wünschte, daß er fortging, das hatte sie ihm klar und deutlich zu verstehen gegeben. Für sie sei er nicht standesgemäß. Obwohl diese Einstellung bei einer Edelfrau zu erwarten war, hatte er eigentlich von ihr eine andere Reaktion erwartet. Wie töricht von ihm, zu hoffen, daß sie zu dem Mann halten würde, der er war — ohne Titel und Land. Ihre Liebe zu gewinnen war ihm als ein durchaus erreichbares Ziel erschienen, bis sie ihn so kaltschnäuzig abgewiesen hatte.

Aric fuhr mit der Hand durch sein regenfeuchtes Haar. Doppelt verdammt wollte er sein, weil er sich wie ein Narr benommen hatte! Sie war eine Edelfrau und wurde wie die meisten ihresgleichen nur nach dem Vermögen beurteilt, das mit ihrer Hand in die Ehe kam. Ihre Schönheit war eine angenehme Zugabe — nicht mehr und nicht weniger.

Und doch, das schöne, ebenmäßige Antlitz und die tapfere Entschlossenheit, mit der sie ihn vor dem Erhängen rettete, hatten sich in seinem Herzen unauslöschlich eingeprägt. Er gestand sich aber ein, daß er nicht nur aus Sinn für Gerechtigkeit auf ihrer Eheschließung durch die Handreichung bestand, sondern auch aus Habgier. Eine wohlhabendes Weib war mehr als sich ein fahrender Ritter erhoffen durfte.

Er zog die Haube über den Kopf und blinzelte durch den eintönig niederprasselnden Regen. Rosalyndes schöner junger Körper würde sein werden — und das Schloß. Aber zunächst war die Rache in den Vordergrund getreten. Sein unbekannter Feind hatte Gestalt angenommen und ihm mußte jetzt all sein Denken gelten, ermahnte er sich. Sein Kampf gegen Sir Gilbert würde vor Sir Edward ausgetragen werden, und in dem süßen Moment der Rache würde er alles bekommen, was er sich ersehnte.

Nachdenklich zog er die Schultern hoch und ging in den Regen hinaus. Zu guter Letzt würde Sir Gilbert ihm gehören. Stanwood würde ihm gehören. Und ob es ihr gefiel oder nicht, Lady Rosalynde würde ebenfalls ihm gehören.

Rosalynde zog den Arm zurück, um Sir Gilberts langen feuchten Handkuß zu beenden, dann blickte sie huldvoll auf und schenkte ihm ein kleines Lächeln. Zuerst Aric. Dann Cleve. Und jetzt mußte sie mit Sir Gilberts unerwünschter Werbung fertigwerden, und zwar auf möglichst anmutige Art, da Sir Edwards Blick erwartungsvoll auf ihr ruhte. Die Heiligen mochten ihr vergeben, aber sie wünschte, dieser Tag ginge schnell zu Ende! Irgendwie gelang es ihr, nach außen hin das freundliche Gesicht der vollkommenen Gastgeberin zu zeigen, in der Hoffnung, ihre Schreckhaftigkeit Sir Gilbert gegenüber würde als mädchenhafte Scheu ausgelegt werden.

»Setzt Euch, setzt Euch.« Sir Edward bedeutete Sir Gilbert, den Ehrenplatz an seiner rechten Seite einzunehmen. Bevor er sich ihr zuwenden konnte, glitt Rosalynde hastig auf den Stuhl zu seiner linken, und hatte ihren Vater somit schützend zwischen sich und Sir Gilbert gebracht.

»Es ist viel Zeit vergangen, seit ich zum letzten Mal Gast auf Stanwood war«, erklärte Sir Gilbert in angenehmen Plauderton und erhob seinen Becher, der randvoll mit rotem Wein gefüllt war.

»Mir stand nicht der Sinn danach, in den Jahren nach dem Tode meiner Frau den Gastgeber zu spielen«, gab Sir Edward bekümmert zu. »Aber das Hiersein meiner Tochter verlangt jetzt anderes. Ich möchte sie nicht von der Gesellschaft junger Leute ausschließen, die ihr den Hof machen.«

»Ah, *einen* Bewerber hat sie bereits«, warf Sir Gilbert geschickt dazwischen. Seine blassen Augen ruhten wohlgefällig auf Rosalynde. »Ich darf doch hoffen, daß ihr meine Werbung willkommen ist.«

Rosalynde antwortete mit einem schwachen Lächeln und

senkte hastig die Augenlider. Seine Werbung war überhaupt nicht willkommen. Und das würde zukünftig für alle Männer gelten, wenn sie nicht aufhörte, sie mit Aric zu vergleichen. Wenn sie Aric entmutigen wollte, mußte sie jedoch so tun, als sei ihr Sir Gilbert als Freier willkommen. Aber auch dieser Vorsatz schien sinnlos zu sein, da Blacksword so merkwürdig auf Sir Gilbert reagierte.

Während sie Cedric mit einem Kopfnicken das Zeichen gab, mit dem Auftragen der Speisen zu beginnen, kreisten ihre Gedanken um das neueste Dilemma. Wo steckte Cleve nur? Was war bei seiner Unterredung mit Blacksword herausgekommen?

Die Platten mit gebratenem Schweinerücken auf Apfelkraut und Lammkeulen in Rosinensauce wurden gerade zum Tisch der Schildknappen gereicht, als sie die Antwort auf ihre erste Frage erhielt. Cleve schlüpfte durch die hohe Eichentür und ging auf seinen Platz zu. Die Kameraden machten ihm mehr oder weniger bereitwillig Platz, als er sich in seine Bank drückte. Rosalynde vermutete, daß es noch eine Weile dauern würde, bis er von den jungen, adligen Burschen als ihresgleichen akzeptiert wurde. Cleves fragliche Herkunft und spätes Hinzukommen in diese festgefügte Runde hatte für einige häßliche Unstimmigkeiten gesorgt, aber das würde sich über kurz oder lang geben. Im Augenblick jedoch interessierte sie dieses Problem weniger. Wo war Aric?

Jetzt hob sich Cleves Kopf. Sein Blick wanderte suchend zum oberen Ende des Saals, bis sich ihre Augen über einem Meer von Köpfen trafen. Angestrengt versuchte Rosalynde seinen Gesichtsausdruck zu deuten. Zu ihrer Verwunderung aber erhielt sie nur ein seltsames kleines Lächeln und ein höfliches Kopfnicken. Das war alles.

Verwirrt und verunsichert lehnte sich Rosalynde an die mit Leder gepolsterte Stuhllehne zurück. Was war zwischen den beiden vorgefallen? Die schön geschwungenen Brauen zogen sich über ihren Augen zusammen. Da betrat eine weitere Person den großen Eßsaal und lenkte ihre Aufmerksamkeit auf sich.

Arics Haar war feucht, bemerkte sie, als er die Haube in den Nacken schob. Er blieb an der Tür stehen. Eine hohe, beeindruckende Gestalt. Sein Blick schweifte über die Köpfe hinweg und machte bei Cleve halt. Cleve sah auf. Er lächelte nicht, zeigte aber auch nicht das übliche Mißfallen. Zwischen den beiden mußte es zu irgendeiner Absprache gekommen sein, überlegte Rosalynde. Als Arics Blick sie traf, drehte sie ihren Kopf hastig zur Seite, aber nicht lange. Sie mußte ihn wieder ansehen. Seine Anziehung auf sie war übermächtig.

Enttäuscht gestand sie sich ein, daß ihr Plan fehlgeschlagen war. Sie hatte ihn als nicht standesgemäß abgewiesen und Sir Gilberts Ankunft auf Stanwood erwähnt, in der Hoffnung, Aric würde die Flucht ergreifen. Mit ihrer kalten Zurückweisung hatte sie ihn zwar getroffen, nicht aber vom Schloß vertrieben. Im Gegenteil, er schien bereit, um sie zu kämpfen.

Sir Gilbert war ein mächtiger, einflußreicher Mann, der Aric für seine begangenen Verbrechen festnehmen und an den Galgen bringen konnte, und doch schien Aric ihn nicht zu fürchten. Statt dessen bestand er auf dieser verflixten Handreichung und Rosalynde war allmählich davon überzeugt, daß ihn nichts von seinem Ziel abbringen konnte.

Als Arics Augen von Sir Gilbert zu ihr wanderten, waren sie voller Verachtung, so als ob er sie mit bitterbösen Worten angeklagt hätte. Sein kurzes Nicken kam einer beleidigenden Entlassung gleich. Dann entdeckte er einen leeren Platz an seinem Tisch, bediente sich und begann mit guten Appetit zu essen.

Die Platten wurden herumgereicht, Wein und Bier floß in Strömen. Vergeblich versuchte Sir Gilbert sie in ein Gespräch zu ziehen, was ihr einige kritisierende Blicke ihres Vaters einbrachte. Aber Rosalynde war zu sehr um Cleve und Aric besorgt, um sich ungezwungen an einer Unterhaltung zu beteiligen. Abwesend stocherte sie in ihrem Essen herum. Irgendetwas lag in der Luft.

21

Erst am nächsten Vormittag fand Rosalynde die Gelegenheit, Cleve beiseite zu nehmen. Er war mitten in den Vorbereitungen für einen Jagdausflug — eine große Ehre, die sich in seinem Eifer und seiner Aufregung ausdrückte. Er strahlte sie über das ganze Gesicht an, als er die beiden Pferde aus dem Stall in das wässerige Sonnenlicht des frühen Morgens führte. Aber die schlaflos und voller Ängste und Befürchtungen verbrachte Nacht hinderte sie, sein Lächeln zu erwidern. Der düstere, erschöpfte Gesichtsausdruck seiner Herrin beunruhigte ihn.

»Was ist geschehen?« wollte sie ohne Umschweife wissen. Als er ihr nur einen besorgten Blick zuwarf und sich weiter mit den Reittieren beschäftigte, stellte sie sich ihm in den Weg. »Ich weiß, daß du irgendetwas ausgeheckt hast. Ich will wissen, was es ist!«

»Ich habe mich der Dinge angenommen«, erwiderte er knapp. »Ihr konntet ... oder wolltet ... nicht, so habe ich es getan. Er wird euch nicht wieder belästigen.«

Rosalyndes Herz schlug schneller. Ohne zu denken packte sie den Führungszügel eines der Pferde und zwang Cleve zum Stehenbleiben. »Und wie hast du das bewerkstelligt? Hast du meinem Vater etwas gesagt? Oder Sir Gilbert?«

Ärgerlich warf Cleve den Kopf hoch. »Es ist nicht nötig, ihm mit Eurem Vater zu drohen. Was Sir Gilbert betrifft, so habe ich nichts mit ihm im Sinn. Mir geht es nur um Eure Sicherheit — und um Euren guten Ruf — nur das liegt mir am Herzen.«

»Aber ... aber was hast du getan? Warum wird er mich nicht mehr ...«

»Blacksword und ich haben ein Abkommen getroffen«, unterbrach sie der Junge. Mit einem Ruck zog er ihr die Zügel aus der Hand und ging weiter. »Er wird bis zum Turnier hierbleiben — so viel habe ich ihm zugestanden. Aber danach wird er Stanwood verlassen und nie wieder zurückkehren.«

Rosalynde hörte seine Worte. Sie hatte sie genau verstanden, begriff sie aber nicht. Wie hatte er Aric dazu überredet? Und wieso hatte der Junge zugestimmt, daß Aric noch vierzehn Tage auf Stanwood blieb? Wieder einmal ergab nichts einen Sinn. Als sie aber den Knappen steif und selbstbewußt über den schlammigen Hof gehen sah, wußte sie, daß sie von ihm keine weiteren Erklärungen mehr bekommen würde.

Nachdenklich und verwirrt strebte sie langsam dem Küchentrakt zu. Sie mußte einen Karren mit Proviant für die Jagd beladen. Für heute war Sir Gilbert zu Ehren ein Jagdausflug in die umliegenden Wälder geplant. Während unter ihrer Aufsicht ein Faß Wein, in Leinen gewickeltes Brot, verschiedene Käsesorten und ein Korb mit getrockneten Früchten auf den Wagen geladen wurden, weilten ihre Gedanken bei den neuesten Ereignissen.

Aric war nicht der Mann, der sich durch eine Drohung von seinem Ziel abbringen ließ, und doch schien es Cleve irgendwie gelungen zu sein. Aber die einzelnen Steine wollten nicht recht in das Mosaik passen. Mit einer steilen Falte zwischen den Brauen ließ sie Zinnkrüge und Holzbecher herbeiholen, die mit einem Stapel Leinentücher sorgfältig neben dem Holzfaß verstaut wurden. Als das Jagdhorn die Jäger zum Versammeln rief, wischte sie die Hände in dem leinenen Handtuch ab, das in ihrem Gürtel gesteckt hatte und legte es beiseite. Dann strich sie ihr Haar zurück und schob eine widerspenstige Lockensträhne hinter das Ohr. Wie die anderen Schloßbewohner ging sie auf die Männer und Pferde zu, die sich am Torhaus versammelt hatten.

An diesem Tag hatte Rosalynde sich mit besonderer Sorgfalt gekleidet. Sir Edward war mit ihrem Benehmen am vergangenen Abend sehr unzufrieden gewesen, obwohl er keine großen Worte darüber gemacht hatte. Ihre Widerspenstigkeit Sir Gilbert gegenüber war allzu offensichtlich gewesen, und so wünschte sie ihren Vater jetzt zu besänftigen. Auf keinen Fall wollte sie ihn erneut verärgern. Schließlich hatte er ihr gestattet, bei der Wahl ihres zukünftigen Gemahls ein Wort mitzureden. Sie würde alles tun, um ihrem Vater zu gefallen. Sie wollte den Freiern, die Sir Edward ihr vorstellte, höflich und anmutig begegnen. Sie würde tun, was von ihr erwartet wurde. Aber die letzte Entscheidung über ihre Zukunft wollte sie sich vorbehalten. Sie wollte ihren Ehemann selbst auswählen. Der Sommer, der Herbst, der Winter und ein angebrochener Frühling mußten ins Land gehen, bevor ihr Gelöbnis erlosch. Erst dann konnte sie ihre Wahl treffen.

Aber sie wußte, daß sie niemals in ihrem Leben einen anderen Ehemann finden würde, den sie wirklich begehrte.

Mit einem Seufzen und dem stummen Schwur, diesen Gedanken nicht wieder aufkommen zu lassen, raffte sie ihre Röcke, um sie von dem schlammigen Erdboden fernzuhalten. Ihr neues Gewand war ein Meisterwerk der Schneiderkunst und sie wollte es schonen. Sie hatte es aus einem der Kleider ihrer Mutter fertigen lassen. Wie angegossen saß es an ihrem schlanken, biegsamen Oberkörper, während die Röcke weich über die Fesseln fielen. Das feine Raynes Leinen war aus den dünnsten Fäden gewebt und quer verarbeitet worden, so daß es beim Gehen die Beine der Trägerin anmutig umspielte. Die Farbe des Stoffes war ihr unbekannt. Der seltene Ton lag zwischen dem leuchtenden Purpur königlicher Gewänder und einem strahlenden Himmelsblau — vielleicht konnte man ihn auch mit reifen Pflaumen vergleichen, die feucht vom Regen waren. Rosalynde liebte das Kleid und fühlte sich außerordentlich wohl darin, abgesehen davon, daß es ihr einfach bezaubernd stand. Der Ausschnitt verlief in einem weichen Rund an ihrem Schlüsselbein entlang und war mit einem aus purem Silber gewobenen Band bestickt. Das gleiche Band zierte auch ihre schmalen Handgelenke. Die ausgesuchte Schlichtheit des Kleides wurde durch einen langen, aus Silber geschmiedeten Gürtel unterbrochen.

Das Haar fiel ihr in dunklen, weichen Wellen über Schultern und Rücken. Eine silberne Kette, die über der hohen Stirn lag, hielt es zurück.

Sie hatte leichte Gewissensbisse, daß sie das Haar nach Art der Jungfrauen trug. Aber das würde keiner außer Aric bemerken. Und Cleve. Unwillkürlich dachte sie an Aric. An seine Hand, die ihren Rücken hinunterstrich. An seine geflüsterten Worte. ›Du hast wunderschönes Haar.‹ ›Wunderschön.‹ Würde er das auch heute denken?

»Bei dem Blut der Heiligen!« murmelte sie zwischen den Zähnen. Warum mußte er sich immerfort in ihre Gedanken einschleichen? Es war ihr gleichgültig, ob ihm ihr Haar gefiel oder nicht!

Oder zumindest sollte ihr das gleichgültig sein.

Mit einem Seufzer stieg sie auf einen steinernen Quader, den sie als Kind als Aufsteigeblock zum Ausreiten benutzt hatte. Jetzt diente er ihr als Ausichtspunkt, um das Aufbrechen der Jagdgesellschaft zu beobachten. Ihr Vater war leicht zu erkennen in seinem dunkelgrünen, goldbesetzten Jagdrock. Da er keine Kopfbedeckung trug, hob sich sein ergrautes Haupt deutlich von den jüngeren Männern ab. Er ritt ein prachtvolles, rotbraunes Schlachtroß, und Rosalynde war von Liebe und Stolz erfüllt, als sie ihn in dieser ansehnlichen Positur erblickte. Dann hefteten sich ihre Augen auf Sir Gilbert und ihr Lächeln erstarrte. Auch er ritt ein feines Pferd, war für den Anlaß bestens gekleidet und machte eine ausgezeichnete Figur. Sie zweifelte nicht daran, daß sie seine Werbung unter anderen Umständen sehr geschmeichelt hätte. Vielleicht hätte sie nach kurzem Zögern seinen Antrag angenommen, sich für das glücklichste aller jungen Mädchen gehalten. Er war jung, gutaussehend und von Stand. Was konnte man mehr verlangen?

Doch wenn sie ihn mit einem anderen Mann verglich, dessen kraftvoller Körper wie aus Stahl geschmiedet war, fiel Sir Gilbert von Duxton weit zurück. Mit der Hand schirmte sie ihre Augen gegen das plötzlich hervorbrechende Sonnenlicht ab. Streng erinnerte sie sich daran, daß er als Edelmann verantwortungsbewußt handelte und gemeinen Strauchdieben und Wegelagerern das Handwerk legte. Vielleicht würde sie ihn, wenn das Jahr vorbei war, doch ganz annehmbar finden.

Aber tief in ihrer Brust wußte Rosalynde, daß sie niemals Gefallen an Sir Gilbert finden würde. Er hatte etwas an sich, das ihr eine Gänsehaut eintrug. Außerdem würde er Aric sofort erschlagen, wenn er ihn erkannte, und auch das machte ihn zu ihrem Feind.

Sir Gilbert hatte Rosalynde ausgemacht und ritt in langsamen Galopp auf seine Angebetete zu.

»Es wäre ein Vergnügen, wenn Ihr uns bei der Jagd begleiten würdet, liebste Lady Rosalynde.«

»Meinen Dank, Sir Gilbert. Ich fürchte, meine Zeit erlaubt es nicht. Die Jagd wird uns zweifellos viel Wild ins Haus bringen. Alles will dafür vorbereitet sein.«

Aufmerksam glitten seine Augen über ihre schlanke Gestalt und ruhten kurz auf ihren Brüsten. »Vielleicht ist es so zum Besten, denn die Strahlen Eurer Schönheit blenden meine Augen. Ich würde ernstlich von der Jagd abgelenkt, solltet Ihr uns begleiten.«

Das waren hübsche Worte. Ein Kompliment, das anderen Mädchen das Blut in die Wangen getrieben hätte, während Rosalynde es als geschmacklos empfand. Selbstverständlich verbarg sie diese Regung jedoch hinter einem bewußt zuvorkommenden Lächeln. Zu ihrer Erleichterung blieb ihr eine Antwort erspart, da ihr Vater auf sie zuritt.

»Euer Hauptmann möchte Euch sprechen, Gilbert«, erklärte er. Als Gilbert zu seinen Leuten ritt, wandte er sich lächelnd seiner Tochter zu. In bester Laune sagte er: »Rosalynde, du lehnst es immer noch ab, uns zu begleiten? Ich hatte gehofft, du würdest näher mit Sir Gilbert bekannt werden — unter meinem wachsamen Augen natürlich«, fügte er mit verschmitztem Augenzwinkern hinzu.

»Heute warten viele Aufgaben auf mich, Vater. Außerdem zählt die Jagd nicht zu meinen Lieblingsbeschäftigungen. Das wirst du verstehen.«

»Du wirst übrigens deine besondere Aufgabe nicht vergessen? Die ich dir neulich aufgetragen habe?«

»Die Aufgabe, die du mir aufgetragen hast? Oh ...« Ihr Lächeln erstarb, als sie begriff. Er hatte sie gebeten, mehr über Arics Vergangenheit in Erfahrung zu bringen, weil er sich der Treue des Mannes vergewissern wollte.

»Er war ... das heißt ... er wird nicht —« Sie atmete nervös durch und setzte von neuem an. »Ich habe kaum etwas Neues erfahren. Nichts, was du nicht bereits weißt. Er stammt aus einem Ort namens Wycliffe. Oh, und er ist der jüngste Sohn, obwohl er kaum von seinen Eltern spricht«, fügte sie hinzu.

»Der jüngste Sohn, sagst du?« Ihr Vater setzte sich im Sattel zurecht und blickte sie erstaunt an. »Das ist merkwürdig. Wirklich merkwürdig. Wie kommt er dann zu diesen Fähigkeiten? Man könnte meinen, ein Vater würde einen solch kräftigen Mann zu Hause behalten.«

»Vielleicht gab es zu viele Münder zu füttern«, warf Rosalynde ein. Wie ihr Vater spürte auch sie, daß mehr hinter Arics Herkunft steckte, als es den Anschein hatte.

»Er war zweifellos kein Mustersohn, aber ich verzeihe ihm die Fehler seiner Jugend, wenn ich Grund habe, ihm als Mann zu vertrauen.«

»Und, vertraust du ihm?« Rosalynde war unfähig, diese Frage zurückzuhalten. Ihr Vater ließ sich mit der Antwort Zeit. Schließlich sagte er langsam:

»Doch, ja, ich vertraue ihm. Zumindest, glaube ich, daß er sich im Kampf loyal verhält. Das alles bedeutet aber nicht, daß du dich nicht weiter darum bemühen solltest, mehr über ihn herauszufinden.

Heute ist ein günstiger Tag, um mit diesem Blacksword ins Gespräch zu kommen. Im Schloß kehrt Ruhe ein. Sobald sich die Jagdgesellschaft entfernt hat.

Denke dir eine Ausrede aus, um mit ihm ins Gespräch zu kommen. Vielleicht braucht er einen neuen Waffenrock und man muß sein Maß nehmen, oder was weiß ich. Laß dir etwas einfallen, Tochter.« Mit einem aufmunterndem Lachen wendete er sein Pferd und schloß sich der wartenden Reiterschar an.

In wenigen Minuten waren die Männer durch das Schloßtor geritten. Rosalynde stand immer noch auf dem Stein und dachte über die Worte ihres Vaters nach.

Auf der Pferdekoppel hinter den Stallungen machte sie ihn ausfindig. Wieder überraschte sie die außergewöhnlich edle und vornehme Ausstrahlung, die von ihm ausging. Er schien es gewohnt zu sein, daß sich andere seinen Wünschen fügten. Als sie ihren Schritt unbewußt verlangsamte, spürte sie einen schmerzhaften Stich in der Brust. Nichts verlief in ihrem Leben so, wie sie es sich wünschte, dachte sie traurig. Die Menschen, die sie liebte, hatten sie verlassen. Ihre Mutter. Ihr Bruder. Und jetzt er.

Blacksword wandte sich plötzlich um. Als er die heimliche Beobachterin erkannte, richtete er sich sofort auf. »Wünscht du etwas von mir?« fragte er kurz. Sein Blick war hart und abweisend, aber nicht kalt.

»Mein Vater schickt mich mit einem Auftrag zu dir«, antwortete sie wahrheitsgemäß. »Er möchte mehr über deine Vergangenheit erfahren. Er mag dich«, fügte sie mit einem bitteren Lächeln hinzu. »Er möchte dich in seinem bewaffneten Gefolge behalten.«

Seine Augenbrauen hoben sich kaum merklich in die Höhe. »Was möchtest du wissen?«

Diese unerwartete Offenheit verwirrte Rosalynde. Von Cleve wußte sie, daß Aric Stanwood nach dem Turnier verlassen würde. Warum kam er ihr plötzlich derart entgegen?

»Ich habe geraubt und geplündert und mir alles genommen, was ich wollte, von wem ich wollte und wann ich wollte! Und ich habe Jungfrauen wie dich zuhauf gehabt«, fügte er spöttisch hinzu. Dann straffte er sich und ging auf sie zu.

»Das ... das ist nicht wahr«, flüsterte sie. Seine plötzliche Nähe erregte sie. Ihr schien, als ob die Wärme seines mächtigen Körpers auf sie übersprang und ihre Sinne betäubte.

»Ich habe dich doch auch gehabt, nicht wahr? Meinem unersättlichen Hunger hast du deine Jungfräulichkeit geopfert, so war es doch?« Unbarmherzig trieb er seinen Spott mit ihr.

»Nein ... nein, so war es nicht.«

»Nein? Dann beschreibe es mir bitte.«

Rosalynde schüttelte den Kopf und blickte ihn gequält an. »Warum tust du das?« wisperte sie. »Warum?«

Aber er antwortete nicht.

»Möchtest du dir meine Antwort erkaufen, Rose? Wie du es schon einmal getan hast? Für einen Kuß erfährst du vielleicht etwas, das deinen Vater beruhigen könnte. Für eine Umarmung etwas, was er noch mehr zu schätzen wüßte.

Vielleicht bist du auch bereit, den äußersten Preis zu zahlen?« Seine Augen brannten sich in die ihren. »Wirf dich vor den Altar der reinen, körperlichen Liebeslust und du wirst die Wahrheit über den Mann erfahren, den du geheiratet hast.«

Plötzlich streckte er die Arme nach ihr aus und zog sie an sich. »Wenn du die Wahrheit nicht fürchtest, meine süße dornige Rose.« Dann schob er sie rasch von sich, bevor eine der wenigen, anwesenden Wachen bemerkte, daß er ihr zu nahe gekommen war.

Für Rosalynde jedoch war es schon zu spät. Es war ihr unmöglich geworden, sich von ihm fernzuhalten. Das süße, sehnsüchtige Verlangen hatte sie wieder erfaßt. Sie wollte ihn haben und sie wollte gleichzeitig, daß er ging. Oh, das ganze war wie ein böser Fluch!

»Ich fürchte die Wahrheit«, hauchte sie und versuchte ihre Gefühle zu unterdrücken. »Und ich fürchte dich.«

Aric schwieg und wandte sich wieder den Pferden zu. Ein großer schwarzer Hengst stubste ihn am Arm und wollte auf sich aufmerksam machen. Als Aric seine Nüstern streichelte und ihn mit einem trockenen Apfel fütterte, geriet sie wieder in den Zwiespalt ihrer Gefühle. Sie hatte ihn mit ihrer schroffen Ablehnung verletzt, und das, was zwischen ihm und Cleve vorgefallen war, hatte die Lage noch verschlimmert. Unwillkürlich schlich sich in ihre Stimme ein flehentliches Bitten ein.

»Warum gehst du nicht von hier fort?«

Sie dachte, er würde nicht antworten, denn er gab sich weiter mit dem mächtigen, zutraulichen Tier ab. Dann aber veränderte er leicht seine Haltung. »Du hast es wohl mehr als eilig, mich loszuwerden. Das gibst du mir deutlich genug zu verstehen. Aber ich habe nun einmal die Absicht, in Stanwood zu bleiben.«

»Du bleibst!« Das Glück ließ ihr Herz Freudensprünge machen. Dann aber kamen wieder ihre Bedenken. »Aber ... aber Cleve sagte ...«

Wieder hielt er sie mit seinen Augen fest. »Dein kleiner Junge hat mit mir einen Handel abgeschlossen. Natürlich in dem Glauben, daß er gewinnt und ich Stanwood verlasse. Aber ich beabsichtige nicht, der Verlierer zu sein, Rose. Merke dir meine Worte. Ich werde nicht verlieren und ich werde nicht gehen.«

»Was ist mit Sir Gilbert?« warf sie leise ein. »Irgendwann wird er dich erkennen.«

»Er wird mich nicht sehen, weil er mich hier nicht erwartet.« Dann verzog sich sein Mund zu einem gnadenlosen Lächeln. »Du kannst natürlich diese aufreibende Spannung beenden, wenn du willst. Du brauchst ihm nur von mir zu erzählen.«

Tränen der Wut traten in ihre Augen. »Du liebst die Aufregung, das Abenteuer, die Intrigen, die Gefahr. Nun, vielleicht tue ich das auch. Wenn du das Unheil heraufbeschwören willst, bitte sehr. Ich werde mich nicht mehr deinetwegen einmischen.« Sie wollte sich abwenden, weil sie dieses Spiel nicht länger ertragen konnte. Aber Aric hielt sie mit der Hand fest und schleuderte sie mit einer brutalen Bewegung herum. Hinter ihnen wieherte leise der schwarze Hengst und Aric blickte hastig über die Schulter. Er konnte jetzt keinen unerwünschten Beobachter gebrauchen.

»Ich möchte dich irgendwo sprechen, wo wir ungestört sind«, erklärte er gelassen, obwohl es in seinen Augen dunkel aufleuchtete.

»N-nein«, antwortete Rosalynde zaghaft, obwohl ihr Herz vor Furcht und Erwartung schneller schlug.

Sie mußte sich an den Zaun lehnen, während sie um Fassung rang. Wie leicht konnte er sie zum Spielball ihrer Gefühle machen! Wie geschickt nutzte er ihre wunden Punkte aus und verwendete sie für seine eigenen Ziele! Aber trotzdem mußte sie die Chance nutzen, die er ihr angeboten hatte. Sie mußte mehr über ihn erfahren, sagte sie sich, wenn nicht für ihren Vater, dann für sich selbst, damit sie ihn besser vor Sir Gilbert schützen konnte. Als sie ihm mit weichen Knien zu den Stallungen folgte, wußte sie wie eine Ertrinkende, daß ihr diese Gründe nicht einmal als Strohhalm dienten. Sie folgte ihm in Wahrheit aus einem ganz anderem Grund.

In dem dämmrigen Licht des Stalles entdeckte sie die Umrisse seiner Gestalt im Halbschatten neben einer Leiter. Ohne sich nach ihr umzusehen, stieg er die Sprossen wie selbstverständlich hinauf und verschwand auf dem Heuboden. Rosalynde weigerte sich eisern, auf die warnenden Stimmen in ihrem Inneren zu hören. Das Herz schlug ihr bis zum Hals, als sie die Leiter berührte und ängstlich in die dunkle Öffnung über ihr blickte. Dann raffte sie mit einer Hand kurz entschlossen die Röcke hoch und stieg Schritt um Schritt hinauf. Auf halber Höhe blieb sie stehen und blickte zum Speicher hinauf. Bevor ihre Augen sich an die Dunkelheit gewöhnen konnten, wurde sie jäh von zwei fest zupackenden Händen in die Höhe gezogen und mit beiden Beinen auf den Heuboden gestellt. Der Atem stockte ihr, als sie in sein ernstes Gesicht blickte, das nur durch ein paar schmale Lichtstreifen beleuchtet wurde, die durch die Schlitze der Dachsparren fielen. Aber statt ihr den Kuß zu geben, den sie voller Sehnsucht erwartet hatte, schüttelte er sie unsanft.

»Stelle deine Frage. Du wolltest etwas von mir wissen«, befahl er mit einem heiseren Drohen in der Stimme.

»Was?«

»Stelle deine Frage. Deswegen bist du doch zu mir gekommen, oder?«

»Oh ... ich ...« Rosalynde brachte kein weiteres Wort heraus, als sie gegen ihre Tränen ankämpfte. »Mein ... mein Vater möchte wissen, ob er ... ob er auf deine Treue im Kampf zählen kann«, brachte sie schließlich mühsam hervor.

»So viel ich weiß, habe ich diese Frage bereits beantwortet.« Damit zog er sie an seine Brust und senkte seine Stimme zu seinem rauhen Brummen. »Küß mich, Rose.«

Ohne eine Sekunde zu zögern, gab sie seiner wilden Umarmung nach. Wie weiches Wachs schmiegte sie sich an seinen Körper, stellte sich auf Zehenspitzen und bot ihm ihren Mund. Eine rücksichtslose, ihr völlig fremde Begierde hatte sie ergriffen. Dann spürte sie sein Zögern, seinen Zorn. Seine Lippen waren hart und strafend, als sie sich auf ihren Mund preßten, als ob er ihr zeigen wollte, daß er — nur er

— das Sagen hatte. Aber ihre weiche Nachgiebigkeit triumphierte. Als sie den Mund für ihn öffnete und seine wilde, ungestüme Zunge einließ, spürte sie eine Veränderung an ihm. Die verkrampfte Spannung seines Körpers löste sich, als er sich über sie beugte und sie natürlich und warm in den Armen hielt.

Als er den Kopf wieder hob, rangen beide nach Luft. In diesem dunklen, niedrigen Winkel des Heubodens konnte sie sein Gesicht nur undeutlich sehen.

»Er kann sich auf mich verlassen«, flüsterte er an ihrem Ohr. »Was möchtest du noch wissen?«

Rosalynde schloß fest die Augen und versuchte sich auf die kommende Frage zu konzentrieren, als er mit seiner Zunge die empfindliche Mulde unter ihrem Hals erreicht hatte. »Ich ... Er ...« Sie holte tief Luft und sammelte ihre fünf Sinne. »Warum hast du dein Elternhaus verlassen?«

Sein Mund unterbrach das lustvolle Erkunden. Widerstrebend hob sie die Lider.

»Die Antwort wird dich teuer zu stehen kommen«, murmelte er. Eine seiner Hände strich jetzt ihren Rücken hinunter und landete auf ihrem Gesäß. Dann preßte sich seine Hand mit einer gewagten Berührung in das weiche Fleisch und jagte so eine heiße Welle schmachvoller Lust durch ihren Bauch. Und er wiederholte diese Berührung. Zwei Röcke und ein Leinenhemd trennten seine Hand von ihrer Haut, trotzdem jagten seine langsamen, verführerischen Bewegungen heiße, schmerzende Schauer durch ihren Bauch.

Als er endlich seinen Mund von ihren Lippen löste, stieß sie einen enttäuschten Seufzer aus und sank an seine warme Brust.

»Ich bin von zu Hause fortgegangen, um mit Kaiserin Matilda und später mit Prinz Heinrich in den Krieg zu ziehen. Zuerst in die Normandie, dann nach England.«

Rosalynde konnte seinen heiseren Worten kaum folgen und hatte Mühe, sie sich in ihrem Kopf einzuprägen. Doch während er sie unbeweglich in seinen Armen hielt und sein Herz an ihrem schlug, wurde ihr klar, daß er auf ihre nächste Frage wartete. Wie von selbst kamen die Worte über die

Lippen — mehr aus ihrem Herzen als aus ihrem Kopf. Und sie fürchtete den Preis nicht, den er jetzt verlangen würde.

»Warum bist du geblieben? Warum bleibst du weiterhin hier?«

Seine Antwort kaum blitzschnell und raubte ihr den Atem.

»Deswegen«, murmelte er, während seine Zähne zärtlich ihre volle Unterlippe in Beschlag nahmen. »Deswegen«, murmelte er, während seine Hand ihre Brust umfaßte und sein Daumen die bereits aufgerichtete Spitze streichelte. »Deswegen«, stöhnte er, während seine freie Hand sie besitzergreifend gegen die harte Schwellung seiner Lenden preßte.

Als sie sich seiner männlichen Übermacht ergab, wußte sie, daß das Kommende unvermeidlich war, und daß alle übrigen Fragen unbeantwortet blieben. Er begehrte sie. Auch wenn es nicht Liebe war, so fühlte es sich doch im Augenblick so an. Gott wußte, daß in ihrem Herzen die Liebe zu ihm wuchs, stark und mächtig genug, um für sie beide zu reichen.

Er bettete sie auf einen Stapel leerer Säcke. Der silberne Gürtel fiel zur Seite. Das Kleid wurde aufgebunden und eilig über ihren Kopf gezogen, ohne daß er seine leidenschaftlichen Küsse unterbrach. Sein Wams und sein Waffenrock fielen, fortgerissen von ihren wie von seinen Händen. Dann legte er sich auf sie und drückte ihre weichen Formen auf das grobgewebte Sackleinen.

»Sei mein«, murmelte er, packte mit den Händen ihre beiden Handgelenke und legte sie über ihren Kopf. Sein ganzes Gewicht lag jetzt auf ihr, und ihr schien, als stemple er sie damit zu seinem Eigentum. Mit einem Schenkel teilte er ihre Beine und ließ ihn eine Weile an ihrer feuchten, warmen Weiblichkeit ruhen. Beim Atmen preßte sich ihr Busen an seinen Oberkörper, so daß sie durch das dünne Leibchen seine warme Haut spürte und die kleinen groben Haarkräusel, die in vereinzelten Büscheln auf seiner Brust wuchsen.

»Verlangst du nach mir?« flüsterte er heiser an ihrer Kehle, während er eine Spur von erotischen, kleinen Bissen und

Küssen über ihre Schulter zu ihrer Brust zog. Dabei rieb er seinen schweren Körper gegen sie. Sie spürte durch das dünne Leinen die erregte, harte Männlichkeit auf ihrem Bauch. Endlich hatten seine suchenden Lippen ihre Brustwarzen erreicht und neckten sie verspielt mit der Zungenspitze. Er küßte sie zärtlich, und Rosalyndes Sinne tanzten einen wilden, wirbelnden Reigen.

»Bitte«, flehte sie ihn an. »Bitte«, keuchte sie in schamlosen Verlangen.

»Wie süß du bitten kannst, mein feuriges Weib. Wie Balsam sind deine Worte für meinen hungernden Körper.« Wieder umschlossen seine Lippen eine Brustwarze, bissen zärtlich hinein und besänftigten sie sofort mit feuchten, kleinen Küssen. »Es wäre wie im Paradies, wenn ich dich immer so hilflos unter mir hätte, während ich deinen verführerischen Körper erforsche und dich sämtliche Lektionen der Liebeskunst lehre.« Seine Lenden schienen sich in sie hineinzugraben, als er wieder an ihrem Ohr flüsterte. »Würde dir das gefallen, mein heiß erblühtes Röschen? Sehnst du dich nach dieser süßen Folter? Nach meinen Händen?«

Ja, antwortete sie stumm, während sie ihre Hüften verlangend an ihn preßte. Ja, ja, ja ...

Die heiße Glut in seinen Augen schien sie zu verbrennen, als er sich abstützte und über ihr kniete. Sie lag unter ihm und fürchtete die Heftigkeit ihres Verlangens. Die Beine waren geöffnet, die Hände lagen noch über dem Kopf. Ihre Augen enthüllten ihm mehr als es ihr entblößter Körper vermochte. Er schien es zu wissen und streckte eine Hand aus, ließ sie über ihre Rippen zu ihrem Bauch gleiten, um eine Falte in dem dünnen Hemdchen zu glätten.

»Zeige mir, was du möchtest«, murmelte er ruhig. Sein Handrücken bewegte sich tiefer, bis die Fingerknöchel den oberen Rand ihres gelockten Dreiecks erreicht hatten. »Ich gebe dir, was du dir wünscht, nur mußt du mich darum bitten.«

Rosalynde verlangte zu sehr nach ihm, um einen klaren Gedanken zu fassen und sie verstand zunächst nicht, was er damit meinte. Dann fuhr ein Schauer durch ihren Körper.

Sehnsucht und Furcht schwangen in ihrer Stimme, als sie leise »bitte« flüsterte und eine Hand nach ihm ausstreckte. »Bitte, komm zu mir.«

Sie sah, daß er schluckte. Wie durch einen Nebelschleier erkannte sie, daß er um seine Beherrschung rang. »Sage mir, was du willst«, wiederholte er mit erstickter Stimme.

Die Worte fielen ihr schwer. Sie schienen sich mühsam von ihr loszureißen und doch konnte sie sie nicht zurückhalten. »Ich will dich«, bekannte sie zitternd. Einen kurzen Augenblick schloß er die Augen. Ein schmerzlicher Ausdruck trat in sein Gesicht.

»Das weiß ich, meine süße Unschuld. Sage mir jetzt, was ich tun soll.«

Eine feurige Röte schoß in ihre Wangen, als ihr bewußt wurde, was er von ihr verlangte. Dieses Mal würde sie die Entscheidung treffen. Dieses Mal mußte sie zu ihren sündigen Begierden stehen. Dieses Mal konnte sie sich nicht damit entschuldigen, ein Opfer seiner Lust geworden zu sein.

Es war zu spät. Rosalynde konnte nicht mehr zurück.

»Ich möchte ... ich möchte alles von dir sehen.« Diese Bitte kostete sie einige Überwindung, aber sie blieb tapfer. »Bitte, ziehe dein ... ziehe den Rest aus.«

Das war in Sekundenschnelle geschehen. Die restlichen Kleidungsstücke flogen auf den Boden. Er stand jetzt über ihr, in all seiner nackten Pracht. Rosalynde kam sich zwischen seinen weit gespreizten Füßen wie eine Heidin vor, die sich einem mächtigen Gott darbot, bereit auch das letzte Opfer zu bringen, wenn er es verlangte.

Er verlangte nichts. Er verlangte nicht einmal, daß sie ihr Leibchen abstreifte. Wie hypnotisiert ergriff sie von allein den Saum dieser letzten Hülle, hob kurz die Hüften, zog sie mit einer raschen Bewegung über den Kopf und warf sie zur Seite. Wieder lief ein Zittern durch ihren Leib, als er regungslos über ihr stehen blieb. Jede Einzelheit seines muskulösen Körpers bot sich ihr in dem gefächerten Sonnenlicht dar. Von den kräftigen sehnigen Beinen, zu den schmalen Hüften, über den flachen, festen Bauch bis zu seiner breiten Brust und den ausladenen Schultern war jede Faser seines

Körpers kraftvoll gespannt. Der große starke Muskel, der sich so stolz von seinen Lenden erhob, zog ihre Augen zuletzt an. Seine männliche Statur war ehrfurchtgebietend. Er war ein kampferprobter Krieger ... und ein Verbrecher. Aber er war auch ein meisterhafter Liebhaber, und sie wußte, daß er sich darauf vorbereitete, es abermals unter Beweis zu stellen.

»Komm zu mir«, stieß sie schweratmend hervor. »Bitte.«

Er kam über sie, bevor sie das letzte Wort ausgesprochen hatte. In ihrer Fantasie wurde er wieder zu der heidnischen Gottheit, die ihr Opfer feierlich annahm, als er sich hinabbeugte und mit seiner ganzen Länge auf sie legte. Heiß preßte sich sein Körper auf ihre Haut und schien mit ihr zu verschmelzen. Rosalynde spürte seine Härte auf ihrem Bauch. Mit geschlossenen Augen schlang sie die Arme um seine Schultern und fuhr mit den Fingern zaghaft tastend über die feuchten Konturen seines Rückens.

»Sage mir, was du willst«, flüsterte er in das zerzauste Haar an ihrem Nacken. »Sage mir, warum du mich heute aufgesucht hast.«

Rosalynde schluckte krampfartig, als die Worte aus ihr heraussprudeln wollten. Mehr als alles auf der Welt wünschte sie sich im Augenblick, daß sie ihm die Wahrheit sagen konnte. Sie wollte ihm sagen, daß sie ihn liebe, daß sie nicht mehr ohne ihn sein könne, daß sie ihn niemals verlassen werde. Aber ein Rest von Verstand ließ sie diese Worte unterdrücken. Statt dessen preßte sie unzählige verzweifelte Küsse auf seine Schulter. »Tue das, was du schon einmal vorher getan hast«, bat sie ihn, als Freude und Furcht sie überwältigten. »Was du schon einmal getan hast ...«

Gleich darauf fühlte sie seine Hand, die mit langsam kreisenden Bewegungen auf ihren Bauch zustrebte, bis seine Finger bei der Stelle angelangt waren, die sich am meisten nach ihm sehnte.

Rosalynde verging unter seiner wissenden Berührung. Als sie glaubte, jeder Nerv ihres Körpers sei bis zum Zerreißen gespannt, schrie sie in besinnungsloser Verzweiflung in seinen Mund. »Mein Geliebter ... mein Liebster ...«

Blind vor Verlangen nach ihm, bäumte sie sich seiner Hand entgegen. Mit einem lustvollen tiefen Stöhnen bewegte er sich auf ihr und vergrub sich dann in ihrem warmen Leib. Es gab kein Abwarten, kein überraschtes Einhalten, kein Zögern. Sie liebten sich, als ob sie für diesen Augenblick geboren worden waren.

»Aric!« Ihr Schrei schien die Welt zu füllen, obwohl er nur ein geflüsterter Hauch war, der sich in der warmen Hülle seines Kusses verlor.

Sie waren beide schweißnaß, erschöpft und leer. So wie er ihr, hatte auch sie ihm alles gegeben. Ein seltsam süßes Gefühl umfing sie. Rosalynde lächelte, als sie ihn fester an sich zog. Wußte er, daß diesmal auch die Seele dabei war und nicht nur der Körper? Es schien unmöglich, daß ihm das entgangen war. Sie lächelte. Ihr Glück konnte nicht vollkommener sein.

Er rührte sich ein wenig und tippte vorsichtig mit einem Finger an ihren Mundwinkel. Als sie die Augen öffnete, betrachtete er sie mit einem Ausdruck wilder Zärtlichkeit. »Dieses Lächeln hebst du nur für mich auf.« Dann beugte er sich über sie und küßte sie leicht auf den Mund. »Nur für mich.«

Auf ihr stummes Nicken ließ er einen erschöpften, seligen Seufzer hören und ließ sein Haupt in die Kuhle zwischen ihrem Hals und ihrer Schulter sinken. Dann rollte er auf die Seite, zog sie ein wenig mit sich, so daß sie halb auf ihm zu liegen kam. Besitzergreifend fuhr eine Hand über ihren Arm, ihre Schulter hinab, und blieb auf ihrer Brust liegen. Diese zärtliche Geste war so richtig und gut, daß sie ihr intimer vorkam als all das, was vorher geschehen war.

Wieder lächelte sie an seiner Schulter und weigerte sich, auch nur einen Gedanken weiterzudenken. Nach dieser vollkommenen Vereinigung lag sie geborgen in seinen Armen und konnte sich wenigstens eine kleine Weile der Illusion hingeben, daß ihre Welt in Ordnung war.

22

Aric blieb auf einer groben Holzbank sitzen, als die anderen Männer zum Abendessen gingen. Auf die einzelnen Rufe, doch auch mitzukommen, schüttelte er nur wortlos den Kopf. Essen war momentan das letzte, wonach ihm der Sinn stand.

»Vielleicht trifft er sich mit Molly«, witzelte einer der Männer. »Ich hab' sie um ihn rumschwirren seh'n. Um die Zeit gibt's in der Molkerei nichts mehr zu tun. Welcher Kerl würde Mollys Angebot nicht vorzieh'n und dafür auf die saft'ge Hammelkeule verzichten!«

»Wer füllt hier wessen Bauch, das ist die Frage!« ließ sich frotzelnd ein anderer vernehmen.

Aric blickte auf und zwang sich zu einem Schmunzeln. Sollten sie ihre groben Witze über das Milchmädchen reißen. Die Erinnerung an das letzte Zusammensein mit Rosalynde war so frisch, daß er ihre Küsse noch auf seiner Haut spürte.

»Auf jeden Fall ist sie zu müde, um meinen Wünschen zu genügen«, antwortete er pflichtschuldig. »Der Pfad zu ihrer Tür ist ziemlich ausgetreten.«

Als sich die übermütige Schar endlich in den Eßsaal trollte, biß Aric ärgerlich die Zähne zusammen. Sein Unmut galt nicht den Kameraden, sondern mehr ihm selbst. Weder Molly noch ihr schlechter Ruf interessierten ihn. Er dachte an Rosalynde.

Es waren erst wenige Stunden vergangen, seitdem er bei ihr gelegen hatte. Er spürte noch ihren Duft, spürte ihren weichen Körper unter sich. Der Gedanke entsetzte ihn, daß ihr Zusammensein mit der Paarung von Tieren verglichen werden konnte. Schlimmer jedoch war die Tatsache, daß es in seinem Leben eine ganze Reihe von Mollys gegeben hatte. Marketenderinnen, die dem Trupp in die Schlacht folgten. Leicht zu beeindruckende Jungfrauen, die sich bei den Turnieren einfanden, an denen er teilgenommen hatte. Manch weißer Frauenkörper hatte in irgendeinem dunklen Winkel unter ihm gelegen. Stets hatte er vorübergehend Erleichterung bei den warmen Leibern mit den geöffneten Schenkeln gesucht und gefunden.

Aber mit Rosalynde war alles anders.

Unzufrieden mit sich selbst, zog er sein Messer heraus und ergiff einen festen Eichenstock. Ohne über sein Tun nachzudenken, schnitze er an dem Holzstück herum. Er verdünnte es an beiden Seiten gleichmäßig und spitzte eine Seite zu, so daß das Holz unter seinen geschickten Händen die Form einer Waffe annahm. Aber während seines Tuns, zogen im Geist die glückseligen Stunden vorbei, die er mit Rosalynde geteilt hatte.

Sie war so rührend in ihrer unschuldigen Hingabe, so leidenschaftlich in ihrem Verlangen. Allein der Gedanke an ihren willigen jungen Körper, der sehnsüchtig auf jede seiner Berührungen antwortete, trieb ihm erneut das Blut in die Lenden. Was war aus dem Zorn geworden, den er gegen sie geschürt hatte? Was aus seiner Enttäuschung, daß ihr ein Titel wichtiger war als der Mann selbst? Als er dann mit diesem Grünschnabel, diesem Cleve, die Abmachung traf, ihre Nähe zu meiden, war ihm das Versprechen leicht gefallen, da Sir Gilbert auf den Plan getreten war und er Rachepläne schmiedete. Wenn er in dem Melée auf Gilbert gestoßen war — und ihn besiegt hatte — würde er Sir Edward die ganze Wahrheit offenbaren und um Rosalyndes Hand bitten. Er hatte nicht den geringsten Zweifel, daß sie bereit war, ihn zu wählen, wenn sie erfuhr, daß er ein Ritter war, wenn auch nicht von Geburt. Diesen Triumph wollte er sich nicht entgehen lassen, auch wenn ihn ihre Wankelmütigkeit getroffen hatte. Entweder er bekam sie und Stanwood oder er würde durch Sir Gilberts Hand fallen.

Aber das überraschende Treffen am heutigen Tag ließ die Dinge dennoch auch in einem völlig anderen Licht erscheinen.

Er lehnte sich an die Wand, vergaß die Arbeit in seinen Händen und durchlebte noch einmal die Wonnen, die sie ihm bereitet hatte. Von heute an würde ihn der Geruch eines Stalles — Pferde und Stroh und Sackleinen — für immer und ewig an Rosalynde erinnern. An seine Rose. An seine Frau.

Aber war sie wirklich sein?

Diese Ungewißheit hielt ihn an diesem Abend von dem großen Eßsaal fern. Auch wenn nur ein Feigling der Wahrheit auswich, er konnte es nicht ertragen, sie so weit entfernt von sich sitzen zu sehen, neben diesem doppelzüngigen Gilbert, der ihr den Hof machte. Und wenn sie dieser Schlange ein Lächeln schenkte, das doch für keinen anderen Mann als ihn bestimmt war, würde er sicher tausend Tode sterben.

»Verdammt will ich sein!« stieß er wütend zwischen den Zähnen hervor. Wie konnte ihn ein Frauenzimmer so aus dem Gleichgewicht bringen! Er hatte die armen Kerle immer verhöhnt, deren Verstand wegen eines Weibsbilds in die Hose gerutscht war. Eine Frau war dazu da, dem Mann zu dienen. Sie war Fleisch von seinem Fleisch, aus einer Rippe Adams geformt.

Ein plötzlich laut ausbrechendes Gelächter riß ihn aus seinen trüben Gedanken. Vom Schloßhof her drangen dumpfe Schläge an sein Ohr, denen ein Stöhnen folgte und dann ein lauter Schmerzensschrei. Wieder dieses laute Gejohle. Eine der Stimmen war deutlich zu verstehen.

»Ein Bastard bist du. Ein lächerlicher Gernegroß!« Noch ein Schlag und ein Aufschrei. »Überleg dir, wo dein Platz ist, Knappe Cleve!«

Wieder erscholl das triumphierende Lachen. Dann löste sich eine Gruppe junger Leute aus dem Schatten der Scheune und eilte auf den großen Saal zu.

Aric stand stocksteif am Stallfenster. Rosalyndes Schützling wurde also von den anderen Schildknappen ausgestoßen und verhöhnt, dachte er. Wie passend. Doch hatte das Schimpfwort Bastard einen unangenehmen Klang.

Was spielte es für eine Rolle, wenn der Junge ein Bastard war? fragte er sich. Entweder würde er daran erstarken und sich über seinen Stand erheben, oder er würde wie ein elender Feigling untergehen. Wie der Junge sein Kreuz trug, war nicht seine Sache.

Als jedoch eine kleine gebeugte Gestalt aus dem Schatten huschte, zogen sich Arics Brauen zusammen. Er hatte sich einmal in einer ähnlichen Lage befunden. Als Bastard eines Ritters war er ein Außenseiter. Wäre er nicht größer und kräftiger als die anderen Schildknappen gewesen, hätte er noch mehr unter ihren Schlägen leiden müssen, als dieser hier. Er jedoch war stark genug gewesen. Sie hatten von ihm abgelassen und ihn schließlich respektiert. Cleve jedoch hatte diesen Vorteil nicht. Zusammengekrümmt humpelte er am Stall vorbei. Wieder einmal verfluchte Aric sein mitleidiges Herz.

»Komm rein.« Sein knapper Befehl hallte aus dem dunklen Türrahmen. Cleve wirbelte herum und duckte sich abwehrbereit.

»Blacksword!« keuchte er und drückte eine Hand auf die Seite. Langsam richtete er sich zu seiner vollen Größe auf. »*Ihr* steckt also dahinter!« zischte er wütend.

Blacksword schwieg eine Weile. »Was wollt Ihr?« fragte der Junge trotzig.

Aric ließ ein verächtliches Schnauben hören. Er war nicht ganz sicher, was er auf diese Frage antworten würde. »Wenn du als Knappe noch ein Weilchen leben willst, dann mußt du auch lernen, wie man sich bei einer Schlägerei verhält.«

»Ich war allein!« verteidigte Cleve sich erhitzt. »Sie waren zu viert oder sogar mehr!«

»Ein weiterer Grund.« Aric hob die Achseln. »Lerne kämpfen, wenn du nicht kriechen willst.«

»Keiner wird mich jemals kriechen sehen!«

»Tapfere Worte — jetzt.«

»Ich kann auf mich selbst aufpassen«, fauchte Cleve und warf seinem hünenhaften Gegenüber einen bösen Blick zu. »Es ist nicht Eure Sache.«

»Ich könnte dir einige Tricks beibringen.«

In der Stille, die darauf folgte, konnte Aric beinahe die Gedanken hören, die Cleve jetzt durch den Kopf gingen. »Ich brauche aber keine Tricks«, beharrte er eigensinnig. Aber als Aric nicht antwortete, nur wartete, änderte sich der Ton des Jungen. »Warum macht Ihr mir eigentlich dieses Angebot?«

Aric schmunzelte in die Dunkelheit. »Sagen wir, ich habe eine Vorliebe für gerechte Kämpfe, und ich kann dir helfen, deine Chancen zu verbessern.«

»Aber warum?«

In einem Moment der Schwäche antwortete Aric aufrichtiger als beabsichtigt. »Wir sind gar nicht so verschieden, Cleve, wie es vielleicht den Anschein hat. Und wir haben beide nichts für Feiglinge übrig, die sich an Schwachen schadlos halten.«

»Als ob Ihr das nicht auch getan hättet. Straßenräuber fallen immer über die Schwachen und Hilflosen her.« Doch diese bitterbösen Worte konnten Cleves Neugier nicht verbergen.

»Es gibt Möglichkeiten, um einen stärkeren Gegner zu überwinden«, erklärte Aric, als ob er den Vorwurf des Jungen überhört hätte. »Möglichkeiten, die eigene Kraft gegen ihn einzusetzen. Ob du mit einem Schwert, Dolch oder mit der Hand kämpfst, es ist immer das gleiche. Aber wenn es dich nicht interessiert ...« Er hob wieder die Achseln und wandte sich in der offenen Tür zum Gehen.

»Wartet ...«

Er drehte den Kopf nach Cleve um und sah ihn näher kommen. »Was verlangt Ihr als Bezahlung?« fragte der Junge, der jetzt zwar hinkend auf ihn zutrat, aber den Motiven seines Feindes immer noch mißtraute.

»Nichts«, antwortete Aric kühl. »Ich tue das nicht gegen Bezahlung.«

»Hah! Ein Mann wie Ihr handelt stets nur aus Eigennutz!«

Wieder lächelte Aric in die Dunkelheit, als ihn die verächtlichen Worte des Jungen an sein eigenes Mißtrauen erinnerten. »Ich denke nicht an Bezahlung. Aber etwas anderes fällt mir ein. Dafür, daß ich dir beibringe, jeden Kampf zu gewinnen, verlange ich als Gegenleistung, daß du deine Feindseligkeit mir gegenüber zu Gunsten, sagen wir, einer rücksichtsvollen Aufmerksamkeit eintauscht.«

»Rücksichtsvolle Aufmerksamkeit!« platze der Junge heraus. Aber dann besann er sich und atmete tief durch, was ihn zu schmerzen schien. »Also gut, ich bin einverstanden. Aber das ändert nichts an unserer vorherigen Vereinbarung. Ihr werdet Lady Rosalynde aus dem Wege gehen. Und nach dem Turnier verlaßt Ihr Stanwood.«

»Diese Abmachung bleibt bestehen.«

»Dann fangen wir an«, schlug der Junge vor und ging in den Stall.

»Bist du bereit?« Aric betrachtete den malträtierten Schildknappen von oben bis unten, als sie im Licht standen. Er kannte dies alles. Verwundet war er ein leichteres Ziel als vorher. Wer über einen Schwächeren herfiel, ließ ihm niemals Zeit, sich wieder zu erholen. Bewußt übersah Aric also Cleves blutende Nase und das verschwollene Auge.

»Nun gut. Wenn ich auf dich zukomme, verteidige dich.« Ohne Warnung stürzte er sich auf den Jungen. In Sekundenschnelle hatte Aric ihn zurückgeworfen, ohne sich durch Cleves Gegenschlag oder Ausweichen beirren zu lassen. Als Aric seinen jungen Gegner freigab, verengten sich die Augen.

»Erstens, achte immer — immer! — auf deinen Feind. Achte darauf, wo er steht, welche Waffen er trägt. In diesem Fall bin ich größer und schwerer als du und ich bin erfahrener. Du kannst mich nicht aufhalten. Das ist jetzt von großer Wichtigkeit, also merke wohl auf: Niemals stoßen, wenn du ziehen kannst. Aber niemals geradeaus ziehen, statt dessen etwas zur Seite. Sieh her.« In verlangsamten Bewegungen wiederholte Aric das gleiche Manöver von vorhin.

»Geh mit dem rechten Fuß einen Schritt zurück, dann dreh dich nach links, und während du das tust, packst du meinen Rock oder meinen Ärmel und ziehst mich an dir vorbei. Ich setze zum Sprung an, rechne damit, daß du versuchst, fest stehenzubleiben. Aber mit einem klug eingesetztem Zug hier ...« Er führte es Cleve vor und legte die Hand des Jungen auf seinen Waffenrock. »Mit einem kräftigen Zug nutzt du mein Gewicht und meinen Schwung aus und wirfst mich aus dem Gleichgewicht. Hier, versuche es noch einmal.«

Sie übten die Bewegungen langsam. Als Cleve es begriffen hatte, griff Aric ihn von verschiedenen Seiten an, dann von hinten. Jedesmal zeigte er dem wißbegierigen Jungen, wie er das Vorgehen seines Widersachers beurteilen konnte, um dann seine eigene Stellung bestmöglichst ausnutzen zu können. Cleves Schmerzen waren vergessen, während sie immer wieder die verschiedenen Möglichkeiten und Stellungen übten. Erst als sie Stimmen vom Hof her hörten, zogen sie sich atemlos zurück.

»Genug für heute abend. Komme morgen wieder, dann machen wir weiter.«

Cleve nickte mit dem Kopf und atmete mehrmals kurz hintereinander tief durch. »Aye, ich werde da sein.« Er ging einen Schritt zurück, drehte sich aber nicht um. »Meinen besten Dank«, setzte er schließlich brummig über die Schulter hinzu. »Dadurch ändert sich unser Verhältnis natürlich nicht.«

»Nein, natürlich nicht«, stimmte Aric ihm zu und lächelte, als der Junge die Stallungen verließ.

Rosalynde war nervös wie eine Katze, die von bellenden Hunden umzingelt wird. Das Abendessen stand ganz im Zeichen höfischer Gastlichkeit. Es fand mit musikalischen Darbietungen und Ediths bemerkenswerten Rosinentörtchen seinen Abschluß. Doch konnte sie sich nicht an den Früchten ihrer Arbeit erfreuen, solange Aric und Cleve aus unbekannten Gründen verschwunden blieben.

Den ganzen Tag über war sie das reinste Nervenbündel gewesen. Ein Schatten ließ sie zusammenzucken und bei einem plötzlichen Geräusch oder Zuruf schlug ihr Herz schneller. In der Küche hatte sie sich wie eine Törin benommen, als sie Maud und Edith dermaßen widersprüchliche Anweisungen gab, daß Maud sich das Lachen nicht mehr verkneifen konnte.

Weiß Gott, sie hatte den Kopf verloren, dachte Rosalynde. Aric. Wie hatte sie nur zulassen können, daß es so weit zwischen ihnen gekommen war! Selbst jetzt noch spürte sie seine rauhen Hände und ihr Körper schmerzte noch von ihrer eiligen Vereinigung. Sie konnte das Geschehene kaum begreifen. Sie hatte ihn aus freien Stücken aufgesucht. Es half nichts, wenn sie sich vormachte, sie sei auf den Wunsch ihres Vaters zu ihm gegangen. Obwohl sie mehr als einmal die Gelegenheit gehabt hätte, ihm zu entkommen, war sie ihm die Leiter hinauf den dunklen Speicher gefolgt.

Langsam schloß sie die Augen, als sie sich ihrer Leidenschaft erinnerte. In jenem Augenblick wäre sie ihm bis an das Ende der Welt gefolgt. Und jetzt?

Rosalynde öffnete die Augen wieder, als ihr Vater und Sir Gilbert laut auflachten. Sie lächelte pflichtschuldig, obwohl sie von der Unterhaltung nicht ein Wort mitbekommen hatte. Kurz richtete sie ihre Aufmerksamkeit auf das Essen, aber sogleich wanderten ihre Gedanken wieder zum Nachmittag zurück.

Sie wußte nicht, wie es jetzt mit Aric weiterging und wie sie reagieren sollte, wenn sie ihn wiedersah. Nach ihrer ungestümen Vereinigung hatte keiner von ihnen viel gesprochen. Eine Weile lagen sie wie trunken auf dem Sackleinen, versuchten zu Atem zu kommen. Sie hatten danach keine Zärtlichkeiten mehr ausgetauscht, aber trotzdem sehr viel mehr voneinander erfahren. Es war wie eine stumme Vereinigung ihrer Seelen, dachte sie. Auf dem niedrigen, engen Heuboden hatte sie sich geborgener und geliebter gefühlt als eine Königin im feinsten Schloß auf den feinsten Seidenlaken. In seinen Armen war alles richtig und gut. Eine Ewigkeit wäre sie an seiner Seite geblieben, wenn er sich nicht gerührt hätte.

»Es ist Zeit, daß du zu deinen Pflichten zurückkehrst«, hatte er gemurmelt und sich aufgesetzt. Rosalynde antwortete nicht, sondern sah zu, wie er sich anzog. In seinem Waffenrock sah er prächtig und furchterregend zugleich aus, dachte sie. Im Gegensatz zu ihr, war er sich ihrer Umgebung und der Gefahr, entdeckt zu werden, voll bewußt. Mit einem Blick forderte er sie zum Aufstehen auf.

»Laß mich das machen«, murmelte er, als sie versuchte, die Bänder auf beiden Seiten ihres Gewandes zusammenzubinden. Es war ungewohnt, daß er ihr beim Ankleiden half.

Wie sollte sie sich dabei verhalten? Wie sollte sie sich ihrem Liebhaber gegenüber verhalten? Was sollte sie sagen, wenn es vor Glück nichts zu sagen gab?

Aric nahm ihr die Entscheidung ab.

»Es ist am besten, wenn du jetzt gehst«, erklärte er und trat einen Schritt zurück. Sein Kopf stieß beinahe an die niedrige Holzdecke.

»J-ja«, antworte sie schwach.

Es ist am besten, wiederholte sie die Worte für sich selbst, als sie vorsichtig die Leiter hinunterstieg und die Stallungen verließ. Den restlichen Nachmittag über spürte sie jedoch durch diesen jähen Abschied eine schmerzende Leere in sich.

Als großzügig Wein und Bier ausgeschenkt wurden und die Unterhaltung bei Tisch lauter und fröhlicher wurde, mußte sie mit ihren Gedanken in die Gegenwart zurückkehren. »Ich sagte, Sir Gilbert möchte noch einen Becher Bier trinken«, wiederholte ihr Vater die Worte, die sie beim ersten Mal überhört hatte. »Er möchte der Bierwirtin ein Kompliment aussprechen.«

Immer noch abwesend wandte sich Rosalynde ihrem Gast zu. »Oh. Ja. Danke, Sir Gilbert. Danke. Ich werde es ihr bei nächster Gelegenheit sagen.«

»Wenn Ihr die Freundlichkeit hättet, mich zu ihr zu führen, dann könnte ich es persönlich tun.«

Ihr Vater schien sie mit seinem auffordernden Blick förmlich dazu zu drängen, und Rosalynde wagte nicht, ihrem Gast die Bitte abzuschlagen. Mit einem gezwungenen Lächeln erhob sie sich also von der Tafel und nahm den von Sir Gilbert dargebotenen Arm. Als sie gemeinsam den Saal verließen, hörte sie hinter sich aufgeregtes Gewisper und Geflüster.

»Euer Vater und ich haben über Euch gesprochen«, eröffnete Sir Gilbert die Unterhaltung, als sie draußen im Schloßhof waren.

»Von mir gesprochen?« wiederholte sie. Obwohl sie über seine Absichten keine Zweifel hegte, war sie doch von seiner Kühnheit überrascht.

»Ich hoffe, Ihr werdet nicht mit meinem Herzen spielen, liebste Lady Rosalynde. Ihr könnt Euch sicherlich denken, daß ich eine Verbindung zwischen Euch und mir anstrebe. Und zwischen den Häusern Stanwood und Duxton.« Jetzt ergriff er ihre Hand, die auf seinem Arm lag, blieb stehen und wandte ihr das Gesicht zu. Im Mondlicht wirkte er ernst und aufrichtig. Der grausame Zug um seinen Mund war einem gewinnenden Lächeln gewichen, die Schatten aber gaben den Ausdruck seiner Augen nicht preis. Doch der Druck seiner warmen Hände sagte deutlich, welche Botschaft er an sie richten wollte.

Rosalynde versuchte, freundlich zu bleiben. Ihr Herz raste, aber nicht seinetwegen. Sie war verärgert, daß er sie unter dem fadenscheinigen Vorwand, der Bierwirtin sein Lob aussprechen zu wollen, aus dem großen Saal gelockt hatte.

»Mein Vater hat in dieser Sache noch nicht mit mir gesprochen«, antwortete sie steif und versuchte vorsichtig, ihre Hände aus seinem festen Griff zu ziehen.

»Aber er sagte Euch doch schon, daß er einen Ehemann für Euch sucht.«

»Ja«, gab Rosalynde widerstrebend zu. »Das ist richtig.«

»Obwohl es etwas verwunderlich ist, hat er Euch eine Mitsprache bei der Auswahl des Bräutigams zugesichert.«

Dieser Hinweis gab Rosalynde wieder neue Zuversicht. »Ja, das stimmt auch. Aber Ihr sollt wissen, Sir Gilbert, daß ich die anderen Männer, die er für mich ausgewählt hat, noch nicht kennengelernt habe. Euer Interesse an mir ist natürlich höchst schmeichelhaft, und ich betrachte es als ein außerordentliches Kompliment. Aber ich würde meinem Vater durch eine übereilte Entscheidung keinen guten Dienst erweisen, wenn er so großzügig war, mir diese Mitsprache zu gewähren.«

Sogar in der Dunkelheit merkte Rosalynde, daß ihm ihre Antwort nicht gefiel. Aber er war nicht bereit, sich so schnell abweisen zu lassen. In einem bestimmenden, doch ruhigen Ton fuhr er fort:

»Schöne Rosalynde, ich bitte nur, daß ihr meine Werbung mit Wohlwollen betrachtet.« Er hob ihre Hand an seine Lippen und küßte sie. »Ich bitte Euch, sagt mir eins, steht bereits ein anderer Mann in Eurer Gunst?«

Einen Augenblick lang zögerte Rosalynde. Dieser andere Mann hat mehr als meine Gunst, dachte sie, bevor sie antwortete.

»Ich habe noch keinen anderen getroffen, Sir Gilbert, dem ich meine Gunst hätte schenken können. Mein Vater hat jedoch eine ansehnliche Zahl von Männern zu dem Turnier eingeladen. Da werde ich dann nicht nur einem, sondern einer Reihe von Edelleuten vorgestellt.«

»Dann bin ich also der erste«, stellte er mit einem Lächeln fest. Er trat einen Schritt auf sie zu. Um weitere Komplikationen zu vermeiden, schlug Rosalynde geschickt vor: »Wollen wir jetzt die Bierwirtin aufsuchen?«

»Ja, aber wartet noch einen Augenblick.«

Bevor sie reagieren konnte, preßte er einen feuchten Kuß auf ihren Mund. Rosalynde stockte vor Empörung der Atem. Als er sie weiter bedrängte, und seine Zunge zwischen ihre Lippen fuhr, schob sie in wütend von sich.

»Wie könnt Ihr es wagen ...« stieß sie herovr.

»Verzeiht mir, Rosalynde. Ich bitte Euch, verzeiht mir mein ungestümes Verhalten. Wenn Ihr nur ahntet, wie mich Eure Nähe berührt!«

Sie wollte ihm unwirsch antworten. Dann aber dachte sie an ihren Vater und beherrschte sich.

»Ich glaube, wir sollten in den Eßsaal zurückkehren.«

»Aber was ist mit dem Sudhaus?« fragte er. »Ich verspreche Euch, mich artig zu betragen«, fügte er hinzu und schenkte ihr, wie er meinte, sein betörendstes Lächeln.

Rosalynde wandte die Augen ab. Es hatte jetzt keinen Sinn, seine Bitte abzulehen. Als sie nickte und auf dem Weg zum Sudhaus voranging, übersah sie geflissentlich seinen dargebotenen Arm und versuchte Ordnung in das Durcheinander ihrer Gedanken zu bringen. Sir Gilberts feuchter Kuß hatte sie abgestoßen. Bei der Vorstellung, ihm dem Mund für eine intime Zärtlichkeit zu öffnen, drehte sich ihr buchstäblich den Magen um. Und doch hatte bei Aric der gleiche Akt ihre Seele zum Schwingen gebracht!

Auf dem Weg zum Sudhaus sah sie die verborgene Gestalt nicht. Aric stand unbeweglich wie eine Statue im Schatten der Gerberei und sah den Davongehenden nach. Obwohl ein wildes Funkeln in seinen Augen stand, fühlte er sich kälter als ein Wintersturm.

Seine Frau und sein Feind! Das war mehr als ein Mann ertragen konnte! Und doch sagte ihm der Verstand, daß er nicht eingreifen konnte. Er wußte, wer sein Feind war, wer hinterhältig seinen Tod geplant hatte und ihn wie einen gemeinen Dieb hatte an den Galgen bringen wollen! Jetzt war dieser Mann in seiner Reichweite, aber Aric durfte nichts überstürzen. Ihr Konflikt hatte auf dem Feld der Ehre begonnen. Dort sollte er auch beendet werden. Bei dem Melée würde er Gilbert gegenüberstehen. Er würde sich zu erkennen geben und den Mann gleichzeitig zum Kampf herausfordern — ein Kampf um die Ehre. Um Leben oder Tod.

Aric sah, wie Rosalynde mit Gilbert das Sudhaus betrat, dann mußte er sich abwenden. Sein Appetit war plötzlich verflogen, und die späte Mahlzeit, die er gerne in der großen Halle einnahm, hatte ihren Reiz verloren. Dieses Ekel hatte seine Frau geküßt! Ihm kam die Galle hoch. Sein Erzfeind hatte die Frau geküßt, die er liebte ...

Die Frau, die er liebte!

Bei diesem unerwarteten Eingeständnis blieb er stehen. *Die Frau, die er liebte.* Er wußte, daß dies die Wahrheit war. Bei seinen vielen Affären mit anderen Frauen hatte er die Liebe weder gesucht noch gemieden. Gefühlen hatte er eigentlich nie eine große Bedeutung beigemessen Und nun hatte sich diese Frau heimlich in sein Herz geschlichen.

Unwillkürlich tauchte wieder ihr nackter, schlanker Leib vor seinen Augen auf. Ihre Vereinigung war vollkommen gewesen. Dieses Erlebnis gehörte nur ihnen beiden. Keine andere Frau vor ihr hatte ihm solche Wonnen geschenkt.

Und die Frau, die er liebte, ging jetzt an der Seite seines Todfeindes spazieren. War er verrückt, bis auf das Melée bei den Kampfspielen zu warten?

Ein Schauer lief durch seinen Körper. Er mußte sich beherrschen, um sich nicht sofort auf Sir Gilbert zu stürzen und ihn zu erschlagen.

Die Zeit für deine Rache wird kommen, sagte er sich immer wieder. *Deine Zeit wird kommen.*

23

Eine seltsame Spannung schien über dem Schloß zu liegen. Vielleicht waren es nur ihre strapazierten Nerven, grübelte Rosalynde, die die unbarmherzig gute Laune ihres Vaters und die ständige Nähe Sir Gilberts kaum mehr ertragen konnte. Und doch war da noch etwas anderes. Sie spürte es.

Cleve, der sie in den letzten Wochen wegen seiner neuen Pflichten als Schildknappe im Stich gelassen hatte, tauchte jetzt wieder häufiger an ihrer Seite auf. Auch an diesem Morgen suchte er sie in ihrem Lustgärtlein, als sie Löcher für Kamillen- und Steinsamenpflanzen grub, die sie umpflanzen wollte. Obwohl sich zwischen ihnen beiden der alte, kameradschaftliche Umgang von Millwort fast wieder eingestellt hatte, fiel ihr seine sonderbare Wachsamkeit auf.

Und dann gab es noch Aric von Wycliffe. Seit ihrem Stelldichein auf dem Heuboden war sie nicht mehr mit ihm allein gewesen. Zum Teil war sie erleichtert, daß er ihr seitdem nicht mehr zu nahe gekommen war. Sie hätte wohl kaum die Kraft gehabt, sich ihm zu entziehen. Er mied sie absichtlich. Daran bestand kein Zweifel, aber warum? Zum Glück hatte sie alle Hände voll mit den Vorbereitungen für die bevorstehenden Festlichkeiten zu tun, so daß sie nicht lange darüber nachsinnen konnte.

Nur nachts, wenn sie erschöpft in ihre Kissen sank, gestattete sie sich den Luxus, über den rätselhaften Aric nachzudenken. Im Schutze der Nacht durchlebte sie noch einmal jeden Augenblick ihres Zusammenseins. Obwohl ihre sündige Schamlosigkeit sie bedrückte, tröstete sie sich damit, daß sie vor Gott ein Paar waren. Aber auch das war nur ein kleiner Trost, wenn das Jahr verstreichen würde und sie einen anderen Mann heiraten mußte.

Als die Turniergäste eintrafen — einige kamen sogar aus dem Norden Englands — wußte Rosalynde, daß einer dieser Männer ihr zukünftiger Gemahl werden würde. Die Liebe aber würde sie nie mehr finden.

»Sir Edolf ist ein guter Mann«, bemerkte Sir Edward zu Rosalynde, als er den kräftigen, großen Ritter in den Schranken am Turnierplatz beobachtete. »Er ist der zweite Sohn meines Freundes Robert Blackburn, Lord von Wigan. Und ein guter Kämpfer«, fügte er bewundernd hinzu.

»Ich bezweifle nicht, daß er ein edler Ritter ist«, murmelte Rosalynde artig, obwohl sie im stillen seine Gefräßigkeit und übergroße Trinkfreudigkeit mißbilligte, die sie am Abend zuvor beobachtet hatte.

»In dem Melée wird er wie ein Teufel kämpfen«, fuhr ihr Vater fort, ohne ihre Unaufmerksamkeit zu beachten. Dann entfernte er sich bester Laune, um Sir Roger zu suchen. Jetzt trat Cleve näher an Rosalynde heran.

»Sir Edolf ist ein guter Mann«, äffte er die Worte ihres Vaters schelmisch nach. »Und er war hocherfreut, Eure Bekanntschaft zu machen.«

»Oh? Und seine Schwester Margaret war hocherfreut, *deine* Bekanntschaft zu machen«, entgegnete Rosalynde neckend und hob fragend die Augenbrauen.

»Sie ist doch noch ein Kind!« widersprach er etwas zu hitzig.

»Sie ist elf Jahre alt. Das richtige Alter, um sich zu verloben. Und sie ist wohlgestaltet. Warum hätte sie Sir Edolf mitgebracht, wenn er nicht einen passenden Mann für sie suchte?«

Cleve antwortete nicht, blickte sie aber nachdenklich an.

»Nicht meine oder ihre Zukunft, sondern allein die Eure sollte Euch während der Festlichkeiten interessieren, Milady.«

»Alle Welt scheint mich daran erinnern zu wollen«, gab sie ärgerlich zurück.

»Mir scheint, daß Ihr überhaupt nicht an Eure Verheiratung denkt«, sagte Cleve nach längerem Schweigen. Dann trat er näher an sie heran und blickte sie unverwandt an. »Aber Ihr wißt, daß Ihr eines Tages heiraten müßt. Etwas anderes bleibt einer Frau nicht übrig. Es sei denn —« Er unterbrach sich, als ob er die Worte, die jetzt seine Gedanken kreuzten, nicht aussprechen oder nicht wahrhaben wollte. Seine Augen blickten forschend in ihr bleich gewordenes Gesicht. »Oder könnte es sein, daß Ihr Euer Herz einem anderen geschenkt habt? Einem Mann, den Ihr niemals haben könnt?«

Bevor sie es verhindern konnte, rollten die ersten Tränen aus ihren Augen. Hastig wandte sie das Gesicht ab, und nur Cleves Hand auf ihrem Arm hinderte sie daran, kurzentschlossen die Flucht zu ergreifen.

»Tändelt er immer noch mit Euch herum?« fragte er streng.

Als Rosalynde ihm das Gesicht zuwandte, konnte sie die Gefühle, die sich darin spiegelten, nicht verbergen. »Nein«, flüsterte sie mit erstickter Stimme. »Er weicht mir ständig aus.« Sie versuchte den Knoten in ihrer Kehle hinunterzuschlucken und brachte ein dünnes Lächeln zustande. »Ich weiß nicht, wie du das gedreht hast, aber ich weiß, daß er sich deinetwegen von mir fernhält. Vermutlich sollte ich dir dankbar sein ...«

Sie drehte sich um und entfloh. Cleve blieb noch lange unbeweglich stehen und starrte ihr nach, während er wieder einmal über diesen Aric nachdachte.

»Heilige Mutter Maria! Wo sollen wir die bloß alle unterbringen?« rief der Stallmeister, als ein weiterer Trupp von Streitrossen und Packpferden in den Hof bei den Stallungen geführt wurde. »Und wo in Gottesnamen sollen wir diese vielen Waffen und das Rüstzeug unterbringen? Hier, mein Junge.« Er winkte Cleve zu sich, dem man als Schildknappen die Aufsicht über die Pferde und Waffen der Ritter von Holyfield übertragen hatte. »Bevor du die ganzen Sachen abladst, räumst du diesen Stapel Gepäck in den Schuppen am äußersten linken Ende. Aber sorgfältig!« fügte er streng hinzu.

»Die Sachen gehören Sir Gilbert, und der ist mir nicht ganz geheuer. Ich bete zu Gott, daß er unsere süße Lady nicht heiraten wird«, erklärte er grimmig.

Cleve antwortete nicht darauf. Aber die Bemerkung des Stallmeisters überraschte ihn nicht. Er hatte nicht lange gebraucht, um zu erkennen, daß Sir Gilbert von Duxton ein äußerst schwieriger Mensch war, dem man besser aus dem Wege ging. Cleve war überzeugt, daß Lady Rosalynde zu kritisch war, um sich diesen Mann als Gemahl auszuwählen. Aber bei näherer Betrachtung schien sie überhaupt nicht bereit, einen der Männer in die nähere Wahl zu ziehen, dachte er, als er sich an ihr Gespräch von vorhin erinnerte.

Seine Augenbrauen zogen sich zusammen, als er die Pferde an den Zaun band und sich Sir Gilberts Gepäck näherte. Über kurz oder lang würde sich seine Herrin für irgendeinen der Freier entscheiden müssen, sagte er sich, als er die sperrigen, in Barchent verpackten Gepäckstücke an das andere Ende des Stalles trug. Sie war jetzt unglücklich, aber das würde sich geben, wenn sie erst verheiratet war und ein Kind hatte ...

Bei diesem Gedanken richtete er sich so plötzlich auf, daß ihm ein langes Paket vor die Füße fiel. Ein Kind? Konnte es ein Kind aus ihrer Verbindung mit Aric geben? Daran hatte er noch nicht gedacht ... wäre sie dann aber nicht *gerade* bereit, so schnell wie möglich einen ihrer Freier zu heiraten?

Cleve hatte keine Erfahrungen mit Frauen. Woher sollte er wissen, wie eine Edelfrau in diesem Fall handelte. Geistesabwesend bückte er sich nach dem schweren Bündel zu seinen Füßen und stieß einen fürchterlichen Fluch aus, als die Verschnürung riß und mehrere Waffen herausfielen. Nachdem er sich schuldbewußt umgesehen hatte, sammelte er sie hastig zusammen.

Als er ein Schwert mit Scheide aufheben wollte, hielt er mitten in der Bewegung inne. Das Schwert war ein wenig aus der schützenden Hülle gerutscht und zeigte einen Teil der Klinge. Und genau diese Klinge war es, die ihn aufmerksam werden ließ. Langsam zog er das Schwert ganz aus der schmucklosen Scheide, die aus Leder und Stahl gefertigt war. Ein bewunderndes Pfeifen kam über seine Lippen. Das Schwert war prachtvoll. So etwas hatte er noch nie gesehen. Es war schlicht und zweckmäßig, und weder mit Edelsteinen noch mit Gold geschmückt. Das machte die Waffe so einzigartig. Und dann die messerscharfe Klinge! Außerdem war es kohlrabenschwarz.

Cleve starrte lange bewundernd auf das Schwert, während er über seine Entdeckung nachdachte.

War es nur ein Zufall, daß dieses schwarze Schwert der Ankunft Blackswords auf Stanwood folgte? Sein Verstand sagte ihm, daß es nicht nur ein einziges schwarzes Schwert geben mochte. Doch konnte er die unheilvolle Vorahnung, die ihn jetzt ergriff, nicht mehr zurückdrängen. Aric war der Verbrecher, der als Blacksword bekannt war. Wie aber kam Sir Gilbert zu dieser Waffe?

Verstimmt steckte er das Schwert in die Scheide und packte es zu den anderen Waffen. Die restliche Arbeit war im Nu erledigt. Dann machte er sich auf die Suche nach dem Mann, der Licht in diese beunruhigenden Dinge bringen konnte.

Aric unterhielt sich mit einer der Wachen auf dem Wall, als Cleve an ihn herantrat. Unter ihnen im Schloßhof herrschte ein reges Treiben. Vor dem Schloß wurde eine Wiese mit Sicheln gemäht. Wie emsige Ameisen wirkten die Menschen, die den Turnierplatz vorbereiteten, aber hier auf dem Wall waren Cleve und Aric bis auf einige Wachen allein.

Als der Junge vor ihm stehenblieb, blickte ihn Aric neugierig an. »Wenn du Unterricht haben möchtest, mußt du bis nach dem Abendessen warten.« Als Cleve nicht sofort antwortete, wurde Arics Blick ernst.

»Wie kommt Ihr zu dem Namen Blacksword?« fragte der Junge ohne Umschweife.

Aric verzog gelangweilt das Gesicht. »Das dürfte doch unschwer zu erraten sein. Warum fragst du?«

Cleves dunkle Brauen zogen sich zusammen, als er sein Gegenüber offen anblickte. »Wo ist dann Euer schwarzes Schwert?«

Arics Gesicht wurde starr.

»Hast du es etwa gefunden? Vielleicht im Gepäck der angereisten Gäste?« Aber Cleve konnte sich die Antwort sparen. Aric wußte Bescheid. Die Augen wurden kalt wie Eis, als der den Jungen ansah. »Hast du den Ritter befragt, der dieses Schwert trägt?«

»Nein, ich hielt es für besser, wenn . . .« Er hielt inne, als ob er in Wahrheit gar nicht wußte, was er für besser hielt.

Die Nachricht, daß sein Schwert auf Stanwood war, ließ Blacksword in Gedanken einen Freudensprung machen. Das bevorstehende Turnier würde ihm die Gelegenheit geben, Sir Gilbert die Stirn zu bieten. Dann fiel ihm Cleves Zögern auf.

»Du kamst zuerst zu mir. Warum?«

Cleve hielt dem Blick seiner kalten grauen Augen unerschrocken stand. »Ich dachte — nur einen kurzen Moment, natürlich — ob es vielleicht Sir Gil ... ob vielleicht dieser Ritter in Wahrheit ein Verbrecher ist, da er im Besitz des Schwertes ist. Ob er etwa Euch das Schwert abgenommen hat?«

Die Worte klangen beiläufig, aber sein Gesichtsausdruck war deutlich enttäuscht.

»Aye«, gab Aric leise zu. »Ja, man könnte es so sagen, Sir Gilbert hat mir das Schwert abgenommen.« Dann blickte er auf das Feld hinaus, wo er sich an dem ruchlosen Gilbert rächen würde. »Es ist besser, du vergißt dieses Schwert, Cleve, und hältst dich aus solchen Geschichten heraus.«

»Aus solchen Geschichten? Was meint Ihr damit?«

Aric verscheuchte seine finsteren Gedanken und wandte sich lächelnd dem jungen Schildknappen zu. »Es betrifft dich nicht.«

»Wenn es meinen Lord Edward betrifft — oder Milady Rosalynde — dann *muß* es auch mich betreffen.«

Aric unterdrückte ein Lächeln, als sich der Junge kampflustig vor ihm aufbaute. Cleve ist ein feiner Kerl, und wird ein guter Ritter werden, dachte er nachsichtig. Ihm fehlten nur Geduld und Erfahrung, aber die Zeit würde beides bringen.

Arics Gesicht nahm einen ernsten Ausdruck an, als er dem Jungen antwortete.

»Sir Edward bin auch ich treu ergeben, und Lady Rosalynde ...« Er war nicht in der Lage, sein Empfinden für Rose in die passenden Worte zu kleiden. Außerdem ging dies Cleve nichts an. »Lady Rosalyndes Wohl steht bei mir an erster Stelle. Ich möchte keinem auf Stanwood schaden.«

Aber Cleve ließ sich damit nicht abspeisen. »Wie habt Ihr Euer Schwert verloren? Ich kann mir nicht vorstellen, daß man eine so prachtvolle Waffe schnell aufgibt.« Seine Frage brachte ihn auf den nächsten Gedanken. »Weiß er, daß Ihr hier seid?«

Jetzt verschwand Arics Nachsicht. »Sir Gilbert wird es rechtzeitig erfahren, aber durch mich und sonst niemanden. Hast du das verstanden, Cleve?« Die eisige Drohung in seiner Stimme war nicht zu überhören.

»Es wäre leichter für mich, Stillschweigen zu bewahren, wenn ich mehr über Eure Verbindung zu Sir Gilbert wüßte«, antwortete Cleve ruhig.

»Seit unserer ersten Zusammenkunft bist du mir mit Mißtrauen begegnet. Erwartest du, daß ich dir jetzt Dinge anvertraue, die meine persönlichen Verhältnisse betreffen?«

»Ich fürchte, es bleibt Euch keine große Wahl«, gab der Junge schnippisch zurück. »Ich brauche Sir Gilbert nur zu sagen ...«

»Es ist ein Leichtes, einen Mann zum Schweigen zu bringen. Oder einen Jungen«, erklärte Aric seelenruhig. Zufrieden bemerkte er, daß Cleve blaß wurde, bewunderte es aber, daß der Junge nicht daran dachte, klein beizugeben.

»Ich kann nicht erlauben, daß Ihr einen Gast von Sir Edward angreift.«

»Ich beabsichtige nicht, ihn aus dem Hinterhalt anzufallen. Jemandem die Klinge von hinten in den Rücken zu stoßen, ist nicht meine Art. Nein, er und ich werden uns gegenüberstehen, und der Gerechtigkeit wird so genüge getan. Und es wird auf dem Feld der Ehre geschehen.«

Auf diese rätselhafte Erklärung hin sah Cleve sein Gegenüber erstaunt an. »Das Feld der Ehre? Aber Ihr seid doch kein ...« Er brach ab und fuhr dann langsamer fort. »Es ist Euer Schwert. Und jetzt wollt Ihr ihm auf dem Feld der *Ehre* gegenübertreten ...« Seine Stimme verebbte erneut, als ob er plötzlich einen anderen Gedankengang verfolgte. »Ihr seid ein Ritter, nicht wahr? Oder zumindest wart Ihr das einmal.«

Das wollte Aric nicht zugeben.

»Meine Vergangenheit ist unwichtig. Es soll genügen, daß ich weder Sir Edward noch Lady Rosalynde Schande bringen werde.«

»Aber gegen Sir Gilbert habt ihr Euch verschworen?«

»Dieser Mann ist seinen Titel nicht wert«, gab Aric schroff zurück.

Cleve war stumm geworden. Er mußte die Neuigkeiten erst verdauen. Im Schloßhof war alles in Bewegung. Dann wurde sein Blick schärfer, als er Lady Rosalynde ausmachte. Sie überquerte gerade den Hof, und wurde von keinem Geringeren als Sir Gilbert aufgehalten. Auch Aric sah das Paar dort unten und seine Augen blickten wieder so kalt wie ein Schneesturm im Winter.

»Bei Gott, ich kann es kaum erwarten, diesem Ekel im Kampf gegenüberzustehen!«

»Lady Rosalynde läßt sich von einem Mann wie ihm nicht einwickeln«, bemerkte Cleve trocken und wandte sich wieder Aric zu. Erstaunt zog er die Stirn in Falten, als er das finstere Gesicht des Älteren sah. Dann begriff er langsam, und ein feines Lächeln huschte über sein Gesicht.

»Sie sollte ihn nicht ermutigen«, knurrte Aric ohne den Jungen zu beachten. «Sie sollte ihren Pflichten als Hausfrau nachkommen und nicht im Schloßhof herumspazieren.«

»Wie soll sie sich dann aber bei den anderen Rittern bemerkbar machen, die ihr Vater für sie eingeladen hat? Schließlich muß sie verheiratet werden. Vielleicht spielt sie bald einen gegen den anderen aus — so etwas soll es geben.«

Aric starrte weiter auf Rosalynde. Seine Augen wurden beinahe schwarz, als Sir Gilbert ihre Hand ergriff und einen Kuß auf den Handrücken preßte. Obwohl sie ihm schnell die Hand entzog, knurrte Aric weiter vor sich hin und stieß ab und zu eine furchtbare Verwünschung aus. Cleves Anwesenheit schien er völlig vergessen zu haben.

Der Junge war wie immer um das Wohl seiner Herrin besorgt, aber die neuen Erkenntnisse, die er soeben gewonnen hatte, veränderten alles. Lady Rosalynde mußte heiraten. An dieser Tatsache gab es nichts zu rütteln. Und sie durfte nicht unter ihrem Stand heiraten. Und er wußte, daß sie keine Jungfrau mehr war.

Und sie wollte immer noch den Mann, den sie für einen gemeinen Verbrecher hielt. Und es war eindeutig, daß dieser Mann auch sie wollte. Cleve schüttelte langsam den Kopf. Er wunderte sich, in welch anderem Licht er Aric plötzlich sah. Diese Erkenntnis setzte alles in ein neues Licht.

»Kann ich mich auf dein Schweigen verlassen, Junge?«

Cleve nickte stumm und blickte in das finstere Gesicht des Mannes. »Aye, ich werde Stillschweigen bewahren, solange keiner auf Stanwood darunter zu leiden hat.«

24

Rosalynde konnte nicht anders. Während des Mahls am Abend hatte sie ständig zu Aric hinsehen müssen, er aber wich ihren Blicken aus, das war ganz eindeutig. Erst ziemlich spät war er in den großen Saal gekommen, hatte rasch gegessen und war wieder verschwunden, bevor die allabendlichen Darbietungen begonnen hatten. Kurzerhand faßte sie den Entschluß, die Tischgesellschaft zu verlassen und ihm zu folgen, mochte dies auch noch so töricht sein. Als sie sich unauffällig durch den voll besetzten Saal schlängeln wollte, um zum Küchenausgang hinauszuschlüpfen, spürte, wie sie jemand am Ärmel zupfte.

»Ach, Margaret«, sagte Rosalynde ein wenig atemlos, als sie Sir Edolfs jüngere Schwester erkannte, die unschlüssig neben ihr stand. »Ist irgendetwas?«

Das blonde junge Mädchen sah sie aus ernsten Augen an. Ein Seufzer der Verzweiflung entrang sich ihr. »Haltet mich bitte nicht für undankbar«, sagte sie, und ihre Stimme klang gar nicht wie die eines jungen Mädchens. »Aber ich möchte am liebsten wieder nach Hause.«

Rosalyndes Herz schmolz sofort vor Mitleid mit dem armen kleinen Ding, das bereits in einem so zarten Alter dem Spiel von Vermählung und Familienpolitik ausgesetzt war. Wenn es für eine erwachsene Frau schon nicht einfach war, mit diesen Dingen fertigzuwerden, wieviel schwerer mußte es für dieses Kind sein. Aber Töchter waren, ob im Kindesalter oder als junge Frauen, nichts anderes als Verhandlungsobjekte in der Hand der Männer, die über ihr Schicksal bestimmten. Obwohl man ihr den Luxus gewährt hatte, bei der Wahl ihres Gemahls ein Wörtchen mitzureden, hatte doch ihr Vater die Kandidaten vorher selbst sorgfältig ausgewählt. Der Sinn ihres Daseins war es in erster Linie, den Fortbestand von Stanwood zu sichern. Viel schlimmer noch war Margarets Los, denn als jüngstes Kind konnte sie nur mit einer bescheidenen Mitgift rechnen. Deshalb setzte man auf ihre strahlende, mädchenhafte Schönheit und Unschuld, in der Hoffnung, damit die Begierde eines wohlhabenden Edelmannes zu wecken.

Rosalynde ergiff die schmale Hand des Kindes. »Ich wünschte, ich könnte das auch«, gestand sie und lächelte verständnisvoll.

»Aber Ihr *seid* doch zu Hause«, entgegnete Margaret erstaunt. Ihr hübsches Gesichtchen verzog sich zu einer kleinen Grimasse, als sie auf einmal verstand, was Rosalynde meinte. »Oh, Ihr möchtet auch nicht verheiratet werden.«

»Also, gegen das Heiraten an sich habe ich nichts. Nur ...« Rosalynde hielt inne, und ein bitteres Lächeln spielte um die Lippen. »Nur hätte ich gerne etwas mehr Freiheit bei der Wahl meines Gemahls.«

»Wenn Ihr frei wählen könntet, wer wäre dann Euer Auserkorener?« fragte das Mädchen. In ihrem Ausdruck mischte sich die Hoffnung des Kindes mit der Neugier einer Erwachsenen.

»Oh, das ist schwer zu sagen«, wich Rosalynde gedehnt aus. »Jedenfalls keiner der hier Anwesenden«, sagte sie schließlich und wies auf den lärmerfüllten Saal.

»Ich weiß, wen *ich* mir aussuchen würde!«

»Ach, ja? Wen denn?«

»Nun, es ist Cleve. Der Knappe mit dem dunklen Haarschopf.« Und als ob er damit noch nicht ausreichend beschrieben wäre, fügte sie ernsthaft hinzu: »Der mit den blitzenden Augen.«

Rosalynde war nie aufgefallen, daß Cleves Augen besonders blitzten. Als sie jedoch in das aufgeregte Gesichtchen des jungen Mädchens blickte, verstand sie, daß zumindest für Margaret Cleves Augen blitzten. Wie süß und rührend die schwärmerische Zuneigung war, die das Mädchen für Cleve empfand! Und doch wäre es grausam, solch hoffnungslose Träume zu nähren, denn Margaret würde längst verlobt und wahrscheinlich auch verheiratet sein, bevor Cleve zum Ritter geschlagen wurde und sich dieser Ehre als würdig erwies.

»Seine Augen blitzen, weil er launisch und hochfahrend ist«, erklärte sie deshalb, obwohl es ihr wehtat, die Enttäuschung auf dem jungen Gesicht zu sehen. »Und im übrigen sucht dein Bruder sicherlich einen viel bedeutenderen Herrn für dich. Cleve ist ja nur ein Schildknappe.«

Margaret seufzte. »Ich würde ihn auch nehmen, wenn er Stallbursche wäre.«

Margarets letzte Worten klangen noch in Rosalyndes Ohren, nachdem sie das Mädchen in ihre Kemenate begleitet hatte, die sie mit einer Zofe teilte. Für das unschuldige und doch wissende Kind schien es keine Rolle zu spielen, daß sich der von ihr Umschwärmte nicht zum Gemahl eignete. Auch sie legte in Wahrheit auf solche Dinge keinen Wert, erkannte Rosalynde. Voll tiefer Sehnsucht nach Aric schloß sie die Augen. Keinen Augenblick würde sie zögern sich an ihn zu binden, wenn sie nicht um sein Leben fürchten müßte.

Sein Bild erschien vor ihrem inneren Auge, wie sie ihn das erste Mal gesehen hatte, damals, unter dem Galgen. Vor Aufregung war sie über einen Pflasterstein gestolpert. So furchteinflößend hatte er trotz seiner Fesseln gewirkt. Verängstigt und eingeschüchtert hatte sie sich sogleich zu ihm hingezogen gefühlt. Nie wäre ihr aber der Gedanke gekommen, daß diese Gefühle in Liebe umschlagen könnten. Nie hätte sie sich die Freuden und Qualen ausmalen können, die die Liebe mit sich brachte.

Von einem reinen, empfindsamen jungen Mädchen hatte sie sich in eine fordernde Frau verwandelt, die ihr unersättliches Verlangen nicht mehr in der Gewalt hatte.

Nicht einmal jetzt, da er sie so offenbar mied, konnte sie anders, als ihm nachzulaufen. Nur ein Wort, machte sie sich vor, mehr wollte sie nicht von ihm. Nur einen Augenblick mit ihm verbringen, um sich zu vergewissern, daß er nichts unternähme, womit er sein Leben aufs Spiel setzte.

Doch als sie durch die Dunkelheit zu den Stallungen eilte, wo sie ihn zu finden hoffte, war ihr bewußt, daß Worte nicht genügen würden, um sie zufriedenzustellen. Sie wollte ihn berühren, ihn festhalten und von ihm in die Arme genommen werden — wollte den kräftigen, regelmäßigen Schlag seines Herzens an ihrem Herzen spüren. Sie wußte, es war Wahnsinn, der sie trieb, aber ebenso wahnsinnig wäre es gewesen, dagegen ankämpfen zu wollen.

Sie entdeckte ihn im Pferdestall, wo er damit beschäftigt war, ein herrliches Schlachtroß mit sicheren, gleichmäßigen Bürstenstrichen zu striegeln. Mann und Roß wandten wachsam die Köpfe, als sie eintrat. Das Tier legte die Ohren flach, scharrte mit den Hufen und bewegte den Kopf ruckartig auf und nieder. Beruhigend klopfte Aric den kräftigen Hals des Tieres und widmete sich weiter seiner Arbeit.

»Das ist wirklich ein herrliches Tier«, begann sie unsicher.

»Ja, er ist von bester Abstammung«, entgegnete Blacksword ruhig, ohne die Augen von dem Pferd abzuwenden.

Niedergeschlagen über seine Gleichgültigkeit ihr gegenüber trat sie einen Schritt näher. »Seine Abstammung?« wiederholte sie, weil ihr nichts Besseres einfiel. »Woher weißt du über seine Abstammung Bescheid, wo er doch Sir Gil … jemand anderem gehört?« verbesserte sie sich schnell.

Er runzelte die Stirn und drehte sich schließlich zu ihr um. »Man braucht dieses Pferd nur anzusehen, um zu wissen, daß es aus einer langen Ahnenreihe edelster Schlachtrösser stammt.«

Rosalynde nickte stumm und verwünschte sich, daß ihr Sir Gilberts Namen über die Lippen gekommen wäre. Als das Pferd seine Nase spielerisch unter Arics Arm schob, wandte sie ihre Aufmerksamkeit wieder dem Tier zu. »Er scheint deine liebevolle Betreuung zu genießen.«

Aric zuckte die Achseln und fuhr schweigend mit seiner Tätigkeit fort. Rosalynde aber war fest entschlossen, ihn in ein Gespräch zu verwickeln, und dafür schien das Pferd das einzig mögliche Thema zu sein. »Ist dies der Hengst, den du auf der Koppel mit Äpfeln gefüttert hast, damals ...«

Damals!

Damals hatten sie sich auf dem Heuboden geliebt, der sich jetzt genau über ihren Häuptern befand! Ihr Gesicht wurde heiß und rot, aber sie konnte die Augen nicht von ihm losreißen. Sie merkte ihm an, daß er sich ebenfalls sehr gut an jenen Tag erinnerte, denn seine Augen wurden dunkel und undurchdringlich. Als er schließlich sprach, klang seine Stimme rauh und abgehackt.

»Es ist kein Kunststück, ein wildes Tier zu bändigen. Geduld und süße Belohnungen machen es nach einiger Zeit handzahm.« Als er den Kopf hob, sah sie ihn wehmütig lächeln. Mit Schultern und Rücken lehnte er sich dann an die Flanke des Rosses und blickte ihr geradewegs in die Augen. »Wer allerdings vom wem gebändigt wird, das ist manchmal nicht so ganz klar.«

Wie wahr, wie wahr, dachte Rosalynde, und ein köstlicher, sehnsuchtsvoller Schauder rann ihr über den Rücken. Er hatte sie gebändigt und verführt, kein Zweifel. Er hatte sie so weit gebracht, daß sie ihn mit Küssen bestach — und mit noch mehr. Ob auch er spürte, wie eng sie miteinander verbunden waren? Er wirkte so unnahbar!

»Aric«, sagte sie leise, aber fest entschlossen, das Gespräch endlich auf ihr eigentliches Anliegen zu bringen. »Bisher ist es dir gelungen, dein Hiersein geheim zu halten, aber bereits am morgigen Tage findet das Turnier statt, und dann wirst du dich nicht mehr vor Sir Gilberts Blicken verbergen können, fürchte ich.«

»Das ist sehr gut!«

»Es ist gar nicht gut! Wenn du ihn zum Kampf herausforderst, weil du dich an ihm rächen willst, kann ich dir jetzt schon sagen, daß mein Vater es nie verzeihen würde, wenn einer seiner Gäste ernsthaft angegriffen wird. Du würdest sofort bestraft werden, und die Strafe würde fürchterlich sein!«

»Mach dir darüber keine Sorgen, Rosalynde. Ich kann sehr gut auf mich selbst achtgeben. Oder liegt dir etwa Sir Gilberts Sicherheit am Herzen?«

Rosalynde tat noch einen weiteren Schritt auf ihn zu. Die Angst um ihn schlug jetzt in Ärger um. Spontan ergriff sie einen Zipfel seines Waffenrocks und zerknüllte ihn in der kleinen Faust. »Sprich nicht so zu mir! Meinetwegen kann dieser Gilbert am Galgen baumeln!«

»Und ich nicht?«

Mit einer seiner großen Hände umschloß er ihre kleine Faust und drückte sie an seine Brust. Sie spürte seine Wärme, den ruhigen Schlag seines Herzens, und sie mußte daran denken, wie sie schon einmal seinen Rock gepackt hatte, auch aus Wut und Angst. Schon unter dem Galgen von Dunmow hatte sie den Funken gespürt, der zwischen ihnen übersprang — ein Lichtbogen aus unbekannten Gefühlen, der ihr Angst machte. Doch seit jener Zeit war viel geschehen, und heute wußte sie, wohin dieses Gefühl führen konnte.

»Du bist ständig darauf bedacht, mich vor dem Henker zu bewahren«, murmelte er und sah ihr in die Augen. »Ich frage mich, weshalb.«

Weil ich dich liebe, drückte ihr stummer, verunsicherter Blick aus. *Weil ich dich brauche und weil ich es nicht ertragen könnte, dich zu verlieren.*

Als hätte er ihre Gedanken erraten, verstärkte er seinen Griff um ihre Hand. Mit einem hilflosen Stöhnen nahm er sie in die Arme und barg sein Gesicht in ihrem vollen, weichen Haar. Unfähig, auch nur ein Wort zu sagen, preßte er sie verzweifelt an sich. Seine heftige Umarmung drückte mehr aus als Worte. Rosalynde fühlte den Druck seines harten Körpers auf ihren weichen Formen. Wieder spürte sie seine männliche Kraft, die sie zu beherrschen drohte, wieder jene virile Macht, die ewig ihr Untergang sein würde. Doch diese Umarmung war anders als frühere. Die Leidenschaft war zwar da, aber es war noch mehr. Als sie seinen Kuß auf ihrem Haar fühlte, war ihr plötzlich zum Weinen zumute. Hastig preßte sie ihr tränenfeuchtes Gesicht auf den rauhen Wollstoff, der seine Brust bedeckte und schlang die Arme um seine Körpermitte. In der Abgeschiedenheit des Stalls hingen sie wie zwei Ertrinkende aneinander, und einer schöpfte aus der Gegenwart des anderen Trost.

Als sie gewahr wurde, daß sie Schutz und Trost bei ihm finden konnte wie bei sonst niemandem, ließ sie ihren Tränen freien Lauf. Sie brauchte ihn so sehr! Und sie war sicher, daß auch sein Herz Erleichterung fand — bei ihr. Eine Erfüllung, wie sie nur das Paradies versprach.

Sie atmete tief. Mit geschlossenen Augen ließ sie es zu, daß ihre Sinne ihn ganz in sich aufnahmen. *Oh, laß es für immer so bleiben,* betete sie, als seine Arme sie weiter umfangen hielten. *Laß es für immer sein.* Doch als sie seinen schaudernden Seufzer vernahm, wußte sie, es konnte nicht sein.

»Rose«, murmelte er leise an ihrem Ohr.

»Schsch.« Sie hob das Gesicht zu ihm auf, ohne sich ihrer Tränen zu schämen. »Ich wünsche mir nur, daß du lebst, daß du in Sicherheit bist. Nichts anderes verlange ich als das.«

Zärtlich nahm er ihr Gesicht in beide Hände und blickte lange in ihre großen, feuchten Augen. Dann beugte er sich, um sie zu küssen — und in diesem langen süßen Kuß lag Sehnsucht, diesmal eine Sehnsucht ganz ohne Leidenschaft.

»Ich bleibe am Leben, Rosalynde, hab' keine Angst.« Plötzlich hielt er inne, denn durch die Dunkelheit drangen Stimmen.

»Ich muß gehen«, flüsterte sie, als sie eine der Stimmen erkannte. Mit einem heißen Kuß hing sie noch für einen Augenblick an seinen Lippen, dann schob sie ihn tiefer in den Stall hinein, drehte sich um und rannte zum Hof hinaus. Als sie gerade um die Ecke des Stallgebäudes bog, kam ihr eine Gruppe von Männern entgegen, unter ihnen auch Sir Gilbert. Als sie ihre Schritte verlangsamte, blieben sie ebenfalls stehen.

»Ach, Lady Rosalynde.« Sir Edolf blickte sie erstaunt lächelnd an und verneigte sich galant. »Welch unerwartetes Vergnügen.«

»Guten Abend, Sir Edolf«, gab sie zurück, während sie fieberhaft nach einer Erklärung für ihre Anwesenheit in den Stallungen suchte. Nervös blickte sie von Sir Gilberts forschender Miene zu den anderen Männern. »Und einen guten Abend auch Euch, Ihr Herren. Ich hoffe, daß das Mahl zu Eurer Zufriedenheit war.«

»Es war köstlich. Ein reiner Gaumenschmaus, Milady.«

»Eure Tafelfreuden sind exquisit«, ließ sich ein anderer vernehmen und strich sich über den Bauch.

»Ausgezeichnet«, gab auch Sir Gilbert zu. »Aber was führt Euch nach Einbruch der Dunkelheit noch zu den Stallungen, Milady? Und ganz ohne Begleitung?«

»In die Stallungen? Oh.« Rosalynde schenkte ihm ein Lächeln und hoffte, daß es natürlich wirkte. »Einer der Stallburschen hat sich ein wenig an der Hand verletzt — ein Seil hat ihm die Haut aufgeschürft. Ich brachte ihm eine Wundsalbe.«

So unauffällig wie möglich lenkte sie die Schritte der kleinen Gruppe von den Stallungen weg und versuchte die Männer mit ihrem Geplauder abzulenken. »Ich weiß ja, daß Ihr, meine Herren, wie die meisten Eures Geschlechts nicht viel von der Heilkunst halten, ganz zu schweigen von Kräutergärten und Arzneikammern, wenigstens nicht, bis Ihr sie selbst einmal braucht. Ich hingegen bin recht stolz auf die Heilkräuter, die ich anbaue — und die Tinkturen und Salben, die ich daraus zu mischen verstehe. Möchte einer von Euch vielleicht die Arzneikammer sehen?«

»In der Tat, die würde ich sehr gerne sehen«, antwortete

Sir Gilbert als erster. Er trat einen Schritt vor und bot ihr seinen Arm.

Einen Augenblick lang war Rosalynde wie vor den Kopf gestoßen. War es schon schwer genug gewesen, diese Scharade vor ihren Gästen zu spielen, so sollte sie nur Sir Gilbert allein ausgeliefert sein! Anderseits war sie nicht sicher, ob Aric die Stallungen bereits verlassen hatte. Jetzt fehlte nur noch, daß Sir Gilbert ihn im Stall mit seinem eigenen Schlachtroß fand!

»Oh, ich meinte natürlich nicht heute noch«, entgegnete sie eilig und versuchte zu lachen. »Ich habe weder Fackel noch Laterne, um den Raum zu erhellen. Falls es Euch wirklich interessiert, könnten wir die Besichtigung auf morgen verschieben.«

»Morgen findet das Turnier statt«, warf Sir Edolf ein, offensichtlich sehr zufrieden darüber, daß Gilberts Versuch, Rosalynde für sich allein zu haben, zunichte gemacht war.

»Laßt ihn ruhig gehen«, lachte Sir Andrew von Billingham. »Es käme meinen Plänen sehr entgegen, wenn Sir Gilbert morgen beim Turnier nicht antreten könnte!«

Mit Witzen, übermütigen Prahlereien gelangten sie an den Eingang des großen Saals.

»Es wäre ein Vergnügen, wenn Ihr wieder einmal aus dem Sattel gehoben würdet! Wie damals in London!« zog einer der Männer Sir Gilbert auf.

»Ihr wurdet in London geschlagen?« fragte Sir Andrew. »Davon habe ich gar nichts gehört.«

Ein unschöner Ausdruck erschien auf Sir Gilberts Zügen. Als er sich jedoch an Sir Andrew wandte, hatte er sich bereits wieder in der Gewalt. »Es handelte sich um eine kurze Schwäche meinerseits, die dieser Bursche zu seinem Vorteil zu nutzen verstand. Ich würde ihm liebend gern ein zweites Mal gegenübertreten. Dann könnte jeder sehen, wer der wahre Sieger ist.« Er lächelte, jedoch etwas gequält, wie es Rosalynde schien. »Leider habe ich ihn seither nicht mehr zu Gesicht bekommen. Wahrscheinlich will er es nicht riskieren, noch einmal bei einem Turnier gegen mich anzutreten.«

Nachdem sich die Gruppe der Ritter zerstreut hatte, kehrte Rosalynde wieder in den Eßsaal zurück. So entging ihr Sir Gilberts wütendes Gesicht, mit dem er einem der Schloßhunde einen heftigen Fußtritt verpaßte, auf dem Absatz kehrtmachte und mit einem häßlichen Fluch auf den Lippen sein Schlafgemach aufsuchte.

Cleve schickte die jungen Pagen zu Bett. Er selbst hatte vor, sich so lange im großen Saal aufzuhalten, bis Sir Edward einen Augenblick Zeit für ihn hatte — auch wenn er die Rolle des Mundschenks übernehmen mußte. Bier und Wein waren den ganzen Abend über in Strömen geflossen, doch war es Cleve aufgefallen, daß Sir Edward und seine Männer sich beim Trinken zurückhielten. Am nächsten Morgen würde es so manchen Brummschädel geben, allerdings nicht bei den Leuten von Stanwood. Cleve bewunderte Sir Edward wegen seiner Umsichtigkeit, die ganz dem entsprach, was Blacksword ihm beigebracht hatte: Versuche herauszufinden, wo die Stärken und Schwächen deines Gegners liegen. Sir Edwards Absicht war es, seine Gegner zu schwächen und seine eigenen Kräfte zu schonen. Diese Taktik bot zwar nur einen geringen Vorteil, hatte Aric gesagt, aber auch ein noch so kleiner Vorteil konnte über Sieg oder Niederlage entscheiden.

Bei dem Gedanken an den Vasallen Aric geriet Cleve ins Grübeln. Hinter dem Mann steckte mehr, als auf den ersten Blick erkennbar war. Sein sechster Sinn sagte ihm, daß der morgige Tag alles ans Licht bringen würde.

Auf den Wink eines grauhaarigen Lords stürzte Cleve mit einem Weinkrug in der Hand los, um den Becher des Gastes wieder zu füllen.

»... damit das geregelt ist. Dafür habe ich genügend Mannen.«

»Edward, Edward«, seufzte Lord Virgil und schüttelte den Kopf. »Ihr werdet Euch schwer genug tun, wenn Ihr Sir Gilberts Leute besiegen wollt. Glaubt Ihr, daß Ihr mir und den Meinen lange werdet standhalten können?« Er lachte in sich hinein, hob den gefüllten Becher an die Lippen und stürzte den Wein in einem Zug die Kehle hinunter. Dann knallte er den Zinnbecher auf den Tisch, wischte sich den Mund mit dem Ärmel ab und erhob sich. »Mein Kompliment zu dem Wein. Allerdings bin ich kein junger Hase mehr, um mich durch diese List so leicht ausschalten zu lassen.« Er grinste Sir Edward an und verbeugte sich leicht schwankend. Dann trollte er sich und murmelte dabei etwas über seine Ritter und ihre zahlreichen großartigen Siege in seinen Bart.

Sir Edward lehnte sich in seinem Stuhl zurück, als sein alter Freund und Waffengefährte den Saal verließ. Die Fackeln an den Wänden waren weit heruntergebrannt, und die übriggebliebenen Ritter rückten näher an den offenen Kamin, um sich dem Wein und Würfelspiel hinzugeben. Nun hielt Cleve seine Chance für gekommen und näherte sich vorsichtig dem vor sich hinsinnierenden Lord von Stanwood, der noch den Becher in der Hand hielt. Abwesend winkte Sir Edward ab. Als der Knappe jedoch keine Anstalten machte zu gehen, blickte der Ältere ihn fragend an.

»Nun, Bursche, was gibt es?«

»Wenn ich so frei sein darf, Milord, kann ich um ein Wort mit Euch bitten?«

»Die Stunde ist spät ... aber nun gut, fang an.«

»Nun, Ihr müßt wissen ...« Cleve zögerte und wußte nicht, wie er fortfahren sollte. »Es ist wegen Lady Rosalynde, Eurer Tochter«, fügte er wie zur Erklärung hinzu.

»Ja, Lady Rosalynde *ist* meine Tochter«, entgegnete Sir Edward belustigt. »Nun gut, was ist mit ihr?«

»Also, Lady Rosalynde und ich sind schon lange miteinander bekannt. Sie war immer sehr gut zu mir, und ich würde mein Leben für sie hergeben.«

»Das hast du auch bewiesen.«

»Ja«, fuhr Cleve durch Sir Edwards freundliche Aufmerksamkeit ermutigt fort. »Eigentlich ist sie ein bemerkenswerter Mensch, auch wenn sie nur eine Frau ist. Sie erzählte mir, Ihr gewährtet ihr ein Mitspracherecht bei der Wahl ihres Gemahls. Aber um ihretwillen flehe ich Euch an, nicht zu streng mit ihr zu sein, falls Euch ihre Wahl unvernünftig erscheint.«

Sir Edward sah ihn neugierig an. »Zunächst, Knappe Cleve, danke ich dir für deine ständige Sorge um mein einziges Kind. Allerdings muß ich ein Mißverständnis richtig stellen. Die Wahl ihres Gemahls erfolgt aus einer kleinen Schar annehmbarer Lords.«

»Ja, Milord. Das ist mir klar, Milord«, stammelte Cleve. »Nur Lady Rosalynde ...«

»Ich bezweifle nicht, daß sie die Möglichkeiten ihrer Wahl gerne erweitern würde«, unterbrach ihn Sir Edward. »Wie schon ihre Mutter würde auch Rosalynde gerne Zugeständnisse meinerseits ausnutzen und meine großzügige Nachsicht dadurch womöglich gegen mich verwenden.« Er blickte Cleve scharf an. Dann aber erschien in seinen Augen ein Funke von Verständnis. »Natürlich gibt es so manchen jungen Mann, der eine Jungfrau wie sie gerne zum Weibe nähme. Wie du sicher verstehst, obliegt es mir, den Kreis der Heiratskandidaten auf jene zu beschränken, die ich als geeignet erachte.« Er schob seinen schweren Stuhl zurück, erhob sich und blickte Cleve nachsichtig lächelnd an. »Kopf hoch, Knappe. Im Laufe der Jahre wird dir manch hübsches Gesicht und manch flüsternde Stimme begegnen. Aber du wirst sie nicht alle haben können. Am besten, das machst du dir heute schon klar.« Mit diesen Worten drehte er sich um und schritt davon.

Cleve starrte Sir Edward nach und schluckte den Protest, den er auf den Lippen gehabt hatte, hinunter. Mit seinen Andeutungen hatte er doch nicht sich selbst gemeint, sondern Aric! Aber es war gleichgültig, auf welchen Mann er anspielte. Er hatte erfahren, daß Sir Edward offenbar nicht die Absicht hegte, Rosalynde letztendlich entscheiden zu lassen. Mit einem Seufzer räumte Cleve Sir Edwards leeren Becher und den Weinkrug vom Tisch und brachte beides in die Küche. Es war töricht von ihm gewesen, Sir Edward in so anmaßender Weise anzusprechen, und er war heilfroh, daß ihn seine Lordschaft nicht getadelt hatte. Einmal mehr dankte er seinem Schutzpatron, daß er in den Diensten eines so großzügigen, aufgeschlossenen Herrn wie Sir Edward von Stanwood stehen durfte.

Was jedoch Rosalynde anging, so hatte die Aufgeschlossenheit Sir Edwards ihre Grenzen, das wußte er nun. Lady Rosalynde täte besser daran, sich in ihr Schicksal zu fügen, denn unabhängig davon, wie der morgige Tag verlaufen würde — ob Sir Gilbert und Aric ihre Fehde offen austragen würden oder nicht — das letzte Wort bei der Wahl ihres Gemahls hatte sich Sir Edward vorbehalten.

25

Die Sonne war noch nicht über dem östlichen Horizont aufgegangen, da herrschte in den Gängen und Höfen von Stanwood Castle bereits geschäftiges Treiben. Noch waren die Wiesen unter dem violettgrauen Himmel feucht vom Tau, als bereits die ersten Dorfbewohner zu den Pavillons strömten, die rings um den Turnierplatz hinter den Schranken aufgestellt worden waren. Schon seit dem Vortag schmorten ganze Schweine und Kälber in Erdlöchern auf Holzkohle, und jetzt war eine ganze Armee von Helfern dabei, die obere Erdschicht abzutragen, um an die gut durchgebratenen Fleischstücke zu gelangen. Viele Hunde liefen überall schwanzwedelnd herum und hofften, einen Happen oder Knochen von dem bevorstehenden Festmahl zu erhaschen. Durch die weit geöffneten Tore des Schlosses wälzte sich ein nicht enden wollender Strom von Wagen, Fußvolk und Reitern.

Auch Rosalynde hatte sich bereits vor Tagesanbruch erhoben, um die Verteilung der verschiedenen Speisen auf die am Rande des Turnier- und Kampfplatzes aufgestellten Tische zu überwachen. Mehr denn je war sie froh über Cedrics unerschütterliche Ruhe, denn ihm oblag die Aufsicht über die zahlreichen Ausgabestellen von Brot und Wein. Während sie zusah, wie die Stapel von Broten, die riesigen Käselaibe und Körbe voll Früchte auf die Wagen geladen wurden, dachte sie, wie erleichtert sie sein würde, wenn die Arbeit getan war. Als ihr schließlich nichts weiter zu tun übrig blieb, als sich festlich anzukleiden, wünschte sie plötzlich, es hätten noch weitere Aufgaben auf sie gewartet. Solange sie beschäftigt war, mußte sie nicht an die Schreckensbilder denken, die sie die ganze Nacht gequält hatten. Rosalynde wußte ganz genau, daß sie den bevorstehenden Ereignissen nicht entrinnen konnte. Irgendwie, irgendwann würde Blacksword Sir Gilbert herausfordern, und dann konnten weder Taten noch Worte ihn vor dem sicheren Unglück bewahren.

Die ganze Nacht hatte sie gebetet, geweint und wieder gebetet, bis ihr die Augen brannten. Immer wieder hatte sie die schon völlig abgenutzten Holzperlen des Rosenkranzes durch die Hände gleiten lassen, bis ihre Finger gefühllos waren. Mehr als einmal hatte sie sich traurig von ihrem Lager erhoben in der Absicht, ihren Vater aufzusuchen und ihm alles zu erzählen. Doch jedes Mal hatte sie gezögert, zum einen aus Furcht, er könnte Aric für sein Vergehen bestrafen, zum anderen, weil Aric ihr die Einmischung sicherlich nie verzeihen würde. Und auch sie würde es sich nie verzeihen können, wenn ihm etwas zustieße. Er wiederum würde es niemals verwinden, wenn sie ihm die Chance nahm, sich an seinem Feind zu rächen.

Mit hängenden Schultern machte sie sich auf den Weg zurück in ihre Kemenate. Wohl oder übel mußte sie hinnehmen, daß die Steuerung der Ereignisse des Tages nicht mehr in ihrer Hand lagen. Aric und Gilbert würden aneinandergeraten. Das war unausweichlich. Hinterher mußte sie die Scherben aufsammeln. Wenn es noch etwas zum Aufsammeln gab. Auch wenn Aric Sir Gilbert besiegte, würde er sicher sofort von ihrem Vater zur Rechenschaft gezogen und grausam bestraft werden. Und wenn sogar Sir Gilbert den geliebten Mann besiegte?

Jede dieser Vorstellungen war so unerträglich, daß Rosalynde sich in eine völlige Gefühlsstarre flüchtete, um nicht vor Verzweiflung den Kopf zu verlieren. Steif wie die Eisprinzessin im Märchen betrat sie ihr Gemach und legte wie in Trance die Arbeitskleidung ab. Aus einem metallenen Krug goß sie Wasser in eine flache Waschschüssel auf dem

Boden, stieg hinein und wusch sich rasch mit einem kleinen Stück Lavendelseife ab. Das Haar ordnete sie ohne Hilfe und ließ es lang und lose über die Schultern hängen. Das Gewand, das sie über ein frisches Unterkleid zog, hatte einmal ihrer Mutter gehört. Es war ein Kleid, das nur zu allerhöchsten Anlässen getragen wurde — aus feinem Leinen gewebt und in einem Ton tiefsten Blaus gefärbt. Im Licht wechselte die Farbe zwischen einem schimmernden Schwarz und der Farbe des abendlichen Himmels. Die Säume waren mit Gold- und Silberschnüren eingefaßt und der halsferne Ausschnitt mit einer Bordüre bestickt, die sich wie ein kostbares Halsband über die gesamte Schulterbreite erstreckte. Zuletzt legte sie noch den silbergetriebenen Gürtel mit dem Schlüsselbund um das enganliegende Kleid und konnte sich so wie eine Königin fühlen.

Und doch kam sie sich eher wie eine Sklavin vor, denn sie wußte sehr wohl, daß sie als Edelfrau nichts weiter war als ein Faustpfand in einer von Männern bestimmten Welt. Ob sie nun an ihren Vater oder Aric oder Gilbert — ja sogar Cleve — dachte, immer hatte sie ihre Wünsche unterzuordnen. Sie strich sich das Haar aus der Stirn und biß sich auf die Unterlippe. Selbst eine Königin war nicht mehr als eine Schachfigur im Intrigenspiel des Herrschers und Königs.

Ein Klopfen an der Tür riß sie aus ihren dunklen Gedanken.

»Ein Karren wartet draußen, Milady. Seid ihr zur Abfahrt bereit?«

»Ja, Cedric«, antwortete sie und holte tief Luft, um sich Mut zu machen. Dann trat sie erhobenen Hauptes und mit kerzengeradem Rücken heraus, um mitanzusehen, wie der Mann, den sie liebte, seinem Schicksal entgegentrat.

»Großartig ist's, nicht wahr?« sprudelte Cedric hervor, als er sie in dem kleinen Karren zum Hauptpavillon brachte. So überwältigt war er vom Lärm und vom Treiben der Menschenmenge, daß er ihr Schweigen nicht bemerkte.

»Edith und Maud kommen bestens mit der Verköstigung der Gäste zurecht. Die Pagen sind angehalten, auf alles ein Auge zu haben und für Ordnung zu sorgen. Pater Henry und die beiden anderen Wanderprediger haben ein Zelt für die Verwundeten aufgestellt, und ich habe für ein Faß Wasser und ausreichend Leinenbandagen gesorgt«, redete er munter weiter. »Die Knappen sind samt und sonders bei den Pferden und richten die Waffen her.«

»Glaubt Ihr, es könnte jemand ernstlich verletzt werden?« fragte Rosalynde leise.

Cedric warf ihr einen kurzen Blick zu und zuckte die Achseln. »Bei einem Turnier kann das immer vorkommen. Ein unglücklicher Sturz, ein schlecht plazierter Lanzenstich ... Und dann das Melée, das Handgemenge, bei dem jeder gegen jeden kämpft.« Er hielt inne, als überlege er sich seine Worte genau. »Das Melée ist nur ein Spiel — ein Kampf zwischen befreundeten Edelleuten, trotzdem geht manchem in diesem Getümmel schon einmal der Gaul oder das Gemüt durch«, meinte er dann lachend. »Denkt an die dem Manne angeborene Lust am Kampf, am Kräftemessen. Die Teilnehmer haben das Kriegshandwerk gelernt. Hat das Melée erst einmal begonnen, ist's unvermeidlich, daß Blut fließt. Aber nur selten verliert einer sein Leben«, fügte er beruhigend hinzu.

Aber Rosalynde war nicht beruhigt. Als sie vom Wagen stieg und zum Zuschauerplatz unter dem Zeltdach ging, zitterten ihr die Knie und ihr Magen krampfte sich unangenehm zusammen. Nicht dem grundsätzlichen Verlauf des Melées galt ihre größte Sorge. Sie vertraute darauf, daß sowohl Aric als auch ihr Vater geschickt genug seien, sich gegen jeden übereifrigen Gegner zur Wehr zu setzen. Wie leicht könnte aber das Melée Aric auch die gewünschte Gelegenheit zum Angriff auf Sir Gilbert geben! Und auch Sir Gilbert und seinen Gefolgsleuten böte es eine ähnliche Gelegenheit.

Wäre Rosalynde nicht so sehr von Sorge erfüllt gewesen, hätte sie das Turniergeschehen sicher genossen. Ein Ritter nach dem anderen — sie alle hatte ihr Vater für würdig befunden, um die Hand seiner Tochter anzuhalten — jagte sein Roß den langen Parcours hinunter. Donnernde Hufe und die anfeuernden Rufe der Zuschauer mischten sich immer wieder in das laute Krachen der Lanzen. So manche Lanze zerbarst. Meist wurde dabei einer der Ritter aus dem Sattel gehoben und krachte schwer auf den sandigen Boden, wo er entweder verletzt oder durch die schwere Rüstung behindert regungslos liegen blieb, bis ihm zwei Knappen zu Hilfe eilten, während der Sieger zu seinem Ausgangspunkt zurückritt, um auf den nächsten Gegner zu warten.

Allmählich lichteten sich die Reihen. Nur noch zwei Recken standen sich gegenüber. Rosalynde spürte einen pochenden Schmerz in den Schläfen, als sie beobachtete, wie die beiden mächtigen Ritter Aufstellung zum entscheidenen Kampf nahmen. Kettenhauben, Helm und Visier verbargen das Gesicht, doch erkannte man sie an den Farben, die sie trugen. Sir Edolf mit den Farben Blau und Gold ritt einen großen Braunen. Sir Gilberts Farben waren Gold und Schwarz. Sein Streitroß war das hohe, dunkle Tier, das Aric erst gestern für das Turnier hergerichtet hatte.

Rosalynde war entgangen, daß Cleve hinter ihr aufgetaucht war. Sie hörte auch nicht, daß die junge Margaret neben ihr Stoßgebete zum Himmel schickte und den Sieg ihres Bruders erflehte. Rosalynde hoffte nur, Sir Gilbert würde aus dem Sattel gehoben und verletzt werden, nicht zu sehr natürlich, aber doch so, daß er nicht mehr am Melée teilnehmen konnte. Dann würden die beiden Kampfhähne nicht aneinandergeraten können!

Beim Klang der Fanfare trabten die Pferde an und wechselten dann zum gestrecktem Galopp über. Wie zwei Katapulte schossen die Männer aufeinander zu, die Schilde schützend vor sich gehalten, die Lanzen bedrohlich gesenkt. Begleitet von einem Krachen von Holz auf Stahl und den Rufen aus hundert Kehlen stießen sie aufeinander. Im Bruchteil einer Sekunde stand für alle der Sieger fest, nur für Rosalynde schien es eine Ewigkeit zu dauern, bis Sir Edolfs untersetzte Gestalt im Sattel wankte und kopfüber am Rumpf seines erstaunten Pferdes herabglitt.

»Nein!« rief sie und schlug wütend mit der Faust auf die Armlehne.

»Nein!«

»Edolf!« schrie Margaret gleichzeitig und sprang entsetzt auf.

»Nur ruhig, ihm ist nichts passiert«, rief Cleve dem Mädchen zu und hielt sie zurück, bevor sie zu ihrem hilflos am Boden liegenden Bruder eilen konnte.

»Laßt mich los!« flehte sie unter Tränen und versuchte sich seinem Griff zu entwinden.

»Wollt Ihr ihn noch mehr erniedrigen, indem Ihr ihm zu Hilfe eilt? Glaubt Ihr, er braucht jetzt seine Schwester, die ihn umsorgt?«

Noch ehe Cleve den Satz zu Ende gesprochen hatte, sahen sie, wie Sir Edolf sich aufrappelte und mit steifen, ruckartigen Bewegungen und der Hilfe eines Knappen wieder auf die Beine kam.

»Seht Ihr«, sagte Cleve und ließ Margaret los. »Es fehlt ihm nichts.«

Während sich das Mädchen langsam wieder setzte und sich heimlich die Tränen von den Wangen wischte, wandte sich Cleve an Rosalynde.

»Milady?« fragte er, als er ihr bleiches Gesicht und die immer noch weit aufgerissenen Augen sah. Doch dann zog ein Schatten über sein Gesicht, als er ihrem Blick zu dem triumphierenden Gilbert folgte. Er rückte näher an sie heran. »Milady, hattet Ihr denn gehofft, daß Sir Edolf heute der Sieger sein würde?«

Bei seinen Worten fuhr Rosalynde zusammen, denn sie hatte seine Anwesenheit zuvor immer noch nicht bemerkt. »Sir Edolf?« wiederholte sie verwirrt. »Nein … das heißt …« Sie seufzte und warf wieder einen bangen Blick auf Sir Gilbert, der die Glückwünsche einiger Männer entgegennahm. Unter ihnen war auch ihr Vater. »Ich hatte nur gehofft, Sir Gilbert würde verlieren«, murmelte sie.

»Fürwahr, da seid Ihr nicht die einzige«, stieß Cleve mit derart unverhülltem Ärger hervor, daß sie hellhörig wurde und den Knappen fragend anblickte. Nachdem sie sich vergewissert hatte, daß Margaret abgelenkt war, sagte sie:

»Ist irgendetwas mit Sir Gilbert, das dir mißfällt?«

Cleve hob die Achseln und zögerte. Dann beschloß er, seine Herrin ins Vertrauen zu ziehen. »Es gibt etwas, das nicht gerade meinen Respekt hervorruft«, antwortete er.

»Aber er ist doch Ritter und ein großer Kämpfer, den alle schätzen!«

»Zu einem Mann gehört mehr als das«, antwortete der Junge. »Ich zweifle an seiner Ehre.«

Seine Ehre. Das Wort ließ Rosalynde aufhorchen. Sie selbst hatte Aric einmal der Ehrlosigkeit bezichtigt. Diese Anschuldigung war aus Angst und Wut geboren gewesen. Er aber hatte damals den Spieß umgedreht und ihr vorgeworfen, selbst die Ehrlose zu sein, weil sie das Versprechen, das sie ihm in Dunmow bei der Handreichung gegeben hatte, nicht einhalten wollte.

»Auch wenn das zutrifft, so ist er der Sieger und wird im Melée in vorderster Reihe kämpfen«, flüsterte sie unglücklich.

»Ja, das Melée«, wiederholte Cleve finster, und wieder weckte sein Ton Rosalyndes Aufmerksamkeit.

»Stimmt etwas nicht mit dem Melée? Ist dir etwas zu Ohren gekommen, vielleicht von irgendwelchen Machenschaften?« Ihre Stimme verlor sich vor Angst.

Cleve starrte eine Weile auf den Kampfplatz, wo das Melée stattfinden würde. Erst dann sah er sie wieder an.

»Was sein wird, wird sein, Milady. Ein Mann kann nicht aus seiner Haut. Er muß tun, was er tun muß.« Plötzlich ergriff er ihre Hand und beugte sich zum Kuß darüber. »Mit Verlaub, aber die Pflicht ruft.« Doch bevor er sie verließ, warf er ihr einen letzten besorgten Blick zu, und war wieder der Knabe, den sie so viele Jahre lang gekannt hatte. »Bitte macht Euch keine Sorgen, Milady. Es ist nutzlos.«

»Und Gebete, sind die auch nutzlos?«

Er zuckte die Achseln. »Das ist schwer zu sagen. Schaden können sie jedenfalls nicht.«

Hatte das Turnier die Hofleute und Dorfbewohner schon zu Begeisterungsstürmen hingerissen, so steigerte die Aussicht auf das Melée die Erregung ins Fieberhafte. Die um das gesamte Oval des Turnierplatzes aufgestellten Wimpel flatterten im auffrischenden Wind: Sir Virgil von Risings Farben waren Rot und Weiß, Sir Edolfs Farben Gold und Blau, Sir Gilberts Gold und Schwarz und die ihres Vaters Grün und Gold. Ritter versammelten sich neben dem Fußvolk, denn das Melée wurde ausschließlich zu Fuß ausgetragen, damit möglichst viele an dem sportlichen Ereignis teilnehmen konnten.

Selbst von ihrem entfernten Zuschauerposten am schmalen Ende des Halbrunds aus gelang es Rosalynde, Aric unter den Gefolgsleuten ihres Vaters auszumachen. Seine hünenhafte Gestalt und die breiten Schultern zogen ihre Augen magnetisch an, doch der Anblick seines ledernen Kampfschurzes erhöhte nur die Angst, die ihre Gefühle bereits beherrschte. All das ließ nichts Gutes ahnen.

Doch alle Besorgnis der Welt konnte den Lauf der Dinge nicht aufhalten. Ein schriller Fanfarenton erklang, und die einzelnen Kampfgruppen sammelten sich um ihre Fahnen, bereit, die Schlacht zu beginnen. Wer noch an den Verpflegungstischen weilte, stopfte sich schnell den Mund voll und rannte los, um einen guten Zuschauerplatz zu ergattern. Dann schallte ein zweites, tieferes Fanfarensignal über das Feld.

Es hielt Rosalynde nicht mehr auf ihrem Sitz, als die gegnerische Horde vorwärts preschte, die Waffen gezogen, die Stimmen zum Schlachtruf ihres Hauses erhoben. Als die ersten Zusammenstöße von Schwert auf Schwert, von Stock auf Stock ertönten, rang sie die Hände. Ganz übel wurde ihr vor Angst und Schrecken. Trotzdem gelang es ihr nicht, die Augen von den wogenden männlichen Körpern abzuwenden, die mit voller Wucht und in voller Absicht aufeinanderprallten. Obwohl vor Beginn der Spiele unzählige Helfer den Platz gründlich mit Wasser besprengt hatten, stiegen große Staubwolken auf, als die verschiedenen Gefolge losstürmten, um die Verteidigungslinien der Gegner zu durchbrechen. Wie Rosalynde wußte, war es das Ziel jeder Gruppe, die Fahnen der anderen zu erobern. Die besiegte Partei wurde an den Rand des Turnierfeldes gedrängt. Das Kampfspiel dauerte solange, bis ein siegreicher Lord mitsamt Gefolgsleuten ermittelt war. Aber für zwei der Kämpfer war dies mehr als ein Spiel, dachte Rosalynde gequält.

Zu Beginn des Melées hatte sie Aric noch im Blickfeld. Er kämpfte an der rechten Seite ihres Vaters und trieb seine Männer nach vorn. Doch als der Staub aufwirbelte und das Getümmel immer dichter wurde, verlor sie ihn aus den Augen. Panik erfaßte sie. Nur der Anblick von Sir Gilberts Wimpel und Gefolge am anderen Ende des Feldes gab ihr die Gewißheit, daß er noch nicht mit den Stanwood-Mannen zusammengestoßen war und daß der unausweichliche Kampf zwischen Gilbert und Aric noch bevorstand.

Inmitten eines Haufens erhitzt kämpfender, aber gutmütiger Männer galten auch Blackswords Gedanken dem bevorstehenden Kampf gegen Gilbert. Aber nicht Furcht und Schrecken bewegten ihn bei der Aussicht auf diese Begegnung. Er war so begierig darauf, diesem ehrlosen Schurken gegenüberzutreten, daß es all seiner Kraft bedurfte, um die Männer, die ihm jetzt im Scheingefecht gegenüberstanden, nicht wirklich zu verletzen. Ein kurzes Senken seiner Schulter, und schon fing der schwere Stiel seines Eichenstocks das Schwert eines von Risings Rittern ab. Mit der in vielen Kämpfen erworbenen Erfahrung und Behendigkeit verlagerte er sogleich sein Gewicht, machte einen Ausfallstoß nach vorne, schlug mit dem Schaft den Arm des Gegners nach oben und zwang ihn so, das Schwert fallenzulassen.

Als der Mann sich bückte, um sein Schwert aufzuheben, trat Blacksword ihm gegen das Schienbein und drückte ihm das unbewehrte Ende seines Stocks auf die Brust.

»Ich erkläre dich zum Gefangenen von Stanwood«, gab er dem am Boden Liegenden zu verstehen. Doch blieb Blacksword keine Zeit, um sicherzustellen, daß der Mann das Feld auch verließ und sich wie es vorgeschrieben war, an den Rand des Platzes begab. Der nächste Kampf stand ihm schon bevor.

Als er vorwärtsstürmte, um sein nächstes Opfer zu suchen, bemerkte er mit grimmiger Befriedigung, daß Gilberts goldschwarzer Wimpel ebenfalls ins Mittelfeld vorrückte. Links von ihm schlug Sir Edward bereits vernichtende Breschen in die ihm entgegenstürmenden Feindeshaufen, und dies feuerte Blacksword zu noch größerer Angriffslust an. Ein gezielter Stoß mit dem Ellenbogen in die Magengrube des Gegners brachte den nächsten Gefangenen. Der Angriff eines anderen wurde mit dem Eichenstock abgewehrt. Mit einer blitzschnellen Bewegung führte er den gespielten, tödlichen Stoß gegen den Feind aus, stieg über die hingestreckte Gestalt hinweg und rückte vor, um sein Schicksal in die Hand zu nehmen.

Als Sir Virgils Phalanx unter Arics ungestümen Vorstoß langsam aufbrach, schwenkte die Stanwood-Truppe etwas nach rechts — weg von Sir Gilbert, der im Begriff war, Sir Edolfs Mannen in die Flucht zu schlagen. Erbarmungslos suchten Blackswords Augen über den Kampfplatz hinweg den einen, den zu besiegen er entschlossen war. Doch seine Rachegedanken wurden von Sir Edwards Befehlsgebrüll unterbrochen.

»Rechte Flanke! Schwenkt aus und umzingelt sie! Schneidet Rising den Rückzug ab! Wir versuchen, die Fahne zu nehmen!«

Einen Moment lang reagierte Aric nicht, sondern starrte nur wild auf Duxtons tanzenden gold-schwarzen Wimpel. Mit grimmiger Zufriedenheit preßte er die Hand auf das Schwert an seiner Seite. Da stieß ihn Sir Roger grob voran. »Vorwärts, Mann! Tu, was man dir sagt!«

Aric geriet in Wut und mußte sich gewaltsam zusammenreißen, um nicht die Hand gegen den rasenden Hauptmann zu erheben. Aber nicht Sir Roger war sein Feind. Unwillig biß er die Zähne zusammen und machte sich an die nächstliegende Aufgabe.

»Ho! Jetzt haben wir sie. Jetzt haben wir sie!« hallte Sir Edwards Stimme über den Platz, als seine beiden Linien Sir Virgils schwindenden Haufen in die Zange nahmen. Wie zur Bestätigung seiner Worte taumelte Virgils Standartenträger zurück, obwohl er noch von einem Ring verbissen kämpfender Kameraden umgeben war. Doch da griff Aric ein, hieb einem der Männer den Arm nach oben, so daß der Mann das Schwert fallen ließ. Dann warf sich Aric auf ihn. Ein Gerangel um die am Boden liegende Waffe entbrannte. Schließlich hatte Aric sie ihm entwunden, und mit einem triumphierenden Schrei durchbrach er die feindliche Front. Dann teilte Arics mächtiger Schwerthieb die Fahnenstange des Gegners in zwei Stücke, so daß der Wimpel auf die Erde fiel.

Einer von Sir Edwards Rittern wollte sich nach dem Wimpel bücken, wurde jedoch von Sir Virgil umgestoßen, der das begehrte Abzeichen um keinen Preis der Hand des Gegners überlassen wollte. Da aber Stanwoods Standarte sicher im Schutz eines dreifachen Verteidigungsringes flatterte, war Sir Virgils Schicksal besiegelt. Als er sich schließlich ohne den Wimpel erhob und seine Waffe zum Zeichen der Niederlage senkte, ergaben sich zögernd auch seine Männer.

Mit einem Jubelschrei erhob Sir Edward sein Schwert, denn dies war der Mann gewesen, dessen Niederlage er am heutigen Tage am meisten gewünscht hatte. Strahlend wandte er sich an seine Gefährten. »Gut gemacht, Männer!« rief er, noch atemlos von der Anstrengung. »Aber uns bleibt keine Zeit für ...«

Bevor er den Satz vollendet hatte, kam von hinten ein gewaltiger Ansturm auf die trutzige Schar zu.

»Es ist Sir Andrew von Billingham!« ertönte Sir Rogers erstickter Schrei. Jedes Wort erstarb, als die Truppe Stanwoods dem heftigen Angriff begegnete. Nur noch dumpfe Beschwörungen und wilde Flüche waren zu hören. Mann für Mann versuchten Sir Edwards Leute den geschlossenen Reihen des Gegners zu trotzen. Zum Glück war der heißersehnte Sieg über Sir Virgil von Rising noch zu frisch, als daß sie sich leicht hätten schlagen lassen.

Bei der ersten Angriffswelle versuchte Aric mit einem raschen Rundblick die Lage zu beurteilen. Hinter Sir Andrew standen Sir Gilberts Männer und kämpften gegen die Truppe von Sir Edolf. Wollte Aric zu seiner gerechten Rache kommen, durfte Stanwood auf keinen Fall verlieren. Er zögerte kurz und zog sich dann aus der Mitte des Getümmels an den Rand des Geschehens zurück. Sir Andrews blau-weiße Standarte war von vorne gut verteidigt, die Rückendeckung aber wurde von nur drei Männern bestritten. Mit einem wilden Schrei stürzte Aric sich auf den ersten und schlug gleichzeitig den nächsten mit einem kräftigen Hieb zu Boden. Der dritte Mann und der Standartenträger drehten sich um, doch zu spät. Arics Eichenstock krachte auf die Schulter des Mannes, der kampfunfähig zusammensackte. Der plötzlich schutzlos gewordene Standartenträger wankte nach vorn, stolperte und fiel über seine eigenen Leute. Fahnenstange und Standarte flogen zu Boden. Unzählige Hände griffen nach ihr — Hände von Stanwood-Leuten — und wenige Augenblicke später war auch dieser Sieg errungen.

Aric hielt nicht inne, um seinen Triumph auszukosten, denn nun stand seine Rache kurz bevor. Sein Blick fand Sir Gilbert, der in geringer Entfernung inmitten einer Staubwolke seine Männer zu einem gnadenlosen Angriff gegen Sir Edolfs Fahne antrieb. Eine Sekunde lang hob Gilbert den Kopf. Ihre Augen trafen sich. Aric dachte zuerst, daß Gilberts Blick nur einer Beurteilung der gegnerischen Truppenstärke gegolten hatte. Dann aber sah er, daß Gilbert ihn erkannt hatte und erstarrte. Auch ohne Gilberts haßverzerrte Grimasse hinter dem Visier zu sehen oder seinen gezischten Fluch zu hören, wußte er, was die Stunde geschlagen hatte.

Ohne lange zu zögern schleuderte Blacksword den Eichenstock zur Seite und griff nach dem breiten Schwert, das für diesen Augenblick an seiner Seite bereithing. Er hob die lange, dunkle Klinge in drohendem Salut und wollte voranstürmen, um sich seinem Feind zu stellen. Mit einem eisernen Griff am Unterarm hielt ihn Sir Roger jedoch von seinem Vorhaben ab.

»Zurück zu den anderen! Sofort!« bellte er wütend.

»Nicht jetzt«, antwortete Aric wild entschlossen und schüttelte die Hand des Hauptmanns ab.

»Verdammt seist du! Du taugst nur zum Verdruß!« fluchte Sir Roger. »In meinem Gefolge dulde ich keinen, der sich meinen Befehlen widersetzt!«

Aber Aric war nicht mehr da, um die Drohung zu hören.

Am Rande des Kampfplatzes stürzte er sich bereits auf Sir Gilbert, und alles um ihn war vergessen. Von der Scheide befreit sauste seine vernichtende schwarze Klinge mit tödlicher Genauigkeit auf Gilbert hinab. Dieser aber, ebenfalls kein Anfänger in der Kunst des Schwertkampfes, wehrte mit einem Schrei höchster Wut den schrecklichen Angriff ab, indem er den Schlag mit einem gewaltigen Hieb seines eigenen Schwertes parierte. Ein Blick von eisigem Haß traf Aric.

»Ich hätte warten sollen, bis du am Strick baumelst!« zischte Gilbert.

»Ein Fehler, den du nun mit deinem Leben bezahlst«, gab Aric kalt und beherrscht zurück.

»Aber du wirst vor mir in der Hölle braten!« Mit diesen Worten holte Gilbert zu einem so bedrohlichen Schlag aus, daß Aric zurückwich. Aber allzu lange hatte er auf diesen Moment der Vergeltung warten müssen, um Gilbert auch nur den Vorgeschmack auf den Sieg zu gönnen. Mit der ganzen Kraft, die in seinen Armen und Handgelenken steckte, wehrte er die rasende Attacke des anderen ab und parierte die tückischen Schwerthiebe mit der Klinge seines Schwertes, bis er sich schließlich mit seinem ganzen Gewicht auf Gilbert stürzte, um ihn zu Boden zu reißen. Dies war ein gefährliches Unterfangen, denn es brachte ihn in die Reichweite der gegnerischen Waffe. Als aber Gilbert das Gleichgewicht verlor, wußte Aric, daß sich das Risiko gelohnt hatte. Blacksword zog die schwere schwarze Klinge, vernahm das schleifende Geräusch von Stahl auf Stahl und war bereit, den todbringenden Hieb auszuführen.

Vom Zeltpavillon aus hatte Rosalynde den Fortgang der Ereignisse mit zunehmendem Schrecken verfolgt. Obwohl sie von Arics Vorhaben, Sir Gilbert im Kampf zu stellen, gewußt hatte, war sie auf das Gefühl dieser mörderischen Angst um den geliebten Mann nicht vorbereitet. Gilbert könnte ihn töten! Und wenn *er* es nicht tat, dann die anderen!

Durch den aufwirbelnden Staub konnte sie die miteinander kämpfenden Gestalten kaum erkennen. Was sie aber sah, war die lange dunkle Klinge in Arics Händen, und trotz aller Angst fragte sie sich, wie er zu dieser Waffe gekommen war.

Offenbar stellte nicht nur sie sich diese Frage. Das übrige Kampfgeschehen — das rein spielerisch und sportlich betrieben wurde — stockte jäh, als alle erkannten, daß es zwischen diesen beiden Männern um mehr ging. Sir Gilberts Mannen machten einen wütenden Vorstoß, um ihren Anführer zu verteidigen, aber es war Sir Roger, der die beiden Männer zuerst erreichte. Mit einem furchtbaren Schrei hieb er geistesgegenwärtig sein Schwert zwischen die beiden Kontrahenten, bevor Arics Klinge ihr Ziel erreichte. Dann schob sich der Mann so zwischen die beiden, daß er Gilbert mit dem Rücken deckte und Aric vor sich hatte.

»Hölle und Verdammnis über dich, du Bastard!« brüllte er wütend, weil Aric es gewagt hatte, die Spielregeln dieses sportlichen Ereignisses offen zu brechen. Mit einer herrischen Handbewegung befahl er den Stanwood-Leuten, die immer noch unentschlossen hinter Aric standen: »Jesus Christus! Ich habe euch gesagt, ihr sollt ihn ergreifen!«

Rosalynde wäre sicherlich ohnmächtig geworden, hätte sie den Zeltpfosten nicht so fest umklammert. Voll Entsetzen starrte sie auf den Schauplatz, unfähig zu begreifen, was da eigentlich geschah. Sie sah die Männer hinter Aric. Sie hörte Sir Gilberts wütende Beschuldigung.

»... gottloser Bastard, in Dunmow hatten wir ihn schon gefaßt ... besser, er wäre dort aufgeknüpft worden! Ich verlange, daß man ihn sofort hängt!«

Bei diesen Worten hielt es Rosalynde nicht länger auf ihrem Platz. Ohne nachzudenken rannte sie kopflos aus dem Zuschauerzelt. Auch das Getuschel der verblüfften Menge hörte sie nicht. Nur ein Gedanke trieb sie: den Mann zu retten, den sie liebte! Unter den Männern, die Gilbert und Aric umgaben, befand sich auch ihr Vater. Vielleicht würde er ihre verzweifelte Bitte um Gnade erhören, wenn er erfuhr, daß sein Schwiegersohn vor ihm stand!

Aber tief in der Brust wußte Rosalynde, daß dies nichts nützen würde. Plötzlich entdeckte sie das riesige Streitroß, das Aric im Stall gestriegelt hatte — Gilberts Pferd. Sie lief spontan zu dem unbeaufsichtigten Tier und ließ sich auch nicht einschüchtern, als das Tier in Verteidigungshaltung warnend die Ohren anlegte. Rasch entwirrte sie die langen Zügel, aber noch ehe sie das unwillige Roß zum Gehen bewegen konnte, gellte ein langezogener Piff durch die Luft.

Sogleich wurde das Tier aufmerksam und spannte die Muskeln an. Es stellte die Ohren auf, und seine klugen Augen blickten suchend in die Richtung, aus der der Ton gekommen war. Dann machte es mit einem leisen Wiehern einen Satz an ihr vorbei, riß ihr die Zügel aus der Hand und galoppierte geradewegs auf die dichte Menschenmenge in der Mitte des Feldes zu.

Was Rosalyndes erstaunte Augen nun sahen, erfüllte sie gleichermaßen mit Angst wie mit Bewunderung. Aric wurde von vier Männern umringt, hielt aber immer noch kampfbereit das schwarze Schwert in der Hand. Gilbert stürzte jetzt auf ihn zu, vorbei an Sir Roger und ihrem Vater, eindeutig mit der Absicht, den tödlichen Schlag auszuteilen, während Aric dem Rasenden hilflos ausgeliefert war. Hätte nicht das überraschende Herangaloppieren des Hengstes die Männer auseinandergetrieben, die Folge wäre fürchterlich gewesen. Bei diesem Vorfall war Sir Gilberts Schwert nach rechts abgedrängt worden. Als das Tier an ihm vorbeidonnerte, setzte Aric zu einem tollkühnen Sprung an, um es aufzuhalten.

Rosalynde schrie vor Schreck auf und sah ihn bereits zermalmt unter den Hufen des schweren Schlachtrosses liegen. Doch dann sah sie, wie Aric sich auf den Rücken des Pferdes schwang und in Richtung Wald davongaloppierte.

Ihre Gebete waren erhört worden!

26

Die Kämpfer scharten sich aufgeregt zusammen, während die Zuschauer von allen Seiten neugierig herbeiströmten. In der allgemeinen Verwirrung war es unmöglich, daß ein beherzter Mann zu den Pferden gelangen konnte, um Blackswords Verfolgung aufzunehmen. Über den Hals des Tieres gebeugt, als sei Aric mit ihm verwachsen, flogen Roß und Reiter über das Feld in die Sicherheit des Waldes. Erst am Rande des Dickichts wendete Aric das Tier und blickte zum Turnierplatz zurück. Rosalynde spürte in ihrem Herzen, daß er nicht nur nach Verfolgern Ausschau hielt. Über das weite Stoppelfeld hinweg fühlte sie, daß seine Augen sie suchten — und fanden. Sein Gebaren drückte unmißverständlich aus, daß sie ihm folgen sollte. Und als er sein Pferd wendete und im Wald verschwand, wußte sie, daß es ihr gelingen würde.

Dies war nicht die Stunde für moralische Rechtfertigungen, für ein Abwägen von Recht und Unrecht oder für die Sprache der Vernunft. Mehr als eineinhalb Monate hatte sie mit sich gerungen, hatte das Für und Wider abgewogen, ohne zu einem Schluß zu kommen. Und jetzt, wo er zu ihrer unendlichen Freude und Dankbarkeit in Sicherheit war, warf sie jegliche Vernunft über Bord. Jetzt folgte sie dem Ruf des Herzens — jetzt und immer! — wenn es um Blacksword ging. Zu Aric wollte sie, zu dem Mann, den sie so sehr liebte.

Zugleich wußte sie, daß sie vorsichtig sein mußte. Sie unterdrückte den Drang, ihm sofort zu folgen, und zwang sich, ruhig zu bleiben.

Ihr Vater und Sir Roger hatten sich von den überraschenden Ereignissen der letzten Sekunden noch nicht erholt. Sir Gilberts wütendes Geschrei lenkte die Männer davon ab, einen Trupp von Verfolgern auf die Beine zu stellen.

»Ein Geächteter ist er! Ein Strauchdieb! Ein Galgenvogel! Einer von diesem Pack, das in Dunmow an den Galgen kam!«

»Aber er war ein tadelloser Krieger.« Sie Edwards Einwurf sollte den Tobenden beschwichtigen. »Wir hatten keinen besseren ...«

»Dummköpfe!« wehrte Sir Gilbert die Hilfestellung zweier Männer ab. »Wenn Ihr nicht einmal die Verräter in den eigenen Reihen erkennt, dann ist es auch kein Wunder, daß sie ungehindert im Lande herumziehen und plündern und morden!«

»Mir schwante schon, daß er etwas auf dem Kerbholz hatte!« stieß Sir Roger hervor. »Ich hätte ihm gleich den Garaus machen sollen, als er sich meinem Befehl widersetzte ...«

»Ein zweites Mal entkommt er dem Galgen nicht!« schwor Sir Gilbert in eiskalter Wut. Er entriß sein Schwert der Hand eines Mannes, der es für ihn vom Boden aufgehoben hatte. Finster blickte er in das Rund der Männer, die ihn umstanden. Dann verengte er die Augen zu Schlitzen und fuhr Sir Edward an. »Könntet Ihr mir sagen, treuer Freund, woher er das Schwert hatte?«

»Das werden wir erfahren, wenn wir ihn haben«, gab Sir Edward kühl zurück, der innerlich über den beschämenden Verlauf der Ereignisse tobte. Dann drehte er sich um und wies seine Männer an, ihre Pferde zu holen. Diese Absicht hatte Rosalynde vorausgesehen und den günstigen Umstand genutzt, daß aller Augen immer noch auf die diskutierenden Männer gerichtet waren. Sie war zu dem Pferch geeilt, in dem sich ein Großteil der Pferde befand. Dort raffte sie die Röcke hoch, schwenkte sie vor den scheuenden Tieren hin und her, stampfte mit den Füßen und schrie aus voller Kehle. Aufgeschreckt bäumten sich die Pferde unruhig auf und drängten sich schnaubend in der Seilkoppel zusammen.

Zwar war es Rosalynde nicht gelungen, die Pferde aus dem Pferch zu treiben, als aber die Knappen und Ritter aufzusitzen versuchten, waren die Tiere so nervös und unruhig, daß sie sich kaum am Zügel halten ließen. Rosalynde hatte sich unbemerkt wieder in den Schatten des Zuschauerpavillons begeben und hoffte inständig, Aric so einen sicheren Vorsprung verschafft zu haben.

Als die Pferde schließlich doch eingefangen waren und die ersten Reiter Arics Verfolgung aufgenommen hatten, wurde ihr klar, wie schwierig es für *sie* werden würde, ihn zu finden. Aber zunächst hieß es, ihrem Vater aus dem Wege zu gehen. Kurz entschlossen spazierte sie hinüber zu den noch gut bestückten Verpflegungstischen.

»Achte darauf, daß alle reichlich zu essen bekommen, und schenke Bier und Wein großzügig aus«, befahl sie Maud, die sie verwundert anstarrte. »Was soll man von all dem halten?« rief die hinzugeeilte Edith.

»Zu viel Temperament scheint mir.« Rosalynde zuckte leicht mit den Achseln und lächelte die beiden mit gespielter Munterkeit an. »Aber noch längst kein Grund, allen anderen den Tag zu verderben. Kümmert Euch bitte gut um die Gäste, ich mache mich inzwischen auf die Suche nach Cedric.«

Sie fand Cedric bei den Weinfässern. Auf seinen sonst so ausgeglichenen Zügen lag jetzt ein Ausdruck hilfloser Verzweiflung. »Lady Rosalynde«, fragte er, offenbar froh, sie zu sehen. »Was sollen wir jetzt tun?«

»Ihr macht am besten weiter, als sei nichts geschehen. Der Tag ist noch nicht vorüber. Heute feiern wir das Fest der Frühjahrsaussaat, und es wäre nicht im Sinne meines Vaters, wenn die Dorfbewohner, Hofleute und Gäste um ihr Vergnügen gebracht würden. Seid großzügig mit den Getränken, dann werden sie den unglücklichen Abschluß der Kampfspiele vergessen. Ich werde jetzt zu meinem Vater gehen.«

»Aber der ist doch mit Sir Gilbert fortgeritten, um den flüchtigen Mann aus seinem Gefolge zu suchen. Den, der Sir Gilbert angegriffen hat.«

Um so besser, dachte Rosalynde, als sie auf einen der Karren stieg und das stämmige Pony antrieb. Wenn ihr Vater fort war, würde er nicht merken, was sie vorhatte.

»Hüa, hüh!« rief sie und ließ die langen Lederzügel auf den Rücken des Pferdes klatschen, als sie das kleine Gefährt den staubigen Weg zum Schloß hinauf kutschierte. Sie mußte Arzneien holen und Decken und saubere Leinentücher. Und einen Korb mit Vorräten, fügte sie im Geiste der Liste hinzu. Aric könnte verletzt sein. Sicherlich war er hungrig, wenn sie ihn fand. *Wenn* sie ihn fand ...

Der Fluß ihrer Überlegungen wurde von einem aufgeregten Ruf unterbrochen. »Lady Rosalynde! Haltet an, Milady!«

Als sie sah, daß Cleve ihr nachrannte, hielt sie den Karren

unwillig an. Cleve war der letzte, mit dem sie jetzt sprechen wollte. Sie mußte befürchten, daß er ihren Plan nur zu leicht erriet.

»Cleve, Gott sei Dank! Bitte kümmere dich um die Pferde. Ich muß eilig ins Schloß und Laternen und Fackeln holen.« Ohne ihm Zeit für eine Antwort zu lassen, zog sie erneut an den Zügeln und lenkte den ratternden Karren den Schloßweg hinauf.

Cleve blickte seiner Herrin mit gemischten Gefühlen nach. Laternen und Fackeln? Sie würde doch nicht bei der Suche nach dem flüchtigen Aric mithelfen wollen? Ebenso unwahrscheinlich war es, daß sie sich über die Beleuchtung der Festwiese bei Einbruch der Dunkelheit Gedanken machte — wenn man nach allem, was vorgefallen war, überhaupt noch so weit denken wollte.

Doch Rosalyndes merkwürdige Antwort war weit weniger bedeutsam als Arics gewagter Angriff auf Sir Gilbert und seine anschließende Flucht. Als Cleve pflichtgemäß in Richtung Pferch rannte, um beim Einfangen der Pferde mitzuhelfen, schwirrten ihm immer wieder die neuesten Ereignisse im Kopf herum.

Aric hatte offenbar das Schwert aus Sir Gilberts Besitz entwendet. Zwar hatte Cleve Gewissensbisse, weil er Aric von dem schwarzen Schwert berichtet hatte, aber stärker als dieses Schuldgefühl plagte ihn die Frage, warum Sir Gilbert Aric nicht beschuldigt hatte, die Waffe gestohlen zu haben. Das schwarze Schwert hatte sich in Gilberts Besitz befunden, doch irgendwie schien es, als wolle er nicht, daß diese Tatsache bekannt würde. Falls er Aric das Schwert abgenommen hatte, als er ihn bei Dunmow ergriff, gäbe es keinen Grund, diese Tatsache vor seinem Gefolge zu verbergen. Sir Gilbert hatte Aric zwar beschuldigt, ein Geächteter zu sein, aber nicht darauf hingewiesen, daß er im Besitz seines Schwertes war!

Zweifellos gehörte Aric das schwarze Schwert. Das wußte Cleve jetzt mit Sicherheit. Es war die Waffe, die ihm seinen Namen gegeben hatte. Und daraus folgte, daß Sir Gilbert das Schwert auf unehrenhafte Weise erworben hatte. *Das* war der Grund, der Aric in Harnisch gebracht hatte und das war auch der Grund, warum er Sir Gilbert im Zweikampf besiegen wollte!

Wieder keimte in Cleve die Überzeugung, daß Aric ein Ritter sein müsse. Alles deutete darauf hin — alles außer seinem verdammten Schweigen zu der ganzen Sache. Aber etwas mußte fehlgeschlagen sein, und dies hatte zweifellos mit Sir Gilbert von Duxton zu tun.

Cleve fuchtelte mit den Armen herum, um eines der ausgebrochenen Pferde in den Pferch zurückzutreiben. Mit angehaltenem Atem sah er zu der Stelle hinüber, an der Aric im Wald verschwunden war. Die Fehde zwischen Blacksword und Sir Gilbert war noch nicht ausgestanden, dessen war er sich sicher.

Sir Gilbert hatte Aric für tot gehalten — erhängt am Galgen von Dunmow. Und jetzt würde er nicht ruhen, bis er ihn mit eigenen Händen erschlagen hatte und er als Leiche zu seinen Füßen lag. Aric wiederum schien den Kampf nicht zu fürchten, sonst hätte er den Mann nicht vor aller Welt herausgefordert.

Auf einen gerechten Kampf konnte er jetzt allerdings nicht mehr hoffen. Wenn Aric klug war, überlegte Cleve, dann würde er einfach für eine Weile verschwinden und abwarten, bis Gras über die Sache gewachsen war. Er hatte eine Waffe und ein Pferd — wahrscheinlich sogar sein eigenes. Das ließ sich aus der Reaktion des Tieres angesichts Arics fast aussichtsloser Lage schließen. Ja, der Mann mußte am besten eine gewisse Zeit ins Land gehen lassen, um bei späterer Gelegenheit endlich Vergeltung an seinem Widersacher üben zu können.

Etwa eine Stunde später, als Cleve zum Schloß hinaufging, schoß ihm ein merkwürdiger Gedanke durch den Sinn. Sir Gilbert hatte gesagt, Aric hätte in Dunmow gehängt werden sollen. Rosalynde hatte diese Tatsache jedoch mit keinem Wort erwähnt, als sie ihn als Helfer in der Not zur Schloßruine brachte. Schon damals hatte er sich gefragt, warum ein solcher Mann so ganz ohne Mittel war und nicht einmal einen Dolch besaß. Jetzt konnte er nicht einschätzen, ob Lady Rosalynde von seiner Verurteilung wußte, oder ob Aric sie bei seiner Flucht als Geisel benutzt hatte.

Er runzelte die Stirn und rieb sich den verschwitzten Nacken. So viel gab es noch aufzudecken in dieser verwirrenden Geschichte, dachte er.

Rosalynde schlich sich zum hinteren Tor hinaus. Was sie möglicherweise brauchte, hatte sie in ein Leinentuch gebunden. Sie warf das Bündel über den Hals einer Stute, die sie im Stall gesattelt hatte. In der hereinbrechenden Dunkelheit führte sie das friedliche Reittier durch das enge Tor. Erleichtert stellte sie fest, daß im Schloß alle mit anderen Dingen beschäftigt waren. Der von Aric ausgelöste Tumult und das reichlich fließende Bier sorgten dafür, daß sich Rosalynde unbemerkt entfernen konnte. Sie schwang sich in den Sattel und lenkte die Stute geräuschlos in Richtung des Waldes. Wie sie Aric finden sollte, nachdem es nicht einmal den Verfolgern gelungen war, wußte sie nicht. Sie wußte nur, sie mußte es versuchen. Vorsichtig führte sie das Pferd den Kiesweg hinab, dann die Böschung hinunter und wieder hinauf, quer über das Stoppelfeld hinter dem Schloß. Ein Wächter grüßte sie verschlafen. Dann gab es nur noch sie und die brave Stute. Gemeinsam strebten sie auf das schützende Dickicht zu.

Es war ihr wie eine Ewigkeit vorgekommen, bis sie ihren Entschluß in die Tat umsetzen konnte. Erst mußte sie auf die Dämmerung warten, dann sich aus dem Stall herausschleichen und das Pferd langsam und unbemerkt durch das Schloßtor führen, wo doch alles in ihr nach Eile schrie! Jetzt allerdings, da sie das Dunkel des Waldes erreicht hatte, kamen ihr plötzlich Zweifel. Welchen Weg sollte sie einschlagen? Wo die Suche beginnen? Und was wäre, wenn sie ihn nicht fand?

Sie hielt das brave Tier an und blickte sich um. In welche Richtung sollte sie reiten? Irgendwo in dem riesigen Wald war Aric.

Sie wünschte sich nichts weiter, als bei ihm zu sein und ihn in Sicherheit zu wissen. Als aber die nächtlichen Geräusche des Waldes die Dunkelheit erfüllten, verließ sie allmählich der Mut.

Sie bemerkte nicht, daß eine schattenhafte, mächtige Gestalt sich hinter ihr geräuschlos vom Geäst eines alten Kastanienbaumes herabließ. So allein fühlte sie sich in diesem Augenblick, daß sie Gottes Hilfe für ihr Vorhaben erflehte. Doch schon im nächsten Moment war jemand hinter ihr aufgesessen und trieb das Pferd zu einem derart wilden Galopp an, daß sie vor Schreck fast den Verstand verlor.

»Nein!« versuchte sie zu schreien, doch eine große Hand verschloß ihr den Mund. Dann wurde sie an eine breite Brust gezogen, und bevor ein Wort über die Lippen des ungestümen Reiters kam, wußte sie, er war es.

»Schsch«, flüsterte er an ihrem Ohr, während er sie fest in den Armen hielt. Mit einer Hand faßte er die Zügel und brachte das in Panik davonstürmende Tier in eine gemäßigtere Gangart. Mit der anderen Hand hielt er sie so eng an sich gepreßt, daß ihr beinahe die Luft wegblieb. Aber Rosalynde fühlte eine solche Glückseligkeit in sich aufsteigen, daß sie auch ohne Atem hätte leben können. Aric war bei ihr — nur das zählte. Sie war bei ihm, und er war in Sicherheit, nur das war wichtig auf dieser Erde.

Als er die Stute schließlich zum Stehen gebracht hatte, schmiegte sich Rosalynde an ihn und ließ ihren Kopf nach hinten gegen seine Schulter sinken. So brauchte Aric nur den Kopf vorzubeugen, um seine Lipen auf ihren nackten Hals zu pressen. Eng umarmt, zusammengeschweißt durch ihre Liebe, saßen sie still auf dem Reittier. Einer schöpfte Trost durch die Nähe des anderen, einer gab dem anderen Kraft.

Rosalynde drückte ihre Wange an seinen gesenkten Kopf, während ihr Tränen über das Gesicht rannen. Sie fühlte, wie seine lebendige Wärme sie umgab. Einen unendlichen, stillen Moment lang war ihr Glück vollkommen. In Aric hatte sie alles, was sie sich erträumt hatte. Wozu brauchte sie noch die übrige Welt?

»Ah, meine süße Rose.« Er hauchte diese Worte über sie hin, als er die empfindliche Haut an ihrem Schlüsselbein küßte. »Nun können dich deine Dornen nicht mehr vor mir schützen.«

Rosalynde hob die Hand, um die kantige Linie seiner Wangenknochen entlangzustreichen. »Ich brauche keine Dornen mehr.«

Dann hob er den Kopf, und ihre Augen trafen sich. Trotz der Dunkelheit der Nacht sah sie ein Leuchten in seinen Augen, ein unverkennbares Leuchten. Als sie sich umdrehte, lockerte er seinen Griff, hob sie aus dem Sattel und setzte sie quer über seine Schenkel. Sofort schlang Rosalynde die Arme um seinen Hals und preßte sich ungehemmt mit ihrem ganzen Körper an ihn. Sie fanden sich in einem langen, erregenden Kuß.

»Ich hatte solche Angst um dich«, wisperte sie schwach, als sie seine Wangen, sein Kinn, die festen, kühn geschwungenen Lippen küßte. »Angst, sie könnten dich töten.« Ihre Zunge fuhr zart über den Rand seiner Lippen und als er den Mund für sie öffnete, vertiefte sie ihren Kuß. Die Stute unter ihnen scheute ein wenig, aber sie bemerkten es nicht. Ihre große Wiedersehensfreude war in Leidenschaft umgeschlagen.

Plötzlich war Rosalynde nicht mehr die Fordernde, die seinen Kuß verlangte, sondern wurde zum Ziel seiner sich steigernden Begierde. Mit einer Hand glitt er an ihrem Bein entlang, bis er das weiche Fleisch unter ihren Röcken gefunden hatte. Sein Kuß wurde tiefer und fordernder. Rosalynde drohte das Gleichgewicht zu verlieren, und hatte sich doch nie in ihrem Leben sicherer gefühlt. Ihre Zungen berührten sich, strebten auseinander, und tanzten dann wieder in erotischem Versprechen. Seine Hand glitt weiter ihren Schenkel hinauf, umfaßte ihr Gesäß, wanderte weiter und strich dann über den Mittelpunkt ihrer Weiblichkeit. Sie schnappte nach Luft und preßte sich gegen seine Hand, in dem unbewußten Verlangen, er möge das Feuer löschen, das sie verzehrte. Als sie den Kopf hilflos nach hinten fallen ließ, zogen seine Küsse eine brennende Spur bis zu der Stelle hinunter, wo ihr Gewand die weiche Haut bedeckte. Dann legte er sein Gesicht auf ihre Brüste.

»Bei allen Heiligen, wie habe ich mich nach dir gesehnt! Meine Waldnymphe. Du. Ich will dich unter mir haben, im Schutz des Waldes. Die Bäume sollen Zeuge unserer Liebe sein. Du gehörst zu mir, Rosalynde!«

Rosalynde fühlte seine Härte. Langsam schlossen sich seine Finger um den Scheitelpunkt ihrer Schenkel. Was kümmerte es sie, wo sie gerade waren — was sie hierher geführt hatte — all das war bedeutungslos geworden. Sie wollte ihm ihre Liebe beweisen. Mit ihren Händen und Lippen, mit ihrer Zunge und ihren Fingern, mit ihrem ganzen Körper wollte sie ihm ihre Liebe schenken ...

Mochte Rosalynde auch vergessen haben, wie gefährlich nahe sie sich am väterlichen Schloß befanden, so hatte Aric daran gedacht. Mit einem Stöhnen wie bei körperlichen Schmerzen zog er deshalb seine Hand zurück. Dann nahm er den Kopf von ihrem Busen und setzte sie, nach einer letzten, von einem Schauer begleiteten Umarmung, wieder aufrecht hin. Entschlossen tat er einen ernüchternden Atemzug.

Und mit einem kurzen Zügelknallen lenkte er dann die Stute tiefer in den Wald hinein.

Rosalynde achtete nicht auf den Weg, den Aric durch die Dunkelheit einschlug. Sie konnte sich an seine Brust schmiegen und seinem vertrauten Herzschlag lauschen. Zu viel war in den letzten Stunden geschehen, als daß sie sich noch über die Entwicklung der Dinge wundern wollte. Das Turnier und das Melée schienen einem fernen Traum anzugehören, einem Alptraum, der sie beinahe um alles gebracht hatte, was sie ersehnte. Nur der gleichmäßige Herzschlag, die wohlige Wärme und beruhigende Nähe des Mannes, den sie liebte, waren jetzt ihre Wirklichkeit. Alles übrige war nur ein böser Spuk, der in alle Winde zerstoben war.

Plötzlich brachte Aric die Stute zum Stehen. Auf einer kleinen Lichtung stand das mächtige Streitroß, mit dem er geflohen war. Sofort hob das edle Tier den Kopf, als sie sich näherten.

»Das ist dein Pferd, nicht wahr?« Rosalyndes Frage kam leise, als ob sie die Stille des Waldes nicht stören wollte.

»Ja«, antwortete Aric und glitt von der Stute hinab. Dann hob er Rosalynde aus dem Sattel und drückte sie kurz an sich. »Das Pferd gehört mir, und auch du gehörst mir.«

Seine Augen waren dunkler als die Nacht, doch brannte in ihnen ein Feuer, das sie zu versengen drohte. »Und du auch«, hauchte Rosalynde und packte mit den Händen seinen Rock, stellte sich auf die Zehenspitzen und näherte sich seinen Lippen. Zart und zerbrechlich schwebte der Kuß zwischen ihnen.

Jäh umfaßte er jedoch ihre Handgelenke und schob sie auf Armeslänge von sich. Sein Atem ging ruckartig, und Rosalynde ahnte, welche Kraft es ihn kostete, sie von sich zu stoßen. »Hier sind wir nicht sicher. Wir müssen fort.«

Seine Worte brachten sie in die harte Wirklichkeit zurück. Angst ergriff sie, als sie sich ihrer verzweifelten Lage bewußt wurde. Mit den Händen umfaßte sie seine Unterarme, um seine Kraft zu spüren.

»Wohin sollen wir gehen?«

»Ich weiß einen Ort, wo wir sicher sind — und allein.« Ein verlangender Blick streifte ihr Gesicht und ihre Gestalt. »Ich will dich, Rose. Das weißt du. Aber meine Rache ist noch nicht gestillt. Selbst wenn dein Vater die Absicht hätte, mich entkommen zu lassen, muß er mich jetzt, da ich dich habe, suchen. Und Gilbert weiß sehr wohl, daß er mich noch eher finden muß.«

»Gilbert.« Nur widerwillig kam der Name über die Lippen. »Warum verfolgt er dich so mit seinem Haß?«

Er antworte nicht sogleich, schwang sie auf sein Streitroß und band die Zügel der Stute an seinem Sattel fest. Dann saß er hinter ihr auf und trieb die beiden Tiere an.

»Weshalb das böse Blut zwischen dir und Gilbert?« Sie ließ nicht locker. »Wie kam er in den Besitz deines Pferdes?«

»Für diese Geschichte ist jetzt nicht die richtige Zeit«, antwortete er und setzte sie so zurecht, daß sich ihr Rücken wie angegossen an den seinen schmiegen konnte. Dann legte er eine Hand um ihre Taille. »Ich erkläre dir alles, wenn wir in Sicherheit sind. Hab' Vertrauen zu mir.«

Hab' Vertrauen zu mir. Diese einfachen Worte gaben Rosalynde neuen Lebensmut. Oh, ja, sie hatte Vertrauen zu ihm. Sie vertraute darauf, daß er ein Ehrenmann war, daß er sie aufrichtig liebte, und nicht nur des Besitzes wegen, der mit ihrem Namen verbunden war.

Doch als sie durch das dichte Dunkel riesiger Bäume und drohender Schatten ritten, quälte sie ein anderer Gedanke — die Vorstellung, daß sie von nun an keinem anderen Menschen mehr vertrauen konnte.

27

Die Dämmerung im Osten war nur der Hauch eines Versprechens, als sie endlich anhielten. Aric hatte während des langen Ritts kein Wort gesprochen, und Rosalynde war so erschöpft, daß sie sich in seinen Armen kaum aufrecht halten konnte. Immer wieder war sie in dem beruhigenden Bewußtsein eingenickt, daß er in Sicherheit war. Obwohl das Gelände ihr irgendwie vertraut vorkam, erkannte sie den Ort erst, als sein nimmermüdes Pferd unbeirrt durch die Furt des seichten Flusses platschte. Im fahlen Licht der Morgenröte erkannte sie die riesigen Umrisse der Burgruine, die wie ein schattenhafter Wächter über der hügeligen Landschaft des Flusses Stour thronte.

Rosalynde fröstelte in der kühlen Morgenluft. Bedeutete ihre Rückkehr zu dem zerstörten Schloß ein gutes oder ein schlechtes Omen?

»Werden wir hier Rast machen?« fragte sie, als Aric das Pferd in eine ruhigere Gangart gebracht hatte und es ab und zu entlang des ansteigenden Pfades zur Burg grasen ließ. Der schrille Schrei eines Brachvogels übertönte ihre Worte.

»Wir werden hier warten«, antwortete er, während er das Pferd nur durch einen leichten Druck der Knie lenkte. Rosalynde fühlte unter ihren Schenkeln seine muskulösen Beine und seine Atemzüge strichen wie ein süßer Hauch über Haar und Wangen. Trotz ihrer Müdigkeit nahm sie seine robuste Männlichkeit wahr, und es kostete sie einige Anstrengung, sich auf seine Worte zu konzentrieren.

»Warten? Worauf sollen wir warten?«

Sie fühlte die plötzliche Anspannung seines Körpers. »Wir warten auf Gilbert und deinen Vater.«

»Aber warum?« rief Rosalynde erschrocken aus. Sie wandte den Kopf und blickte ihn fragend an. »Warum sollen wir warten, wenn wir ebenso leicht entkommen könnten?«

Aric zeigte nur sein Profil. Sein Ausdruck ließ kein Gefühle erkennen. »Ich hatte nie vor, aus Stanwood zu fliehen. Das solltest du inzwischen wissen.«

»Aber die Dinge haben sich verändert. Du bist entdeckt worden.«

Er lenkte das Pferd in den verfallenen Burghof, dann blickte er auf ihr bleiches Gesicht hinab. »Der einzige Unterschied zu früher ist, daß die Spieler ihre Masken abgenommen haben. Es gibt keine Geheimnisse mehr. Du bist immer noch meine Frau. Und Gilbert ist immer noch mein Feind.«

»Aber ... aber wenn er dich entdeckt, werden er und seine Männer dich töten! Gegen sie hast du keine Chance!«

»Überlaß Gilbert nur mir, Rosalynde.«

»Aber wir könnten doch fliehen! Du brauchst nur weiterzureiten ...«

»Es wär ein hartes Leben, das wir dann begännen. Hart genug für einen einzelnen Mann, unmöglich für einen Mann mit einem Weib. Nein, ich habe Stanwood lieben gelernt. Niemand wird uns von dort vertreiben.«

Mit dieser endgültigen Aussage brachte er die Pferde vor demselben kleinen, gemauerten Lagerraum zum Stehen, in dem Rosalynde damals den verwundeten Cleve versteckt hatte — es schien ihr, als sei seither ein Jahr vergangen, und doch waren es nur wenige Wochen. Aric ließ sich am Rumpf des Pferdes hinabgleiten, dann hob er die Arme, umfaßte mit beiden Händen ihre Taille und half ihr herunter. Rosalynde legte ihre Hände auf seine Schultern, doch kaum hatte sie Boden unter den Füßen, löste sie sich wieder von ihm, denn für sie war das Thema noch nicht beendet. Aber Aric hielt sie fest und zog sie zu sich heran.

»Es wäre eine Narretei, Gilbert wieder anzugreifen«, beharrte sie.

»Ich möchte nicht über Gilbert sprechen.«

»Auf meines Vaters Hilfe wirst du nicht zählen können ...«

»Auch über deinen Vater möchte ich nicht sprechen.«

»Aber sie werden uns finden ...«

»Ja, letztendlich. Aber nicht gleich. Und bis es soweit ist, steht mir der Sinn nach etwas anderem.«

Er zog sie zu sich heran, bis ihr Busen seine Brust berührte und sie zwischen seinen gespreizten Beinen stand. Rosalynde versuchte, sich von ihm wegzustemmen und ihn zum Zuhören zu bewegen. Aber er ließ nicht locker und beugte sich über sie, um ihre Lippen zum Schweigen zu bringen.

All ihre vernünftigen Argumente waren plötzlich wie ausgelöscht, erstickt in der Flamme, die zwischen ihnen loderte. Sie wußte, es hatte so kommen müssen, denn selbst wenn alles andere zwischen ihnen unvereinbar wäre, die starke körperliche Anziehungskraft, die sie füreinander fühlten, würde nur um so heftiger aufflammen. Und als sie unter seinem heißen Begehren dahinschmolz, als sie das erregende Streicheln seiner Zunge an ihren Lippen genoß und seinem drängenden Kuß nachgab, überwältigte sie ein Gefühl, das stärker war als bloße Begierde. Sie hing an ihm, als hinge sie am Leben selbst. Ihr Körper drängte sich an ihn. In ihrem Herzen wußte sie, daß sie ohne Aric nicht weiterleben konnte. Er mußte in Sicherheit bleiben, wenn sie weiterleben wollte. Sie mußten zusammen bleiben, sollte das Leben für sie lebenswert sein.

Eine seiner Hände glitt an ihrem Rücken hinunter, die Finger gespreizt, damit er jede Kurve, jede Einbuchtung ihres Körpers ertasten und liebkosen konnte. Dann wanderte die Hand tiefer und drückte ihre weiche Körpermitte auf die feste Wölbung seines Geschlechts. Bereitwillig schmiegte sie sich an ihn und fühlte, wie das Blut in den Ohren rauschte und ihr schwindlig wurde. Dies war der Beweis, daß sie lebendig waren, dachte sie, als sie in seinem gierigen Kuß fast ertrank. Sein Leben und ihr Leben hatten gemeinsam die Kraft, neues Leben zu schöpfen.

In diesem Augenblick wußte sie, daß sie ein Kind von ihm wollte und Tränen des Glücks stiegen in ihren Augen auf.

»Ich liebe dich. Ich liebe dich. Ich liebe dich ...«

Mit einem tiefen Stöhnen hob Aric sein Gesicht von dem ihren und vergrub es in ihrem warmen, seidigen Haar. »Verdammt, aber ich will nicht hier mit dir schlafen, im Laubhaufen eines verfallenen Gemäuers!« Mit einem heiseren Lachen hob er den Kopf und sagte mit bebender Stimme: »Dich sollte man auf seidenen Laken und weichen, kostbaren Fellen verführen.«

»Ich brauche keine ...«

»Und doch könnte ich dir dieses Lager bereiten.« Er hielt inne. Das allmählich stärker werdende Licht verlieh seinen Augen einen eigentümlichen Schein, silbern wie das Mondlicht und doch so warm wie die Strahlen der Sonne. »Es gibt Dinge, die ich dir noch nicht gesagt habe«, erklärte er ruhig, ohne den Blick von ihr abzuwenden. »Dinge, die du wissen mußt.«

»Diese Dinge bedeuten mir nichts«, entgegnete Rosalynde, und ihre Gefühle schwangen in ihrer Stimme mit. »Komm und lege dich zu mir. Wir wollen uns ein Lager bereiten — ich habe eine Decke.« Sie trat einen Schritt zurück, strich mit der Hand seinen Arm hinunter und erfaßte seine Hand. »Komm her zu mir.«

Arics Augen suchten ihr Gesicht, fast schien es, als wolle er ihr Bild für ewig in sich aufnehmen. Dann beugte er sich über ihre Hand und hob sie an die Lippen. Er küßte ihre Finger und die Innenseite ihres Handgelenks. Dann öffnete er ihre Hand und küßte zärtlich und ausgiebig die empfindliche Fläche, bis er jede ihrer Nervenfasern in Schwingungen versetzt hatte. Dann richtete er sich wieder auf und preßte ihre Hand an sein klopfendes Herz.

»Du bist zu mir gekommen, als ich die Hoffnung aufgegeben hatte. Dafür, meine dornige Rose ...« Seine Stimme brach ab. Ein unwillkürliches Schaudern erfaßte sie.

»Meine Rosalynde ...«

Zusammen luden sie die bescheidene Habe vom Rücken der Pferde und ließen die Tiere zum Grasen frei laufen. Die

Decke wurde zur kostbarsten Hülle, das zusammengeschobene Laub zum erlesensten Lager und der Himmel über ihnen war der wunderbarste Baldachin in Zartblau und Gold, der die kunstvollste Kirchenkuppel in den Schatten stellte. Grillen zirpten leise und die Vögel begrüßten sehnsuchtsvoll den heranbrechenden Tag. Die Natur umgab sie mit einer Schönheit, wie Menschenhand sie niemals schaffen konnte.

Als Aric sie an sich zog, fühlte Rosalynde, daß alles richtig war. Sanft streifte er ihr den Umhang von den Schultern und strich mit beiden Händen das Haar aus ihrer Stirn. Zärtlich entwirrte er ihr die Flechten und ließ die Hände durch das offene Haar streifen, bis zu der Stelle, wo es ihre Hüften umschmeichelte.

Noch etwas zaghaft fuhr Rosalynde jetzt durch seine Locken, die eigentlich zu weich und seidig waren für einen so maskulinen Mann wie ihn. Die Bartstoppeln an seinem Kinn bildeten dazu einen aufregenden Kontrast. Ihre Finger strichen nun über sein ganzes Gesicht, als wollte sie erstmals ihren Gemahl erforschen, alles über ihn erfahren: wie dicht seine Wimpern waren, wie fein das Haar an den Schläfen, wie weich seine Lippen.

Wie empfindlich reagierten die Ohren auf ihre Berührung!

Als sie mit dem Finger zart an den Rand seines Ohres fuhr, verdunkelten sich seine Augen, und sie vernahm sein heftiges Einatmen. Bevor sie diese Entdeckung näher erkunden konnte, hatte er sich bereits auf ein Knie vor ihr niedergelassen und beide Hände fordernd um die Taille gelegt.

»Runter damit«, murmelte er mit rauher Stimme und fingerte an den Bändern ihres Gewandes herum, bis er die Verschnürungen gelöst hatte. Dann glitten seine Hände in die so geschaffenen Öffnungen und schoben das dünne Leinen ihres Unterkleides mit einer sinnlichen Geste über ihre warme Haut.

»Aric«, hauchte Rosalynde und küßte seinen goldblonden Schopf.

»Bei allen Heiligen, du bringst mein Blut in Wallung«, stöhnte er. Vor ihr kniend nahm er sie in die Arme und preßte ihre Schenkel und ihren Bauch an seine Brust. Rosalynde hielt seine Wange an den Busen und genoß die Nähe und Wärme des geliebten Mannes, genoß es, daß sie einander begehrten. Als er schließlich den Kopf hob, nahm sie sein Gesicht in beide Hände.

»Willst du mir nicht zeigen, wie ein Mann zu seinem Weibe kommt, das ihn liebt?«

»Das ihn liebt . . .« Seine Worte verloren sich, aber sein Blick lag unverwandt auf ihrem Gesicht. Ein schwaches, fragendes Lächeln erschien auf seinen männlich-schönen Zügen. Er erhob sich aus seiner knienden Haltung, ohne sie jedoch nur einen Moment loszulassen. Da standen sie nun in diesem verfallenem Burghof und sahen einander an. Rosalynde meinte, das Herz müsse ihr zerspringen, so voll war es von Liebe zu ihm.

Noch einmal trafen sie sich in einem Kuß, die Körper aneinandergepreßt, die Glieder ineinander verwoben, die Lippen miteinander verschmolzen. Rosalyndes gelöstes Gewand fiel schließlich ganz herab, wie auch sein Gürtel und sein Überrock. Zusammen fielen sie auf ihr weiches Lager und alles um sie herum war vergessen. Auf dem ganzen Erdenrund gab es nur noch sie beide.

»Bist du wirklich mein Weib, Rosalynde? Vor Gott und den Menschen?«

Rosalynde blickte in das vertraute Gesicht über ihr, und die Antwort fiel ihr nicht schwer. »Für immer, denn du bist mein Gemahl.«

»Ah.« Er senkte den Kopf, bis ihre Stirnen sich berührten. »Mein Weib, meine einzige Liebe.« Dann drehte er sich auf den Rücken, bis sie über ihm lag, ausgestreckt auf seiner harten, liebesbereiten Männlichkeit.

Seine einzige Liebe.

Eine unendliche, vollkommene Freude erfüllte Rosalynde bei seinen Worten.

»Komm, mein Weib«, flüsterte er heiser. »Gib dich deinem Gemahl hin.«

Ein Lächeln erschien auf Rosalyndes Lippen, als sie in das Gesicht blickte, das sie so sehr liebte. Mit einer Hand strich sie an seiner breiten Brust hinunter, hob den Saum seines leinernen Hemdes und berührte seine Haut. Ihr Lächeln wurde inniger, als sie sein lustvolles Stöhnen vernahm. Als sie mit beiden Handflächen seinen Bauch berührte, mit kleinen kreisenden Bewegungen an seinen Rippen entlangfuhr, dann hinauf zu den flachen Burstwarzen, gab ihr sein stoßweiser Atem und der fester werdende Griff um ihre Hüften die Gewißheit, daß sie alles richtig machte. Als aber ihre Finger den Bund seiner Beinkleider erreicht hatten, vernahm sie ein leises Schnauben.

»So geht es nicht«, meinte er und setzte sich auf, ohne sie von seinem Schoß zu lassen. »Diese dummen Kleider ...«

Mit einer raschen Bewegung zog er das Hemd über den Kopf und schleuderte es zur Seite. Dann folgte ihr Unterkleid und ihr Leibchen, bis sie nur noch von den weichen Kaskaden ihres dunklen Haares umhüllt war. Aber Rosalynde blieb keine Zeit für falsche Sittsamkeit. Er gab sie kurz frei und entledigte sich des störenden Beinkleides auf fast gewaltsame Weise. Jetzt waren beide nackt, auf einem Lager aus Blättern, in dieser Ruine unter dem weiten Himmelszelt, bereit, sich endlich als Gemahl und Gemahlin zu vereinen.

Rosalynde machte Anstalten, weiter die Rolle der Führenden zu übernehmen, aber Aric ließ das nicht zu. Als sie seine Rippen hinabstrich, packte er ihre Hand und als sie seinen Mund küßte und mit ihren Fingern an seiner empfindlichen Ohrmuschel herumspielte, fing er sie auch dort mit seiner breiten Hand ab und hielt sie ihr wie einer Gefangenen über dem Kopf fest.

»Wenn du mich so streichelst«, stieß er heiser hervor und küßte leidenschaftlich ihre geöffneten Lippen. »Wenn du so weitermachst, zerberste ich auf der Stelle ...«

Bevor sie etwas entgegnen konnte, fuhren seine Lippen tiefer hinab zu ihrem Kinn, ihrem Hals, ihrem Dekolleté. Seine freie Hand gesellte sich dazu und glitt zu ihren Brüsten hinab. Als er sie dort verheißungsvoll liebkoste und sein Atem ihre nackte Haut streifte, überkam sie eine fast unerträgliche Erregung.

»Aric, bitte ...« flehte sie völlig außer sich. Doch seine Antwort äußerte sich in einer weiteren Folter, als er eine ihrer festen Brustwarzen zwischen Lippen und Zähne nahm. Ihr junger, starker Körper bäumte sich unter seiner mächtigen Gestalt auf und zeigte sein Verlangen mit einer Geste, die unvergänglich und machtvoll war wie das Leben selbst.

Und sogleich wurde auch ihre andere Brust mit ähnlich köstlicher Qual geliebt. Verzweifelt versuchte sie, die Hände freizubekommen, aber er hielt sie fest, bis Tränen über ihr Gesicht rannen. Dann endlich glitt er weiter hinab, bedeckte ihren Bauch mit heißen Küssen, ihren Nabel und das ganze weiche Feld.

Unwillkürlich fuhren Rosalyndes Hände in seine Haare, an seinen Wangen hinunter zu den Schultern. Als seine Lippen die pulsierende Quelle ihrer erotischen Wünsche gefunden hatten, war sie einer Ohnmacht nahe. Nun war sie gefangen in herrlicher Knechtschaft zwischen seinen Händen, während seine Lippen und seine Zunge sie zu unsagbaren Wonnen trieben. Ihre Finger vergruben sich in seinem Haar, als er sie an die Grenze der Vollendung brachte. Ihr Körper spannte sich an. Glühend heiße Wellen der Leidenschaft schüttelten ihn. Ihr ganzes Ich — Herz, Körper und Seele — öffnete sich diesem alles verzehrenden Gefühl. Und kurz bevor sie den Grat zu jener dunklen, unsäglichen Lust überschritt, kam er von oben zu ihr und füllte sie aus, Stoß für Stoß.

Unerträglich süß war der heiße Druck seiner Männlichkeit in ihrem Inneren. Indem er sie ausfüllte und sich wieder zurückzog, bereitete er ihr unendliche Lust und unendliche Qual. Ihre erhitzten, feuchten Leiber bewegten sich im gleichen Rhythmus und erhoben sich in unermeßliche Höhen. Immer wieder tauchte er in sie hinein und sie schrie ihre Lust hinaus, bis beide Eins wurden in der Erlösung, die sie gemeinsam fanden.

»Ich liebe dich!« Heiser stieß er die Worte hervor. »Gott, wie ich dich liebe!«

Falls es irdische Vollkommenheit gab, Rosalynde fand sie in diesem Moment. Die körperliche und seelische Liebe zu ihm waren zu einem harmonischen Ganzen vereint und ließen ihr Herz weit und leicht werden. Heftige Schauer aus ihrem Inneren strahlten nach außen und erfaßten ihren ganzen Körper. Und doch konnte sie im Augenblick ihrer Erfüllung den Geliebten spüren. Sein Leib spannte sich wie ein Bogen, als er mit einem gedämpften Aufschrei den Kopf in ihr Haar sinken ließ. In unbeherrschbarer Leidenschaft ließ er sein Leben und seine Liebe in sie einströmen.

Sein Atem kam stoßweise. Nach Luft ringend lagen beide da, Aric noch immer halb auf ihr, Arme und Beine ineinander verwoben, in der ewig-gültigen Umarmung aller Liebenden.

»Ich liebe dich«, murmelte Rosalynde, noch benommen, aber glückselig. »Ich liebe dich ...«

Bei diesen Worten hob Aric ein klein wenig den Kopf, um sie anzusehen. Im schwachen Licht des frühen Morgens war sein Gesicht kaum mehr als ein Schatten, doch Rosalynde kannte jeden seiner Züge auswendig. Sein dunkles, goldenes Haar umrahmte das Gesicht. Seine Augen sahen dunkel und feierlich aus, und sie war sicher, daß er sehr zufrieden mit ihr war.

»Ist es wirklich Liebe, die du fühlst?«

Rosalynde nickte, ohne die Augen von ihm zu wenden. »Ich liebe dich«, wiederholte sie ohne Zögern.

»Warum?«

Eine kleine Falte bildete sich zwischen ihren Augenbrauen, während sie über seine Frage nachdachte. Hatte er etwa Zweifel an ihren Gefühlen? Sie hob die linke Hand und streichelte seine stoppelige Wange. »Ich liebe dich, weil ich es muß. Ich muß atmen, um zu leben. Und essen. Und ich muß dich lieben.« Sie fühlte, wie sein Unterkiefer sich unter ihrer zärtlichen Berührung entspannte. Dann fielen ihr die Augen zu und ein schläfriges Lächeln huschte über ihr Gesicht. »Ich liebe dich«, wiederholte sie kaum hörbar, während sie ein Gähnen überkam.

Dann schmiegte sie sich an ihn, den Kopf in seinem Arm geborgen, und wohlig ermattet mit seinem geflüsterten »Ich liebe dich« im Ohr, gab sie sich ganz dem Schlaf hin.

28

Cleve saß in einem Winkel am großen Kamin und wartete auf Sir Gilberts Aufbruch.

»Beim Satan, ich werde ihn jagen, bis ich ihn zur Strecke gebracht habe!« wütete Gilbert und beäugte den Lord, als sei dieser an allem schuld. Sir Edward seinerseits wirkte merkwürdig ruhig angesichts des unseligen Ausgangs der Kampfspiele und der vielen Stunden, die er und seine Männer mit der vergeblichen Suche nach Aric zugebracht hatten.

»Wir werden die Suche am Morgen gemeinsam fortsetzen«, erwiderte Sir Edward ungerührt.

»Einmal ist er mir schon ins Netz gegangen! Ich brauche keine Hilfe, um ihn ein zweites Mal zu fassen«, entgegnete Gilbert ungehalten. »Und dieses Mal werde ich ihn auf der Stelle aufknüpfen!« Ohne auf eine Antwort zu warten, verließ er wütenden Schrittes den Rittersaal.

Jetzt erst verdunkelten sich Sir Edwards Züge. Als er Cleve endeckte, winkte er ihn zu sich.

»Bitte meine Tochter zu mir, Cleve. Vielleicht hat sie eine Erklärung für all diesen Aufruhr«, fügte er mehr zu sich selbst als an den Knappen gewandt hinzu.

»Milord, Lady Rosalynde ...« Cleve beendete den Satz nicht und blickte verlegen zu Boden. Warum ihm die Wahrheit verschweigen? »Lady Rosalynde ist nirgendwo zu finden. Ich habe das ganze Schloß nach ihr abgesucht, aber sie ist nicht hier. Und eine Stute und ein Sattel fehlen ...«

»Sie ist nicht hier?« Sir Edward sprang von seinem Stuhl auf. Seine anfängliche Besorgnis schlug in ärgerliche Ungläubigkeit um. »Sie hat das Schloß ohne meine Einwilligung verlassen? Mit wem? Und wohin?«

»Ich ... ich fürchte, sie ist allein unterwegs ... um Blacksword zu suchen.« Cleve sah, wie sich zuerst Wut, dann Angst und schließlich Verwirrung über Lord Edwards Züge ausbreiteten. Mit hängenden Schultern fiel Rosalyndes Vater auf den mit Fellen gepolsterten Stuhl zurück. Cleve bemerkte den väterlichen Gram in den Augen seines Herrn und trat einen Schritt näher.

»Milord«, erklärte Cleve ruhig, nachdem er sich mit einem raschen Blick vergewissert hatte, daß sie allein waren. »Ich habe Grund zu der Annahme, daß Lady Rosalynde eine Schwäche für Blacksword hat. Es würde mich überhaupt nicht wundern, wenn sie losgeritten ist, um ihm zu Hilfe zu eilen.«

»Ihm zu Hilfe? Der Kerl ist inzwischen sicher schon Meilen weit weg. Er verläßt Stanwood mit einem Pferd, einer Waffe und einem anständigen Waffenrock — mit weit mehr als er gekommen ist. Er wäre ja auch ein Narr gewesen, nach dieser Schandtat heute länger hierzubleiben.«

Keineswegs sicher, ob seine Vermutungen richtig waren, biß sich Cleve auf die Unterlippe. »Ich glaube, er wird sich nicht weit entfernt haben — jedenfalls nicht ohne Lady Rosalynde und nicht, ohne Sir Gilbert erneut herausgefordert zu haben.«

Bei diesen Worten richtete sich der Lord auf. Seine Augen blickten ihn durchdringend an. »Sag mir, was du weißt, Knabe.«

Bei Tagesanbruch machte sich erneut ein Suchtrupp auf den Weg. Obwohl Sir Edward versucht hatte, die offensichtliche Abwesenheit seiner Tochter zu verbergen, war diese Neuigkeit bereits in aller Munde. Auch vor den Rittern, die immer noch auf Stanwood weilten, konnte die Wahrheit nicht mehr verheimlicht werden. Die Flucht dieses Mannes hätte sie nicht sonderlich gerührt und sie wären längst abgereist. Jetzt allerdings blieben sie, empört darüber, daß jemand es gewagt hatte, ein Edelfräulein aus seinem väterlichen Schloß zu entführen. Sir Edward begriff kaum, daß seine Tochter das Haus aus freien Stücken verlassen hatte und dachte nicht daran, diese Tatsache vor anderen einzugestehen. Als die Reiter den staubigen Weg hinabdonnerten, geschah dies in der einhelligen Überzeugung, der Abtrünnige, dieser Blacksword, habe die unschuldige Lady Rosalynde verschleppt. Und jedermann schwor, er werde den Schurken fangen und ihn seiner gerechten Strafe zuführen.

Mit besorgtem Blick beobachtete Cleve die Vorbereitungen

im Schloßhof. Er hatte ebenfalls vor, sich auf die Suche nach Rosalynde und Aric zu machen. Er war fest davon überzeugt, daß sie sich nicht allzuweit entfernt hatten. Nur fürchtete er, daß Blacksword angesichts der zahlreichen Verfolger bald entdeckt wäre. Ein nachdenkliches Lächeln ging bei diesem Gedanken über sein Gesicht, denn noch vor nicht allzu langer Zeit hätte er diesem Halunken Blacksword ein schlimmes Ende gewünscht. Selbst der Galgen wäre ihm da zu gut für ihn erschienen. Aber jetzt hatte sich das Blatt gewendet. Rosalynde liebte den Mann offensichtlich — und es schien zudem, als sei er nicht derjenige Mann, für den man ihn anfangs gehalten hatte.

Cleves Augen wurden schmal, als er beobachtete, wie Sir Gilbert ein Pferd bestieg. Er riß ungeduldig an den Zügeln, wendete das Tier und trieb es voran, mitten durch eine Schar flatternder Hühner und durch die Meute der Schloßhunde. Zusammen mit seinen Mannen sprengte er quer über den Hof, um die Suche wieder aufzunehmen, die er in der Nacht zuvor hatte abbrechen müssen.

Dies war der Mann, vor dem man sich in acht nehmen mußte, entschied der Knappe. Und ebendieser durfte keinesfalls die Liebenden zuerst finden. Cleve mußte ihm unbedingt zuvorkommen.

Ohne Begleitung und ohne Fanfarenklang verließ Cleve eilig das Schloß, auf dem Rücken eines kleinen, stämmigen Pferdes. Der einzige, der seinen Aufbruch verfolgte, war Sir Edward. Er runzelte nachdenklich die Stirn. Während die Häscher den Wald von Ost nach West, vom Tal bis zur Anhöhe durchkämmten, folgte der Knappe einer ganz bestimmten Fährte, die ihm in der Nacht ein ahnungsvoller Traum eingegeben hatte. Entdeckte er in der Ferne einen Reitersmann, so wich er ihm aus, denn er wollte nicht, daß man ihn sah. Als die Sonne schon höher am Himmel stand und er bereits etliche Meilen zurückgelegt hatte, erlaubte er sich, ein gemächlicheres Tempo anzuschlagen und sogar ein wenig im Sattel einzunicken, da er in der vergangen Nacht gar zu wenig Schlaf gefunden hatte.

So bemerkte er nicht die vier Reiter, die ihm in einiger Entfernung folgten, vorsichtig darauf bedacht, nicht entdeckt zu werden. Aber selbst wenn er sie gesehen hätte, unter ihren dunklen Kapuzen und Umhängen hätte er keinen von ihnen erkannt. Sir Gilbert von Duxton hingegen hatte Cleve sehr wohl erkannt.

»Was mag dieser Grünschnabel vorhaben?« hatte er sich gefragt, als er Cleve auf seinem Reittier entdeckt hatte. Zunächst hielt er den Jungen für einen der vielen Verfolger, die Belohnung und Lob erhofften, wenn sie die Tochter des Lords zurückbrachten. Aber dann hatte Gilbert nachgedacht. Der junge Knappe ritt allein und schien nicht nach irgendwelchen Zeichen oder Spuren Ausschau zu halten. Vielmehr schien er ein bestimmtes Ziel zu haben, auf das er unbeirrbar zuritt. Einer plötzlichen Eingebung folgend schickte Gilbert einen Teil seiner Mannen weiter, mit dem strikten Befehl, den ehrlosen Ritter Aric auf der Stelle zu töten, wenn sie seiner habhaft würden. Mit drei weiteren seiner Gefolgsleute nahm er selbst aber Cleves Verfolgung auf.

Die Sonne neigte sich bereits dem westlichen Horizont zu, als Cleve das Ufer des Stour erreichte. Golden erglänzten die verfallenen Sandsteinmauern im schrägeinfallenden Licht, als er mit seinem Pferd die seichte Stelle im Fluß durchquerte und den steilen Weg zur Ruine hinaufritt. Nichts regte sich in der einsamen Ruine, und es lief ihm kalt den Rücken hinunter, wenn er an die Gespenster dachte, die der Sage nach in diesen Mauern ihr Unwesen trieben. Und doch hatten sie hier schon einmal Schutz gefunden, dachte er und sprach sich selbst Mut zu. Damals hatte sie kein böser Spuk heimgesucht. Und so würde es jetzt auch sein. Nicht von den Toten drohte die Gefahr, sondern von den Lebenden.

Mit gesenktem Kopf trottete das kleine Pferd den beschwerlichen, steinigen Pfad zur Burg hinauf. Durch das Waldesdickicht hörte man den Wechselgesang der Vögel. Kleine Tiere huschten durch Blaubeersträucher und durch das wilde Unterholz der Stechpalmen, die den Weg überwucherten. Kein menschlicher Laut war zu hören. Enttäuscht murmelte Cleve ein paar leise Worte vor sich hin, doch dann hielt er das Pferd an. Ein Hufabdruck war deutlich an einer lehmigen Stelle des Pfades zu erkennen. Und dann noch einer! Mit frischem Mut trieb er sein Reittier an. Beim ersten Mauerwall sprang er aus dem Sattel und band das ermüdete Tier an einem vorspringenden Balken an. Dann rannte er an der Mauer entlang, stieg über herabgefallene Steinquader und eilte in den verfallenen Burghof hinunter.

An diesen unheimlichen, stillen Ort konnte sich Cleve kaum mehr erinnern — nur noch an schwankende dunkle Schatten und ein brüchiges Gemäuer, dem das Dach fehlte. Unheimlich kam ihm die Umgebung vor, als er sich genauer umblickte. Vorsichtig suchte er sich einen Weg — vorbei an einem verwilderten Garten und einer zerborstenen Steinbank. Ein schlanker Schornstein hielt einsam Wacht. Hier mußte einst die Küche gewesen sein. Plötzlich hörte er in der Ferne leise Stimmen, und er erstarrte.

War das Lady Rosalynde? War sie in Sicherheit? Vorsichtig schlich er um einen halb verfallenen Schuppen herum und lugte um die Ecke. Was er sah, erschrak ihn so, daß ihm der Mund offen stehen blieb.

Eine Frau — Lady Rosalynde — saß auf einem steinernen Brunnenrand, und hatte nicht eine Faser am Leib! Nur ihr langes, herrliches Haar umhüllte sie wie ein Mantel. Und neben ihr stand, nur im Beinkleid, der flüchtige Blacksword und schöpfte mit einem Eimer Wasser aus dem Brunnen, den er sogleich über Lady Rosalynde ausleerte. Sie kreischte zwar und tat so, als weiche sie dem Wasserschwall aus, schien es sich aber doch gerne gefallen zu lassen, ja, sie trat sogar plötzlich an den Mann heran und umarmte ihn.

»Wenn ich baden muß, dann sollst du das auch«, drohte sie und ließ den Eimer eigenhändig in den Brunnen hinab.

Lachend entgegnete Aric: »Als wir das erste Mal hier waren, hatte ich bereits auch diesen Gedanken gefaßt.«

»Ach ja? Ich dachte, du hättest mich damals gehaßt.« In gespieltem Zorn zog sie die Augenbrauen zusammen.

»Du warst mehr als dreckig«, gab er zurück. Aber als sie wütend auf seiner Brust herumtrommelte, fing er ihre kleinen Fäuste ab. »Mein süßes Röschen«, murmelte er und beugte sich zu ihr hinab, um sie zu küssen.

Der stille Beobachter war vollkommen verblüfft. Wie glücklich sie zu sein schienen! Unentschlossen was jetzt zu tun sei, trat er von einem Fuß auf den anderen. Aric, der die Gegenwart eines Dritten zu spüren schien, drehte sich plötzlich nach ihm um. Er packte sein Schwert, das neben ihn an einem Mauerrest lehnte, und stellte sich schützend vor Rosalynde.

»Kommt heraus!« forderte er den Unbekannten mit drohender Stimme auf.

Verlegen trat Cleve aus seinem Versteck hervor.

»Cleve!« rief sie erleichtert, als sie ihn erkannte.

»Mi ... Milady«, stammelte er, immer noch peinlich berührt.

»Bist du allein?« fragte Aric und hielt das Schwert weiterhin angriffsbereit in der Faust.

»Ja, ich bin allein. Aber ganze Legionen von Männern sind auf der Suche nach Euch.« Verschämt wandte er die Augen von seiner Herrin ab, starrte sie aber gleich darauf wieder an. Die Schönheit dieser Frau war paradiesisch. Auf Cleves Antwort hin ließ Aric das Schwert sinken, blitzte ihn aber verärgert an, als er sah, worauf sich Cleves Blicke geheftet hatten.

»Wenn dir deine Augen lieb sind, dann wendest du sie besser von ihr ab.« Sein Ton wurde etwas milder. »Versteck dich in dem Schuppen dort zur Rechten. Wir kommen gleich nach. Ich wüßte gerne, welche Kunde du uns von Stanwood zu bringen hast. Und von Gilbert.«

Unverzüglich zog sich Cleve zurück. Es bekümmerte ihn, die beiden bei diesen Vertraulichkeiten überrascht zu haben. Auch Rosalynde war sehr verlegen, daß sie so entdeckt worden war. Doch die Scham machte bald einem quälenderen Gefühl Platz. Wenn es Cleve gelungen war, sie zu finden, dann würde Gilbert wohl auch nicht mehr weit sein. Trotz des warmen Sonnenscheins fröstelte sie. Ahnungsvoll schlang sie die Arme um Arics Nacken und schmiegte sich an seinen nackten Oberkörper.

»Laß uns von hier fortreiten«, flehte sie leise. Die Worte erstarben ihr in der Kehle, und sie preßte die Lippen zusammmen, um nicht weinen zu müssen. »Oh, bitte Aric, mein Geliebter, mein Gemahl ... ich würde mit Freuden auf Stanwood verzichten, wenn ich dich in Sicherheit wüßte.«

Aric nahm sie in die Arme und drückte sie fest an sich. Eine feuchte Strähne ihres Haares hatte sich zwischen ihnen verfangen. Zärtlich strich er sie aus ihrem Gesicht.

»Hat je ein Weib auf diesem Erdenrund sich mehr um ihren Gatten gesorgt?« spottete er zärtlich. »Hab' Vertrauen zu mir, Geliebte. Hab' nur Vertrauen.«

Rosalynde beharrte nicht weiter auf ihrer Bitte. Es wäre vergeblich gewesen. Rasch legte sie Unterkleid und Gewand an und errötete, als Arics begehrlicher Blick auf ihr ruhte. Trotz der Vertrautheiten, die sie geteilt hatten, zweifelte sie daran, daß sie sich jemals an den besitzergreifenden Ausdruck in seinen Augen gewöhnen würde. Und doch spürte sie selbst ein Flattern im Bauch, als sie ihren Blick über seine starken Arme und seine breiten Schultern gleiten ließ. Als er seine achtlos zu Boden geworfenen Kleider aufhob, wandte sie die Augen wieder ab, biß sich auf die Unterlippe und verwünschte die lüsternen Gedanken, die schon wieder in ihr aufkeimten. Rasch machte sie sich daran, die Bänder zu beiden Seiten ihres Gewandes zu verknüpfen. Als sie jedoch das metallisch schleifende Geräusch vernahm, als er das schwarze Schwert in die Scheide steckte, blickte sie ihn verzweifelt an.

»Aric, bitte ...«

Mit einem Kuß brachte er sie zum Schweigen. »Alles wird gut werden, mein Lieb«, murmelte er noch einmal. »Jetzt laß uns hören, was Cleve zu berichten hat.«

Aric legte seinen Arm um ihre Schulter, als sie auf den Schuppen zugingen und Rosalynde schöpfte aus dieser schützenden Geste so viel Trost wie möglich. *Bitte, lieber Gott, beschütze ihn. Bitte,* betete sie.

Aber ihr Gebet blieb unerhört, denn als sie um die halbzerfallene Mauer bogen, stand der Teufel in Person vor ihnen.

»Schaut, schaut«, spottete Sir Gilbert, als er das Paar so vertraulich umschlungen auf sich zukommen sah. »Das nenne ich ein schönes Bild.«

Trotz ihres Entsetzens entging Rosalynde nicht, daß sich jeder Muskel in Arics Körper spannte. Als sie sich von ihm lösen wollte, gab er sie nicht frei. Während er — durch Gilberts unerwartetes Auftauchen nach außen hin nicht aus der Fassung gebracht — ruhig und gelassen stehenblieb, sah sie, daß Gilbert vor Zorn rot anlief. Hinter ihm standen drei Ritter, und einer, ein hünenhafter Kerl, hielt Cleve wie in einem Schraubstock fest. Die Gegner waren eindeutig in der Überzahl, und einen Ausweg aus ihrer entsetzlichen Lage gab es nicht.

»Glaubt ja nicht, Ihr könntet Euch retten, nur weil Lady Rosalynde bei Euch ist.« Gilberts wütender Blick durchbohrte Rosalynde. Es schien ihm Mühe zu bereiten, die Hand nicht auch gegen sie zu erheben. »Euer Vater glaubt, Ihr wärt entführt worden, Rosalynde. Aber nun wird mir bewußt, daß er von Euch hinters Licht geführt und betrogen wurde.« Entschlossen ging er einen Schritt auf sie zu. Ein gehässiges, kaltes Lächeln lag auf seinen Lippen, als er fortfuhr. »Aber trotz Eures ungeziemenden Fehltritts mit diesem Schurken hier, könntet Ihr den Rest Eures angeschlagenen Rufes noch retten.« Seine Stimme nahm an Schärfe zu, während der Blick aus seinen blassen Augen die Angeredete aufzuspießen schien.

»Kommt her, Rosalynde. Kommt auf der Stelle her.«

In dem bedrückenden Schweigen, das nun folgte, zögerte Rosalynde. Niemals würde sie sich auf Gilberts Seite stellen. Wenn er Arics Feind war, dann war er auch der ihre. Aber die Angst um den Geliebten war stärker. Gegen vier Männer kam er nicht an! Wenn es ihr also gelänge, Gilbert irgendwie zu besänftigen ...

Arics Griff um ihre Schultern verstärkte sich jedoch, als habe er ihre Gedanken erraten.

»Ich liebe dich«, murmelte sie leise und blickte ihn mit großen Augen an.

Es bedurfte weder einer Antwort noch eines Lächelns, um

ihr seine Liebe im klaren Blick der grauen Augen zu zeigen. Dann wandte er sich wieder Gilbert zu. »Laßt Lady Rosalynde und den Knappen aus dem Spiel. Unsere Auseinandersetzung hat nichts mit ihnen zu tun.«

»Was gibt den Anlaß dazu?« unterbrach Rosalynde die beiden in dem Versuch, den Kampf möglichst lange hinauszuschieben.

»Hat er Euch das nicht erzählt?« Ungläubig blickte Sir Gilbert sie an. Als ihm aber die Zusammenhänge klar wurden, begann er zu lachen.

»Aha, *Aric*«, fuhr er mit beißendem Spott fort und betonte das Fehlen eines Titels. »Ihr haltet Lady Rosalynde im unklaren über unsere Händel! Ich gratuliere Euch zu dieser Umsicht, denn wenn sie zuviel wüßte ... nun, ich sehe, Ihr habt Angst, daß ich sie dann auch töten müßte.« Mit einem Achselzucken hielt er inne, um in ein boshaftes Gelächter auszubrechen.

Obwohl Rosalynde den Sinn von Gilberts Worten nicht verstand, fühlte sie, daß die Drohung ernstzunehmen war, denn Aric zuckte unmerklich zusammen.

»Bitte, sage mir die Wahrheit«, forderte sie mit flehenden Augen und rückte näher an ihn heran. »Sie bedeutet mir nichts. Das schwöre ich!«

»Seine Meinung teile ich gewiß ungern, Rosalynde, aber in diesem Fall ist es wirklich besser, du weißt nichts von unseren Händeln. Du wirst es später erfahren.«

»Ein *Später* wird es nicht geben«, warf Gilbert höhnisch auflachend ein und schwang drohend sein Schwert. »Diese Händel hätten bereits in London — oder in Dunmow beigelegt werden sollen. Dafür werden wir es jetzt erledigen. Das heißt, *ich* werde es eigenhändig tun!«

Bevor Gilbert auch nur zwei Schritte auf ihn zu machen konnte, hatte Aric Rosalynde bereits zur Seite gestoßen und seine eigene scharfe Klinge gezogen. Dann stürzten sich die beiden Männer aufeinander und ließen die Schwerter sprechen.

Entsetzt war Rosalynde vor den beiden Kämpfenden zurückgewichen. Trotzdem konnte sie den Blick nicht von ihnen wenden. Zwar war Aric wegen seiner Körpergröße Sir Gilbert gegenüber im Vorteil, aber zu seinem Schutz besaß er nur sein Schwert, ansonsten war er barfuß und trug nichts weiter als ein Beinkleid. Gilbert dagegen war voll ausgerüstet mit Lederstiefeln, einem dünnen Panzerhemd, einem Brustharnisch und einer Schutzhaube. Im Licht der Abendsonne schimmerte Arics Haut golden — und verletzbar — als Gilbert seine Attacken verstärkte. Langsam wich Aric zurück. Mit der schwarzen Klinge im Anschlag versuchte er den wütenden Angriff abzuwehren. Verzweifelt blickte sich Rosalynde nach Hilfe um. Da fiel ihr Blick auf Cleve.

Der mächtige Ritter, der den Knappen wie in einer Zwinge festhielt, verfolgte angespannt den Kampf. Seine Arme und Schultern erlebten die Bewegungen der Kämpfenden zukkend mit. Auch die beiden anderen Begleiter folgten gebannt der erbitterten Auseinandersetzung. Daß sie den Knaben und die Edelfrau offenbar für keine ernsthafte Bedrohung hielten, kam Rosalyndes Absicht entgegen. Vorsichtig schlich sie um die beiden Streithähne herum. Auf ein stummes Signal aus Cleves Augen hin ergriff sie einen Eichenstock, der an einem Steinquader lehnte. Mit der schweren Waffe in der Hand schlich sie wieder zurück und versuchte Arics verzweifelte Gegenwehr nicht zu beachten.

Je länger der Kampf dauerte, desto mehr lockerte der Ritter, der Cleve festhielt, seinen Griff. Immer näher rückte er an die Kämpfenden heran, die den ganzen Schloßhof durchmaßen.

»Teufel, Teufel!« rief der Gefolgsmann atemlos aus, als Aric über einen Balken stolperte.

Auch Rosalynde hatte Mühe, einen Schreckensschrei zu unterdrücken, als Gilbert zu einem vernichtenden Schlag gegen Arics Nacken ausholte. Aber Aric ließ sich nach hinten abrollen und kam sofort wieder über die Hocke auf die Beine.

Cleves Aufpasser schleppte den Knappen immer näher an das Kampfgeschehen heran. Da schlug Rosalynde zu. Mit aller ihr zur Verfügung stehenden Kraft schwang sie den

Stock gegen den rechten Ellenbogen des unmittelbar neben ihr stehenden Ritters. Als dieser vor Schmerz aufschrie und das Schwert fallen ließ, hoffte sie inständig, daß sie ihm den Arm gebrochen hatte. Im selben Moment schlüpfte Cleve unter dem Arm seines Bewachers hindurch und rammte mit aller Kraft seine Schultern von unten in die Lenden des Mannes. Vor Schmerz aufheulend klappte der Mann in der Mitte zusammen und ging zu Boden.

Als der dritte Mann den Angriff auf seine beiden Kameraden bemerkte, zog er das Schwert und eilte ihnen zu Hilfe. Rasch hob Cleve das Schwert eines der zu Boden gegangenen Männer auf und zog Rosalynde hinter seinen Rücken. Ein gellender Kriegsruf aus Arics Kehle ließ alle drei jedoch erstarren.

Aric, der zunächst vor Gilberts wütenden Attacken zurückgewichen war und seinen Gegner in dem Glauben ließ, sein Sieg sei nahe, ging nun in die Offensive. Als er sah, daß Rosalynde und Cleve einigermaßen sicher waren, stürmte er mit voller Kraft auf Gilbert los und zwang so den Angreifer in die Verteidigung.

»Gregor!« schrie Gilbert, als es ihm nur knapp gelungen war, einen dreifachen Schwerthieb Blackswords zu parieren. »Greif ihn von hinten an, Mann! Von hinten!«

Während die beiden anderen Männer sich immer noch vor Schmerzen am Boden krümmten, sprang Gregor nach vorn, um seinem bedrängten Lehensherrn zu helfen. Aber er hatte die Rechnung ohne Cleve gemacht. Mit einem nicht weniger wilden Kampfgeschrei stellte er sich dem Mann in den Weg.

»Aus dem Weg, Knappe, bevor du meine Klinge zu spüren bekommst!« Drohend schwang er seine Waffe. Aber Cleve wich nicht einen Schritt von der Stelle. Plötzlich trat Rosalynde auf den Plan.

»Bekomme ich auch Euer Schwert zu spüren?« forderte Rosalynde den Mann heraus. »Wenn Ihr mich tötet, so bedenkt die Folgen. Habt Ihr Eure Pflicht als Ritter vergessen?« fügte sie hinzu. Verachtung klang in ihrer hellen, mutigen Stimme.

Mochte dieser Mann auch zögern, Gilbert tat es nicht.

Während er Arics tödlichem Ansturm standhielt, brüllte er dem unschlüssigen Sir Gregor zu: »Tötet den Knappen! Tötet ihn!«

»Und dann?« entgegnete Aric unter einer Attacke. »Und dann soll er auch Lady Rosalynde töten?«

»Ja, falls das nötig ist!« rief Gilbert und wehrte den pfeifenden Hieb der vernichtenden Klinge seines Gegners ab.

»Ihr würdet sie töten, nur weil ich Euch bei dem Turnier in London besiegte?« Zu der Verachtung in Arics Stimme mischte sich Ungläubigkeit darüber, daß ein Ritter zu einer so abscheulichen Tat fähig sein konnte.

»Wenn Ihr in Dunmow krepiert wärt, hätte es nicht so weit kommen müssen!« fauchte Gilbert zurück, während sich die beiden bereits sichtlich ermattet und schwer atmend umkreisten.

»Warum habt Ihr ausgerechnet eine so ausgefallene Todesart für mich erwählt? Warum habt Ihr mich nicht sofort bei meiner Gefangennahme erschlagen?«

Gilberts Blick schweifte von dem zögernden Gregor zu den beiden anderen, sich mühsam aufrappelnden Rittern. Ein höhnisches Lächeln flog über seine grausamen Züge, als die Chancen für ihn wieder besser zu stehen schienen. »In jener Nacht erwischte ich zwei Fliegen mit einer Klappe. Ich konnte mich des Toren entledigen, der es gewagt hatte, mich auf dem Turnierplatz in den Schranken zu demütigen.« Er griff wieder an und zwang Aric zum Rückzug zu einer Stelle im Burghof, die von herabgefallenen Steintrümmern übersät war. »Und ich hatte einen Sündenbock für meine anderen Händel gefunden!«

Aric stolperte, als er mit der nackten Ferse gegen die scharfe Kante eines Steines stieß, und Rosalynde unterdrückte einen Schrei des Entsetzens. Gilbert mußte wirklich den Verstand verloren haben, da er solche anscheinend sinnlosen Sätze von sich gab. Allerdings machte ihn das um so gefährlicher.

»Einen Sündenbock?« Aric wehrte Gilberts Vorstoß mit einem schnellen Gegenhieb ab, so daß seine Klinge nur knapp an des Gegners Harnisch vorbeisauste. »Ein Sündenbock wofür?« Plötzlich erbleichte Aric vor Zorn, als er begriff.

»*Ihr* wart das! *Ihr* wart der Verbrecher, der plündernd durch das Land zog und die Leute ausraubte! Ich sollte für Euren Frevel büßen und an Eurer Stelle hängen! Aber ich bin dem Galgen entkommen.«

»Das spielt jetzt keine Rolle mehr«, gab Gilbert haßerfüllt zurück. »Da Ihr heute sterbt, läuft es auf ein und dasselbe hinaus.«

»Mit dem kleinen Unterschied, daß es heute Zeugen gibt.«

»Dann werden auch sie daran glauben müssen!«

Die beiden Klingen prallten klirrend aufeinander. Gilbert kämpfte wie ein Besessener. Wie ein vom Teufel Besessener. Aber Aric kämpfte, wie nur einer es tun kann, der für die Frau kämpft, die er liebt — mit Körper, Herz und Seele.

Einen Augenblick lang war Arics Gesicht nur Zentimeter von Gilberts entfernt. »Sie werden alle sterben, und Euch wird man die Schuld dafür geben«, verhöhnte er Aric.

Da tönte plötzlich eine gebieterische Stimme über die wilde Szene.

»Die Schuld wird der bezahlen, der sie trägt!«

Alle wandten sich nach dem Sprechenden um. Nur einer ließ sich nicht ablenken. Erleichtert schrie Rosalynde auf, als ihr Vater nähertrat, neben sich Sir Roger und zwei seiner Männer. Gilberts Gefolgsleute standen wie versteinert am Rande des Geschehens. Nur Aric hielt den Blick unverwandt auf sein Ziel gerichtet. Nur er ließ seine Beute nicht aus den Augen.

»Wir werden sehen, wer heute stirbt«, murmelte er in kalter Wut. Dann versetzte er Gilbert einen so mächtigen Stoß, daß dieser rückwärts auf eine grasbewachsene Stelle ausweichen mußte.

In der Stille des alten Burghofes, wo bereits lange Schatten über die Steine krochen, starrten sich Aric und sein Gegner Auge in Auge an. Beide atmeten schwer, und jeder versuchte, des anderen Schwächen und Stärken abzuschätzen.

Rosalynde eilte an ihres Vaters Seite, um ihn zu bitten, dem furchtbaren Kampf ein Ende zu setzen, denn immer noch fürchtete sie, Aric könne verwundet oder getötet werden. Ihr Vater schloß sie in die Arme, aber sein ernstes Kopfschütteln bedeutete ihr zu schweigen, bevor sie zu sprechen begonnen hatte. Er wollte die Gegner nicht davon abhalten, ihre Differenzen mit dem Schwert aus der Welt zu schaffen.

Mit einem Wutgeheul auf den Lippen versuchte es Gilbert erneut auf seine Weise. Er attackierte Aric mit einer Reihe von blitzschnell ausgeführten Stichen und Hieben, und es gelang ihm, den barfüßigen Mann zurückzutreiben. Rosalynde wand sich in den Armen ihres Vaters, als das Krachen der Klingen die Luft durchschnitt. Aber Aric dachte nicht daran, aufzugeben, auch wenn er Gilberts Vorstoß nachgab. Mit eisernen Nerven ließ er Gilbert auflaufen und sich verausgaben, bis dessen Schläge merklich schwächer wurden. Dann schwang er seine Klinge mit einer schleifenden Drehung über die Waffe des Gegners, und als Gilberts Schwert abglitt, verlagerte Aric das Gewicht. Mit der ganzen Kraft seiner beiden Arme und Hände holte er zu einem mächtigen Schlag aus und rammte Gilbert das Schwert in die Seite, genau unterhalb der Rippen.

Einen Augenblick lang schienen die beiden Recken zu versteinern. Gilbert starrte Aric aus aufgerissenen Augen an, als könne er das Geschehene nicht fassen. Ein dünner Blutstrahl rann über die Klinge. Langsam zog Aric die schwarze Klinge aus Gilberts Seite. Mit einem tiefen Seufzen sank Gilbert auf die Knie. Aus der offenen Wunde lief nun ein Strom dunkelroten Bluts, rann über das Panzerhemd und den Harnisch. Gilbert gab keinen Laut von sich, weder vor Schmerz noch vor Bedauern. Er hob nur den Blick zu Arics reglosem Gesicht. Dann fiel er nach vorn auf die Erde.

Rosalynde wurde von Krämpfen geschüttelt. Nur ihres Vaters fester Griff verhinderte, daß sie vor Erleichterung zusammenbrach. Gilberts Gefolgsleute warfen rasch ihre Waffen zu Boden, und Cleve ließ begeistert sein Schwert durch die Luft sausen. Nur Aric stand regungslos da und rang nach Atem. Auf sein gewaltiges Schwert gestützt hob er den Kopf und suchte mit den Augen Rosalyndes Gesicht.

Es bedurfte keiner Worte, sie zu sich zu rufen. Obwohl

ihre Knie noch zitterten und ihr Herz bis zum Halse pochte, löste sie sich aus der Umarmung ihres Vaters. Ohne einen Blick auf den Gefallenen zu werfen, wandte sie sich Aric zu und blieb vor ihm stehen. Einen langen, stummen Augenblick sahen sie sich an. In seinen Augen konnte sie alles lesen, was sein Mund nicht sagte. Dann stürzte sie sich mit einem Freudenschrei in seine Arme.

»Meine Geliebte. Meine süße, süße Geliebte«, murmelte er in ihre dichte Haarpracht und zog sie an sich. Rosalynde fühlte sein Beben, das aus seinem tiefen Empfinden, wie auch von der Erschöpfung herrührte. Ihre Hände glitten über seine schweißbedeckte Haut, und sie versuchte, ihn noch näher an sich heranzuziehen.

»Ich liebe dich ... ich hatte solche Angst um dich ... ich liebe dich ... ich liebe dich ...« stieß sie stammelnd hervor. Dann trafen sich ihre Lippen in einem innigen Kuß, der von ihrer aufrichtigen Liebe sprach.

»Ich erwarte Eure Erklärung! Laßt meine Tochter los!« Sir Edwards Worte brachten sie in die Wirklichkeit zurück. In seiner Stimme lag Verwirrung und Unmut. Zart wehrte Rosalynde ihres Vaters Hand ab, während Aric ihr schützend einen Arm um die Schultern legte.

»Sie ist zwar Eure Tochter, Milord, aber sie ist auch meine Gemahlin.«

Als Sir Edward die beiden fassungslos anblickte, beeilte sich Rosalynde, ihrem Vater alles zu erklären. »Es ist wahr, Vater. Wir sind getraut, wenn auch auf die alte Art des Händereichens. Ich liebe ihn.«

Sir Edward gab keine Antwort, nur seine Augen wanderten von Aric zu Rosalynde und wieder zu Aric. »Ihr ... Ihr könnt nicht getraut sein. Wer würde sich zu einer solchen Zeremonie bereit erklären? Ihr seid einer meiner Vasallen, und ...« Er beendigte den Satz nicht. »Aber Ihr kämpft wie ein Ritter.« Verwirrt schüttelte er das graue Haupt. »Zur Klärung dieser Farce wird es wohl einiger Zeit bedürfen, und ich bin müde vom Ritt und der Aufregung der letzten Tage. Wir wollen ein Feuer machen und uns niederlassen, bevor Ihr mit Eurer Erzählung beginnt.«

Mit diesen Worten drehte er sich um und gab seinen Männern ein Zeichen, Gilberts Leichnam fortzuschaffen.

Als Cleve auf Rosalynde zugehen wollte, schüttelte Sir Edward kurz das Haupt. »Laß sie allein. Such Holz für das Feuer und kümmere dich dann um die Pferde. Und sieh zu, daß du ein Wild erjagen kannst. Ich habe Hunger.«

Rosalynde und Aric standen eng beieinander, während die anderen ihre veschiedenen Aufgaben verrichteten. Sie konnte es kaum fassen. Endlich war er der Ihre! Vor Gott und der Welt und ihrem Vater. »Du bist ein Ritter«, sagte sie leise in vorwurfsvollen Ton. »Und hast es mir die ganze Zeit über verheimlicht.«

Lächelnd traf sein klarer Blick ihre goldgrünen Augen. »Du hast deine Liebe zu mir bekannt, zu einem Mann, den du für einen Gemeinen hieltest — vor deinem Vater und vor der Welt.«

Ihre Lippen zitterten unsicher, als ihre Gefühle sie überwältigten. »Ich liebe dich«, gab sie leise zur Antwort.

»Wir wollen uns in der Kirche trauen lassen. Dort werden wir auch vor Gott unser Gelöbnis wiederholen, das wir uns mit der Handreichung gegeben haben.«

Plötzlich sprudelte silberhelles Lachen über ihre Lippen, und sie erhob sich auf die Zehenspitzen, um ihn jubilierend auf den Mund zu küssen. »Unser himmlischer Vater stand mit allen Engeln neben uns, an jenem schrecklichen Tag unter dem Galgen. Dir und meinem Vater und allen anderen zu Gefallen werde ich mein Gelöbnis noch einmal vor dem Altar wiederholen. Aber Gott weiß, daß wir bereits Mann und Frau sind. Jetzt und immerdar.«

EPILOG

Friedlich schlummernd lag ein Paar edler Jagdhunde im warmen Frühlingssonnenschein. Regelmäßig hoben und senkten sich ihre Flanken, dann und wann zuckte ein Lauf, eine Lefze, wenn sie in ihren Hundeträumen gerade Jagd auf einen fetten Hasen machten.

Der helle Freudenschrei eines Kindes ließ sie hochfahren. Dann bequemten sie sich zu einem matten Schwanzwedeln, als sie in dem Ruhestörer den stämmigen kleinen Kerl erkannten, der ihnen immer die Seidenbänder seiner Mutter um den Hals wickelte, auf ihnen zu reiten versuchte und hin und wieder sein Abendessen mit ihnen teilte. Zufrieden brummend legten sie die Köpfe auf die Vorderpfoten, um sich wieder ihren Träumen hinzugeben.

Die Strahlen der Sonne fielen aber auch noch auf ein anderes, höchst zufriedenes Wesen aus Fleisch und Blut, das seine helle Freude an dieser Szene im Lustgarten hatte. Sir Aric, Herr von Stanwood Castle, schlenderte nach viertägiger Abwesenheit wieder über den Schloßhof, in seinem Gefolge der Haushofmeister und der Schloßkämmerer, deren Erklärungen er jedoch nur mit halbem Ohr hörte.

»... gemäß des letzten Schreibens wird der Schildpfennig an Sonnwend fällig ...«

»Ja, ja, Cedric. Rechnet schon einmal den Betrag aus, den wir schulden, wir besprechen das dann später.« Mit einer Handbewegung entließ Aric die beiden, ohne den Blick von einer weiblichen Gestalt zu nehmen. Anmutig schritt sie an der Rosenhecke entlang, die den gepflegten Rasen mit den niedrigen Rabatten umgab. Wie immer regten sich seine Lenden bei ihrem Anblick. Aber noch mehr schwoll ihm das Herz, ja es quoll über vor schier unerträglicher, unaussprechlicher Freude.

Den Augenblick genießend hielt er inne und nahm mit all seinen Sinnen das Bild in sich auf. Ihre schlanke Gestalt vor der Farbenpracht der Rosen, die Geräusche und Gerüche des Ortes, der vor fünf Jahren sein Zuhause geworden war. Der Duft der Rosen wehte zu ihm herüber — ein Wohlgeruch, der ihn für immer mit Rosalynde verbinden würde. Er beobachtete, wie sie, ohne seine Gegenwart wahrzunehmen, Rosen für einen Strauß abschnitt. Der kleine Wyatt hielt ihr den blütengefüllten Korb entgegen. Und hinter ihnen, ausgestreckt auf Decken, entdeckte er Sir Edward, der neben dem Korb mit der kleinen Laurel eingedöst war.

Aric konnte von diesem Anblick nicht genug bekommen und seine Augen wurden feucht vor Glück.

»Warum zögert Ihr?« Die selbstbewußte, tiefe Stimme riß Aric aus seinem Sinnieren. »Wenn Ihr nicht zu Ihrer Begrüßung eilt, tu ich es. Gemessen an der halsbrecherischen Hast, die Ihr bei unserer Rückreise von London an den Tag legtet, würde das Eure Pläne empfindlich durchkreuzen.«

Aric warf Cleve einen gespielt grimmigen Blick zu, dem rasch ein Lächeln folgte. »Kaum ist er zum Ritter geschlagen, wird er anmaßend und arrogant. Noch eine Sekunde, dann stelle ich Euch meiner Gemahlin vor, *Sir* Cleve.«

Wyatt war der erste, der seinen Vater kommen sah. »Papa! Papa!« Rosen und Korb waren vergessen, und mit einem Lachen aus reinstem kindlichen Entzücken rannte er über den Rasen, so schnell ihn seine vierjährigen Beinchen trugen.

»Komm mein Sohn!« rief Aric, hob Wyatt hoch über den Kopf und schüttelte den Kleinen, bis er vor Wonne jauchzte. Zur Belohnung legten sich zwei kleine Ärmchen um Arics Hals, und der schönste Duft aus Dreck, Erde, Rosen und kleinem Jungen stieg ihm in die Nase. Dann nahmen zwei mollige, kleine Händchen die Wangen des Vaters in Besitz.

»Warum warst du so lange fort?« kam die vorwurfsvolle Frage. Die blonden Augenbrauen zogen sich auf die gleiche Weise wie die des Vaters zusammen. Cleve lachte auf.

»Ich kam so schnell ich konnte«, antworte Aric und lachte ebenfalls. »Aber sage mir, mein Sohn, hast du auch gut auf Haus und Hof geachtet, während Cleve und ich in London waren? Wie geht es deiner Schwester und deiner Mutter?«

»Oh, denen geht es gut. Mama hat mir gezeigt, wie man

die Zeit von der neuen Sonnenuhr abliest. Und Laurel macht nichts anderes als essen, schlafen und herumliegen.«

Aric lachte wieder und mußte aufpassen, daß er seinen kleinen Sohn nicht zu fest an sich drückte. Gott muß ein Füllhorn voller Segen über mir ausgeschüttet haben, dachte Aric, als er sich Wyatt kurzentschlossen auf die Schultern setzte. Dann schritt er mit ihm durch den Schloßhof.

Rosalynde hatte zugesehen, wie Vater und Sohn einander begrüßten und rasch die verstreuten Rosen in den Korb zurückgelegt. Als aber Rosalynde ihren Gemahl kommen sah, war der Rosenkorb zum zweiten Mal vergessen. Ohne sich um Schicklichkeit zu kümmern, raffte sie die Röcke hoch und rannte auf ihn zu, um ihn zu begrüßen.

»Papa! Mama!« beschwerte sich Wyatt und patschte auf die Köpfe seiner Eltern, die seine Füßchen beinahe erdrückt hätten, so heftig umarmten sie einander. »Ich bin auch noch da!«

Aric hob die Hand und fuhr seinem Sohn besänftigend durch den Schopf, während er den Blick jedoch nicht von dem schönen Antlitz seiner Gemahlin wandte. Als ihre wundervollen Augen ihn voller Liebe anstrahlten, mußte er schlucken und schloß sie noch fester in die Arme.

Rosalynde fand als erste die Sprache wieder. »Möchtest du unsere kleine Laurel begrüßen?« fragte sie, als sie sah, wie ihr Vater sich aufsetzte und ihnen zuwinkte.

»Selbstverständlich möchte ich sie sehen«, murmelte Aric und streichelte mit der Nase ihren Nacken. »Aber danach ...« Er küßte sie und zog sie so nahe an sich heran, daß sie seine Erregung fühlte. »Danach könnten wir unser Sinnen und Trachten darauf richten, ihnen noch ein Brüderchen oder Schwesterchen zu schenken.«

Rosalynde lächelte in sich hinein, als sie zum Schloß zurückgingen, während Wyatt den Ritt auf den Schultern seines Vaters genoß. Es war nicht nötig, ›ihr Sinnen und Trachten darauf zu richten‹, die Familie durch ein weiteres Kind zu vergrößern. Untrügliche Zeichen gaben ihr Grund zu der Annahme, daß es bereits unter ihrem Herzen wuchs.

Aber das würde sie Aric jetzt noch nicht erzählen. Damit wollte sie warten, warten bis — *danach*.